バーチェスター周辺図

州境界線
ホグルエンド
ホグルストック
シルバーブリッジ
エクセターへ
フラムリー
グレシャムズベリー
コスビー・ロッジ
ギャザラム
バーチェスター・ジャンクション
ロンドンへ
ボクソル・ヒル
コーシー
東バーセットシャー
コボルズ・アッシーズ
バーチェスター
ウラソーン
ゲストウィックや
アリントンへ
御猟林
プディングデイル
アフリー
ストッピンガム
古い馬車道
ロンドンへ
プラムステッド・エピスコパイ
西バーセットシャー
チャルディコウツ
アイダーダウン

作中に登場するロンドンの通り

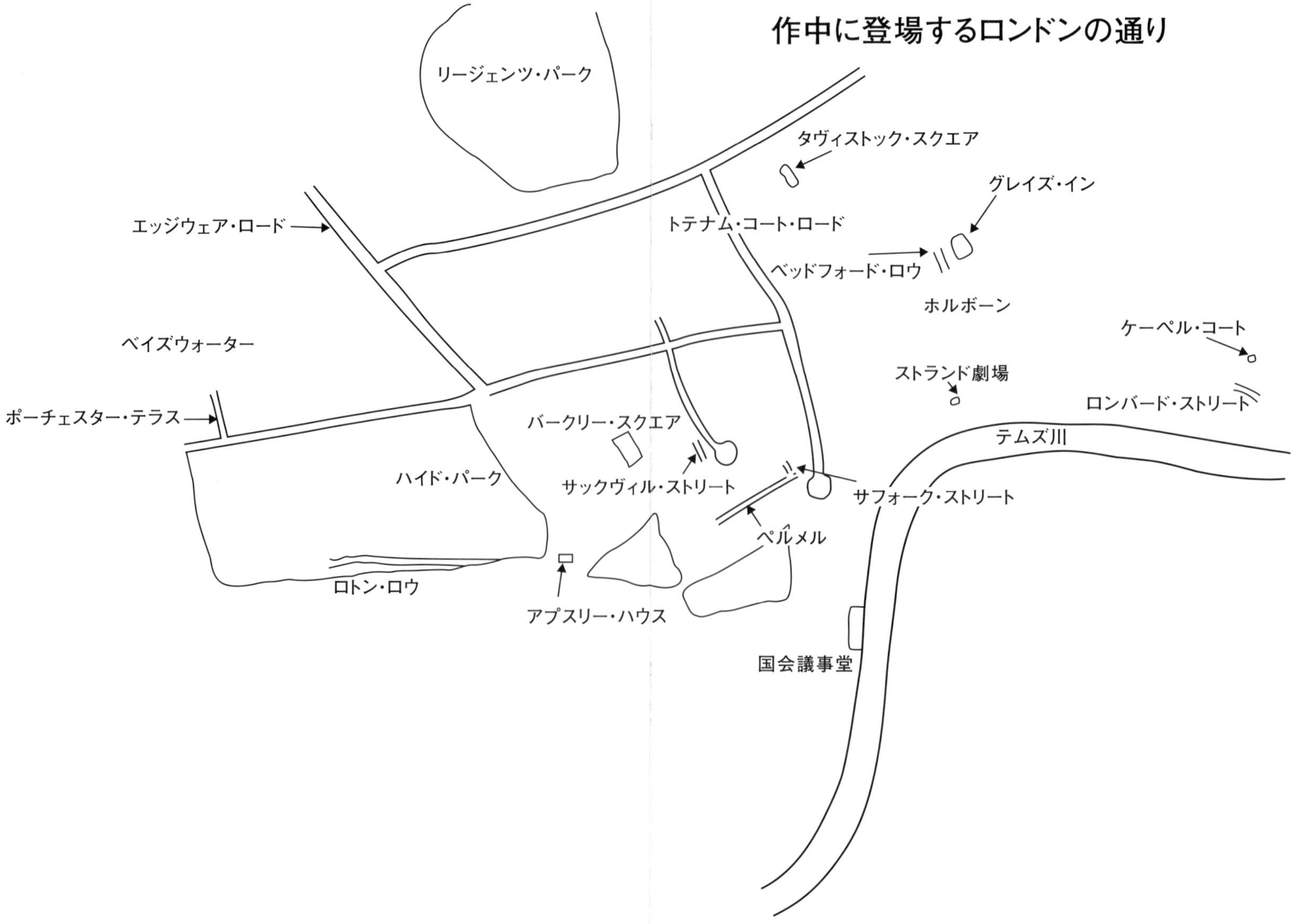

バーセット最後の年代記（下）

アンソニー・トロロープ

木下善貞　訳

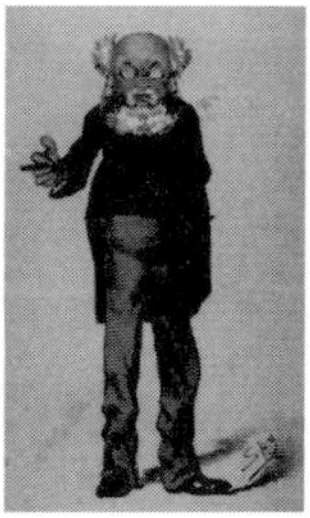

開文社出版

本書は一八六六—六七年週分冊で連載され、一八六七年にスミス・アンド・エルダーから本のかたちで出版されたアンソニー・トロロープ作『バーセット最後の年代記』（*The Last Chronicle of Barset*）の全訳（下）である。翻訳に当たっては、Sophie Gilmartin 編による Penguin Classics 版と Graham Handley 序による Everyman's Library 版とを参照した。註の作成に当たっては、Sophie Gilmartin の註に負うところが大きい。

目次

主要な作中人物 …… vii
第四十三章　クロスビー氏がシティへ行く …… 1
第四十四章　「貸さざるをえないと思います」 …… 14
第四十五章　リリー・デールがロンドンへ行く …… 21
第四十六章　ベイズウォーター・ロマンス …… 37
第四十七章　主教公邸のテンペスト博士 …… 52
第四十八章　サー・ラフル・バフルの柔軟なあしらい …… 75
第四十九章　構内で …… 86
第五十章　ラフトン卿夫人の提案 …… 106
第五十一章　ドブス・ブロートン夫人が粗朶《そだ》を積みあげる …… 120
第五十二章　どうして自分で「それ」を手に入れないのですか？ …… 141
第五十三章　ロトン・ロウ …… 155
第五十四章　聖職者による調査委員会 …… 169
第五十五章　フラムリー牧師館 …… 181
第五十六章　大執事がフラムリーへ行く …… 190

第五十七章　二つの誓い …… 210
第五十八章　男たちの片意地 …… 224
第五十九章　ある女性がミス・L・Dにご挨拶を送る …… 242
第六十章　ヤエルとシセラの最後 …… 259
第六十一章　不撓不屈が難事を克服する …… 277
第六十二章　聖堂参事会長へのクローリー氏の手紙 …… 293
第六十三章　ホグルストックへの二人の訪問者 …… 310
第六十四章　フック・コートの悲劇 …… 327
第六十五章　ミス・ヴァン・シーヴァーは選択する …… 338
第六十六章　安ラカニ眠レ …… 350
第六十七章　死ヲ悼ンデ …… 363
第六十八章　クローリー氏の頑固さ …… 376
第六十九章　クローリー氏が説教壇に最後に登壇する …… 388
第七十章　アラビン夫人が見つかる …… 396
第七十一章　トゥーグッド氏がシルバーブリッジで …… 411
第七十二章　「ウォントリーのドラゴン」に現れたトゥーグッド氏 …… 424
第七十三章　プラムステッドに安堵が訪れる …… 433
第七十四章　クローリー一家に知らせが伝えられる …… 445
第七十五章　マダリーナが心に血を流す …… 456

第七十六章　彼は気が多いんだと思います……470
第七十七章　粉々になった木……480
第七十八章　アラビン夫妻がバーチェスターに帰る……492
第七十九章　クローリー氏は上着のことを話す……507
第八十章　ミス・デモリンズは指道標になりたいと思う……518
第八十一章　バーチェスター回廊……536
第八十二章　ホグルストックの最後の場面……543
第八十三章　クローリー氏が打ち負かされる……560
第八十四章　結末……570

訳者あとがき……576

主要な作中人物

ジョサイア・クローリー師　ホグルストックの永年副牧師。二十ポンドの小切手を盗んだ罪で巡回裁判にかけられる。
メアリー・クローリー　ジョサイアの妻。
グレース・クローリー　クローリー家の長女。十九歳。グラントリー少佐と恋仲。
ジェーン・クローリー　クローリー家の次女。
ジャイルズ・ホガット　ホグルエンドのレンガ造り職人。クローリー氏に忠告を与える。
プラウディ博士と奥方　バーチェスター主教夫妻。
ケイレブ・サンブル師　奥方の手先となる牧師。ホグルストック教区をクローリー氏から引き継ぐように指示される。
クイヴァーフル師夫妻　ハイラム慈善院長夫妻。奥方の世話でこの地位に就く。夫妻のあいだにたくさんの子がいる。
スナッパー　主教公邸の付牧師。
トウザー　主教公邸の付牧師。
ドレイパー夫人　主教公邸でプラウディ夫人の世話をする侍女。
フランシス・アラビン師　バーチェスター聖堂参事会長。オックスフォード時代からクローリー氏の友人。エルサレムへの旅行中。
エレナー・アラビン　フランシスの妻。夫とともに旅に出て、パリ、フィレンツェに滞在。先夫とのあいだにジョン・ボールド・ジュニアがいる。「ウォントリーのドラゴン」の所有者。
セプティマス・ハーディング師　スーザン・グラントリーとエレナー・アラビンの父。聖イーウォルドの俸給牧師。
ポウジー　アラビン夫妻の五つになる娘スーザン・アラビン。ポウジーはあだ名。

バクスター夫人　聖堂参事会長邸の家政婦。ハーディング氏の世話役。
ジョン・バンス　ハイラム慈善院の収容者で、ハーディング氏の友人。
スカルピット　ハイラム慈善院の収容者で、ハーディング氏から金をせびる。
グラントリー博士　バーチェスター主教区の大執事。プラムステッド・エピスコパイの禄付牧師。
スーザン・グラントリー　大執事の妻。エレナー・アラビンの姉。
チャールズ・ジェイムズ・グラントリー師　大執事の長男。ロンドンで活躍する説教師。
レディー・アン　チャールズ・ジェイムズ・グラントリーの妻。
ヘンリー・グラントリー少佐　大執事の次男。インドでビクトリア十字勲章をえた。コスビー・ロッジに住む。先妻とのあいだにイーディスという娘がいる。グレース・クローリーを妻にしたいと望む。クローリー氏の保釈保証人になる。
ハートルトップ侯爵夫人（グリゼルダ）　大執事の娘。
フラーリー　大執事の土地の木こり兼猟場番人。
ラフトン卿（ルードヴィック）　フラムリー・ホールに住む男爵。卿が振り出した小切手のことでクローリー氏は盗みの嫌疑をかけられた。治安判事法廷の裁判長を務める。
若いラフトン卿夫人（ルーシー）　ルードヴィックの妻。マーク・ロバーツの妹。
老ラフトン卿夫人　ルードヴィックの母。フラムリー・コートに住む高教会派牧師らの支援者。
マーク・ロバーツ　フラムリーの俸給牧師。若いラフトン卿夫人の兄。クローリー氏の保釈保証人になる。
ソームズ　ラフトン卿の事務代理人。ジョサイア・クローリーが二十ポンドの小切手を詐取したと告発。
ウィルフレッド・ソーン　ウラソーンの郷士。
モニカ・ソーン　ウィルフレッド・ソーンの姉。独身。

トマス・ソーン　チャルディコウッツの主人。治安判事の一人。
ソーン夫人（マーサ）　トマスの妻で大富豪。旧姓ダンスタブル。「レバノンの香油」という薬の販売で富をなした人の女相続人。ロンドンではバークリー・スクエアに住む。
エミリー・ダンスタブル　マーサ・ソーンの姪。
オニシファラス（サイフ）・ダン　マーサ・ソーンの友人。収入も財産もないが、みなに好かれているアイルランド人。
ハロルド・スミス夫妻　マーサ・ソーンの友人。スミス氏はかつて閣僚だった。
ポッツ　ロンドンの貸し馬車屋。
デール夫人　郷士クリストファーの末の弟フィリップ・デール（故人）の妻で、イザベラとリリアンの母。アリントンの「小さな家」に住む。
リリアン（リリー）・デール　クロスビーと婚約するが、すぐ捨てられた。ジョン・イームズから一貫して求愛され続ける。
クロフツ夫人（イザベラ）　リリーの姉。愛称はベル。
クリストファー・デール　アリントンの郷士。独身。リリーの伯父。「大きな家」に住む。
バーナード・デール　クリストファーの弟オーランドー・デール大佐の長男で、アリントンの後継者と目される。陸軍大尉。
セオドア・ド・ゲスト伯爵　故人。独身貴族で、ジョン・イームズに数千ポンドの遺産を遺す。ファニーとジュリアの兄。ファニーはオーランドー・デール大佐の妻になる。
レディー・ジュリア・ド・ゲスト　ド・ゲスト伯爵の妹で、ゲストウィック・コテージに住む。ジョン・イームズの味方になる。
ジョン（ジョニー）・イームズ　二十七歳独身。グレース・クローリーのまたいとこ。所得税庁に勤務する国家公務員。サー・ラフル・バフルの個人秘書官。リリー・デールを愛し続ける。
サー・ラフル・バフル　ジョン・イームズの上司、所得税庁の長官。

キッシング　所得税庁役員会の秘書官。
ジョゼフ・クレーデル　ジョン・イームズの所得税庁の同僚。妻はアミーリア。
フィッシャー　ジョン・イームズの所得税庁の同僚。
フィッツハワード　ジョン・イームズの所得税庁の同僚。サー・ラフル・バフルの個人秘書官だった。
ボールジャー　イームズの旧友で、飲み友だち。
アドルファス・クロスビー　委員会総局に勤務する国家公務員。リリー・デールとの婚約をあっという間に破棄して、レディー・アリグザンドリーナと結婚。その妻を亡くして一年。
アリグザンドリーナ・ド・コーシー　ド・コーシー伯爵の四人娘の末。クロスビーと結婚するが、ひと月で別居し、一年前バーデン・バーデンで死去。
モーティマー・ゲイズビー　ロンドンの弁護士。レディー・アミーリア・ド・コーシーと結婚し、ド・コーシー家の財産管理人となる。クロスビーを金銭的に追い詰める。
バターウェル　委員会総局の役員。
オプティミスト　委員会総局局長。
トンプソン　委員会総局の事務官。
ファウラー・プラット　クロスビーの古くからの相談相手。
ジョン・ド・コーシー　ド・コーシー伯爵の手の焼ける三男。
コンウェイ・ダルリンプル　ケンジントン・ガーデンズに住む独身画家。ジョン・イームズの友人。ブロートン夫人からクレアラ・ヴァン・シーヴァーとの結婚を促される。
ドブズ・ブロートン　ベイズウォーターのパレス・ガーデンズに住む。フック・コートで証券業を営む。投機家、金貸し。
ブロートン夫人（マライア）　三十三歳。旧姓クラターバック。マダリーナ・デモリンズの旧友。画家コンウェイ・ダルリンプルのパトロン。

オーガスタス・マッセルボロ　ドブズ・ブロートンの共同経営者。

マダリーナ・デモリンズ　およそ三十歳。ポーチェスター・テラスに住む。ブロートン夫人の旧友。ジョン・イームズの賛美者。

デモリンズ令夫人　夫サー・コンフューシャス・デモリンズ（故人）はパリで医者をしていて、ナイト爵をえた。

ランター軍曹　デモリンズ令夫人の身内。

ショーター　ミス・デモリンズから婚約不履行で訴えられてカナダへ逃げる。

ピーター・バングルズ　バートンとともにフック・コートでワイン商を営む。裏では高利貸し業を営む。

クレアラ・ヴァン・シーヴァー　二十五歳の美しい娘で、コンウェイ・ダルリンプルの絵のモデルとなる。

ヴァン・シーヴァー夫人　裕福なオランダ商人の八十歳近い未亡人で、金の亡者。ドブズ・ブロートンに金を貸す第三の共同経営者。

トマス・トゥーグッド　イームズ夫人の兄。クローリー夫人の母とトマスの母が姉妹。タヴィストック・スクエアに住んで、クランプと共同でクランプとトゥーグッド法律事務所（ベッドフォード・ロウにある）を経営する。妻マライアとのあいだにポリーとルーシーのほか十人の子供がいる。

クランプ　トゥーグッド弁護士の共同経営者。

ウィリアム・サマーキン　ジョン・イームズの役所の同僚。ポリー・トゥーグッドの婚約者。

ジョン・ストリンガー　バーチェスターの宿屋「ウォントリーのドラゴン」の経営者。痛風に悩む。

ダニエル（ダン）・ストリンガー　ジョン・ストリンガーのいとこで、赤鼻の事務員。

ジェム・スカトル　「ウォントリーのドラゴン」の使用人。メイドのアンとオーストラリアへ逃亡。

メディコート判事　巡回裁判の担当となる判事。

フィルグレイブ先生　バーチェスターの医者。藪。

リアチャイルド先生　バーチェスターの外科医。サー・ロジャー・スキャッチャードを診たことがある。

ジョージ・ウォーカー　ソームズ氏側に雇われたシルバーブリッジの事務弁護士。夫人とのあいだにジョンとメアリーがいる。

ザカリー・ウィンスロップ　ジョージ・ウォーカーと共同で弁護士事務所を経営。

アナベラ・プリティマン　妹アンとともにシルバーブリッジで女学校を経営。

モーティマー・テンペスト博士　シルバーブリッジ教区の老禄付牧師。クローリー氏を審理する治安判事の一人。主教が設置した調査委員会の委員長になる。

フランク・グレシャム　ボクソル・ヒルに住む名士。

オリエル師　グレシャムズベリーの禄付牧師。

バルサム　シルバーブリッジの薬剤師。

第四十三章　クロスビー氏がシティへ行く

「私はもう十年以上シティを見てきましたが、クロスビーさん、今この時ほど金回りの悪い時を知りません。いちばんいい商業手形でも九パーセント未満では手に入りません。どんな小切手だろうと見てもらうことさえできないんです」マッセルボロ氏はそう言った。彼はフック・コートのドブズ・ブロートンの部屋でドブズ・ブロートンの肘掛け椅子に座り、体を反らせて椅子の二本の後ろ足で心地よさそうにバランスを取った。彼はシティの現況を私たちの古い友人アドルファス・クロスビーに話していた。クロスビーが健全な経済状態にあったら、この時フック・コートにはいなかっただろう、と推測してよい。今は十一時をすぎたところで、彼はウエスト・エンドの役所にいなければならない時間だった。役所ではそんな外出を特別問題視されないほど高い地位に就いていた。とはいえ、ウエスト・エンドのクロスビーのような人が正午ごろシティを訪れるとき、経済状態がうまくいっていないと普通は思われる。シティに金を求めて来る人は金が入り用な時にどこでそれを手に入れたらいいか知らない人だ。マッセルボロ氏が帽子をかぶって椅子でバランスを取っているのを見て、クロスビーは威厳を傷つけられたように感じた。ドブズ・ブロートン氏がまさしくこの部屋で手形については何の心配もないとクロスビーに保証してからまだ二か月もたっていなかった。もちろん手形は更新できるよ――手数料をきちんと払ってもらえればね。ドブズ・ブロートン氏はその時そう説明した。それが彼の商売なのだ。クロスビーのような顧客の手形を更新することくらい嬉しいことはない。ブロートン氏は相談を受けたとき、じつに率直だった。彼は信用を利用して四パーセントか五パーセントの利息で金を調達し、それを彼の判断で八パーセントか九パーセントで貸しつけるという、商売のこの部門の営業の仕方を説明した。クロスビーはその時彼が支払うように求められているのが十二パーセントだと強く言う気にはなれなかった。そう強く言う声の慰めと響きのよさはわかっていたがだ。しかし、彼はそうしないで、融資してもらう金からゆすり取られる金額として十二パーセントが多すぎないかどうか思い巡らした。今この時、彼は余計なことを言うことなく二十ポンドでマッセルボロ氏から手形を更新してもらえればありがたかった。

　アドルファス・クロスビーはずいぶん金に困っていた。彼は二百五十ポンドの手形を更新してもらうため、マッセルボロ氏のような男を朝訪問しなければならなくなっていた。若いころは金について用心深いことで鳴らしていた。金以外の面では——前のほうの章で一部説明したように——かなり愚かな道の踏み違え方をした。しかし、彼はレディー・アリグザンドリーナ・ド・コーシーと結婚するまで、シティや高利貸しとかかわりを持ったことはなかった。その後、金に関するいざこざに巻き込まれた。レディー・アリグザンドリーナは伯爵の娘で、気高く優雅な考えから抜け出せなかった。彼は結婚してまもなくこの高貴な妻と別居したとき、彼の身と収入がモーティマー・ゲイズビー氏という——妻の姉と結婚した——弁護士の手に握られ、身動きできなくなっているのに気がついた。ゲイズビー氏が不誠実だったわけではなくて、クロスビーも彼を不誠実だとは思っていなかった。しかし、この弁護士は姻戚関係を結んだ貴族の利害と一体となって、上級の蜘蛛のため常に蝿を捕獲する——生来の弱さから本能に従う——下級の蜘蛛のようにこの貴族に奉仕した。クロスビーはモーティマー・ゲイズビー氏によって高貴な蜘蛛ド・コーシー家のためその巣に絡め取られた。私たちの哀れな友人はこの巣から逃れようともがくなかで、フック・コートの金貸しヴァン・シーヴァー夫人とドブズ・ブロートンとマッセルボロの手に落ちた。

「この前ここに来たとき、ブロートン氏から手形の更新には何の支障もないと言われました」とクロスビー。

「その時手形を更新したんですね？」

「もちろんしました——二か月間ね。ですが、更新の継続のことも彼から言われました」

「残念ながら、クロスビーさん、それはできません。本当に残念ですが、できないんです。お金がひどく逼迫していましてね」

「もちろんあなたが請求する手数料をお支払いします」

「そうじゃないんです、クロスビーさん。手形は取り立てに入っていて、清算されなきゃいけません。今のようなご時世では、おわかりのように、私たちは少し引き締めに入っているんです。二百五十ポンドなんてたいしたお金ではないと思われるかもしれません。それでも、どんな少額でも助けになるんです。そうでしょう。それに、もちろん私たちは手順に従って仕事をしています。商売は商売、お遊びじゃありません。更新してあげられたらたいへん嬉しいんですが、商売上それができないんです」

「ブロートンさんはいつここに帰って来ますか？」

「いつ帰って来てもおかしくありません。——いつとは言えませんがね。彼は今コートにいると思います」

「どこのコートです？」

「ケーペル・コートの証券取引所です」

「そこでなら会えると思いますか？」とクロスビー。

「見つけられたら、もちろん会えます。それでも、クロスビーさん、それが何の役に立つというんです？

更新できないと私は言いました。たとえブロートンが今ここにいても、事情は少しも変わりません」

しかし、マッセルボロはドブズ・ブロートンの席に座り、帽子をかぶり、椅子の二本足でバランスを取っていても、実際にはただの事務員にすぎないと、クロスビーは思った。クロスビーはヴァン・シーヴァー夫人が共同経営者の一人だということは聞いていたが、この事務所の内実がどうなっているか知らなかった。ドブズ・ブロートンが経営者であり、実際に商売をやっているのはブロートンだと信じていた。それゆえ、マッセルボロのような男から横柄にあしらわれるのは気に入らなかった。「できればブロートンさんに会いたいです」と彼。

「もう一度ここに訪ねて来られるか、――あるいはコートへ行かれるかです。それでも、手形は更新できないということを私の回答としてお受け取りください」この時、部屋のドアが開いて、ドブズ・ブロートン本人が入って来た。彼の不機嫌な顔つきを見れば、思っていたよりも金融市場がずっと逼迫していることが一目瞭然だった。「クロスビーさんが手形の件で来られています」とマッセルボロ。

「クロスビーさんは手形を買い戻さなければならん。それだけだ」とドブズ・ブロートン。

「ですが、買い戻すのには問題があるんです」とクロスビー。

「それなら、その問題に関係なく手形を買い戻さなければならないな」とドブズ・ブロートン。

ブロートン氏が金融市場の状態を嫌っていたのは一目でわかる、と私は言った。嫌ったその苦々しさを彼が酒の力で緩和しようとしたことは、もう一目見ればわかる。マッセルボロは後援者兼共同経営者が半分酔っ払っていることにすぐ気づき、クロスビーも気づいた。とはいえ、クロスビーはあきらめずにもっと食いさがらなければならなかった。手形は明日が支払い期限で、クロスビーの銀行に全額耳を揃えなければならない。彼は口座にそんな資金がないことを痛いほどよく知っていた。ほかにも支払い先を抱えていたが、それにも不幸なことに現在充分な資金を持ち合わせていなかった。飲んだくれと事務所を放り捨てて手形を運に任せるか、それとももう一度何とかならないか交渉してみるか、どうしようか考えながらしばらく彼は立ち尽くした。ブロートン本人がその時金銭的苦境にあるなどということは一瞬も考えなかった。ブロートンは金持ちが住む大きな家に住み、事業の成功者として名声を博していた。ドブズ・ブロートン当人にとっても手形の換金が喫緊の課題になっているとは、クロスビーは思ってもみなかった。マッセルボロが特別なワルであり、ブロートンはただ飲みすぎて分別を失っているため、マッセルボロの悪のりに便乗しているのだとクロスビーはまだ思っていた。「少なくとも私に丁重に答えてくれてもいいでしょう、ブロートンさん」と彼。

「現状を見れば、丁重になどとよくも言えたもんだな」とブロートンは言った。「いやはや丁重にだって――！　借金をしていたら、支払いくらい丁重なことはないだろう。マッセルボロ、デカンターとグラスを取ってくれ。クロスビーさんもおそらく喉を消毒したいと思う」

「彼はワインなんか飲みませんよ。――あなたも駄目です」とマッセルボロ。

「どうしたんだ？」ブロートンはそう言って、現在必要な慰めが安置された食器棚まで千鳥足で部屋を歩いた。「わしの部屋で友人にワインを一杯ご馳走したければ、当然そうしてもいいはずだろ」

「ワインはいただきません」とクロスビー。

「それでももう一つのほうはしていただくよ。わしは紳士にワインを飲むように勧めるとき、強制はしない。だが、手形については強制する。わかるね？　あんたは飲んでもいいし、飲まなくてもいい。だが、支払いはしなければならない。なあ、マッシー、あんたはどう思う？　カーターがいるだろ。リケッツとカーターだ。――カーターが二か月待ってくれと、しかもたった五百ポンドを待ってくれと、今請うて来なかったら、首をやるよ。今みたいな金詰まりは見たことがない。一度もね」マッセルボロはおそらく今この時共同経営者を励ます気になれなくて、この訴えには何も答えなかった。彼は帽子をかぶり、なおも椅子の足でバランスを取っていた。フック・コートではマッセルボロ氏の星のほうが隆盛だと、クロスビーでさえ気づき始めた。

「私が融資に対して進んで支払いをする気でいるとき」とクロスビーは言った。「二百五十ポンドの手形が更新してもらえないほど事態が悪いとは考えられません。手形を振り出すことはあまりないんですが、不渡りを出したことは一度もありません」

「今度のやつを最初の不渡りにしないでくださいよ」とドブズ・ブロートン。

「食い止められる限り、不渡りにはしません」とクロスビーは言った。「ですが、本当のことを言うと、ブロートンさん、あなたから手形を更新していただけなければ、不渡りになってしまいます。更新のご都合がよろしくないようでしたら、都合をつけてくださる方をご紹介していただけないでしょうか」

「どうしてあなたの銀行に行かないんです?」とマッセルボロ。

「私の銀行にこの種のことを頼んだことはありません」

「じゃあ、あんたの信用が銀行でどの程度評価されているか試してみればいい」とブロートンは言った。

「ここじゃあお気づきのようにたいして評価されていないんでね。はっ、はっ、は!」

クロスビーはこれを聞いてひどく腹を立てた。マッセルボロはそれに気づいて、暴力沙汰になったら止めるため椅子から立ちあがった。「ここにいても、本当に何の役にも立ちません」とマッセルボロは言った。

「見ての通り、ブロートンは飲んでいます。彼がどんな言動をするかわかったもんじゃありません」

「この糞ったれめ」とブロートン。彼はマッセルボロが離れるとすぐその肘掛け椅子に座った。

「それでも、取引のことでは私を信じてもらっていいんです」とマッセルボロは続けた。「私ができないと言ったら、本当に更新はできません。私たち自身が逼迫していますから、ほかの人たちにしわ寄せせざるをえないんです」

「誰なら手形を更新してくれますか?」とクロスビーはほとんど絶望して聞いた。

「ここを降りた袋小路にバートンとバングルズというワイン商がいます。おそらく連中なら融通してくれるでしょう。彼らの得意な商売ですから。それでも、とんでもない金額を要求すると聞いています」

「バートンとバングルズ商会は初めてです」とクロスビー。

「何も心配する必要はありません。どこから来たかを言うと、いくつか質問されます。彼らがいいと判断すれば、金を貸してくれます。駄目と判断すれば、貸してくれません」

クロスビーはそのあとドブズ・ブロートンとは一言も言葉を交わすことなく事務所を出て、フック・コートに降りた。階段を降りるとき、現在の窮地から身を救うためバートンとバングルズ商会へ行くのが妥当かどうか考えた。破滅的であることはわかっていた。バートンとバングルズほど貪欲ではない——と彼が思う——ドブズ・ブロートンとマッセルボロのような連中と関係を持つことさえ破滅的だった。やつらはみな破滅への道標だ。しかし、ほかに方法があるだろうか?　もし手形が不渡りになれば、その事実は間違いなく役所にも知られるだろう。最終的には逮捕されるかもしれない。彼は階段下の戸口でバートンとバングルズ商会を見ながらしばらく立っていた。店の外観が気に入らなかった。真新しい帽子——上向きにした縁の曲線が印象的な帽子——をかぶってまばゆい男が葉巻をくわえて、事務所のなかに立っているのを見た。この男はベストの全面を一本の鎖とぶらさげた印鑑でごてごて飾っていた。この男はカウンターにもたれかかって、その反対側にいる誰かと話していた。クロスビーは男の表情と態度を見てすっかり不愉快になった。男の見た目はマッセルボロよりも俗悪で、離れた戸口からクロスビーが聞いた男の声は、酔ったドブズ・ブロートンの声と同じくらいぞっとさせるものだった。クロスビーはこの男が間違いなくバートンかバングルズで、なかに立っている男がバングルズかバートンだと思った。この男たちに話し掛けて、窮状を訴え、助けてほしいと頼む気にはなれなかった。マッセルボロからたった今言われたように紹介なしに訪ねても、うまくいくとは思えなかった。それで、彼は上向きの帽子と鎖の男の大声を聞きながら歩いて、フック・コートを去り、横町に入った。

しかし、どうしたらいいだろうか？　クロスビーはド・コーシーの人々と法廷で争う必要があると知り、モーティマー・ゲイズビーによってせっせと張り巡らされた蜘蛛の網に抵抗する必要があると最初に思ったころ、つまり金銭的逼迫の初期のころ、弁護士からドブズ・ブロートンを紹介され、必要とする金を苦もなくえることができた。ブロートン氏が特別気に入ったわけではない。彼はブロートン氏からちょっとしたディナーに初めて招待されたとき、羽振りのいいころにはこれとは違った種類の上流の人々ともっとましなディナーをするのが常だったと、痛ましい悔恨を覚えながらつぶやいた。それでも、本当の痛みは感じなかった。彼はド・コーシー家の娘と結婚して、この結婚によって社会的飲食の頂点に昇り詰めようと意図したにもかかわらず、徐々に逆にそんな飲食の社会的階段を落下していることに気がついた。胸中に激しい痛みを感じることもなくドブズ・ブロートンとディナーをする気になった。とはいえ、今やドブズ・ブロートンからさえ侮辱されるほど落ちぶれてしまった。十ポンドをえるためどちらを向いたらいいかわからないほど困窮していた。ゲイズビー氏からは法廷で打ち負かされ、抱えた弁護士からは問題をこれ以上追及しても愚かなだけだと助言された。彼はド・コーシー家の高貴な娘との結婚のあいだ、また強運のおかげで妻から自由の身になった今でさえ、ド・コーシー家に縛られた決済のやり方を会計の枠組みの立案者であるゲイズビーに認めていた。ゲイズビーの主張によると、クロスビー本人のため金は湯水のように使われた。家具の金、家の賃貸借契約の金、妻との別居の金、妻が海外生活をする金など。彼はバーデン・バーデンに居を構えたド・コーシー家の女性三人分の生活費を、妻がそこに加わった日から、むしろその日以前から、みな支払っているように見えた。こうした出費を拒否するためあらん限りの力で抵抗したけれど、そうした抵抗のせいで出費をさらに増やしてしまった。ゲイズビー氏からこのうえもなく丁寧な手紙を送られて、送られるたびにさらに金を請求されているように思えた。手紙の文言一字一字が請求書につながっているように感じた。妻は亡くなり、伯爵の娘にふさわしく華やかに運ばれて帰国し、古いド・コーシーの遺骸とともに横たえられた。――彼の支払で。遺体の防腐処理には驚くほど金がかかったから、大きな痛手をこうむった。これら費用の細目をシャワーのようにゲイズビー氏から浴びせられたうえ、できる限り迅速な決済をするように丁寧な言葉で求められた。もし妻が夫よりも長生きした場合、夫が財産を妻に譲り渡すという合意書に従って、彼はレディー・アリグザンドリーナのわずかな財産を譲り渡すように申し立てた。すると、ゲイズビー氏は法律の解釈で彼が間違っていると穏やかに意見を述べ、穏やかに友好的な訴訟を勧めた。友好的な訴訟が続けられた。彼は抱えた弁護士から見捨てられたような気がした。ゲイズビー氏が何においても成功した。クロスビーは一銭ももらえないまま、古い借金でも新しい借金でも金を要求された。彼は失ったものに代わる慰めとして妻の髪が入った形見の指輪を受け取った。――その指輪も、さまざまなほかの形見の指輪も、彼が支払わなければならなかった。そのほかに受け取ったものがドブズ・ブロートン氏だった。彼はドブズ・ブロートン氏に五百ポンドの借りがあった。明日が支払期限となるその額の半分の手形について、ドブズ・ブロートン氏はひと月の更新さえ応じてくれなかった。

シティに金を求めて入って、一文も手に入らない男たちの歩みほど不快な歩みを私は知らない。男たちが無駄に歩んだ歩みのなかでも、こんなかたちで失われた歩みこそ確かにいちばん憂鬱なものだ。一歩一歩がじつに無駄であるばかりでなく、すさまじい恥辱の感覚にも伴われている！　フック・コートを通って近づき、がらんとした壁のくすんだ部屋で待つこと、気に入らなければ金貸しがわざわざ来ようともしない安っぽいコーヒー店でひそかに待ち合わせをすること、借り手が心から嫌っている狡猾な悪党に丁寧に懇願しなければならないこと、三度断られ、四度目の試みで事情を知りつつだまされること、もっともきたない種類の俗悪さに身を委ねながらもそれが好きであるように見せなければならないこと、いちばん不正直なやつらからいじめられ、ののしられ、最後には誠実さが欠けるといって責められること、同時に近づいてくる破滅をはっきり意識していること、――これがどこで金が入るか当てがないままシティに金を求めて入る人の運命だ。

クロスビーはロンバード・ストリートへ向かう横町を歩いているとき、ちょっと立ち止まって考えた。世間一般のことはよく知っているが、手形が不渡りになったとき自分がどうなるかはっきり呑み込めていなかった。誰かが特別な印のついた手形を持って来て、ただちにポケットに手を突っ込んで額面の金と追加手数料を出すように要求する、それくらいはわかっていると思った。もし彼が商売をしていたら、破産者となり、支払い不能者と見なされることはよく承知していた。しかし、債権者がすぐそんな力を持つことが理解できなかった。手形が不渡りになったという事実が役所の局内役員会に届く、――それで、彼がそんな手形に頼る生活をしていたという事実が露見する、――それだけでも彼を動揺させるのに充分だった。彼は任官した当初あまりにも胸を張って堂々と歩き、たんなる政府事務官以上の存在だったので、この件から来る恥辱を思うとほとんど死んだほうがましだと感じた。人生を終らせて、逃げ出すほうがいいのではないか？

生きるに値する何が今この世に残っているというのか？　彼はリリーを手に入れたとき、幸せと豊かさに至る希望で高められた。それなのに——それを捨てて、再びそれにほぼ手が届くところまで来た。そのリリーからあまりにもはっきり拒絶されたので、これ以上彼女に近づく方法も先の見通しも持てなかった。たとえ拒絶されなかったとしても、今の借金の重荷をどうやって彼女に伝えることができるだろう？　横町がロンバード・ストリートと交わる街角に立っているとき、彼は更新できない手形のことよりも、ほとんどリリーのことを考えていた。それから、二つの不幸を一緒に考えるとき、ピストルなら都合よく両方に終止符を打ってくれるのではないかと自問した。

その時、大きな、耳障りな声が耳に届いた。「やあ、クロスビー、こんな東の端に何の用があるんだね？　君にシティで会うとは珍しいことだ」昔クロスビーの耳にずいぶん不快に響いたサー・ラフル・バフルの声だった。——というのは、サー・ラフル・バフルはクロスビーが今も勤める委員会総局の前局長だったからだ。

「はい、確かにそう頻繁にここには来ません」とクロスビーはほほ笑んで言った。そんなほほ笑みを無理に作る苦痛は誰にもわからないだろう。が、感じ取ることはできるだろう。それでも、サー・ラフル・バフルは鋭い観察眼を持たなかったから、どこかおかしいなどとは思わなかった。

「ちょっとした小遣い稼ぎだろ」とサー・ラフルは言った。「ちょっと小金を貯めたら、近ごろは確かに利益のあがる相場の動きだからね。君はいつもこういうことには抜け目がないからな」

「いえ、本当に」とクロスビー。もし銃で自殺する決心がついたら、この世を去る前に、この憎むべき男に適切な罰を加えるのは愉快じゃないだろうか？　とはいえ、クロスビーは自殺する気なんかないことを知っており、サー・ラフル・バフルに妥当な罰を与える力もないことを知っていた。ただこの男を憎み、ひそかにののしることしかできなかった。

「ほう、そうかね」とサー・ラフルは言った。「何かいいものが手に入るとわかっていなければ、君はこんなところにはいないだろう。しかし、わしは行かなければならない。ロッキー山脈運河会社重役会に出るんでね。わしは一日二ギニーを持ち歩くことで満足している。では、さようなら。オプティミストさんによろしく伝えてくれ」サー・ラフルはそう言うと、まだ横町の街角に立つクロスビーを置いて去って行った。

どうしたらいいだろうか？　彼はこの邪魔のおかげで少なくとも胸中からリリーを追い払って、金銭的苦境の問題に引き戻されたように感じた。彼は取引銀行のこと、すなわち個人的に多くの銀行員を知り、これまで好待遇されてきたウエスト・エンド支店のことを考えた。しかし、最近は残高がなくなって、口座から借り越していることを一度ならず注意されていた。バウンスとバウンスとバウンスという名高い銀行は担保もなく手形を現金と引き換えたり、金を貸したりしてはくれないことをよく知っていた。彼らにそうしてくれるように頼む勇気がなかった。

彼は辻馬車にふいに飛び乗って、役所に引き返した。いい考えを思いついた。役所の友人の親切に身を委ねるつもりだった。彼はこれまで目下の事務員にも、目上の役員にも堂々と胸を張って歩く工夫をしてきたので、窮地にあることを誰からも知られていなかった。誇りがあまりにも高いので、損をするほどだとか、気位が高くて、人格を支え切れないほどだとか、どんなつまずきでも危険になるほどだとか、そんな人物は役所では珍しくない。クロスビーとその人格は委員会総局でそんなふうに見られていた。今彼が友人として当てにしようと思った相手は、彼の前任の秘書官で、今はもっと楽な、もっと威厳のある役員の地位に就いているバターウェル氏という人だった。クロスビーはバターウェル氏を少し軽蔑しており、ここ数年そういう態度を好んで取っていた。バターウェル氏は彼から鼻であしらわれていたから、途方に暮れて、一、二度彼の失脚を試みたことがあった。クロスビーはこういう争いで勝ちを占めて、バターウェル氏を打ち負かした。そういうことがあっても、バターウェル氏は仕事上の体裁とか、支障とか、円滑さとかを念頭に置いて、秘書官とはいつも表面的に友好的な関係を維持していた。二人はほほ笑み、愛想よくし、互いに相手をバターウェル、クロスビーと呼び合って、馬鹿げた犬猿の仲を避けた。それでも、バターウェル氏がクロスビーを蛇蝎のごとく嫌っていることは、役所の事務官みながしばしば指摘する意見だった。クロスビーが突然当てにしようと決心したのはこの人だった。

彼は役所に馬車で戻って来たとき、ただちに困難に飛び込もうと意を固めた。バターウェル氏がかなり金持ちであることも、人のよさ――博愛主義的な目的を持つ活動的な人のよさではなく、拒絶の苦しみを避けたがる受け身の人のよさ――を具えていることも知っていた。そのうえ、バターウェル氏は気が弱かったから、うまく説得して、断る勇気を奮い起こす時間を与えなければ、承諾をえることができるだろう。しかし、クロスビーは自分の勇気も疑っていた。彼は時間的余裕を置いたら、ためらって、そんな状況にひどい屈辱を感じ、やる気を失ってしまうことを恐れた。それで、自分の机に向かうことも、帽子を取ることもなく、バターウェルの部屋へ直行した。ドアを開けると、バターウェル氏が一人でタイムズ紙を読んでいた。「バターウェル」とクロスビーはドアを閉める前から話し始めた。「ずいぶん困ってあなたのところに来たんです。助けてくれませんか。五百ポンド貸してほしいんです。三か月もかけずに返済します」

バターウェル氏は手から新聞を落として、眼鏡越しに秘書官を見詰めた。

第四十四章　「貸さざるをえないと思います」

クロスビーはバターウェル氏を攻略する言葉をこの十五分間口に出して言う前に用意していた。金を借りるときには、言葉の選び方だけでなく、話し方にも常に難しさがある。じっくりとした慎重なやり方がある。借り手は議論の強さで貸し手を説得して、借りたいという思いが借り手側の軽率な思いつきではないこと、貸そうという気持ちが貸し手の側の軽率な衝動ではないことを証明するやり方だ。このやり方はほかのやり方よりもよく失敗する。哀れみを誘うやり方――情に訴える方法――もある。「親友よ、もしあなたが今苦境を乗り切らせてくれなければ、誓ってぼくは生きていけなくなる」このやり方にはさらに二つの方法がある。嘘で憐れみを誘う方法と、真実で憐れみを誘う方法だ。「日が昇るのが確かなように、二か月でその金を返します」これは一般に嘘で憐れみを誘う方法だ。次のような言い方もあるだろう。「いつ金を返せるかわからないと言っておくほうが正直でしょう」これは真実で憐れみを誘う方法と言っていい。概してこれがいちばん成功する確率の高い金の借り方だ、と私は思う。親しさを全面に出して厚かましく要求するやり方もある。「旧友よ、三十ポンド貸してくれないか？　駄目かい？　じゃあ、この紙の裏にちょっと名を書いてくれるだけでいい。そうしたらシティで片をつけるから」このやり方で最悪なのは、手形がしばしばシティで悪質業者の手に渡ってしまうことだ。さらに、急襲するやり方、クロスビーが今回の場面で用いたやり方がある。若者が老人に、愛する人が尊敬する人に、無知な人が経験豊かな人に、という具合に当然ほかにもいろいろな借金の仕方がある。この世のバターウェルらとクロスビーらの貸し借りのことだけ私がここで話しているということは理解してもらえるだろう。「ずいぶん困ってあなたのところに来たんです」とクロスビーは言った。「助けてくれませんか。五百ポンド貸してほしいんです」バターウェル氏はその言葉を聞いたとき、読んでいた新聞を手から落として、眼鏡越しにクロスビーを見詰めた。

「五百ポンド貸してですって」と彼は言った。「何とまあ、クロスビー。それは大金ですよ」

「ええ、そう――大金です。その半分がすぐ入り用なんです。ですが、半分は一か月後でいいんです」

「金の問題で、あなたは世間の人の苦労をいつも超越していると思っていました。何とまあ――長いあいだ耳にしてきた話のなかでこれほど私を驚かした話はありません。なぜかわかりませんが、あなたは心地よい生活を送っているのだといつも思っていました」

クロスビーは借金に成功するじつに大きな第一歩を踏み出していることに気がついた。バターウェル氏は借金を申し込まれても、それを一瞬も受け入れられない考えとして、恥ずべき非道な考えとしてただちに拒絶しなかった。クロスビーは貧乏な包丁研ぎ師[1]のように扱われることもなく、借金の申し出をするあいだちゃんと立っていられた。「私は結婚してからひどく金に逼迫しているので」と彼は言った。「生活をきちんと立て直すことができません」

「しかし、レディー・アリグザンドリーナは――」

「ええ、もちろん。わかっています。私の個人的なことであなたをわずらわせたくありません。思うに――内輪の恥を公に曝すくらい不名誉なことはありません。が、本当のことを言って、やっと今私はド・コーシー家の強欲から解放されたところです。私が支払わなければならなかった金額を口に出しても、あなたは信じないでしょう。妻の遺体をイギリスに運んで、ド・コーシーに埋めるのに二百四十五ポンド使ったんです。どう思います？」

「私なら亡くなった場所に置いておきますね」

「私だってそうします。私がそれを指示したなんて思わないでください。哀れな妻。そうすることが妻の役に立つんなら、私がしぶるつもりがないことを神はご存知です。結婚して妻と一緒にいるあいだひどい生活でした。ですが、亡くなっても妻のため、納得できる出費なら、出し惜しみするつもりはありません。それでも、私に一シリングも余裕がないとき、遺体を帰国させる金を私に払わせるなんて！　何と、あまりにもひどい！　あのジョン・ド・コーシーの馬鹿――あいつは旅費まで私に払わせたんです」

「その人は埋葬されなかったんですね？」

「忌ま忌ましくて話すこともできません、バターウェル。本当に。そのうえ、結婚契約で私に設定された妻の金を請求したとき――たった二千ポンドだったんですが――、彼らから訴えられたんです。設定された二千ポンドはなかったようなんです。私が望めば義母が亡くなったとき、姉妹に対して別の訴訟を起こすことができます。ああ、バターウェル、何と馬鹿なことをして、我が身を世間の物笑いの種にしてしまったんでしょう。難破してしまいました！　ああ、バターウェル、あなたに事情がみなわかっていただけたら」

「今はド・コーシー家から自由になったんですか？」

「ド・コーシーの長女と結婚したゲイズビーという男に一千ポンド以上借りがあります。ですが、年に二百ポンドずつ返済しています。その男は私の生命保険を握っているんです」

「その金は何のために借りたんです？」

「聞かないでください。あなたに言うのがいやだというんじゃないんです。――家具や、家の賃借料や、結婚前の財産処理合意証書の手数料など、――畜生あの野郎」

「何とまあ。そういうものでとても窮迫していたように見えますね」

「伯爵の娘とただでは結婚できませんからね、バターウェル。それから、私が失ったものを考えてみてください！　ですが、今さらどうしようもないんです。自分で敷いた布団には横たわらなければなりません。こういうことを考えていると、時々気も狂わんばかりになって、銃で頭を吹き飛ばしたくなります」

「そんなことを言ってはいけません、クロスビー。人がそんな話をするのはいやなんです」

「本気で頭を吹き飛ばすつもりはありませんよ。思うに私は臆病すぎるんです」相手の男の心を和らげたいと思うとき、男はいつも自分の悪口を言うべきだ。相手の女の心を和らげたいと思うとき、男はその女の悪口を言うべきだ。「ですが、この三年間の生活は火の車でした！　一時間として気が休まる時はありませんでした。――一時間として。こんなことを言って、バターウェル、あなたをわずらわせたくありません。ああ、――金のことでした。そうです。状況は今お伝えした通りです。ゲイズビーに一千ポンド以上借りていて、今言った通りの返済の手はずになっています。それから、妻のせいでできた借金があって――少なくともかなりの部分が妻のせいだと思います――、あのおぞましい葬式の借金があり、忌ま忌ましい老伯爵夫人のせいで――これは確かです――できた借金があります。とにかく清算するため私は四百ポンド以上を工面しました。そして、今は支払わなければならない五百ポンドの借金があります。明日までに半分の二百五十ポンド、来月の今日までに残り半分です」

「担保はないんですか？」

「ボロ服も、布きれも、糸も、土地もありません。私の給料があって、ゲイズビーに支払う分を支払ったあと、あなたに十二か月以内に返済するようやり繰りします。――つまり、あなたが貸してくだされればです。私はそうすれば、生きていくことができます。もしあなたが金を融通してくだされば、私はそうして生きていきます。愚かさが私の身にもたらしたのがこの結果です」

「五百ポンドは大金です」

「その通りです」

「しかも担保がありません！」

「あなたに借金をお願いする権利なんかないことは、バターウェル、わかっています。ひしひしとそれを感じています。もちろんあなたが設定する金利を払わなければなりません」

「利子は今およそ七パーセントです」とバターウェル。

「七パーセントなら何の異議もありません」とクロスビー。

「しかし、それは担保があっての利子です」とバターウェル。

「あなたの条件を設定してください」とクロスビー。

バターウェル氏は椅子から立ちあがり、手をポケットに入れて部屋を歩き回った。彼はその時バターウェル夫人から何と言われるか考えていた。「返事は明朝でもいいですか？」と彼。「今日返事をいただきたいんです」とクロスビー。それから、バターウェル氏はもう一度部屋を歩き回った。「貸さざるをえないと思います」と彼。

「バターウェル」とクロスビーは言った。「あなたにいつまでも感謝します。破滅から私を救ってくれたと言っても過言ではありません」

「もちろん利子の話は冗談です」とバターウェルは言った。「五パーセントが適当なところでしょう。ちょっとした領収書を作ってくれるといいですね。明日初めの半分を渡します」

上司の手を握るとき、クロスビーの目にあふれた涙は本物だった。「バターウェル」と彼は言った。「あなたに何と言ったらいいんでしょう?」

「何も言わなくていいんです。――何もね」

「あなたのご親切のおかげで、ここに頼みに来るべきじゃなかったように感じます」

「まあ、馬鹿なことを。ついでですが、トンプソンに昨日渡した書類を持ってくるように伝えてくれませんか? 三時までに読んでおくとオプティミストに約束しました。もう二時をすぎていますから」彼はそう言うとテーブルの席に座った。クロスビーは部屋を出なければならないと感じた。

バターウェル氏は一人取り残されたとき、トンプソンが持って来た書類を読まないで、五百ポンドのことを考えて座っていた。「そこに置いておいてくれ」と彼はトンプソンに言った。書類は置かれたまま、一日、次の日も一日そこに置かれていた。それから、トンプソンはそれをまた持って行ってしまった。誰かがその書類を読む必要があったから。五百ポンド! 大金だな。そのうえ、本当のところクロスビーにはあまり強い愛情を感じなかった。「当然彼は今それを必要としている」とバターウェルは一人つぶやいた。「しかし、彼に万一のことがあったら、どうしたらいいんだろう?」それから、彼はバターウェル夫人がクロスビーを特に嫌っていることを思い出した。――夫人はクロスビーが夫を鼻先であしらうのを知っていたからだ。「しかし、男が相手を十年以上も知っていたら、それを断るのは難しい」それから、彼は第一にクロスビーがきっと将来これまでよりも愛想よくしてくれるだろうと、第二にクロスビーの生活がまっとうな生活になるだろうと、第三に同僚の役人を助けた点で善良さが際立つだろうと考えて、いくらか自分を慰めた。それでも、パトニー(2)に帰る途中、乗合馬車の窓から外を眺めて座っているとき、彼は必ずしも不安を感じないわけではなかった。バターウェル夫人はとても用心深い女性だったから。

しかし、クロスビーはその日の午後心底安らいだ気持ちでいた。借金に成功するとは思っていなかったのに、成功した。彼はサー・ラフル・バフルから街角で声を掛けられて、役所のことを思い出すまで、資金源としてバターウェルのことなんか思いつきもしなかった。手形が不渡りになり、支払い不能に陥ったことが役員会に知られることを考えると恐ろしかった。マッセルボロとドブス・ブロートンの手荒な扱いを受けて、シティの人々とその取引の仕方には嫌気が差していた。彼は今突然何もかもを明るくしてくれる安堵に包まれた。モーティマー・ゲイズビー氏のこともほぼ嫌悪なく考えることができた。結局、おそらく彼はまだ幸せになれるのかもしれない。冷え冷えする凍りつかせる手紙をリリーの母から受け取ったとはいえ、やがてリリーからも受け入れられることがあるかもしれない。一つだけ確かなことがあった。もしリリーに言いたいことを言える機会があったら、彼は金銭的な窮状についてもきっとみな打ち明けるつもりでいた。

今の決意をした点で彼は正しかった、と私は思う。もしリリーが彼の言い分をまた聞くことがあったら、きっと借金が理由で彼との結婚を思いとどまることはなかっただろう。

註

（1）ジョージ・キャニングが書いた詩「博愛主義者と研ぎ師」（1797）の登場人物。裕福な急進的博愛主義者が貧乏な研ぎ師に圧制をののしるようにけしかけるが、研ぎ師は自分の運命に満足しており、一杯の酒のため六ペンスにありつければいいと答える。博愛主義者は研ぎ師の革命精神の欠如を怒り、熱狂的共和主義に我を忘れて、研ぎ師を蹴り、研磨機をひっくり返して立ち去るという内容。

（2）ロンドン南西部郊外、テムズ川南岸の住宅地。

第四十五章　リリー・デールがロンドンへ行く

三月末のある朝、郷士は「小さな家」の応接間の窓を軽く叩いた、そこにはデール夫人と娘が座っていた。彼は手に一通の手紙を持っていた。リリーと母は郷士がその手紙のことを話すためやって来たことを知った。郷士は機嫌がいいとき、いつも窓を軽く叩いた。機嫌が悪いのに義妹に会わなければならないとき、手紙を書いて、デール夫人のほうから「大きな家」に来てもらった。ほかのとき、つまりリリーの言う機嫌がよくも悪くもないとき、郷士は玄関のほうへ回ってドアをノックし、普通の人のやり方で入って来た。とはいえ、彼が思い切り気持ちよくしたいと思うとき、やって来て今やったように応接間の窓を軽く叩いた。

「今開けます、伯父さん、ちょっと待って」とリリーは言うと、芝地に面しているフランス窓のかんぬきをはずした。「ひどい寒さです。できるだけ早く入ってください」

「ぜんぜん寒くない」と郷士は言った。「これまでのどの朝よりも春めいた朝じゃ。わしは暖炉に火を入れずに座っている」

「今から二か月たっても私たちは暖炉に火を入れていますよね、母さん？　手紙を私たちに見せるため持って来たんでしょう、伯父さん？」

「うん――そうじゃ。これを見せるため持って来た。メアリー、これから何が起こると思う？」

デール夫人はその時恐ろしいことを考えたけれど、賢い人だからそれを口に出さなかった。郷士が馬鹿な真似をして、結婚するということもあるのではないか？　「推測するのは苦手です」とデール夫人は言った。「教えてください」

「バーナードが結婚するんでしょう」とリリー。

「どうして知っているんじゃ？」と郷士。

「知っていません。ただ推測しただけです」

「じゃあ、あんたの推測は正しい」郷士はこんなふうに新しい知らせを横取りされて、少し当惑した。

「とても嬉しいです」とデール夫人は言った。「この結婚が気に入っているのがあなたの態度からわかります」

「うん――そうじゃ。相手の娘に会ったことはないが、全体から見ていい縁談じゃと思う。おわかりじゃろうが、あいつももう結婚してもいい年じゃ」

「まだ三十になっていないでしょう」とデール夫人。

「あと一、二か月でなるよ」

「相手はどんな人なんです、伯父さん」

「うん――あんたは推測が得意じゃろ。それも推測できると思うがね？」

「彼がよく話していたミス・パートリッジじゃありませんか？」

「違うな。ミス・パートリッジじゃない。――違うと言えて嬉しい。パートリッジ家には一銭の金もないとわしはにらんでいる」

「では、相手は女相続人ですね」とデール夫人。

「いや、女相続人じゃない。じゃが、彼女はいくらか持参金をさげて来ることになる。バーセットシャーに親戚を持っている。それがいいところじゃな」

「バーセットシャーに親戚って！　いったい誰でしょう?」とリリー。

「名はエミリー・ダンスタブルと言うんじゃ」と郷士は言った。「その娘はソーン先生と結婚してチャルディコウツに住むあのミス・ダンスタブルの姪じゃよ」

「何百万ポンドという金を持っている女性ですね」とリリーは言った。「みんな軟膏を売って手に入れたんです」

「どうやって金を手に入れたかは問題じゃないね」と郷士は怒って言った。「ミス・ダンスタブルは立派な結婚をして、いつも非常に立派に金を使っている」

「バーナードの奥さんは彼女の財産をみなもらうんですか?」とリリーは尋ねた。

「娘は結婚するその日に二万ポンドをもらうことになっている。それが全部じゃと思う」

「充分すぎるほどです」とデール夫人。

「リリーの言う軟膏を売っていた老ダンスタブルさん――そう呼ばれていたんじゃ――は、息子やその未亡人と喧嘩をして、未亡人やその子に何も残してやらなかったようじゃ。その子の母が亡くなったあと、叔母のソーン先生の奥さんがずっとその子の面倒を見ていた。そういう事情じゃよ。バーナードはその子と結婚しようとしている。五月にチャルディコウツで式を挙げるようじゃ」

「それは嬉しい」とデール夫人。

「ソーン先生とは四十年来のつき合いじゃから」と、郷士は今憂鬱な低い調子で言った。「わしは先生に手紙を書いて、もし二人が望むなら、わしの古い家を若夫婦だけで住まわせようと申し出たよ」

「何ですって！　あなたは家を出るつもりですか?」とデール夫人。

「出てもたいしたことじゃない」と郷士。

「私たちの家に来て、住めばいいんです」とリリーは言って、郷士の手を取った。

「どこに住もうともうたいした問題じゃない」と郷士。

「バーナードはそんな計らいに同意しないでしょう」とデール夫人。

「相手の女性は私に花嫁付添人になれと言ってくれるかしら？」とリリーは言った。「チャルディコウツはとてもすてきなところだという噂です。それに、グレースから聞いたバーセットシャーの人々にも会えるでしょう。かわいそうなグレース！　グラントリー家がソーン家ととても親しいことは聞いています。軟膏で作った二万ポンドをバーナードが手に入れるなんて驚きです！」

「金をどこで作ろうが、あんたには関係ないじゃろ？」と郷士は半分怒って言った。

「本当に関係ありません。ただ奇妙に思っただけです。彼女がすてきな女性であればいいと思います」

するとと郷士は甥から送られて来たエミリー・ダンスタブルの写真を取り出した。一同はみな彼女がとてもかわいく、とても淑女らしく、とても善良そうだと口を揃えて言った。郷士はこの結婚を明らかに喜んでおり、それゆえ二人の女性も喜んだ。バーナード・デールはここの土地の跡継ぎで、その結婚は当然重要な課題だった。アリントンのような土地では金がいつも不足していたから、郷士が若い女性の財産に大きな期待を寄せていたとしても許してもらえるだろう。「金が入ってこなければ、バーナードにとって結婚は分別のあるものとはならなかったじゃろう」と郷士は言った。「わしが死ぬまで結婚を延ばしたくなかったらの話じゃ」

「待っていたら年を取りすぎて結婚できなくなってしまいます」とリリー。

しかし、郷士は運んで来たニュースの袋をまだ空にしていなかった。郷士自身がロンドンに呼び出されていることをそれからすぐ明かした。相手の娘に会いに来るように誘う手紙をバーナードから受け取っていた。お抱えの弁護士からも手紙が来て、ロンドンに上京することが望ましいと言われた。「もちろんじつに面倒なことじゃが、行こうと思う」と郷士。「行けばたくさんいいことがありますね」とデール夫人は言った。「結婚する前に当然直接会って相手の女性を知っておくべきです」それで、郷士は考えていたことを白状して、ここに来た目的のすべてを話した。「ひょっとしてリリーがわしと一緒に行ってくれないかと考えたんじゃ」

「まあ、クリストファー伯父さん、ぜひとも行きたいです」とリリー。

「あんたのお母さんが反対しなかったらじゃ」

「母さんは何も反対しません。むしろ反対するところを見たいくらいです！」リリーは母に向かって頭を横に振った。

「ミス・ダンスタブルが特にあんたに会いたがっているとバーナードが言うんじゃ」

「まあ、本当に！　私もぜひミス・ダンスタブルに会いたいです。何とすばらしいんでしょう！　母さん、ロンドンなんて子供用フロックを着ていたころに行ったきりじゃないかしら。パントマイムに連れて行ってもらったのを覚えています？　もう何年前になるかしら。バーナードは確かに結婚すべき時です。伯父さん、舞台を見に連れて行ってください」

「ぜひともそのように手配しよう！」

「それから、オペラでしょう、マダム・タッソーでしょう、園芸でしょう、女性を空中に浮かせる新しい奇術も見たいな。ロンドンに行けると思うと！　花嫁付添人の一人になります。生きることに新しい見通しが開かれたとはっきり言います！　母さん、私がいないあいだ退屈しないでね。そんなに長くはならないと思いますから、ねえ、伯父さん?」

「およそ一か月くらいじゃろう」と郷士。

「まあ、母さん、そのあいだどうします?」

「気を使わなくてもいいんですよ、リリー」

「ベルと子供に来てもらわなければいけません。一か月家を離れて生活するなんて想像することもできません。これまで一か月も家を離れたことなんかありません。でも、一か月家を離れて生活するなんて想像することもできませんでした」


リリーは伯父と一緒にロンドンに上京した。準備のため許されたのは二日だけだった。そんな旅をするとなるといろいろなことを思案した。従兄の妻となるエミリー・ダンスタブルに会ったり、観劇や新進の奇術師のショーに行ったりすることだけでなく、アドルファス・クロスビーやジョン・イームズが住む同じロンドンに滞在するということも考えた。リリーはロンドンの広大さと、雑然たる人の群れと、無目的に集まる人々のあいだの距離を直接体験したことがなかったので、気まぐれな思いのなかでは、家を空けるこの一か月間まるで二人の恋人と密着した状態になるかのように意識した。アリントンの要塞にいればとにかく安全だとこれまで思っていた。クロスビーから母に手紙で――結局断ったが――新たな申し出がなされたとき、リリーは会いたくなければもちろん彼に会う必要はないと感じた。アリントンにいればクロスビーから強引に迫られることはないだろう。ジョン・イームズの場合は、好きなだけしょっちゅう顔を出してくる。彼女はもちろんそれを歓迎するけれど、アリントンにいればやはり安全で、常に女主人として振る舞えるくらいくつろいでいられた。ここにいれば、高い目線からイームズに話し掛けることができる。しかし、もしロンドンで偶然イームズに会ったら、決してそうはいかないだろう。クロスビーはおそらく彼女の前に現れては来ないだろう。クロスビーは伯父に会うことを恐れるから、と彼女は思った。――そう思うとき、愛した男のことで顔を赤らめた。しかし、ジョン・イームズはきっと会いに来る。ジョンが会いに来れば必ず求婚を始めるだろうと、これまでの経験から想像せずにはいられなかった。

しかし、彼女はこんなことは母にさえも一言も漏らさなかった。ロンドンへの期待を率直に言い表すのは、エミリー・ダンスタブルや観劇や奇術にとどめて満足した。「エミリー・ダンスタブルに熱をあげることは十中八九なさそうですね、母さん」とリリー。

「それはわかりませんよ、あなた」

「私はもう新しい知り合いに夢中になることはないと思うくらい年を取ったように感じます。三年前なら確実に新しいいとこが好きになっていました。それって何か新しいドレスを手に入れるのに似たところがありますね。でも、私は古いドレスがいちばん心地いいと思うようになりました。古くから知っているいとこがいちばんいいんです」

郷士はサックヴィル・ストリート(1)に陰気な感じの宿を取った。ロンドンの宿屋はどこも陰気な感じがする。カーテンやカーペットは明るい色よりも暗い色のほうが長持ちする。ロンドンのそんな宿の主人は外観も黒ずんだ感じがいいと思っているようだ。外観を明るくしようと試みるロンドンの宿を私は見たことがない。そんな試みは、もしなされたとしても、見返りがないと思う。外観が明るいと、宿を探している人は困ってうろたえ、無意識に何かよくないことを想像する。つまり、夜盗かヤクザを思い浮かべる。事情はそういうことなので、善良な宿の女主人ならきれいに布を掛けた部屋とか、心地よく彩色された部屋を見せる気にはなれないだろう。その点、郷士が取った大きな応接間と二つの寝室はじつに適切だった。まるで二人の囚人のためにあつらえられたかのように、陰気で、暗くて、通常の生活の心地よさからかけ離れていた。とはいえ、リリーはロンドンに明るい宿を期待するほど無知ではなかったので、満足した。二人が落ち着くとすぐ

「さて、これからどうしましょうか？」とリリーは言った。まだ三月で、アリントンの天気がどうあれ、ロンドンはとても寒かった。二人は夕方五時にサックヴィル・ストリートに着いて、トランクの中味を取り出したり、与えられた場所を心地よくしたりするのに一時間使った。「さて、これからどうしましょうか？」とリリー。

「六時半にディナーを用意してくれと言っている」

「そのあとはどうしましょうか？　バーナードは今夜来ませんか？　彼が花嫁と手をつないで、ドアの前の階段で私たちを待っていてくれたらよかったのに」

「今夜バーナードはここに来ないと思うよ」と郷士は言った。「あいつは来ると言わなかった。わしはミス・ダンスタブルに明日彼女の叔母の家にあなたを連れて行くと約束したんじゃ」

「でも、今夜彼女に会いたかったんです。ええ。――もちろん花嫁付添人のほうが花嫁にかしずかなければね。二万ポンドもの大金を持っている女性に普通の人のように出歩くよう求めることはできません。バーナードは、――でも、バーナードが急いでここに現れることはありませんね」それから、二人はディナーを取った。郷士が近くのパブから運ばれたポートワインを一本飲んで、ほとんど寝入りそうになったとき、リリーはとても退屈だと感じ始めた。部屋を見回して、とても醜いと思った。三十夜をこんなふうにすごしたら、とても長いと悟った。この瞬間バーナード・デールと一緒にいるエミリー・ダンスタブルにとって、時間はおそらくもっとすばやく進むのだろうと想像した。それから、家にいれば一緒に座っていてくれる母がおり、日常の仕事が手元にあるので、時はそれほど退屈には感じられないと一人つぶやいた。しかし、そうつぶやくとき、彼女は自分を責めて、そんな確信が本当に正しいかどうか自問した。時がたつのは時折家にいても退屈ではなかったか？　彼女はこうして自分の人生全般に思いを向けた。日記に書くとジョン・イームズに言った二語を心のなかで何度も繰り返した。読者はその二語を覚えておられるだろう。――オールド・メイドという二語だ。彼女はその二語を全部大文字にして、それに彼女流の渦巻き装飾を加え、奇妙なかたちの数字で日付を添えて日記に書いた。――というのは、リリーはこんな手仕事をする技術と遊び心を具えていたからだ。彼女は二語の下に「ゆっくり進む者は安全に進む」というイタリアの格言を記した。そして、その手仕事の上に「リリー・デールに用意された運命」という見出しをつけた。彼女は今そんなことを思い出しながら、エミリー・ダンスタブルが本当にとても幸せなのかどうか考えた。やがて涙が目に浮かんできた。彼女は目を覚ました伯父から涙を見られるのを恐れるかのように立ちあがって窓辺へ行った。彼女はがらんとした通りを見おろしつつ、「愛する母さん！　大好きな母さん！」とつぶやいた。その時ドアが開いて、従兄のバーナードが名乗りをあげた。彼女は日記の二語のことを考えていたので、ドアのノックに気づかなかった。

「何じゃと。バーナードって！　――ああ、そうじゃ、もちろん」郷士はそう言うと、目をこすって体を起こそうとした。「おまえは来ないと思っていたよ。じゃが、会えて嬉しい。心から――心からおまえにたくさん喜びがあるように願っている」

「当然ぼくは来ますよ」とバーナードは言った。「リリー、上京してくれてありがとう。エミリーはとても喜んでいるよ」リリーは心のこもったお祝いを述べた。目にもう涙のあとはなかった。彼女は従兄のそばに座って、エミリー・ダンスタブルに夢中になっている彼の声を聞くとき、完全に幸せだった。「あなたは彼女の叔母さんがきっと好きになると思うね」と彼。

「でも、ソーン夫人ってすごい金持ちなんでしょう？」とリリー。

「ぞっとするほど金持ちなんだ」とバーナードは言った。「が、誰からも言われなければ夫人が金持ちだとは実際にはわからない。もちろん夫人は大きな家に住んで、たくさん使用人を抱えている。が、そういうことはやむをえないことなんだ」

「たくさんの使用人に囲まれているのはいやですね」とリリー。

それから、ドアに別のノックがあって、入って来たのは誰あろうジョン・イームズだった。リリーは一瞬面食らったが、それは一瞬だけだった。イームズのことをずいぶん考えていたので、彼が目の前に実際に現れて一瞬とまどった。「彼はおそらく私がロンドンにいること知らないでしょう」と、リリーは独り言で言っていた。しかし、彼女がロンドンに着いてまだ三時間もたっていないのに、イームズはもう目の前に現れていた！　彼は初めほとんどリリーに話し掛けないで、郷士に向かって話した。「あなたがここにいることをレディー・ジュリアから教えてもらいました。ぼくは明朝早く大陸へ向かって出発します。発つ前にあなたに会っておこうと思ったんです」

「いつもあんたに会えたら嬉しいよ、ジョン」と郷士は言った。「とても嬉しい。それで、あんたは外国へ行ってしまうんじゃね?」

それから、ジョニーは古い知人のバーナード・デールに向かって整った結婚のお祝いを述べた。レディー・ジュリアが手紙のなかでどんなふうに結婚を伝えてくれたか、サックヴィル・ストリートの番地を教えてくれたか、彼らに説明した。「レディー・ジュリアはそういうことをあんたから聞いたと思うんじゃ、リリー」と郷士。「はい、伯父さん、そうです」それから、ジョンが計画しているヨーロッパ大陸の旅について二人が質問した。ジョンは訴訟でクローリー氏を助けるため、できれば参事会長とアラビン夫人を捕まえるため行くのだと説明した。「ご存知の通り、トゥーグッド氏はクローリー氏のいとこで、弁護士でもありますが、ぼくの伯父でもあります。それで、ぼくは行くんです」彼はリリーとはまだほとんど言葉を交わしていなかった。

「じゃが、あんたは弁護士じゃないね、ジョン」と郷士。

「はい、ぼくは弁護士じゃありません」

「弁護士の調査員でもないじゃろ?」

「確かにそれでもありません」とジョニーは笑って言った。

「それなら、なぜあなたが行かなくてはならないんだね?」とバーナード・デール。

それで、ジョニーは事情を説明しなくてはならなかった。そうするとき、クローリー氏の事件の難しい状況をじつに雄弁に語った。「ご存知の通り、あんな人が二十ポンドを盗んだなんて誰も信じることができません」

「私も信じられません」とリリー。

「わしも彼がやったとは断じて思わない」と郷士。

「彼はやってないと確信しています」と、ジョニーはこの件に興奮して言った。「あんな人がいきなり泥棒になるなんて考えられません。人の性質から見ても不自然です」

「人の性質が何か知るのはじつに難しいことじゃ」と郷士。

「彼が盗んだというのがバーセットシャーでは一般的な見方だね」とバーナードは言った。「ソーン先生は審理を担当した治安判事の一人なんだが、先生もそう思っているのをぼくは知っている」

「ぼくは治安判事を責めるつもりはありません」とジョニー。

「それはご親切じゃな」と郷士。

「もちろんあなたはぼくをお笑いになるでしょう。けれど、いずれぼくらが正しいことがわかると思います。まだつかんでいない謎が底辺にあるんです。そして、ぼくらを助けてくれる人がいるとすれば、それは参事会長なんです」

「もし参事会長が何か知っているんなら、どうしてそれを書いたり、伝えたりして来ないんじゃ？」と郷士。

「そこがぼくにもわからないところです。クローリー氏が裁判にかけられるという知らせを聞いたあとでも——たとえ聞いたとしても——、参事会長には何か手紙を書くことができない理由があったんです。そのうえ、参事会長とアラビン夫人は一緒にいないんです。これは話すと長くなりますが、そんな話であなた方に面倒を掛けるつもりはありません。けれど、とにかくぼくは明日発ちます。リリー、フィレンツェであなたのために何かできることはありますか？」

「フィレンツェで？」とリリーは言った。「本当にフィレンツェへ行くんですか？　何てうらやましい」

「費用は誰が払うんじゃね？」と郷士。

「ええと。——費用は金額について文句を言わない人が持ってくれます」

「どういう意味じゃね？」と郷士。

「自分で持つと言っているんですよ」とリリー。

「あんたの財布から出すということかね？」

「そのつもりなんです」とリリーは言って、恋人を見た。

「ぼくの楽しみのため旅行をするつもりです」とジョニーは言った。「旅の途中で証拠を拾う——それだけです」

それから、リリーは会話で積極的な役割を担い始めて、クローリー氏とグレースについてたくさん話した。

リリーはジョン・イームズから送られて来るどんな知らせも聞きたいとはっきり言った。「アリントンであなたのいとこのグレースがどんなに好かれているか、ジョン、知っているでしょう？　そうでしょう、伯父さん？」

「本当にそうじゃね」と郷士は言った。「とてもいい娘じゃ」

「もし何か役に立つ情報を旅でえることができたら、ジョン、天にも昇る心地でしょうね」

「はい、嬉しいです」とジョニー。

「行くのはとてもいいことだと思います、ジョン。でも、あなたらしいですね。あなたはいつも心が寛い人ですから」彼はすぐそのあと立ちあがって帰った。彼はリリーと二人だけで言葉を交わす時間がないことをはっきりわきまえていた。たとえそんな時間があっても、そんな言葉が何の役に立つだろう？　彼女からはっきり拒絶されてからまだ数週間しかたっていなかった。彼もリリーから日記に書くと言われたあの二語をよく覚えていた。宿を訪問する途中、この訪問は役に立たないと、――立つはずがないと独り言をつぶやいていた。彼はあんなに優しくリリーから話し掛けられたにもかかわらず、この訪問の結果に失望していた。

「ぼくが帰って来たとき、あなたはもうロンドンからいなくなっているでしょうね？」と彼。

「わしらは一か月ここにいる」と郷士。

「それよりもずっと前に帰国したいです」とジョニーは言った。「では、さようなら、郷士。さようなら、デール。さようなら、リリー」彼は片手をリリーに差し出した。

「さようなら、ジョン」それから、彼女はほとんど囁き声でつけ加えた。「あなたが行くのは本当に、本当に正しいと思います」彼はこのあと歩いて家に帰るとき、リリーがこれからまだ優しくしてくれるかもしれないと期待せずにはいられなかった。彼女もジョンのことをずいぶん考えた。とはいえ、彼女は考えれば考えるほどこれまで以上に二語に強く執着せずにはいられなかった。ジョンと結婚する気はなかった。しかし、少なくともほかの男の妻になって彼の心を引き裂くつもりもなかった。このあとすぐバーナード・デールも去って行った。ジョン・イームズが突然その場の主人公になったのを見て、バーナードが不快に思ったのは確かだ。若い男が結婚の当事者というとても重要な役割を演じようとするとき、当人がその場の――少なくとも家族のなかの――主人公になるのは当然だと思いがちだ。

リリーは翌早朝伯父に連れられて、エミリー・ダンスタブルに会うためソーン夫人の家を訪れた。予定ではバーナードがそこで彼らを待ち受けるはずだったが、彼らのほうが先に家に着くように取り決められた。「あんな紹介ほど馬鹿げたものはないよ」とバーナードは言っていた。「あなた方は行ってエミリーに会ってください。充分知り合ったころ、ぼくが行くから」それで、郷士とリリーはエミリー・ダンスタブルに会いに出掛けた。

辻馬車がロンドンでもいちばん上流の街区で豪邸の前に止まったとき、「彼女があの家に住んでいるって言うんじゃないでしょうね？」とリリーは言った。

「住んでいると思うよ」と郷士。

「こんな家に住んでいる人に話し掛けることなんか二度とないでしょうね」とリリーは言った。「公爵でもこれ以上に壮麗な屋敷を持てません」

「ソーン夫人は半分以上の公爵よりも金持ちじゃからな」と郷士。それから、ドアが門衛によって開けられて、リリーは玄関広間に入った。すべてが非常に大きく、とても壮麗で、そう思ったが、じつに居心地が悪かった。やがて彼女は陽気な大声を階段の上に聞いた。「デールさん、会えて嬉しいです。こちらがあなたの姪のリリーね。あがって来てください、あなた。上の階には若い女性が待ち構えて、あなたをぜひとも抱きしめようとしています。傘なんか気にしないで。どこにでも置いてください。あなたのお顔が見たいのです。あなたはとても美しいとバーナードが誓って言いましたからね」これこそはソーン夫人、かつてミス・ダンスタブルと呼ばれたイギリスいちばんの金持ちで、バーナードの花嫁の叔母だ。読者はおそらくソーン夫人がグラントリー大佐にした忠告とその時の熱意を覚えておられるだろう。「そこに姪がいます、デールさん、姪をどう思います?」ソーン夫人はそう言って、二つの大きな社交室に挟まれた小さな居間のドアを開けた。そこにエミリー・ダンスタブルが座っていた。

「マーサ叔母さん、どうしてそんなに突飛になれるのです?」と若い女性。

「答えが本当にほしい質問をするとき、はた目には突飛に見えるのです」とソーン夫人は言った。「けれど、じつはデール氏はあなたについて調べて、意見をまとめるためここに来たのです。私は彼が本当にどう思ったかとても知りたいの。――もちろん彼は教えてくれませんけれどね」

老人は娘を両腕に抱いて、両頰に口づけした。「口には出さないけれど」と彼は言った。「わしがどう思っているかあんたにはきっとわかるじゃろ」

「人が考えていることはたいていわかります」とエミリーは言った。「あなたがリリー・デールね?」

「はい、リリー・デールです」

「あなたの噂はしばしば聞いています。特に近ごろはね」とソーン夫人は言った。「というのは、グラントリー少佐という方が私の友人であることはご存知に違いありません。少佐の問題がうまく行くように私たちは配慮すべきです。そうでしょう?」

「うまく行けばいいと思います」リリーはエミリー・ダンスタブルのほうを向くと、片手を取り、身を寄せてそばに座った。一方、ソーン夫人と郷士は近づく結婚について話した。「婚約してどれくらいたつんですか?」とリリー。

「実質三週間くらいです。三週間よりも長くないと思います」

「バーナードは何て慎重な人なんでしょう。婚約のことを私たちに一言も話してくれませんでした」

「男性は話さないと思います」とエミリー・ダンスタブル。

「もちろんあなたは彼を心から愛しているんでしょう?」と、リリーはほかに言うことが思い浮かばなくて言った。

「もちろん愛しています」

「私たちもなんです。私たち、私と姉にとって彼はほとんど兄みたいな存在だったことをご存知でしょう。私たちには兄がいませんから」そんなふうに朝はすぎていった。その後、リリーは伯父からは帰ろうと言われ、ソーン夫人からはその日スクエアで彼ら二人とディナーをする予定だと言われた。「夫がここにいなくても驚かないでくださいね」と夫人は言った。「夫はとても変わった人で、できる限りロンドンには出て来ないのです」

註

(1) ピカデリー・サーカスの西側を南北に走る通り。

第四十六章　ベイズウォーター・ロマンス

イームズはデール氏とリリーが取った宿を出たとき、その夜の仕事をまだ終えていなかった。彼は覚えておくと約束した別の仕事を抱えており、彼の訪問をリリー・デールのように快くではないにしろ、温かく迎えてくれる別の人を待たせていた。ちょうど九時だった。彼は遅くとも九時までにポーチェスター・テラスへ行くとミス・デモリンズ――今はマダリーナと呼んだほうがいいかもしれない――に言っておいたから、急がなければならなかった。辻馬車に飛び乗り、御者に大急ぎで走るよう命じ、葉巻に火をつけ、リリー・デールのところからマダリーナ・デモリンズのところへ大急ぎで駆けつけることが立派なことかどうか心に問い始めた。彼は自分がしていることを半分恥じていた。世間の人が聞けないような言葉をマダリーナに言ったことも、言おうとしたこともないと、幾度も心で断言したとはいえ、自分が間違ったことをしていることを知っていた。間違ったことをしていることで、半分はそれを後悔しながらも、半分はそれを自慢していた。彼はリリー・デールに対する志操の堅さを手柄と思っていたかったし、リリーに対する情熱でぐらついたことがないと感じていたかった。その反面、ベイズウォーター・ロマンス――彼はよくこれをそう呼んだ――で楽しむという考えが気に入って、このロマンスの進展を思うとき、得意にならずにはいられなかった。「恋愛と遊びは別ものさ」と彼は口から葉巻の煙を吹き出しながらつぶやいた。心では遊べる自分を誇りに思っていた。本当に愛している若い女性から別の女性――愛している振りをすることがたぶん求められる女性——のところへ急いで向かうのはすばらしいと思いながらも、悪いことだと感じていた。彼は馬車に揺られて鼻歌を歌った。[1]「もし彼女が美しい顔をぼくに向けてくれなければ、いくら美しくても何を気をもむ必要があろうか?」リリーへの当てつけとして、またミス・デモリンズのところへ行く気まぐれの言い訳として、彼はこれを歌った。おそらくヨーロッパ大陸へ行く任務のことで少し鼻が高くなっていたのだろう。彼が大陸へ行くのをとても喜んでいると、行くのはとても正しいことだと思っているとリリーから言われた。耳に心地よくその言葉を聞いた。その言葉を言うときほどリリーが美しく見えるときはなかった。それゆえ、ジョニーは葉巻をふかしつつ辻馬車に座っているとき、かなり得意満面だった。そのうえ、彼は再び起こった小競り合いで旧敵サー・ラフル・バフルをやり込めていた。求婚で出会った実際の残酷な運命にもかかわらず、彼は世界がほほ笑んでいるように感じた。

ベイズウォーター・ロマンスには謎があって、それがかなり魅力的だった。謎の一部はマダリーナの母に関連している。デモリンズ令夫人はめったに姿を現さなかった。ジョン・イームズはこの不幸な令夫人の生活振りがどうなっているかまったく把握できなかった。娘は母が一時的な病気のせいでこの特別な場面に姿を見せることができず残念だと愛情を込めて言った。母は神経性の頭痛か、気管支炎か、リウマチかに苦しんでいた。そのため、ジョニーがポーチェスター・テラスで時間をすごすとき、この母が姿を見せることはほとんどなかった。ところが、彼はこの母が外食したり、舞台やオペラに出掛けたりするという噂を聞いた。たまたま令夫人に会うチャンスがあったとき、かなり活発な老婦人であることを知った。彼がデモリンズ令夫人に会えないことをずいぶん残念に思ったとか、優しいマダリーナと二人だけになる不行跡にひどく神経質になったとか、そんなことを私はあえて言うつもりはない。しかし、イームズは老婦人が常に姿を隠していることをこのロマンスの印象に残る特徴と見ていた。

私たちが今話している夜も、彼が応接間に通されたとき、マダリーナは一人だった。

「イームズさん」と彼女は言った。「テーブルに置いてあるあの時計を見ていただけません?」彼女は大きな目を見開いて、イームズをまじまじと見詰めた。声の調子は不当な扱いを受けたことを表そうとしていた。

「はい、見えますよ」とジョンは言うと、ミス・デモリンズの小さな金色のジュネーブ製時計を見おろした。まったく無価値なものだと知るくらい充分よくそれを目にしていた。「取ってあげましょうか?」

「いえ、イームズさん。そこに置いておいてください。あなたが約束の時間にどれだけ遅れたか、たとえあなたに思い出させなくても、私に思い出させてくれるようにね」

「誓って、仕方がなかったんです。──名誉に掛けて、どうしても来られなかったんです」

「名誉に掛けてですって、イームズさん!」

「郷里からロンドンに上京して来たばかりの友人に会いに行かなければならなかったんです」

「それは私がマライアから聞いた友人だと思います」コンウェイ・ダルリンプルはドブズ・ブロートン夫人と会話するとき、当然用心して話をする必要があったのに、それほど用心深くなかったこと、ジョン・イームズとリリー・デールの恋愛について一言二言夫人に口を滑らせたことを私たちは心配する。

「あなたが何を聞かれたか知りません」とジョニーは言った。「けれど、ぼくはロンドンを発つ前に、これらの人々に会わなければなりませんでした。結婚とそれにかかわるいろいろなことがあるんです」

「誰が結婚するんです?」

「デール大尉という人がミス・ダンスタブルという人と結婚するんです」

「まあ!　ミス・リリー・デールという人は誰と結婚するんです?」

「聞いたことはありませんね」とジョニー。

「ジョン・イームズという人の奥さんになるんじゃないの?」

彼はリリー・デールのことをミス・デモリンズに話したくなかった。非難を否定したくもなければ、真実を認めたくもなかった。

「沈黙するということは認めるということですね」と彼女は言った。「もしそうなら、あなたにお祝いを言います。彼女が非常に魅力的な娘であることは確かです。クロスビーさんとのあのささやかな事件からおよそ七年ですね。それゆえ、思うに、あれは忘れられたものと見なされるのかもしれません」

「三年しかたっていません」とジョニーは怒って言った。「そのうえ、そのことがぼくに何の関係があるかわかりませんね」

「あなたが恥ずかしがる必要はありません」とマダリーナは言った。「あなたがその時どんなに立派に振舞ったかお聞きしました。たいへん勇ましい騎士でした。もし淑女に値する紳士がいるとするなら、あなたこそその人です。先日マライアのうちであなたに会ったとき、クロスビーさんがどう感じたか知りたいです。私はその時事情を何も知りませんでした。もし知っていたら、あなた方の出会いをもっと興味をもって見ていたはずです」

「彼がどう感じたか本当にわかりません」

「そうでもないでしょう。でも、私は彼があなたと握手するのを見ました。ところで、リリー・デールはロンドンにやって来たんですか?」

「はい、ミス・デールは伯父さんと一緒に来ました」

「それで、あなたは明日発つんですか?」

「はい、明日発ちます」

そのあと、会話に間があった。イームズは今の話題に嫌気が差しており、話の流れを変えたかった。ミス・デモリンズは明かりから離れ、手で顔の半分を隠して陰に座っていた。彼女はついに飛びあがるように立ちあがると、近づいて来て、彼の向かいに立った。「ミス・リリアン・デールがあなたと婚約して将来あなたの妻になるのかどうか、ジョン・イームズ」と彼女は言った。「誠実に答えてくださるようにお願いします」彼は相手の顔を見あげたが、すぐ返事をしなかった。それで、彼女は要求を繰り返した。「あなたがミス・リリアン・デールと婚約しているかどうか聞いているんです」

「どうしてそんな質問をぼくにするんです？」

「どうしてそんな質問をするかって？　あなたが近々結婚するかどうか知りたい、そんな強い関心を私が抱く権利を否定なさるんですか？　もちろん返事を断りたければ、断ってもいいんです」

「もしぼくが断ったら？」

「その時は今私が言ったことが本当で、あなたが臆病で答えられないんだと思います」

「ぼくが臆病かどうかはこの問題では無関係だと思いますね。婚約といった個人的な問題はみなに話さないのが通例ですから」

「誓って、イームズさん、あなたって言葉の使い方がお上手ね。――本当にお上手です。みなにですって！　私はみなのうちの一人なんですね？　それがあなたの考える――友情ってこと！　そういうことなら、これ以上あなたには断固何も聞きません」

「あなたが受け取ったような意味でぼくは言っていませんよ、マダリーナ」

「じゃあ、どんな意味で言ったというんです？　みなにですって！　イームズさん、もし私が今夜気分がよくないので――みなと一緒にいるのには堪えられないと言っても、私を許してくれなければいけません。

あなたは私のそばにいないほうがいいんです。帰ったほうがいいと思います」

「怒っているんですか?」

「ええ、怒っています。——とてもね。私があなたの幸せに関心を抱いて、私たちの親しさなら当然と思われる質問をしたというのに、そういうことは——みなに話すことじゃないとあなたから言われたんです。私はあなたの言うみななんかになりたくないことを理解していただきたいんです。イームズさん、ドアはあそこです」

事態は今やかなり深刻だった。ミス・デモリンズは目の前に立っていた。彼はこれまでソファーの端に快適に座って、動く必要はないと思っていた。しかし、今は何かすることがどうしても必要だった。出て行くか、とどまることを許してくれと懇願するか、どちらかしなければならない。相手の発言を言葉通りに受け取って、出て行くのが妥当ではなかろうか? 彼女はまだドアを指差しており、道は開かれていた。もし今出て行ったら、もちろん彼は戻って来ることはない。ベイズウォーター・ロマンスは終わりを迎えるだろう。もしとどまったら、ロマンスは面倒なものになるだろう。彼は席を立ったとき、出て行こうとほとんど決めていた。立ちあがったとき、相手の威厳のある怒りがいくらか和らがなかったら、相手の目の炎がいくらか消えて口元のしわがゆるまなかったら、彼は出て行っていた、と私は思う。ロマンスは終わり、不名誉な結末に至ったと感じただろう。出て行っていたら、そのほうが彼にはよかっただろう。目の炎はいくらか消え、口元のしわはいくらかゆるんでいたけれど、彼女はまだドアを指差していた。「本気なんですね?」と彼。

「本気です——もちろん」

「これですべてが終わりですか?」と彼。

「すべてという言葉であなたが言おうとしていることがわかりません。たぶんあなたにとってそれはたいしたことのないすべてなんでしょう。あなたの言うすべてとみなが私にはまったくわかりません」

「もしぼくに出て行ってほしいんなら、もちろん出て行きます」

「そうしてほしいんです」

「けれど、出て行く前に、ぼくに言い訳を言わせてください。あなたを怒らせるつもりはありませんでした。ぼくはただ――」

「あなたはただって！　率直な問いに対して偽りのない答えを出してください。あなたはリリアン・デールと婚約しているんですか？」

「いいえ、していません」

「名誉に掛けて？」

「こういうことでぼくがあなたに嘘をつくと思いますか？　ぼくが言いたいのは、こういう話はいいかげんに扱われがちだから、軽々に話したくないということです。人はこの男性があの女性と婚約していると言い、いろいろな話をでっちあげるのがとても好きなんです。そんなことに反論するのは非常に愚かなことのように思います」

「でも、あなたは昔彼女がとても好きだったことをお認めになるでしょう」

彼はソファーから立ちあがるとき、帽子を手に取っていたから、それを持って立っていた。今でもまだ出て行こうと半分思っていた。ミス・デモリンズがリリー・デールの名を口に出すのがとてもいやだった。それで、彼女を脇へどかすか、ソファーの後ろへ回らなければ、出て行けないかたちになっていなかったら、彼は――完全に嫌悪を表して――出て行っていただろう。彼女は動いて道を譲ろうとしなかった。彼女はつい先ほど出て行くように命じたにもかかわらず、ジョニーを捕虜にしていると思っていたのかもしれない。

あるいは、彼のいらだちとその原因を熟知して、リリー・デールを今は一人放置しておくほうが好都合だと思ったのかもしれない。彼女はとにかくこの件ではそれ以上強くジョニーを追及しなかった。「私たちはまた友だちになれますか?」と彼女。

「なれたらいいです」とジョニー。

「じゃあ、手を取って」それで、ジョニーは彼女の手を取り、握り、しばらく――その行為に意味を与えるように見えるくらい長く――放さなかった。「いつか私のことがわかるようになります」と彼女は言った。「私が本当に――本当に――本当に尊敬する人から、みなと同じように扱われるのが嫌いだということがわかるようになります。私は怒るとき、本当に怒りますから」

「ドアのほうを指差したとき、あなたはとても怒っていました」

「しかも本気でした――しばらくのあいだはね。ただ考えてみてください。――もしあなたが出て行ったら! 私たちは二度と会うことはできなかったでしょう。――二度と、二度と! たった一言で何と変わってしまうことでしょう!」

「一言がしばしば大きな変化をもたらしますからね」

「そうです。『はい』か『いいえ』の違いだけです。『はい』のつもりで『いいえ』と言われたら、もう二度とやり直しが利きません。輝かしい希望から荒涼としたわびしさへ何という変化でしょう! あるいは、もっと悪いのは『いいえ』と言われなければならないときに『はい』と言われることです。――話し手が『いいえ』でなければならないと思っているときにね。『いいえ』は何という変化をもたらすことでしょう! それを考えると、驚いたことに女性は決して『いいえ』という言葉を遣ってはいけないことになります」

「ぼくは女性からいいえ以外の言葉を聞いたことがありません」とジョニー。

「それは信じられませんね。本当のところはたぶんあなたが一度も女性に聞いてみたことがないからです」

「あなたは誰かから聞かれたことがあるんですか？」

「教えてあげたら、何かくれます？　でも、あなたには率直に答えます。あります。そして一度は、――一度は『いいえ』という答えではなかったと思います」

「けれど、気が変わったんですか？」

「その時が来たとき、永久に私の自由を奪う言葉を言う気になれませんでした。彼には前にもしばしば『いいえ』と言ってきました。――かわいそうな人。その時彼はこれが最後の求婚だと言いました。『もう二度とチャンスはありません』と彼は言ったんです。『というのは、一週間以内にぼくは乗船してしまうからです』私はただ、さよならと言いました。それが彼に与えた唯一の返事です。彼は私を理解していました。その日から彼は祖国の土を踏んでいません」

「それはあなたが自由にしていたかったからですか？」とジョニー。

「おそらく――彼を――愛していなかったからです」と、ミス・デモリンズは思いにふけりながら言った。彼女は今また椅子に座り、ジョン・イームズはソファーの端に戻った。「もし私が本当に彼を愛していたら、おそらく別の結果になっていたと思います。彼は勇敢な人であり、インドの国債やら他の有価証券やらで、二千ポンドの年収をえていました」

「何とまあ！　それでも彼はまだ結婚していなかったんですか？」

「彼は私が結婚するまで決して結婚しないと、でも私の結婚の報を聞いた日に近くにいる最初の独身女性に結婚を申し込むと、一筆書いてきました。おどけた話ですね、そうじゃありません？」

「その独身女性はきっと鼻高々になるでしょうね」

「彼なら、受け入れてくれるたくさんの女性がいます。とても暮らし向きがいいうえ、とてもハンサムで、爵位のある人々に縁故を持っています。美点のすべてを具えています」

「それなのにあなたは何度も彼を拒絶したんですか?」

「ええ。馬鹿だとあなたは思うでしょう。——そうでしょう?」

「彼が好きじゃなかったんなら、馬鹿だとは思いません」

「それが私の運命だったと思います。たぶん私が間違っていたんです。ほかの娘は激しい愛なんかなくても結婚して、そのあとでとても幸せになっています。マライア・クラターバックを見てご覧なさい」

マライア・クラターバックの名はジョン・イームズにとっていやでたまらない名になっていた。ミス・デモリンズが自分のことを話し続けているあいだ、彼はかなり満足して耳を傾けていることができた。こんな会話ならベイズウォーター・ロマンスの自然な展開だった。もしマダリーナが友人をドブズ・ブロートン夫人と現在の名で呼んでいたら、彼は時々その名に触れられても、こんなに強い嫌悪は感じなかっただろう。しかし、彼はマライア・クラターバックという名の組み合わせを非常に不快に感じた。マダリーナが描いて見せたようなマライア・クラターバックとの友情なんか過去にも、現在にも存在しないと信じた。彼はマダリーナが言うことに実際あまり信用を置かなかった。年収二千ポンドのハンサムな紳士の存在もぜんぜん信じられなかった。そのハンサムな紳士はミス・デモリンズとの交際のなかで一度しか話題にならなかったのに、マライア・クラターバックはじつに頻繁に話題になった!「本当にあなたにさようならを言わなければなりません」と彼は言った。「十一時になりそうです。明日の七時には出発しなければなりません」

「少しくらい遅くなってもそんなに変わらないでしょう?」

「少し眠りたいんです」

「じゃあ、帰って。――帰って寝てください。何という眠たがり屋の世代でしょう」ジョニーは前の世代が眠たがり屋ではなかったかどうか、年収二千ポンドの紳士が祖国の土を最後に踏む前は一晩じゅう起きて話をしなかったかどうか、聞いてみたかった。しかし、やめておいた。「ベイズウォーター・ロマンスをふいに終わらせてみてもつまらない！」と彼はのちに一人つぶやいた。「でも、あなたが帰る前に」と、彼女は続けて言った。あの絵について一言言っておかなければいけません。ダルリンプルさんに話してくれました？」

「話していません。別のことでとても忙しかったので、彼に会っていません」

「そして、今あなたは帰って行く？」

「ええと――じつを言うと、ぼくはとても眠たがり屋なんですが、今夜は彼に会おうと思っているんです。もし彼が在宅なら、ぼくはちょっと立ち寄って、葉巻を一緒に吸いたいと、一行手紙を書いておいたんです！」

「それで帰りたがるんですね。紳士は今や葉巻なしには生きていけないんです」

「彼に会おうとしているのは特にあなたの指示によるものです」

「じゃあ行ってください。――もし彼が絵をこのまま描き続けるなら、大きな悶着を引き起こしてしまうことを、彼が友情のようなものを感じていると言う――と思う――女性をおそらく破滅させてしまうことを、友人に理解させてください。ヴァン・シーヴァー夫人がすでにこの件を耳にしていることを彼に教えてもいいんです」

「誰がヴァン・シーヴァー夫人に話したんです？」とジョニーが強く聞いた。

「誰が話しても構わないでしょう。そんなふうに私を見ないでください。私じゃありません。たくさんの人々が秘密を知っているとき、それを守ることができると思いますか？　マライアのうちの使用人はみなあのことを知っています」

「ぼくはブロートン夫人があれをちゃんと秘密にしているとは思いません」

「ブロートン夫人が夫に話したと思いますか？　きっと話していません。話さなかったことを知っていると言っていいんです。マライア・クラターバックは熱に浮かれています。そのほかに彼女のため言える言い訳はありません」

「さようなら」とジョニーは慌ただしく言った。

「本当に帰るんですか？」

「ええ、はい。帰ります」

「じゃあ帰って。これ以上あなたに言うことはありません」

「帰国したらすぐここを訪問します」とジョニー。

「それはお好きなようになさってください、あなた」

「ぼくに会えても嬉しくないんですか？」

「あなたを得意にするつもりはありません、イームズさん。母さんはその時までにはよくなっていると思います。あなたが母さんから気に入られていると言っても気を悪くしませんよね」ジョニーはその老女にほとんど会ったことがないので、特別に好意的な言い方だと思った。「もしあなたが母さんに会いたいなら」とマダリーナは言った。「もちろん母さんは喜んで会ってくれます」

「けれど、ぼくはあなたのことを話しているんです。そうじゃありませんか？」ジョニーはその瞬間彼女に優しい視線を送ってみる気になった。

「あなたのうぬぼれを満足させるため私が何も言うつもりがないことをわかってください」

「ぼくが立ち去る段になったら、あなたはもっと優しくしてくれると思いました」

「私は充分優しくしていると思います。あなたが今おっしゃったように、十一時近くなっています。あなたに帰るようにお願いしなければなりません。いい旅をなさって、無事帰って来られるようにお祈りします」

「戻って来たとき、ぼくに会えたら嬉しいですか？　会えたら嬉しいと言ってください」

「そんなことをあなたに言うつもりはありません。イームズさん、もしあなたがそんなことを言い続けるなら、私はとても怒りますよ」それで、彼は出て行った。

彼はうちに帰る途中、コンウェイ・ダルリンプルを訪問した。早起きしなければならないのに、一時間画家と一緒に座ってタバコをふかした。「気をつけないと、若い人」と友人は言った。「君はいつかマダリーナと面倒なことに巻き込まれるよ」

「どんな面倒なことかい？」

「君はいつか晴れた日にポーチェスター・テラスから歩いて帰るとき、結婚の申し込みに成功したと自分にお祝いを言わなければならなくなるね」

「ぼくがそんなことをする馬鹿だとは思わないだろ？」

「君と同じくらい賢い男たちが同じことをしてきたんだ。ミス・デモリンズはとても利口だからね。たぶん君はそれが楽しいんだと思う」

「彼女はそんなに利口じゃないね。あれが楽しいとはとても思えない。ひどくうんざりする、わかるだろ。けれど、人には何かすることがなけりゃあいけない。ほかのことよりはましだろ」

「去年ある若い男が婚約不履行の訴訟から身を守るため、彼女の前から姿をくらました話(2)を聞いたことはないかい？」

「その男がインド国債を持っていたかどうか知りたいね？」

「どうしてそんなことを聞くんだね？」

「特に何も」

「その男は持っていたわずかな金を守るほうを選んだんだ。彼はカナダへ逃げたと聞いている。名はショーターと言った。噂では、彼が国外へ逃げ出す前夜、マダリーナは自分も植民地へ行くことに何の異存もないと言ってきたらしい。国外脱出の緊急事態のなかで、彼女は普通の華やかな結婚式を挙げなくても、手っ取り早くショーター夫人になっていいと言ってきたそうだ。しかし、ショーターは逃げて、二度と帰ってくることはなかった」

イームズはその話をぜんぜん信じないと言い切った。それでも、歩いてうちに帰るとき、ショーター氏がインド国債を持つハンサムな紳士で、「いいえ」という言葉を彼女から一度だけよけいに言われた人に違いないという結論に達した。

彼はコンウェイ・ダルリンプルと座っているとき、ヤエルとシセラについて一言言うのを忘れていた。

註

（1）イギリスの詩人でパンフレット作者ジョージ・ウィザー（1588-1667）の詩集『汚れない美徳、フィラレートの女主人』（1622）に収められた「絶望のうちにやつれはてて」（1619）の第一スタンザからの引用。第七十七章にもこの詩からの引用がある。

一人の女性が美しいからといって、私は絶望でやつれて死ぬのか？
女性の頬が薔薇色だからといって、私の頬を心労で青白くするのか？
たとえ彼女が陽の光よりも美しく、五月の花盛りの草原よりも美しいとしても、
もし彼女が美しい顔を私に向けてくれなければ、
いくら美しくても何を私が気をもむ必要があろうか？

（2）借金未払いとか、この例のような訴訟逃れとかで姿をくらます事件が当時多発していた。ディケンズやギャスケル夫人などは婚約不履行とそれに付随する訴訟の話をプロットのなかでよく取りあげた。こういう訴訟が頻繁だった世相を反映している。

第四十七章　主教公邸のテンペスト博士

主教が公邸からシルバーブリッジのテンペスト博士に通知を送った。地方参事[1]である博士を委員長として、近隣の他の牧師らを補佐役とする調査委員会を設置するように、またクローリー氏の罪について教会の立場から調査するように、との主教の意向を伝える通知だ。クローリー氏は有罪だ——つまり彼は自宅で小切手を見つけて、何か月もそれを持っていたあと誘惑に負け、自分の目的のため使った——との見方がこのころまでに一般的になっていた。読者にはそれを理解しておいてもらいたい。しかし、そう信じた人々は様々な言い訳をクローリー氏のため繰り広げた。第一に、この人の性格を少しでも実際に知る人々は、こんな罪を犯したということ自体が彼に責任能力のないことを証明していると感じた。もし彼がこういう問題について判断力を失っていなければ、きっと彼のところまで小切手の足取りがたどられることを知っていたに違いない。小切手を処理するとき、彼は足取りを消す工夫をしていなかった。小切手の裏に名を書いて、換金するように指示して近所の人にそれを渡しただけだった。彼が自宅で小切手を見つけたと考える人々は、盗みを犯したこと自体を否定できなかったが、そのあとの彼の愚かな行動によって盗みの罪がほとんど相殺されていると感じた。それとともに、彼の貧乏と苦闘、妻の苦しみが思い起こされた。彼が職務上見せた勤勉さ、ホグルエンドのレンガ造り職人に示したすばらしい熱意、地域の人々を驚かせ感嘆させた彼の慈善活動、——二時間洗濯物絞り機を婦人のため回したり、小道で荷物を少年のため運んだり、金で救えない貧乏な病人のため手仕事でいかに働いたか――、そんな話が口々に伝えられた。テンペスト博士と他の人々は、クローリー氏がそんな行動によってイギリス教区牧師の厳かな高みから堕落したと断言した。それでも、そんな彼の行動は男女両方の心に強く作用して、クローリー氏に対する罪の非難よりもずっと強い称賛を生み出した。

ウォーカー夫人と夫人の娘とプリティーマン姉妹さえ世間の人々からかなりやり込められて、クローリー氏が無実だという確信を強く主張できなくなった。彼女らはクローリー氏が陪審員によって無罪放免となり、そうなってやっと事態が落ち着くとの希望を今表明して満足した。たとえ彼が罪を犯していたとしても、疑いなく悔悟していた。それに、彼が罪の意識を欠いたまま金を盗んでいたのかもしれないという問題――狂っていたか、半分正気ではなかったか、盗んだとき正気を失っていたか――について女性たちは真剣に議論した。また、そんな一時的な狂気を抱えているなら、教区の職務の担当に彼がふさわしくないかもしれないとの問題についても真剣に議論した。彼は悲しみのためひどく苦しんだ。しかし、悲しみのため身のまわりの始末もできない状態になっても、教区の職務をないがしろにすることはなかった。彼を好意的に見る隣近所の女性たちは、今そういう議論をした。男性たちはあまりそれに強く反論しなかった。彼が無罪放免になって、牧師館に残ることができればそれでいいという願いをみなが共有した。

それゆえ、主教が教会裁判所における訴追を視野に据えて、クローリー氏の行動に関する別個の調査を始めることにしたと知ったとき、ほとんどすべての人がそれを主教による迫害として非難した。主教区の人々はプラウディ夫人が裏で工作しており、主教本人は人形同然だと言い切った。聖職者のなかでも頭の切れる人々――その一人がテンペスト博士――は主教が結局正しいこと、――もしクローリー氏が有罪になったら、もし陪審員によって有罪と評決されたら、教会裁判所は国法による判断とは別にこの犯罪について判断することがどうしても必要となること、を指摘しても無駄だった。「陪審員は」とテンペスト博士は言った。博士がロバーツ氏や他の近隣の牧師らと事件を議論していたときのことだ。「陪審員はおそらく彼に有罪の評決を出して、裁判官に情状酌量を勧めるでしょう。裁判官はクローリーの人格を聞いて、彼の生き方を知らされ、法が許す限りの減刑をするでしょう。彼はたぶんひと月は獄に入れられると思います。ほんの一日か――一時間であればいいと願いますがね。しかし、このひと月の収監から彼が帰って来たとき、その時はどうなるでしょうか？　盗みを犯した牧師が獄から出て来て、すぐ説教壇に登ることが許されるかどうか、それは確実に教会の審問に該当する問題でしょう？」しかし、これに対する回答は、クローリー氏が常にすばらしい牧師だったし、今この時もすばらしい牧師であり、監獄から出て来たときも、すばらしい牧師に違いないというものだった。

とはいえ、テンペスト博士はこんなふうに主張しながらも、議長を務めるように要請された調査委員会を進めることに決して乗り気ではなかった。博士は問題を処理するとき、頭から出てくる上記のような主張とは裏腹に、心では主教に反対したいとの一貫した願望にとらわれていた。博士はほかの人ほどクローリー氏に深く同情しなかった。博士ならたんに有罪と見て、後悔することもなくクローリー氏を黙らせていただろう。しかし、博士はむしろ主教のほうに強い敵愾心を抱いていた。もし主教を黙らせるようなことを何か見つけられたら、――もしそのため何か措置を取ることができたら――、博士は積極的に動いただろう。彼は調査委員会に関する主教の今回の手続きを擁護する一方、正当な仕方で妨害できるものなら、主教を失敗させ、挫折させたいと願っていた、と言っていい。テンペスト博士は厳格な、同情心を欠く人だと、教区民のあいだで知られていた。ある者は博士が冷酷で、残酷だとも言った。しかし、彼が公正な、実践的な人であり、一人の不幸によってはめったに心を動かされなくても、多くの人の幸福を望んでいることは、彼をもっとも嫌う人々からも認められていた。シルバーブリッジの禄付牧師で、地域の地方参事で、二十ポンドの忌ま忌ましい小切手についてさらなる調査をするように主教から今回補佐を依頼されたのはそんな人だった。

グラントリー大執事とテンペスト博士はこの時期に一度会って、クローリー氏の罪の問題を議論した。この二人はどちらも主教区の今の主教と敵対し、どちらもおそらく前主教をほかの誰よりも尊敬していた。とはいえ、大執事が他派閥に属する人としてプラウディ博士を憎むのに対して、テンペスト博士が少なくとも本人には明確な原理原則に基づいて主教に反対している点で、二人は違っていた。委員会を立ちあげようとする主教の意図を議論するとき、「間違っている！」と大執事は言った。「もちろん主教は間違っています。主教あるいは奥方からいったいどうして正しいことが生まれてくるでしょう？　主教の命令をはたさなければならない我が身がくやしい」

「あなたはプラウディ主教に少し厳しいと思いますね」とテンペスト博士。

「主教に厳しく当たることはできません」と大執事は言った。「主教はあまりにもひ弱で、奥方はあまりにも邪悪なので、あの二人が一緒になれば悪以外に何も生じさせません。あんな男が私たちの主教だという事実が、これから邪悪な日々が訪れてくることのとても強い証拠になると思います」

「あなたは私よりも衝動的ですね」とテンペスト博士は言った。「この件ではだいたい誠実な――そう私は確信します――哀れな主教がかわいそうでなりません。しかし、こんな場合あなたのお父さんなら、今の主教がするようにしただろうと、――それ以外のことはできなかっただろうと信じます。私はプラウディ博士が正しいと思うので、調査委員会で主教を助けるためできる限りのことをします」

秘書が主教の目的を伝えるためテンペスト博士に手紙を書いていた。それから、主教本人が三月末日にテンペスト博士に手紙を書いて、公邸を訪問するように要請した。手紙はとても礼儀正しい言葉遣いで書かれ、主教区の牧師にこんな手続きを取らなければならないことについて、書き手が感じている強い遺憾の意をしみじみ表現していた。プラウディ主教はこういう手紙の書き方を心得ていた。彼はこんな手紙を書き、こんな調子で談話をすることで、バーチェスター主教になっていた。彼は今この手紙のなかでテンペスト博士に公邸に来るように請うて、そこで会うことができたらプラウディ夫人をどれだけ喜ばせるだろうと書いた。クローリー氏の問題を扱う時に感じる大きな困難と、大きな悲しみも続けて表明した。それから、テンペスト博士の支援を大胆に求めた。クローリー氏のため最善を尽くそうと思い、また裁判が終わるまでクローリー氏に静かに身を引いていてもらいたいと思って、彼は一人の牧師をホグルストックへ送った。うまくいったら、その牧師はクローリー氏から教会の職務の重荷を取り除くことができただろう。――しかし、クローリー氏はこの救済をまったく受け入れようとしなかった。クローリー氏は頑固で、横柄で、説教壇の権利に固執した。それゆえ、主教は法的に介入して、テンペスト博士の支援をえる必要に迫られることになった。テンペスト博士には月曜にこちらに来て、水曜まで滞在してもらえないだろうか？

手紙はとてもよく書かれていた。テンペスト博士は言われた通りにするしかなかった。博士はこの時までに主教に計画を修正してもらい、公邸の滞在を一日だけに減らしてもらった。博士は手紙を書いて、月曜に主教やプラウディ夫人とディナーをいただけたら嬉しいが、懸案の仕事が片づいたら火曜にはすぐ帰りたいと伝えた。「主教とは仲よくやっていけるだろう」と博士は出発する前に妻に言った。「しかし、奥方の動きが怖いね。もし奥方が干渉してきたら、喧嘩になるだろう」「それなら、あなた」と妻は言った。「喧嘩になるはずです。というのは、奥方はいつも干渉してくると聞いていますから」テンペスト博士はディナーの三十分前に主教公邸に着いて、ほかにも客がいることを知った。公式行事の時だけに使われる黄色い大きな応接間に降りて来ると、女性のよろい兜一式をそれぞれ身につけて並ぶプラウディ夫人と二人の娘に会った。奥方はいちばん甘いほほ笑みを浮かべて博士を迎えた。たとえシルバーブリッジと主教公邸のあいだに以前憎しみがあったとしても、今はまったく水に流されていた。奥方は博士がテンペスト夫人を一緒に連れて来なかったことをとてもくやしがった。——というのは、テンペスト夫人も招待されていたからだ。しかし、テンペスト夫人はもう治っていてもいいはずなのに健康がすぐれないので、めったに外泊ができないんです、と博士は答えていた。それから、主教が入って来て、客にとても愛想よく挨拶した。シルバーブリッジが遠いため、テンペスト博士にめったに会えないのがじつに残念だ、と主教は言った。とはいえ、今回いくぶんかそれが改善されればいいと、交際を楽しむ時間があればいいと主教は言った。——テンペスト博士はそれらの言葉にほとんど何も答えずに閣下の親切な言葉一つ一つに頭をさげた。

その夜は主教のテーブルにあまり着くことのない客がいた。大執事とグラントリー夫人がプラムステッドから招待されて、それに応じていた。主教と大執事は互いにとても大きな憎悪を抱えていたけれど、敵意として目に見えるかたちでそれを表すことはなかった。それゆえ、彼らは互いに年に一度相手方をディナーに招待し、おそらく二年に一度は相手方を訪問していた。さらに、チャルディコウツのソーン先生もそこにいた。ソーン夫人はこのころロンドンに滞在していたため、一緒に来ていなかった。プラウディ夫人はいつもソーン夫人に温かい友情を示していたから、この時もソーン夫人の不在を大いに残念がった。「私たちがどんなに奥さんがいないのを寂しく思っているか、ソーン先生、伝えてくださらなければいけません」ソーン先生は妻が親友のプラウディ夫人のことを話すとき、ほとんど度を越えた嘲りを見せるのを知っていたが、伝えると約束した。「ラフトン卿夫妻が来られなかったのはがっかりです」とプラウディ夫人。——奥方は有爵未亡人のことには触れなかった。どんなに説得しても、老ラフトン卿夫人がプラウディ夫人の部屋に姿を見せないことはよく知られていた。「でも、子供の一人が病気で、若い卿夫人はその子を放って来ることができなかったんです」と奥方。しかし、ボクソル・ヒルのグレシャム夫妻も、ウラソーンのソーン家の人々もそこにいた。ずうずうしくも肉を切り分けようとする一人の付牧師を除けば、テンペスト博士と大執事だけがテーブルでは聖職者の客だった。こういうことから判断して、テンペスト博士はこのディナーでは主教から特別な配慮で処遇されていることを知った。

ディナーはかなり長く、重苦しく、時折退屈だった。大執事はよく喋った。けれど、鋭い耳を持つ傍観者なら、友人らを相手にするときのように話していないことが声の調子でわかっただろう。プラウディ夫人はそれを感じ、知って、怒った。奥方は大執事を前にするときいつも怒りを覚えた。大執事の言葉に隠されている、あるいは半分隠されている、バーチェスターに今君臨する主教の権威に対する挑戦の響きを、奥方は鋭い耳でいつも聞き取っていた。しかし、主教はそれほど鋭い耳を持たなかったし、それほど簡単に怒りに駆り立てられることもなかった。主教は敵を目の前にしてある程度萎縮しながらも、新たに愛想よく振舞ってそれを克服しようとした。

「あなたは昔のものをあまりにも改変してしまったので」と、大執事は聖堂に関する小さな問題を取りあげて言った。「昔がどうなっていたかほとんどわからなくなってしまいました」

「質が落ちていなければいいのですがね」と主教はほほ笑んで言った。

「私たちは改善したんでしょ、グラントリー博士」とプラウディ夫人は言葉を強調して言った。「あなたがおっしゃっているのは正しいんです。私たちは改善したんです」

「それに間違いありません」と大執事。それで、グラントリー夫人が話題を変えようと口を挟んで、仲裁に入った。

「改善と言えば」とグラントリー夫人は言った。「本通りの端っこにすばらしい家並みが建てられましたね。誰が住むことになるのかしら」

「あそこが町でいちばん悪い場所だったころを覚えています」とソーン先生。

「業者は今一軒建てるのに六百ポンドもかからない家に、年七十ポンドの家賃を取ろうとしています」とウラソーンのソーン氏は言った。新しいものがうまくいっていることに対して世の多くの老人らが示すあの嫌悪を表面見せていた。

「誰が住むことになるのですか?」とグラントリー夫人。

「そのうちの二軒はすでに牧師が手に入れています」と、主教は勝ち誇った口調で言った。

「そうです」と大執事は言った。「そして、名誉参事会員の住まいだった構内の家々は、獣脂ろうそく製造業者と引退した醸造業者に貸し出されるんです。それも教会委員会[2]がやったことです」

「いけませんか?」とプラウディ夫人。

「もしあなたが獣脂ろうそく製造業者の隣に住みたいんなら、それでいいんです」と大執事は言った。「昔ならできれば同僚の近くに住みたかったものです」

「聖堂の町に怠惰な牧師がたくさんいることくらい不愉快なことはありません、グラントリー博士」とプラウディ夫人。

「今の世代にとって牧師に何か役割があるかどうか」と大執事は言った。「私は一つの問題だと思い始めています」

「グラントリー博士、それはあなたの本当の意見ではないはずです」とプラウディ夫人。すると、グラントリー夫人は仲裁者として割って入って、話題を再び変え、アメリカの戦争[3]について話し始めた。ところが、その話題でも教会の意見は一致しなかった。――大執事は南軍がキリスト教徒の紳士たちであり、北軍は不信心な俗物たちだと堂々と言った。一方、プラウディ夫人は北部の州でこそ真剣な熱意を込めて福音書が説かれていると言った。哀れな主教はそんな衝突が起こるたびに落ち着きなく笑い、一言二言発するものの、誰からも注意を向けられなかった。こうして、戦い——半分押し殺したかたちで時々生じる戦い——の興奮を好む人には楽しいかもしれないが、社交的愛想のよさを好む人には必ずしも心地よくない仕方でディナーは続いた。

クローリー氏については一言も触れられなかった。プラウディ夫人と女性たちが食堂を出て行ったあと、主教はあまり専門的でない分野の会話を始めた。主教はソーン氏に狩りの獲物について、ソーン先生に森について、グレシャム氏に猟犬について話し掛けた。「バーチェスター主教自身が猟犬を飼うことを期待されていた時代から、グレシャムさん」と主教は言った。「あまり長い年月がたっていませんね」彼はそう言って自分の冗談を笑った。

「もし閣下が州の道義を守ることをお約束なさるなら」と若いフランク・グレシャムは言った。「次の狩猟シーズンに猟犬を主教公邸に戻します」

「はっ、はっ、は！」と主教は笑った。「どう思います、トウザーさん？」トウザー氏はこの時職務についていた付牧師だ。

「私が第二御者として働くことに」とトウザー氏は言った。「何の異論もございません、閣下」

「残念ながら、猟犬が閣下の主教職にとって高価な付属物になることがわかると思います」と大執事。それで、その冗談は終わった。というのは、プラウディ主教についてバーチェスターではもう何年にも渡って気前よく金を遣わない主教だという噂が広まっていたからだ。ソーン氏があとで親戚の先生に言ったように、大執事はそんな皮肉を言う必要なんかなかった。「大執事は父の椅子に座っているあの男が許せないのです」とソーン先生は言った。「徹底的に合わない二人がずっと接点を保っていなければならないというのはあいにくなことですね」「ええ、そうです」と大執事は応接間の暖炉の前の敷物の上に立って言った。「私はこの部屋でホイストの五回勝負を何回見たことでしょう」「もう二度とここでそんなものが見られないことを心から願います」とプラウディ夫人。「見られないのは確かですな」と大執事。彼はこの最後の皮肉について帰り道で妻から痛烈に叱られた。「時代が変わったことはよくわきまえているでしょう」と妻は言った。「もしあなたがバーチェスター主教なら、公邸内でホイストなんかさせません」「私たちがホイストをしていたころ」と大執事は言った。「それと一緒に本当の宗教があったし、立派な分別も、友情もあったことを知っている」「あなたがやめさせることを他人がやめさせるからといって、それを嘲笑するのは間違っています」と妻。それで、大執事は馬車の隅のほうに不機嫌に身を寄せたから、主教のディナー・パーティーについて夫妻のあいだでそれ以上会話はなかった。

その夜、主教公邸ではクローリー氏について一言も触れられなかった。プラムステッドから来たあの不愉快な客がいなくなると、プラウディ夫人はテンペスト博士を相手にご愛想を振りまいた。奥方は博士を取り込むことにとてもこだわったので、大執事をののしることさえ慎んだ。シルバーブリッジの禄付牧師が大執事と長年親しくしていることを知っていたからだ。奥方は本来の気性に素直に従えば、長い友情なんか気にせずに怒りを爆発させていただろう。しかし、奥方は明日のことを考えて、(4)ホグルストックの件で重要な話し合いが行われるとき、テンペスト博士ができれば好意的な態度を見せてくれることを願っていた。ところが、テンペスト博士は奥方のねらいをすでに察知しており、ナイトキャップをかぶったとき、明日の手続きについて彼なりの決意を固めていた。「奥方があえて干渉してくるとは思わないが」と彼は前夜妻に言っていた。「もし干渉してきたら、私は奥方のいる前ではこの話ができないことをちゃんと主教に言おう」

翌朝は主教とプラウディ夫人とテンペスト博士だけで朝食を取った。食事中ほとんど言葉は交わされなかった。クローリー氏の名もあげられなかった。しかし、仕事が先に控えているので普通の会話ははばかられるといった雰囲気が全体にあった。卵が食べられ、コーヒーが飲まれたが、卵もコーヒーもほとんど無言のうちに消えていった。これらの儀式がすっかり済み、さらに何か指示する必要が生じたとき、主教が口を開いた。「テンペスト博士」と彼は言った。「十一時に私の執務室に来ていただけませんか。そのあと、あなたをわずらわせなければならない不幸な問題について話し合いましょう」約束の時間に参りますと、テンペスト博士は答えた。主教は手紙を調べてみなければならないなどとつぶやいて去って行った。テンペスト博士は使用人が運んできた新聞を手に取ったとき、それを読むのをプラウディ夫人によって邪魔された。「テンペスト博士」と奥方は言った。「これは重大な問題です。あなたもそう感じてくださることを確信しています」

「どの問題のことです、奥方?」と博士。

「クローリーさんのこのひどい問題のことでしょ。何か措置を講じなければ、主教区全体が恥をかきます」それから、奥方は相手の返事を待った。何も返事がなかったので、続けて発言しなければならなかった。「哀れな男の罪については、残念ながら疑問の余地がありません」それからまた間があったが、博士はなおも返事をしなかった。「もし有罪なら」と、プラウディ夫人は返事をせざるをえない質問をしようと決意して言った。「そんな男が教区教会の説教壇から説教することが適切なことだと、ベテランの牧師が言えますか? テンペスト博士、私の考えに同意してくださることを確信していますよ? 教区の人々の魂のことを考えてください」

「プラウディ夫人」と博士は言った。「この問題は議論しないほうがいいと思います」

「議論しないほうがいいって?」

「しないほうがいいと思います。主教を正しく理解しているとすれば、主教はこの問題で私に何らかの措置を取ってほしいと望んでおられます」

「もちろん主教はそれを望んでいます」

「それなら、普通の会話のなかでこれを問題にすることをお断りしなければなりません」

「普通の会話のなかでですって、テンペスト博士！　私こそは決してこれを普通の会話にする人間じゃありません。私はこれを普通の会話とは見ていません。これが普通の会話だなんてとんでもないことです。教会の利害にかかわることを今真剣に話しているところでしょ。というのは、泥棒という浅ましい犯罪を犯した男を教会の活動的なしもべの一人と見なしたら、教会そのものが危険に曝されると思うからです。そのことを考えてちょうだい、テンペスト博士。泥棒でしょ！　金を盗んだのよ。自分のものでない二十ポンドの小切手を着服したんでしょ！　そのうえ、それについてあんなひどい嘘をついたんです！　これよりも悪いこと、恥ずべきこと、危険なことがありますか？　本当に、テンペスト博士、私はこれを普通の会話と見なしてなんかおりません」奥方はこの発言全部を一気に、流暢に、切れ目なく話したわけではない。プラウディ夫人は句点ごとに間を置いて、相手の返事を待った。しかし、博士が口を開こうとしなかったので、奥方は続けなければならなかった。「私の言うことにあなたが同意しないではいられないことを確信していますよ、テンペスト博士」と奥方。

「私がこの件についてあなたと議論するつもりがないことは確かです」と、博士はじつにそっけなく言った。

「どうしてでしょ？　それを議論するためここにいるんじゃありません？」

「あなたとは議論しません、プラウディ夫人。そう言っても、私を許してくださらなければいけません。

しかし、こんな問題をあなたと議論するため私はここにいるわけではないんです。議論したら、私は大きな不正を犯すことになります」

「私は考え方の点で主教と完全に一致しております」とプラウディ夫人は言った。威厳を見せようとしながらも、込みあげる怒りを隠せない様子だ。

「それは知りようがありません。しかし、私は考え方の点であなたと一致することはなさそうです。こんな口調であなたに話し掛けなければならないのはとても心苦しいんです。しかし、私が抱えている義務のせいで、議論の仕様がありません。もし許していただけるなら、主教との約束の時間まで庭を一回りしたいと思います」博士はそう言うと、それ以上奥方の抗議を聞かないで逃げた。

主教から指定された時間までまだ一時間近くあったので、テンペスト博士は会見が終わったらすぐ公邸を出られるように準備するため、その時間を使った。今やり合ったあとだから、プラウディ夫人には正式にさよならを言わずに帰っても許されると思った。主教には急いでいることを一言二言釈明するつもりだった。すぐ公邸を出ることができたら、プラウディ夫人にはもう会うことはないだろう。博士は今のやり合いで成功したことをかなり誇りに思った。それで、こんなに完全に勝利を収めたあとで、次に別の戦いをしてこの勝利の月桂樹を危険に曝すのは愚かだと感じた。彼は先ほどの争いのことを主教に言うつもりはなかった。プラウディ夫人も——少なくとも彼が立ち去るまで——それに触れることはないと推測した。戦場から追い出された将軍は敗北のことを話したがらないものだ。彼はプラウディ夫人を実際戦場から追い出したわけではない。事実は彼のほうが逃げ出したのだ。それでも、彼は敵を沈黙させて去った。そんな敵、そんな戦いでは、それがすべてだった。それゆえ、彼は旅行カバンに荷物を詰めて、最終的な退却の準備をした。それから、彼は鈴を鳴らして、使用人に主教の執務室に案内するように請うた。使用人からそうしてもらった。博士は部屋に入ったとき、プラウディ夫人が窓の近くの肘掛椅子に座っているのを最初に目にした。主教もその部屋にいて、書き物机に両肘を突き、両手に頭を載せていた。プラウディ夫人が初戦で負けたとは思っていないこと、次の戦いに向けて準備を整えていることは明らかだった。「座りませんか、テンペスト博士？」と、奥方は主教の向かいの椅子を片手で指して言う。テンペスト博士は座った。その瞬間座る以外に選択肢はないと、クローリー氏の名が出てくるまで、抗議は控えなければならないと感じた。彼は奥方に対する賛嘆の思いから抜け出せなかった。先ほどは断固とした無作法な扱いで奥方を完全に屈服させ、打ち破って戦場をあとにしたと彼は悦に入っていた。それなのに、奥方はまるで傷なんか負っていないかのように再び戦場にいた。奥方と主教のあいだで口論があり、主教が思い通りにならず、奥方が主張を通した様子だった。主教が奥方に席を外すように求めたのに、外させることができずに悔しい思いをしている様子をすぐ見て取ることができた。奥方はそこにいた。テンペスト博士は奥方がいるところでクローリー氏について忠告したり、指示されたりすまいと決意していた。それで、彼は来るべき戦いでは勇気と戦略に頼るしかなかった。しばらくは誰も口を利かない。主教はテンペスト博士が話を始めてくれれば、たとえ奥方がいても、手掛けている仕事をやり遂げられると感じた。プラウディ夫人は夫が話を切り出すべきだと思った。もし主教が切り出して、テンペスト博士がそれに返事をしたら、奥方は徐々に会話に入り込めるだろう。いったん発言を受け入れさせたら、言いたいことをみな言うことができる。そうしたら、奥方は役割を演じて、主教の仕事のなかで重要人物になれるだろう。いったん発言を許されたら、敵を論破するまでやめるつもりはない。とはいえ、テンペスト博士はこういうことをみな奥方と同じくらいによく心得ていた。たとえ彼らが夜まで待っても、博士がクローリー氏の名を最初に口に出すことはないだろう。

主教は大きい溜息をついた。その溜息は――彼らがその時議論しようとしている――間違いを犯した同僚の罪に対する悲しみを表すものだと受け取られていい。それは間違っていなかった。しかし、溜息とそれに付随する囁きを発し終わったあと、何か第一歩を踏み出す必要があった。「テンペスト博士」と主教は言った。「この哀れで強情な紳士に私たちはどうしたらいいでしょうか？」テンペスト博士はなおも口を開かなかった。「分別と英知の点であなた以上に私が信頼を置く牧師は」と主教は続けた。「主教区にいません。あなたは厳しい処置が必要でない相手に決して厳しくなさらないことも知っています。私たちはどうすべきでしょうか？　もし彼が有罪なら、国法による罰が終わったあと、間違っても彼を説教壇に戻してはなりません」

テンペスト博士はプラウディ夫人を見て、おそらく今奥方が一言言うだろうと思った。しかし、プラウディ夫人は役割をよく心得ており、黙っていた。奥方は怒っていたが、口をつぐむ工夫をした。いったんは議論を始めさせよう。そうしたら、奥方はそれにうまく入り込んで、主導することができる。それで、黙っていた。ところが、奥方は自分と同じくらいに油断のない敵に遭遇していた。「閣下」と博士は言った。「あなたの願いを文書で伝えていただけたら、ありがたいです。その願いに沿うことができたら、きっとそうします」

「はい。――その通りですね。確かに。――とはいえ、この件について穏やかな会話のなかであなたと言葉を交わせたら、おそらくお互いをよりよく理解できるのではないかと思いました。私が取った措置をあなたはご存知だと思います――」

しかし、主教はここで遮られた。テンペスト博士は椅子から立ちあがり、書き物机に進んで、両手をその上に置いた。「閣下」と博士は言った。「できれば言わずに済ませたいんですが、言わずにはいられないように感じます。私の立場の難しさ――微妙さと言っていいかもしれません――を感じています。しかし、もし私が——女性——のいる前でこの議論に参加したら、こんな問題にかかわる私の良心や正義感に背くことになります」

「テンペスト博士、どこに異議がおありになるんでしょ？」とプラウディ夫人。奥方は椅子から立ちあがると、正面から敵と向き合えるようにやはり書き物机のところに来た。奥方はテンペスト博士の向かい側に立って、やはり机の上に両手を置いた。

「おまえ、私たちを少し二人だけにしてくれませんか」と主教。哀れな主教！　哀れで弱い主教！　主教はその言葉を口から発したとき、それが無駄に終わることと、もし無駄に終わるなら、何も言わずにいるほうがいいことを知っていた。

「どうして理由もなく私があなたの部屋から追い出されなければならないんでしょ？」とプラウディ夫人は言った。「妻は夫の難儀を分かち合わなければなりません。そのように、妻は夫の相談を分かち合ってよいことがテンペスト博士にはわからないんですか？　もしわからないんなら、博士のご家族がお気の毒でなりません」

「テンペスト博士」と主教は言った。「プラウディ夫人は主教区のあらゆる問題にとても大きな関心を払っているのです」

「私が主教と奥方のあいだに何らかのかたちで介入することは」と博士は言った。「閣下、どんなにみっともないことかきっとわかってくださるでしょう。私はそんなことをするつもりはありません。もう一度言えることは、あなたの願いを文書で伝えていただけたら、――できれば、私はその願いに従いたいということだけです」

「強情に振る舞おうっていうんでしょ」とプラウディ夫人。奥方は癇癪の気性をひどく挑発されて、分別を失い始めた。

「はい、奥方、もしこれが強情だと言われるなら、私は強情を張らずにはいられません。閣下、あなたが出て行かれたあと、プラウディ夫人から朝食室でこの件について話し掛けられました。その時、私は奥方のいる前ではこれを議論することができないことを私の考え方に従ってあえて説明しました。奥方に理解していただけなかったことは非常に残念です。――理解していただけていたら、この不快な状況は避けられていたでしょう」

「よくわかります、テンペスト博士。あなたはとても理不尽な人だと思います。実際、もっと辛辣な言葉を遣ってもいいのかもしれません」

「お好きな言葉を遣ってくださってもよろしいです、プラウディ夫人」と博士。

「私たちを少し二人だけにしてくれたらいいと、おまえ、本当に思います」と主教。

「いやよ、閣下、――いやです」とプラウディ夫人は夫に向き直って言った。「何てひどい。教区牧師の粗野な言葉なんかで私が公邸内の部屋から追い出されでもしたら、それこそあるまじきことでしょ。見苦しいことでしょ。たとえテンペスト博士が義務をお忘れになっても、私が義務を忘れることはありません。テンペスト博士でなくても、とても簡単なこの調査委員会の仕事を引き受けてくれる牧師が主教区にはほかにいるんでしょ。博士が地方参事に指名されたのが何年前なのか知りませんが、そんなことに重みはまったくありません。こんな予備的な調査なら、三人の牧師で充分でしょ。地方参事にやっていただく必要はありません」

「おまえ！」

「テンペスト博士などにこの部屋から追い出されるつもりはありません。――もうたくさんです」

「閣下」と博士は言った。「たった今提案しましたように、私に手紙を書かれるほうがいいと思います」

「閣下は書きませんよ。閣下はそんなことをしません」とプラウディ夫人。

「おまえ！」主教は注意深く控え目に話すことができないほど困惑していた。「おまえ、どうか——《干渉》しないでくれないか？　どうかしないでおくれ。おまえがどこかへ行ってくれさえしたら！」

「私はどこにも行きません、閣下」とプラウディ夫人。

「では、私が出て行きます」とテンペスト博士は言った。博士は不幸な男が目の前で苦悶し、のたうち回っているのを見て心底同情した。「私が退くことが最善なのは明らかです。閣下、よい朝をおすごしください。プラウディ夫人、さようなら」そう言って博士は部屋を出て行った。

「非常に頑固で、非常に非紳士的な男ね」と、プラウディ夫人は出て行く地方参事の後ろでドアが閉められるとすぐ言った。「あんなに反抗的で、行儀の悪い人には会ったことがありません。あの男は大執事よりも悪質でしょ」奥方はこれらの言葉を発しつつ、部屋を行ったり来たりした。主教は何も言わなかった。奥方は少し黙っていたあと、主教に食ってかかった。「主教、私は私と同じ意見をあなたに持っていてほしいと思います。私の安泰にとって、主教区における私の立場——と言っていい——にとって、非常に重要な問題で私と同じ意見をあなたに持っていてほしいと思います。主教、どうして何も言わないんです？」

「私がもう二度と人前に顔を出せないと思うそんなやり方でおまえは振る舞った」と主教。

「何をおっしゃっているんです？」

「私はどうしたらもう一度人前で口が利けるかわからないと言っているのです。おまえは私に恥をかかせたのです」

「あなたに恥をかかせたって！　私があなたに恥をかかせたって！　あんなことを言って恥をかいたのは

ご自分じゃありませんか」

「よろしい。そういうことにしておこう。おまえはもうどこかへ行って、私を一人にしておいてほしい。ひどく頭痛がするし、もう話せそうもない。ああ、おまえ、あの人はあれをどう思うでしょう！」

「私が悪かったとおっしゃるんですか！」

「そう、おまえが悪かった。――とても悪かった。私が頼んだとき、どうして出ていかなかったのです？おまえはいつも間違っている。バーチェスターに来なければよかった。ほかの地位に就いていたら、こんなにも負い目を感じなかったはずです。実際、私はどうやって再び人前に顔を出したらいいかわかりません」

「こんなにも何を感じなかったですって、プラウディさん？」奥方は怒り心頭に発して、昔の呼び方に戻った。「あなたのため私が払った様々な配慮のお返しがこれですか！　あなたがどんな地位に就いていようと、何があなたのためになるか私は知っていると、あなたの威厳が私によって損なわれることはないと言い張ることを許してください。あなたはご自分の威厳の面倒くらいご自分で見られたらよろしいのに」それから、奥方は大股で歩いて部屋から出て行き、哀れな男を一人部屋に残した。

　プラウディ主教は執務室に一日一人で座っていた。付牧師が午前に一、二度仕事のことで現れて、主教からほほ笑みで迎えられた。付牧師は主教の特別な人当たりのよさがどこから来るか理解できなかった。というのは、夫婦喧嘩があったことは邸内の住人みなにすぐ知られていたからだ。もし主教が妻と喧嘩をする決心をしたら、――妻と喧嘩をするほうがいいと思ったら、付牧師にそう訴えていただろうし、少なくとも同情を求めていただろう。とはいえ、主教はまだ己のみじめさを人に打ち明けたり、不幸な人間だと告白したりする気にはなれなかった。このあと、主教は一日長時間座ってこの問題を考えた。逃げ出して、奥方抜きでどこかの教区の副牧師にでもなることができたら、どんなに幸せだろう！　自由になる時は来るだろうか？　奥方はいつか死ぬだろうか？　彼のほうが奥方よりも年上だから、当然彼のほうが先に死ぬだろう。すぐ死んで、みじめさから逃れることができたら、そのほうがいいのではないか？

たとえ主教が戦えるくらい強くても、奥方をどうすることができるだろう？　奥方を家に閉じ込めておくことはできない。執務室からさえもまともに閉め出すことができないのだ。妻だから、家を自由に出入りできる。主教区の牧師との交際を禁止することもできない。まさしく今朝奥方に対して強い措置を取った。一度か二度以上奥方に部屋から出て行くように求めた。夫の指示に従おうとしない――職務をはたすことさえ夫に許そうとしない――妻をどうしたらいいのだろう？　役所の役人のように――あるいは石工のように、主教が毎日仕事のため家を出て職場へ行くことができたら、どんなにすばらしいだろう！　しかし、彼はそんな逃げ道を知らなかった。どこにも逃げられなかった。まさしくこの日もまた奥方と顔を合わせなければならない。どうすれば妻の顔を見ずに済ませられるだろう？

主教はそれから何時間もテンペスト博士とクローリー氏のことに思いを馳せ、朝の失敗を修復するにはどうしたらいいか考えた。彼は結局博士に手紙を書くことにした。奥方とまた顔を合わせる前に、手紙を書いて送った。主教は手紙のなかで朝の出来事に直接言及しないまま、博士との個人的な議論に明白な意図はなかったかのように書いた。「調査委員会を設置するほうがいいと私は思います」と主教は書いた。「あなたと四人の牧師でそれを構成するように提案します。あなたは地方参事区から二人を選んでください。私はあなたが反対なさらなければ、ほかの二人としてサンブル氏とクイヴァーフル氏を指名します。二人とも構内の居住者です」主教は二人の名を書くとき、自分を恥じた。奥方の特別な友人二人を選んでいることに気づいたうえ、奥方と戦うためよろい兜を身につけている特に今、奥方のひいきをまったく無視する勇気くらい持つべきだと感じたからだ。「この不運な紳士の裁判が開かれて」と主教は続けて手紙に書いた。「評決が出る前に、報告書を作ることなどありえません。もし彼が無罪放免になったら、私が思うところ、それで問題は終わりになります。陪審員の評決を越えて私たちが踏み込んでいける根拠はありません。しかし、もし彼が有罪になったら、宣告された判決の刑期が満了するとき、私たちが取るべき措置を用意しておく必要があると思います。その場合、問題を教会裁判所に提訴することが少なくとも妥当でしょう」主教はこれを書いているとき、奥方から手続きを取るようにけしかけられた措置よりも、かなり穏やかな措置を提案していることをよく知っていた。しかし、今はそれをあまり重要なこととは思わなかった。主教は地方参事の補佐役として特定の牧師の名をあげるほど軟弱だったが、——なぜなら、そうすることである程度奥方をなだめられると思ったからだ——、主教はそれほどにも臆病だったが、この手続きの問題では判断と良心を奥方に売り渡すまいと決意していた。彼は奥方から手紙を見たいと言い出されたときに備えて、実際に書いた言葉を見られないように手紙の複写を取らなかった。もちろん彼は措置したことを奥方に知らせなければならない。とはいえ、知らせるとき、裁判でクローリーが無罪放免になった場合の彼の発言を隠しておくつもりだった。国法による無罪評決を教会の無罪放免に相当するものと見なすと約束したことは、奥方にまだ言う必要はなかった。彼はこんな趣旨で手紙を書いて、再び妻と顔を合わせる前に送った。

主教はディナーの前に応接間で合流するまで奥方に会わなかった。その時主教夫妻の関係が本当のところどうなっていたか見るとき、プラウディ夫人が——勇気にあふれ、うちに秘めた資質にこと欠かない奥方が——置かれた局面にいくらかおびえていたことを私たちは知らなければならない。読者の心にプラウディ夫人への強い同情を掻き立てるには、もう遅すぎることを私は残念に思う。奥方の美徳を読者に受け入れさせることはもうできそうもない。しかし、彼女は美徳を具えており、その美徳のせいで今不幸になっていた。奥方は夫の威厳を尊重した。けれど、今この瞬間それを損なったと感じていた。奥方はまわりの牧師らの幸福も尊重しており、同じ意見の牧師を第一に幸福を考えるべき牧師、意見の違う牧師を幸福を後回しにすべき牧師と見なした。しかし、奥方は今主教区全体の幸福のため、おそらく最善のことをしてこなかったのではないかとの思いにつきまとわれるようになっていた。テンペスト博士のように主教区の牧師らみなが奥方のいる前で教会の問題について口を開かなくなったら、どうなるだろうか？　奥方は不快な地方参事への怒りをこういうことで和らげるつもりはなかったが、今日のこの日を満足できる日とは思わなかった。

奥方はディナーのあいだあたかも口論なんかなかったかのように夫に一言二言話そうともがいた。主教はこの問題に深いわだかまりを残していたので、奥方と同じ気持ちでそれに答えることができなかった。娘たちと、義理の息子と、滞在中の娘の友人など家族の様々な面々がその場にいた。主教は家族の前で平静を繕おうと思っても、深い落胆から抜け出すことができなかった。黙り込みがちで、妻の言葉にほとんど答えなかった。彼は家族みなに礼儀正しく、優しくしたけれど、できる限り話さなかった。夕刻は片肘を突いて頭を載せ、読書をしている振りさえ見せず、一人で座っていた。みじめさと恥辱を隠そうとしても、家族からさえもう隠せないことに気づいていた。

奥方はその夜はいつになく女性らしい優しさを見せて、夫の化粧室に入って来た。「あなた」と奥方は言った。「今朝あったことは忘れましょう。たとえ怒りに駆られたとしても、私たちはキリスト教徒としてそれを忘れる義務があります」奥方はそう話すとき、夫を見おろすように立って、愛撫するように片手を肩に置いた。

「男は心を引き裂かれたら、忘れることができません」というのが夫の返事だった。奥方は夫のそばに立って、なおも手を夫の肩の上に置いていた。しかし、何と言って慰めていいか言葉を見つけることができなかった。「もう寝ます」と主教は言った。「寝床が私にとっていちばんいい場所です」それから、奥方を離れて、寝床に就いた。

註

（1）地方参事は主教区内数か所の教区の監督について主教を補佐する。
（2）ロバート・ピール卿が一八三五年に召集した「教会聖務歳入委員会」のこと。
（3）トロロープはアメリカ南北戦争（1861-5）の戦況を綿密に注視していた。『自伝』第九章参照。
（4）「マタイによる福音書」第六章第三十四節に「明日のことを思いわずらうな。明日のことは、明日自身が思いわずらうであろう。一日の苦労は、その日一日だけで充分である」とある。

第四十八章　サー・ラフル・バフルの柔軟なあしらい

私たちはジョン・イームズがアラビン夫妻を捜す旅に出る準備をしているのを見てきた。出発に先立って彼が役所と上司に別れの挨拶をしたあとの状況だ。しかし、この旅の件は役所の関係者に関する限り、必ずしもすんなりと許可されたわけではない。ジョン・イームズは役所を休まなければならない差し迫った理由があることを多少ぶっきらぼうにサー・ラフル・バフルに伝えた。サー・ラフルは公務にいかなる私事も介在させてはならないと答えた。「とにかく行かなきゃいけないんです、サー・ラフル」とジョニーは言った。「家族にかかわるだいじなんです。無視することなんかできません」「許可なく行くつもりなら」とサー・ラフルは答えた。「まずキッシング氏に辞表を出して行くんだな」今キッシング氏は役員会の秘書官だ。これは確かにゆゆしい事態だった。ジョン・イームズはサー・ラフルの個人秘書官という今の地位に特に拘泥しようとは思わなかった。とはいえ、役所をやめてしまう気はもうとうなかった。彼はその時大人物にそれ以上のことを言わなかった。しかし、役所を出る前に長官に私的な手紙を書いて、用件がきわめて重要であることを伝え、休暇を出してくれるように請うた。翌朝、彼は表にほんの数語書き加えられたその手紙を受け取った。「それはできない」というのが、個人秘書官の手紙の表にサー・ラフル・バフルが殴り書きした言葉だった。ジョニーが予期しなかったとても乗り越えられないように見える難関だった。本気でなければ、サー・ラフルはそんな調子で答えてこなかっただろう。

「ぼくならサー・ラフルに医者の診断書を送るね」とイームズの旧友クレーデル。

「馬鹿な」とイームズ。

「ぜんぜん馬鹿じゃないと思うよ。立派な医者からの診断書に勝てるやつはいない。誰でも体に何か問題を抱えているからね」

「ぼくなら黙って旅に出て、あいつを最悪の目にあわせてやるね」と別の事務官フィッシャーは言った。

「そうしてもせいぜい一つか二つ降格させられるくらいで済むだろう。職を失うような目にあうことはないよ。あいつは解雇しようなんて思っていないさ」

「でも、ぼくは一つ二つ降格させられるのはいやだな」ジョニーはもし降格させられたら、友人のフィッシャーが昇格するという考えを心から取り除くことができなかった。

「ぼくならあいつにカキを一樽贈って、大蔵大臣に渡す袖の下としてはどうかと聞くね」とフィッツハワード。彼はイームズの前任の個人秘書官で、サー・ラフルのことをよく知っていると思われた。

「もしあいつに先に頼み込んで断られていなかったら、それはうまくいったかもしれない」とジョン・イームズは言った。「いいかい、こうする。フールスカップ判(1)に所定の余白を取って長々と手紙を書くんだ。そうしたら役員会に手紙が届くに違いない。おそらくあいつはおびえるだろう」

イームズがその夕方難局をトゥーグッド氏に話すと、弁護士は旅をあきらめるように言った。「事務員を送り出すだけのことだから、結局そんなに費用はかからないと思う」とトゥーグッド。とはいえ、あきらめるのはジョニーの沽券にかかわる。「それで済ますつもりはありません」と彼は言った。「仕事をやめるつもりはありませんが、やめさせられてもぼくは行きます。やめさせられるとは思いませんが、そうなっても構いません」伯父はそんな選択肢のことは考えないように望んだ。しかし、この議論はディナーのあと役所から離れたところでなされた。イームズはどうしても権威に頭をさげようとしなかった。「そんなことなら」と彼は言った。「人はすぐ奴隷にでもなったほうがましです。もし金が自立した行動を取らせてくれないなら、多少金を持っていてもそれが何の役に立つんです。伯父さん、一つだけ確かなことがあります。それはぼくが大陸へ行くっていうことです。予定の日にね」

翌朝役所のサー・ラフルの部屋に入るとき、ジョン・イームズは黙り込んでいた。出発の日の前にはもうこの日と次の日しかなかった。いろいろなことを取り決めておく必要がどうしてもあった。それでも、彼は午前中サー・ラフルに何も言わなかった。長官本人は低姿勢で、彼に優しくしようとした。長官は厳しい拒否が個人秘書官をずいぶん怒らせていることを知っており、公務の大義のため厳しくしなければならない一方、厳しくする必要がないときは喜んでそんな態度を忘れたいと思っていた。それで、この朝長官はじつに上機嫌に振る舞った。しかし、ジョン・イームズはその上機嫌に何の反応も示そうとしなかった。大部分の事務官が退庁した午後遅くなって、ジョニーは浮かぬ顔でその日の終わりに長官の前に現れた。イームズは黒い装いで、普通のモーニング・コートではなくフロック・コートに着替え、普段の姿とはまったく違った外見を見せた。彼はとてもゆっくりほとんど囁くような声で話した。サー・ラフルが冗談を言っても――サー・ラフルはよく冗談を言うが――、彼は笑わなかっただけでなく、深い溜息をついた。「どこか具合でも悪いのかね、イームズ?」とサー・ラフル。

「窮地なんです」とジョン・イームズ。

「どんな窮地だね?」

「来週の今日までにぼくがフィレンツェへ行くことが、家族の一人の名誉のためどうしても必要なんです。どうしたらいいか決心がつきません。ぼくは役所の地位を失いたくありません。ご存知のように居心地がいいんです。けれど、家族の名誉が犠牲になるのはとても見ていられません」

「イームズ」とサー・ラフルは言った。「それは馬鹿げた考えだな。――まったくもって馬鹿げている。何でも君の思い通りになると思ってはいけない」

「許可なく行けば、当然ぼくはクビでしょう」

「当然クビだね。若者がそんなふうに我を通すなど論外だよ」

「我を通すと言われますが、サー・ラフル、ぼくほど忠実といいますか、従順な人間はいないと思うんです。けれど、従順にも限度というものがあります」

「どういう意味かね、イームズ君?」サー・ラフルは怒って個人秘書官のほうを向いた。しかし、ジョニーは上司の怒りを無視した。実際にはサー・ラフルを怒り狂わせようと思っていた。「限度というものがあるとは、イームズ、どういう意味かね? 限度なんて知らないね。他人が聞いたら、君はわしを非難しようとしていると思うだろう」

「そういうことです。サー・ラフル、あなたはぼくをとても残酷に扱っていると思います。説明しましたように家族の状況が――」

「何も説明しておらんよ、イームズ」

「いえ、説明しましたよ、サー・ラフル。家族の一員の名誉に著しく影響する問題のため、ぼくはすぐフィレンツェへ行かなければならないと説明しました。そうしたら、あなたはぼくが行ったら、クビにすると言ったんです」

「もちろん君は許可なしに行ってはならない。これまでそんな話は一度も聞いたことがない」サー・ラフルはそう言うと、ほとんど当惑したように天に向かって両手をあげた。

「それで、ぼくが置かれている状況について短い文書を作りました。ぼくをクビにする案件が役員会に出たとき、それを読んでほしいんです」

「では、行くつもりなのかね？」

「はい、サー・ラフル。行かなければいけません。ぼくの一族の分家の名誉のため行かなければいけません。ぼくはしばらく特にあなたのもとで働いてきましたから、これを送る前にあなたに見せるのが適切だと思いました。それで、文書を持って来ました。これなんです」ジョニーはそう言って、サー・ラフルに大きな公式文書を手渡した。


サー・ラフルは不安を感じ始めた。彼は役所のなかで暴君だという評判を取って、それを自覚していた。とはいえ、自分がそんな評判に値する人間ではないことをよく知っていた。ある役所の大物――おそらく偏見とうまく折り合いをつけられるのに、とほのめかしたことがあった。サー・ラフルが大好きな大蔵大臣――がある時彼に、もう少し柔軟に人をあしらうことができたら、時代の要請にかなうのだが――らうことなどできなかった。それでも、口答えされても癇癪を抑えることができた。大声で怒鳴り、高飛車に振る舞いたいと思うときも、時々自制することができた。彼は本当に家族の利害にかかわる用件を示せる事務官を、職務を離れたからといってクビにできないことを知っていた。もし今回許可なくイームズを行かせたら、職務を離れなければならなかった重大用件が何か述べるようにイームズが召喚されることを知っていた。イームズはサー・ラフルが持っているまさにこの文書のなかでおそらくことの重大性を述べているのだろう。しかし、サー・ラフルはこの文書に屈する気になれなかった。もし屈することがどうしても必要なら、――彼の親切心から屈するほうがいいし、文書なんか見ないで屈するほうがましだった。「わしはこんな状況でこれを読むことを拒まなければならない」とサー・ラフルは言った。「公式にわしのところに提出されたものでない限りはな」彼は文書を返した。

「よろしければ文書をお見せするのがいちばんいいと思いました」とジョン・イームズ。それから、彼は部屋を出ようと回れ右をして、突然また振り返った。「さよならも言わないで、サー・ラフル、あなたとお別れしたくありません。ぼくに個人的な悪意なんかなかったことをあなたに知っておいてほしいです」彼はそう言うと、最後の別れをするかのようにサー・ラフルに手を差し出した。サー・ラフルは驚いて彼を見詰めた。彼はすでに述べたように黒い服を着ており、サー・ラフルが見慣れたいつものジョン・イームズとは別人のようだった。

「これはまったく理解できないな」とサー・ラフル。

「残念ながら迷う余地はありません」とジョン・イームズ。

「行かなければいけないのかね?」

「はい。――はっきりしています。行くと誓いましたから」

「もちろんわしは君の家族のそんな重大用件など何も知らない」

「はい、ご存知ないと思います」とジョニー。

「じゃあわしにそれを説明してくれ?　理由がわかるようにだ――もし理由があるんならな」

それで、ジョニーはかなり長いクローリー氏の話をした。それを話すとき、イタリアへ行く使命の必要性に公正な判断ができないほど重みを置いて話した、と私は思う。フィレンツェへ行くのは弁護士のほうがジョン・イームズが行くよりも仕事をこなせるだろうと、サー・ラフルは話の途中で一度提案しようとした。ところが、ジョニーはそれを打ち消した。「いえ、サー・ラフル、それは不可能です。まったくありえません」と彼は言った。「もしあなたがこの問題で動いている弁護士トゥーグッド氏――この人もぼくの伯父さんです――に会ったら、彼もあなたに同じことを言います」サー・ラフルはすでにクローリー事件をある程度耳にしていたので、その悲しい悲劇を今個人秘書官のかなり反抗的な行動の言い訳として受け入れる気になった。「そんな状況なら、イームズ、君は行かなければならないと思う。だが、こういうことはみな事前にわしに説明しておくべきだったな」

「私的なことで、サー・ラフル、あなたをわずらわせたくなかったんです」

「全部話しておくのがいつもいちばんいいんだ」とサー・ラフル。ジョニーは交渉の結果にかなり満足したから、この優しい叱責を黙って受け入れて退室した。イームズは翌日普通の身なりでまた役所に現れた。サー・ラフルは衣装の見せかけでかなりだまされたと、ふと思った。「いつかあいつに仕返しをしてやろう」と彼は独り言を言った。

「許可をもらったよ、みんな」とイームズは三人の同僚が座っている部屋に入って言った。

「まさか！」とクレーデル。

「けれど、もらったよ」とジョニー。

「老ハッフル・スカッフルがあの固い頭から許可を出したっていうのかい？」とフィッシャー。

「本当に出したんだよ」とジョニーは言った。「そのうえぼくに祝福を与えてくれた」

「賄賂のカキは贈らなかったのかい？」とフィッツハワード。

「殻一片も贈っていない」とジョニー。

「君は絶対闘鶏よりもおもしろいよ」とクレーデルは友人の如才なさをうっとりと称賛して言った。

ジョンがそのあと夕方をどうすごしたか私たちは知っている。まずリリー・デールに会うため、彼女の伯父が取ったサックヴィル・ストリートの宿へ行った。それから、魅力的なマダリーナがいるポーチェスター・テラスへ行った。それから、友人のコンウェイ・ダルリンプルと夜をすごして一日を終えた。彼は寝床に就いたとき、意気揚々と勝ち誇っていたが、その高揚感にもかかわらず己を恥じていた。なぜリリーのもとを離れて、マダリーナのところへ行ったのか？　これを考えるとき、ハムレットによる——よく引用される——二枚の肖像画[2]への訴えを自分の身についても当てはめてみた。心を満たすリリー・デールという人がおりながら、マダリーナに楽しみを見出せるなんて、どうして彼は自分を軽蔑することができないのか？「けれど、リリーを手に入れる見込みはないんだ」と彼は一人つぶやいた。——そう思って自分を慰めるけれど、慰めはえられなかった。

　彼は翌朝早く伯父のトゥーグッド氏とドーヴァー鉄道駅で会った。「なんとまあ、ジョニー、賢いやつだなあ」と伯父は言った。「サー・ラフルをうまくあしらえるとは思ってもみなかったよ」

「ばっちりですよ、伯父さん。相手の足のサイズさえわかれば、靴なんかあとから合わせられますから」

「フィレンツェへ直行するつもりかね、ジョニー？」

「はい、そのつもりです。聞いたところによると、アラビン夫人はそこかヴェニスかどちらかにいるはずです。夫人が今どちらの町にいるか、パリの人から聞き出すことは無理だと思います」

「夫人の住所はフィレンツェだね。手紙はフィレンツェの局留めになっている。夫人が泊まっているか、泊まっていたかしたホテルできっと手掛かりがつかめるだろう」

「けれど、夫人が見つかっても、何か話してくれるとは思いません」とジョニー。

「それは誰にもわからないね。夫人には話すことがあるかもしれないし、ないかもしれない。あの金は完全に夫人の贈り物で、アラビン氏の贈り物ではなかった、というのが私の信念なんだ。夫妻はめいめいの金を一緒くたにしているようには見えない。妻の最初の結婚でできた息子[3]のせいで、金を一緒くたにすることについては、夫のほうにいつもためらいがあったようだ。夫妻は銀行に常にそれぞれの口座を持っている。バーチェスターへ行ったとき、それがわかったよ」

「けれど、クローリーは夫の友人でした」

「ああ、クローリーは夫の友人だね。しかし、五十ポンドの紙幣が夫の手元にいつもあったとは思えない。参事会長の収入は昔ほど多くないからね、そうだろ」

「そういうことにはまったく不案内です」とジョニー。

「うん、収入は多くない。夫には手持ちの金がないんだ、私が調べた限りではね。金を友人に与える段になると、――それはまさしく夫人がすることだろう。いずれにせよ夫人がそうしたかどうか教えてくれるはずだ」

「そのあと、ぼくは夫のあとを追ってエルサレムへ行きます」

「もしそれが必要となればね。夫のほうはおそらく帰路に就いていて、妻は途中どこで夫に会えるか知っているだろう。裁判の前に余裕を持ってこちらに帰って来ることがどうしても必要なことを君は夫に納得させなければならない。わかるだろうが、ジョニー」鉄道駅のプラットホームを一緒に歩きながら、トゥーグッド氏は声を囁き声にまで落としたが、盗み聞きされる心配はなかった。「クローリーさんが必ずしも正常な精神の持ち主ではないことを証明する必要が生じるかもしれない。もしそうなるなら、彼の近くに影響力のある友人がいることがどうしても必要になってくる。そうしなかったら、彼はあの主教から踏みつけにされ、泥まみれにされてしまうだろう」もしトゥーグッド氏がこの時主教に会って、この哀れな男の苦悩を読み取ることができたら、こんなふうに主教を暴君のようには言わなかっただろう。

「みな了解しました」とジョニー。

「結果として、本当に君と参事会長が一緒にいるところを見たいものだ」とトゥーグッド氏。

「参事会長がいい人だといいんですが」

「彼はとてもいい人だと聞いている」

「ぼくはこれまであまり主教や参事会長に会ったことがありません」とジョニーは言った。「そんな人と旅をしたら、かなり畏れ多い感じがします」

「参事会長はどこにでもいるような人だとたぶん思うよ」

「けれど、その人の帽子を見るだけでぼくはおびえてしまいます」

「君はきっと参事会長がフェルトの広縁中折れ帽をかぶって、手に大きなステッキを持って、おそらく葉巻を吸いながら、エルサレムを歩いているところを見つけるだろう。昔の騎士がそうしたように参事会長も時にはよろいを脱ごうとするものさ。思うに主教がそんなふうにくつろぐのはもっと難しいだろうね。じゃあ。――さようなら、またな。君が行ってくれてとても感謝している。――本当にね。私たちは何とかこれを乗り切れると思うよ」

それから、トゥーグッド氏は帰宅して朝食を取り、自宅から事務所へ向かった。そこに一、二時間いると、彼宛てのサー・ラフル・バフルの公式の手紙――外見上じつに形式張った手紙――を持って所得税庁から使者がやって来た。サー・ラフル・バフルはトゥーグッド氏に挨拶を送って、ジョン・イームズ氏の現在の住所をサー・R・Bに教えてくれるように書いていた。「古狐め!」とトゥーグッド氏は思った。――「とはいえ、ひどく愚かな古狐だな！　どこかに齟齬があって、私がジョニーを裏切ることもあるかもしれないと思っているとすればね」それで、トゥーグッド氏はサー・ラフル・バフルに挨拶を返して、ジョン・イームズ氏は家族にかかわる特別な用件でまずフィレンツェへ向けて旅に出ており、フィレンツェから一刻も無駄にすることなくエルサレムへおそらく進まなければならないだろうと書いた。使者に持たせて返信を出すとき、「愚かな古狐め！」とトゥーグッド氏はつぶやいた。

註

（1）筆記用は十六×十三インチ（40.6×33cm）の大きさ。
（2）「ハムレット」第三幕第四場でハムレットが妃である母に父と叔父の二枚の肖像画を突きつける場面。「ごらんなさい、この二つの絵を」で始まる。
（3）ジョン・ボールド・ジュニアのこと。

第四十九章　構内で①

家族内の激しい喧嘩にかかわったことがない人が、本書の読者のなかにいるかどうか私は知りたい。かかわったことがないとすれば、私の読者はとても幸運か、あるいはじつに冷酷かどちらかだろう。愛が喧嘩を生むと言えば間違いだろう。しかし、愛は非常に親密な関係を生み出すので、その結果喧嘩がしばしば自然なりゆきとなる。――喧嘩はしばしばじつに自然で、時としては避けられないように見える。兄が弟をなじる。――一度も相手を責めることもなく暮らす兄弟がいるだろうか？　それから、熱した言葉が誤解され、さらに熱い言葉が追い打ちを掛けて、兄弟喧嘩になる。夫は命じることが義務だと思い込んで暴君となる。妻はささやかな自立を求めて、従わないか、部分的にしか従わない。――それで夫婦喧嘩になる。父は息子を案じ、息子の目とは違った目で彼の将来を見通して、父子喧嘩になる。簡単に喧嘩になるのに、やめるのは時として非常に難しい。怒っている人が自分も一部間違っているかもしれないと気づくには、かなり考え込む必要がある。が、怒りを冷めないように大切にはぐくんでいる人が、そんなふうに考え込むことはほとんどありえない！　それでも、そんな怒りを心に抱く人はあらゆる幸せを台無しにしてしまう。怒りを――愛の対象となる人々のなかでもおそらくいちばん愛している対象に抱く怒りを――冷めないように大切にはぐくんでいる人は、怒りが続く限りみじめだ。そんな人は人生のあらゆる喜びを怒りで毒してしまう。食事中も不機嫌で、本のページをめくっても内容を呑み込めない。どんな仕事にしろ、まともにはできない。彼は怒りをはぐくみ、怒りで満ちている。邪悪な相手をどんなに愛していたか、相手のためどれだけたくさん犠牲を払ったか、一人つぶやく。そして今邪悪な相手から邪悪なお返しをされる！　しかし、その邪悪な相手はまさにその時彼にとってはこれまでにないほどいとしい人なのだ。その邪悪な相手を許すことさえできたら、世界は再びどれだけすばらしいものになるだろう！　それでも、彼は怒りをはぐくみ続ける。

グラントリー大執事はここ数日そんな状態だった。大執事は息子にひどく腹を立てていた。寝ても覚めても何をするにつけても、息子から受けた害のことばかり考えていた、と言っても過言ではない。息子が今にも身にみずから害を及ぼそうとしている――まるで自分の喉を掻き切ろうとしている――という思いによって、怒りが最初に点火されたという事実を父はほとんど忘れそうになっていた。ほかの様々な思考が今はそれにつけ加えられ、大執事の心を占めていただけでなく、日々の妻との会話を色づけていた。もしハートトップ卿の義兄、卿夫人の実兄が有罪となった泥棒の娘と結婚したら、卿夫妻が受ける恥辱はどれほどひどいものになるだろう？　グリセルダへの害はどんなに癒しがたいものになるだろう？「私が受けた害については何も言うつもりはないよ」大執事は絶えずそう言いながら、受けた害のことばかり口にしていた。「私が受けた害については何も言うつもりはない。もちろんそんな結婚が実現したら、州のなかの私の地位は破滅してしまう」「あなた」と妻は言った。「破滅することなどありません。とても馬鹿げた考えです。この結婚をそんなふうに見る人は州には誰もいないと思います」大執事はそれから妻とも喧嘩を始める。もし妻がそんな喧嘩を買うほど賢くなかったらの話だ。グラントリー夫人はじつに賢かったので、喧嘩をするには二人の人間が必要であることを知っていた。大執事は妻が息子とぐるになっていると、妻が息子にグレース・クローリーとの結婚を勧めていると何度も言った。「おまえの本心はこの結婚を望んでいるんだろ」と夫は一度妻に言った。「いいえ、あなた、望んでいません。これがふさわしい結婚だなどとも思っていません。でも、もしあの子が彼女と結婚したら、私は彼女を家に受け入れたいと思います。もちろんあの子と喧嘩なんかしません」「彼女は断じて家に入れん」と大執事は答えた。「もしそんなことになったら、あいつの家族に何の手当も出すつもりはないとだけ言っておく」

　大執事が前に決断を伝えるため息子に手紙を書くように妻に指示していたことを覚えておられるだろう。グラントリー夫人は時間稼ぎをしたうえ、父の決断が厳しいかたちで息子に伝わらないようにうまく操作した。その後、グラントリー少佐は直接父に手紙を書いて、グレース・クローリーから受け入れられたら、結婚するつもりだと改めて誓い、その場合自分が廃嫡されることになるのかどうか問うた。「これを聞いておくことがどうしても必要なんです」と少佐は書いた。「その場合ここをすぐ立ち退く措置を取らなければならないからです」父はこの手紙の下に数語書き加えて送り返した。「もしおまえがここで申し出ているようなことをするなら、私から何も期待してはならない」それはとても急いで書かれた大きな丸い文字だった。息子はそれを受け取って、それを書いた父の精神状態を完全に理解した。

　そのあと、コスビー・ロッジを手放すことにしたとの便りが、今度はグラントリー夫人宛てに届いた。レディー・デイ[2]になって、告知がこの時期に出された。「これはあなたを悲しませると思います」とグラントリー少佐は書いた。「が、父がぼくにそうさせたんです」このことは大執事にとってもグラントリー夫人にとっても大きな悲しみのもととなった。様々な状況から見て、コスビー・ロッジが息子の望ましい住まいになると両親は思っていたからだ。「ぼくはここにあるものをみな売り払って、すぐ海外へ出るつもりです」と少佐は次の手紙で書いた。「今のところポーに移り住みたいと思っています。そこの生活くらいがぼくの収入に見合うし、イーディスの教育費を安く抑えられます。軍から収入をえる必要などないと父から言われなければ、もちろんぼくは軍属を離れませんでした。しかし、不平を言うつもりはありません。ただぼくが海外へ行くことをあなたに伝えておきたかっただけです」このころ母と息子のあいだでたくさん手紙が交わされた。「裁判のあとまでここにとどまります」と少佐は書いた。「その時、彼女が一緒に行ってくれたらいいんですが。一緒に行ってくれても、くれなくても、ぼくはここにとどまりません」グラントリー夫人はこの点を特に残念に思った。もし少佐が出て行く決断さえしなかったら、事態はまだ好転するかもしれなかった。ミス・クローリーの性格について夫人が――直接面識こそなかったけれど――今理解している限り、彼女の父が陪審員によって有罪評決を受けた際、彼女が結婚の申し込みをきっぱり拒絶することはありうることだと思われた。グレースはとても善良な人なので、他家にみじめさと恥辱をもたらすことができるはずがない、とグラントリー夫人は思った。しかし、クローリー氏が無罪放免となり、結婚が実現したら、大執事はおそらくその結婚を許すだろう。いずれにしてもコスビー・ロッジを投げ出す必要はないように思われた。とはいえ、夫人の愛する息子、最愛のヘンリーは意固地で、頑固で、人の助言に耳を貸そうとしなかった。「あの子は頑固さで父に負けません」と、夫人は一瞬怒りに駆られてハーディング氏に言った。夫人はこのころこの父に対してだけ悲しみを打ち明けて、慰めと励ましをえていた。

夫人はこのころ少なくとも週二回参事会長邸を訪問するのが習慣になっていた。夫人はそんな訪問のなかで家族を襲ったいさかいの苦悩を父に強く訴えた。老人は一貫して孫の肩を持った。「もしヘンリーが若い女性を愛するなら、その女性と結婚してはいけない理由が私にはわかりません。金については、妻にたくさん使わなければ、充分あるはずです」

「金の問題ではないのです、父さん」

「地位については」とハーディング氏は続けた。「少なくとも大執事がおまえと結婚したときほどヘンリーは地位をさげることはありません。――本当にあれほどではないでしょう。というのは、あの当時私はただの準参事会員でしたが、クローリー氏はちゃんと禄を持っていますから」

「それはまったくナンセンスな話ですよ、父さん。本当に」

「大いに筋の通った話です、あなた」

「大執事がこの結婚に反対しているのは、クローリー氏がホグルストックのただの永年副牧師だからではありません。それとはまったく無関係です。現在クローリー氏が恥辱のなかにいるからです」

「彼が告発の黒雲の下に置かれているからですか、あなた？　ただの一過性の黒雲であるように祈ります」

「世間の人はみな彼が有罪だと思っています。それに彼はあんな人ですから。——とても変わっていて、とてもほかの人とは違っています！　金のことはたんに金として私が重視していないことは、父さん、ご存知でしょう」

「そうあってほしいですね、あなた。金のことは考えるに値しますが、たくさん考えるには値しません」

「でも、金は利点をもたらします。そんな利点がないと娘の教育に大きく影響します。金がないため女性たちのなかで育てられなかった若い娘と、ヘンリーが結婚するのは望ましくないと父さんも思うと思います。それはミス・クローリーの過ちではありません。彼女の定めなのです。そんな欠点を私たちは無視することができません、父さん」

「きっとそうでしょうね、あなた」

「例えばヘンリーが台所のメイドと結婚するようなことをあなたは望まないでしょう」

「でもね、ミス・クローリーは台所のメイドなんですか、スーザン？」

「そうだとは言いません」

「彼女は近所のたいていの娘たちよりもたくさん教育を受けていると聞いています」とハーディング氏。

「彼女は父からギリシア語を習ったと聞きました。シルバーブリッジのあの学校でフランス語をいくらか学んだと思います」

「それでは台所のメイドなどという考えは捨ててもらっていいですね」と、ハーディング氏は穏やかに勝ち誇って言った。

「私が言いたいことはわかってもらえるでしょう、父さん。でも、いちばん問題なのは男性たちをうまく懐柔することができない点なんです。男性たちは決して理性的になれません。ヘンリーはたとえこんな結婚をしたとしても、まわりに害をもたらしはしますが破滅することはありません。大執事がこの結婚のせいであの子を廃嫡するようなことをしたら、まったく邪悪なことです」

「そう思いますよ」とハーディング氏。

「でも、大執事はこの結婚がヘンリーとイーディスをともに破滅させると思っています。それなのに、父さんはこの結婚がこの世でいちばんいいことのように言っています」

「もし若い二人が互いに愛し合っているなら、結婚するのがいちばんいいことだと思います」とハーディング氏。

「でも、父さん、こんな時には大執事の願望もきっと何かの役に立っていると考えずにはいられません」とグラントリー夫人。夫人は一方では息子を支持したいと願いながらも、他方では夫がまったく間違っていると言われることに我慢できなかった。

「私にはよくわかりません」とハーディング氏は言った。「でもね、もし若い二人が互いに愛し合っていて、もし二人で生活していくだけのものがあれば、引き離しておくのが正しい状態であるはずがありません。彼女が紳士の娘であることを、あなた、知っているんでしょう」グラントリー夫人はこれを聞いたあと、この件について一言も話さないで、父のもとをかなりぶっきらぼうに立ち去った。というのは、夫人は夫の激しい怒りに反発する一方、今父からなされた主張に堪えられなかったからだ。

ハーディング氏はこの時参事会長邸に一人で住んでいた。この数年間会長邸が彼の家だった。末娘が参事会長の妻だったので、人生のたそがれ時にここほど快適な休息の場所はなかった。この一、二か月は退屈にすぎた。というのは、大きな家にまったく一人でいたからだ。彼は孤独があまり好きではなかった。己の思想を煮詰めた老人が愛するようになるのは独居だと考えるのは間違いだ。孤独は疑いなく若者のためにある。若者は前途に計画を実現する時間をたくさん持ち、それゆえ考えることを楽しめるからだ。このころ哀れな老人はよく部屋をさまよい、部屋から部屋へとよろよろ歩いた。うろついているとき使用人らに出会うと、恥ずかしがりながら、落ち着きがないことについてちょっと言い訳を言った。使用人らは老人がなぜ落ち着かないかその理由をどうにか理解して、丁重にその言い訳を受け入れた。「ご老人は何もすることがないんです」とお手伝いは料理番に言った。「読書については、ある若者は時々一日じゅう一晩じゅう読み続けることができると言われます。でも、ああ、八十近くになると、読書はそんなに役に立ちません」ハーディング氏の読書についてお手伝いが言ったことは正しい。老人は若いころあまり本を読んでいなかったので、今や八十近くになって読書を大いに役に立つものにすることができなかった。それで、彼は部屋をうろついて、数分間ここに座り、数分間あそこに座った。たいして眠らなかったが、夜の時間をできるだけ長く取った。彼は毎朝参事会長邸から聖堂までよろよろ歩いて出掛け、かれこれ五十年座っている聖職者席に座って、朝の礼拝に参加する。距離は目と鼻の先で、参事会長邸の側面の通用口から聖堂の通用口まで百ヤードもなかった。距離は短くても、一人で歩いていいかという問題があった。通路で倒れて怪我をすることが心配された。というのは、ここに一段あそこに一段と段差があり、古い聖堂の周辺では照明が充分ではないからだ。

危ないと一言言葉が掛けられ、介助のため腕が差し出された。しかし、老人は介助の申し出をじつにやんわりと、しかしはっきり断った。——毎日一人でよたよた歩き、歩くときはほとんど足をあげなかった。途中誰からも見られていないと思うと、壁に片手をついて体を支えた。しかし、多くの人が彼を見ていた。彼を知っている人たち——普通市内の女性たち——はよく彼に手を貸した。ハーディング氏くらい穏やかに遠慮する人はいない。彼がいつも遠慮して腕に寄り掛からないバーチェスターの女性たちがいた。遠慮するとき、丁寧にお辞儀をして、一言二言ぎこちないお愛想を言った。彼が参事会長邸のドアまで付き添ってもらうことを許す別の女性たちもいた。その女性たちとは、暖かい朝なら、ぐずぐず一緒にいてお喋りを楽しんだ。彼はそんな女性たちにグラントリー主教が主教区を差配していたころ、聖堂の礼拝で担当していたお勤めのことを細々と話した。プラウディ主教や奥方の悪口はいっさい言わなかった。とはいえ、老人の様子から判断すると、この悲しみの谷を今までに歩いた聖職者のなかで、彼にとって最良の人は明らかにグラントリー主教だった。彼は多くの発言のなかでグラントリー主教を賛美した。それは取りも直さず、どんなに明瞭に述べられた語句よりも現在の主教を雄弁に非難するものだった。老人はこの毎日の聖堂訪問を生活のおもな仕事にしていた。——そこで彼は長年捧げてきた祈りを捧げ、あたかも自分で音栓を造り、パイプを取りつけたかのように力量と欠点をみな知っているオルガンに耳を傾けた。聖堂訪問が一日の大部分を占めるほど長くないのは残念だった。

　老人が一人で座っているのを見るのは時として悲しかった。よく本を携えて、しばらく両手で持っていた。その本は普通若いころから精通している、あるいは内容の易しい古きよき一般的な神学の本だ。しかし、彼はすぐ本を脇に置いて、徐々にそれから遠ざかった。よく部屋のなかで突っ立って、ある時は窓から——姿を見られることはないと思い込んで——そとを眺めたり、何年もなじんでいる版画を見あげたりした。それから、しばらくある椅子に座り、それからしばらく別の椅子に座った。そのあいだ心を昔にさまよわせて、古い心配のことを考え、古い喜びを思い出した。彼は監視されていないと確信すると、参事会長邸の彼の居間の片隅にいつも立て掛けている大きな黒木箱に忍び寄った。ハーディング氏は若いころヴィオロンチェロの奏者で、この黒木箱に楽器——昔心から愛する音色を引き出したチェロ——をまだ入れていた。近ごろはもうそれを演奏することはなかった。彼は参事会長邸に移り住んですぐ病気に罹って、それ以来弓を弾いてくれと求められることはなかった。まわりの人々——おもに娘とその夫——は老人がこよなく愛する演奏を再開するよう求めることがいいことかどうか議論した。というのは、彼は生涯の仕事のなかでこのヴィオロンチェロの演奏をいちばん愛していたからだ。ところが、老人は病気の前でさえも腕が落ちていることで大いに失望していた。参事会長とアラビン夫人は何も言わずにこの件を現状のままにしておくほうがいいとの意見で一致した。彼は演奏させてくれと求めたことも、未練の思いを漏らしたこともなかった。彼が「ちょっと音楽を演奏するように」娘に提案するとき——演奏にふさわしい毎夕刻によくそんな提案をしたものだが——、彼自身が演奏の一部を受け持っていたかつての演奏について触れることはなかった。しかし、アラビン夫人は父が家に一人でいるとき、一度黒木箱から楽器を取り出したことを使用人から聞かされた。むせび泣くような音が奏でられ、それがとても低く、とても短く、時々断続的に間を置いて繰り返された。彼はそんな時——自分の虚栄や愚挙をまわりの人たちに知られないように——まるで布で覆われた弓を用いているかのように演奏した。それから、参事会長邸ではもう一度夫婦間で相談があった。音楽については父に何も言わないほうがいちばんいいと再度方針が確認された。

私が今話しているこの数日に老人が黒木箱から楽器を出すことはないだろう。彼は事実楽器が重すぎて手助けなしにそれを扱うことができないことを知っていた。とはいえ、彼はしばしば獄の戸を開いて、愛する楽器をじっと見詰め、弦の広い幅に指をはわせ、時々一本の弦から低い、もの悲しい、ほとんど不気味と言っていい音を出した。それから間を置いた。そんな二つの音を――一つの音にすぐ続いて別の音を――連続して出す勇気を持ち合わせなかった。今では家の住人みなが古い楽器のこの最後の悲しいうめき声を知っていた。それらは遠い過去のメロディーの亡霊だった。彼は黒木箱を訪問していることに誰からも気づかれていないと、弦に触れずにいられない年取った指の愚行を誰からも知られていないと思っていた。しかし、ヴィオロンチェロの音色は使用人や娘から確認されていた。その低くむせび泣く音色が――挽歌の消え入りそうな最後の音のように――家のなかで聞かれるとき、彼らはみなハーディング氏が旧友を訪ねていることを知らされるのだ。

参事会長とアラビン夫人が長い海外訪問のことを最初に切り出したとき、ハーディング氏は夫妻の不在のあいだ長女がいるプラムステッドへ移ることで了解されていた。しかし、その段になると、彼は今の部屋にとどまることを許してくれるようにアラビン夫人に請うた。「もちろん行ったり来たりします」と彼は言った。「時々の変化くらい好きなものはありません」彼はアラビン夫妻の不在のあいだ結果的には一度だけプラムステッドへ行った。父がバーチェスターにとどまることを許してほしいと言い出したとき、アラビン夫人は旅行をあきらめる意向をはっきり示した。夫人はこのことを父に話すとき、父を一人で残しておけないとの気持ちから旅行の中止を決めたことは言わなかった。しかし、父はそれを察して、プラムステッドへ連れて行かれることに同意した。プラムステッドに四、五か月行くことくらい嬉しいことはありません、と彼は言った。結局、ハーディング氏が好きなようにすることで決着した。アラビン夫妻は旅立った。老人は参事会長邸に一人残された。彼は大執事の屋根の下に長くいたくない言い訳として、「バーチェスター以外のところで死にたくありません」と言った。しかし、本当のところ老人は大執事の歓待を荒々しすぎると思っていた。彼は大執事からとても愛され、大執事流にいつもよくしてもらい、二つの家族が結びついたつながりをいつも人生の大慶として話してもらえた。それでも、ハーディング氏は長女の娘婿に対して愛情と恐怖の入り混じった相反する感情にずっととらわれていた。今人生のこのたそがれ時に大執事のあの大きい声にかなり尻込みし、――あの圧倒的な存在感にかなり気後れせずにはいられなかった。次女の娘婿の参事会長は大執事に較べれば新しい友だった。参事会長はもっと彼に優しかったうえ、その妻は誰よりも彼が愛する人だった。参事会長の子の一人が今もっと愛する人になり、彼は近ごろ誰よりもその小さな娘と自由な意思の疎通ができるように思った。その子は名をスーザンと言ったが、彼は勝手にその子にあだ名をつけて、いつもポウジー(3)と呼んだ。プラムステッドで冬と春をすごすように申し出られたとき、ポウジーもまたグラントリー夫人の家に連れて来てもいいという魅力的な約束を伴っていた。しかし、すでに見たように彼は参事会長邸にとどまり、ポウジーもまた彼とともにとどまった。

　ポウジーは今五才で、ちゃんと話ができ、彼女なりの考えを持っていた。ポウジーには――ほかの人の目には許されなかったが――大きな黒木箱の住人を見ることが許された。今は参事会長邸がほとんど見捨てられた状態になっていたので、ポウジーは指で弦に触れて、子供っぽいうめき声を発することができた。「お祖父ちゃん、もう一度させて」ボロン！　しかし、実際にはボロンというのではなくて、引っ張られた低い、ほとんど堪え難いフム・ム・ム・ムというような音だ！　今回のうめき声は――ポウジーの指が強すぎたから――あまり子供っぽくなかった。黒木箱は閉じられ、鍵を掛けられ、祖父は頭を横に振った。

「でも、バクスター夫人は怒りません」とポウジー。バクスター夫人は参事会長邸の家政婦で、ハーディング氏の特別な世話係だった。

「うん、かわいい子。バクスター夫人は怒りませんが、家のなかを掻き乱してはいけません」

「そうね」とポウジーはひどく恐れた声の調子で言った。「家のなかを掻き乱してはいけませんね、お祖父ちゃん?」ポウジーはそれで黒木箱を閉めることに同意した。ただし、彼女は綾取りをすることができた。綾取りはぜんぜん家のなかを掻き乱さなかったから、近ごろはずいぶんたくさん綾取りをした。ポウジーの指がとても柔らかく、かわいく、とても小さく、器用だったので、愛すべき老人はその手からひもを取り、その柔らかな小さな指でひもを取られることを楽しんだ。

この章の冒頭でグレース・クローリーに関する会話が記録された日の午後、バーチェスターから使者がプラムステッドへ送り出された。バクスター夫人からグラントリー夫人へ宛てた「敬愛する奥様」で始まる手紙を運ぶ仕事が使者の役目に加えられた。手紙は「尊敬するお父様」――バクスター夫人はハーディング氏をそう呼んだ――がいつもの様子とは違うことをグラントリー夫人に伝えた。バクスター夫人は初めそれがたいした問題ではないと考えていた。ハーディング氏はいつものように聖堂の礼拝へ行って、女性の腕に寄り掛かって帰って来た。女性はドアが開くまで老人と一緒にいるほうがいいと思った。そのあと、「ミス・ポウジー」は老人が眠っているのを見つけて、起こすことができなかった。――起こせるとしても起こしたくなかった。「ミス・ポウジー」はいくらかおびえて、バクスター夫人のところに降りて来た。そこで、この手紙が書かれたわけだ。バクスター夫人はグラントリー夫人を「おびえさせる」までもないと思った。ディックが羊毛を持ってプラムステッドへ行く予定がなかったら、きっと手紙を書かなかっただろう。バクスター夫人は慎んで敬意を表して、女の愚見として、ハーディング氏を毎朝聖堂へ一人で出さないほうがいいと思うと述べた。「愛する牧師さんが転んだりしたら、奥様」と手紙は書いていた。「厄介なことになります」グラントリー夫人は先日ほとんど挨拶もしないで父のところから帰って来たことをその時思い出すと、翌朝父が聖堂へ行く前に参事会長邸に着くくらい早く駆けつけようと決意した。

大執事は妻からその考えを聞かされたとき、「義父さんは一人であそこにとどまっていないで、こちらに来ていればよかったのに」と言った。

「それを考えるのはもう遅すぎます、あなた。父が聖堂に行けるあいだそこから離れたがらないのは理解できます。バーチェスターから出たくないというのが本音でしょう」

「義父さんはこちらにいるほうがずっといいのに」と大執事は言った。「もちろんおまえは馬車で行ったらいい。八時には朝食を取ろう。義父さんを一緒に連れて帰れたら、そうしておくれ。私もこちらに来たほうがいいと義父さんに言うよ」グラントリー夫人はあくまでも優しく父を説得するしか方法がないことをよく知っていたので、これには何も答えなかった。翌朝夫人は十時に参事会長邸に来ていた。礼拝が始まるのは十時半だった。バクスター夫人はグラントリー夫人が父に会う前に接触する工夫をして、ハーディング氏の体力低下という特別な情報が、参事会長邸からプラムステッドへ送られたことを隠しておいてくれと頼んだ。「父さんの具合はどうなんです?」とグラントリー夫人。「ええと、それですが、奥様」とバクスター夫人は言った。「ある意味、あなたのお父さんはちゃんとしておられます。昨日はディナーに若いラム肉を一口食べて、とてもおいしそうに味わっておられました。――ただしその大部分をミス・ポウジーにあげてしまいましたがね。それから、一時間かそこらミス・ポウジーととても幸せそうに座っておられました。それから、椅子で眠ってしまわれて。おわかりのように私どもは起こしません。そのあと、老スカルピットが慈善院からよろよろとやって来ました」――慈善院というのはハイラム慈善院のことで、ハーディング氏はかつてバーチェスター市のこの施設の院長であり、親切な主人だった。それについては前に出た市の年代記に記されている。(2)――「あなたのお父さんはご存知のように、収容者が来てくれたら、誰でもいつでも会うと、奥様、言っておられました。スカルピットは狭い、いかがわしい爺さんで、あなたのお父さんから金をせびるんです、奥様。おわかりでしょう。それから、お父さんはほんの一口お茶を飲みます。そのあと、私がポート・ワインを手ずからグラスに一杯差しあげます。『ああ、バクスター夫人、あなたは何ていい人なんでしょう。私が好きなものをよく知っています』とお父さんから言われたとき、胸が一杯になりました、奥様、本当です。それから、お父さんは寝床に就かれました。私はしっかり聞き耳を立てているんです。——私を知っておられる奥様は信じてくださると思いますが、つまらぬ好奇心からではなく、どんな事故が起こらないとも限りませんから、おわかりでしょう、奥様、お父さんがどんな状態か理解しておくほうがいいからです」「あなたはとても立派ですよ、バクスター夫人、とても立派です」「そうおっしゃってくださって、ありがとうございます、奥様。それで、私はしっかり聞き耳を立てているんです。でも、お父さんは楽器のところへ行きませんでした。かわいそうな方。穏やかな夜をすごされたと思います。夜はあまり眠れないんです、かわいそうな方。でも、とても穏やかにしておられました。少なくとも昨夜はそうでした」これが父に会う前にグラントリー夫人がその朝バクスター夫人から受け取った報告だった。

　グラントリー夫人は聖堂訪問の準備をしている父を見つけた。私たちが今話している時点よりも一、二年前——それ以上昔ではない——、彼はまだ聖堂の礼拝で小さな役割を担っており、もちろんサープリス(5)を身につけていた。聖堂のとても近くに住んでいた——会長邸から翼廊にすぐ出られるほど近かった——ので、彼はサープリスを自室に置いており、祭服を着て出掛けた。愛する短白衣の着用を断念せざるをえないと最初に悟った日は、彼にとって苦い日だった。彼は割り当てられた簡単な祭務を遂行できない事態に陥って、祭務を思いとどまるように参事会長から優しく助言された。彼は一言も抗議しなかった。「そのほうがおそらくいいでしょう」と参事会長。「はい——そのほうがいいと思います」とハーディング氏。「あなたよりももっと身分の高い、もっと才能のある人でも、あなたくらい長く主の家で主に仕える高い特権を与えられた人はいません」しかし、彼は翌朝とそれからほぼ一週間、準参事会員や堂守やよく知る老女らと普通の黒い平服を着た姿で顔を合わせることができなかった。結局彼は参事会長と一緒に聖堂に入り、長年彼が座っていた席から離れて、参事会長の隣の聖職者席に座った。その日からずっとこの席で祈りを捧げてきた。今サープリスは洗われ、アイロンを掛けられ、畳まれ、しまい込まれた。とはいえ、彼は黒木箱に入った友人をひそかに訪ねるように、ひそかにサープリスを取り出してみる時があった。これはじつに心を痛ませることで、彼と一緒に住む人々みながそのもの悲しさを感じた。しかし、年齢によってもたらされたこんな別れについて彼が何か口を開くことはなかった。悲しみがどんなものであるにせよ、胸にそれを納めていた。

グラントリー夫人が部屋に入ったとき、老人は黒いゲートルからあるかなきかのホコリを払い落としていた。ポウジーは帽子とステッキを祖父の代わりに持って一緒にいた。「お祖父ちゃん、スーザン伯母さんよ」とポウジー。老人はプラムステッドの訪問者がいつも心に掻き立てるごくかすかなあの恐れ——何かそんなものを感じながら顔をあげた。もしアラビン夫人が自分に対するのと姉に対するのとでは父の感情に違いがあることを完全に理解していたら、父が参事会長邸にいるあいだ旅行には出掛けなかっただろう、と私は思う。私たちがいかに強く愛されているか、愛する人々にとって私たちがどれほど大きな価値を持つか、知るのは時としてじつに難しい！　グラントリー夫人は父の表情を見て以前にもしばしば感じたように、——それを分析したことはなかったし、完全に把握もできなかったが——、必ずしも父から歓迎されていないのを感じた。しかし、こういうことはみな夫人が訪ねてきた義務とは無関係だったし、夫人の父への愛情に影響を及ぼすものでもまったくなかった。「父さん」と夫人は言った。「こんなに朝早く私が来て驚いておられるでしょう？」

「うん、あなた、そうです。——でもね、とても嬉しいです。プラムステッドのみなさんがお元気ならいいんですが?」

「みんな元気ですよ。ありがとう、父さん」

「それはいい。ポウジーと私は教会へ行く用意をしているところです。そうでしょう、ポウジー?」

「お祖父ちゃんは用意をしています。バクスター夫人は私に一緒に行かせてくれません」

「そうですね、あなた、そうです。――まだですね、ポウジー。ポウジーがもっと大きくなったら、毎日聖堂へ行けます。その時ポウジーが行きたいと思えばね」

「おそらく父さんは今朝の礼拝に出ないで、しばらく私と一緒に座っていてくれると思います」

「もちろんですよ、あなた、――もちろんです。ただ私自身が聖堂へ行きたいと思っているんです。――というのは、あとまた何度私が礼拝に出られるかわからないからです。もうあまり時間が残されていません、スーザン。ほとんど残されていないんです」

夫人にはそのあと父に家にとどまるように請う勇気がなかった。それで、父と一緒に出掛けた。二人で階段を降り、ドアを通り抜けるとき、夫人は父の足取りがどんなに弱々しいか、ごくささいな事故にもいかに無力であるかわかってびっくりした。もし夫人が一緒でなかったら、父はまさしくこの日も聖堂のドアで足をあげるときつまずいていただろう。「まあ、父さん」と夫人は言った。「本当に、本当にここに一人で来てはいけません」すると彼はたくさん言葉を並べ、ずいぶん恥じ、つまずいたことをわびて、誰でも時々つまずくんです、と娘を安心させた。つまずいたのはまったく偶然で、夫人の腕があったのは安心だったけれど、たとえ一人でも体勢を立て直せた、と彼は確信していた。踏み違えないように――事故を起こさないように――、いつも壁にぴったりくっついて歩いている、と彼は言った。翼廊に続く石造りの天井付通路で彼はよどみなくこんなことを言うとき、言葉に混乱を見せた。彼がこんなふうに話しているとき、グラントリー夫人は父を二度と聖堂に一人では行かせないことに決めた。彼は二度と聖堂に――一人で――行くことはなかった。

父娘が参事会長邸に戻ったとき、ハーディング氏は心臓をどきどきさせ、疲れ、気分がすぐれなかった。彼は歩くときにつまずいて、娘にそれを目撃されたことがとても悲しくて、娘が数分間父のもとを離れたとき、バクスター夫人とひそひそ話をした。「まあまあ、ありがたいことです、あなた。奥様が一緒におられたのは何と幸運だったんでしょう」とバクスター夫人は言った。「本当にそうですよ、ハーディングさん」その時、ハーディング氏は腹を立てて、バクスター夫人に不機嫌な口の利き方をした。それでも、バクスター夫人が部屋を出る前に、彼は改まって言うのではなく、優しさを込めたちょっとした一言で夫人に許しを請う機会を見つけた。それで、夫人から完全に理解してもらえた。グラントリー夫人はポウジーとバクスター夫人の両方に部屋から出てもらうことに何とか成功すると、すぐ「父さん」と話し掛けた。――部屋から二人を退去させないようにハーディング氏は持てる技術を総動員して抵抗したが無駄だった。「父さん、エレナーが帰って来るまで、二度と聖堂へは一人で行かないと私に約束しなければいけません」彼はその宣告を聞くとき、みじめなうつろな目で娘を見た。抗議することも、猶予を求めることもしなかった。宣告が出され、従わなければならないことを知っていた。彼はできれば老いの印を隠したかった。が、まだ体力があることを卑屈に申し立てるようなことはしなかった。「一人で行くのが間違いだとあなたが思うなら、あなた、私は一人では行きません」と彼。「父さん、私はそう思います。本当にそう思います。愛する父さん、正しいと思わなかったら、私はこんなことを言ってあなたを傷つけたくありません」彼は片手をテーブルの上に置いて座っていた。夫人はそう話し掛けるとき、手を父の手に重ねてなでた。「あなた」と父は言った。「あなたはいつも正しいんです」

夫人は市内で用事があったので、それからしばらくまた父のもとを離れた。老人は一時間自室に一人でいた。この世に残るものとして今何をまだ持っているだろうか？　老いて、いくつかの点で子供っぽかったが、それでもそれを鋭く思った。「細いズボンを脚にぴったりはいた痩せた老いぼれ(6)」という台詞をぼんやり思い起こして、心に痛みを感じた。この世に残るものとして今何をまだ持っているだろうか？　ポウジーと綾取りだ！　彼は落胆のまっただなかで、片腕を肘掛けの上に置き、片腕を体側に緩やかに降ろして、古い安楽椅子に背を曲げて座っていた。その時、男女の顔をこれまでに輝かせたどんなほほ笑みよりも甘いほほ笑みが突然彼の顔に浮かんだ。むしろ喜び感謝する大きな理由はあっても、不平を言ういわれはないと、彼は心に言い聞かせることができた。この世のあらゆるものに恵まれていなかっただろうか？　愛してくれ、名声を与えてくれ、常に栄冠となり、決して非難の的とはならない子供を彼は授からなかっただろうか？　彼の測り縄はじつに快い場所に落ちなかっただろうか？　情愛深い友人らの優しい言葉や親切な配慮のなか、この世を去って行くのは幸せな運命ではないだろうか？　彼の晩年ほど恵まれた晩年の人がいるだろうか？　未来については――？　ほほ笑みを顔に浮かべたのはこれを考えた時だった。――それはまるですでに天使の笑顔になっていた。それから、彼は一言二言一人つぶやいた。「主よ、今こそ、あなたはみ言葉の通りこのしもべを安らかに去らせてください。主よ、今こそ、あなたはみ言葉の通りこのしもべを安らかに去らせてください(7)」

グラントリー夫人は帰って来たとき、父が陽気にしているのを見つけた。しかし、父があまりにも弱々しいので、椅子を離れたとき、介助なしには部屋を横切ることさえできないことを知った。実際、バクスター夫人からの知らせは遅すぎたくらいだった。ひどい事故を起こす前に禁止ができてよかった。「父さん」と夫人は言った。「あなたは私と一緒にプラムステッドへ行ったほうがいいと思います。馬車はあるし、あなたを心地よくうちへ連れて行けます」しかし、彼はこの時どうしてもプラムステッドへ連れて行かれることを受け入れなかった。彼はほほ笑みを浮かべ、感謝し、娘の手を取って、介助者なしには決して家を出ないという約束を繰り返した。この特別な朝に訪問してくれたことで娘に特別感謝した。――それでも、プラムステッドへ連れて行かれることは受け入れなかった。「夏が来たら」と彼は言った。「その時、数日私を迎えてくれたらいい！」

老人は嘘をつくつもりはなかったが、一時間前には次の夏を迎えることはないと独り言で言っていた。こんな生涯をすごしてきたあと――五十年以上愛する聖堂の職務をこなしてきたあと――、これまで生きてきたように――バーチェスターで死ぬのが義務なのだと、彼は娘にも言うことができなかった。長女にはこれを言うことができなかった。しかし、もしエレナーが家にいたら、次女にはそれを言うことができたかもしれない。生き延びてエレナーにもう一度会えるかもしれない、と彼は思った。もしそれがかなえられたら、それ以上に求めるものはなかった。

翌日午後バクスター夫人はもう一通手紙を書いて、お父さんは聖堂へ行かないので、少し長く寝床に就いていると朝のいつもの起床時間に言った、とグラントリー夫人に伝えた。その後、彼は一日じゅうベッドで横たわっていた。「おそらく敬愛する奥様、全体から見ると、これがいちばんいいようです」とバクスター夫人。

註

（1）「終末に近づいて」とも読める。

（2）聖母マリアの受胎告知の祝日で、三月二十五日。四季支払日の一つ。伝統的に土地や家屋の賃貸借契約や農業雇用契約の期限の日。
（3）花束の意。
（4）ハーディング氏とハイラム慈善院の話は『慈善院長』や『バーチェスターの塔』で描かれている。
（5）聖職者や聖歌隊員が着る袖の広い短白衣。
（6）シェイクスピアの『お気に召すまま』第二幕第七場で、ジェイキスが語る人の一生の七つの局面の六番目。
（7）「ルカによる福音書」第二章第二十九節に「主よ、今こそ、あなたはみ言葉の通りにこのしもべを安らかに去らせてください」とある。

第五十章　ラフトン卿夫人の提案

ソームズ氏の小切手を盗んだとされるクローリー氏の罪について、主教の命令で調査委員会が設置される——つまり教会による査問が行なわれる——ことになったことがバーチェスターじゅうに今知れ渡った。この件では高い地位にある聖職者間に喧嘩があったため様々な噂が流れた。とはいえ、それはただの噂であり、本当のところは何も知られなかった。テンペスト博士くらい思慮深い牧師は主教区内にはいない。博士はプラウディ夫人も立ち会った公邸内の話し合いの荒れ模様を一言もそとに漏らさなかった。調査委員会のことがバーセットシャーじゅうに知れ渡ったと言うとき、そこの住民のなかでも教会の問題をだいじと思う一部の人々にも当然それが伝わった。フラムリー教区の住民にとってそんな問題が特に重要だったので、委員会の件がこの教区ではとても熱心に議論され、とりわけ有爵未亡人、ラフトン卿夫人が熱弁を振るった。

俸給牧師のロバーツ氏が調査の手助けをする牧師の一人となるようにテンペスト博士から依頼を受けた。このため、フラムリー教区には委員会について二重の関心があった。「私はグレシャムズベリーのオリエル氏にも加わるように依頼するつもりです」とテンペスト博士は言った。「主教はほかの二人を自分で選ぶことにして、サンブル氏とクイヴァーフル氏というどちらも構内の居住者をすでに指名しました。主教区内に禄を持つ牧師らの手に問題を完全に委ねないほうがいいとする点で、主教はおそらく正しいんです。サンブル氏もクイヴァーフル氏もどちらも聖職禄を持たないことにあなたはきっとお気づきでしょう」ロバーツ氏は――少しでもこんな問題をかじっている人なら誰でも感じるように――プラウディ主教が奇妙にも人事について無知だと、この特別な場面でもその無知を晒していると感じた。「主教が本気で指名するつもりなら、少なくとも三人は指名すべきでした」とソーン氏は言った。「サンブル氏とクイヴァーフル氏は初日に簡単に得票数で負けてしまい、そのあとは多数に従わざるをえないでしょう」「サンブルさんなんて、とんでもない！」と老ラフトン卿夫人は嘲って言った。テンペスト博士とロバーツ氏――卿夫人の教区牧師――のような立派な人たちが、教会の問題でサンブル氏とクイヴァーフル氏に会うように求められることなど、卿夫人には極端に馬鹿げたことのように思えた。得票数で負けるって！　もちろん負けます。もちろんその二人は本物の紳士と一緒にいることがわかって、投票なんかできないほど恐怖で萎縮してしまいます。ラフトン卿夫人はこんな厳しい言葉を実際には口に出さなかったけれど、心では思い浮かべた。それゆえ、ラフトン卿夫人が息子と嫁と暮らしているフラムリー・コートでは、高い関心がこの問題に払われていることが読者にはわかってもらえるだろう。

「大執事もテンペスト博士も」とラフトン卿夫人は言った。「調査委員会を開くのが正しいことだと思っているようです。もしそうなら、それが正しいことに疑問の余地はありません」

「主教はほかにどうすることもできない、とマークは言っています」とロバーツ夫人。

「おそらくそうではないでしょうね、あなた。主教は何をすればいいか、何をしてはいけないか教えてくれる人を近くに抱えていると思います。もしそうでないとすると、考えるのが怖くなります。でも、主教がサンブル氏やクイヴァーフル氏のような人たちを指名したと聞くとき、主教区全体が恥曝しになっていると感じないではいられません」

「あら、ラフトン卿夫人、それは強すぎる言葉です」とロバーツ夫人。

「強すぎるかもしれませんが、本当のことです」とラフトン卿夫人。

ラフトン卿夫人はクローリー家の話題を取りあげるとき、行動への欲求からじき実際の行動へと向かった。「私はクローリー夫人にね、あなた、会いに行こうと思います」と、老ラフトン卿夫人は若いラフトン卿夫人に言った。若いラフトン卿夫人はこれに反対するつもりはまったくなかったが、老卿夫人に同行しようとは言い出さなかった。私はこの物語の初めのころクローリー夫人とラフトン卿の妻とのあいだに一定の理解がなおも存在し、親切な贈り物が時折フラムリー・コートからホグルストック牧師館へ送られていることを話した。しかし、若いラフトン卿夫人——つまりかつて若いころ何日かホグルストックでクローリー夫妻と生活をともにしたルーシー・ロバーツ——は今回義母と行動をともにしたいとは思わなかった。それゆえ、ロバーツ夫人が同行するように求められた。「私たちの共感をえていることがクローリー夫人に伝われば、夫人を慰められると思います」と、老卿夫人は一緒に馬車を進めるとき若い夫人に言った。

馬車は小さなくぐり戸——そこから小道が草ぼうぼうの庭を抜けてクローリー家に続いている——の前で止まったとき、先へどう進んだらいいか迷った。馬車のとびらに来た使用人からラフトン卿夫人は指示を求められた。「む、む、む、そうね。名刺を送りましょう。——クローリー夫人に会えたら嬉しいと書いてね。それがいちばんいいのじゃない、え、ファニー?」ファニーすなわちロバーツ夫人はそれが最善だと思うと言った。名刺と伝言が送り込まれた。

クローリー氏が家にいなかったのは幸運だった。クローリー氏はホグルエンドへ行って、レンガ造り職人らに聖書を朗読したり、職人の妻の脱水機を手で回したり、彼流のやり方で住民に神学や政治や歴史を教えたりしていた。最近彼はおそらくいちばん幸せな時間をホグルエンドですごした。彼が家にいないのは絶好の機会だった。なぜなら、もし家にいたら、彼はきっとラフトン卿夫人を怒らせることを言ったり、したりしただろうから。卿夫人に会うのを拒否するか、会っても、無関係な話に口を出さないように命じるか、――もっとありそうなことだが――動かず不機嫌に座って、まったく口を利かないか、どちらかだろう。しかし、彼は外出していた。馬車からお降りくださるなら、卿夫人にお会いすることをとても誇りに思います、という言葉をクローリー夫人は使用人を通して送り返して来た。卿夫人は馬車から降り、ロバーツ夫人を後ろに従えて牧師館に入った。

グレースは母と一緒にいた。ジェーンも伝言が送り込まれたとき、じつはそこにいた。しかし、着ているフロックが恥ずかしくて奥のほうへ逃げてしまった。グレースも名誉にかけて母を支える必要があると思わなかったら、逃げ出していた、と私は思う。ラフトン卿夫人は家に入ったとき、じつに愛想よくして、階級や富の印が外に表れないように女としての力量を総動員して振る舞った。――が、必ずしもうまくいっていなかった。ロバーツ夫人は最初入ったとき、一言二言だけクローリー夫人に挨拶して、若いころ親しくしていたグレースに口づけした。「ラフトン卿夫人」とクローリー夫人は言った。「あいにくここはとても貧乏で、あなたに入っていただけないような場所なのです。でも、それは昔からご存知ですね。ですから、弁解する必要もありません」

「私は貧乏な場所が時々いちばん好きです」とラフトン卿夫人。それから間があった。ラフトン卿夫人はすぐ会話を始めるため話題を探して、グレースに話し掛けた。「あなたはアリントンへ行っていましたね、そうでしょう?」グレースは行っていたと囁き声で答えた。「デール家の人たちのところにいた、と思いますが?　デール家のことは名だけよく知っています。魅力的な人々だといつも噂で聞いています」

「私はあそこの人々がとても好きです」とグレース。それからまた間があった。

「ご主人がお元気ならいいのですが、クローリー夫人?」とラフトン卿夫人。

「夫はとても元気です。――あまり強い体じゃありませんが。夫が悩みを抱えていることは、ラフトン卿夫人、たぶんご存知でしょう?」クローリー夫人はこの家でただ一つ考えられる会話の話題を持ち出すことをその場の必然だと感じた。夫人はその話題を好んだからではなく、それに触れる必然性を強く意識したからすぐ持ち出した。ラフトン卿夫人は親切にしてくれようとしている。それゆえ、クローリー夫人はラフトン卿夫人の仕事を容易にするため力を尽くそうとした。

「もちろん」と卿夫人は言った。「知っています」

「あなたとクローリー氏に深く同情します」とロバーツ夫人は言った。「あなたの苦しみは不相応に大きいと思います」ロバーツ夫人は調査委員会に選ばれた牧師の妻だったので、分別を欠いた発言をここでしてしまったと言っていい。それで、ラフトン卿夫人は帰り道にそれを指摘した。

「とてもご親切な言葉を掛けていただいてありがとうございます。私たちは神から授かった不屈の精神でただ堪えるだけです。神は毛を刈られた子羊には風を和らげると、私たちは教えられています」

「神はそうなさいますよ、あなた」と老卿夫人はとても厳かに言った。「そうなさいます。神がそうなさることをきっとあなたも感じておられるでしょう?」

「不平を言わないように努力しています」とクローリー夫人。

「あなたが勇敢に戦っていることを知っています。その噂を聞いて、あなたを称賛し、愛しています」話しているのはなおも老卿夫人だった。彼女は今ついに言葉を発見する難しさから脱却して、椅子から立ちあがり、クローリー夫人の前に立った。「あなたに会いたいという誘惑に抵抗することができませんでした。あなたが不平を言わないから、とても高潔で、善良だから、性格がとても気高く、精神が堅固だからです。クローリー夫人、私をあなたの友人にしてくださるなら、その友情を誇りに思います」

「とてもご親切に卿夫人にしていただいて」とクローリー夫人。

「そんな言い方をしないでください」とラフトン卿夫人は言った。「そんな言い方をされたら、がっかりしてしまいます。押し戻されたように感じます。言いたいことはわかりますね」卿夫人は答えを待って間を置いた。しかし、クローリー夫人は何も答えなかった。夫人はただたんにかぶりを振っただけだった。が、どうしてかぶりを振ったか自分でもわからなかった。とはいえ、私たちには理由がわかる。ラフトン卿夫人から申し出られた友情などありえないことだと夫人が感じていたからだ。夫人はそんな結論に達したことを意識してはいないにせよ、内心ではそういうことだと納得していた。「私の言うことを言葉通り受け取ってほしいのです、クローリー夫人」とラフトン卿夫人は続けた。「あなた方のためどんなことができますか？　あなた方が困窮していることは承知しています」

「はい。――困窮しています」

「あなた方にとって状況がどんなに残酷だったか知っています。歯に衣着せぬ口の利き方をして私を許してくれますね？」

「許すことなんか何もありません」とクローリー夫人。

「ラフトン卿夫人があなた方のことを率直に教えてほしいと言うとき」とロバーツ夫人が口を挟んだ。「あなた方にああいうことを当然のこととして覚えておいてほしいと望んでいるんです。――私たちの言おうとしていることがわかりますね？」ロバーツ夫人は言いたいことをはっきり把握していたけれど、それを表現する方法をまったく知らなかった。

「とてもご親切にラフトン卿夫人にしていただいて」とクローリー夫人は言った。「ロバーツ夫人、あなたにもです。あなた方お二人がどんなにいい人か、お二人にどんなにたくさん感謝しなければならないかよくわかっています」これらの言葉はとても冷たく、それを話す声もとても冷たかった。ラフトン卿夫人はこれを聞いて、使命とした仕事を当初の志で進めるのは手に余ると感じた。親切を愛想よく差し出すのは簡単でも、親切を愛想よく受け入れてもらうのはとても難しかった。「女性として――階級によって隔てられていない博愛精神で結ばれた女性として――互いに助け合いましょう。心を率直に解放しましょう。私たちがお互いにどれほど慰め合えるか確認しましょう」とラフトン卿夫人は言おうとした。卿夫人はこれに成功したら、目の前の女性を征服するほどたっぷり愛情に満ちた手でささやかな支援の計画を開陳することができる。ところが、受け入れる側の苦悩する精神は、厳かな沈黙の高みから降りて来ることができなかった。その精神は多くの涙と目に見えぬ傷から流れる血で神聖化されて、独自の高貴さを具えており、台座から降りて哀れみと親切を受け入れることができなかった。高邁な精神の受難者は、重すぎる悲しみの意識から生じる特殊な威厳を発散する。卵で一杯の籠、慈善の何ポンドものバター、何十ポンドもの豚肉、裕福な姉の洋服箪笥から出る古着、金――洗練さに欠ける金――さえ、クローリー夫人は受け取ることができる。子供や夫のため、そういうものを受け取って、感謝するのが夫人に割り当てられたみじめな役割だと甘受するようになっていた。夫人は受け取って、感謝する。受け取るとき、残酷な状況という鞭を甘んじて受ける。しかし、夫人は見知らぬ人から哀れみの言葉を掛けられて、その人に口づけする気にはなれなかった。

「何かあなた方の助けになるものはありませんか?」とロバーツ夫人。ラフトン卿夫人が訴えを終えても、クローリー夫人がそれに応える様子がないのに気づかなかったら、夫人はそうは言い出さなかっただろう。

「私たちを助けるためあなた方はたくさんのことをしてくださいました」とクローリー夫人は言った。「送ってくださった品々はとても役に立ちました」

「けれど、それ以上のものについて言っているのです」とラフトン卿夫人。

「それ以上に何があるかわかりません」とクローリー夫人は言った。「何か食べるもの、何か着るもの、――それが今私たちが必要とするすべてのように思えます」

「けれど、この次の裁判のせいであなた方はとても不安になっているのではないかと心配しています」

「もちろん不安になります。――でも、私たちに何ができるでしょう？　裁判はなくなりません。延期することも、避けることもできません。私たちは今それに向けて覚悟を決めています。むしろ裁判が早く来ないかと願っています。裁判が終わってしまえば、結果がどうあれ夫はよくなると思います」

それからまた会話が途切れた。ラフトン卿夫人は訪問が失敗に終わることを恐れ始めた。グレースがこの部屋にいなければ、もっとうまく話ができそうだと思って、彼女を追い出すため様々な企みを思い巡らした。ロバーツ夫人もしばらく追い払えたら、おそらく仕事がもっと容易になるだろう。「ねえ、ファニー、あなた」と卿夫人はとうとう大胆に言った。「ミス・クローリーと打ち合わせをする計画があるのでしょう。あなた方二人でちょっと散歩でもして来てくれたら、もっとうまく話ができそうです」卿夫人は繊細さに欠ける申し出をした。それでも、ねらい通りの結果をえた。年上の二人の女性はすぐ取り残されて向かい合った。それで、ラフトン卿夫人は仕切り直して再度正面から攻撃を仕掛けることができた。「愛するクローリー夫人」と卿夫人は言った。「一言あなたにはっきり言いたいことがあるのです。けれど、私が干渉していると思われるのが怖いのです」

「あら、いえ、ラフトン卿夫人。そんなふうには思いません」

「あなたの娘さんとロバーツさんにそとに出るようにお願いしました。二人だけのほうがあなたにもっと楽に話し掛けることができるからです。私を信じさせることができたらいいと思います」

「あなたを信じています」

「友人として、つまり——真の友人として信じさせることができたらということです。もし万一陪審員があなたのご主人に不利な評決を出したら、クローリー夫人、——あなたはその時どうなさいますか？　おそらくそんなことになるなんて考えてはいけないのでしょうが」

「もちろんそういうことはありうると思っています」とクローリー夫人。声は厳しくて、ほとんど怒っている口調だった。夫人は話すとき客のほうを見ないで、顔を背け、テーブルに両肘を張って座っていた。

「ええ、そうなる可能性があります」とラフトン卿夫人は言った。「州のみながそうならないように真剣に願っていると思います。けれど、どんな場合にも備えておくのが正しいことです。そんな場合にあなたはどうするか考えましたか？」

「夫がどういう目にあうか私にはわかりません」と夫人。

「しばらくご主人は——入れられると思います」

「監獄に」と、クローリー夫人は当人にはとても珍しい熱心さを鋭く見せて早口で言った。「夫は監獄に送られるんでしょう。そうでしょう、ラフトン卿夫人」

「そうなると思います。長い刑ではないことを祈ります。結局、短期間の判決だと思います」

「私は夫と一緒に行くことはできませんか？」

「ええ、それは不可能です」

「獄から出て来たとき、牧師館と禄は夫に戻るでしょうか？」

「ああ、それはわかりません。あの牧師さんらがどう報告するかにおそらくそれは懸かっています。彼が牧師さんらに逆らわないように祈ります」

「わかりません。どうとも言えません。夫が逆らう可能性はあります。夫が傷つけられてきたようにこんなに傷つけられてきた人にとって、しかもとても知的に優れた人にとって、そんな査問におとなしく従うことは容易ではありません。本人や他人に害悪が及ぶとき、夫がそれに逆らうことはありえます」

「けれど、牧師さんらはご主人に悪いことをしようとは思っていませんよ、クローリー夫人」

「それはわかりません。どうとも言えません。状況を見ると、四面楚歌なのがわかります。こんなことを話すことが何か役に立つのでしょうか？　役に立たないと言っても、ラフトン卿夫人、怒らないでください」

「けれど、私は役に立ちたいのです――本当の役にね。万一ご主人が、クローリー夫人、――バーチェスターに引き留められたら――」

「獄に入れられたらという意味ですね、ラフトン卿夫人」

「そう、収監されたらと言いたかったのです。もしそういうことになったら、その時あなたは子供みなを連れてフラムリーにおいでください。ご主人がいないあいだ、私があなた方のため家を見つけます」

「ああ、ラフトン卿夫人、そんなことはできません」

「いえ、できます。私の言うことをまだあなたは全部聞いていません。半分見知らぬ人と一緒にテーブルに着いたら、そんな家ではあなた方は快適ではないでしょう。けれど、屋敷に隣接してあなた方だけで使える田舎家が一軒あります。土地管理人が一時そこに住み、ほかの人たちが住んでいました。けれど、今は空き家です。そこを快適にします」クローリー夫人は今涙を流していたので、一言も答えることができなかった。「もちろんそれは息子のもので、私のものではありません。けれど、そこをすっかりあなた方の自由に使っていいという許可を息子からもらいました。そうなったら、あなた方にはそこに入ってほしいと息子は願っています。同じことを私も願います。あなたの古い友ルーシーも彼女の名であなたにそう頼むように私に望んでいます」

「ラフトン卿夫人、そんなことはできません」とクローリー夫人は涙ながらに言った。

「考え直さなければいけません、あなた。あなたにそう忠告することをためらいません。なぜなら、私はあなたよりも年上で、世間の経験もありますから」この発言は言葉の普通の意味でとらえれば、真の裏づけがほとんどないラフトン卿夫人の自慢だ、と私は思う。ラフトン卿夫人の世間の経験は全体としておそらく限られていた。それでも、卿夫人は一人の女性が他の女性に提供してよいもの、一人の女性が他の女性から受け取ってよいものを知っていた。「どこかよそへ行くよりも、あなた、私のところに来たほうがいいでしょう。ご主人が一時的に隔離される期間、あなたと子供が私たちの保護下に入ることは、こんな状況のなかでご主人のためになると私が言っても、誤解してはいけません。私たちは州のなかで立派な立場に立っています。おそらくこんなことは言うべきではないのでしょうが、ほかにどう説明していいかわかりません。この悲しい時期にあなた方が私たちのところに身を寄せたと主教やその他の人々が知れば、陪審員がご主人のことを何と言おうと、彼らは私たちがクローリー氏をだいじに思っていることを理解するでしょう。おわかりになりますか？　私たちはご主人をだいじに思っています。私は個人的にはあまり親しくしていただいておりませんが、何年もご主人のことは知っています。ご主人には一度お願いしてフラムリーに来ていただき[1]ました。その時すばらしい機会をえてご主人を尊敬するようになりました。本当に尊敬しています。万一そんな不幸が降り掛かってきたとき、ご主人があなたと子供を老婆だからと私の庇護のもとに置いてくださるなら、私は感謝します。私たちはご主人にそんな不幸が襲い掛からなければいいと願っていますが、いつも最悪の事態に備えておくのがいいことです」

ラフトン卿夫人はとうとうこんなふうに話して、ホグルストックに持って来た申し出を明らかにした。卿夫人が話しているあいだ、クローリー夫人はなおも肩を卿夫人のほうに向けていた。しかし、話者は話し掛けている女性の頬に熱い涙が流れているのを想像することができた。提案には純粋に相手によかれと願う慈善の率直な誠実さがあって、クローリー夫人はそれに完全に打ち負かされた。夫人は今言われたような状況でフラムリーに行くことができるとは一瞬も思わなかった。現在考えてみると、襲って来る恐ろしい期間、夫人が身を寄せるべき唯一適切な家は夫が投獄されている監獄の壁のなかであるように思えた。それでも、今の提案が実行に移されれば、受けた恥辱にもかかわらず夫が州で尊敬されていることを外部の世界に感じさせることになる。夫人はそんな措置を提案してくれた卿夫人の親切の真価を充分認めた。夫人はこういうことをみな感じたが、胸が一杯で口を開くことができなかった。

「そうすると言ってください、あなた」とラフトン卿夫人は続けた。「ちょっと一度うなずいて、同意してください。そうすれば必要な場合に備えて田舎家をあなた方に用意します」

しかし、クローリー夫人はうなずいて同意しようとはしなかった。夫人はなおも顔を背けて、涙が頬をまだ伝っているとき、一言二言つぶやいた。「そんなことはできません、ラフトン卿夫人。そんなことはできません」

「私の願いがどういうものかとにかくもうおわかりでしょう。もっと落ち着いてきたら、あなたもそれについて考えてくださるでしょう。まだ時間は充分あります。決して起こらないかもしれない選択肢について話しているのです。親友のロバーツ夫人は、今あなたの娘さんと一緒にいますが、牧師らのあいだでこの査問が続くあいだ、ミス・クローリーにフラムリー牧師館に来てほしいと勧めています。この世でもっとも馬鹿げたことだとみな言っています――この査問はね。けれど、主教はご存知のようにとても愚かなのです！ミス・クローリーが一週間ほどフラムリー牧師館に来てくださるなら、彼女を受け入れることがどれほど私たちみなを喜ばせるか見せることができると思います。ロバーツ氏が調査委員会の仕事に携わっているあいだ、彼女はフラムリーに来ているほうがいいでしょう。あなたはどう思われますか、クローリー夫人？ご主人が州の人々から支持されていることを知らしめるのが最善だ、という明確な意見を私たちフラムリーの者は持っています。裁判が始まる前にはミス・クローリーをお返しします。あなたが彼女を私たちのところに来させてくださることを希望しています、クローリー夫人？」

しかし、クローリー夫人はこの提案に直接反対はしなかったけれど、同意もしなかった。夫人の本心を言うと、一人でみじめさに堪えさせておいてくれたら、そのほうがずっとよかった。それでも、夫人は難儀にあった自分と家族に州で第一級の社会的地位の盾を投げ掛けてくれる親切を大切に思わずにはいられなかった。ロバーツ夫人とグレースが帰宅したため、夫人はこの提案に直接答えなくてもよくなった。二人はドアをゆっくり開けて、そこにいることがほとんど歓迎されていないと気づいているかのように部屋にそっと入って来た。

「馬車はありますか、ファニー？」とラフトン卿夫人は言った。「そろそろうちに帰ることを考える時間です」

ロバーツ夫人は馬車がドアから二十ヤードのところに止まっていると答えた。

「じゃあ、出発したいと思います」とラフトン卿夫人は言った。「四月にフラムリーに来るようにミス・クローリーを説得できましたか？」

ロバーツ夫人はこれに何も答えず、グレースのほうを見た。グレースは床を見おろした。

「私はクローリー夫人にその話を提案しました」とラフトン卿夫人は言った。「それを考えてくださるでしょう」それから二人の女性は暇乞いをして、馬車まで歩いて行った。

「夫人はあなたの計画について何と言いました?」とロバーツ夫人。

「夫人はあまりにも心を引き裂かれていて、何も言うことができませんでした」とラフトン卿夫人は答えた。「ご主人が有罪判決を受けたら、ここに来て夫人を収容しなければいけません。その時には私たちに抵抗する力は夫人にはないでしょう」

註

（1）『フラムリー牧師館』第十五章参照。

第五十一章　ドブズ・ブロートン夫人が粗朶《そだ》を積みあげる

　絵はブロートン夫人の部屋でまだ描き続けられていた。秘密も守られているか、守られていると思われていた。ミス・ヴァン・シーヴァーは母にまだ何も察知されていないととにかく信じていた。ブロートン夫人は今のところまだ夫から干渉を受けていないと日々報告した。それにもかかわらず、ドブズ・ブロートン家には最近大きな影が漂っており、その影があまりにも暗いので、コンウェイ・ダルリンプルは制作を中止しようとブロートン夫人に一度ならず提案した。しかし、家の女主人はこれを受け入れようとしなかった。夫人は中止の申し出に答えて、いくぶん謎めいた言葉で、完全な肉体的な死は別として、精神的、社会的な死はすぐにも迎え入れる用意ができているので、身に起こる不幸は誰にとっても――夫人にとっても――重要な問題ではないとよく言った。完全な肉体的な死についても、ある人々が考えたがるほど遠くないかもしれないと夫人は考えているように見えた。コンウェイ・ダルリンプルもミス・ヴァン・シーヴァーもこの家を覆う影の原因が何か知らなかった。じつを言うと、ブロートン夫人本人がその原因を必ずしも把握していなかった。夫がいつも不機嫌で、時には酔って帰宅すること、シティの仕事がうまく行っていないことに夫人は確かに気づいていた。シティのことはあまりよくわからなかったので、フック・コートには富の鉱脈があるという友人らから当初教えられた保証で満足した。その鉱脈から家と家具、馬車と馬、ドレスと宝石が湯水のように夫人に供給された。宝石は本物ではないにしろ、たぶん知られているいちばんいい代替物で造られていた。ドブズ・ブロートン氏とのすばらしい結婚直後、夫人は馬車と馬と模造の宝石が思っていたほど完全に身を高めて地上の楽園に入れてくれないことを発見した。すばらしい応接間はドブズ・ブロートンを伴侶にするとき、理想郷とはならなかった。夫人は新婚生活の初期にすでにまだ何かが欠けていることに気づいたが、馬車と馬と模造の宝石を悪いものだとは決して思わなかった。結婚を後悔しているとは言えなかった。ささやかなロマンスで事態を繕おうと努力したあげく、コンウェイ・ダルリンプルに、悪気なく、向かってしまった。実際、夫人にとって恋愛はたいして善を目指すわけでもなかったから、あまり害ももたらしそうになかった。誰かから愛する振りをされて、その振りに友情の振りでお返しをする。──これが夫人の求めるささやかな刺激だった。夫人はそれで何か理想郷のようなものをやがて己のため作り出せると、一度は思って得意になった。ドブズ・ブロートン氏は夫としての資質によっては必要な理想郷を妻に提供することができないと悟って──当然悟っていたはずだ──、非常に理不尽にも妻のこの無邪気な遊びに嫌悪を表した。夫人は夫のこの干渉によって数週間遊びの喜びを高められ、恋愛ゲームにいっそう興奮を覚えた。とはいえ、誤解され虐待されたとも感じた。快適な生活や衣服、馬車、模造の宝石にまでは影響が及ばない軽い虐待、悲しみにふけるには充分な軽い虐待ほど、ある女性にとって魅力的なものはない。しかし、ドブズ・ブロートン氏の言葉が最近少し乱暴になり、いろいろなことが不快になっていた。コンウェイ・ダルリンプルだけがこの原因ではないと夫人は知った。マッセルバラ氏とヴァン・シーヴァー夫人が不快なことをする力を具えており、その力を働かせていると思った。夫はシティの仕事について何も言わなかったし、夫人も何も聞かなかった。夫人はおよそ二千ポンドという非常に少ない持参金しか持ち合わせないので、聞かれもしないのに夫の金について詮索する権利はないと思っていた。結婚によってそんな干渉の権利を与えられているとは知らなかったし、知っていても、干渉したいとは思わなかった。馬車と模造の宝石をこれからも持ち続けたいと望んでいるとき、不安の原因をどう夫に確認したらいいかわからなかった。ほかの問題――コンウェイ・ダルリンプルの問題――では考えがあった。彼に対する友情と親切を横柄な夫の荒々しい足によって蹂躙され、侵害された。それでも、夫に従うつもりでいた。妻として服従するのが当然だった。コンウェイ・ダルリンプルからたとえ激しい愛情を寄せられていようと、彼をあきらめ、妻を娶るように説得しよう。できれば彼のため進んで妻を選んであげよう。自殺的な仕方で人生のロマンスを破壊しよう。横柄な、残忍な夫からそれを破壊するように求められたからだ。感情を押し殺して、コンウェイ・ダルリンプルとクレアラ・ヴァン・シーヴァーの結婚のため全力を尽くそう。もし誰か詩人が後世バイロンふうの詩でこの友情を不朽のものにしてくれたら、夫人はきっと報われるだろう。コンウェイ・ダルリンプルは友情を不朽のものとする仕事を適切にはたすため、おそらく率先して詩人になってくれるだろう。夫人はコンウェイ・ダルリンプルにクレアラと結婚してほしいと望むとともに、夫人に対する愛のせいで結婚後は彼がバイロンふうにみじめになることも期待していた、と私たちは理解しなければならない。

しかし、ダルリンプルの問題とは無関係に何かおかしなところが実際にあった。使用人らは以前ほど礼儀正しくなくなった。夫人がささやかなディナー・パーティーを夫に提案したとき、夫はひどく無慈悲に鼻であしらった。ディナー・パーティーは夫の栄誉のためであり、ただ夫を喜ばせる目的で提案されたのだ。「たとえ世界が逆に回ろうと、それでも女ってパーティーを開きたいものなんだろうな」と夫は妻をあざ笑った。「考えているのは」と夫人は答えた。「私のことではなくてあなたのことです、ドブズ。私はそんな集まりは好きじゃありません」夫人はそのあとロマンチックな涙を両目に溜めて自室にさがり、ドブズ・ブロートンと会う前にコンウェイ・ダルリンプルと会っていたら、この世でいちばん幸せな女になっていただろう、と独り言を言った。夫人は座ってしばらくぼんやり宙を見詰めながら、どっぷり悲嘆に暮れていられたらどんなにいいだろうと思った。どうやって悲嘆に暮れようか？　寝床に就いたまま、痩せようか？　何日も夕食を断つことから始めよう。夫は昼食時にはいないから、ディナーの時にあまり苦しまなくても悲しみを見せつけられるだろう。また、コンウェイ・ダルリンプルにはできるだけ早く結婚するように懇願しよう。愛情の言葉なんか掛けて来ないように彼にはっきり申し渡そう。自分はロマンチックな、詩的な気質の持ち主だとしても、——とにかく純粋で、高潔で、自己犠牲的であろう。

絵は進んでおり、画家とモデルの恋愛も——事実そうだが——進んでいた。コンウェイ・ダルリンプルはクレアラ・ヴァン・シーヴァーを妻にするのもなかなかどうして悪くないかもしれないと思い始めた。クレアラ・ヴァン・シーヴァーは美しい、疑いなく賢い娘で、金持ちの母を持っていた。それに加え、若い娘本人が交際するようになった画家を好きになり始めていた。恋愛はうまく行きそうに見えた。うまく行けば、ドブズ・ブロートン夫人は喜ぶだろう。夫人は喜んでいることをじつに真剣にクレアラに伝える一方、男性はとても移り気だから、用心するように注意した。というのは、コンウェイ・ダルリンプルはこの世でいちばんいい男性ではあるとしても、おそらく男性に共通のあの悪徳とまんざら無縁ではないからだ。ブロートン夫人が漏らした一言二言から、夫人が哀れなコンウェイを普通以上にこの悪徳に染まっている男性と見ていたことがわかるかもしれない。ミス・ヴァン・シーヴァーは最初ふくれっ面をして、彼の態度には何の意味もないと言った。「あら、もちろん意味はありますよ、あなた」とドブズ・ブロートン夫人は言った。「大きな意味がないわけがありません」「何の意味もありません」とミス・ヴァン・シーヴァーは衝動的に言った。「あなたがダルリンプルさんのことをそんなふうに言い続けるなら、私は絵をやめなければいけません」「あの絵のおかげで」とブロートン夫人は言った。「私たちは今二人とも彼に結びつけられているように感じます。あの若者が絵にあんなに時間を捧げているのを見ればね」「私は彼に結びつけられてなんかいません」

とミス・ヴァン・シーヴァー。

ブロートン夫人はコンウェイ・ダルリンプルにも恋の進展を喜んでいると、——ああ、とても嬉しい！と言った。画家はある朝しばらくモデルを置かないで画布に向かうため、予定の時間よりも前に訪問する許可をえた。彼はいつもの通り階上にあがり、一人で仕事を始めた。——クレアラと一緒にあがって来るまで、仕事場には現れないとブロートン夫人ははっきり言っていた。しかし、夫人はミス・ヴァン・シーヴァーを待つことなく、画家が絵を描いている部屋にあがって来た。事実、夫人は若い二人の将来についてこのころあまりにも心を砕いていたので、話し掛ける機会を見つけられればいつでも、二人のどちらかに話し掛けずにはいられなかった。コンウェイ・ダルリンプルを一人だけ階上で絵に取り組ませておくことができなかった。夫人は友人の仕事場にあがって、彼の過去と未来の行動について自分の考えを披露する機会を作った。

「まあ、とてもいいわね、本当にとても」と夫人は画架の前に立って、半分完成した絵を見て言った。「これまででいちばんいいできですね」

「いいものになるかどうか絵が完成するまで私にもわかりません」と、ダルリンプルは絵のこと以外に何も考えずに言った。

「いいものになると確信しています」と夫人は言った。「絵にあなたの心を傾注しているからです。いい絵を作り出すのはたんなる努力でも、技術でも、才能でさえもなくて、それ以上のものが必要とされるんです。画家の心がほとばしる潮となって描く行為のなかに注ぎ込まれなければなりません」画家はこのころまでに夫人の声の調子とそこに含まれる意味をとらえて、夫人が今絵を超えた何かに集中していることに気づいた。夫人はちょっとした見せ場を準備しており、何か忠告を与えようとしている。彼はそれをはっきり察知した。しかし、画布に取り組みたいと心から思ったし、今この時愁嘆場を見るのはいやだったので、夫人の意図をくじくため何とかしようとした。彼がこの状況でどうしたらいちばん上手に夫人のロマンスを消火できるか考えていたとき、「成功をもたらすのは心です」と夫人は言った。

「いいえ、ブロートン夫人。成功は尽力次第です」

「何次第ですって、コンウェイ?」

「骨折り――つまり身を粉にする労働――次第です。モデルを今日有効に使うつもりなら、今頑張らなければいけません。本当のところ、モデルを置いてする仕事に充分な作業時間を取れていません」彼はステッキに寄り掛かりつつ、背景をきびきび塗りたくり、それから絵から一瞬も注意をそらすことができないかのように、頭を少し片側へ傾けて画布をちょっと見た。

「私から話し掛けられたくないと、コンウェイ、言いたいんですね」

「あ、いえ、ブロートン夫人、そんなことは言っていません」

「あなたの仕事の邪魔はしません。私が言わなければならないことは、おそらくさほど重要なことではないんです。事実、私たちのあいだで言葉は今あまり重要ではありません。そうでしょう、コンウェイ?」

「そうは思いません」と彼は絵筆を休めることなく言った。

「思いませんか?　私はそう思います。言葉はせいぜいのところ――せいぜいのところ生活の普通の礼儀程度、いわゆる会話のなかの出会いと別れの挨拶程度にしかならないんです」夫人はおどけた調子にならないように低く、憂鬱な口調で言った。「普通の友人同士がする会話が挨拶を超えることはめったにないんです」

「超えないと思いますか?」とコンウェイは後ずさりして、絵をまた見て言った。「ぼくはふと気づくとあらゆる種類の人々にあらゆる種類のことを喋っています」

「あなたは私とは違います。私はあらゆる種類の人々と話をすることができません」

「政治と芸術と軽い醜聞と戦争の話題、おわかりでしょう、そのほかたくさんの話題がお喋りを助けてくれます。それがしばしばひどく退屈になることは認めます。誰かの舌を切り落としたいと思わない日はありません」

「私の舌も切り落としたいんでしょう、コンウェイ?」

夫人がこれから自分のことを話そうと決めていること、それを逃れる方法がないことを彼は認め始めた。夫人が嫌いだからではなく、クレアラ・ヴァン・シーヴァーと夫人自身を比較し始めることが確実だから、それがいやだった。彼は普通の気分ならちょっとロマンスの主人公を気取るのが好きで、実質が恋愛ではない恋愛ごっこをかなり得意とした。しかし、彼は今結婚について真剣に考えており、妻として求めてよいほどクレアラ・ヴァン・シーヴァーを愛していると、まさしくこの朝確認したばかりだった。こんな状態だから、ドブズ・ブロートン夫人がとても得意とするキューピッドの試合場で、なまくらな剣と半分折れた槍を持って馬上槍試合を夫人とする気になれなかった。それでも、今闘技場に降りて、偽の試合の手続きを踏むように夫人から求められたら、それに従わなければならない。女性からロマンスに誘われたら、時の勢いが有利であろうとなかろうと、ロマンチックにならなければならないのは男性にとってつらいことだ。たとえ喉が痛み、頭痛がするとしても、ちゃんと求められたら、男性はロマンスに憂き身をやつすか、少なくともそれに応じるかしなければならない。そんな女性との試合を断ったら、その男性は畜生だ。もししつこく断ったら、そのあとずっと畜生として扱われるだろう。男性に害を及ぼそうとは夢にも思わないポテパルの妻[1]がたくさんおり、女性から囁き返すことを求められても、逃げたいと思うヨセフがたくさんいる。彼はドブズ・ブロートン夫人から夫人の舌を切り落としたいと思ったことがあるかどうか聞かれた。もちろん夫人の舌から出る言葉は常に喜びであり、一度も厄介に思ったことはない、と彼は答えた。そう答えているあいだも、逆に夫人の言葉はうざいと答えたらいい気味だったろう、と彼はふと思った。とはいえ、相手は女性で、若くて、かわいくて、お世辞を言われる資格を備えていた。「あなたの言葉はぼくにとって常に喜びでした」と、彼は前言を繰り返しながらせっせと仕事を続けた。

「死ぬほどの喜びよ」と夫人は本人も言っていることがわからないまま答えた。「死ぬほどの喜びよ、コンウェイ。私たちは出会わなければよかったと心から思います」

「そんなふうには思いません。たとえみじめになろうとも、一生の幸せを取り除く気にはなれません」

「あなたは男性です。たとえ難儀に見舞われても、両肩でそれを担うことができます。女性の場合、もう一人の両肩に重荷を担ってもらわなければならないから、もっと苦しむんです」

「夫を持っているときという意味ですか?」

「ええ、――夫を持っているときです」

「妻を持っているときの男性も同じです」これまで会話があまりにも気の抜けたものだったから、ダルリンプルは会話を維持しながらも、同時に絵の背景を描き続けることができた。もし夫人をこれまでのようにぼんやりした情緒の雲のなかに引きとどめておけたら、つまりミス・ヴァン・シーヴァーが来るまで、ロマンスの太陽の熱い光線が雲の靄から漏れないようにしておけたら、いいかもしれない。夫人が光のなかに出る道を見つけ出せないまま、雲のなかで一時間もさまよい続けることを彼は知っていた。「妻を持っているときの男性もまったく同じです」と彼は言った。「一人が言わば二人のとき、もちろん二人分苦しまなければなりません」

「では、一人が三人分苦しまなければならないとき、どうなりますか?」と夫人。

「つまり、女性に子供がいるときということですか?」

「そんなことは言っていません、コンウェイ。あなたの感覚が本当に鈍っていない限り、それくらいわかるはずです。でも、世俗的な成功のせいで感覚は鈍ると思います」

「そうじゃありませんね」と彼は言った。「感覚は相変わらず鋭いと思いますよ」

「私の感覚も鋭いと思います。ああ、その感覚を除去することができたらいいとどれほど願っていることか! でも、それができないんです。年齢で感覚は鈍りません。――それは確かです」とブロートン夫人は言った。「年齢で感覚が鈍ればいいのに」

彼は避けられるものなら、夫人のことを話すまいと決めていた。ところが、今追い詰められたように感じた。――彼は夫人の人柄について話さずにはいられなくなった。「あなたはまだそんなにたくさん経験を積んでいるわけではありません。年齢がどんなことをするかいったいどうしてあなたにわかるというんです?」

「年齢は時をへることではないんです」とドブズ・ブロートン夫人は言った。「誰だってそれを知っています。『髪は灰色だが、歳のせいではない[2]』んです。これを見て、コンウェイ」夫人はそう言って、灰色の髪があることを見せるため、ふさふさした髪をこめかみから掻きあげた。灰色の髪は見当たらなかった。しらががあったら、おそらく夫人は進んでそれを見せはしなかっただろう。「歳月が髪を白くしたとは思えません。年齢のことは秘密にしません。三十になる前にしらが交じりだなんて考えられません」

「しらがなんか見当たりませんでしたよ」

「じゃああなたの目の錯覚です。たくさんしらががあるんです。私をしらがにした原因は何かしら?」

「暑い部屋のせいでなると言われていますね」

「暑い部屋ですって！　いいえ、コンウェイ、熱い空気のせいではなく、冷たい心、冷え冷えした心、凍った心、氷だらけの心のせいなんです」夫人は今雲の靄から太陽の熱のなかに出ようとしていた。彼はミス・ヴァン・シーヴァーにすぐ来てほしいと願うしかなかった。

「世界があなたには始まろうとしています、コンウェイ。あなたは私と同年齢なんですが。世界は私には終わろうとしています。でも、私はあなたと同じくらい若いんです。どうして私はこんなことを言っているんでしょう。こんなことはただ愚かなこと——まったく愚かなことです。私のことを話すつもりはありませんでした。でも、あなたの将来について二言三言言っておきたかったんです。友人としてまだあなたに話し掛けてもいいかしら？」

「いつもそうしていただきたいです」

「いえ、——そんな約束はできません。あなたの友人としての感情と、あなたの幸せへの関心と、あなたの成功への誇りを常に抱いていること——それは約束します。でも、友情の言葉はね、コンウェイ、時々誤解されるんです」

「ぼくは誤解しません」と彼。

「そうね、あなたは誤解しませんせん、——きっとあなたはね。こんなことを言うつもりじゃなかったんです。あなたは誤解などなさらないと思っていました」それから、夫人はヒステリックに笑った。少し低い、喉を鳴らすヒステリックな笑いだった。そのあと夫人は目を拭い、ほほ笑み、それからとても優しく片手を彼の肩の上に置いた。「ああよかった。コンウェイ、私たちはそれでまったく安全です、——そうじゃありませんか？」

彼はしくじってしまった。修正が必要だった。腕時計は画架のくぼみに置いていた。彼はそれを見て、ミス・ヴァン・シーヴァーがどうして来ないのか知りたかった。つまずいてしまったから、少しもがいて、歩みを取り戻さなければならない。「今言いましたように、ぼくは誤解しません。友情以外の感情が女性の心にあるとぼくはうぬぼれたことがありません。――一瞬たりともね。ぼくら男性がいつも油断しているとき、あなた方女性はとても用心深いんです！　男性は愛さずにいられないから愛します。しかし、女性は用心深くて、――友情でそれに答えるんです。女性から友情以上のものを勝ち取ることは考えたことがないと言えば、おそらくぼくは嘘をつくことになります。しかし、友情以上のものを勝ち取ることは今考えていません」いったい全体どうしてミス・ヴァン・シーヴァーは来ないんだろう！　彼はもう五分もしないうちに意に反して夫人の前でひざまずき、見せかけの愛の宣言をしてしまいそうだ。結局、夫人から小瓶に入った見せかけの怒りをちょろちょろ浴びせられるか、情熱の抑制について見せかけの助言を与えられるかどちらかだろう。前にもこんなことを経験して、飽き飽きしていた。しかし、どうしてもそこから身を救い出す方法を見つけられなかった。

「コンウェイ」と夫人は重々しく言った。「どうして私にそんな言葉を遣うことができるんです」

「もちろん、ぼくは間違っています。わかっています」

「私は今私のことを話しているのではありません。私は私のことを考えなくなってきたので、あなたから加えられる侮辱に無感覚になっているくらいです。私の人生はからっぽです。これ以上傷つけられることはないと思います。壊れるほど心は残っていません。いいえ、壊されるほど心が残っていないんです。どうして私にそんな言葉を遣うことができるのかと聞くとき、考えているのは私のことではありません。もう一人の人を侮辱しているのがあなたはわからないんですか？」

「誰をです？」とコンウェイ・ダルリンプル。彼はかなり狼狽して、もう一人の人がドブズ・ブロートン氏を指すのか、ほかの誰を指すのかはっきりしなかった。

「今ここに向かっている、あなたを熱愛しているあの哀れな娘をです。あなたはほんの少し前に私に話したようにはもう話すことができなくなっているはずです。確かにあの娘を侮辱する言葉を遣ったんです」

事態は非常にゆゆしいものになりつつあった。実際、神か何かがこの瞬間ミス・ヴァン・シーヴァーを送って、彼を救ってくれなかったら、事態はとても深刻なものになっていただろう。彼は今なされた非難にどう答えたらいいか考え始めたとき、階段を登って来る待ち焦がれた足音を耳で捕らえた。彼が次の発言に移らなければならないぎりぎり許されるあいだに、ミス・ヴァン・シーヴァーはドアをノックして、部屋に入って来た。彼は喜んだ。ブロートン夫人は邪魔が入ったことを残念とは思わなかった、と私は思う。こんな危険な小場面が突然終わりになるのはいつもいいことだ。こんなロマンスの最後の部分が自然な帰結にまで引き延ばされたら、退屈ではないとしても不愉快になりやすい。夫人は彼がひざまずくのを望まなかった。彼がもう一度立ちあがるとき、いつもぶざまだったからだ。

「クレアラ、あなたはもう来ないかと思い始めていました」と、ブロートン夫人はいちばん甘い笑みを浮かべて言った。

「私もそう思い始めています」とクレアラは言った。「これが最後か、とにかく次回が最後のモデルになると思います」

「何かおうちで問題でもあるんですか?」とブロートン夫人は両手の指を組み合わせて言った。

「たいしたことはありません。母から今朝一、二質問されて、私はここに来ると言いました。もし理由を聞かれたら、正直に答えていました」

「でも、お母さんから何を聞かれたんです?　何と言われました?」

「母はあまり本心を明かさないので、何を考えているか知るのは難しいんです。何に不平があるか言わないまま不平を言うんです。でも、母は画家について批判的なことをつぶやいていました。それで、何か薄々感づいていると思います。母は今朝遅くまでうちにいて、私と一緒に家を出ました。今夜かそれともまもなく母から直接何をしているか聞かれるでしょう。そうしたら、モデルの仕事は終わりになります」

「では、時間を最大限利用しましょう」とダルリンプル。モデルの姿勢が定められた。ミス・ヴァン・シーヴァーが手に木槌を持ってひざまずくと、作業が始まった。ブロートン夫人はいつものようにターバンをクレアラの頭に巻きつけて、衣装のひだを整えるのを助けた。夫人はそうするとき自分が積みあげた粗朶で燔祭の犠牲になるイサク(3)のようだと独り言を言った。ただしイサクが運命を知らずに粗朶を積みあげたのに対して、夫人は犠牲の炎を意識しつつそれを積みあげるのだ。イサクが藪にかかった雄羊のおかげで救われたのに、夫人は身代わりとなる雄羊を捕えることなどできそうもなかった。それでも、夫人は技術を尽くして衣装のひだを整え、自己の燔祭のため非常に高く粗朶を積みあげた。その間、コンウェイ・ダルリンプルは二人の女性のことを考えるよりも絵のことを考えて、せっせと描き続けた。

　ブロートン夫人は積みあげられるだけ高く粗朶をしばらく積みあげたとき、席を立って、部屋を出る用意をした。モデルを置く作業の途中夫人が姿を消すことが、当然粗朶を積みあげる中心部分とならなければならない。「コンウェイ」と夫人は部屋を出るとき言った。「今回か次回がモデルを置く最後になるなら、あなたはそれを最大限に活用しなければいけません」それから、夫人はひざまずくヤエルの頭越しに特別な一瞥を投げ掛けて退去した。ヤエルはほかの何よりも姿勢を維持する疲れのことを考えており、友人である夫人の言葉に含まれる特別な意味をとらえ損ねた。コンウェイ・ダルリンプルはその意味を完全に理解して、与えられた忠告を受け入れるほうがいいと思った。彼はミス・ヴァン・シーヴァーに求婚する決意をした。今求婚してはいけない理由がどこにあろうか？　彼は何も言わずに数分間絵筆を動かして、せっせと仕事をした。それから、すぐ別の仕事を始めようと決めた。「ミス・ヴァン・シーヴァー」と彼は言った。「疲れていませんか？」

「せいぜい普通の疲れです。何時間も続けてシセラを殺せば疲れます。私はこの木の塊が嫌いになりました」木の塊はシセラの体形を表す替え玉人形だ。

「もう一度ポーズを取ってもらったら終わります」と彼は言った。「ですからもう苦しむ必要はありません。一、二分休みませんか？」結婚を申し込んで色よいかたちで答えてもらうには、クレアラが目の前で取っているポーズのままではまずいと思った。

「ありがとうございます。でも、まだ疲れていません」とクレアラ。彼女は木槌を高く振りあげたまま、木のシセラに向けた——国家の怒りを表す——視線を変えなかった。

「しかし、ぼくは疲れました。ねえ、しばらく休みましょう」ドブズ・ブロートン夫人がせっせと粗朶を積みあげていくとしても、長く積みあげ続けてはいられないのをダルリンプルは知っていた。急がなければ、求婚の緒にも就かないうちに夫人が二人のところに戻って来るだろう。彼が絵筆を置いて、椅子から立ちあがり、仕事をちょっと休憩するとき人がするように腕を伸ばすと、クレアラももちろん立ちあがって、椅子に座った。彼女はターバンと衣装に慣れていたので、少しもそれを気にしなかった。彼も週に二、三回それを身につけたクレアラを見ていたから、それに慣れていたが、今特別な目的をはたそうと思うとき、ターバンと衣装を邪魔物に感じた。彼はこのことを考えながら、「あなたがこの絵を好きになってくれると嬉しいんですが」と言った。

「好きにはなれないと思います。でも、娘がこんな肖像画に描かれた自分が好きになれなくても、無理もないことは、あなたにもわかっていただけるでしょう」

「わかりませんね。あなたがこの絵を特別好きになれないことはわかります。しかし、ロンドンのたいていの女性たちはあなたの立場になれば、この絵が好きだと言うでしょう」

「私に怒っているんですか?」

「え! 本当のことを言ったのに? いいえ、まったく」彼は画架に向かって立つと、画布を見、光の向きを変えるように頭の位置をずらして、この欠点、あの欠点と批判的に観察しながらも、どうしたら今の目的をいちばんうまくはたせるかずっと考えていた。「ぼくがねらっているところにこれが到達するなら」と彼はついに言った。「ぼくにとって幸せな絵になるでしょう」

「あなたがしていることは今——ただあなたがしているというだけで——みな成功しているとお聞きしました。成功のいちばん悪いところですね」

「成功のいちばん悪いところって?」

「価値によって成功を収めたあと、何の価値もなくてもさらに成功することです」

「ぼくの場合、何の価値もなくてもさらに成功するかたちであってほしいと思います。もしそうでなければ、ぼくにあまりチャンスはありません。クレアラ、ぼくが絵について言っているのではないことをあなたにはわかってもらわなければいけません」

「絵について言っているのだと思いました」

「本当に絵について言っているのではないんです。画家としての成功については、それに値すると少しも思っていませんが、成功はかなり間違いないと感じています」

「あなたはもうそれを手に入れています」

「手に入れる途上ですね。もがいている十人の画家のうちおそらく一人しか成功しません。成功するその人にとって、この仕事は非常に魅力的です。受賞がずいぶん偶然に支配されていることは、確かに嘆かわしいことです。宝くじみたいなものです。しかし、受賞するとき、人は不平を言うことはできません」ダルリンプルは冷静さに欠ける男でも、簡単にまごつく男でもなかったが、結婚の申し込みをするよりも、職業の話をするほうが楽だと思った。ターバンが問題だった。ターバンがなかったら、言わなければならないことをずっと前に言っていただろうと、この五分間何度も心でつぶやいた。彼は生きたモデルを使い、絵に合うあれやこれやの衣装を身につけた女性を使って、半生絵を描いてきた。とはいえ、モデルの誰もこれまで口説いたことがなかった。彼女らはたんにモデルだった。彼は今難問に突き当たっていることに気がついた。

「受賞については」と彼は言った。「かなり自信があるんです。もう一つのご褒美についてはよくわかりません。それが手に入るかどうか知りたいんです」ミス・ヴァン・シーヴァーは彼が言っている褒美が何なのかもちろんよく承知していた。彼女は意志も目的も持つ若い娘だったから、もちろんすでに答えを用意していた。しかし、結婚の申し込みは適正かつ明確な言葉で言ってもらう必要があった。コンウェイ・ダルリンプルは今のところ適正かつ明確な言葉で申し込みをしていなかった。クレアラは今の彼の言葉に回答したくなかった。それで、ただ時間が迫っているから、作業を続けたほうがいいとだけ提案した。「私は準備ができています」と彼女。

「ちょっと待ってください。ぼくよりもあなたのほうが何てずいぶん絵のことを考えてくれているんでしょう！　ぼくはもう絵なんかどうでもいいんです。もしあなたがそうさせてくれるなら、うめき声さえ出さずに――心のなかでもわずかなうめき声さえ出さずに――、画布を上から下まで切り裂きます」

「お願いですからそんなことはなさらないでください！　どうしてそんなことを？」

「ぼくがここに来るのは絵のためではないことをただあなたに示すためです。クレアラ――」その時、ドアが開けられて、イサクが現れた。ブロートン夫人は人の性質上これ以上堪えられないところまでせっせと粗朶を積みあげて、とても疲れていた。コンウェイ・ダルリンプルはほとんどクレアラのところまで歩み寄っていたのに、邪魔されて怒り、画架のほうを鋭く振り向いた。彼はイサクからしてもらったことにもっと感謝し、過ちは彼の側にあるという事実を認めるべきだった。ブロートン夫人は十二分も部屋から出ていた。夫人はそれを十五分と数えて、確かに三分間違えてしまった。多くのお膳立てをコンウェイ・ダルリンプルのためにしたから、彼なら十五分もあれば充分だと思った。その十五分のあいだ夫人がどんな思いでいたか、そんなにたくさん粗朶を積みあげる苦しみにどう堪えたか、クレアラとコンウェイ・ダルリンプルを二人だけにした一分一分に、夫人が心臓の新鮮な一片一片をどんなふうに犠牲にしたか、私たちが考えるとき、夫人が目を回して時間を正確に計れなかったことは驚くに当たらない。ダルリンプルが怒って絵のほうを向いたとき、ミス・ヴァン・シーヴァーは席に着いて、何の感情も表さなかった。

「あなた方」とブロートン夫人は言った。「これでは駄目です。仕事になりません。モデルを置く作業になっていません」

「ダルリンプルさんは画家という職業のあぶなっかしさを私に説明してくれていたんです」とクレアラ。

「彼の場合仕事は安定しています」とドブズ・ブロートン夫人は警句を吐くように言った。

「おそらく一般的に言うあぶなっかしさじゃないんです。彼は自分の発言の真実を証明するため、ヤエルがシセラを扱うよりももっとひどくヤエルを扱おうとしました」

「ぼくは絵を上から下まで切り裂くつもりでした」

「どうして?」ブロートン夫人は両手を宙にあげた悲劇的な恐怖の身振りをした。

「ぼくが絵のことをどれだけ気に掛けていないか、ただミス・ヴァン・シーヴァーに示すためです」

「彼女のことをどれだけ気に掛けていないかも示していますね」とブロートン夫人。

「彼女は好きなように考えてくれたらいいんです」このあとさらにモデルを置く本当の作業があった。実際の仕事がまるで何の挿話もなかったかのように続いた。ヤエルはまるで心も精神もただただシセラを殺そうと専念するかのように顔の位置を定めて、木槌を掲げた。ダルリンプルは画布からモデルへ、モデルから画布へと目を移しながら、感情のこもったあの最後の「クレアラ」という言葉をまるで発さなかったかのようにそのあいだずっと手を動かしていた。ドブズ・ブロートン夫人はソファーに寄り掛かって、二人を眺め、非常にロマンチックな自分の立場について考えているうち、いつしか詩的な熱狂で心を満たされた。夫人はこれまで女性によって憎まれたことがないほどクレアラを憎もうと一瞬決意した。その時短剣と毒の入ったコップと首を絞めるひもが夫人の目に映った。夫人は次の瞬間これまで女性によって愛されたことがないほどコンウェイ・ダルリンプル夫人を愛そうとしっかり決意した。それから、夫人は自分が揺りかごのそばにひざまずいて、優しく赤ん坊をあやしている姿を見た。その赤ん坊の父はコンウェイ、母はクレアラだった。それから、夫人は眠ってしまった。

ダルリンプルはしばらくこれに気づかなかった。しかし、ついに小さな寝息――意地悪なミス・デモリンズでさえそれをいびきとは呼ばなかっただろう――があった。彼はミス・ヴァン・シーヴァーと実質的にまた二人だけになったことに気がついた。「クレアラ」と彼は囁いた。「もう一時をすぎています。ブロートン夫人はすぐ眠りから目を覚まして、目を擦った。「まあ、まあ、まあ」と夫人は言った。「もう一回モデルを置けば終わるんじゃないかしら、コンウェイ?」

「はい、あと一回です」と彼。彼とクレアラは一緒にこの家を出ないようにする手筈になっていた。それで、クレアラが部屋を出たとき、彼はまだ絵を描いていた。「さて、コンウェイ」とブロートン夫人は聞いた。「すべてが終わったと思いますが？」

「何が終わったと言っているのかわかりません」

「ええ、――もちろんわかりませんね。あなたの見方はきっと別だからです。あなたにはすべてが始まりなんです。でも、私を許してくれなければいけません。というのは、私の心は乱れて、乱れて、乱れているからです！」それから、夫人はわっと泣き出して、床の上に座り込んだ。彼はどうしたらいいだろうか？ブロートン夫人は彼を完全にあきらめるか、あきらめないかどちらかにしなければならない、と彼は思った。こんな大騒ぎは理不尽だった！　もし夫人が勧めなかったら、彼は夫人の部屋でクレアラ・ヴァン・シーヴァーに言い寄ったりはしなかっただろう！

「マライア」と彼は非常に重々しい声で言った。「ぼくは必要な犠牲をあなたのために払う用意があります」

「いえ、あなた、犠牲になるのは私です。これまでも犠牲になるのは女性の側です！」哀れなドブズ・ブロートン夫人！「あなたには犠牲を払わせません。世界はあなたの足元にひれ伏しています。あなたにすべてを与えます――若さ、美、富、地位、愛――愛。私のような哀れな、心を引き裂かれた、世を捨てた女の友情をあなたが受け入れてくださるなら、友情も」夫人はこれらの言葉を言う一語一語で、必死にすすり泣いた。夫人はまだ部屋の中央にしゃがみ込んで、ダルリンプルの顔を見あげた。彼は夫人のそばに立って見おろしていた。その場面は日常生活の枠組みを超えて、ずっと記憶に残る、きっと主演男優なら徹底的に楽しむ多くの意味をはらむ場面だった。コンウェイ・ダルリンプルはその場面を楽しむには全体的に見てあまりにも二流の人物だった。彼は楽しめなかった、と私は思う。「さて、コンウェイ」と夫人は言った。「あなたに忠告します。あなたは後日今日のことを思い出して、忠告がどんなふうに与えられたか、どんなに厳粛に与えられたか考えて」——夫人はここで両手の指を組み合わせてしっかり握った。——「それに従ってくださることと思います。クレアラ・ヴァン・シーヴァーはあなたの妻になります」

「よくわかりませんが」とダルリンプル。

「クレアラ・ヴァン・シーヴァーはこれからあなたの妻になります」ブロートン夫人は彼の異議申し立てにいらいらしながら、大きな声で繰り返した。「彼女を愛しなさい。彼女にぴったりくっついていなさい。彼女をあなたの肉の肉、あなたの骨の骨(4)にしなさい。でも、支配しなさい！　そう、彼女を支配しなさい！　あなた自身にするのではなく、あなたの分身にしなさい。支配しなさい！　愛しなさい。くっついていなさい。彼女を放置してはいけません。私がさせられてきたように——強いられてきたように——煩悶を常食とするようなことを妻にさせてはいけません。さあ、行きなさい。いえ、コンウェイ、何も言わないで。何も聞きません。あなたは出て行かなければいけません。あるいは私が出て行かなければ」それから、夫人は低い姿勢からすばやく立ちあがり、今にもドアのほうへ突き進もうとした。彼は自分が出て行くほうが断然よかったから、出て行った。

アメリカ人は楽しい一日をすごしたとき、「いい時」をすごしたとあなたに言う。ドブズ・ブロートン夫人はその日の仕事について本心を話すことができたら、「いい時」をすごしたことを認めるだろう、と私は思う。夫人は朝の仕事を楽しんだ、と私は思う。しかし、コンウェイ・ダルリンプルが朝の仕事を楽しんだとは思わない。「男はこの種のものをたくさん腹に入れすぎる。それで、ひどい胸焼けを起こすんだ」彼は自宅に帰るとき、そんなことを考えた。

註

（1）ポテパルはヨセフを奴隷として買ったエジプトの侍衛長。ポテパルの妻は執事となったヨセフを誘惑しようとして失敗、彼が強姦しようとしたと中傷して、夫に彼を投獄させた。「創世記」第三十九章第一節から第二十節。

（2）バイロン卿は『シヨンの囚人』（1816）の冒頭で「髪は灰色だが、歳のためではなく、また不意の恐怖のため人が一夜で白くなるようになったのでもない」と言う。

（3）「創世記」第二十二章第一節から第十四節で神がアブラハムの信仰をためすため一人息子のイサクを燔祭して捧げるように求める話がある。アブラハムが祭壇を築き、粗朶を並べ、イサクを薪の上に載せて殺そうとしたとき、神はイサクの代わりの犠牲として「角を藪にかけている一頭の雄羊」を差し出した。

（4）「創世記」第二章第二十三節でアダムは「これこそついに私の骨の骨、私の肉の肉。男から取ったものだからこれを女と名づけよう」とある。

第五十二章　どうして自分で「それ」を手に入れないのですか？

リリー・デールとエミリー・ダンスタブルはすぐ大の仲よしになり、毎日顔を合わせた。もし郷士が宿を放棄するのをいやがらなかったら、二人はずっと前に同じ家に住んでいただろう。ソーン夫人が豪邸に来るように二度三度と強く二人を招待したとき、郷士は気を遣わないで出掛けるように姪に言った。「わしのことを考える必要はない」と郷士は哀れっぽい不平の声ではなく、いつものあのかすかに沈鬱な声で言った。「わしはアリントンでも一人でいるのに慣れているから、わしを一人にすることを気にする必要はない」しかし、リリーはそんなふうにして招待に応じようとは思わなかったので、郷士とまだ宿に一緒にいた。とはいえ、リリーは毎日ソーン夫人の家へ行き、二人の娘のあいだにとても親密な関係が生まれた。エミリー・ダンスタブルには兄弟姉妹がいなかった。リリーの家族のなかでいちばん親しい男性の親戚は、今やミス・ダンスタブルの婚約者だった。二人の娘が親しくなるのは当然のなり行きだろう。その後、リリーはソーン夫人の家へ行ってしばらくそこに滞在するようになった。しかし、そうなったとき郷士はアリントンに帰ってしまった。

ソーン夫人はいろいろ優しく振る舞うなか、従妹のリリーのため馬を借りるようにバーナードに勧めた。エミリー・ダンスタブルは乗馬を日課としており、当然デール大尉も馬で同行した。リリーも今それに参加した。彼女はあれよあれよという間に気づけば帽子、乗馬服、馬、鞭を揃えてもらった。ソーン夫人は直接夫人の影響圏に入って来る人々に、富から生じる快適さと豪華さをみなの共通に使える倉庫、みなの共有資産と感じさせる独自のやり方をした。いろいろなものを見せ、取りあげ、話の種にするのではなく、いろいろなものを取り出し、当然のように使わせた。もしあなたが紳士の家に泊まりに行くなら、酒肉が提供されるのは当然と見なされる。ある主人は葉巻も出してくれる。少数の主人は馬屋を使わせてくれ、馬に飼い葉を与えてくれる。ごく少数の主人は狐狩りの日に馬に乗せてくれ、馬丁と乗り替え用の馬もつけて送り出してくれる。ソーン夫人は気前のいいもてなしの点でどんな主人をも凌駕した。夫人は莫大な富を自由に使うことができるにもかかわらず、あらゆるものを吸い込む排水口——この国では多くの金持ちを貧乏にする浪費先——をほとんど持たなかった。夫人は先祖代々の在所も、ただ維持するだけの不在の地所も持たなかった。夫人は召し抱えれば金がかかるという理由で家来も置かなかった。息子も娘もいなかった。その結果、物惜しみすることなく浪費することができた。とてももの惜しみしなかったから、もし金が食べておいしいものなら、友人らに金を食べさせていただろう。実際、夫人は際限なく与えた。——好意を受ける人がその好意で取引していると思える場合を除いてだ。取引しているとわかったとき、夫人は断固しみったれになった。

リリー・デールはこんなふうに高価なものを揃えてもらうのがいやだった。オペラのボックス席は特に彼女のため手に入れられたものではなかったので、仕方がなかった。ほかの劇場のチケットは一夜、二夜なら不自然に手に入れているように見えなかった。しかし、リリーは帽子や乗馬服や馬には反発した。鞭はエミリー・ダンスタブルのささやかな贈り物だったから、喜んで受け取った。それから、馬が——まるで天から降って来たように——届いた。馬はもし必要なら、十頭でも二十頭でも届くように見えた。こういうものはみな空気が窓から入って来るようにソーン夫人の家のなかに流れ込んで来るようだった。とても快適だったが、乗馬服がもらえるとわかったとき、リリーはためらった。「私が愛する叔母さんは」とエミリー・ダンスタブルは言った。「贈り物を断ろうと思う人なんかいないと言い張っています。ある人たちが叔母さんから何を受け取ろうとしているか、何の関係もない人たちが叔母さんに何を要求しようとしているか、あなたが知ることさえできたらいいのに！」「でも、私はあなたの叔母さんとは何の関係もありません――そういう意味でならね」とリリー。「あら、違います。関係があるのです」とエミリーは言った。「あなたとバーナードは兄妹同然、バーナードと私は夫婦同然。叔母と私は母娘同然です。ですから、いい、あなたはある意味この家の子同然なのです」それで、リリーは乗馬服を受け取った。しかし、帽子には抵抗して自前で払った。郷士はリリーが馬に乗っているのを見て、質問した。「借りた馬じゃと思うが？」と郷士。「天からまっすぐ降って来たようです」とリリー。「どういう意味かね、リリー？」と郷士は怒ったように聞いた。「ソーン夫人のような大金持ちで、気立てがいいとき、物がどこから来たか聞いても無駄だという意味です。貸し馬車屋のポッツのところから来たということくらいしかわかりません。ポッツは誰ともめることなく世間に馬を提供している愛想のいい人だと言われています」それで、郷士はこの件をバーナードに話して、姪の費用を支払うように主張しなければならないと言った。しかし、バーナードは伯父の考えは支持できないと言った。「ぼくは何があってもソーン夫人にそんなことを言うつもりはありません」とバーナード。「じゃあ、私が言おう」と郷士。

リリーはこのころジョン・イームズを大切に思って、これまでもっとも愛に近い思いを彼に注いでいた。彼女はクローリーの事件が毎日議論されるのを聞いた。ソーン夫人はご存知の通りこのころバーセットシャーの名士で、もちろんそこの問題に強い関心を寄せていた。夫人はグラントリー少佐とグレースの結婚を強く願い、グレースの父が当局の毒牙から逃れることを強く願っていたから、特にこの件に心を砕いていた。リリーはクローリーの話をよく聞いていたし、アラビン夫妻を追って大陸に出掛ける親切のせいでジョニーが称賛されるのを同じように絶えず耳にしていた。「彼は立派な若者に違いありません」とソーン夫人は言った。「いつか彼をチャルディコウツに招待しましょう。老ド・ゲスト卿が彼を見出して、友人にしたのです。老ド・ゲスト卿は馬鹿じゃありません」ソーン夫人がジョニーの恋の話を知って、ほかの人たちと同じように——無益にも——ジョニーに味方しようとしているとの疑いをリリーは払拭できなかった。リリーはこの疑いにとらわれたとき、恋人が称賛されることに心を閉ざし、家で日記に書いたあの二語を守り抜こうと誓った。とはいえ、まんざらいつもそんな疑いにとらわれていたわけではなかったので、恋人が思っているよりも多くの男女に尊敬されていることを実感するようになった。従兄のバーナード・デールは世間では確かにひとかどの人物と見られているが、今ジョニーを対等の人と見ていた。しかし、バーナードはかつてはいつもジョニー・イームズを世間的に見て地位の低い人と見なしていた。リリーはアドルファス・クロスビーとジョン・イームズがまだ意中を告白していないころ、一人でいるとき二人の男性を一度比較して、断然前者に好意的だったことをよく思い出した。彼女はそのころジョニーを「ただの事務員[1]」と切って捨てた。彼女は今ジョニーを——たとえ友人以上の存在にはなれないとしても——そのころよりもはるかに高く評価していた。

　このころ新しい友エミリー・ダンスタブルはとても幸せな様子に見えた！　リリーがしばしば重視している結婚前の幸せというあの考えをエミリーは完全に実現していた。エミリーはすることなすことみなバーナードのためにした。デール大尉を正当に見るなら、大尉は許嫁から注がれる甘い喜びをそれにふさわしい感謝の印を見せて受け取った。こんな時期には娘のほうが喜びを表す点で勝ちを占めるのが普通だと思う。エミリー・ダンスタブルはこのころ明らかに幸せを誇張して語った。「あなたが本当にうらやましいです」

とリリーはある日言った。思わず知らずそう認めざるをえないように感じたからだ。リリーはそう言うとき笑わなかった。あるいは、言ったあと、もしそれが冗談だったら、冗談を白紙に戻す別の言葉を添えることもしなかった。リリーは黙って座り込んで、バーナードが持って来た花を生けている娘を見た。

「あなたに彼を譲ることはできませんよ。わかるでしょう」とエミリー。

「うらやましいのは、彼のせいではなくて、『結婚の幸せ』のせいなんです」

「じゃあ、自分で『それ』を手に入れればいいのです。どうして自分で『それ』を手に入れないのですか？　あなたが望めば明日にでも手に入ります。私が聞いた話が全部本当なら、二回でも三回でも」

「いいえ、駄目なんです」とリリーは言った。「私の場合うまくいきませんでした。もうこのことは聞かないでください。お願いです。聞かれても、話しません」

「聞くなと言われれば、もちろん聞きません」

「そうしてください。こんなことを言い出すなんて私は馬鹿でした。でも、うらやましい気持ちをもう乗り越えて、あなたの叔母さんと外出する用意ができました。さあ夫人が来ました」

「私の場合うまくいきませんでした」リリーはこの言葉を何度も心のなかで繰り返した。努力したにもかかわらず、日記に書いたオールド・メイドの二語と胸中の思いを彼女は必ずしも和解させることができなかった。このロンドンへの上京、ハイド・パークでの乗馬、観劇などによって心を掻き乱されていることに気がついた。アリントンにいたら、自己を訓練して無活動に落ちつけ、人生の見込みに満足していると胸に信じ込ませることができただろう。しかし、彼女は今再び完全に迷い、自信を失い、己に割り当てられているように見えるもの以上のものに憧れた。――それでも、自分がそんなものを受け入れるつもりがないことを知っていた。

ジョン・イームズが世間で持てはやされてきたので、リリーはジョン・イームズに対して心を和らげてきた。私はできれば読者にそんなふうに考えてもらいたくない。しかし、私たちはみなまわりの人たちについて意見をかたち作るとき、心ならずも他人の意見を受け入れる。ある女性は美人だ。なぜなら、世間がそう言うからだ。音楽は私たちにとって魅力的だ。なぜなら、他の人々を魅了するから。私たちは他人の味覚に従ってワインを飲み、他人の目で絵を見る。リリーはジョン・イームズがまわりの人々みなから称賛されるのを聞くとき、――他人のように声高にではなく、黙って心のなかで――やはりジョンを賛美せずにはいられなかった。そのうえ、リリーを思う彼の志操の堅さは完璧だった！　もしもう一人の男が入り込んで来なかったら！　もし彼女がもう一度始めてよければ、もし彼女の人生の――あの男と結びつけられた――あの挿話をなしにしてよければ！

「イームズさんはいつ帰って来る予定ですか？」とソーン夫人がある日ディナーの時尋ねた。この時は郷士がソーン夫人の家でディナーの席に着いていた。三、四人ほかの客もいた。国会議員のハロルド・スミス氏とその妻、ジョン・イームズの特別な友人サー・ラフル・バフルがそのなかにいた。その問いは郷士に向けて発せられた。が、郷士の回答が遅かった。サー・ラフル・バフルがそれに答えた。

「彼に怠ける気がなければ」と勲爵士は言った。「四月十五日には帰って来るはずだよ。彼がいないとわしはひどく不便だから、怠ける気がないことを祈るね」それから、ジョン・イームズが彼の個人秘書官であること、大陸への旅が彼の許可をえてなされたこと、許可をえなければ出られなかったことをサー・ラフルは説明した。「彼から話を聞くことになったとき、当然行かなければならないとわしは答えたよ。『イームズ』とわしは言った。『世間を知っている人の忠告を聞きなさい。君がそんな状況に置かれているんなら、行かなければいけない』それで、彼は行ったんだ」

「まあ、あなたってとても人がいいのですね」とソーン夫人。

「よそに本当にだいじな任務を持っている人をわしは机に縛りつけはしない」とサー・ラフルは言った。「国には、いいかね、奉仕者のためそれくらいのことをする余裕があるんだ。それでも、公務は公務と割り切りたいね。人はペテンに掛けられたくないから」

「おそらくあなたはしばしばペテンに掛けられているようですね」とハロルド・スミス。

「おそらくそう。おそらくペテンに掛けられている。大蔵省がわしについて持つ意見がそれなんだ。だが、ペテンについて充分知るくらい長く、スミス、あなたは役所にいなかっただろ」

「たとえ私が最後の審判の日まで役所にいたとしても、あなたが言うペテンなんか知らなかったと思います」

「たぶんそうだろう。そうだろう。あなたのように遅れて経歴を始めた人には、役人生活というものが実際どんなものかわからないからね。わしはこれまでずっと役人を続けてきたから、それがよくわかる」

「役人生活は政治と結びつかなければ、私の好きな職業にはなりません」とハロルド・スミス。

「だが、それじゃあ役人生活はとても短くなってしまう」とサー・ラフル・バフル。さてハロルド・スミス氏は人生に[2]一度閣僚になったことがある。しかし、不幸なことにその内閣はスミス氏が着任してほぼ一週間で倒れてしまった。サー・ラフルとスミス氏は長年の知り合いで、社交上のちょっとした礼儀正しい会話をよく交わした。

「毎日職場に行かなければならないんなら、粉ひき場でぐるぐる回っている馬になるほうがましです」とスミス夫人が夫に助け船を出して言った。「役人生活を通して、サー・ラフル、あなたはご自分を新鮮に、心地よく保ってきました。でも、これまであなた以外に誰にそれができたでしょう?」

「わしは新鮮でいたい」とサー・ラフルは言った。「心地よく保ってきたかどうかはあなたの判断に委ねよう」

「それには一つの意見しかありませんね」とソーン夫人。

会話がジョン・イームズの話題からそれてしまったので、リリーはがっかりした。リリーは聞いているところで人々がジョニーのことを話し、ジョニーについて一、二質問し、その場の主人公にするのが嬉しかった。ハロルド・スミス夫妻とサー・ラフルのささやかな交際のせいで、ジョニーの名が会話から追放されたとき、リリーは彼の正当な評価を奪われたように感じた。しかし、ディナーではそれ以上ジョニーのことは話されなかった。もしリリー自身が彼についてではなく――彼について触れることはできそうもなかった――、彼の旅の目的について触れなかったら、その夕刻のあいだ彼はまったく忘れ去られていただろう、と私は思う。「かわいそうなクローリーさんが有罪になるかどうか知りたいんですが？」と、リリーは応接間にいるサー・ラフルに聞いた。

「残念ながら有罪になりそうだね。残念ながら」とサー・ラフルは言った。「わしはそれ以上に踏み込んで言わなければならないのが口惜しいよ、愛するミス・デール。彼が有罪だとの意見をわしははっきり言わなければならんと思う」

「私はそうは思いません」とリリー。

「女性はいつも同情心が篤いから」とサー・ラフルは言った。「特に若い女性は――特に美しい若い女性はね。あなたがそういう意見を持っていても不思議には思わんよ。だが、いいかね、ミス・デール、実務家は実務的な観点からこういうことを見なければいけない。わしが知りたいのは、彼がどこで小切手を手に入れたかということだ。無罪放免になりたければ、彼はそれに明確に答えてくれなければならん」

「イームズさんが外国へ行ったのは、まさしくそれを調べるためでしょう」

「イームズが外国へ行くのはいかにも結構だがね。――だが、彼がいないことでわしがどんなに苦しむか気づいていたら、誓って別の忠告を彼に与えていたことがわかるだろう。内閣が倒れたり、何やかやが起こったりで、――今ほど都合の悪いときに彼が留守をしなくてもよかったと思う。だが、わしが今言ったように、彼ができることをするのは結構なことだね。彼はあのうちの親類だから、できれば身内の栄誉を守らなければならない。そういうことで出掛ける彼が好きだよ。わしはいつも彼が好きだ。わしは友人のド・ゲストに『あの若者は努力によって出世する』と言ったことがある。大切な老友にその時たまたま言った言葉がどうやらイームズには的中していたようだな。ところで、愛するミス・デール、クローリーはどこで小切手を手に入れたんだろうか？　わしはそれを知りたいんだ。もしあなたがそれを教えてくれたら、クローリーが無罪になるかどうかあなたに話せるよ」

サー・ラフルはジョン・イームズを褒めてくれた。しかし、リリーはこの勲爵士があまり好きになれなかった。彼の耳障りな声に不快になり、彼の自己本位な態度に感情を害した。その日の夕刻遅くなって、リリーはソーン夫人やエミリー・ダンスタブルとともにサー・ラフルの性格を議論するとき、彼について好意的な言葉を遣わなかった。それでも、彼女はサー・ラフルに会えて嬉しかった。なぜなら、彼がジョニーの生活に特にかかわっている人だったから。リリーがサー・ラフルを嫌う理由の一つは、彼が会話を続けるなかで個人秘書官の話には戻らないで、――クローリー氏の件と同じくらいにおもしろい――数件の話でリリーをもてなすほうを好んだ、という事実から来ている、と私は思う。サー・ラフルは百ポンドを盗んで捕まらなかった男を知っていた。二シリング六ペンスを盗んで捕まった別の男――その半クラウン貨はあとでバターにくっついて皿の下から見つかった――を知っていた。ソーン夫人はこういう話を聞いて、彼に答えて「何とまあ、サー・ラフル」と言った。「あなたのお知り合いには何てたくさん泥棒がいらっしゃるのね！」彼はこれにかなりまごついて、クローリー氏の話をしなくなった。

デール氏がアリントンに帰り、リリーをソーン夫人に託すことがこの朝取り決められた。郷士が在所に戻る特別な必要——本当なのか、嘘なのかわからない必要——が生じていた。彼はロンドン滞在を計画のおよそ半分に短縮しなければならないと言った。リリーがサックビル・ストリートの宿屋にいるよりもソーン夫人と一緒にいるほうが心地いいだろうと彼が感じなかったら、おそらく差し迫った必要なんかなかっただろう。

リリーは郷士と一緒に帰ると最初言い張って、みんなから反対された。エミリー・ダンスタブルは非常に強く反対した。デール夫人は手紙で反対した。ソーン夫人はきわめて命令的に反対した。「本当にあなた、そんなことをしてはいけません。あなたのお母さんがそんなことを願っていないのは確かです。あなたとエミリーが知り合うことが不可欠だと私は思います」「でも、私たちはもうお互いに理解し合っています。そうでしょう、エミリー」とリリー。「まだ充分ではありません」とエミリー。それでリリーは笑って、一件が落着した。デール氏はこの場面でソーン夫人の家に最後の訪問をした。郷士はリリーの馬のことで良心に負い目を負っていた。もし何か言うとすれば、今言わなければならない。郷士はこの件をとても不快に感じており、バーナードが郷士流にうまくことを処理してくれなかったから、腹を立てていた。とはいえ、郷士は金銭的な負い目ほど悪いものはないと思い、ソーン夫人にそれを伝えて彼流のやり方で処理させてくれるように頼もうと、しばしば心のなかでつぶやいた。それで、郷士はハロルド・スミス夫妻が去り、サー・ラフル・バフルが去り、それからリリーとエミリーがそれぞれの部屋に退くのを——というのは、バーナード・デールが去って行ったからだ——待って、やっとソーン夫人と二人だけになった。

「姪に親切にしていただいて」と郷士は言った。「あなたにどんなに感謝しても感謝しすぎることはない」

「まあ、いえ、そんなことは何でもありません」とソーン夫人は言った。「今ではリリーを家族の一員と見なしていますから」

「姪はきっと感謝している——とても感謝していると思う。私も感謝している。リリーとバーナードはずっと一緒に育ってきたので、姪がバーナードの妻と知り合いになるのは望ましいことじゃ」

「その通りですね、——それこそ私の言いたいことです。血は水よりも濃いって言うでしょう？　エミリーに子ができたら、リリーのいとこになります」

「リリーの初めてのいとこの子じゃ」と郷士。彼は血縁の問題では厳密だった。それから、彼は椅子のなかで居ずまいを正して、唇を一文字に結び、仕事の用意をした。とても不快な仕事だった。これほど不快な仕事はないと思った。「ちょっとお話ししたいことがあるんじゃ」と郷士はついに言った。「あなたを怒らせなければいいと思う話じゃ」

「リリーのことですか？」

「そう、リリーのことじゃ」

「私はそんなに簡単に怒りません。リリーのことでどうして怒れるのかわかりません」

「私は古い考えの男でね、ソーン夫人、世間のやり方をよく知らんのじゃ。いつも田舎にいて、おそらく偏見まみれなんじゃろう。偏見の一つにあなたが調子を合わせることをいやがらなければいいんじゃが？」

「私を恐れさせますね。何ですか、デールさん？」

「リリーの馬のことじゃ」

「リリーの馬ですって？　彼女の馬がどうしたというのです？　馬が悪性でなければいいのですが？」

「彼女は毎日あなたの姪と乗馬を楽しんでいる」と郷士。彼は主張に固執するのがいちばんいいと思った。

「乗馬はあらゆる点で彼女の役に立つでしょう」とソーン夫人。

「おそらくそうじゃ。それを疑ってはいない。彼女の乗馬には反対しない。ただし――」

「ただし、何ですか、デールさん?」

「貸し馬車屋の請求書に私が支払いをすることを許してくださったら、とてもありがたいんじゃ」

「まあ、あきれました」

「奇妙に聞こえるかもしれんがね。じゃが、そのことが気になるんじゃ。きっとあなたは私を楽にしてくださると思う」

「もちろんそうします。覚えておいて、バーナードとちゃんと処理します。バーナードと私はたくさん請求書を受け取ります――あるいはまもなく受け取ります。――その細目表を作ります。そうしたら、あなたはバーナードと処理できます」

デール氏は出て行こうと立ちあがったとき、負けたと感じた。しかし、この場でさらに戦いを続ける方法を知らなかった。郷士は財布を取り出して、テーブルの上に馬の代金を置くことができなかった。「じゃあそれについては甥と話すことにする」と彼はとても重々しく言って、出て行った。彼はそれについて甥と話し、一度ならず手紙を書くこともした。しかし、何の役にも立たなかった。ポッツ氏は請求書を分ける気にどうしてもならず、バーナードが言うには、ソーン夫人のドアへ行く馬についてはソーン夫人以外の誰にも請求書を送らないととうとう誓った。

その夜、リリーは伯父と別れて、ソーン夫人の家に残った。今の取り決めによると、リリーはジョン・イームズが帰って来るとき、間違いなくロンドンにいることになる。もしリリーがロンドンにいるのを見つけたら、――もしロンドンにいたら、イームズは必ず彼女を見つけ出すだろう、と彼女は独り言を言った――、イームズはしばしば以前にした結婚の申し込みをきっと繰り返すだろう。イームズに対する答えは決まっていると、あえて心に言い聞かせはしなかった。日記に二語を書き記しており、それを守らなければならない。それでも、彼女は自分を粘り強く支えてくれる勇気をロンドンでよりも、アリントンでのほうが呼び起こせると感じた。もしソーン夫人の応接間に一人でいるところをイームズに見つけられたら、彼女は弱味を見せてしまうことを知っていた。何か言い訳を言ってアリントンに帰ったほうが利口だろう。彼女はイームズの妻にはなるまいと心に決めていた。もう一人の男に対する愛と信じた感情の支配から自分を抜け出させることができなかった。そのもう一人の男とは結婚しないと母にもジョン・イームズにも厳かに約束した。けれども、その時同時にジョン・イームズとも結婚しないと厳かに心で約束した。彼女はそう誓って、その誓いを守り抜くつもりでいた。しかし、それを後悔していた！　翌日彼女はうちに出す手紙のなかで、世間のみながジョン・イームズを称賛していると、ジョンはみずからその評判を勝ち取ったと、気高い男として広く遠く名を知られているとデール夫人に書いた。彼女はそんな称賛がいつか将来彼女のあだになるかもしれないし、あだになるだろうと承知していたが、ジョン・イームズを称賛せずにはいられなかった。

「彼を愛することはできないとしても、彼を正当に評価しよう」と彼女は一人つぶやいた。

「あなたが自分で『それ』を手に入れる決心をしてくれたらいいと思います」とエミリー・ダンスタブルはその夜リリーにもう一度言った。「すばらしい『それ』を手に入れたら、私は彼を友人にも、おそらく兄にもすることができます」

「私は百歳まで生きても、『それ』を手に入れることはありません」とリリー・デール。

註

（1）『アリントンの「小さな家」』第六章。

（2）『フラムリー牧師館』第十八、二十、二十三章参照。

第五十三章　ロトン・ロウ(1)

リリーは馬の問題について何も聞いていなかったので、伯父が不快な思いをした感情的な負い目なんかなしに運動を楽しむことができた。彼女はバーナードやエミリー・ダンスタブルと一緒に毎日馬で出掛けるようになった。一行には普通ソーン夫人の家で会う数名が加わった。というのは、ソーン夫人はとてももてなしのいい人なので、夫人の家に好んで集まる人々がたくさんいたからだ。午後遅くにはドアの前に馬がたくさん――時には十二頭もの馬が――集まることがあった。それから、乗馬隊がハイド・パークへ入って、そこでちりぢりになった。バーナードとミス・ダンスタブルはどちらも良心的な恋人だったので、こんなふうにちりじりになっても、リリーが無視されたり、迷子になったりすることはあまりなかった。従兄が普通リリーのそばにいた。彼女はそのころ自分の「それ」を持たなかったので、従兄がそうしてくれるのをとても喜んだ。

しかし、彼女はある日の午後ソーン夫人の家でよく会う太った紳士と、二人だけでたまたまロトン・ロウを駆けていた。彼は名をオニシファラス・ダン(2)と言い、親しい友人らからはサイフと呼ばれていた。リリーはみながダン氏とじつに親しくしているので、間違えて自分もサイフと名で呼んでしまうのではないかと日々恐れた。たとえ彼女が間違えても、迷惑にはならないだろう。ダン氏はそう呼ばれたことに気づいても、得意になることも、怒ることもないだろう。彼はロンドンの非常にたくさんの若い娘らからサイフと呼ばれ、そう呼ばれるのをごく自然なことと思っていた。彼はアイルランド人で、明らかに財産もなければ、収入もなく、他人の善意に頼って生活していた。みんなから愛されて、若い女性にも若い男性にも、この世にオニシファラス・ダン氏ほど無難な友人はいないとどこでも認められていた。彼は金を借りることも、金をせびることもしなかった。ディナーに招待されるのが好きで、ロンドンでディナーに明るい顔で出たら、その家の田舎で一週間お返しを受けるのが当然だと思っていた。銃猟も狩りも魚釣りも読書もしなかったから、どの家に居候しても邪魔にならなかった。彼はビリヤードとホイストとクロッケーをじつに下手にした。ワインの味利きであり、非常に親しい友人のためには時にワインの瓶詰めを手伝ってやることもある。彼はソーン夫人の大親友で、秋になるとチャルディコウツでいつも十日間をすごした。

バーナードとエミリーは二人だけになりたがる恋人ではなかったが、それでもソーン夫人は乗馬の一行に第四の人を加えるのが適切だと判断して、ダン氏をこの仕事に就けた。「仕事について悩む必要はありません、サイフ」とソーン夫人は言った。「ただもしあの恋人たちがいちゃついて姿を消してしまったら、私たちの小さな田舎娘がハイド・パークで迷子になってしまいます」サイフは力を貸そうと約束して、その通りにした。普通は大勢の人たちが一行にいたので、ダン氏に課せられた仕事はすこぶる軽かった。彼が特別にお付きの騎士としてあてがわれていることをリリーはつゆ知らなかった。ただ愉快な連れと思うくらい彼の姿を目にするだけだった。ジョン・イームズのことを考えると――彼女はいつもそれを考えていた――、注意を引こうとする若い男性よりもサイフのほうが好ましいと思った。

彼女はこんなふうにサイフ・ダンと二人だけでロトン・ロウを馬で進んでいるとき、不快も動揺も感じていなかった。サイフからは知り合いの――彼はみんなを知っていた――ド・ゲスト卿の話を聞かされた。リリーは彼がジョン・イームズを知っているのではないかと思い始めた。できればジョン・イームズについてこんな人の評価を聞きたかった。彼女がクローリー氏の事件について——もちろんジョン・イームズの名を出すつもりはなかったが——何か言おうとしたとき、突然舌が麻痺して何も言うことができなくなった。二人はその時脇道が鉄柵と直角に交わる分岐点の近くにいた。ダン氏は帰る前に数分そこで待とうと提案していた。バーナードとミス・ダンスタブルが追いついて来るかもしれないから。二人は五分か十分そこで待っていた。リリーはクローリー一家について最初の質問をして、バーセットシャーの牧師になされたひどい告発の噂を聞いたことがあるかと聞いたとき、——突然舌が麻痺してしまった。二人がたたずんでいるとき、彼女の馬は脇道のほうへ向きを変えたのに、ダン氏は別のほう、アキレウス像[3]とアプスリー記念館[4]のほうを向いていた。ダン氏は鉄柵に近い側にいた。二人はこんなふうに別々の方向を向いていたが、お互いの顔を見ることができる位置にいた。その時、ふと彼女は脇道に沿って別の男の腕にもたれてゆっくり近づいて来る——アドルファス・クロスビーを見た。

　リリーはたくさんの口づけ——温かい、しきりにせがむ、熱烈な口づけ——をして別れた日以来、彼に会っていなかった。その口づけを少しも恥ずかしいと思わなかった。その時、彼をほとんど夫と思っていた。彼に全幅の信頼を置き、頼り切って腕に身を任せた。女性が婚約している男性に対してずいぶん無口になり、時々何か内気になることはよくあることだ。女性は誓いを捧げたあとも相手に心変わりがあることを懸念しており、それに備えた後退をいつも用意している。少なくともあのためらいの影、疑惑の影がそれを示している。しかし、リリーはそんな用心をあっさり捨ててしまった。彼女は身も心もこの男に捧げて、浮くか沈むか、昇るか落ちるか、生きるか死ぬかを男と男の真実に賭けることに決めた。ところが彼はとんでもない嘘つきだった。リリーは彼の腕に抱かれ、彼にしがみつき、彼に口づけし、この世の唯一の喜びは彼——この男、宝、約束した夫——と一緒にいることだと誓った。一か月か一週間もしないうちに彼は裏切ってしまった。壊滅的な知らせを受け取って、その知らせが自分を殺さなかったことを何日も不思議に思った。それでも、生き延びて、彼を許した。彼を今もなお愛していた。彼から新しい申し出を受け取って、読者がご存知のようにそれに回答した。しかし、彼女は信頼を少しも損なうことなくアリントンで別れた日から、一度も彼に会っていなかった。今彼はほとんど鞭が届く距離で目の前の歩道を歩いていた。

彼はリリーに気づかないまま通りすぎたとき、オニシファラス・ダン氏に目を留めて立ち止まり、話し掛けた。いやそうではない。クロスビーの友人ファウラー・プラットがこの特別な相手を見て立ち止まった、というのが本当だ。というのは、サイフ・ダンはファウラー・プラットの親友だったから。クロスビーはサイフと顔見知りではあっても、このころはハイド・パークでもどこでも足を止めて友人と話す気になれなかった。彼はずっと不満を抱いてふさぎ込んでおり、普通一人で歩き回っていた。この時は、とても古い友人のファウラー・プラットと借金についてちょっと特別な話があったのだ。

「何だ、サイフ、君なのか？　君は最近いつも馬に乗っているね」とファウラー・プラット。

「うん、まあね。このひと月騎兵の仕事を山ほどこなしてきたよ。幸運なことに一緒に乗馬してくれる若い娘がいるんでね」彼はこれをリリーから聞かれないように囁き声で言った。「こんにちは、クロスビー。あなたには馬に乗っている姿にも歩いている姿にもあまりお目にかかりませんね」

「仕事があるから外出して人に会うことができないんだ」とクロスビー。それから、彼は目をあげて、リリーの横顔を見、誰かを知った。彼は立ち止まる前にリリーに気づいていたら、姿を見られないように通りすぎていただろう、と私は思う。しかし、実際には足止めされて初めて、自分がリリーの目と鼻の先にいることに気がついた。もし友人をあとに残してすぐ歩き去ったら、彼女を恐れているように、彼女を避けているように見えただろう。彼女から見られたこと、何者か知られたこと、彼女が目の前で苦しんでいることを見て取った。彼女の顔のこわばりから、じっと前を見詰めるぎこちない態度からそれを感じ取らずにはいられなかった。ファウラー・プラットは友人の事情にはよく通じていたけれど、ミス・デールに実際に会ったことがなかった。サイフ・ダンはクロスビーの恋愛事情について無知だったから、二人が知り合いであることさえ知らなかった。それゆえ、リリーは難局から抜け出せるどんな助けも近くに見出せなかった。

「人はこの世に仕事を持つとき」とサイフは言った。「いつも知人にそれを自慢し、自分にその幸運を呪うんです。私はこの世に仕事を持たないので、そんな頓着なしに外出して人に会い、人から見られるんです。――そんな生活が好きなんだと告白しなければなりません」

「特に人から見られるのが好きなんだろ――え、サイフ？」とファウラー・プラットは言った。「私もこの世に仕事を持たないので、毎日ここにやって来る。なぜなら、よそへ行くよりもここにいるほうが簡単だからね」

クロスビーはなおもリリーを見ていた。見ずにはいられなかった。彼女から目を離すことができなかった。彼女が相変わらず美しく、少しも変わっていないのを見て取ることができた。彼は特に気づかなかったが、リリーは本当のところ昔よりも少し太っていた。話し掛けてもいいだろうか？　視線をとらえて、帽子をあげてもいいだろうか？　大胆に馬の頭の前に進み出て、過去を水に流すように求めてもいいだろうか？　彼女に今何か効果的なことをすることができるとすれば、あらゆる方法のなかでもっとも有効なものは彼女がいちばんいいと認める方法だと思った。しかし、彼はそれをすることができなかった。どんな言葉がいちばんいいかわからなかった。謙虚に許しを請うのが似つかわしいだろうか？　それとも、変わらぬ愛を別の声の調子で語り掛けてもいいだろうか？　それとも、ただ元気かと尋ねるだけのほうがいいだろうか？　彼は一歩近づいたとき、リリーの表情が前よりもこわばり、固まるのを見て、思いとどまった。彼女からひどく憎まれているのだと心でつぶやいた。衰えぬ怒りとそれに混じる厳しさを感取できたと思った。

バーナード・デールはエミリーとともにこの瞬間クロスビーの間近に近づいて来て、すぐ相手が何者か見て取った。リリーとクロスビーの仲立ちをしたのはバーナードだった。バーナード・デールは昔クロスビーの親友で、彼が裏切った日から当然仇敵になっていた。彼らはしばしば顔を合わせたが、それ以来口を利くことはなかった。デールは今彼に話し掛ける気にはなれなかった。相手がクロスビーだと知った瞬間、従妹のほうを見た。一瞬クロスビーが従妹の許可、同意をえてそこにいるとの思いが脳裏にひらめいた。しかし、これがそんな場面ではないと知るのに再度見直す必要はなかった。「ダン、馬を進めよう」彼はそう言って、馬を速歩にした。サイフはとても正確な耳を持っており、何か不都合な状況があると知って、馬を一緒に速歩にした。リリーはもちろん置いてけぼりにはならなかった。「何か問題でもあったんですか？」とエミリーは恋人に聞いた。

「特に問題はないんだが」と彼は答えた。「君は悪党のなかでもいちばんの悪党と一緒に立っていた。それで、場所を移したほうがいいと思ったんだ」

「バーナード」と、リリーは炎できらめく目を精一杯従兄に向けて呼んだ。それから、こんな一団の前で悪口の罪で従兄を叱責することはできないと思い直すと、手綱を引いて馬を止め、すすり泣き始めた。

サイフ・ダンは抜け目ない賢さを見せて即座に一部始終を理解した。クロスビーがレディー・アリグザンドリーナ・ド・コーシーと結婚する前、ある女性に不埒な行いをしたという噂を一度聞いたことがあるのを思い出した。彼も馬を止めた。涙を見ているとは思われないようにリリーの後ろに少し退いて、鼻歌を歌い始めた。エミリーはあまり賢いわけではなかったが、いくぶんか理解した。「もしバーナードがあなたを怒らせるようなことを言うなら、私が叱ってやります」と彼女は言った。それから、二人の娘は一緒に馬を前で進め、バーナードはサイフ・ダンのところに後退した。

「プラット」とクロスビーは馬の一団が声の届かないところへ去って行くと、友人の肩にすぐ手を置いて聞いた。「濃紺の乗馬服を着ているあの娘が見えるかい？」

「どれ、散歩道にいちばん近い人かい？」

「そうだ。散歩道にいちばん近い人だ。あれがリリー・デールだよ」

「リリー・デール！」とファウラー・プラット。

「うん、あれがリリー・デールだ」

「話し掛けたかい？」とプラットは聞いた。

「いや。そんな機会は与えてもらえなかった。一瞬しか彼女はそこにいなかったから。だが、彼女だった。こんなふうにまた彼女の近くにいられるのはとても奇妙に思えるよ」クロスビーがリリー・デールについて屈託なく話せる相手がいるとすれば、このファウラー・プラットだった。この世で持つもっとも古い友人がプラットだった。彼がリリーを捨てて亡き妻と婚約するとき、待ち受けるみじめさに気づいて、たまたま悲しみを伝えた最初の人がプラットだった。その時、真に率直に心のうちを告白したわけではなかった。友人に心のうちを率直に吐露するのはクロスビーのような男の性分ではなかった。実際ファウラー・プラットもそんな話を聞いて嬉しがる男ではなかった。プラット自身は語るべきそんな話を持ち合わせなかった。男女は特異な振る舞いをして本人や知人らを不安や動揺に曝すことなく、穏やかに生きていくべきだと彼は信じていた。彼は良心的な人で、分別があり、勇敢でもあったから、その時クロスビーにヤクザな振る舞いをしていると大胆に言ってのけることができた。プラットは本心を率直に話して、力の限り友人を助けた。

　彼は分別ある男にふさわしくちょっと間を置いて、これから言う言葉の効力を測った。「現状のままがいいと思うね」と彼は言った。「将来も他人同士でいるほうがいいだろう」

「君の言うことがわからないな」とクロスビーは言った。二人は鉄柵に寄り掛かって、それから二十分その場にとどまっていた。「ぜんぜん理解できない」

「そう確信する。再開された関係からいったい何が生まれるというんだい、——たとえ彼女がそれを許すとしてもだ?」

「彼女を妻にすることもできる」

「これまでの経緯のあとで君が彼女と、あるいは彼女が君と幸せになれると思うかい?」

「なれると思う」

「私はそうは思わないね。彼女が君と結婚する気になることはあるかもしれない。女性は喜んで不当な扱いを許してくれるから。度量の大きさを示す興奮が好きなんだね。しかし、彼女は君に前に妻がいたことや、君が結婚したときの経緯を決して忘れないだろう。それに君自身が一か月もしたら結婚したことを後悔するだろう。恥辱に触れないでどうして君の愛を彼女に伝えることができるだろう? もし結婚したら、男は妻の前で少なくとも胸を張っていなければならないからね」

これはすこぶる厳しい言葉だったが、クロスビーは怒りを表さなかった。「私は胸を張っていられると思う」と彼は言った。——「しばらくすればね」

「それから、借金の件はどうなるんだい? 当然君は彼女に事情をみな話さなくてはならないだろう」

「すべて話すよ——もちろん」

「彼女が君の借金を軽視するということはありうるね。——君は金に困っていないとき、彼女と結婚する余裕がなかった。それなら、頭の天辺からつま先まで借金まみれの今、結婚する余裕はいっそうないと彼女が感じさえしなければだ」

「彼女は今金を持っている」

「いろいろあがいたあげく結局君は財産と結婚したいので、リリー・デールを求めるということはないだろうね」

「君は私に厳しすぎるよ、プラット。彼女を求める唯一の理由は私が彼女を愛しているからだということがわかるだろう」

「君に厳しく当たるつもりはないね。だが、恋人たちのいさかいが非常に深刻な性質を帯びるとき、恋がよみがえることはない[5]というはっきりした考えが私にはあるんだ。さあ、私は帰ってディナーのため着替えるよ。ソーン夫人のところでディナーをするつもりなんだ。田舎医者と結婚する前はミス・ダンスタブルと呼ばれていた大富豪さ」

「私は今そとではディナーを取らない」とクロスビー。それから、二人は一緒にハイド・パークから歩いて出た。ファウラー・プラットがこれからディナーをする予定の家にリリー・デールが滞在していることを当然二人は知らなかった。

　リリーは馬で家に帰るとき、一言も発することができなかった。口を利くことができるなら、何でもくれてやっただろう。とはいえ、話の糸口さえつかむことができなかった。彼女はバーナードとサイフ・ダンが背後でお喋りしているのを聞きながら、家のなかに無事入るまで話を続けていてほしいと願った。まわりの一行からは親切にしてもらえた。というのは、誰からも会話に誘われなかったから。「少し速歩で走らせましょうか、リリー」とエミリーが一度だけ彼女に話し掛けた。それから、一行は速度をあげ、みじめさは間もなく消えた。彼女は家の二階にあがるとすぐエミリーと二人だけになって、一言二言で謎をすべて説明した。「残念ながら馬鹿な真似をして自分を物笑いの種にしてしまいました。あれは私が婚約した人なんです」「何ですって、クロスビーさん?」とエミリー。エミリーはバーナードから経緯をすべて聞いていた。「ええ、クロスビーさんです。どうか誰にも何も言わないでください。——たとえあなたの叔母さんにもね。やっと口が利けるようになりました。でも、とても愚かな振る舞いをしてしまいました。いえ、あなた。応接間には行きません。上へあがって、ディナーの支度をしてから降りて来ます」

リリーは一人になったとき、乗馬服のまま座り込んで、クロスビーの妻には決してならないと心で断言した。なぜそんな断言をしたか、私にはわからない。彼女は母とジョン・イームズにそれを約束した。たとえ新たに決意を確認しなくても、その約束によってすでに縛られていた。しかし、じつを言うと、彼女はクロスビーに会って幻滅していた。最後に会ったとき、彼は言わば神のような存在だった。その日以後の彼の振る舞いは当然のことながらとても神のようなものとは言い難かった。それでも、神性の外的印の記憶がまだリリーの心のなかに残っていた。彼を一目見たことがどうしてリリーの心を大きく変えてしまったか、——なぜリリーが突如彼を違った目で見るようになったか、説明するのは難しい。たんに顔に心労の跡があって、歳を取って見えたからではない。たんにリリーがかつて歓喜のうちに彼の属性としたあのアポロの容貌を失っていたからではない。彼女自身が年を取り、もはやこんな男に神を見ることができなくなったのがおもな理由だった、と私は思う。彼女は神性を付与された人としてジョン・イームズを見たことがなかったので、いつもジョニーに不利な比較をしてきた。今そんな比較をすれば、まったく違ったかたちになっただろう。それでも、彼女は日記の二語に固執するつもりでいた。クロスビーに会ってから、彼女は結婚という考えが完全にいやになった。

プラット氏の到着が知らされたとき、リリーは応接間にいて、この人がクロスビーと一緒にいた人だとすぐ知った。サイフ・ダンが数分後その応接間に入って来て、二人が挨拶のなかでハイド・パークの出来事に触れているのを彼女は聞いた。しかし、おそらく彼女がプラット氏から気づかれることはないだろう。たとえ気づかれても、どんな問題があるというのか？　ディナーには二十人の人がいた。彼女がプラット氏と言葉を交わすように求められる可能性はなかった。彼女はもう平静を取り戻しており、友人のサイフと自由に話すことができた。サイフがやって来てそばに立ったとき、彼女はパークで付き添ってくれたことに丁寧に礼を言った。「あなたがいなかったら、ダンさん、乗馬はぜんぜんできなかったと本当に思います。バーナードとミス・ダンスタブルにはいつも考えていることが一つあるんですが、もちろんその一つから私ははずれています」ソーン夫人がいつもディナーの席の案内役を割り振りしたので、リリーはもしサイフをそばに置いておくことができたら、人のいい友人のダンを案内役に割り当ててもらえることもあるだろうと考えた。しかし、つきは裏目に出た。その時がやって来て、リリーは番を待っていた。「ファウラー・プラットさん、私にミス・リリー・デールを紹介させてください」とソーン夫人。プラット氏がぎくりとしたのをリリーは見て取ることができた。彼はごくごくわずかな動揺しか見せなかったが、それでもリリーがそれを察知するには充分だった。彼女はプラット氏の腕に手を置いて、素性を知っていることを相手に想像さえさせることなく一緒に食堂へ歩いて行った。

「パークで乗馬しているときにお会いしましたね？」とプラット氏。

「はい、そこにいました。私たちは毎日のように行きます」

「私は馬には乗りません。歩いていました」

「人々はあそこへ行って歩かないで、ただじっと立っているように思えます」とリリーは言った。「どうしてあんなに多くの人々があんなふうに油を売っているのかわかりません――何もしないで鉄柵に寄り掛かって」

「それも乗馬と同じくらい楽しいんです。金もかかりません。パークで何もしないことについて言えるのはそれくらいです。あなたはおもにロンドンで暮らしておられるんですか？」

「いいえ、違います。まるまる田舎暮らしです。従兄が結婚することになったので、こちらに上京していますす」

「ミス・ダンスタブルと結婚なさる――デール大尉のことですね？」とファウラー・プラット。

「二人が神聖な婚礼の儀式で結び合わされたら、私は田舎に戻って二度とロンドンには出て来ないと思います」

「ロンドンがお嫌いなんですか？」

「住むところとしては好きになれません」とリリーは言った。「でも、もちろん好き嫌いは状況によって変わりますからね。私は母と一緒に住んでいて、親戚もみなまわりに住んでいます。そんな人たちがそこにいるから、私は田舎がいちばん好きです」

「若い女性はしばしばこの問題であなたとは違った見方をしますね。ミス・ダンスタブルの見方があなたとはまったく違うとしても私は不思議には思いません。若い女性はおしなべて父や母や伯父や伯母から離れて暮らしたがるものです」

「でも、私が親戚の近くにいたいと思っていることはわかっていただけますね」とリリー。彼女はそのあとファウラー・プラット氏が嫌いになって、できるだけそっぽを向いていた。何の権利があってこの男は伯父や伯母から離れて暮らす話をしなければならないのか？　リリーは彼がクロスビー氏と一緒にいるのを見た。二人が親しい友人である可能性はある。プラット氏がクロスビー氏に有利になるように話を進めているということは考えられる。それならそれでいい。育ちのいい普通の人が答えを要求している場合ならいざ知らず、これ以上の質問にはもう答えまい。

「彼女はなるほどすばらしい女性だな」と、ファウラー・プラットは歩いて帰るとき独り言を言った。「彼女が立派な普通の平凡な妻になることは間違いないだろう。だが、彼女をえるため男が泥まみれになってひれ伏すほどの逸材ではないな」

リリーはその夜エミリー・ダンスタブルにクロスビーとの経緯を――彼女が知る限り――みな話して、ファウラー・プラット氏への新たな嫌悪も説明した。「彼らはとても親しい友人同士なのです」とエミリーは言った。「バーナードが教えてくれました。プラットさんがここに来る前に経緯をすべて知っていたのは間違いありません。叔母が彼を招待したのはとても残念です」

「たいしたことではありません」とリリーは言った。「たとえクロスビーさんにまた会っても、私が馬鹿な真似をしてもう一度自分を物笑いの種にすることはないと思います。じつのところ、彼が私の変化に気づかなければよかったと思います」

「彼はきっと気づかなかったでしょう」

それから、会話に間があった。そのあいだリリーは両手の上に顔を載せて座っていた。「彼の変わりようには驚きました」と彼女はとうとう言った。

「彼がどれだけ苦しんだか想像できます」

「私も同じように変わったと思います。ただ私は自分の変化に気づいていないだけです」

「私は昔のあなたを知りません。でも、そんなに変わっていないと思います。きっとあなたも苦しんだのでしょう。でも、彼ほど苦しんではいません」

「ええ、私はずいぶん苦しみました。さあ、寝床に就こうと思います。乗馬をするととても眠くなります」

註

（1）アプスリー・ハウスからケンジントン・ガーデンズまでサーペンタイン池に沿って走るハイド・パークのなかの通り。乗馬して、あるいは馬車で遊歩するのが流行だった。

（2）「役に立つ、益をもたらす」の意。「テモテへの第二の手紙」第一章第十六節から第十八節参照。

（3）一八二二年ハイド・パークにウエリントン公爵を顕彰してアプスリー記念館に向けて建立された。

（4）ロバート・アダムによって設計され、初代ウエリントン公爵によってロンドン屋敷として購入された。公爵の死後一八五二年に記念館・美術館となった。

（5）「恋人同士のいさかいは恋のよみがえり」という句がある。もとはテレンティウス（c190-159 B.C.）の『アンドロスの女』（166B.C.）からの引用。

第五十四章　聖職者による調査委員会

選ばれた五人の牧師がシルバーブリッジのテンペスト博士の自宅で会合することがついに決められた。二十ポンドの小切手の件について、クローリー氏に対する訴訟手続きをアーチ裁判所で開始する必要があるかどうか調査し、主教に報告するための会合だ。テンペスト博士は主教公邸で話し合いなどなかったかのように、また博士とプラウディ夫人に致命的な喧嘩などなかったかのように、主教から受け取った手紙に基づいて行動した。博士は黙秘という立派な天賦の才能を持つ慎重な人であり、妻にさえ公邸で何が起こったか言わなかった。私たちの旧友大執事なら、こんな勝利を公邸で収めたら、友人らにけたたましく自慢しただろう。プラムステッドの人々はすぐその話を聞かされ、アイダーダウンやストッピンガムや聖イーウォルドといった近くの教区で勝利の歌が歌われただろう。バーチェスター本通りの人々はその噂を聞き、ハイラム慈善院の収容者らは主教と奥方の大敗を語り合っただろう。しかし、テンペスト博士は誰にもこの話をしなかった。博士は主教によって指名された二人の牧師に手紙を書き、地方参事区からもう二人を選んで、彼の家で予備会議を開く日をみなに提案した。博士から招かれた二人はグレシャムズベリーの禄付牧師オリエル氏と、フラムリーの俸給牧師ロバーツ氏だ。全員が博士の提案に同意し、指定された日にシルバーブリッジに集まった。

今は四月で、裁判官らは月末前にバーチェスターに入る予定だった。では、ほとんど裁判と並行してなされるこの聖職者の査問がいったい何の役に立つのだろう？　これは二重の告発だと、同じ罪に対する二重の告発は国の伝統と国民感情に背く手続きだと、男女とも断言した。これは違憲だとさえミス・アン・プリティマンは言った。プラウディ夫人でなければ、どんな人もこんな残酷な罪は犯せないとメアリー・ウォーカーは言い放った。「主教のことは私に言わないでくれる、ジョン」とメアリーは言った。「主教はつまらない人よ」「テンペスト博士がこれに手を貸しているのは間違いないな」とジョン・ウォーカー。「ねえ、ジョン」とミス・アン・プリティマンは言った。「テンペスト博士は鉄の棒と同じくらいに堅い人で、昔からそんな人でした。でも、ロバーツさんがこれに一役買っているのには驚きました」

この間、プラウディ夫人は主教公邸内で何が起きているかサンブル氏から聞くような羽目に陥っていた。主教はテンペスト博士によって愚かさを目撃されたあの散々な日以来、クローリー氏について何も奥方に話そうとしなかった。――奥方からこの件について聞かれたとき、主教は断固答えなかった。主教は怒りからというよりも悲しみから奥方をいさめて、そんなふうに回答を拒否した。「この件について私と話し合うつもりはないんですか、あなた？」と奥方。「うん、そんなつもりはありません」と主教は答えた。「この件ではいやというほどたくさん話を聞かされました。もうとっくに私の心は引き裂かれています」かんばしくない日々が公邸で続いた。プラウディ夫人はなり行きに満足しているような振りをした。奥方はすべてが満足できるかたちで整えられているかのように、――すべてが本当に奥方自身によって取り決められているかのように、クローリー氏と小切手についてサンブル氏に話した。しかし、屋敷内の人々はみな奥方の態度がこれまでとは打って変わったのを感じ取っていた。奥方はいつもよりも使用人に対して穏やかになり、夫の扱いもきわめて優しくなった。まるで奥方をおびえさせて、その気力をくじく何かが起こったかのようだった。奥方は主教が死を迎えつつあるのを恐れているのだと公邸じゅうで囁かれた。主教は朝食とディナーで家族に会うのを除いて、最近彼の居間からほとんど出なかった。執務室ではほとんど、あるいはまったく何もしなかった。付牧師が近づくと、よくほほ笑んで、何かささいな指示を出した。しかし、何日も手にほとんどペンを取らなかったし、手にたくさん本を取っても、ほとんど一ページも読まなかった。心を引き裂かれたと当時どんなにしばしば主教が言ったか、奥方以外に誰も知る者はいなかった。

「そんなふうにおっしゃるなんて、何があったんでしょ?」と奥方は一度主教に言った。「何があなたの心を引き裂いたんです?」

「おまえです」と主教は答えた。「おまえですよ。おまえが引き裂いたのです」

「ああ、トム」と奥方は遠い昔の呼び方に戻って言った。「いったいどうしてそんな残酷な言い方ができるんです! 結局あなたと私の問題になるなんて!」

「なぜあの日私から言われたとき、おまえは部屋から出て行ってくれなかったのです?」

「自分のうちで部屋から追い出されたいと思う女性はいないでしょ?」とプラウディ夫人。プラウディ夫人がここまでへりくだった態度を取るとき、公邸にはこのころ大きな問題があったと見ていい。

サンブル氏はシルバーブリッジへ行く前日、指示を受けるため主教に謁見を求めた。サンブル氏はそうするようプラウディ夫人から強く促された。――彼はこれが適切ではないと思いつつも、奥方の命令に背く勇気を持ち合わせなかった。「この件であなたに言うことは何もありません。何もね」と主教は不機嫌に言った。「出発する前に閣下はおそらく私に会うことを望まれると思いました」とサンブル氏はとても謙虚に言った。「ぜんぜんあなたには会いたくありません」と主教は言った。「あなたは判断を示すためそこへ行くのです。――もしあなたに少しでも判断というものがあるならね。私のところに来る必要はありません」このあとサンブル氏はプラウディ夫人の意見が正しいと、主教は今にも死に近づいていると思い始めた。

サンプル氏とクイヴァーフル氏は「ウォントリーのドラゴン」から借りたギグで一緒にシルバーブリッジへ向かった。二人は当然のことながらギグの代金について不安になり、不安を超えて困惑した。「一度行くだけなら、それほど気にしません」とクイヴァーフル氏は言った。「しかし、こんな会議にたくさん出なければならないようなら、そんな金を出せませんし、やっていけません。たくさん子供を持つ男にはこんなふうに身銭を切ることは許されません」「つらいことですね」とサンブル氏。「奥方本人が金を出すべきです」とクイヴァーフル氏。彼はプラウディ夫人の支配権が最高潮だったころ公邸と深いかかわりを持っていた。それで、公邸に変化が生じていることなどまだ夢にも思い至らなかった。

二人の牧師が部屋に案内されたとき、オリエル氏とロバーツ氏はすでにテンペスト博士と一緒に座っていた。最初の挨拶が交わされたあと、昼食会になることが知らされた。食事中、クローリー氏に関することはいっさい話されなかった。その家の女性たちは席に出ていなかった。五人の牧師だけがテーブルに座った。一つの心一つの精神で行動できそうもない五人の牧師をまとめるのは難しい仕事だろう。――難しいほうがクローリー氏にとってはむしろよかった。テンペスト博士はたとえ裁判官として一人で席に着いたとしても、その役目を立派にはたすことができた。しかし、博士はもしそうなったら、対等の補佐役として座るほかの四人とは確実に違う判決をくだしただろう。オリエル氏はどこから見ても紳士だった。とはいえ、彼はとても内気で、無口で、人と人の普通の日常的な交際についてまったく教育を受けていなかった。知人らはみな彼がこんな場面では疑惑の海でもがくことを予言しただろう。クイヴァーフル氏は多くの子の父で、妻子のため残酷な世間と戦うことに生涯を捧げてきた。彼は勇敢に戦っていたから、ほかの仕事に注ぐ余力を具えていなかった。サンブル氏は哀れな人だった。彼は何かをなし遂げたいとの落ち着きのない小さな野心の持ち主だが、テンペスト博士の固い眉の線にほとんどすくんでしまうほどみじめな人だった。マーク・ロバーツ師は世慣れており賢かった。彼は後ろ盾である——尊敬せずにはいられない——ラフトン家をほどほどに恐れる以外、何も恐れなかった。が、裁判官に必要な賢さを具えていなかった。彼はもともと党派心が強くて、こんな問題では最初から主教に反対票を入れた。主教区は公邸派と反公邸派に分かれている。サンブル氏とクイヴァーフル氏は一方に、オリエル氏とロバーツ氏はもう一方に属していた。サンブル氏はあまりにも弱腰で、テンペスト博士のような強硬派を前にすると派閥に忠実に振る舞うことができなかった。クイヴァーフル氏は当人の利害にかかわらない限り、じつに無関心で、やはり党派に従うことができなかった。オリエル氏はあまりにも良心的なので、こんな場面では味方の声だけに耳を貸すことができなかった。しかし、マーク・ロバーツはどんな場面でも仲間を支持し、敵と対峙した。「さあ、紳士のみなさん、よかったら別の部屋へ移ることにしましょう」とテンペスト博士。彼らは別の部屋へ移動して、テーブルのまわりに五つの椅子が置かれているのを見た。クローリー氏に関することにはまだ一言も触れられていなかった。四人の新来者の誰もクローリー氏がその日彼らの前に現れるかどうか知らなかった。

「みなさん」とテンペスト博士はテーブルの中央に位置する肘掛け椅子に座ってすぐ言った。「私たちに求められている仕事の範囲がどうなっているか、私見をまずあなた方に説明しておいたほうがいいと思います。仕事はじつに不快な性質のものです。たとえ限定された仕事だとはいえ、不快なものにならざるをえません。ここに一人の紳士、同僚牧師がいる。この人は私たちのあいだで生活し、聞いている限りじつに模範的に職務をはたしている。その彼が盗みの罪で訴えられていることを私たちは突然聞かされたんです。事件は治安判事——私自身がその判事の一人です——の扱いになり、裁判に付されることになりました。それゆえ、一見スルトコロ[1]罪の証拠があるということになります。しかし、私たちが彼の罪の問題に入り込む必要はないと思います」博士がこう言ったとき、ほかの四人はみな驚いて彼を見あげた。「私たちはそれを議論するためここに召集されたと思っていました」とロバーツ氏。「私の理解はそうではありません」と博士は言った。

「たとえ私たちがそんな審理を始めても、結論に至る前に陪審員が評決を出してしまいます。陪審員がこの不幸な紳士に有罪にしろ、無罪にしろ、評決を出したら、私たちがそれに反対するのは不可能です。陪審員が彼を無罪と言うなら、問題はまったくなくなってしまいます。彼は友人らの祝福と同情のなかで教区の職に戻るでしょう。これこそ私たちみなが望んでいることです」

「もちろんその通りです」とロバーツ氏。ほかの者もみな当然それを望んでいるとはっきり口に出した。サンブル氏はほかの誰よりも大きな声でそう言った。

「しかし、もし彼が有罪になれば、その時主教は難しい局面に立たされます。私たちは力の範囲で主教を補佐しなければなりません」

「もちろん補佐しなければいけません」とサンブル氏。彼は一度自分の声を耳にすると、その響きが好きになり、訪れたチャンスでその声を使うことでちょっとした重要な地位に入り込めるかもしれないと思った。

「もしあなたが許してくれるなら、サンブルさん、私は思い切ってできるだけ簡潔に考えを述べてみます」とテンペスト博士は言った。「それが結局私たちにとっていちばん手っ取り早い方法かもしれないからです」

「ああ、もちろんですよ」とサンブル氏は言った。「邪魔をするつもりはありませんでした」

「彼が有罪になった場合」と博士は続けた。「陪審員から与えられた罰が教会の目的にかなうほど充分かどうかという問題が生じるでしょう。たとえば、彼が二か月投獄されるとしたら、刑期が満了したとき、教区の禄に戻ることが許されるでしょうか?」

「いろいろなことを考えると」とロバーツ氏は言った。「許されるべきだと思います」

「許されてはいけない理由がわかりません」とクイヴァーフル氏。

オリエル氏は座って辛抱強く聞いていた。サンブル氏は考えが一致する博士の意見を聞けるかもしれないと期待してそのほうを見あげた。

「許されてはいけない理由が確かにあるんです」とテンペスト博士は言った。「その理由が今度の場合決定的だとは決して言いませんがね。第一に、盗みをしないように他人に教えるとき、金を盗んだ人が教師にふさわしいとは言えませんからね」

「いろいろな状況に目を向けなければなりません」とロバーツ氏。

「そう。その通りです。しかし、ちょっと辛抱して聞いてください。牧師は監獄から出たあと、主教の注意を受けることもなく禄に戻ることはとにかく考えられません。すでに国法のもとで罰せられているからといってね。もしそんなことが許されるなら、牧師は通りで酔っ払って十日連続――毎回五シリングの――罰金をくらってもいいし、十日目にはこれでどうだと主教に挑戦してもよくなります。牧師が職務にまったく不向きであることがわかったら、慣習法の行使による聖職剥奪や教会の非難から身を守れると思ってはいけません」

「しかし、クローリー氏が職務に不向きである点は証明されていません」とロバーツ氏。

「それは論点を先取り(2)していますね、ロバーツさん」と博士。

「その通りです」とサンブル氏。するとロバーツ氏はサンブル氏をじろりとにらんだ。サンブル氏は靴のなかに縮こまった。

「主教に助言するため私たちが召喚された問題はそれなんです」とテンペスト博士は続けた。「私は主教の主張が正しいと思っていることを言っておかなければなりません。もし主教がクローリー氏に注意することもなく問題を見すごしたら――つまり彼が陪審員から有罪と評決された場合にね――、主教は義務を怠ることになる、と私は思います。裁判が終わるまで主教がクローリー氏に職務を控えるように勧めたことと、クローリー氏が主教の助言を受け入れなかったことを今私は聞かされています」

「その通りです」とサンブル氏は言った。「彼は主教を完全に無視しました」

「彼が間違っていたとは言えないと思います」とテンペスト博士。

「じつに正しかったと思います」とロバーツ氏。

「主教はほぼあらゆる場面で部下の聖職者に従順に従ってもらう権利があります」とオリエル氏。

「まったくあなたと同意見だと言わなければなりません」とサンブル氏。

「彼の収入は多くないのです。収入は必要なもののなかに消えていったのだろうと思います」とクイヴァーフル氏は言った。「収入を止められると、家族を持つ者が生きていくのはとても厳しいのです」

「それはともあれ」と博士は続けた。「主教はクローリー氏の説教壇復帰に反対するのが義務だと思い、クローリー氏に対して『聖職者犯罪法』に基づいて手続きを取る以外に復帰に対抗する方法がないと感じたんです。それで、クローリー氏を招いてこの場に出席してもらうことを私は提案したい――」

「じゃあクローリー氏は今日ここに来ないんですか?」とロバーツ氏。

「私たちが行動方針を定めるまで彼の出席を求めても意味がないと思ったんです」とテンペスト博士は言った。「もし私たちが全員同意したら、次に集まる来週の今日彼にここに来るように要請するつもりです。陪審員から有罪と判断された場合、主教の決定に従うつもりがあるかどうかその時彼に聞けばいいんです。もし彼が従わないと言うなら、その時やっと私たちは裁判で引き出された事実に従って、主教の義務が何か意見をまとめることができます。もしクローリー氏が事件について言いたいことがあるなら、もちろん私たちはそれを喜んで聞きましょう。こうしたほうがいいと私が考えているのはこういうことです。さて、もしどなたかほかに提案をお持ちなら、もちろん喜んでそれを聞きます」テンペスト博士はこう言うと、提案したこの状況ではほかの意見なんか少しも喜んで聞きたくないかのように一同を見回した。

「それ以上にいい案はないと思います」とロバーツ氏は言った。「しかし、裁判の前に主教が措置を取ったことは残念に思います」

「主教はとても微妙な立場に置かれていました」とサンブル氏はパトロンを擁護して言った。

「『微妙な』という言葉の意味がわかりませんね」とロバーツ氏は言った。「主教の義務はとても明白で、問題が言わば裁判官の前にあるあいだは干渉を避ける必要があると思います」

「ほかに提案することがある人はいませんか?」とテンペスト博士は言った。「じゃあ、私はクローリー氏に手紙を書きます。あなた方は、紳士のみなさん、来週の今日一時におそらくここで会ってくださるでしょう」それから会議は終わった。四人の牧師は玄関広間でテンペスト博士と握手したあと、みな来週の今日またここに来ることを約束した。座っている四人の紳士が椅子なら、思う通り動かすことができるだろう。テンペスト博士はこれまでのところそんなふうに彼の意見を通した。

「馬車賃がどこから出るかわからなければ、やはり私は二度とここには来ません」と、クイヴァーフル氏はギグに乗り込むとき言った。

「私は来ます」とサンブル氏は言った。「仕事と思うからです。もちろんつらいことですが」サンブル氏はテンペスト博士やオリエル氏、ロバーツ氏のような人々と一緒の会合に出るという考えが好きだった。彼は聖職者による査問といった重要な会議に出る人々と同席するためなら、バーチェスターからシルバーブリッジまでのギグの代金などいつでも身銭を切っただろう。

「男の第一の義務は妻子に対するものです」とクイヴァーフル氏。

「ええ、そう。ある意味もちろんその通りです、クイヴァーフルさん。働く牧師の収入がどれほど不充分なものか知っています。特別な職務に伴う費用に身銭を切らなければならないとき、そう言ってよければ、私たちはつけ込まれていると感じないではいられません。おわかりですね、――あなたにならこれを言ってもいいでしょう、公邸は私たちに二頭立て軽装馬車を手配すべきだったと思います」これはサンブル氏の恩知らずな言い草だった。彼は遠隔地の様々な聖務をはたすため、何マイルでもよれよれの主教のコブ種の馬に乗ることを許されていたからだ。「いいですか」とサンブル氏は続けた。「あなたと私は公邸を代表して特別に出向いているんです。公邸はそれを考慮すべきです。二頭立て軽装馬車を用意すべきだったと思います。本当にそう思います」

「乗り物はどんなものでも私はあまり気にしません」とクイヴァーフル氏は言った。「でも、私はこれ以上身銭を切るつもりはありません。――一銭も払うつもりはありません」

「公邸は注意しなければ、見捨てられてしまいますね」とサンブル氏は言った。「しかし、テンペストはかなりねらいを定めているように見えます。あの男は思うに照準を合わせています。テンペストは教区の仕事に飽き飽きしていて、構内に入りたがっていることがわかります。それがあの男のねらいなんです。あのロバーツのような男を見たことがありますか？ ――ちょっと見ればわかります。――じつに下品でしょう？ ちょっと妹が貴族と結婚したからといって、何でも思い通りになると思っているんです。あんな浅ましさを見るのはいやですね」

マーク・ロバーツとケイレブ・オリエルは別のギグでシルバーブリッジを離れて、同じ道をたどった。ロバーツ氏は速足の大きな馬にいつも乗っていたので、すぐ同僚の馬車を追い越した。サンブルの最後の発言がなされたのは、フラムリー俸給牧師の車輪のホコリが遅いほうの二人の牧師の顔にかかったときのことだ。

オリエル氏はフラムリーで食事と宿泊をすると約束していたから、それでロバーツ氏のギグに乗っていた。

「こんな騒ぎなんかみなまったく不要なものです。そう思いませんか?」とロバーツ氏。

「私にはよくわかりません」とオリエル氏は言った。「主教が難しい問題だと思ったことは理解できます」

「主教がですって！　主教はそんなことを少しも気にしません。プラウディ夫人なんですよ！　奥方はあの哀れなクローリーを攻撃目標に定めたんです。なぜなら、あの男が奥方の足の下に首を差し出そうとしなかったからです。奥方は今あの男を押しつぶせると思っています。奥方に力があれば、あなたやぼくを押しつぶせるようにね。それが主教の思いやりの本質なんです」

「あなたは主教にとても厳しく当たっていますね」とオリエル氏。

「ぼくは主教を知っています。――主教には厳しく当たっていません。言ってよければ、奥方が主教に厳しく当たっているんです。テンペストは公平です。とても公平です。彼は干渉さえ受けなければ、過ちを犯すことはないでしょう。ぼくは黙っていることができません。でも、黙っていたほうがいいというのはよくわかっています」

テンペスト博士はこの件について誰にも何も、弁解さえ言わなかった。しかし、それを言うようにずいぶん誘惑された。博士は委員会の当日シルバーブリッジのウォーカー氏の家でディナーを取った。そこにいるすべての女性たちとほとんどの紳士たちから話し掛けられて、弁解の一言も言わなかった。しかし、一言二言でも話したら、それはとても安易なとても決定的な発言になっていただろう。

「あら、テンペスト博士」とメアリー・ウォーカーは言った。「あなたが主教側に加わったのはとても残念です」

「残念かね、あなた?」と博士は言った。「教区牧師が主教の意見に従うのは一般的にはいいことだと見なされているがね」

「でも、テンペスト博士、あなたが普段主教とは違う意見をお持ちであることは知られています」

「では、今回主教と同じ意見になれるなら、いっそう幸運なことだね」

グラントリー少佐はそのディナーの席にいて、博士が何をしようとしているかその夕べのあいだに思い切って聞いてみた。「聞きたいと思う強い理由がなかったら、テンペスト博士」と少佐は言った。「こんな質問をする勇気はありませんでした」

「あなたには何も教えてあげられないと思うね、グラントリー少佐」と博士は言った。「私たちは今日クローリーさんに会ってさえいない。しかし、本当のところは、陪審員が無罪か有罪か判断するとき、彼がちゃんと立っていられるか、くずおれるかどちらかに違いないということだ。それはどんな職業の人でも同じだろう。陸軍大尉が裁判にかけられて、二十ポンドの盗みで有罪になったあと、連隊のなかで頭を高く掲げていられるだろうか?」

「いられないと思います」と少佐。

「牧師だって同じことだ」と博士は言った。「主教はあの男の心を高ぶらせることも傷つけることもできない。それをするのは陪審員だよ」

註
（1）*primâ facie*
（2）それ自体証明を必要とする命題を前提として採用すること。

第五十五章　フラムリー牧師館

グレース・クローリーはこの時フラムリー牧師館にいた。老ラフトン卿夫人はわかりやすい戦略を取った。それでも、儀礼や判断や道徳といった観点から見ると、その戦略はとても擁護できないと一部の人々から指摘された。卿夫人の俸給牧師ロバーツ氏はクローリー氏の件を教会の側から調査する委員の一人に選ばれていた。ロバーツ氏がこの仕事で会議に出席しているあいだ、クローリー氏の娘がロバーツ氏の家に妻の客として滞在している。これには何の問題もないかもしれない。ところが、それでは筋が通らないと、ほかでもないグラントリー博士から言われたとき、ラフトン卿夫人はそんな発想を鼻で笑った。「愛する大執事」と卿夫人はその時言った。「主教はじつに愚かな人で、主教の奥方はひどい悪党だとみんなが知っていますから、通常の規則通りにこの件を扱うことはできません。主教の判断と奥方の悪意を私たちがどれほど徹底的に無視しているか、それを示すほうがいいやり方だとは思いませんか?」大執事はこの話をする前に、ラフトン卿夫人か、ロバーツ氏か、はたまたロバーツ夫人か、誰に話を持って行ったらいいか大いに迷った。しかし、グレースを招待する提案が誰から出たか知って、卿夫人に話し掛けることにした。大執事は胸襟を開いて息子のことに触れる気にはなれなかったし、胸襟を開く気にもなれなかった。卿夫人に言って失敗したあと、ロバーツ氏のところへ行って話を続けることもできなかった。実際、大執事を正しく見るなら、彼はミス・クローリーへのこの特別待遇について、息子とこの娘の結婚が促される方向に働くのではないかとの私的な恐れから反対していたわけではない。彼はラフトン卿夫人の戦略を不適切だとする真の信念からこれに反対していた。私たちはそういうふうに理解すべきだろう。大執事はこのころまでにクローリーという名を嫌うようになっていた。その名を嫌うとき、一時的にプラウディ夫人の側に身を置くからいっそう嫌うようになった。それでも、大執事は好んで価値のない戦いをするつもりはなかった。今この時点でこの若い娘がフラムリー牧師館に招待されているのは不適切だと思った。彼は娘を招待したと思える張本人にそう言った。とはいえ、私的な動機からラフトン卿夫人と議論するつもりはなかった。「主教は愚か者です」と大執事は言った。「そのうえ主教の奥方は悪党です。しかし、私ならこんな時期にその若い娘をフラムリーに呼ぶようなことはしません。けれども、あなたが正しいと思い、ロバーツも正しいと思うなら、この話は終わりです」

「誓って私たちは正しいと思います」とラフトン卿夫人。

ロバーツ氏はギグでオリエル氏を家に連れ帰る途中、牧師館に今ミス・クローリーを客として招いていることを隣の紳士に伝えた。それを伝えるやり方を見ると、ロバーツは彼女を招待していることが得策かどうか確信できていないように見えた、と私は思う。ロバーツは二人でクローリー氏の話をしているとき、ふいに振り向くと連れの顔を見て言った。「ミス・クローリーは今この時ぼくらの牧師館に滞在しています」

「何ですって！　クローリー氏の娘さんが？」オリエル氏はそう知らされて、とても驚いていることを声にはっきり表した。

「ええ、クローリーの娘さんです」

「そうでしたか。あなたがあの家族とそんな関係とは知りませんでした」

「この七、八年のつき合いなんです」とマークは言った。「もしぼくが彼らと親しくつき合っていると言ったら、たぶんあなたに正しく伝えていないことになります。——というのは、クローリーは親しくつき合うのが難しい男ですから。しかし、フラムリーの女性たちは彼の家族をよく知っています。ぼくの妹はしばらくホグルストックの彼の家に滞在していました」

「何と？　ラフトン卿夫人が？」

「はい、妹のルーシーがね。結婚の直前でした。クローリー家にはその時たくさん災難が起こっていて、そこの人が病気でした。妹は看護に行ったんです。その時、老卿夫人は彼の子供を引き取りました。それから、そこの家族を身内と見なす雰囲気が全体に生まれたんです。彼らはいつも難儀にあっていました。今はこの特別な難儀にあって、両方の女性たちがこの娘をフラムリーに連れて来るのがいちばんいいと思ったんです。もちろんぼくはこの委員会との関連で何となくそれに違和感を覚えました。しかし、娘の訪問がぼくの判断に影響を及ぼすことはないとわかっていましたので、その訪問を拒否する必要がないと思いました」

オリエル氏は何も言わなかった。しかし、オリエル氏がこの娘の訪問を必ずしも肯定していないことにマーク・ロバーツは気がついた。

老ラフトン卿夫人はフラムリー・コートにディナーに来るように、はっきりみなに命じるためその朝牧師館にやって来た。「ファニー、あなたはオリエルさんを誘ってくださいね。ルーシーの挨拶を添えてね、彼に会えたらどんなに卿夫人が喜ぶか伝えてください」老ラフトン卿夫人は嫁を常に女主人として話した。「オリエルさんが気難しいようなら、いいですか、私たちが招待の手紙を出します」ロバーツ夫人はオリエル氏について気難しい人ではないと思うと言ったあと、グレースのほうを振り返って、いくぶん力のない言い訳をした。「あなたは来なければいけませんよ、グレース」とラフトン卿夫人は言った。「ルーシーは特にあなたが来るように願っていますから」ロバーツ夫人はグレースが行きたがらない理由をどう説明したらいいかわからなかった。それで、話が止まってしまった。——ラフトン卿夫人はロバーツ夫人にしばらく部屋を出るように求めて、グレースと二人だけになった。

「愛するラフトン卿夫人」とグレースは椅子から急に立ちあがって言った。「私のお願い——大きなお願い——を聞いていただけませんか?」グレースは力を込めて話したから、老卿夫人をひどく驚かせて、ほとんど椅子から立ちあがらせてしまった。

「約束するのは好きじゃありません」とラフトン卿夫人は言った。「でも、礼儀正しくはたせることなら私はどんなことでもします」

「礼儀正しくはたせることです。どうか今日は私をここにいさせてください。父さんがこんな状態になっているとき、そとに出歩くことを私がどう思っているか、なかなかわかってもらえません。みなさんがどんなに優しく、どんなにいい方々か私は知っています。愛するロバーツ夫人が私をここに招待してくれて、母さんが行ったほうがいいと言ったとき、私は断ることができませんでした。でも、本当に、本当に、私はディナー・パーティーなどに出ないほうがいいんです」

「パーティーじゃありませんよ、あなた」と、ラフトン卿夫人は出せるいちばん優しい声を出して言った。「それに私の嫁はあなたを古い友人として見ていることを忘れないでください! 嫁がホグルストックに滞在していた時のことは当然覚えているでしょう?」

「もちろん覚えています。よく覚えています」

「ですから、これを出歩くことと思ってはいけません。私たちとこの家の人間しかそこにはいないのです」

「でも、これは出歩くことになるんです、ラフトン卿夫人。私をここにいさせてくれるようにお願いします。私がこれをどんなふうに感じているか、わかってもらえません。もちろんドレスの着つけをせずには行けません――それに――それに――。哀れな父さんが置かれている状況で、お祭り騒ぎみたいなことはすべきじゃないと感じます。それを決して忘れてはいけないんです――一瞬も」

ラフトン卿夫人が次のように言ったとき、目には涙を浮かべていた。「あなた、あなたにはここにいてもらいます。あなたとファニーにはここにいて、二人で食事をしてもらいます。紳士方には来てもらいます」

「ロバーツ夫人にもどうか行っていただきたいです」とグレース。

「そういうことはしません」とラフトン卿夫人。それから、ロバーツ夫人が部屋に戻って来たあと、卿夫人は二言ですべてを説明した。「あなたがここを離れているあいだにね、あなた、グレースは誘いを断りました。それで、オリエル氏とロバーツ氏に来てもらうことに決めました。あなたもここに残っていてちょうだい」

「本当にすいません、ロバーツ夫人」とグレース。

「ふん、そんなこと」とラフトン卿夫人は言った。「ファニーと私は堅苦しい挨拶なんかいらないほど長くお互いをよく知っています、――そうでしょう、あなた？　さあもううちに帰らなければいけません。朝がみな飛んでしまいました。ファニー、あなたと話をしたいのです」それから、卿夫人はロバーツ夫人と牧師館の庭を歩きながら、グレース・クローリーについて意見を述べた。「彼女はとてもいい娘です。本当にとてもいい娘です。感情の表し方が優れています。たとえ何が起こっても、私たちは彼女の面倒を見なければいけません。それに、ファニー、彼女がどんなにきれいか気づいていましたか？」

「彼女はとてもかわいいと思います」

「目に少し炎を宿すとき、彼女はもっとかわいくなります。紛れもない美人です。――あるいはもう少しぽっちゃりしたら美人です。いいですか、あなた。彼女はいつか誰かをめちゃくちゃにしてしまうでしょう。

いずれそれがわかります。それじゃあ。七時きっかりに来るように二人の紳士に伝えてください」それから、ラフトン卿夫人はコートに帰って行った。

グレースはオリエル氏が滞在しているあいだ彼から姿を見られないように工夫した。牧師館には子供部屋での朝食が別にあった。グレースは特別な許可をえて翌朝子供と一緒にお茶とバターつきパンを朝食とした。客の牧師をバーチェスターへ送り届けることになっているギグを待っているとき、オリエル氏はロバーツに「ミス・クローリーがここにいることをあなたから聞きましたが」と言った。

「彼女はここにいますよ」とロバーツは答えた。「しかし、父の難儀のせいで人目を避けていたいんです。彼女を責められません」

「そうですね」とオリエル氏。

「哀れな娘です。彼女を知ったら、気の毒になるだけでなく、好きになります」

「彼女は――いわゆる――？」

「淑女なのかと聞きたいんですか？」

「もちろん彼女は生まれやその他いろいろな点で淑女でしょうね」とオリエル氏は言って、それを聞いたことを謝罪した。

「この州にあれほど教育を受けた娘はいないと思います」とロバーツ氏。

「そうなんですか！　思いも寄りませんでした」

「それにたいした美人だと思います。行儀については、彼女ほど上品な行儀の娘には会ったことがありません」

「何とまあ」とオリエル氏は言った。「彼女が朝食に来てくれればよかったのに」

老ラフトン卿夫人はグラントリー少佐の求婚について何も聞いていなかったこと、老卿夫人の言い方によるとグレースがすでに少佐をめちゃくちゃにしていたこと――実際プラムステッドではとても悲しい混乱を引き起こしていたこと――を知らなかったことが、読者にはわかっていただけるだろう。それゆえ、老卿夫人はその日の午後牧師館からフラムリー・コートに帰って来たとき、グラントリー少佐がコスビー・ロッジからやって来て、コートで食事と宿泊をすることになっていると息子から聞かされても、それをあまり重視しなかった。グレース・クローリーをディナーで見知らぬ人に引き会わせるような、そんな裏切るような結果を招かなかったことに老卿夫人はかすかに感謝した。「私たちが二人ともロンドンに上京する前に少佐に来てくれるように頼んだんです」と卿は言った。「今日来てくれて嬉しいです。一人に対して牧師二人はとにかく牧師過多ですから」そういうことで、グラントリー少佐がコートでディナーを取り、泊まることになった。

ところが、ロバーツ夫人はディナーから帰って来た夫からこの話を聞かされて、激しく動揺した。ロバーツ夫人は少佐の恋の話をクローリー夫人から伝えられていたからだ。クローリー夫人はラフトンとグラントリー両家が親しいことを知っており、用心する必要があると思って、娘をフラムリーに送り出す前にそれをロバーツ夫人に教えていた。

「少佐がこの牧師館に現れるかどうか知りたいです」とロバーツ夫人。

「おそらく現れないね」と俸給牧師は言った。「少佐は朝早くうちに帰ると言っていた」

「少佐がここに現れないように祈ります――グレースのためにね」とロバーツ夫人。夫人は夫に事情を話すべきかどうかためらった。夫にはいつもすべて話してきた。しかし、今回は話す権利が彼女にはないと思って、秘密を守った。「少佐をここに連れて来るようなことはなさらないでね、あなた」

「心配する必要はないよ。少佐は来ないから」と牧師。翌朝オリエル氏が帰るとすぐ、ロバーツ氏は出掛けた。——聞かれれば、おそらく教区の件でと彼は答えただろう。しかし、三十分もするとコートの馬屋前の庭を彼がラフトン卿と歩いているのを見ることができた。「グラントリーはどこですか?」と彼は聞いた。「どこにいるか知らない」と卿は答えた。「彼はどこかへ雲隠れしてしまった」グラントリー少佐はどの巣に鳩が隠れているか知っていたので、牧師館へ向かった。少佐と牧師は行き違ったのだ。少佐は正門から出て、牧師は馬屋の入口から入った。

二人の牧師が牧師館を出るとすぐ、グラントリー少佐はそこのドアをノックした。少佐がとても早く来たので、たとえ正しいと思える予防策があったとしても、ロバーツ夫人には何の措置も取れなかっただろう。グレースは階段を降りて来る途中だったから、ドアのノックを聞かなかった。それで、彼女は玄関広間で恋人と鉢合わせしてしまった。少佐はもちろんロバーツ夫人がご在宅かと聞いた。こうして二人は一緒に応接間に入った。二人が言葉を交わす間もないうち、使用人は応接間のドアを開けて客の到来を告げた。ロバーツ夫人とグレースはグラントリー少佐について一言も話を交わしていなかった。とはいえ、娘はロバーツ夫人が事情を知っていることを母から聞いていた。

「グレース」と少佐は言った。「あなたを見つけることができてとても嬉しい!」それから、少佐は片腕を開いてロバーツ夫人を振り返った。「ぼくがあなたを訪問したわけではないと言っても、無作法とは思わないでください? ミス・クローリーを古い友人と呼んでもいいとぼくは思います。いけませんか?」

グレースは一言も答えることができなかった。「ミス・クローリーからあなたとはシルバーブリッジで知り合ったと聞きました」とロバーツ夫人。夫人は何か言わなければとせき立てられていたから、へまをしそうだと感じた。

「彼女がここにいると聞いて、昨日フラムリーにやって来ました。彼女に会うためここに来るのは間違っていましたか?」

「それには彼女自身が答えなければならないと思います、グラントリー少佐」

「間違っていましたか、グレース?」グレースは彼がいちばん立派な紳士であり、これまでに女性に献身を示したいちばん高貴な恋人だと思っていた。どんなかたちでもできる限り彼に報いることができたら、気前よく報いたいという力強い決意に突き動かされていた。しかし、彼女は今この瞬間何を言えばよかっただろうか?「ぼくは間違っていましたか、グレース?」と少佐。彼はとても強調して問いを繰り返したので、彼女はどうしても答えざるをえなかった。

「あなたが間違っていたとは少しも思いません。あなたがこんなによくしてくださるのに、どうして間違っていたと言えるでしょう?　もし使用人になれるなら、私はあなたに尽くします。でも、父さんの不名誉のせいで私はあなたの何者にもなれません。愛するロバーツ夫人、私はここにいることができません。私に代わってあなたが彼に答えてくれなければいけません」彼女はこう言ったあと、部屋を逃げ出した。

少佐はフラムリー滞在中に二度とグレースに会わなかったと言えばそれでもう充分だろう。

第五十六章　大執事がフラムリーへ行く

グラントリー大執事は料金を取ることもなく国じゅうに便りを運ぶ目に見えぬ何本かの電信線によって、息子――少佐――がフラムリーにいることを耳にした。便りそのものに変わったところはない。ラフトン家とグラントリー家は長年に渡って親密であり、――あまりにも親密だったので、両家のあいだに一度は姻戚関係が計画されたこともある。年長者らは若い卿があのグリゼルダと結婚するのが願ったりかなったりだと思った。その後、グリゼルダは年長者らがその時計画していたよりもはるかに高く上昇してしまった。そんな姻戚関係は実現しなかったものの、両家のあいだに親交が途絶えることはなかった。それゆえ、グラントリー少佐がフラムリー・コートに滞在しているという事実に何ら驚くべきことはなかった。とはいえ、大執事はその知らせを聞いたとき、すぐグレース・クローリーのことを想起した。ラフトン卿夫人が今旧友の利害に密接に関係している問題で嘘をつくというようなことがあるだろうか？　大執事が生涯に渡ってつき合い、信頼してきたラフトン卿夫人、バーセットシャーの教会の大黒柱と見なしてきたラフトン卿夫人がだ。人は恐怖におびえ、逆境に呻吟するとき、疑ってはならない人を疑うようになる。大執事は卿夫人からそんな不当な扱いを受けるはずはないと思った。――が、卿夫人に対する強い反証を見ずにはいられなかった。卿夫人はミス・クローリーを説いてフラムリーに来させた。大執事がそんな招待をじつに不適切だと思い、そう助言したにもかかわらずだ。今息子が同じ時にフラムリーにいるように見えた。

――この事実を卿夫人は大執事に隠していた。ヘンリー・グラントリーがフラムリー・コートに来ることをなぜ卿夫人は大執事に伝えなかったのか？　読者は大執事ほどこの件について切迫した関心を持たないとしても、卿夫人が少佐の訪問になぜ何も触れなかったかよく知っている。ラフトン卿夫人は大執事と会ったとき、彼と同じくこの訪問のことを何も知らなかったからだ。しかし、大執事は不安になり、困惑し、疑い深かったから、旧友を不当に疑った。

大執事は目に見えぬ電信線による便りが到着して二、三時間もしないうちにこの件を妻に話した。ミス・クローリーがフラムリー牧師館に滞在していること、ロバーツ夫人がこんな時にミス・クローリーを受け入れるのは誤りだとの考えはすでに妻に伝えていた。「受け入れはただの善意の表れです」とグラントリー夫人はその時言った。「今の時点では見当違いの善意だね」と大執事。グラントリー夫人はその時フラムリーの人々を強く擁護する必要があるとは思わなかった。夫人はクローリーの名が夫の耳にどれほど忌まわしく聞こえているかよく知っていた。クローリー家について話すことが少なければ少ないだけ、プラムステッド禄付牧師館は平穏だと感じた。それゆえ、夫人は夫のこの反対意見を取り立てて問題にすることもなくやりすごした。しかし、今大執事はもっと痛ましい苦情の種を持って夫人のところにやって来た。夫人は夫とこのことで議論せずにはいられなくなった。

「おまえはどう思う？」と大執事が言った。「ヘンリーがフラムリーにいるんだ」

「あの子がそこにいるはずはありません」とグラントリー夫人は言った。「家のことでとても忙しいのを知っていますから」少佐の母が言う家のこととは、計画されているコスビー・ロッジの立ち退きのことであり、それも大執事にとってはじつに忌まわしい話題だった。大執事は息子のコスビー・ロッジ立ち退きが気に食わなかった。そこを維持する余裕がなくて息子が手放したことを州全体に知られると思うと堪えられなかった。大執事なら、息子のためコスビー・ロッジを二つでも保有することができる。息子にあるまじき振る舞いさえなければ、喜んでそれを維持していい。バーセットシャーのみなの目の前で息子が父から罰せられると思うと我慢ができなかった。実際、息子が罰せられることなんか少しも望んでいない。望んだのは罰を与える父の力を息子が認めてくれることだけだ。息子に貧乏生活をさせたら、あるいはイギリスに住む余裕がないからといって、ポーでフランス人に取り囲まれる生活をさせたら、それは大執事にとって毒ナスだろう。大執事は何のために金をだいじにし、家に次ぐ家、畑に次ぐ畑と増やしてきたのか？　もし神が許してくれるなら、彼は死を迎える日まで首かせをつけた奴隷のように働いて、田舎牧師館で生きてきたように死ねたら満足だと心に言い聞かせた。己を偉大にする野心は持たない。彼は人生のいくつかの出来事を一部忘れて、心でよくそう言った。富はみな子供のため集めた。息子らが神々しいグリゼルダにふさわしい兄弟になることを望んだ。それなのに今、いちばん近い息子が、同じ州で郷士にしようと彼が専念している息子が、二十ポンドを盗んだ男の娘と結婚したがって、そんな不名誉な結婚に反対されたら、荷造りして出て行き、ポーに住むと返事をしてきた。それゆえ、彼は息子が家でとても忙しくしている話なんか聞きたくなかった。

「あいつが忙しいかどうかわからないが」と大執事は言った。「フラムリーに滞在しているのは間違いない」

「誰からそれを聞いたのですか？」

「事実がそうなら、そんなことを聞いても何も変わらないと思うがね？　フラーリーから聞いたんだ」

「フラーリーの勘違いかもしれません」とグラントリー夫人。

「それはないだろう。こういう連中はこの種の消息に詳しいからね。彼はフラムリーの猟場番人から聞いたようだ。確かに本当の話だね。大恥だと思う」

「ヘンリーがフラムリーにいることが大恥ですって！　あの子がこの州に住むようになってから、毎年二度や三度はあそこへ行っているではありませんか」

「あの娘もそこにいる時に客として招かれることが大恥なんだよ。そんなことが偶然だとは思えない」

「でも、大執事、ラフトン卿夫人がそんなことを仕組んだと言うつもりではないでしょうね？」

「誰が仕組んだかわからない。誰かが仕組んだんだろう。ロバーツがやったとすれば、いっそう悪い。こんな問題では男よりも女のほうが許しやすいからね」

「ふん！」グラントリー夫人は決して辛辣な気質の持ち主ではなかったが、この時は夫が女性に対して非礼な言い方をしたので甘いところを見せなかった。「考えが全体に馬鹿げています。そんな発想は頭から追い出してください」

「ヘンリーがこの娘を妻にしたいと思っていることと、二人がこの瞬間もフラムリーに一緒にいること、こんなだいじなことを頭から追い払うことなどできるわけがない」大執事は事実関係を誤っていた。グラントリー少佐は前日フラムリーを退去して、そこには一晩しか泊まっていなかった。「人は誰も――誰も――文字通り誰も信じられないことになるぞ」大執事が苦悩のまっただなかにあって、その「誰も」によって妻さえも信頼の対象から外す気であることをグラントリー夫人はよく承知していた。しかし、夫人はこの発言に関心を払わなかった。夫の発言が心からの思いを表すものか、たんなる怒りを表すものか正確に見分けることができた。

「ラフトン家の者は誰一人ヘンリーがミス・クローリーに恋していることを知らないということもありえますね」とグラントリー夫人。

「二人はフラムリーで一緒にいると言っているだろ！」

「たとえ二人が一緒にいても――私は一緒にはいないと思いますが――、偶然そうなっただけだと思います。それに、一緒にいても、どこに問題があるのです？　二人が結婚したがっているとき、あなたにも、私にもその邪魔はできません。二人にはラフトン卿夫人の援助も、ほかの誰の援助も不要なのです。二人はただ心を固めるだけでいいのです。そうしたら誰も二人の邪魔はできません」

「それで、おまえは二人が結ばれるのが見たいのかね？」

「私はそんなことは言っていません、大執事。ただ私たちはこういうことをあるがまま受け入れなければならないと言っているだけです。私たちに何ができるというのです？　ヘンリーが望むなら、ラフトン卿夫人のところへ行って、泊まってもいいのです。あなたも私もあの子を止めることはできません」

大執事はこのあとその場を立ち去って、それ以上妻と議論しようとはしなかった。彼は妻に勝てないことをよく知っており、こんな時には妻が平静を保ちつつ不当につけ込んでくるように感じた。しかし、まさしくこの日にもフラムリーではおそらく息子とグレース・クローリーのため、いろいろなことが画策されているとの考えを彼は頭から払拭することができなかった。それで、みずから出掛けて、彼にできることを確認しようと決心した。とにかくラフトン卿夫人に苦衷を訴えて、旧友に援助を求めよう。彼がよく知っている卿夫人なら、ヘンリー・グラントリーとグレース・クローリーの結婚を認めるはずがない。いずれにせよ本当のことがわかるだろう。グレース・クローリー本人が紳士に多大な害を及ぼすことを悪いことだと感じて、息子との結婚を拒んだということも一度伝えられた。そんな大きな美徳など信じる気にはなれなかった。今、ミス・クローリーと息子が同じ教区に滞在していると聞くとき、そんな美徳をまともに信じることはできなかった。彼は誰かから害を加えられようとしているに違いない。こんなことが偶然に起こるはずがない。しかし、フラムリーに出向けば、何かわかるかもしれない。少なくとも真実をつかめるだろう。それで、彼はバーチェスターへ馬車で向かい、バーチェスターからフラムリーまで駅馬に乗った。

彼は村に近づくにつれて、いくぶん恥ずかしくなり、少なくとも今進めている段取りに神経質になった。御者は彼のほうを振り返って、「奥様のところへ行くつもりですか」と言った。屋敷がラフトン卿のものであり、卿の母は客として生活していたから、この発言は卿をないがしろにするものだ。が、奥様のほうを重視する見方はこの州ではきわめて一般的だった。というのは、老ラフトン卿夫人は息子が未成年のあいだ長くフラムリー・コートに住み、息子の結婚後も家を統括する守り神と見なされていたからだ。老卿夫人はすべてが息子か嫁のものだといつも言っていたから、こんなふうに言われるのは彼女のせいではなかった。大執事はコートへ行こうか牧師館へ行こうか迷った。もし思い通りにしてよければ、馬車の到着につきものの音や騒ぎなしにたどり着くため、駅馬を降りて牧師館まで歩いただろう。しかし、そんなことは不可能だった。まるで雲から降りて来たかのようにフラムリーに立ち寄ることはできない。それで、彼は御者が言う通りにした。「奥様のところですか？」と御者。大執事は同意した。御者は鞭をうならせて、短い引き込み道を発作的に早駆けし、大執事をラフトン卿の家の玄関ドアまで連れて行った。大執事は愛想のいい笑顔を浮かべて、いくぶん後ろめたい目的を使用人から疑われないよう、まずラフトン卿への案内を請うた。ラフトン卿はご在宅だろうか？　卿はいなかった。卿は今朝ロンドンへ発って、あさって戻って来る予定だという。しかし、女性たちはどちらも在宅だった。それで、大執事は二人の卿夫人が座っている部屋に通された。――ロバーツ夫人もそこにいた。フラムリーの女性たちの習慣に通じている人なら誰でも、これがおおむね常態だとわかるだろう。大執事は誰よりもフラムリーの生活習慣をよく知っていた。卿の妻は教区牧師の妹であり、教区牧師の妻は幼少期より老卿夫人からだいじにされてきた友人だった。もちろん彼女らみなが一緒に生活していた。ロバーツ夫人は牧師館の応接間にいるのと同じくらいフラムリー・コートの応接間でくつろいでいた。しかし、大執事はロバーツ夫人がその家にいるのを見つけたとき、牧師館に残された若い二人のことを思って、むごい扱いを受けていると感じた。

「まあ、大執事。あなたに会えるとは予想もしていませんでした」と老ラフトン卿夫人。それから、二人の若い女性が大執事に挨拶し、快いほほ笑みを向け、会えてとても喜んでいるように見えた。フラムリーの女性たちは実際彼を大のお気に入りにして、三人それぞれが歓迎した。彼を信頼して、田舎の女性たちが年取った男性の友人に感じるのと同じ愛情を彼に感じていた。三人とも大執事が気に入ると思うものを揃えようと努めた。老ラフトン卿夫人さえ彼の好みのスープを覚えており、彼がコートでディナーを取るとき、いつもそれを給仕するように心掛けた。若いラフトン卿夫人は彼が椅子に腰掛けるとき、お茶をこまめに給仕した。彼はその家でかわいがられ、望めば暖炉の火をつつくことも許され、自宅にいるように使用人を名で呼んだ。それで、彼はほほ笑みを浮かべて、満足しているように見せなければならなかった。昼食を終えたあと、ディナーにはうちに帰らなければならないと言って初めて、有爵未亡人から望んでいた私的な会話の機会を作ってもらった。

「数分間あなたとお話できますか?」と大執事は一緒に応接間を出るとき卿夫人の耳に囁いた。それで、彼女は自分の居間に大執事を案内したあと、腰掛けるように促して、何か特別なことがあってフラムリーに来られたに違いないと思っていましたと言った。

「おそらくなぜ私がここに来たかおわかりでしょう?」と大執事。

「いいえ、ちっともわかりません」とラフトン卿夫人は言った。「でも、私たち三人にただ会うため、あなたが朝の訪問でこんなに遠くまで来てくださるなどとうぬぼれてはいません。ルードヴィックに会いたかったのではないことを望みます。息子は明日まで帰って来ませんから」

「私はあなたに会いたかったんです、ラフトン卿夫人」

「私はいますから、それは幸運でした。私が年じゅうここにいることは確かですからね」

このあと少し間があった。大執事はどう話を切り出せばいいかわからなかった。彼は息子の考える非常識な結婚をラフトン卿夫人が充分承知していると思い込んでいた。プラムステッドでは激怒して、卿夫人が事情をみな知っており、息子を助けているのだと決めつけた。しかし、こんな考えは怒りが薄れるとともに次第に薄れて、四輪馬車がフラムリー教区に入るとき、卿夫人がそれについて何か知っているなんてほとんどありえないことだと気づいた。彼がこの家に入ってからずっと、卿夫人はじつに好感の持てる態度を保っていた。その振る舞いに罪の意識などこれっぽっちも見受けられなかった。それでも、偶然の一致があった！　グレース・クローリーと息子がどうしてフラムリーに一緒にいるというようなことが起こったのか？　実際、フラーリーが間違っており、息子がまったくここにいない可能性もあるかもしれない。

「ミス・クローリーが牧師館にいると思いますが？」と彼はついに言った。

「ええ、います。まだそこにいます。たぶんあと十日はそこにいると思います」

「ああ、私は知りませんでした」と大執事は冷たく言った。

ラフトン卿夫人――計画されている結婚について未生の赤ん坊のように何も知らない卿夫人――は、旧友の大執事がクローリー家を迫害する意図を持っていると思った。彼は前回グレース・クローリーをフラムリーに受け入れるべきではないとわざわざ忠告してきた。今回も同じ趣旨のことをさらに言うためにはるばるプラムステッドから来たように思えた。同じ趣旨のことでさらに何か言いたいことが大執事にあるなら、ラフトン卿夫人は当然それを聞くつもりでいた。癇癪を起こすことなく話を聞いても、それに賛同するつもりはなかった。迫害や干渉は認めないとひそかに一人つぶやいた。それゆえ、卿夫人は居ずまいを正して、装おうと思えば目に見えるかたちで装えるあの厳しい表情を浮かべた。

「はい、彼女はまだそこにいます。彼女の心身にはここの滞在がずいぶん役に立っていると思います」とラフトン卿夫人。

「人に親切に振る舞うとき」と大執事は言った。「私たちはよくひどい過ちを犯します。いいことをしているのか悪いことをしているのかわからないことがしばしばです」

「もちろんその通りです、グラントリー大執事。この地上の私たちの英知には限界がありますから、そうならざるをえません。でも、友人のロバーツ夫人がこの若い女性に見せている親切は、——私の知る限り——有益に違いないと思います。ご存知のように、大執事、裁判が終るまでこの一家を放置しておくようにあなたがおっしゃったことに、私がまったく同意できないことは以前に説明いたしました。一家にはすぐ援助が必要だと私は思いました」

大執事は深く溜息をついた。彼はラフトン卿夫人から話し掛けられた声の調子から、最初の思い込みが正しくなかったことをほぼ完全に確信したので、いくぶん気を取り直していてもおかしくなかった。しかし、この問題に起因するどんな慰めも、我が恥を公に曝さなければならないという思いで損なわれているように感じた。とにかくこの旅の結果、何もえるものもなくプラムステッドに帰るのが不満だとすれば、彼は恥を曝さなければならなかった。それでも、彼は声の調子を変えて、——まったく別の話題に入るかのように質問した。「昨日ヘンリーが」と彼は言った。「こちらにお伺いしたと聞いたんですが」

「少佐は昨日ここにおられました。前夜来て、ここで食事と宿泊をして、昨日の朝帰りました」

「ミス・クローリーはその夜あなた方とご一緒でしたか？」

「ミス・クローリーが？　いいえ、彼女はどうしてもディナーに出ようとしませんでした。父が今の不幸な状態にあるあいだ、出歩かないほうがいいと思っているのです。それが正しいのです」

「その点ではまったく正しいですね」と大執事。それから、再び間を置いた。彼は洗いざらい打ち明けて、ラフトン卿夫人の思いやりを信じるのがいちばんいいと思った。「ヘンリーは牧師館へ行きましたか？」と彼。

ラフトン卿夫人はこの問いに裏があるとは思っていなかった。「行ったと思います」と驚いた様子で答えた。「少佐は朝食のあとロバーツ夫人を訪ねてそこへ行ったと聞いたような気がします」

「いいえ、ラフトン卿夫人、あの子はロバーツ夫人を訪ねるため、そこへ行ったのではありません。あの子がそこへ行ったのは、あのミス・クローリーに馬鹿な真似をして、己を物笑いの種にするためなんです。それが本当なんです。さあみなおわかりになったでしょう。ロバーツ夫人にこのことが知られていなければいいのですが。夫人のためにも知られていないことを切に願います」

大執事はこの話を聞いたときの卿夫人の表情を見て、その潔白をもはやみじんも疑わなかった。卿夫人はグレース・クローリーがいつか誰かを「めちゃくちゃにする」と予言した。それゆえ、グレースがある紳士から思いを寄せられていたと聞いても、必ずしも驚きはしなかったが、こんなに若くして、こんなに大きな獲物をめちゃくちゃにするとはつゆ思いもしなかった。「ヘンリー・グラントリーがグレース・クローリーに恋しているとおっしゃりたいのではないでしょう？」と卿夫人。

「いやはや、息子はそう言っています」

「まあ、まあ、何と！　私は何も知らなかったと言っても、大執事、きっと信じてくださいますね」

「それは信じます」と大執事は悲しげに言った。

「もし知っていて少佐にここで会ったら、きっと嬉しくなかったはずです。でも、この家は、ほら、私のものではないのです、グラントリー博士。たとえ知っていたとしても、私には何もできませんでした。でも、ちょっと考えてみると、——。とにかく彼女が時間を浪費しなかったのははっきりしていますね」

さてこの時、卿夫人は大執事がこんな見方で見てほしいと思う見方でこの話を見てくれなかった。卿夫人がこの話を聞いてショックを受けることを彼は願っていた。しかし、卿夫人は彼の息子の不正をほとんどおもしろい冗談程度にしか見てくれないように思えた。娘が若いか、時間を浪費したかに何の意味があるというのか？　娘は貧しい家の、友人のいない家の、不名誉な家の出身なのだ。こんな結婚はひどい不幸、ひどい犯罪だとラフトン卿夫人には考えてほしかった。「これは言うまでもないことだと思いますが、ラフトン卿夫人」と大執事は言った。「私は力の及ぶ限りこの話に反対します」

「もし二人がともに心を固めているなら、あなたがそれを止めることはできないと思います」

「もちろん私は止めることができません。もちろんできません。あの子が私の心を、母の心を、——妹の心を引き裂くつもりなら、もちろん私は止めることができません。あの子が破滅したいんなら、思う通りにしなければなりません」

「破滅したいって、グラントリー博士！」

「二人は——スペインかフランスのどこかでなら——」大執事がポーを「スペインかフランスのどこか」と言うとき、ちゃんとした聞き手なら彼の声に軽蔑が表れているのに気づいたはずだ。「暮らしていけるくらいのものを持っています」

「あなたは資産の処理に変更を加えるというのですか、グラントリー博士？」

「もちろん加えます、ラフトン卿夫人。私は最初にこの話を聞いたとき、娘に明確な申し込みをする前にヘンリーに言いました。もし結婚するなら、私が今あの子に与えている手当をすっかり止めるとね。愚かな行いに執着するなら、遺言を書き替えるのが義務だと考えていることもあの子に伝えました」

「それはかわいそうです、グラントリー博士」

「かわいそうですって！　私のほうがかわいそうだとは思われませんか？　かわいそうなんて充分な言葉じゃありません。私は心を引き裂かれたんです。私はこれで死んでしまいます、ラフトン卿夫人。本当です。私はあの子を愛しています。あの子がかわいいんです。あなたがあなたの息子を愛してきたように私はあの子を愛しています。しかし、それが何の役に立つというんです？　あんな男の娘と結婚するとき、あの子は私にとって何になるというんです？」

ラフトン卿夫人はしばらく人生のある挿話のことを考えながら黙って座っていた。卿夫人は心を引き裂くと思う結婚の許可をラフトン卿から求められたことがあった。卿夫人はその結婚を阻止するためしばらく――やり方を知っている範囲で――あらゆる手段を尽くした。しかし、ついに屈服した。屈服したとき卿夫人はまだ結婚を止める力を持っている状態だったから、力不足から屈服したのではなかった。息子が真剣だと気づいたから屈服した。卿夫人は屈服して、地面に口づけした。しかし、唇が地面に触れた瞬間、息子が家に連れてきた新しい娘に大きな喜びをえた。[1]卿夫人はそれ以来若い人たちがおそらく正しく、年寄りたちがおそらく間違っていると思うようになった。友人の大執事が直面しているこの難儀は彼女自身の昔のそれにとてもよく似ていた。「それで、息子さんはもう彼女と婚約しているのですか？」と卿夫人はそんな思いを心によぎらせながら聞いた。

「はい。――つまり、いや、はっきりしません。確認する方法がわかりません」

「グラントリー少佐はきっと本当のことをありのまま教えてくれているはずです」

「はい、あの子は本当のことを——あの子が知っている限り——教えてくれます。この件ではあまりそれを教えたくないのがわかります。愚かさから救い出す力が私にないことをあの子は思い知らせたいんです。もちろん私にあの子を救い出す力はありません」

「でも、息子さんは彼女と婚約しているのですか？」

「彼女から断られたとあの子は言っています。しかし、もちろんそれに意味はありません」

大執事の置かれた状況は、またもラフトン卿夫人の——息子の結婚の前に起こった——状況に酷似していた。昔の場合も、今ラフトン卿夫人の嫁であり最愛の友になっている若い娘は、この結婚をたいへん望ましいものと思い、しかもこの時恋人を心の底から愛していたにもかかわらず、申し込んだ息子を拒絶した。グレース・クローリーが嫁と同じように恋人を愛していると考えるのが自然だろう。卿夫人は状況の類似点を考えれば考えるほど、ますます哀れなグレースに同情した。それでも、卿夫人は方法さえわかれば旧友を慰めるつもりでいた。もちろんこの縁組が旧友の真の悲しみの原因に違いないと納得せずにはいられなかった。

「彼女が断ったことがどうして意味がないのかわかりません」とラフトン卿夫人。

「もちろん娘は最初断るんです。——娘は、つまり、彼女のような境遇の娘はです。身のほど以上のものが申し出られていると感じて、拒絶の儀式をせずにはいられないと感じるんです。しかし、ラフトン卿夫人、私は彼女に腹を立てているわけではありません」

「いったいどうして腹を立てる話になるのかわかりません」

「いえ、彼女に腹を立てているわけではないんです。しかし、たとえ息子の妻になっても、彼女には決して会いません」

「まあ、グラントリー博士」

「そうします。ええ、そうします。そうする以外に私はどうしたらいいんでしょう？　しかし、私は彼女と喧嘩をするつもりはありません。息子と喧嘩をしなければなりません」

「なぜそうなるのかわかりませんね」とラフトン卿夫人。

「わかりませんか？　息子は私を無視していませんか？」

「息子さんの年齢なら、きっと好きなように結婚する権利があるはずです」

「たとえ通りから拾って来たような相手でも、息子には好きなように結婚する権利があるんでしょうか？」

と大執事は激しい怒りを込めて言った。

「いいえ。――そんな相手は質が悪いでしょうから」

「あるいは、もし相手が市の行商人の娘なら？」

「それも駄目でしょう。――というのは、その場合相手は教育を受けていませんから、あなたとうまくつき合うことができないでしょう」

「彼女の父の恥辱は、じゃあ、私には無関係な問題だということですか、ラフトン卿夫人？」

「そうは言っていません。第一、彼女の父は恥辱を受けていません――まだね。あの父がこれから恥辱を受けるかどうかまだわかりません。あなたは公邸の迫害のせいでバーチェスターの牧師が恥辱を受けているというふうに考える気にはなれないのですね」

「しかし、あの人は有罪だと思います」と大執事。

「あの人を容赦なく非難するのは、旧友、ちょっと待ってください。でも、とにかくその結婚があなたにとって不愉快なものに違いないことは認めます」

「ああ、ラフトン卿夫人。あなたにわかっていただけたら！　あなたにわかっていただけたら！」

「わかります。それに、あなたに同情します。あなたはたった今言った、通りから拾って来たような娘をもし息子さんが妻にしたいと言い出したら、当然嫌悪を見せるでしょう。でも、この結婚をあなたから好意的に見てもらいたいと願う権利が息子さんにはあると思います。もちろんあなたは彼に忠告できますし、あなたの気持ちを理解させることもできます。でも、ミス・クローリーは教育を受けた娘であり、あなたの尊敬を失うようなことなどしない点を考えれば、息子さんと喧嘩をすることにも、資産について遺言を書き替えることにも、あなたに正当性があるとは思えません」大執事がこれらの言葉を聞いているとき。重い黒雲を額に浮かべて、すぐそれに回答しなかった。「もちろん、あなた」とラフトン卿夫人は続けた。「もしあなたが言わば意見を求めて私のところに来られたのでなかったら、私にはこんなにたくさん話す勇気はなかったでしょう」

「私がここに来たのは、ヘンリーがここにいると思ったからです」と大執事。

「もし私が言いすぎていたら、お許しください」

「いいえ。あなたは言いすぎてなんかいません。そうじゃないんです。あなたと私はとても古い友人同士なので、お互いにどんなことを言ってもいいんです」

「そう。――その通りです。それであえて胸中をお話ししたのです」とラフトン卿夫人。

「それでいいんです。――あなたに感謝しています。しかし、ラフトン卿夫人、あなたはこの件が私にどんなに衝撃を与えたかまだ理解していません。私がこの世でしたことはみな子供のためでした。私は金持ちですが、富を私のために使ったことはありません。子供が世間を前に胸を張って生きられるように願ってきました。私の野心はあげて子供のためであり、老年に期待する喜びはみな子供の名声から受け取りたい喜びです。ヘンリーは金について言えば、手に入れようと思えば私からほしいだけのものを手に入れることができます。あの子は数か月前国会議員になりたいと言い出しました。それで、私はできる限りの支援をすると約束しました。私はあげてあの子のため猟の獲物を維持管理してきました。あの子――働く教区牧師の末息子――には、田舎紳士の長男に与えられてもおかしくないもの、多くの貴族の長男に与えられる以上のものが与えられています。私はあの子が再婚することを望んでいますが、金のため結婚することは望みません。あの子のためなら何でも進んでやってきました。しかし、ラフトン卿夫人、父というのはこれらすべての見返りを期待するものです。私たちがあの不幸な場所、ホグルストック、の花嫁を歓迎するとヘンリーが思っているとはどうしても思えません。あの子はそんなことをしたら私たちの心を引き裂くことを知っていて、それを何とも思わないんです。私はそう感じています。もちろんあの子には好きなようにする力があるし、私にも私のものを好きなようにする力があります」

ラフトン卿夫人はとても善良な女性であり、義務に忠実で、まわりの人たちに優しく、公正で、真に信仰心が篤く、生来慈悲深かった。しかし、大執事の訴えに見られる完全な世俗性が活字を読む読者の心を打ったように、卿夫人の心を打ったかどうかは疑わしい。人々は理論（立前）よりも実践においてずっと如才なくて、抽象的な字面によりも具体的な細部にずっと欲深く満足を追求しようとする。それで、多くの冒険物語にはショックを受けても、現実に出会う場面に心を動かされることはめったにない。ある娘が愛情面での心変わりを内々に友人の娘に話す。友人はその娘に同情して、おそらく称賛する。もしそれが活字で立前として伝えられたら、平静に聞いていた友人はそんな娘の心変わりに腹を立てるかもしれない。心変わりした娘は個人的にかかわりのない話として判断を求められたら、自分のしたことがいやでたまらなくなるかもしれない。正直や真実に関するすばらしい話が毎日書かれている。人は当然嘘をつかないし、正直に振る舞うというある種の立前に従ってその話を読む。しかし、個人的にかかわりのある二、三人の小会合――そこには言わば「見張り番が置かれて[2]」いて、本心が話せる状態にある——で本音が持ち出されたら、それは立前とは大きく異なっているはずだ。ある男は打ち明け話のなかで捨てられる気がないことを大っぴらに主張する。別の男はその男を捨てる計画を持っている。それぞれの意図は遠慮なしに貫徹し合うということだ。「天ガ落チテモ、正義ヲナスベシ」という言葉[3]は疑いなくバルコニーから群衆に向けて言われた立前だ。演説者は「くだらない話[4]」をしていることを知っている。「モシ誠実ニ手ニ入レラレルモノナラ、誠実ニ手ニ入レヨ。ダメナラ何トシテデモ手ニ入レヨ」という言葉[5]は社交クラブの喫煙室でひそかに耳に囁かれる本音だ。囁く者はこの言葉に力があることを知っている。

ラフトン卿夫人は旧友の大執事がよく説教するのを聞いたことがあった。私たちの真の幸せのため希望を未来に託す必要について彼が語る高い声の調子をよく知っていた。しかし、この世の繁栄を阻む措置を息子が取るので、心が張り裂けそうだと大執事が内々に訴えるとき、卿夫人は同情した。もし大執事が結婚について説教したら、妻を娶るとき、特に神を恐れる若い娘を捜すように若者に勧めただろう。しかし、彼は息子の妻について内々に話すとき、神を恐れる適格性や非適格性にはいっさい触れなかった。たとえ夜が更けるまで彼がこの件を話しても、適格性に触れることはないだろう。男にしろ、女にしろ、友人の誰かがこんな問題でひそかに大執事と議論を交わして、彼の助言を求めるとき、もし友人が神を恐れる適格性に触れたら、それは大執事にとってショックだろう。彼の偽善の趣味には平手打ちだろう。ラフトン卿夫人は友人と「見張り番が置かれた」状態になるとはどういうことか誰よりも理解していたから、こういうことをみな善意にとらえた。大執事は胸にある本音を洗いざらい話したのだ。子供の一人は侯爵と結婚した。もう一人は主教に、ひょっとすると大主教になるかもしれない。三人目は州の郷士に、郷士のなかでも大郷士になるだろう。とはいえ、三人目はただ注意深く歩むことによってしか郷士にはなれそうもない。そして、今三人目は二十ポンドを盗んだとして裁判にかけられようとしている、貧乏な、半分狂った田舎副牧師の無一文の娘と結婚しようとしている！　ラフトン卿夫人は言い分を持っているにもかかわらず、旧友への同情を捨てることができなかった。

「結局、あなたの言うことから判断すると、二人は婚約していないと思います」

「わかりません」と大執事は言った。「知りません！」

「それで、あなたは私に何をしてほしいのですか？」

「ああ、――何も。私がここに来たのは、前にも言いましたように、ヘンリーがここに来ていると思ったからです。あの子がすっかり深入りしてしまう前に、私にできるあらゆる手段を尽くして、金銭的援助を――今後いっさい――差し控えることをあの子に納得させようと思ったんです」

「ねえ、あなた、その脅しはとてもむごいように私には思えます」

「私に残されている唯一の手段なんです」

「でも、生来情の深いあなたなら、それにどこまでも固執することはできないでしょう」

「やってみますよ。頑固でいるように最善を尽くします。死後はすぐ私の手の届かないところにすべてを置きます」大執事はこれらの恐ろしい言葉――ラフトン卿夫人の耳にも恐ろしい言葉――を発したあと、怒りをじっくりはぐくもうと意を決めた。しかし、同時に優柔不断の欠点のせいでほとんど自分がいやになった。なぜなら、怒りの熱を利用できる前に、怒りが消えてしまうことを恐れたからだ。

「私ならそんな軽率なことはしませんね」とラフトン卿夫人は言った。「あなたの目的は結婚をやめさせることで、結婚したあとそのことで息子さんを罰することではありません」

「あの子はすべてを自分の好きなようにすることはできませんよ、ラフトン卿夫人」

「でも、あなたはまず結婚をやめさせる努力をすべきです」

「やめさせるため、私に何ができるというんです?」

ラフトン卿夫人は回答する前に二分ほど間を置いた。卿夫人の胸には一案があったが、それは少し残酷なように思えた。とはいえ、もし何かできることがあるなら、旧友を助けることが今のところ彼女のおもな義務だった。今話しているような結婚は、それ自体が悪であるという点でほぼ疑問の余地がなかった。卿夫人の息子の場合、裁判の問題も、盗まれた金の問題も、実際に恥辱となる不名誉もなかった。「もし私があなただったら、グラントリー博士」と卿夫人は言った。「ここにいるあいだにその若い女性に会いに行くと思います」

「私のほうから彼女に会うって?」と大執事。グレース・クローリーにみずから会いに行くという発想は、この瞬間まで大執事の脳裏に思い浮かばなかった。

「私ならそうすると思います」

「そうしようと思います」と大執事は間を置いたあと言った。それから、彼は椅子から立ちあがった。「そうしなければならないんなら、すぐそうしたほうがいいでしょう」

「彼女に優しくしてくださいね、あなた」大執事は再び間を置いた。彼はミス・クローリーと会うとき、優しくするのではなくて厳しくしようと確かに考えていた。ラフトン卿夫人は椅子から立ちあがると、大執事に近づいて、彼の片手を両手で取った。「彼女に優しくしてください」と卿夫人は言った。「彼女は何も悪いことをしていないとあなたは認めました」大執事は同意の印としてお辞儀をすると部屋を出て行った。

かわいそうなグレース・クローリー。

註

（1）『フラムリー牧師館』第四十六章参照。
（2）フリーメイソンの集会が会員でないものの進入を阻止し、会の秘密を守るため見張り番を置いた状態を指す。
（3）*Ruat cœlum, fiat justitia.* 皇帝フェルディナンド一世（1503-64）のモットー「世界ガ滅ブトモ正義ヲナセ」によく似ている。
（4）buncombe というこの語はノース・カロライナ州の地名から来たアメリカの俗語。同地方選出代議士フィーリクス・ウォーカーがこの土地の選挙民の人気つなぎのため長い無用の演説をしたことから言われるようになった。
（5）*Rem, si possis recte, si non, quocunque modo.* ホラティウス（65-8B.C.）の『書簡詩』（一の一）に出る。

第五十七章　二つの誓い

大執事はフラムリー・コートから牧師館へ向かうとき、深く思いにふけり、とても重い足取りで歩いた。大執事はミス・クローリーに直接に会うという考えを突然提案されて、彼女にどう振る舞ったらいいか、何を話したらいいか決めなければならなかった。ラフトン卿夫人からこの娘に優しくするように懇願された。これはこの娘に優しくできるような任務なのだろうか？　この娘が何もいいものを持たず、――邪悪なものしかもたらさないとき、彼の家族になることや、彼のいいものを分かち合うことを望むのは誤りだと、娘を納得させるのが今回の任務ではないか？　いったいどうしたら優しい言葉でこういうことを娘に説明することができるだろうか？　彼はむしろこの娘に厳しく当たって、彼のいいものを奪うことはできないことを率直な言葉で――遣えるいちばん率直な言葉で――理解させる必要があるのではないか？　この娘は夫にしたいと思っている息子にあらゆる邪悪な重荷を負わそうとしているではないか。しかし、ミス・クローリーが差し出された栄誉にふさわしい身ではないと感じて、結婚の申し出を断ったと言われたことを大執事は歩きながらはっきり思い出した。とはいえ、彼はそんな拒絶が本気だとは思えなかった。ミス・クローリーのような若い娘が息子との結婚によってえる途方もなく大きな報酬を胸算用するとき、取り分以上に多くのものを期待するどんな若い娘も非常に邪悪に違いないと彼はひそかに思った。それで、娘がこんな誘惑に曝されているとき、本気でこの大きな邪悪を拒絶できるとは信じられなかった。もしミス・クローリーに会うことによって何か役に立つことがあるとすれば、こんな状況に置かれた若い娘に利己主義や感心しない行為や忌むべき邪悪さを適切に教え込むことではないか？　「おやおや！　いいかね」と彼は言わなければならない。「あなたはポケットに一銭も持たないで、とても立派とは言えない服を着て、泥棒の父を抱えている。それなのに、あなたはグラントリー家が蓄積した富を分かち合おうと思い、広い土地と大きな屋敷と猟園を持つ夫をえて、家名に一度も非難を受けたことがない――いや一度も疑惑さえ抱かれたことがない――一族の一員になろうとしている。いや駄目だ。――あなたにそんな不正は犯させない。あなたは私の心を責めさいなみ、息子を破滅させてもいい。しかし、そうしたところで広い土地と大きな屋敷と猟園とその他のものを報酬としてえることはできない」どうしたらこんなことが優しい言葉で効果的に若い娘に伝えられるだろう？

大執事のような立場の男にどうしたら優しい言葉が遣えるだろう？　――頼るべき手段として脅迫しか持ち合わせていないことを腹の底でよく知っているとき、優しい言葉なんか上手に遣えるわけがない。一方で、大執事は自分の脳味噌を銃弾で吹き飛ばすことができないのと同じように、たとえ違反行為があろうとそんなことで息子を廃嫡することはできなかった。彼はそれが事実であることを知っていた。愛する人に怒りを向け続けることはできなかったし、そんなことができるほど残酷でも強くもなかった。せいぜい脅迫することができるくらいで、脅迫が利くあいだそれを最大限に利かせるしかなかった。自分や妻やラフトン卿夫人には強い言葉を遣いつつも、もし息子がそんな罪を犯すなら、父は結局息子の罪を許すことになると知っていた。

フラムリー・コートの正面玄関から牧師館へ向かう途中、三つの道路が出会う場所(1)があり、そこに道路標識があった。この標識に今張り紙が貼られており、それが彼の目に留まった。――「コスビー・ロッジ――家具の売却――畑で育っている穀物の売却。三頭の猟馬。乗用にも馬車用にも保証つきの一頭の栗毛去勢馬！」――大執事本人がこの栗毛の馬を大きな宝として息子に与えた――「三頭のオールダニー種(2)の乳牛、二頭の牝の子牛、車高の低いフェートン(3)、ギグ、干し草二山」田舎紳士の家に心地よく揃えられた――大執事がよく知っている――家財がいやらしい細部に渡ってこんなふうに告知されていた。彼はついこの十一月に新しい土壌粉砕機を息子に買うように勧めて、もちろんそれを購入させた。粉砕機の輝く青いペンキはまだ農場のこやしにも泥にも汚されていなかった。――その粉砕機の売却も広告されていた！　大執事は息子にコスビー・ロッジを出てほしくなかった。息子がコスビー・ロッジを出る必要なんかないことをよく知っていた。なぜあの愚か者はたちの悪い醜い広告をこれほど急いだのだろう？　優しくだと！　こんな状態でどうして優しくなれるだろう？　彼は怒りにまかせて傘をあげ、忌ま忌ましい広告ビラを突いた。鉄の石突きが柱の裂け目に当たって、紙を上から下まで引き裂いた。しかし、こんなことをして何の役に立つのだろう？　裂かれてぞっとする醜い広告は、柱にちゃんと留められた広告よりもかえって人目を引いてしまう。けれども、彼はそれ以上ビラに注意を向ける気になれず、牧師館への道を進んだ。優しくだって、まったく！

しかし、グラントリー大執事は紳士だったから、夫の権威を振りかざして一言二言怒りの言葉を妻に投げつけるとき私たちが時々見るほど、女性に対して厳しい態度を取ることができなかった。妻は怒った夫の言葉に重みがないことをよく知っており、それについて不平を言うことなど考えなかった。大執事が今こんな任務をはたそうとしていることを妻が知ったら、優しくするように夫に警告しはしなかっただろう。妻ならおそらく若い娘のほうが勝ちを占めることになると夫に注意して、そんな任務を引き受けないように強く忠告したことだろう。

「グレース、あなた」と、ロバーツ夫人はミス・クローリーが子供といる子供部屋に入って来て言った。

「ちょっとこちらに来てくれませんか?」グレースは子供を残して廊下に出た。「あなたに会いたいという紳士が応接間にいます」

「紳士ですか、ロバーツ夫人!　どなたかしら?」グレースはそう聞いたけれど、紳士はヘンリー・グラントリーに違いないと思った。会いに来る紳士はほかに思いつかなかった。

「驚いても、おびえてもいけません」

「まあ、ロバーツ夫人、誰なのです?」

「グラントリー少佐のお父さんよ」

「大執事ですか?」

「そうです、あなた。グラントリー大執事です。応接間にいます」

「会わなければいけませんか、ロバーツ夫人?」

「そうね、グレース、――会わなければいけないと思います。断ることはできません。ここのフラムリーの親しい友人ですから」

「私には何を言いたいのでしょう?」

「私にはわかりません。あなたのほうがわかると思うのです――」

「彼はきっと息子さんと話をしないように私に釘を刺すため来たのです。そんな手間を掛ける必要なんかないのに。でも、彼には言いたいことを言わせましょう。私は臆病者じゃありません、彼に会います」

「ちょっと待って、グレース。ちょっとだけ私の部屋に来て。子供があなたの髪を引っ張って、もじゃもじゃよ」グレースはロバーツ夫人について寝室に入ったものの、髪には何もさせようとしなかった。誇りが高すぎて髪を整える気になれなかったとも、――そんな策がもたらす効果に自信がなさすぎたとも、言えるかもしれない。「髪の乱れは気にしないでください」とグレースは言った。「彼に何と言ったらいいでしょう?」ロバーツ夫人は熟慮を要する問題だと感じて、答える前に少し間を置いた。「彼に何と言えばいいか教えてくれません?」グレースは同じ質問を繰り返した。

「あなたの気持ちがどうなのか私にはわかりません」

「いえ、わかっています。ご存知のはずです。もし私に与えるものがどっさりあったら、私はそれをみんなグラントリー少佐に差しあげます」

「じゃあ、彼にそう言いなさい」

「いえ、それは言いません。私のフロックのことは気にしないでください、ロバーツ夫人。服はどうでもいいんです。私は息子さんとお孫さんをとても愛しているので、二人を傷つけることはできないと言います。ほかには何も言いません。もう行ったほうがいいですね」ロバーツ夫人はグレースを見て、表情が落ち着いているのに驚いた。それでも、グレースは応接間のドアに手を掛けるとき、ためらい、振り返り、身震いした。ロバーツ夫人は階段から口づけを投げた。娘はドアを開けて、大執事の前に立った。彼は暖炉を背にして敷物の上に立っていた。聖職者の重い帽子を丸テーブルの中央に置いていた。グレースは部屋に入るとすぐその帽子に目を留めた。教会のあらゆる雷と轟きがそのなかに収まっているように感じた。大執事本人は見るからに大きく、じつに聖職者ふうで、とても堂々としていた。彼女の父の表情は厳しかったが、大執事のそれとは本質的に違う厳しさだった。父の厳しい印象は本人から発するもので、何の外的な飾りの助けも借りていなかった。言わばクローリー氏にはカツラがなかった。大執事は今必ずしも外的な飾りで飾られていないにしても、牧師の強い属性と聖職者の適性をどこからどこまで漂わせて、常に歩く、座る、立つ教区牧師の化身に見えた。部屋に入った哀れなグレースにとって大執事は教区牧師のもっとも厳しい化身に見えた。

「ミス・クローリーですね？」と大執事。

「はい、そうです」グレースは少し膝を曲げてお辞儀をし、かなり距離を置いて彼の前に立った。

大執事は今目の前に見るじつに魅力のないほっそりした女のため、息子がコスビー・ロッジやバーセットシャーを全部放棄し、ポーに引っ込むつもりなら、本当に馬鹿に違いないと当初思った。しかし、その思いをほんの一瞬でなくしてしまった。面会して彼女をじっと見ているあいだに、最初の一瞥でえたよりももっと多くのものがあること、息子はおそらく理解する心は持たなかったが、結局見る目は持っていたことに気づくようになった。

「椅子に座りませんか？」と大執事。グレースは大執事からなおも距離を置いて椅子に座った。彼は敷物の上から動かなかったから、これだけ離れていては充分な雄弁の力を示すのが難しいと感じた。しかし、どう相手に近づけばいいかわからなかった。彼女は急に重要な存在として映るようになり、いくらか大執事に畏れを吹き込んだ。彼女は非常にほっそりして、じつに柔和で、とても若かった。とはいえ、すばらしく女性的で、そのうえまさしく淑女だったので、大執事は粗暴な言葉で攻撃することができないと本能的に感じた。もしこの娘が厚い唇と、ひどい赤ら顔と、ぐるぐる回る目を持っていたら、もし若い娘の砲台が今時備えている普通の大砲を向けてきたら、彼もただちに戦闘体勢に入っただろう。しかし、息子を狂わせたこの娘は大砲を備えていることに気づいていないかのように無抵抗にそこに座っていた。まぶたの下から一発も弾を発射して来なかった。彼はこの二か月間に――おそらくこれまでに――なかったほど今息子を尊敬した。これまで同様変わらず結婚には反対だった。――が、この面会が数分たったあと、彼は息子が言ったことやしたことを思い浮かべて、息子を軽蔑するのをやめた。目の前にいる娘は息子の妻となるに真にふさわしい人だと感じ始めるほど彼の心のなかで大きくなった。——ただし彼女が貧乏人でなく、狂った副牧師の娘でなく、——ああ悲し！　——おそらくそうであろう泥棒の子でなければの話だ。娘に対する心構えが変わったとはいえ、自分と家族と息子への義務は前と変わらなかった。それゆえ、彼は仕事を始めた。

「おそらく私に会うことは予想してなかっただろうね？」

「はい、まったく」

「旧友のラフトン卿夫人を訪問するためここに来たとき、私もあなたに会うつもりはなかった。しかし、あなたが、ミス・クローリー、ここにいることを知ったので、何もかも考え合わせると、あなたに会ってくほうがいいと思ったんだ」それから、彼はグレースが何か言うかと思って少し間を置いた。しかし、グレースは何も言わなかった。「もし私がこの件に強い関心を抱いていなかったら、ミス・クローリー、これをあなたにあえて言い出すことはなかったと、あなたは理解してくださるだろう」大執事はまだその件が何か言っていなかった。グレースは相手から直接説明してもらわないうちに理解する振りをして、話の助け船を出すようなことはしなかった。相手の目的を理解したことを顔色のわずかな変化で表して助けることさえしなかった。「息子があなたに愛情を告白したと、ミス・クローリー、聞きました」と大執事。

それから、また間があった。グレースは何か言わなければならないと感じた。「グラントリー少佐は私にとても親切にしてくださいました」彼女はそう言ったあと、じつに精彩を欠く、女性らしくない発言をしたと思って自分がいやになった。こんな発言をしたことで恋人の父から当然軽蔑されるだろう。それでも、それはたいして重要なことではない。父がただ軽蔑してこの場を去ってくれたら、おそらくそのほうがいちばんいいだろう。

「息子が親切かどうかはわからないが」と大執事は言った、「人はいいと思う。親切にしようとしていると思う」

「確かに彼はいい人です」とグレースは心から言った。

「息子に娘がいるのはご存知かな、ミス・クローリー？」

「はい。イーディスをよく知っています」

「息子の第一の義務は当然その娘にある。そうだね？　息子が家族に頼っている部分は大きいんだ。それは感じるかね？」

「もちろん感じます、はい」哀れな娘はグラントリー博士がいつも大執事と呼ばれるのを聞いていたが、今何と呼べばいいかまったくわからなかった。

「さて、ミス・クローリー、どうか聞いてください。私は率直に話すからね。率直に話さなければならない。なぜなら、それが息子に対する私の義務だからだ。――しかし、同時にあなたに親切に話すように努めるよ。あなたについては好感の持てる人だという以外に何も聞いていない。あなたを尊敬し、評価する理由が今のところあるんだ」グレースは相手の尊敬や評価を失うようなことはすまいと、とはいえ尊敬や評価が与えられようと与えられまいと、少しも気にしないようにしようと思った。彼女はそれとはまったく別のものを追求していた。「もし息子があなたと結婚したら、本人を大きく傷つけることになり、あなたもひどく傷つくことになるのは間違いない」大執事はまた間を置いた。彼女は話を聞くように言われたので、その場で反論を必要とするようなことを言われない限り聞く決心をした。「今あなた方が婚約しているかどうか私は知らないが？」

「婚約していません」

「それは嬉しい。――安心した。息子が収入の大きな部分を私に依存していることをあなたがご存知かどうか知らないが。じつはそうなんだ。息子とはそんな関係にあるので、当然彼の将来についてできる限り深い関心を寄せている」少佐が完全に父から自立しているよりも、毎年手当をもらっているほうが、父から温かい関心を払われることになる理由を大執事は明確にする方法を知らなかった。しかし、彼はグレースが生来の知性の光でこれを理解してくれることを期待した。「さて、ミス・クローリー、もちろんあなたの気持ちを傷つける言葉は遣いたくない。しかし、私には理由があるんだ――」

「わかっています」と彼女は大執事を遮って言った。「父さんは金を盗んだと告発されています。父さんは盗んでいませんが、人々から盗んだと思われています。そのうえ私たちはとても貧しいのです」

「じゃあ、あなたには私の言いたいことがわかっている。――ありがたい。本当にありがたい」

「私たちが貧乏であることはあまり重要ではないと思います」とグレースは言った。「父さんは紳士で、牧師であり、母さんは淑女です」

「しかし、あなた――」

「父さんが金を盗んだと人々から思われている限り、私は息子さんの妻になれないと承知しています。もし父さんが金を盗んでいたら、私はグラントリー少佐の妻になれません――誰の妻にもなれません。それはよくわかっています。イーディスについて言えば、――私はあの子に害を及ぼすようなことをするくらいなら、死んだほうがましです」

大執事は敷物の上から出て、グレースが座っている椅子のすぐ近くまで歩み寄った。「今の発言は、あなた」と彼は言った。「あなたの大きな名誉となるもの――本当にとても大きな名誉となるものだ」大執事はすぐ近くに今いたから、グレースの目を覗き込んで、目鼻の正確なかたちを見、容貌の特徴を把握することができた。――把握せずにはいられなかった。顔立ちは高貴で、そこには貧弱さも、卑しさも、ぶざまさもなかった。今にも完全性に到達しようとしている無限の美の可能性を秘めた顔だった。話すとき口が自由に動き、熱心な言葉を発するとき小鼻が丸まり、そういうものが身勝手な父をほとんど屈服させた。彼女がこんな人だとなぜ教えてくれなかったのだろう？　ヘンリー本人が彼女の美の特殊性についてなぜ話してくれなかったのだろう？　イギリスの誰よりも大執事ほど女性の顔の美しさの違いを知っている人はいなかった。一つの美しさは健康と若さと動物的な活気から来るもので、粉屋の娘に見られるものだ。別の美しさは育ちのよさから来るもので、繊細な輪郭や高貴な精神として表れる。「今の発言はあなたの大きな名誉となるものだね」と大執事。

「貧乏であることについて気にする必要はありません」とグレース。

「そう、そう、そうだね」と大執事。

「私たちは貧乏ですけれど――私たちほど貧乏な牧師のうちはなかったと思います――、貧乏だけというのなら、息子さんから求められたとき、私は受け入れていたはずです。――なぜなら、彼を愛しているからです」

「たとえ愛していても、息子を傷つけることは願わないだろう」

「彼を傷つけるつもりはありません。約束します」彼女は今そう言って椅子から立ちあがり、大執事のすぐそばに近づくと、片手をとても軽く彼の上着の袖に置いた。「約束します。父さんが金を盗んだと人々から言われている限り、私はあなたの息子さんとは結婚しません。誓います」

大執事はずっとグレースを見おろしていたが、彼女の指が軽く触れるのを感じて、その圧力を歓迎するように少し腕をあげた。大執事はひたむきに向けられている彼女の目に応えて、それを覗き込むとき、約束が守られることを確信した。こんな約束を疑ったら、神聖冒涜になる、――そうなると感じた。優しい気持ちになった。もともとあまり上手に心を制御できない人があまりに心を和らげたので、息子のためということなら、そんな約束なんかしなくてもいいとほとんど言いそうになった。どんな息子にとってもこんな女性を妻にすることくらいいいことがあるだろうか？　たとえ大執事が彼女にそんな誓いを強要したとしても、それを引き出すことはできなかっただろう。大執事の強制力が彼女の誓いを引き出したのではなかったし、そんな強制力を用いても彼女の意志を変えるのに何の役にも立たなかっただろう。愛する男性の家に恥辱を持ち込まないようにすることが、義務であることを彼女に教えたのは大執事ではなかった。彼女の顔を見おろすとき、二粒の涙が大執事の目に浮かんで、徐々に年取った鼻を伝った。「あなた」と彼は言った。「もしこの黒雲が通りすぎたら、あなたを呼んで私の娘にするよ」彼もまたこんなふうに誓った。この男には利己的なところがある一方、気前よく与えてくれる人にはいつも気前よくお返しする寛大なところがあった。できれば彼は贈り物のほうを大きくすることを願った。この瞬間もあの汚い小切手など何の意味もないと彼女に言いたかった。面と向かって彼女をひどく感激させるようなことは言えないということがなかったら、大執事は言っていた、と私は思う。

彼は娘の手を腕から手へ移すように工夫して、今はそれを握った。

「あなたはいい娘だ」と彼は言った。――「かわいい、かわいい、いい娘だ。この黒雲が通りすぎたら、あなたを呼んで私たちの娘にする」

「でも、黒雲はなくなりません」とグレース。

「なくなるように願おう。希望しよう」彼はそう言うと身をかがめて、娘に口づけしてから、部屋を出て、玄関広間に入り、ロバーツ夫人に別れを告げることもなく立ち去った。

彼は一頭立て二輪馬車を置いているフラムリー・コートへ戻らなければならなかった。そこへ向かって歩くとき、たった今起こったことに驚いて途方に暮れた。彼は息子を軽蔑し、娘を憎んで牧師館へ向かった。今、帰って来るとき、心を完全に入れ替えていた。娘を賛美するだけでなく、息子への怒りさえその瞬間まったくなくしていた。できればすぐ息子に手紙を書いて売却をやめるように懇願したかった。起こったことを息子にみな報告したかった。むしろグラントリー夫人に話させたかった。息子はもうまったく心配しなくていい。心配しなくていいと感じた。これ以上息子に脅迫の言葉を投げ掛けても無駄だろう。たとえクローリーが盗みで有罪となっても、娘の約束がある。クローリーが無罪になれば、大執事自身の誓いがある。娘が一段階上のことを言ったこと、――約束を陪審員の評決に限定しないで、父が小切手を盗んだと人々から思われている限り、グラントリー少佐の求婚を受け入れないと主張したこと、を大執事はよく覚えていた。しかし、彼は娘の言うことを言葉通りに受け取ったら、卑怯になると感じた。約束についての彼の解釈によると、すべては陪審員の評決に懸かってくることになる。もし陪審員がクローリー氏を無罪と認めたら、彼はこの結婚への反対を取りさげる。約束は守るつもりだ！　その場合、反対を取りさげる。

彼は先ほど傘で裂いた競売人の広告ビラの切れ端のところまで来たとき、ちょっと立ち止まってすぐどう行動したらいいか考えた。まず息子に脅迫を取りさげると言い、コスビー・ロッジにとどまるように求めよう。バーチェスターを抜けて帰る途中、翌朝息子が受け取れるように手紙を書こう。状況の充分な説明を母に聞くように息子に言おう。州のあらゆる納屋の戸や壁からあの忌まわしい広告ビラを取り除くことにしよう。今この瞬間、彼はあの不吉なビラを性急に掲げた息子の誤った判断に怒りを向けた。それから、間を置いて、陪審員の評決がどう出たらいいと自分が願っているか考えた。評決に従うと誓ったからには、願いを持たずにはいられなかった。彼はクローリー氏が有罪になることを心から願っているのだろうか？　これを考えるため一瞬立ち止まり、それからかぶりを振って歩き出した。もしできれば、この件についてどんな願いも持ちたくなかった。

「あら！」と、ラフトン卿夫人は言って通路で彼を呼び止めた。――「彼女に会いましたか？」

「はい、会って来ました」

「それで、どうでした？」

「いい娘です。――とてもいい娘です。急いでいますので、今はこれ以上どう言っていいかわかりません」

「いい娘だとおっしゃるのね」

「とてもいい娘だと言います。天使でも彼女よりも立派には振る舞えないでしょう。いつかすべてお話しします、ラフトン卿夫人。今はそれしか言えません」

大執事が去って行ったあと、ラフトン卿夫人はグレース・クローリーがコスビー・ロッジの女主人になるのにこれから何か月もかからないとの強い意見を若いラフトン卿夫人に打ち明けた。「大きな昇進になります」と老卿夫人は頭をぐいと持ちあげて言った。

グレースは大執事との面会についてロバーツ夫人からその後聞かれたとき、ほとんど何も言うことができなかった。「いいえ、叱られませんでした」とグレースは友人からの質問に答えた。「でも、大執事は婚約について聞いてきたでしょう？」とロバーツ夫人。「婚約なんかしていません」とグレース。「でも、将来婚約することはありうると、あなた、自分で認めたと思いますが？」「私は大執事に言いました、ロバーツ夫人」とグレースは少しためらったあとで答えた。「父さんが泥棒だと世間の人から疑われている限り、私は息子さんとは結婚しませんとね。私はこの約束を守ります」しかし、大執事からなされた約束のことはロバーツ夫人には言わなかった。

註

（1）ソフォクレス（496-406B.C.）の『オイディプス王』でオイディプスが父を殺した場所を想起させる。

（2）チャネル諸島原産の乳牛の品種。

（3）二頭立て四輪馬車。

第五十八章　男たちの片意地

大執事はプラムステッドに到着するころまでに、グレース・クローリーを好意的に見ようとする熱意をいくぶん失った。グレースの印象を伝えるため妻に時折用意した言葉も、うちに近づくにつれて熱を失った。彼はグレースと約束したから、それを守るつもりであり、――妻と息子の両方に約束を受け入れさせるつもりでいた。しかし、彼が与えた約束を拡張したり、彼に与えられた約束を和らげようとしたりするとき、一瞬抱いた思いを家の煙突を見る前になくしてしまった。このころまでに、彼は今残されている唯一の救いが陪審員の評決から来るほかないと感じ始めていた、と私は遺憾ながら言おう。もし陪審員がクローリー氏に有罪の評決を出してくれるなら、その時は――。そうなればすべてがうまくいくと胸中でも言うつもりはなかった。哀れなクローリー一家と、熱くなってほとんど天使と言い切ったその家の娘の運命をずいぶん気の毒には思うけれど、それでも個人的にはそんな評決が出れば慰めをえることができるだろう。

「ミス・クローリーに会ったよ」彼は一頭立て二輪馬車から降りて二分もしないうちに、書斎のドアを閉めるとすぐ妻に言った。彼はこの話題にすぐ入る決心をしていたから、こんなふうに切り出した。

「グレース・クローリーに会ったのですか？」

「うん。牧師館へ行って、彼女を訪ねたんだ。ラフトン卿夫人がそうするように助言してくれた」

「ヘンリーは？」

「うん、ヘンリーは帰っていた。あいつは一晩しかそこにいなかった。彼女に会ったと思うんだが、私にはよくわからない」

「ミス・クローリーは教えてくれなかったのですか？」

「聞くのを忘れてしまったよ」グラントリー夫人はこれを聞いて、目を大きく見開き、驚きを表した。夫は息子の面倒を見るため、息子の動向がどうだったか知るため、わざわざフラムリーまで行って、そこで誰よりもたくさん情報を与えてくれそうな人にそれを聞くのを忘れてしまった！「しかし、それはどうでもいいことなんだ」と大執事は続けた。「そんなことをどうでもいいことにするくらいのことを彼女は話してくれた」

「彼女は何と言ったのです？」

「父の罪について疑念が広がっている限り、ヘンリーとの結婚を受け入れるつもりがないと言ったよ」

「彼女の約束を信じるのですか？」

「もちろん信じる。まったく疑わないね。絶対的に信頼する。もし父が無罪放免になったら、――私は結婚の反対を取りさげると彼女に約束した」

「嘘！」

「しかし、約束した。もしおまえがそこにいたら、同じことをしただろう」

「私はしませんね、あなた。あなたみたいに衝動的ではありませんから」

「おまえだって自制することができなかっただろう。おまえだって私と同じように彼女に寛大にしなければならないと感じただろう。彼女は私のところに来て、片手を私の腕に置いた――」「ふん！」とグラントリー夫人。「しかし、彼女はそうしたよ、おまえ。そして彼女は言った。『父さんが金を盗んだと人々から思われている限り、私はあなたの息子さんの妻にならないと約束します』とね。そうする以外に私にはどうすることができただろう?」

「彼女は美人ですか?」

「とてもきれいだね。とても美しい」

「淑女のようでした?」

「完全に淑女のようだった。それに間違いないね」

「立派な振る舞い方でした?」

「見事な振る舞い方だった」大執事は情動にたぶらかされて寛大になっていたことをいくぶん正当化せずにはいられなかった。

「では、彼女は逸材なのです」とグラントリー夫人。

「逸材というのがわからんね、おまえ。彼女は淑女で、じつに器量よしで、見事に振る舞うと私は言っている。それよりも悪く言うことができない。おまえがその場にいたら、やはりきっとそれよりも悪くは言えなかっただろう」

「彼女はすばらしい娘に違いありません」

「すばらしいかどうかはわからない」

「息子と父の両方を手玉に取るのですから、すばらしいに違いありません」

「私ではなくおまえがその場にいたらよかったのに」と大執事は怒って言った。グラントリー夫人もおそらくそれを願った。そうしていたら、もっと冷静な対応をしていたと感じた。大執事が今でもどれほどひどく女性の魅力に感じやすかったか、グラントリー夫人はいちばんよく知っていた。大執事がこんなふうに誘惑され、英知に満ちた冷静な判断からそらされたと気づくとき、夫人はいつも誘惑した女に怒りに似たものを感じた。夫人はそんな夫を老いた間抜けと胸中で呼んだ。「もしおまえがヘンリーと一緒にそこにいたら、私よりもはるかに悪い処理をしただろう」と大執事。

「あなたが悪い処理をしたとは言っていません」とグラントリー夫人は言った。「もう八時をすぎました。ディナーにしたいでしょう。上にあがって着替えたほうがいいのではありませんか？」

夕方夫婦はこれからの活動計画を取り決めた。父は息子に手紙を書かないことにした。バーチェスターを通りすぎる途中、そんな手紙は急いで簡単に書けないと感じて、ホテルから手紙を送るという考えをすでに捨てていた。グラントリー夫人が息子にこれから手紙を書いて、状況は変わったと、家具を売る必要がまったくなったと伝え、一日も遅れることなく父のもとに来て、会うように言うことにする。夫人はその夜手紙を書いて、書いたものを大執事に読んで聞かせた。「父さんとの言い争いはきっとなくなります」という追伸を除いてだ。大執事に知らせなかったのはその追伸だけだった。

それから三日後にヘンリー・グラントリーがプラムステッドにやって来た。母は手紙のなかでどうして家具の売却が不必要になったか説明しなかった。ミス・クローリーをあきらめる意向を示さなければ、手当を止めると父は息子にはっきり言っていた。手当がなければ、コスビー・ロッジを放棄しなければならないことは火を見るよりも明らかだった。少佐はグレース・クローリーをあきらめる気はもうとうなかった。あきらめるくらいなら、持ち物をみな処分して、必要ならニュージーランドへでも行って住むほうがましだった。彼は父やグレースの振る舞いのせいだけでなく、生来の気質のせいでもこんなふうにかたくなになっていた。父から指図を受けそうだったから、そんな指図を受けるくらいなら、着ている上着を売ったほうがましだった。父が反対するのではなく助言だけにとどめていてくれたら、ミス・クローリーがもう少し柔軟な義務感の持ち主だったら、少佐ももう少し心を和らげていたかもしれない。しかし、事情は変わらなかったので、彼は花崗岩のように硬い決意を固めていた。ほかの二人が意向を変えないのなら、彼も変えるつもりがなかった。そんな精神状態だったから、なぜこんなふうにプラムステッドに呼び出されるのか合点がいかなかった。彼は借家の件ですでにポーに手紙を書いており、出発する前に少なくとも母に会えるのはいいと思った。それゆえ、喜んでプラムステッドに出向いたが、大執事が非常に強く反対しているあの競売人の報告ビラを撤去する件については何の措置も取らなかった。禄付牧師館の中庭に馬車を乗り入れたとき、父は目の前に立っていた。「ヘンリー」と父は言った。「おまえに会えてとても嬉しいよ。来てくれてとてもありがとう」ヘンリーは馬車から降りて、父と握手した。大執事は天気のことを話し始めた。「母さんはお祖父さんに会うためバーチェスターへ行った」と父は言った。「もし疲れていなければ、散歩するのも悪くないだろう。フラーリーの田舎家まで歩いてみたいんだ」少佐はちっとも疲れていないと言い、出掛けて老フラーリーに会えたら何よりも嬉しいと答えた。それで、二人は歩き始めた。若いグラントリーは家のなかに入ることもなく父と中庭を出た。息子は来るべきコスビー・ロッジの家具の売却のこと、ポーの将来の暮らしのこと、傷ついた世間的立場のことをもとより考えていた。プラムステッドの狐について気をもむような機会はもうなくなるだろう。とはいえ、父から言い出されるまで、彼のほうからそんなことを言い出すことはできなかった。「残念ながらお祖父さんがかなり弱ってきている」と、大執事は首を横に振って言った。「もうあまり長く私たちのところにいないのではないかと心配している」

「そんなに悪いんですか、父さん?」

「うん、わかるだろ、年なんだ、ヘンリー。お祖父さんは年齢の割にはいくらか老けていたからね。あと二年生きたら、八十になると思う。しかし、八十にはならないだろう。――決してね。おまえは帰る前にお祖父さんに会いに行かなければいけない。本当にそうしなければ」少佐は当然祖父に会うことを約束した。老人が聖堂と参事会長邸のあいだの通路で危うく倒れそうになった話を大執事は息子にした。二人はこんなふうに猟場番の田舎家まで歩いて行った。言うまでもなくそれぞれが考えていた問題に一言も触れなかった。少佐が家に残るにしろ、ポーに移り住むにしろ、ハーディング氏の健康問題は父との会話では自然な話題だった。しかし、父はふいに立ち止まって、ダーベルの農場で一匹の狐がいかに罠に掛けられたか話し始めた。「もちろんあれはプラムステッドの狐だな。——フラーリーが正しいのは間違いない」——大執事はこれについて問い合わせをしたことをかなり熱く息子に話した。ウラソーンのソーン氏にすぐ手紙を出したこと、ソーン氏が手紙の内容についてぜんぜん信じられないと言い切ったこと、フラーリーが罠の跡がついた狐の足を取り出したことなどだ。——その時、息子はいても立ってもいられなくなり、グレース・クローリーの件を細かく議論しないままでは、これ以上会話を続けられないと感じ始めた。「その狐が私たちの一匹であることは私がここに立っているのと同じくらい疑わないね」と大執事。

「狐がどこで生まれたかはどうでもいいことで、罠に掛けられたことが問題です」と少佐。

「もちろんそうだ」と大執事は怒って言った。たとえローマの司祭が彼の教区に入って来て、プロテスタントの信者を一人カトリックに改宗させたとしても、彼がこれほど熱心になれたかどうか、私は知りたい。それからフラーリーがやって来て、ポケットからくだんの狐の足を取り出した。「意図的に罠に掛けられたんじゃないと思う」と、少佐はおもしろい遺物でも調べるような目で見て言った。「ウサギの罠に掛かったんじゃないかな。——どうだい、フラーリー?」

「紳士が狐について気難しくなっているとき、罠なんか掛けるやつの気が知れません」とフラーリーは言った。「当然ウサギ用の罠だと言うでしょう」

「ダーベルの農場のあの男が好きになれないな」と大執事。

「私もです」とフラーリーは言った。「自力で馬を持てない農夫があの土地にいてはいけません。もし私が郷士ソーンなら、馬を飼わない農夫をあそこには置きません。農夫が馬を持って猟犬のあとを追うとき、ウサギの罠なんかいらないんです。――まったくね。どうしてこんなことになるんでしょう、ヘンリーさん？ウサギなんて！　ウサギがどんなものかよく知っています！」

ヘンリーはかぶりを振ると、向きを変えてその場を立ち去った。大執事はあとを追った。狐に対するこの作られた気遣いには偽善的なものが感じられて、少佐は不快だった。狐がもうだいじなものとは思えなくなったと、父に口に出して言うことはもちろんできなかった。それでも、そう思っていることを父に理解させなければならない。母は家具の売却をする必要がなくなったと手紙で書いてきた。父や母がそう言うのはそれでいいかもしれない。しかし、これまでの経緯のあとでは、手当を止めないという約束以外の約束で、イギリスに残ることに同意することはできなかった。手当を止める止めないの問題をもう父の気まぐれに左右させてはおけない。彼は最近貧乏とポーがかなり気に入り、不平という贅沢を糧に生きるようになっていた。犠牲を自分に用意することくらい心地よいものはないだろう。グラントリー少佐は今コスビー・ロッジと狐をあきらめ、一文なしの妻と結婚し、年六百か七百ポンドのポーの暮らしを立派なものと見ていた。ちゃんとした理由もなくこの立派な生活を捨てる気になれなかった。「ソーンがまったく理解できないな」と大執事は言った。「ソーンは狐について昔はとても几帳面だった。狐狩りをやめたからといって、田舎紳士が考えまで変えてしまうとは思えない」

「ソーンさんはフラーリーの言うことをあまり重く見ていませんね」と、ヘンリー・グラントリーはポーと不平のことを考えながら言った。

「私が言うことなら、信じてもらえるかもしれない」と大執事。

大執事がプラムステッドの狐の隠れ場について心を砕いているのは、全面的に息子のためであることは周知の事実だった。少佐はこれを裏の裏まで知っており、狐についての父の今の特別な心遣いが母の手紙で伝えられた知らせの裏づけとなっていると感じた。父はこういう言葉をみな息子が将来イギリスですごす生活に結びつくものとして発していた。「父さん」少佐はぶっきらぼうに振り返って、小道で大執事の前に立った。「狐の隠れ場に関する父さんの意見はまったく正しいと思います。狐を保護する紳士がみな国に貢献していることを確信します。ぼく自身がこの件に身近な関心を持てないのは残念ですが」

「なぜおまえはこの件に身近な関心を持てないのかね?」と大執事。

「海外で暮らすつもりだからです」

「母さんの手紙は受け取っただろ?」

「はい、受け取りました」

「おまえが今いるところにとどまっていられることを母さんは伝えなかったかね?」

「はい、伝えてきました。が、正直に言うと、父さん、ぼくは確実な収入を超えた生活をする危険を犯したくないんです」

「しかし、私がその生活を保障したら?」

「不平を言いたくありませんが、父さん、あなたは生活を保証することも、ある状況になれば即座に手当を止めることも、ぼくに教えてくれました。手当を止めると言われたあと、ぼくはコスビー・ロッジのような家を危ないと感じるようになりました」

大執事はどう説明すればいいかわからなかった。彼はグラントリー夫人のほうから実際の説明がなされることを願って、父としては正確な言葉を遣わないで息子と昔の関係に戻りたかった。しかし、父が思うところ、息子は扱いにくく、言葉を不必要に遣わせようとした。「おまえはあそこにいてまったく安全だよ」と父は半分怒って言った。

「収入が確実でなければ、危ないはずです」

「おまえの収入は確実だよ。しかし、これについては母さんと話をするほうがいい。私はどの息子にもむごい振る舞いをしたことはないと言いたい。息子がすることに意見を言う資格があると父が思っているからといって、とにかくそれで怒ってはいけない」

「父にさえ譲歩できない部分が息子にもありますよ、父さん」

「おまえは母さんと話すほうがいいね、ヘンリー。何があったか母さんが説明してくれるだろう。あの大農園を見なさい。おまえは覚えていないだろうが、あそこの木々はみなおまえが生まれたあとで植えられたものだ。老ソーンが聖イーウォルド・ダウンを手に入れようとしているとき、彼からあの大農園を買った。私が手に入れた最初の土地だ」

「あれはプラムステッドには入らないと思いますが?」

「そうだな。私たちが立っているここはプラムステッドだが、あれはアイダーダウンにある。教区がここでは入り組んでいるからね。あの土地くらい安く買った土地はないよ」

「聖イーウォルドは老ソーンさんのいい買い物でしたか?」

「ああ、いい買い物をしたと思う。彼はそれで教区全体を手に入れた。それはすばらしいことだな。それ以来土地は驚くほど値あがりした。しかし、賃貸料はそれほどあがっていない。今土地を買う人は出した金の二・五パーセント以上の利益をえることができない」

「人があんなに土地をほしがるのは不可解です」と少佐。

「自分の土地に立っていると思うのは心地いいものだよ。土地だけは飛んで逃げないただ一つのものだからね。それに、いいかい、土地は賃貸料以上のものを生み出すんだ。狩りの獲物は言うまでもなく、地位と影響力と政治的権限を与えてくれる。そろそろ戻ろう。おそらく今ごろは母さんも家に帰っているだろう」

大執事は自分の土地に立つ喜びをこんなふうに話すとき、息子に大きな教訓を垂れようとした。土地付資産の相続人という立場がどれほどすばらしいものか、グラントリー博士なら寄せ集めの収入と呼ぶもの――はした金とか、この会社の一、二の株式、あの会社の一、二の株式とか、外国国債へのわずかな投機とか、抵当の小さな利子とか、そんな便利だけれどあってもなくてもいい金のしずくでできた収入――に依存する男の地位がどれほど低いものか、息子に理解するように求めた。人はなるほど金のしずくに頼ってポーに住み、借金をせずに暮らし、安いワインを飲み、ガリニャーニ新聞を読み、山々を眺め、どうにか生活を楽しんでいけるかもしれない。しかし、この金のしずくの生活と、プラムステッドの狐の隠れ場や、バーセットシャーの治安判事の席や、馬や牛や豚や馬車や干し草山で一杯の既成の生活と、どちらかを選択しなければならないとき、息子のように育てられた男にとって選択に時間がかかるはずがない。そんなふうに大執事は思った。息子を富で誘惑しているというような発想は彼にはなかった。とはいえ、ヘンリー・グラントリーはこの世のよきものを目の前で見せられるとき、それらが報酬として与えられると言われているように感じた。

現在の心境では、その報酬をえるハードルは高すぎて越えられないと少佐は強く思った。グレース・クローリーをあきらめないと誓った。たとえバーセットシャーの狐の隠れ場で誘惑されても、この誓いを放棄するつもりはなかった。少佐はこの時父がどれくらい譲歩する用意があるか、あるいは息子の譲歩がどれくらい父から期待されているか知らなかった。母と話さなければならないと言われた。母とは話すつもりでいるけれど、その間土地付資産を賛美する父の雄弁にいい顔をして返事をする気にはなれなかった。父に屈服してイギリスの郷士になることを選んだら、何を要求されるかわかるまで、この話に深入りする気にはなれなかった。「ガリニャーニ」(1)新聞と山々のほうが今は魅力的だった。それゆえ、父と禄付牧師館へ向かって歩くとき、ほとんど会話を交わさなかった。

少佐はその夜遅く母から話を聞いた。グラントリー夫人は大執事のフラムリー訪問について知っていることをさりげなく話した。グラントリー夫人は夫と同じくらい熱心に息子を家にとどめておきたいと願っていた。それで、大執事がグレースに熱をあげていたから、夫人は娘をちょっと冷やかしてみたかったが、そんなよけいなことはしなかった。少佐は父の冒険について聞かされているあいだ、できるだけ発言をしないで、怒りも満足も表さなかった。それから、グレースが父の名に少しでも疑いが残っている限り、彼とは結婚しないと誓ったことを完全に再認識させられた。

「父さんは彼女にとても満足しました」とグラントリー夫人は言った。「彼女がとても立派に振る舞ったと思っています」

「父さんにそんな誓いを強要する権利はありません」

「でも、彼女は自発的に誓ったのです。彼女のほうから先にクローリーさんの嫌疑に触れたのです。父さんが言い出したわけではありません」

「父さんが誓わせたに違いありません。父さんにそんなことをする権利はなかったと思います。彼女のところへ行く権利なんかなかったんです」

「ねえ馬鹿なことを言わないで、ヘンリー」

「馬鹿なことは言っていないと思います」

「いいえ、馬鹿なことを言っています。ほしいものを手に入れるとき、手に入れる仕方を細かく吟味するなら、その男は馬鹿なのです。父さんが心配するのも当然です。父さんがいつもどんなに胸を張って歩いているか、牧師の評判と立場についてどんなにたくさん気を遣っているか知っているでしょう。そんな結婚の考えを父さんが嫌っても驚くに当たりません」

「グレース・クローリーと結婚しても家族を辱めることはありません」と恋人。

「あなたがそう言うのはそれで結構です。あなたの言葉通りに受け取ります。――つまり若い娘に関する限りはね。それに、あなたとほとんど同じくらい彼女を愛している父さんがいます。あなたがどう考えるか知りませんがね?」

「できれば放って置いてほしいです」

「でも、父さんはあなたにどんな害を与えたっていうのです? あなたが私に言ったことから判断すると、ミス・クローリーは父さんに言ったこととまったく同じことをあなたに言ったことがわかります。そんな彼女の気持ちをあなたは賛美せずにはいられないのです」

「ぼくは彼女のすべてを賛美します」

「たいへんすばらしい。それについては何も反対しません」

「それに、彼女をあきらめるつもりもありません」

「もう一度たいへんすばらしい。クローリーさんが無罪になり、すべてが丸く収まることを願いましょう。父さんは約束を破るような人ではありません。いつも約束以上のことをします。もしクローリーさんが無罪になったら、あるいは何とかうまく罪を逃れたら、父さんはその若い娘をもてはやす口実をえることができてかえって喜ぶでしょう。父さんに厳しく当たってはいけません、ヘンリー。あなたを身近に置いておくことが父さんの大きな願いであることがわかるでしょう？　あの忌まわしい広告ビラが父さんの心を悲嘆に暮れさせたのです」

「では、なぜ父さんはぼくを脅したんです？」

「ヘンリー、あなたは片意地ですよ」

「ぼくはかたくなな人間じゃありませんよ、母さん」

「いいえ、かたくなです。あなたは頭に入れようとしないし、忘れようとしません。あなたは自分のためすべてが円滑に進むように期待するけれど、誰かほかの人のため物事が円滑に進むようには何もしません。家具の売却をあきらめると約束しなければいけません。たとえ最悪の事態になっても、あなたがたくさん譲ったからといって父さんがあなたに損をさせるようなことはしません」

「たとえ最悪の事態になっても、父さんからは何も受け取りたくありません」

「では、家具の売却を延期するつもりはないのですね？」

息子は母に回答する前に一瞬間を置いて、置かれた状況を思い巡らした。「父さんの脅しに曝されている限り、それはできません」と彼はついに答えた。「父さんとミス・クローリーのあいだに起こったことは、ぼくとは無関係に起こったことです。父さんは手当を止めるとぼくに言いました。それを考え直したと父さんに言わせてください」

「でも、父さんは止めていません。直近の四半期分は先日あなたの口座に振り込まれたばかりです。父さんは手当を止めるつもりなどありません」

「父さんにそう言わせてください。コスビー・ロッジのぼくの生活費が結婚には左右されないと、ぼくの収入は結婚しようと、すまいと変わらないと言わせてください。そうしたら、明日にも競売人に話をつけます。ぼくがフランスで暮らすことを願っていると思ってはいけません」

「ヘンリー、あなたは父さんに厳しすぎます」

「父さんはね、母さん、ぼくに厳しすぎたと思います」

「今責めを負うべきはあなたのほうです。私の意見はこれだとはっきり言います。もしこれから悪が生じるなら、それはあなたの罪です」

「もしこれから悪が生じるなら、それに堪えなければなりません」

「息子は父のためたくさん譲るべきです。――特にあなたの父さんくらいに寛大な父にはね」

しかし、言っても無駄だった。グラントリー夫人は寝床に入るとき、のちに妹とこの件を議論したおり、男たちの片意地と呼んだものをただ嘆くだけだった。「父子は互いに瓜二つです」と夫人は言った。「父子それぞれが寛大になりたいと望んでいるのに、どちらも折れて素直になろうとしません」大執事と妻は翌朝早く朝食時に息子に会う前に、ずいぶんこの件について話し合ったに違いない。しかし、父と息子は朝食時もその後も、この件について一言も言葉を交わさなかった。大執事は土地を愛する話に触れるのをやめ、狐の話にも戻らなかった。彼は息子にとても礼儀正しかった。――グラントリー夫人が心でつぶやき続けたように、あまりにも礼儀正しかった。少佐はそのあと馬車で出掛けて、祖父に会うためバーチェスターを通った。大執事は別れの挨拶を交わすとき、彼と握手して、雨が降るかもしれないと言った。大きな傘を持って行かなくてもいいかね？　少佐は父に丁寧に感謝して、雨は降らないと思うと言い、それから去って行った。息子の足音が裏庭に続く通路に消えていくとき、「おまえの責任だぞ」と大執事は言った。グラントリー夫人は穏やかに立ちあがり、息子のあとを追った。夫人は彼がドッグ・カートに座っているのを見つけた。同行する予定の使用人はまだ馬の頭を押さえていた。夫人は息子に近づくと、ギグの車輪のそばに立って、一言二言彼の耳に囁いた。「ヘンリー、あなたが私を愛しているなら、家具の売却を延期してくれますね。私のためそうしてください」彼は大きな苦痛の表情を顔に浮かべて、母に一言も答えなかった。

妻が戻って来たとき、大執事は見るからに嵐のような怒りに駆られており、握りこぶしを片方の手のひらに打ちつけながら、部屋を歩き回っていた。「私はできる限りのことをした」と彼は言った。――「できる限りのことはすべてね。実際相応以上のことをした。あいつの責任だ。あいつの責任なんだ！」

「あなたが恐れているのは何なのです？」と夫人。

「何も恐れていない。しかし、コスビー・ロッジの家財を売り払いたいんなら、あいつはその結果を受け入れなければならない。家財を取り戻すため金を出すつもりはまったくない」

「たとえあの子がそれを売っても、何か大きな問題があるのでしょうか？」

「問題があるって！　家財を売るのはあいつが私と喧嘩をしている証拠だと、この田舎に一人でも知らない人がいると思うかね？」

「でも、あの子はあなたと喧嘩などしていません」

「じゃあ、家財を売るのがあいつと私が喧嘩をしている証拠なんだと、おまえに教えてあげよう！　私が厳しい父だったことはない。しかし、男には堪えられないことがいくつかある。もちろんおまえはあいつの味方をするだろうがね」

「私は誰の味方もしません。ただ父子が和解してほしいだけです」

「和解か！　そう。確かに和解だな。私があらゆる点で譲歩することになるんだね。私が案山子になるんだろ。いいかね。コスビー・ロッジで競売人の木槌が持ちあげられるとき、私は財産の取り決めを断固変更するつもりだ。土地はみなチャールズにやる。そう約束する」哀れな母にはもう何も言う言葉がなかった。――その瞬間何も言うことがなかった。今回の危機で夫は息子ほど悪くないと妻は思っていた。が、夫の怒りを強めてはいけないので、それを口に出すことができなかった。

祖父がベッドに寝て、ポウジーが隣に座っているところにヘンリー・グラントリーは入って行った。「あなたの具合があまりよくないと父さんが言っていました。それで、ちょっと覗いてみようと思いました」と少佐。

「ありがとう、あなた。――とてもご親切ですね。体はたいしたことはないんですが、昔のように強くないんです」老人は孫の手を握ってほほ笑んだ。

「ポウジーは元気ですか?」と少佐。

「ポウジーはとても元気ですよ。そうでしょう？」と老人。

「お祖父ちゃんはもう聖堂へ行かないんです」とポウジーは言った。「それで、私がお祖父ちゃんとお話するためここに来ています。そうでしょう、お祖父ちゃん」

「それに綾取りをするためにね。――ただし今朝は綾取りをしていません。そうでしょう、ポウジー?」

「バクスター夫人から今朝は綾取りをしないように言われました。お祖父ちゃんがベッドから体を起こすには冷たいからです」とポウジー。

少佐はそこに二十分ほどいたところで、暇乞いをする支度をした。――しかし、ハーディング氏はポウジーに部屋から出るように指示してから、一言言いたいことがあると孫に言った。「干渉したくはないんですが、ヘンリー」と彼は言った。「でもね、プラムステッドで必ずしも物事が円滑に進んでいないのが心配なんです」

「ぼくと母さんのあいだに何のいさかいもありません」と少佐。

「いさかいがあるのがとんでもないことです。でもね、あなた、あなたとお父さんのあいだにもいさかいがないようにしてほしいんです。お父さんはいい人です。あなたがお父さんの思い出を誇りに思うときがきっと来ます」

「今も父さんを誇りに思っています」

「それからお父さんに優しくしてください。——従ってください。私はもう老人なので、愛する人々からすぐ引き離されてしまいます。でもね、私は子供からずっと親切に、優しくしてもらいましたから、子供のもとを去るときも幸せです。私がこれから向かう人々のことを想起するのを許してもらえるなら、その人々の思い出もみな快いものです。そんな人々が私の死の床を幸せにしてくれるのは、そんな人々にとっても晴れがましいことではないでしょうか?」

ハーディング氏は簡単に喜び、簡単に満足できる人なのだと、その点で父とはずいぶん違う人なのだと、少佐は思わずにはいられなかった。しかし、彼は当然それを口に出すことはしなかった。「最善を尽くします」と彼は回答した。

「そうしなさい、あなた。あなたの父を敬いなさい。——この世であなたが長く生きるためにね(2)」

バーチェスターから馬車で離れるとき、少佐はみんなから反対されていると思った。しかし、少佐は彼の道が正しいと信じていた。グレース・クローリーをあきらめるつもりはなかった。あきらめないのなら、コスビー・ロッジに住むことができなかった。

註

（1）一八一四年パリ創刊の英字新聞。

（2）「出エジプト記」第二十章第十二節に「あなたの父と母を敬え。これはあなたの神、主が賜る地で、あなたが長く生きるためである」とある。

第五十九章　ある女性がミス・L・Dにご挨拶を送る

リリー・デールがロンドンのソーン夫人のところに滞在しているとき、ある朝、食事のため着替えていると、郵便集配人が置いて行った手紙がすぐ部屋に届けられた。リリーは宛先を書いた女性の筆跡が誰のものか即座に思いつかなかった。筆跡の曲がりはじつに鋭角、線はまっすぐで、母音は鋭い点と開いた目を具え、残酷でわざとらしかった。家庭ではなく学校で書き方を習った女性の筆跡だとリリーはすぐ判断して、手紙を開く前から送り主に対する偏見を抱いた。手紙を開けて読んだとき、送り主に対する不快な感情にとらわれた。手紙は次のように書かれていた。――

ある女性がミス・L・Dにご挨拶を送り、次の質問に答えてくださるようにミス・L・Dに切にお願いします。ミス・L・DはJ・E氏と婚約されていますか？　もし回答が肯定であれば、くだんの女性は決してミス・L・Dに干渉しないことを誓います。この問いの回答はエッジウェア・ロード(1)四五五の郵便局留めで、M・Dへ送ってくださるように心からお願いします。M・DがJ・Eに関心を抱いている事実を疑われないように、M・DはJ・Eがヨーロッパ大陸へ向かう前に残した最新の手紙を同封します。

リリーがジョン・イームズの筆跡だとよく知っている小さな紙切れが同封されていた。それには次のように書かれていた。「最愛のM。――きっかり八時半です。いつも変わらないあなたのJ・E」リリーはこれを読んだとき、M・Dへのジョンの手紙が冗談だということがわからなかった。

リリー・デールは匿名の手紙の噂を以前聞いたことがあった。が、そんなものをもらったり、見たりしたことはなかった。今手元に受け取ってみると、こんな手紙を書くことくらい忌まわしい行為はないと思った。彼女はこんな手紙を受け取り、開き、読んだことで汚らわしいことでもしたかのように感じた。足元の床にそれを落として踏みつけた。こんな手紙を書いた女性はどんな人物だろうか？　答えてほしいって！　当然答えるつもりはない。返信することがふさわしいとは一瞬たりとも思わなかった。家にいるか、母と一緒だったら、母を呼んだだろう。デール夫人ならそれを床から拾いあげて、読んで、破り捨てただろう。実際には、彼女は自分で拾いあげるしかなくて、拾いあげたあと、この手紙のことはこれで終わりにしようと決めた。誰かにこれを見せるのが正しいかもしれない。それなら、エミリー・ダンスタブルに見せて、そのあと破り捨てよう。

彼女はもちろんこんな手紙に自分が左右されるわけがないと心に言い聞かせた。しかし、手紙にはとても強い効果があって、おそらく書き手が意図した効果をあげた。J・Eはもちろんジョン・イームズのこと。それは間違いない。封筒にはっきりミス・リリアン・デールと宛名書きする一方、文中ではL・Dと書くなんて書き手は何と愚かなのだろう！　とはいえ、頭文字で謎めかすことが魅力的だと思い、匿名の手紙の秘密っぽさを好む人がいる。リリーはそんなことを考えながら、手紙をもう一度踏みつけた。彼女に回答を要求するM・Dとは誰か、――ジョン・イームズがじつに愛情をこめて文通するM・Dとは誰か？　M・Dのことは心に問うことさえすまいと決意していたのに、彼女はその問いを心から振り払うことができなかった。とにかくその頭文字で表される女性――自分をM・Dと呼びたがる女性――がいるのは事実だった。イームズはその女性をMと呼んでいる。とにかくそんな女性がいるに違いない。この女性は誰であるにせよ、イームズのことでこの問いを発することに価値があると考えたし、明らかにリリーの過去についてもかなりよく知っていた。もしL・Dがイームズと婚約していると言いさえすれば、この女性は彼に干渉しないと誓っている！　リリーはこの申し出を考えて、もう一度手紙を踏みつけた。それから、それを拾いあげたが、施錠して保管する場所が近くになかったので、ポケットに入れた。

彼女は夜寝床に就く前に手紙をエミリー・ダンスタブルに見せた。「女性がこんな手紙を書こうと思うなんて、驚きですね？」とリリー。

しかし、ミス・ダンスタブルは違ったふうに考えた。「もし誰かがバーナードについてこんな手紙を書いてきたら」と彼女は言った。「おもしろい冗談だと思って彼に見せます」

「私たちとは事情が違いますから。あなたとバーナードはもちろん理解し合っています」

「あなたとイームズさんも理解し合います――いつの日かね。わたしはそう願っています」

「私たちが今以上になることはありません。私が当惑するのは、こんな女性が私の名を知っていることです」

「人に耳と舌がある限り、ほかの人の名を耳にし、口にします」

リリーはちょっと間を置いて、それから別の質問をした。「この女性は彼を知っていますね？　知っているはずです。彼から手紙をもらっているんですから」

「彼女は確かにイームズさんについて何か知っていて、なぜかあなたに彼と喧嘩してほしいと願っているんです。もし私があなたなら、相手の思うつぼにはまらないように気をつけます。イームズさんの手紙は冗談なんです」

「彼の手紙は私にはどうでもいいことです」とリリー。

「たいていの紳士はできれば友人に知られたくない種類の人々とも馴染みになっていると思います」とエミリーは続けた。「紳士はたちは私たちよりもずっと多く外出して、あらゆる種類の人々と出会うからです」

「こんな手紙を書くような女性と親しくなってはいけませんよね」とリリー。彼女はそう言いながら、若いころのジョン・イームズのある挿話を思い出した。(2)疑いのない情報源からその挿話を聞いたとき、苦痛を感じ、怒りを覚えた。彼女はイームズがある若い女性にとても残酷に振る舞ったと信じており、その怒りがたんに彼の振る舞いに対する感情から生じたと思っていた。「でも、それはもちろん私にはどうでもいいことです」とリリーは言った。「イームズさんは好きなように友人を選ぶことができます。ただ私の名を友人の前で出さないように願うだけです」

「その女性があなたの名を聞いたのはおそらくイームズさんからではないと思います」

「おそらくそうでしょう。すでに言いましたように、そんなことはもちろんどうでもいいことです。ただ全体にとても不快な感じがします。発想がとてもいやです！　もちろんこの女性はイームズさんに対して何か権利を持っていると思っていて、私がその邪魔をしていることを知らせたいんです」

「どうしてあなたが彼女の邪魔をすることになるのでしょう？」

「私は誰の邪魔もしたくありません。イームズさんには好きな人と結婚する権利があります。私にはとにかく彼に腹を立てる理由なんかありません。私の名をただそっとしておいてほしいだけです」

リリーは自室に戻ったとき、手紙を破り捨てた。しかし、破り捨てる前にもう一度それを読み返して、一言一句忘れられないほど強く記憶に刻みつけた。手紙を書いた女性はある条件下で「ミス・L・Dに干渉しない」ことを誓っていた。「私に干渉しないって！」とリリーは一人つぶやいた。「誰も私に干渉できないし、誰にもそんな力はありません」彼女はこの手紙について考えれば考えるほど、ジョン・イームズに対して心をかたくなにした。書く理由がなければ、わざわざこんな手紙を書く女性はいない。リリーは手紙から見て、書き手が無教養で、不誠実で、女性らしくない人だと判断できると思った。しかし、その女性は確かにイームズを知っており、彼の結婚問題に関心を抱いており、質問して回答を要求できると思う人だった。——ただしリリー・デールからそんな返事をえる資格はなかった。

リリーは匿名の手紙が手元に届くまでこの数週間、ジョン・イームズに心を和らげ、いっそう心を開くようになっていた。しかし、今再び心をかたくなに閉ざしてしまった。アドルファス・クロスビーがハイド・パークに現れて、この男の一瞬の実像が想像上のアポロの神性を地に落としてしまった。これがもう一人の恋人——これまで神だったことはないが、近年とにかく充分大きく一人前の男に成長した恋人——の役に立った。後者にとって不幸なのは、ほんの少年にすぎないころ恋愛を始めたことだ。リリーはクロスビーから捨てられたあと、孤独の日々のなか、二人の恋人を並べて考えた。そんな時、好きなほうの恋人を有利な神的存在として、知性、行儀、教養、身体的長所の点で一方よりもはるかに優れた存在として心に思い描いた。もう一方の男性イームズには善良な性質と真心からの愛情を見ることができた。が、状況から判断すると、その善良な性質は誰に対しても等しく表れるもの、真心からの愛情さえ二、三人の女性と分かち合うことができるものに見えた。娘が少年時代から知っているこんな男性、リリー・デールが少年時代から知っているこんなジョン・イームズは、恋人よりも友人として好まれる。リリーはジョンを友人としてしか見なかった。彼女はクロスビーが何者で、どんな人物だったか告げる嘘の記憶を心にとどめているあいだ、その嘘の記憶から描き出される虚像よりも男らしくない、高貴でない恋人を受け入れる気になれなかった。それから、実像が彼女の前に現れた。その姿は一瞬しか現れなかったが、虚像を粉々に砕いてしまった。リリーは自己欺瞞に陥っていたことに気づいて、神ではなく、普通の人から許しを求められていることを知った。もともと神性のない男にとって許しを求めることなど何でもないことだ。彼女は問題を深く考えたあと、クロスビー氏とは結婚しない決断をし、そのことを友人らに誓った。たとえ彼女がこの男と結婚しても、友人らは彼に愛情を感じる気にはなれないだろう。一方、ジョン・イームズはこの虚像の崩壊によっていい転機を迎えたのかもしれない。リリーは当人がその気になれないだけで、イームズと運命をともにするように身内らみなから嘱望されているのを知っていた。母、伯父、姉、義兄、従兄、――それにこの従兄の新しい花嫁も――、レディー・ジュリアやアリントンとゲストウィックの友人らみながイームズと結婚することを支持していた。クロスビーのほうがリリーにとって大切だという事実、哀れなジョニーには何か、真剣さか、男らしさか、クロスビーが己のイメージに着せようと工夫したあのポイボス[3]的な神性か、何かそんなものが欠けているという事実、それ以外に結婚に反対するものは何もなかった。しかし、私がすでに述べたように、ジョンは神性に到達していないにせよ徐々に成長して、少なくとも男らしさには届いていた。それゆえ、ジョンは虚像の崩壊によってヨーマンの助け[4]をえた。そんな時にこの呪われた手紙が来た。リリーはきちんと判断したにもかかわらず、意志とは裏腹に手紙のことを胸中から払拭することも、何でもないものとして無視することもできなかった。M・Dは彼女に干渉しないと約束した！　そんな干渉が起こる余地も、可能性もなかった。彼女は古い友人のイームズがこのM・Dのような厚かましい、俗悪な女性とは無関係であってほしいと心から願った――そう心でつぶやいた。しかし、古い友情という観点から以外に、M・Dとイームズが一緒だろうと、別々だろうと、彼女にはどうでもいいことだった。ゆえに、手紙は書き手が望んだ効果をあげたと言っていい。

ロンドンのすべてがリリー・デールには目新しかった。ソーン夫人は見せられるものをみなリリーに見せたいと思った。リリーは五月の花が咲く前にアリントンに帰る予定だった。それゆえ、群衆とまぶしい光と社交界とロイヤル・アカデミーの大展覧会[5]を目にすることはないだろう。それでも、リリーは連れて行かれて多くの絵を見た。とりわけある貴族[6]所蔵の絵の鑑賞に同行した。その貴族はイギリスではほとんど評価されていない――あふれるほどの――気前のよさから、屋敷を世間に公開し、一族の富によって収集した財宝を見せている。あるすばらしい四月の午後、ソーン夫人と一行は必要な手続きを取って、この貴族の応接間にいた。リリーはもちろんソーン夫人と一緒だった。エミリー・ダンスタブルも、バーナード・デールも、ソーン夫人の親友ハロルド・スミス夫人も、ソーン夫人の忠実な、便利な従者サイフ・ダンもそこにいた。彼らは楽しいけれど疲れる絵の鑑賞をほぼ終わっていた。ハロルド・スミス夫人は展覧会が始まるまで、これ以上一枚ももう絵を見るつもりはないと明言した。三人の女性は応接間に座っており、サイフ・ダンはその前に立って、まるで古い巨匠らの絵を見て育ったかのように、美術について講義していた。エミリーとバーナードは後ろのほうでぐずぐずしていたから、一行は遅れている恋人たちが追いつくまで、出発を延ばしていた。この時、二人の紳士が陳列室から部屋に入って来た。それがファウラー・プラットとアドルファス・クロスビーだった。

ソーン夫人を除く一行みなが個人的にクロスビーを知っており、ハロルド・スミス夫人を除く一行みながクロスビーとリリーの経緯を多少とも知っていた。サイフ・ダンはハイド・パークの出来事を目で見て学んで、経緯をほとんど呑み込んでいた。ところが、ソーン夫人はリリーの経緯を知ってはいても、クロスビーの外見を知らなかった。そのうえ、一緒にいるクロスビーの友人ファウラー・プラットは、覚えておられるだろうが、先日ソーン夫人と食事をしたばかりだった。夫人は持ち前の率直な、無遠慮な衝動に駆られて、彼を呼び止め、すぐ話し掛けた。夫人がそうしていなければ、二人の男はおそらく部屋を擦り抜けて、戸口でバーナード・デールとエミリー・ダンスタブルに会っていただろう。ファウラー・プラットはそんな出会いからリリーを救う段になればじつに抜け目がなかったから、できることなら、擦り抜けてクロスビーを一緒に連れ出したことだろう。しかし、実際にはプラットはソーン夫人から逃げ出すことができなかった。

「ファウラー・プラットよ」とソーン夫人は二人が最初に入って来たとき、プラット当人にも聞こえる大声で言った。「プラットさん、こちらへおいでください。ご機嫌いかが？　この火曜にディナーをご一緒してから、一度も私のところに訪ねて来ませんね」

「五月半ばまでその義務はないと思っておりました」(7)とプラット氏。彼はソーン夫人とスミス夫人と握手し、ミス・デールにお辞儀した。

「それはまったく考え違いだと思いますよ」とソーン夫人は言った。「四月でもほかの月でも一枚の名刺でおいしいディナーにありつけます。訪ねて来なければ次のディナーにはありつけません——特別あなたが招待されない限りはね」

クロスビーはなおも歩いて、ハロルド・スミス夫人が座っている椅子の近くを通った。もしスミス夫人から話し掛けられなかったら、そのまま歩き続けていただろう。「クロスビーさん」と夫人は言った。「ずいぶんお久しぶりね。あなた、完全に自分を埋葬することにしたんですか？」クロスビーはどうやってこの場を切り抜け、歩き続けたらいいかわからなかった。彼は思案し、ためらい、それから立ち止まって、気に病むことなどないかのようにスミス夫人に話し掛けようとした。その試みに成功しなかったうえ、いったん立ち止まると、再び歩いて逃げ出す方法がわからなかった。この時、バーナード・デールとエミリー・ダンスタブルが近づいて来て、一行に合流した。しかし、二人とも近づくまで、クロスビーが一緒にいることに気づかなかった。

リリーはソーン夫人とスミス夫人のあいだに座って、サイフ・ダンがすぐ向かいに立っていた。ファウラー・プラットは意に反して一行の輪のなかに引き込まれ、今はダンのすぐそば、ほとんどダンとリリーのあいだに立っていた。クロスビーはリリーから二ヤードほどのところ、ダンのもう一方のそばに立っていた。エミリーとバーナードは二人の男に気づく前に、ソーン夫人側からプラットとクロスビーの後ろに来ていた。リリーはこんなふうに完全に囲まれてしまった。ソーン夫人は熱心な、性急なやり方を取り柄としていたが、どの女性よりも他人を思いやる人だったから、クロスビーの名を聞くやいなや、すべてを悟って、リリーを窮地から救い出さなければならないと思った。クロスビーはスミス夫人に話し掛けるとき、にたにた薄笑いを浮かべた。彼はその時リリー・デールを目の前に見ながら、無関心を装い、薄笑いをするのは間違いであり、浅ましく見えると感じた。できればリリーのためにもこれを避けたかった。しかし、もう遅かった。リリーの顔から目を離すことができなかった。彼はほとんど何をしているかわからないまま、帽子を持ちあげて、リリーにお辞儀をし、挨拶の言葉を口にした。

リリーは彼に気づいた瞬間から、ほとんど獰猛な眼差しでまっすぐ正面を見詰めていた。彼女はプラットとサイフ・ダンの二人から子細に観察されていた。彼女はクロスビーがまるで視野のそと、耳に聞こえる範囲外にいるかのように振る舞った。しかし、彼の体のあらゆる動きを見、彼の唇から漏れるあらゆる言葉を聞いていた。今彼から挨拶されたから、リリーは彼のほうにまっすぐ顔を向けて、お辞儀をした。それから、席を立ってサイフ・ダンとプラットのあいだを抜け人の輪を出た。顔には血の気が差して、全体に広がった。彼女がそんなふうに目立った振る舞いをしたので、そこにいて観察していた人々はみなその赤面に気がついた。ハロルド・スミス夫人さえもそれを見て、経緯を読み取った。リリーが立ちあがるとすぐ、バーナードはエミリーの手を放して、従妹に腕を差し出した。「リリー、ぼくに連れ出させてください」とバーナードは大声で言った。「あなたがあんな挨拶の侮辱に曝されるなんて悲しい」バーナードはもともとクロスビーの友人で、クロスビーとリリーを橋渡しする不幸な役割を演じた。彼は今日に至るまで、従妹が受けた虐待の復讐をはたしていない。彼は今復讐の念に駆られた。リリーはそう言われたことで従兄を憎んだ。それでも、彼女は従兄の腕を借りて部屋から一緒に出た。そこにいる人々がみな出会いの全体像を把握することができたので、バーナード・デールは当をえていたと、彼の発言の明らかな無分別にもかかわらず、擁護できると認めてやっていいだろう。出会いの悲運はあまりにもはっきりしていたから、社会のどんなベールの下にも隠すことができなかった。クロスビーはみなが注視する静寂のなかで挨拶した。リリーは女王のような物腰で立ちあがり、堂々とした足取りで歩いた。かかわった人々は起こった場面を無視する振りができなかった。クロスビーはまだハロルド・スミス夫人の近くに立っていた。ソーン夫人は席から立ちあがった。バーナード・デールが口にした言葉はまだみなの耳のなかで鳴り響いていた。「馬車の面倒を見ましょうか？」とサイフ・ダン。「そうしてちょうだい」とソーン夫人は言った。「でも、ちょっと待って。馬車は当然そこに来ています。一緒に行きましょう。さようなら、プラットさん。とにかくあなたは郵便ででも名刺を送ってください」それから、一行はいなくなり、クロスビーとファウラー・プラットは絵のあいだに取り残された。

「今なら君も、彼女をあきらめたほうがいいという私の意見に同意してくれるだろう」とファウラー・プラット。

「彼女がほかの誰かと結婚したと聞くまで」とクロスビーは言った。「私はあきらめないね」

「たった今起こったことを見たあとなら、彼女には君と結婚する気がないと私が言っていることが信じられるだろ」

「確かに彼女は結婚してくれそうもないね。だが、やってみようという考えだけでも私にとって慰めになるんだ。やるべきだったのにやらなかったことを今やろうと努力しているところさ」

「君が考えなくてはならないのは、思うに、君の慰めではなくて彼女の慰めだね」

クロスビーはしばらく黙って立っていた。彼は二人が入った比較的小さな部屋の戸口近くで肖像画を熱心に見ていた。しかし、彼はぜんぜん絵のことなんか考えておらず、目の前の画布がどんな絵かさえ意識していなかった。

「プラット」と彼はついに言った。「君はいつも私に厳しく当たるね」

「黙っていてもらいたければ、この件についてはもう何も言わないよ」

「黙っていてもらいたい」

「わかった」とプラット。

「君はまったく私を理解していない。仕出かしてしまった悪を私がどれほど徹底的に後悔しているか、まだ償いが可能なら、どれほど償いたいと思っているか知らないね」

ファウラー・プラットはそれについて黙っているように言われたので、これに答えないで、絵について話し始めた。

リリーは従兄の腕に寄り掛かって、ソーン夫人とサイフ・ダンよりも先に邸宅の前の中庭に出た。あっと言う間の出来事だった。バーナードは従妹に一言言うべきだと感じた。

「ぼくがあんなふうに言ったことで、リリー、あなたが怒っていなければいいんですが」

「黙っていてくれたらよかったともちろん思います。でも、私は怒っていません。怒る資格なんかないんです。自分でこの不幸な出来事を作ったんです。これについてはもう何も言わないでください、バーナード。

――これで終わりよ」

一行は画廊まで歩いて来たが、帰りの乗り物としてソーン夫人とハロルド・スミス夫人の二台の馬車を用意していた。ソーン夫人はエミリー・ダンスタブルとバーナードを友人と一緒の馬車でどうにか送り出したあと、サイフ・ダンには一人で帰るように言った。こうしてソーン夫人はリリー・デールと二人だけで馬車に乗れるように工夫した。

「ねえ、あなた」とソーン夫人は言った。「あなたが少し困っているように見えました。それで、みんなを帰すほうがいいと思ったのです」

「とても助かりました」

「彼はあなたがいるとわかった瞬間、立ち止まらないで歩き続けるべきでした」とソーン夫人は怒って言った。「ただ消えるか、大気へ溶け込むか、地面に沈み込むかすることが男性の義務となる瞬間があります。――男性には、そんな突然の自己消滅の苦労を乗り越えなければならない瞬間、そうしなければ、その後ずっと哀れで卑しい存在と見なされる瞬間があるのです」

「彼に消えてほしいなんて思いません。――話し掛けられなければいいんです」

「彼は消え去るべきでした。男性は彼のほうで何も悪いことをしていないときでも、罪がすべて女性の側にあるときでも、時々名誉ある自己消滅を遂げなければなりません。女性には女性であるというだけで多くのことがなされるよう期待する権利があります。けれど、罪が今回のようにすべて男性の側にあるとき、――しかも罪があんな忌まわしい罪であるとき――」

「どうかそれ以上続けないでください、ソーン夫人」

「彼は人前に姿を現そうとしただけで、首を吊らなければなりません。バーナードは立派に振る舞ったと思います。彼にそう言います」

「どうかみな忘れてください。もう口にしないでください」

「話をしてあなたを困らせるつもりはありません、あなた。約束します。でも、リリー、私はあなたがほとんど理解できないのです。この男は獣だったし、これからも獣であるに違いありません――」

「ソーン夫人、あなたは今彼のことを口にしないと約束しました」

「これが終わったら、もう言いません。けれど、今しばらくは思い通り話させてください。私はちょくちょくあなたと話をしたいと願っていましたが、あなたを怒らせるのではないかと恐れてそれを控えていたのです。今偶然事件が起こりましたから、起こったことについて何も言わないで見すごすことはできません。あなたの全人生があの悪い男の記憶によって破壊される。どうしてそんなことが起こっていいか私にはわかりません」

「私の人生は破壊されません。決して破壊されません。とても幸せな人生です」

「けれど、あなた、私が聞いたことが本当だとすれば、みんなから好かれ、特にあなたの家族から好かれ、あなたからもとても好かれている、非常に尊敬すべき若者がいるそうじゃありませんか。その若者の忠誠は昔の武侠の士パラディン[8]の忠誠にも似ているのに、あなたはその若者に向かって何も言うことができないのです。――それもみなたった今あなたの邪魔をしたあの卑劣な男のせいでね」

「ソーン夫人、事情をすべて説明することはできません」

「あなたに説明してもらおうとは思いません。私は愛してもいない人と結婚するように若い娘に求めるつもりはもうとうありません。そんな結婚は忌まわしいものです。けれど、若い娘は相手の男性が公正に手に入って、好きになってくれる男性が好きで、それが身内からも認められるなら、私は結婚すべきだと思います。過去の記憶に邪魔されるようなこともあるかもしれません。でも、邪魔されてはなりません。恐ろしい病的な感情が人生を破壊するようなことが時々起こるからです。でも、言いすぎたのなら、リリー、私を許してください。こんなかたちであなたが苦しまないように願っています」

「あなたがどれほど親切かわかっています、ソーン夫人」

「さあ、うちに着きました。おそらくあなたは入って休みたいでしょう。私にはいくつか訪問しなければならないところがあります」それで、会話が終わり、リリーは一人になった。

彼女はこんなことをあたかも以前に考えたことがなかったかのようにソーン夫人から言われた！　あたかも何か新しいものが夫人のこの忠告にあるかのように言われた！　リリーは同じ忠告を母から、姉から、伯父から、レディー・ジュリアから受け取って、うんざりしていた。ほかの娘の場合にはじつに私的な問題が、リリーの場合には大きな知人の輪のなかで公的な問題になるのはいったいどうしてなのだろう？　ほかの娘ならそんな忠告は母から受けるだけだろう。それゆえ秘密が保たれる。ところが、リリーの秘密は言わば町の触れ役によって大通りで公表されている！　彼女がアドルファス・クロスビーによって婚約を破棄されたこと、ジョン・イームズによって慰めをえるように予定されていることをみんなが了解していた。もし彼女が親切に整えられた道筋を通りたくないなどと言い出したら、人々は彼女を非難してもいいと思っているかのようだった。

病的な感情ですって！　彼女に関心を抱く大きな知人の輪によって未来の夫として指名された男性に、彼女が愛情を移せないからといって、なぜ病的な感情の持ち主として非難されなければならないのだろう？　病的な欲求にも、病的な後悔にも虫食まれてなんかいない。彼女はなされた非難に怒りのようなものを感じながら、病的なものに損なわれていないことを心で確認した。義務の日課のなかでえられる刺激以上のものを求めることもなく、母が生活するように家で生活して満足できたし、満足している。そこに病的なものが入り込む余地などなかった。できるだけ早くアリントンに帰って、みじめにさせるこのロンドンの生活を終わらせたかった。クロスビーとの再会はひどかった。彼のイメージが粉々になったとは言わないが、みじめさがみな出会いの悲運から来ていると思った。しかし、彼の姿を見、彼の声を聞いたという事実、彼の姿を見、彼の声を聞いてリリーがみじめになったという事実があった。彼の姿をまた見たり、彼の声をまた聞いたりすることが二度と身の定めとならないようにはっきり願った。

リリーはこの苦々しい熟考のとき、ジョン・イームズについてもほとんど同じことを願った。ジョンは恋人になろうとさえしなければ、彼女にとってとてもいい人になれたかもしれない。しかし、知る人みながジョンの主張を彼女の耳にジンジンやかましく繰り返している限り、彼はあまりいい人になれそうもなかった。ジョンは誠心誠意訴えるだけで満足していたら、もっとチャンスを見出せると彼女は思った。こういう点で彼女は恋人に対して厳しかった、と私は思う。ジョンはやり方がわかる限り上手に、チャンスが与えられる限り頻繁に、誠心誠意訴えてきた。ほかの擁護者らがジョンの応援に回るのは彼の過ちではなかった。彼はソーン夫人に応援を頼んだわけではなかった。

哀れなジョニー。ある女性がミス・L・Dに挨拶を送る前、彼はリリーからずいぶん好意的に見られていた。今、忌まわしいあの手紙が、リリーの心に忍び込むあの不信が、あいにくジョニーの利益に敵対した。リリーは彼を愛しているにしろいないにしろ、嫉妬するほど愛していなかった。クロスビーについてこんな手紙が幸せな若き恋愛の日々に届いたとしても、リリーはただ笑い飛ばしただけだったろう。手紙は彼女にとって何でもないものだったろう。しかし、今彼女は気分を害しており、悲しかった。どんなささいなことにも簡単にいら立った。「ミス・L・DはJ・E氏と婚約されていますか?」「いいえ」とリリーは声に出して言った。「リリー・デールはジョン・イームズと婚約していません。これからも婚約しません」彼女は座って、求められた回答をミス・M・Dにほとんど書く気になった。手紙は破り捨てたが、エッジウェア・ロードの郵便局の番号をちゃんと覚えていた。哀れなジョン・イームズ。

その日の夕刻、リリーは予定の日よりも前にアリントンに帰りたいと、エミリー・ダンスタブルに申し出た。「でも」とエミリーは言った。「いったいどうして約束を破るのです?」

「愚かに見えると思いますが、じつのところ、私はホームシックになったんです。母さんから長く離れていることに慣れていないんです」

「画廊で今日起こったことが原因でなければいいのですが」

「一部はそれが原因であることを否定しません」

「二度と起こらないような奇妙な偶然だったでしょう」

「でも、すでに二度起こったんです、エミリー」

「ハイド・パークの出来事は何でもないことだと思います。公園ではもちろんいろいろな人に会いますからね。あそこではあなたを困らせるほど彼は近づくことができませんでした。イームズさんがイタリアから帰って来るまで、あなたは当然待つべきです」

そのあと、リリーは次の月曜にアリントンに帰らなければならない、帰ろうと決めた。それで、彼女はそんな意図を伝えるため、実際その夜母に手紙を書いた。しかし、翌朝はあまり悲しくなかったので、手紙を出さなかった。

註

（1）ロンドン北西部を北西に走り、ハイド・パーク北東角にあるマーブル・アーチに至る通り。
（2）アミーリア・ローパーのこと。『アリントンの「小さな家」』参照。
（3）太陽神としてのアポロのこと。
（4）力強い奉仕あるいは助けのこと。イギリス軍内におけるヨーマンの高い評価から少なくとも一五〇〇年ごろに起源を持つ句。
（5）ロイヤル・アカデミーは一七六八年ジョージ三世によって創設された美術家協会。夏の展覧会は現在でも毎年五月始めに開催され、ロンドンの社交季節の開始を告げる。
（6）初代ウエリントン公爵の死後一八五三年、第二代公爵は長いあいだ邸宅としていたアプスリー・ハウス（――ハイドパーク・コーナーにある――）の美術品や内部を公開した。現在でもウエリントン・ミュージアムとして知られている。
（7）プラット氏はロンドンの社交季節が始まる五月半ばまで朝の訪問をして、名刺を残す義務はないと感じている。
（8）シャルルマーニュ（742-814）宮廷の十二人の勇士の一人。十二世紀初頭に成立した『ローランの歌』に出る騎士ローランやオリバーの仲間で、騎士の模範。

第六十章　ヤエルとシセラの最後

読者はヤエルとシセラの絵を描き終えるため、もう一度モデルを置く作業が必要であることを覚えておられるだろう。その作業の日がやってきた。コンウェイ・ダルリンプルはクレアラに会って求婚できるかもしれないと思い、この間にヴァン・シーヴァー夫人の家を訪問した。しかし、クレアラに会うことはできなかった。ブロートン夫人が許してくれる非常に短い休憩のあいだに、画室になっている部屋で求婚するのは不可能だとわかった。男性は手と心を捧げる場面では若い女性と十五分以上二人だけにしてもらわなければならない。彼は思いのままにできる時間をこれまで十五分以上ブロートン夫人からもらったことがなかった。それに邪魔なターバンがあった！　彼はこの間にブロートン夫人も訪問していた。もし夫人がミス・ヴァン・シーヴァーに関する彼の意見に本当に賛成してくれるなら、夫人はもう少しこの娘と話をする自由を与えてくれなければならないことを説明するつもりでいた。この時は夫人に会ったが、期待したほど重要な問題に細かく入り込むことができなかった。ブロートン夫人はこの面会のあいだほとんど自分のことしか話そうとしなかった。「コンウェイ」と夫人は彼に会うとすぐ言った。「あなたが来てくれて嬉しいです。もし私のことを心配してくれる人に会わなかったら、正気をなくしていたところです」これは十一時をあまりすぎていない朝のことだった。ブロートン夫人はドアにノックの音を聞き、それから彼の声を聞くと、玄関広間まで出迎えて、客を食堂へ案内した。

「何かありましたか?」と彼は尋ねた。

「ああ、コンウェイ!」

「どうしたんです? ドブズに何か悪いことでもあったんですか?」

「夫はすべてがうまくいきませんでした。破産したんです」

「何とまあ! どういうことです?」

「言葉通りよ。でも、人に言ってはいけません。夫から聞いてはいないんです」

「どうやってそれを知ったんです?」

「ちょっと待って、そこに座りませんか? ——私もそばに座ります。いけません、コンウェイ——手を放してください。よくないことです。そこへ——そう。昨日、ヴァン・シーヴァー夫人がここにやって来ました。夫人が言ったことを全部あなたに伝える必要はないでしょう。たとえそれができたとしてもね。夫人はとても粗野で、残酷で、ドブズについて言いたい放題でした。夫が酒を飲むとしても、私にはどうしようもありません。飲めと勧めたことはないんです。贅沢な生活を抑えることについて、私は子供のように無知でした。何もほしがったことはありません。私たちが結婚したとき、どれくらいお金を使わなければならないか、人から教えられました。二千ポンドか、三千か、四千か、それくらいの金額でした。私がお金についてどれだけ無知で——子供のようだったか、コンウェイ、わかるでしょう。そうじゃありません?」夫人は返事を待っており、ダルリンプルはそうだと認めずにはいられなかった。しかし、彼は親友のこの夫人が数ポンドの金をじつに鋭く記憶している場面を幾度か知っていた。「それから、ヴァン・シーヴァー夫人はとても返済できないお金をドブズに貸しているから、ここの家財をみな売却する必要があると言いました。ヴァン・シーヴァー夫人はマッセルボロが仕事を引き継いで、ドブズは自力でどこかよそでやっていかなければならないと言いました」

「物事をあれこれ――思い通りに――決める力が夫人にあると思っているんですか？」

「私にはわからないんです。ヴァン夫人はそう主張して、夫が酒を飲むからこうなったんだと言っています。夫は確かに飲みます。少なくともそれは事実ですが、私には手の尽くしようがありません。ああ、コンウェイ、どうしたらいいんでしょう？　昨夜ドブズは帰宅しないまま、シティにいなければならないから、衣類を届けるように言ってきました。もし執達吏が来て、家を差し押さえ、家具を売り、私を通りへ放り出すようなことにでもなったら。どうしたらいいんでしょう？」哀れな夫人が本気で泣き始めたので、ダルリンプルは手を尽くして慰めなければならなかった。「あなたを夫よりも先に知っていたらと、どれほど願ったことでしょう」と夫人。ダルリンプルはこれにまともに答えることができなかった。まともに答えたら、おそらくひどいもめ事に巻き込まれてしまうと予想するくらいの知恵は具えていた。夫がもたらした破産からドブズ・ブロートン夫人を「守って」いる自分の姿を決して見たくなかった。

　夫人のもとを立ち去る前、彼は長い話を聞かされた。一部は彼が以前からいくらか知っていたこと、一部は夫人がヴァン・シーヴァー夫人から聞いたことだった。マッセルボロ氏はクレアラ・ヴァン・シーヴァーと結婚することになっている、とブロートン夫人は言った。しかし、ダルリンプルが知る限り、これはたんにヴァン・シーヴァー夫人とマッセルボロのあいだの取り決めにすぎない。彼が知る限り、クレアラはそれなりの意見を持っているので、簡単にそんな取り決めを受け入れるはずがなかった。マッセルボロが事業を引き継ぐことになり、ドブズ・ブロートンは「売り払われ」て、シティで職を探すことになったという。ブロートン夫人はこの件について夫から何も聞いておらず、たんにヴァン・シーヴァー夫人から伝えられた話だという。「私には一つの運命しか残されていないように思えます」とブロートン夫人。ダルリンプルはいちばん優しい声でその運命とはどういうものかと聞いた。「気にしないでください」とブロートン夫人は言った。「あなたのような友人にさえ言えないことがあるんです」彼はそばに座って、ほとんど腕を夫人の腰に回していた。とはいえ、彼は分別を取り戻すことができた。「マライア」と彼は立ちあがって言った。「もし何かを必要とする事態が本当に起こったら、ぼくを呼んでください。とにかくそれを約束してくれますね?」夫人は目から涙を拭って、わからないと言った。「男にははっきり言わなければならない時があります」とコンウェイ・ダルリンプルは言った。「いくら散文的に聞こえても、はっきり言わなければ男らしくない時があります。あなたが望むなら、ぼくの財布をあなたのものにするつもりであることは言うまでもありません」しかし、ブロートン夫人は財布なんかほしくなかった。夫人はヴァン・シーヴァー夫人と夫を戦わせておいて、ダルリンプルと駆け落ちするつもりだった、というふうにも読者には想像してもらいたくない。真実を言うと、実話にしろロマンスにしろ、これまで耳にした話のなかでもっともひどい扱いを受けた、もっとも興味深い、もっとも美しい女性はブロートン夫人だと、コンウェイ・ダルリンプルから保証してもらうこと以外、夫人は何も望んでいなかった。たとえ彼が荷物をまとめて辻馬車で鉄道駅へ行き、ロンドン、チャタム、ドーヴァー線でブーローニュへ駆け落ちしようと提案しても、夫人が荷物をまとめることはない、と私は思う。もしそんな申し出が彼からあったら、夫人は——夫の破産の悲しみをほとんど埋め合わせてもらうくらいの——強い充足をえるだろう。それでも、夫人は恋人を叱って、そんなことをしたらどれほど大きな罪を犯すことになるか説諭するだろう。ダルリンプルはその場合クレアラ・ヴァン・シーヴァーとの関係で、ブロートン夫人と特別妥協のできない状況に陥ることははっきりしている。こんな時に彼がクレアラと話をする時間を作るため、モデルを置く作業の途中で夫人に部屋から出て行ってくれるように頼み込むことはできない。それで、彼は夫の破産というこんな緊急事態なので、夫人の部屋で作業をするのはおそらくもうあきらめたほうがいいと申し出て、画布、絵具箱、画架を取りに来させると言った。すると、夫人はみながもう一度モデルを置こうと取り決めたことだから、自分としてはその作業を歓迎して受け入れると答えた。「あなたは取り決めの通り明日来たほうがいいんです」と夫人は言った。「もし私が債権者らから通りに放り出されていなければ、あなたはこれまで通り部屋を使えます。それから、ヴァン夫人はマッセルボロがクレアラを手に入れることになると言っていますが、クレアラがそれに屈するわけではないことは、コンウェイ、覚えておかなくてはなりません」私たちはいろいろなことを考慮するとき、これが少なくとも夫人の善意の発言であることを認めなくてはならない。そのあと、たくさん涙が流れる愛情のこもった別れがあって、コンウェイ・ダルリンプルはその家から逃げ出した。

ダルリンプルは少なくともドブズ・ブロートンの破産に関する限り、夫人が真実を話していることを少しも疑わなかった。彼は前にもそんな噂を耳にしていたし、破滅が訪れることをこの数週間予想もしていた。ブロートンはあっという間になりあがったから、営利中心の世界でこの友人が安定した地位にいられるとは、ダルリンプルはまったく思っていなかった。ドブズは急な成功で世間を驚かせるよう生まれて来た人で、朝から飲むのをやめられれば、おそらく二度、三度目と急成長することができるだろう。ダルリンプルはこの話のブロートンにかかわる部分にはほとんど驚かなかったのに、マッセルボロに関する部分には怒りを感じた。ヴァン・シーヴァー夫人がマッセルボロをブロートンに紹介したことは知っていた。マッセルボロはブロートンのただの事務員にすぎないと、ダルリンプルは思っていた。今、そのマッセルボロがクレアラ・ヴァン・シーヴァーと結婚して、ヴァン・シーヴァー夫人の全財産を手に入れることになると聞かされた。それで、もしクレアラから受け入れてもらえるなら、彼は金については危険を冒して、持参金の有無とは無関係に彼女を手に入れることをついに決心した。結婚の申し込みには困難があると感じた。しかし、たとえこっそり申し込む機会をブロートン夫人から与えられなくても、夫人の目の前でそれを強行するつもりでいた。翌日がモデルを置く最後の日だから、これらのことをじっくり考える余裕はあまりなかった。

翌朝到着したとき、彼はミス・ヴァン・シーヴァーがブロートン夫人の部屋ですでに所定の位置に着いているのを見た。ブロートン夫人はその時その場にいなかった。彼はクレアラの手を取って、何か聞いているかと尋ねてみずにはいられなかった。「何か聞いているかですか?」とクレアラ。「じゃあ、あなたはまだ何も聞いていないんですね」と彼は言った。「今は気にしないでください。ブロートン夫人が来ましたから」ブロートン夫人が部屋に入って来た。夫人はじつに快活そうな様子に見えた。しかし、ダルリンプルは夫人の特別な一瞥から、この快活さがクレアラのため装われたものと解釈しなければならないことをきちんと理解した。ブロートン夫人は友人のためどれほど立派な女主人役が演じられるか示そうとしていた。「さあ、あなた」と夫人は言った。「これが最後の日になることを忘れないでください。すべてがとてもうまく運んでいます、コンウェイ。もちろんあなたがいちばんよく知っていますね。でも、私が見る限り、予定の半分も進んでいません」「これからすばらしくうまく進みます」とダルリンプル。「それならますます結構」とブロートン夫人は言った。「では、クレアラ、あなたのポーズを決めましょう」それで、クレアラは頭にターバンを巻いて、ひざまずき、ポーズを取った。

ブロートン夫人がしばらく部屋から出て行かないことがわかったので、ダルリンプルはせっせと仕事をした。夫人が十五分はそこに居座りそうだったから、絵に時間を使うほうがよかった。彼は特殊な立場に置かれていたため、絵を描く仕事を難しいと感じた。目の前にいる若い女性を今はただクレアラ・ヴァン・シーヴァーだと知りつつ、同時にヤエルとして、また未来のコンウェイ・ダルリンプル夫人として見なければならないことになぜか当惑した。彼は人格の二重化なら難しいとは思わなかった。どのモデルを前に座らせるときも、どの若い女性を手に入れるときも――もし手に入れようと以前にしていたらの話だ――、普通に人格の二重化をした。しかし、人格の三重化を苦しいと思った。「よければもう少し手を後ろに」と彼は言った。「手首をもっとぼくのほうに向けて。そう。仮想の男のほうにもう少しかがみ込んで。それで――ぴったりです」もしブロートン夫人が部屋からすぐ出て行かないのなら、たとえモデルがシセラを殺す行為のさなかでも、彼はまったく違った話をモデルに始めなければならない。

「誰をシセラにするか決めましたか？」とブロートン夫人が聞いた。

「もしミス・ヴァン・シーヴァーが反対なさらなければ」とダルリンプルは答えた。「ぼくの顔を入れようと思います」

「構いませんよ」とクレアラは顔を動かすことも――唇を動かすこともなく言った。

「すばらしいです」とブロートン夫人。夫人はまだじつに快活な様子で、話しながら本当に笑った。「この人の頭に釘を打ち込むという考えは、クレアラ、好きになれますか？」

「ええ、ほかの人の頭よりもいいです。私が堪えた面倒に復讐できるように感じます」

少し間があって、それからダルリンプルが口を開いた。「心に釘を打ち込んでそれはもう終わっています」

「何てすてきな言葉でしょう！　そうじゃありません、あなた？」ブロートン夫人はそう言って笑った。

夫人のその笑いには、ダルリンプルに耳障りに聞こえるヒステリックなところ――もうこの時点で、親しい女友だちが画家の努力に誠実に手を貸すつもりがないことを伝える響き――があった。

「動いて画家をあわてさせさえしなかったら、立ちあがって正式にお辞儀をするところです」とクレアラ。

もし若い娘が画家の発言を真剣なものだと受け止めたら、そのお返しに正式のお辞儀をするなどと茶化すことはできなかっただろう。画家が第三者の前でこんな発言を無意味と受け取られるほど大過なく繰り返してきたことをクレアラは承知していた。ダルリンプルはこういうことをみな了解したうえで、パレットと筆を置き、遣えるもっとも散文的な言葉で求婚に取り掛かろうと思い始めた。そうすればクレアラに少なくとも彼の意図の真剣さを納得させることができるだろう。彼は一、二分待ったけれど、ブロートン夫人が今この場面で粗朶を積みあげる気はないように見えた。夫人は夫の破産という問題を胸中に抱えていたため、別の面で身を犠牲にすることができなくなっていたということがあるのかもしれない。

「気の利いた発言はあまり得意ではありませんが、ぼくは真実を伝えるのは上手です」とダルリンプル。

「はっ、はっ、は！」とブロートン夫人はまだ喉に少しヒステリックな響きを残して笑った。「何とまあ、コンウェイ、あなたは自画自賛の仕方を心得ていますね」

「彼は気の利いた発言を否定するとき、不必要に自分を貶めているんです」とクレアラ。彼女は口を利くときほとんど唇を動かさなかった。ダルリンプルはモデルを見ながら絵を描き続けた。ミス・ヴァン・シーヴァーが気の利いた発言よりも、絵こそ目の前のだいじと考えていたのは明らかだ。

ブロートン夫人は今ソファーの上に脚を畳み込んで、立って仕事をしている画家をじっと見ていた。ダルリンプルはどう夫人に財布を差し出したか――夫の破産という今の危機的状況で大きな意味を持つ提供をしたか――思い返すとき、夫人を意地悪だと感じた。もし親切にしてくれるつもりなら、今夫人はこの部屋から出てくれているだろう。しかし、夫人は脚を畳んでそこにいた。明らかにこの朝はモデルを置くあいだ居座るつもりのようだ。彼は夫人に対する怒りをてこにして、目的を実行しようと決心した。それで、行動に移るため身構えた。

彼はいつもトルコ帽(1)をかぶり、短い前掛けをして作業していた。帽子にはいっぷう変わったところがあって、口説く場面にふさわしい感じもあった。ドン・ジュアンが海賊ランブローの島でハイディ[2]と座っているとき、トルコ帽をかぶっていたと想像するのはたやすい。しかし、ドン・ジュアンが前掛けをしていなかったのは確かだろう。さて、ダルリンプルはこういうことをすべて熟考して、今日は前掛けをしないで作業しようと決めていた。しかし、画架と筆を用意するとき、いつもの習慣で前掛けをつけてしまった。それを思い出すと自分がいやになった。彼は筆を置き、パレットから親指を抜き、帽子を脱ぎ、前掛けをほどいた。

「コンウェイ、いったい何をしようとしているんです?」とブロートン夫人。

「クレアラ・ヴァン・シーヴァーに妻になってくれるようにお願いするところです」とダルリンプル。その時ドアが開いて、老ヴァン・シーヴァー夫人が部屋に入って来た。

ダルリンプルが帽子や前掛けを取り始めたとき、クレアラはひざまずいた姿勢を保っていた。彼女は当然シセラに注意を向けており、画家がしていることをブロートン夫人ほどはっきり見ていなかった。そのうえ、動いてよいと指示されるまでポーズを取り続けるべきだと思っていた。ダルリンプルが時々画架から一歩脇に寄って、違った角度から彼女のほうを見たから、そんな時彼女は前よりもいくぶんしっかり木槌を握った。それゆえ、ヴァン・シーヴァー夫人が部屋に入って来たとき、クレアラは画家の発言があったにもかかわらず、まだシセラを殺している途中だった。実際彼の発言と母は同時にやって来たように思えた。老女は開いたドアを手に持って、一瞬立ち止まった。「馬鹿な子じゃ!」と老女は言った。「ガイ[3]のような格好をして、そこで何をしちょるんかね?」それで、クレアラは起きあがり、ヤエルの衣装とターバンを着けて母の前に立った。ダルリンプルは衣装とターバンが彼女によく似合っていると思った。ヴァン・シーヴァー夫人は明らかにそれを違ったふうにとらえたようだ。「何でベドラムの狂ったベス[4]みたいな格好をしちょるんかね、あんた、教えてくれんかね?」

クレアラが母から言われたことに加えて、考えなければならないもう一つの発言を受け取っていたことを読者は覚えておられるだろう。クレアラは彼からいちばん簡潔な言葉で妻になってくれと求められた。まさしく簡潔な言葉が彼にはよく似合っているとクレアラは思った。彼が前掛けを取るのと言葉を発するのとほぼ同時だった。彼は前掛けを取る動作を、目的を見失わせるほどじれったいと感じたが、クレアラを喜ばせる率直な、単純な決意をその動作に表していた。釘をまっすぐ心に打ち込んだと彼から言われたとき、クレアラは少しも嬉しくなかった。しかし、彼がパレットを置き、前掛けを取り、――彼女をクレアラと呼んで感傷的になるのでも、ミス・ヴァン・シーヴァーと呼んで礼儀正しくなるのでもなく――クレアラ・ヴァン・シーヴァーと呼んで率直に求婚して来たのが彼女を心から喜ばせた。彼女は率直に求婚して来ない男性には率直な返事をすまいとしばしば心に言い聞かせていた。――「クレアラ・ヴァン・シーヴァー、ジョーンズ夫人――場合によってスミス夫人、場合によってトムキンズ夫人――になってくれませんか?」コンウェイ・ダルリンプルはこれと同じ率直な言い方で今ダルリンプル夫人になるように彼女に求めた。彼女は母の出現にもかかわらず、こんなことを考えていた。とはいえ、もう一人に返答するよりも前に、母に返答しなければならなかった。その間に、ドブズ・ブロートン夫人はしまい込んでいた足を下に降ろした。

「母さん」とクレアラは言った。「母さんがここに現れるとは誰が予想したでしょう?」

「たぶん誰にも予想できんかったじゃろ」とヴァン・シーヴァー夫人は言った。「それでも、あたしはここにおる」

「奥様」とドブズ・ブロートン夫人は言った。「少なくとも使用人から名を呼ばれる到着の礼式くらい受けてくださってもよかったでしょう」

「奥様」と老夫人は相手の声の調子を真似て言った。「こんな特別な場面なら、こっちのほうから到着を知らせてもええと思うたんじゃ。あんた、たわけ者、そのターバンをのけちゃあどうかね?」それで、クレアラは優雅な動作でターバンをゆっくり解いた。もしダルリンプルが先ほどの言葉を本気で言っており、それを貫いてくれるつもりなら、彼女は母からたわけ者呼ばわりされても気にする必要がなかった。

「コンウェイ、モデルを置く最後の作業は残念ながら妨害されました」と、ブロートン夫人は小さく笑って言った。

「コンウェイのモデルを置く最後の作業は確かに妨害されたんよ」ヴァン・シーヴァー夫人はそう言って、相手の笑いを真似た。「あんたらは——確かに——これからあらゆることで妨害される。昨日あんたに事情を話したあとで、こんなことを続けちょるとは、あんたはとんでもない馬鹿に違いない! あんたの旦那は昨夜シティでめちゃくちゃに酔っぱらって、今あんたがたわけたことを続けちょるあいだも、飲んじょるのを知っちょるかね」ドブズ・ブロートン夫人はこれを聞いて気絶し、ダルリンプルの腕のなかに倒れた。

画家はこれまで一言も口を利いていなかった。彼は今どんな役を演ずればいいかわからなかった。もしクレアラと結婚するつもりなら、——彼女から受け入れてもらえるなら、疑いなく結婚するつもりでいた——、ヴァン・シーヴァー夫人とは喧嘩をしないほうがいいかもしれない。ヴァン・シーヴァー夫人の乱入は不愉快ではあっても、少なくとも彼が武器を取って戦うほどのことでもなかった。しかし今、ブロートン夫人を腕に抱き、老婆の発した恐ろしい言葉が耳に響くとき、彼は闖入者を非難せずにはいられなかった。

「たとえそれが本当のことであっても、他人の前でこんなふうに夫人に言うべきじゃありません」とコンウェイ。

「どうか、あんた、あたしがどうするかはあたしのしたいようにさせちょくれ。この夫人に分別ちゅうもんがあるんなら、昨日あたしから言われたばかりじゃから、こんなことをせんように慎んだじゃろ。じゃが、ある人にゃあ分別ちゅうもんがないから、家が火の車になっちょってもたわけたことを続けるんよ」こんな発言がなされたとき、ブロートン夫人はいっそう深い気絶状態に陥った。――それで、ダルリンプルは夫人に分別があるにせよないにせよ、少なくとも彼女の耳が聞こえていることを確信した。彼は今夫人を引きずって、ソファーの上に横たえた。クレアラは夫人の介護に取り掛かった。「あたしがずけずけものを言うからっちゅうて、たぶんあんたはあたしをとても残酷な人間じゃと思うちょるんじゃろ。じゃが、率直な口の利き方よりもはるかに残酷なことがある。あたしの娘のこの絵で、あんた、いくら儲けたいと思うちょるんかね?」

「儲けようなんて少しも思っていません」とダルリンプル。

「誰のものになるんかね?」

「今のところぼくのものです」

「それなら、もうこの絵をあんたのものにはしておけん。あたしの娘の絵をあんたに持っていてもらっちゃあ困る。画室に掛けて訪ねて来た友人らの冗談の種にしたり、展覧会で見せびらかしたりしてもらっちゃあね。あたしの娘は馬鹿じゃった。それは仕様のないことじゃ。どれほどかかったか教えてくれりゃあ、払ういね。そうすりゃあこの絵を家に持って帰って、これにふさわしい扱いをする」

ダルリンプルは絵とヴァン・シーヴァー夫人のことをちょっと考えた。どうすればいいだろうか? 彼は立派に振る舞いたかった。老婆のほうに正当性があるようにも感じた。「奥様」と彼は言った。「ぼくはこの絵を売りません。しかし、あなたが望むなら、破棄します」

「もちろんそうしてほしい。じゃが、信用できん。もしあたしのうちにすぐそれを送り届けんにゃあ、弁護士を通して通告する」

ダルリンプルはペンナイフを慎重に開いて、絵の中央から両側に画布を切り裂いた。彼がそうするのを見るとき、クレアラは本当に彼を愛していると感じた。「さあ、ヴァン・シーヴァー夫人」と彼は言った。「お望みなら破片を籠に入れてお持ち帰りください」この瞬間、引き裂かれた画布が下に垂れて木枠でひらひら揺れるとき、ソファーから嘆きの大声が聞こえた。絶望のうめきと怒りの金切り声だった。「たいへん結構」とヴァン・シーヴァー夫人は言った。「気を失うとき、女はいつも目を開いておかにゃあ。ブロートン夫人にゃあそれがようわかっちょるように見える」

「この人を追い出して、コンウェイ、――お願いですから追い出してください」とブロートン夫人。

「すぐ出ていくいね」とヴァン・シーヴァー夫人は言った。「コンウェイさんをわずらわせる必要はないっちゃ。もっともその紳士の名は何とか氏じゃったと思うが」

「私の名はコンウェイ・ダルリンプルです」と画家。

「じゃあ、洗礼名で呼ばれるっちゅうこたあ、思うにあんたはこの奥さんの兄か、親類か、その種の人に違いない」とヴァン・シーヴァー夫人。

「この人を追い出して」とドブズ・ブロートン夫人が叫んだ。

「ちょっと待ちいね、奥さん。絵を切り刻む結果になったなあ、コンウェイ・ダルリンプルさん、あたしの娘が誰よりも非難されなきゃあいけんように思う――」

「彼女を非難なんかしていません」とダルリンプル。

「あんたの問題じゃのうて、あたしの問題じゃあね」とヴァン・シーヴァー夫人はとても鋭く言った。

「じゃが、あんたは絵にずっと手間を掛けてきちょるし、今それを切り刻んでしもうたわけじゃから、あたしは時間と絵の具に金を払っても構わん。いくらになるか教えてくれりゃあ嬉しいが」

「払う価値なんかないと思います、ヴァン・シーヴァー夫人」

「この人はどれくらい時間をかけちょったかね、クレアラ?」

「母さん、本当に金を払う話はしないほうがいいんです」

「言いたいことは言わにゃあ。十ポンドじゃどうかね?」

「絵を買うつもりなら、価格は七百五十ポンドです」とダルリンプルはほほ笑んで、断片を指差した。

「七百五十ポンドって!」と老婆。

「しかし、私は買わないように強く助言しましたよ」とダルリンプル。

「七百五十ポンド! あんたに七百五十ポンドも払うつもりゃあないが、あんた」

「あなたはほかのところにもっと上手に金を投資することができると思いますよ、ヴァン・シーヴァー夫人。しかし、もし絵を売るとしたら、それがぼくの値段です。絵を破棄するようにというあなたの要求には正当性があると思いました。——それで、ぼくはそれを破棄したんです」

ヴァン・シーヴァー夫人は部屋に入って来たときからずっと同じところに立っていた。が、今老婆は向きを変えて部屋を出ようとした。

「もし何ぼうか請求したきゃあ、仕事に対する請求書をマッセルボロさんに送っちょくれ。ありゃああたしの事務方じゃから。クレアラ、帰る支度はできちょるかね? 辻馬車が玄関で待っちょるっちゃ——頭に入れちょってくれるなら、十五分六ペンスでね」

「ブロートン夫人」とクレアラ。彼女は衣装のことを考えて、たとえ辻馬車に乗るとしても、ヤエルの衣装で帰るのはよろしくないと気がついた。「よろしければ、あなたのお部屋に一、二分入らせてください」

「もちろんどうぞ、クレアラ」とブロートン夫人は言って、一緒に行く用意をした。

「じゃが、行く前にブロートン夫人」とヴァン・シーヴァー夫人は言った。「娘はマッセルボロさんの妻になることをあんたに伝えちょったほうがえかろう。あんたがこれを頭に入れちょけば、問題がわかりやすうなるじゃろ」ヴァン・シーヴァー夫人はそう言ってコンウェイ・ダルリンプルに厳しい目を向けた。

「母さん！」とクレアラは叫んだ。

「あんた」とヴァン・シーヴァー夫人は言った。「あんたは着替えてあたしと一緒に帰るほうがええ」

「今言ったことに抗議するまで帰りません、母さん」

「ええかね、そんなこたあ言い出さんほうがええ」

「ブロートン夫人」とクレアラは続けた。「母さんには今私に言ったようなことをあなたに言う権利がまったくないことを理解してくださるようにお願いしなければなりません。どんなことがあろうと私がブロートンさんの共同経営者の妻になることはありません」

クレアラは母が公式に未来の夫として提案した男の名をあげることさえいやな様子を見せた。

「あの人はブロートンさんの共同経営者じゃない」とヴァン・シーヴァー夫人は言った。「ブロートンさんに共同経営者はおらん。マッセルボロさんは会社の社長じゃ。彼との結婚についちゃあ、もちろん強制はできん」

「そうです、母さん、できません」

「ブロートン夫人にゃあきっとそれがわかっちょる。――それから、おそらくダルリンプルさんにもね。あたしは考えちょることをただ言うただけじゃ。もしあんたが交差点の掃除夫と結婚したきゃあ、あたしにゃあ止められん。ただ、掃除夫が本人もあんたも掃き捨てなゃあいけんとき、あんたが掃除夫のどんな役に立つかあたしにゃあわからん。とにかく今あんたはあたしと一緒に家に帰るところじゃと思うが?」それで、ブロートン夫人とクレアラが部屋を出て行ったので、ヴァン・シーヴァー夫人はコンウェイ・ダルリンプルと二人取り残された。「ダルリンプルさん」とヴァン・シーヴァー夫人は言った。「自分を欺いて変な夢を見ちゃあいけん。あたしが今あんたに言うたこたあ、きっと実現するんよ」

「それはあの若い娘の意志次第でなければならないと思います」とダルリンプル。

「何が若い娘の意志次第にならんか教えちゃる」とヴァン・シーヴァー夫人は言った。「それは結婚する男が娘の身につけちょる服よりも、もっと多くのもんを娘のため持っちょるかどうかじゃ。言いたいこたあわかるじゃろ?」

「あまりよくわかりません」とダルリンプル。

「じゃあわかるように考えるほうがええ。じゃあ、さようなら。あんたが絵を切り刻んでしもうたのは残念じゃが」老婆はそれから低くお辞儀をして、踊り場へ歩いて出た。「クレアラ」と老婆は呼び掛けた。「待っちょるっちゃ――十五分で六ペンス――忘れちゃあいけん」一、二分ほどでクレアラは老婆のところへ来て、ヴァン・シーヴァー夫人とミス・ヴァン・シーヴァーは立ち去った。

「ああ、コンウェイ、私はどうしたら、どうしたらいいんでしょう?」とドブズ・ブロートン夫人。ダルリンプルは数分間当惑して立っていたが、夫人にどうしたらいいか答えられなかった。夫人はどうしたらいいか簡単に答えられないそんな立場に立っていた。「夫が本当に破産したことを、コンウェイ、信じます?」

「何と言ったらいいんです? どうしてそんなことがぼくにわかるんです?」

「あなたがそれを信じているのがわかります」とみじめな夫人は言った。

「あの老婦人が言ったことが真実だと信じないではいられません。そうでなければ、老婦人がこんな話を持ってわざわざここに来る理由がないでしょう?」彼はそう言って少し間を置いた。ブロートン夫人はソファーの袖に顔を埋めた。「ぼくがどうするか言いましょう」と彼は続けた。「シティへ行って、調べてみます。そこで本当のことが少しはわかるでしょう」

それから、また間があって、ブロートン夫人はソファーから立ちあがった。

「教えてちょうだい」と夫人は言った。「あの娘のことはどうするつもり?」

「妻になるようにぼくが求めたのを聞きました?」

「聞きました。聞きました!」

「あれはあなたが望んだことではありませんか?」

「私に聞かないでください。心はうろたえ、頭は炎上しています! ああ、コンウェイ!」

「さっき提案したようにシティへ行きましょうか?」とダルリンプル。彼はとにかくこの家を離れることで、状況が好転するかもしれないと感じた。

「ええ、――ええ。シティへ行ってください! どこへでも行って。行って。でも、ここにいて! ああ、コンウェイ!」そう言っているあいだに夫人の声に急に変化があった。「聞いて、――間違いなく夫がいます」それで、コンウェイは聞き耳を立てて、階段に足音を聞いた。それがドブズ・ブロートンの足音であることをほとんど疑わなかった。「何とまあ! 夫は酔っ払っているんです!」とブロートン夫人は叫んだ。

「どうしましょう?」ダルリンプルは夫人の手を取って握り締めたあと、階段にいる夫に会うため部屋を出た。彼はちょっと考えて、何も隠さないほうがいいと思った。

註

（1）円筒形で平たい天辺の中央に一本の房がついている。
（2）ドン・ジュアンはギリシアの島に漂着したとき、海賊ランブローの娘ハイディによって助けられ、恋に落ちる。バイロン卿『ドン・ジュアン』（1819-24）の第二歌参照。
（3）ガイ・フォークスらは一六〇五年イギリス国会議事堂を爆破しようと火薬陰謀事件を起こして失敗した。ガイ・フォークスの夜（十一月五日）に伝統的に燃やされる人形に似たグロテスクな身なりの人を一八三〇年代からガイと呼ぶようになった。
（4）特に狂気を病む放浪の乞食をこう呼ぶ。ベドラムはロンドンのビショップスゲイトにあったセント・メアリー・オブ・ベツレヘム病院の俗称。ここは一四〇〇年ごろから精神障害者のための病院だった。修道院の解体後、貧者は教団から保護されなくなり、放浪する物乞いが増加したころから、遣われるようになった語。

第六十一章　不撓不屈が難事を克服する

調査委員会が初日に到達した決論に従って、テンペスト博士はクローリー氏に次のような手紙を書いた。――

シルバーブリッジの禄付牧師館にて、一八六―年四月九日

拝啓

バーチェスター主教が主教区に調査委員会を設置したことをあなたもお聞き及びのことと思います。私たちみなにとって非常に残念なことですが、町の商人に渡した二十ポンドの小切手についてあなたになされた告発を審問する委員会です。この委員会を構成する指名された牧師は、グレシャムズベリーの禄付牧師オリエル氏、フラムリーの俸給牧師ロバーツ氏、バーチェスターのハイラム慈善院長クイヴァーフル氏、構内で定評のある牧師サンブル氏、そして私です。私たちはこの月曜に最初の会議を開きました。私はその時の決論に従って今あなたに手紙を書いています。私たちはほかの措置を取る前に、あなたに次の月曜二時に私たちのところに来てもらうように求めるのがいちばんいいと思いました。この手紙をそんな趣旨の召喚状として受け取ってもらえたらと思います。

次の巡回裁判で、あなたが問題の罪で裁判に付されようとしていることを私たちは当然承知しています。

私があなたの罪について意見を述べる意図がないことはご理解してくださるようにお願いします。とはいえ、陪審員があなたに不利な評決を出した場合、主教は主教区の同僚牧師で構成された委員会の意見で武装していなければ、非常に苦しい立場に立たされることを、あなたに指摘しておくほうがいいと思います。不運にもそんな不利な評決が出た場合、裁判官の判決による罰の期間が終わったあと、そんな立場に置かれた牧師を主教が職務に復帰させることは、教会裁判所の裁定なしに正当とは見なされません。あなたが主教の判断をまったく受け入れられないと思うとき、主教区の主教は聖職者犯罪法——この法によって彼は牧師をアーチ裁判所に訴え出る権限を有しています——に基づいて、あなたに訴訟手続きを取る以外に、裁定をえることができません。私が言いたいことはおわかりになると思います。巡回裁判の裁判官は被告の牧師を一般人と同じように見て、評決をへて判決をくだし、有罪の場合は一か月投獄させることを義務だと思うかもしれません。教会裁判所の裁判官なら、同じ違反に対してより長い停職あるいは免職という厳しい判決を与えるのが義務だと思うとき、市井の裁判官はそんな処理をするかもしれません。

しかし、もし陪審員があなたを無罪放免にすべきだと評決するなら、私たちはそれ以上どんな手続きも取ってはならないという明確な意見を持っています。その場合、主教はあなたの無実を完全に確定したものと見なしてよい、と私たちは思います。その時は事件を完全に終結したものと見なすように私たちは閣下に進言します。私自身が事件をそう見ることをあなたに保証します。

私たちがすでに到達したこの決定に基づいて、陪審員の評決が出される前にあなたに容疑の状況を問い合わせても、あなたは許してくださると思います。もしあなたが評決で無罪になるなら、私たちの手続きは明確です。しかし、もしあなたが有罪とされたら、その場合私たちは先に述べた手続きを取るように、あるいは手続きを取らないように主教に忠告しなければなりません。陪審員による不利な評決が出た場合、あなたが主教の決定に服す気があるかどうか私たちは確認したいです。今月十五日、次の月曜の指定の時間にここでお会いできたら、私たちみなにとって好都合だと思います。裁判が終わるまで、私たちは主教に対してどんな報告もしないつもりです。

親愛なるあなたの従順な使用人であることを、
あなた、
栄誉と思う
モーティマー・テンペスト

ホグルストックの
ジョサイア・クローリー師

テンペスト博士はこれに私的な短い手紙を同封した。博士はそのなかで指定された月曜の一時半にクローリー氏に会えることをとても楽しみにしていると言い、公的な理由でクローリー氏に出席を求めているので、その日のため馬車を提供するように取り計らいたいと伝えた。

クローリー氏はこの手紙を妻のいる前で受け取って黙読した。クローリー夫人は夫が手紙に細かな注意を払っているのを見て、これがあの恐ろしい小切手の事件にかかわっているのは間違いないと思った。――確かだと感じた。事実、この家に入って来るものみなが、ここで話されるほとんどすべての言葉が、家族の胸に入ってくるあらゆる思いが、多かれ少なかれ迫り来る裁判に関連していた。そうでなければ、どんなによかっただろう？　家族みなを襲う破滅があった。――父と母と子を襲う破滅と完全な恥辱があった！　告発されること自体が非常にみっともないことだった。そのうえ、評決はクローリー氏に不利に違いないという思いが、今みんなの意見になっているように見えた。クローリー夫人自身、神の前で夫が無実であるのは間違いないと思う一方、陪審員は夫を有罪と判断するだろうと思っていた。ほかの人ならはっきり有罪と見なされるところで、夫が無実と見なされるのは、夫がほかの人とはずいぶん違っているからだろう。もし夫がほかの人と同じだったら、当然不正と見なされる仕方で小切手を手に入れたに違いないと信じていた。妻は二十ポンドの小切手とその結果のことで胸が一杯だった。それで、夫が手紙を二度読んで、そのあともそれについて何も言い出さなかったとき、もちろん質問せずにはいられなかった。「あなた」と妻は言った「手紙はどんな内容でした?」

「仕事のことだ」と夫は答えた。

妻はもう一度口を開くまで、しばらく黙っていた。「私が仕事のことを知ってはいけませんか?」

「うん」と夫は言った「当面知らなくていい」

「主教からですか?」

「すでに答えなかったかね? この手紙のことはとにかくしばらく黙っていたいと言わなかったかね?」

彼はとても厳しく妻を見詰めてから、暖炉に目を移し、まるで未来の運命を読み取ろうとするかのように炎を見た。妻は彼の厳しい発言をたいして気にしなかった。小切手を取った行為と同じように、彼の場合にはそんな発言が許された。ほかの人とは違うからだ。彼は憂鬱な暗い気分にとらわれていた。彼の場合今何を言っても許されるだろう。歯が生えるときの子のようだ。哀れなわがままな子がいくらいらいらしても、母はただ子を憐れみ、愛し、怒らない。「ごめんなさい、ジョサイア」と妻は言った。「でも、私に話したら、楽になるかと思ったのです」

「話しても楽にならない」と彼は言った。「私を楽にしてくれるものは何もない。楽にはならないのだ。ジェーン、帽子とステッキを持って来ておくれ」娘は帽子とステッキを父に運んだ。彼は一言も言わずに妻子を残して出て行った。

彼は当然のようにホグルエンドに足を向けた。家を長く留守にしたいとき、彼はいつもレンガ造り職人のところへ行った。妻は窓辺に立ち、夫が向かう方角を見て、数時間は帰って来ないことを知った。夫が家族以外に自由に話せる友人は数人のがさつな教区民だった。しかし、彼は家を出るとき、レンガ造り職人のことは少しも考えていなかった。ただテンペスト博士の手紙をもう一度読みたいと、誰からも見られないところでその問題を考えたいと思った。彼は一目散に広い歩幅で歩いた。汚い小道のわだちにも、土手に早くも姿を現す若い桜草にも、ちゃんと見れば雨が近いことを告げる厚い雲にも目を留めなかった。彼は二マイル歩いて、ホグルエンドの居住地郊外にほぼ達した。それから、門の上に座り込んだ。そこに一分も座っていないうちにゆるやかに雨が降り始めた。彼は雨を顧みないくらい物思いにふけっていた。シルバーブリッジの牧師の手紙にどう答えたらいいだろうか？

彼は自分の有罪あるいは無罪に対して精神的にとても奇妙な立ち位置にいた。たんに小切手をどうやって手に入れたかわからないというのが真実に近かった。二十ポンドの小切手がソームズ氏からもらった別の額の小切手と同じだと彼が断言したとき、特にひどい失策を犯したことを知っていた。参事会長から小切手を受け取ったと言ったとき、またへまを犯してしまった。確かにへまだった。というのは、小切手を渡したことを参事会長から否定されたからだ。彼は小切手を本当に拾って、何か予想外の偶然から、あれほど心に苦痛を感じつついやいや参事会長から受け取った紙幣とともにそれを置いておいたあとで、使ったこともありうると考えるようになった。――小切手を使うとき、自分が何をしているか、あるいは手に持っている紙片がどんな性質のものか知らなかった。彼は自分の行動と立場をこんなふうに考えるとき、刑法を適用される場合、普通の人なら当然理路整然と説明できなければならないところで、それができないこと、すなわち正気ではないことをほとんど認めずにはいられなかった。小切手について思い出そうと頭をひねって、一度は小切手について何かわかっていたことを――一度は小切手がある考え、ある決心の対象だったことを――思い出すことに成功したとき、あらゆる法と理性に照らして彼が泥棒と見られなければならないことを認めた。彼のものではないと知っているもの――神が負わせたひどい欠陥さえなければ、彼のものではないと知っているもの――を取り、使い、支払いに充てたからだ。では、どういう結果になるだろうか？　彼の精神はこれについて明確だった。もし陪審員がすべてを見、すべてを知ることができたら、――陪審員はそうあってほしいと彼は願った――、もし主教のこの委員会が、主教自身が、アーチ裁判所の裁判官がすべてを見、すべてを知ることができたら、もし彼らが見、知り、確かな誠実さと完全な英知を持って行動することができたら、――彼らはどうするだろうか？　彼が泥棒ではないと断言するだろう。なぜなら、彼はたんに私のものとあなたのものを区別することができない、たんにぬかるんだ低能な頭の持ち主だからだ！　たとえイギリスじゅうの弁護士と牧師が知恵を寄せ集めてみても、それ以外の結論は出せないだろう。ぬかるんだ低能な頭の持ち主だと自覚していても、これくらいはわかった。すなわち、こんな男が教区の牧師代理にふさわしい人だと、人々の魂の癒し手として教区の自由保有権を持つにふさわしい人だと、誰が言うことができようか！　できはしない。主教は正しかった。たとえ主教が今の十倍も浅ましいやつだとしてもだ。

とはいえ、雨のひどく降り注ぐなか、彼は門の上に座って、主教の正当性や、陪審員がきっと出す評決の正しさや、あのシルバーブリッジの冷たい、理知的な、裕福な禄付牧師が取る行動の妥当性を認めながらも、限りない優しい温かい思いで自分を哀れんだ。妻子に対する憐れみはまたこれとは別種のものだった。もし彼がこんな苦悩のせいで妻子を放り出すようなことをしたら、いっそう深い苦しみをなめることになるだろう。彼は深く妻子を愛していたが、それでももしできれば、妻子と自分を切り離したかった。彼はいちばんふさぎ込んだ瞬間に、妻子と運命をともにするという恐ろしい思いに襲われた。妻子に対する大きな憐れみからそんな思いに駆られた。彼はそんな思いを強い手で払いのける充分な力と男らしさを具えていたので、実際に罪に陥ることはなかった。一方、彼が自分に感じる憐れみはこれとは別種のもので、たいてい家族に対するもう一つの憐れみがしばらく休止するときにやって来た。そんな時は、彼のものではない小切手を盗み、金を使い、罪を犯したからといって、それがどうだというのかと彼は開き直った。法の前では有罪であっても、神の前では無実だ。頭に窃盗をするという意志も、心に盗みたいという願望もなかった。それははっきりしていた。どんな陪審員も神の前で彼を窃盗で有罪にすることはできない。たとえ有罪と無罪のこのごた混ぜ状態が狂気から――彼を無実と見たければ裁判所が認めなければならない狂気から――来るからといって、それがどうだというのか？　知的錯乱というようなものがあるにしろ、また彼がそれに該当するにしろ、教区の職務はちゃんとはたしている。彼は熱心に、きちんと――真の福音を説教しなかっただろうか？　教区民のなかで勤勉に働かなかっただろうか？　無知な者を教化し、生徒の学習を敬神で美しく飾ろうと精一杯努力しなかっただろうか？　教区牧師の職務の手引きとして教会が定めた法と規則に根気よく、我慢強く、熱心に対応し、あらゆる点で従順に振る舞わなかっただろうか？　彼が何で道を踏みはずし、どこで過ちを犯したか、いったい誰に指摘できようか？　そうだ、じつに熱心になし遂げた仕事に対して、彼が仕える教会はあまりにも乏しい給与しか支払わなかった。それで、命と魂は平穏に保たれているのに対して、理性あるいは理性の一部は時々混乱して制御を失った。このひどい災難が彼に降り掛かったのはこのせいだ！　彼が試されたほど、試された人がいるだろうか？　彼ほど知的能力を失うことなく、こんな炎を潜り抜けた人がいるだろうか？　近寄る学者仲間はいなかったけれど、彼はまだ学者で、小道を歩くときも、ギリシア語で弱強格の詩を作った。テーブルの上のボロボロになった本以外、本はぜんぜん手に入らなかったが、記憶のなかにたくさん詩を蓄積していた。三角法の古い問題を精神の楽しい息抜きとし、複雑な数字を扱うことを喜びとした。彼はまわりにいる裕福な聖職者からさげすまれることはなかった。ヘブライ語を教授する立場にあったからだ。旧友の参事会長がヘブライ語に弱いことを知っており、いつもほくそ笑むことができた。彼はこれらの才芸を身につけ、これらの適性を具えていながらも、地面に——まさしく花崗岩に——押しつけられた。より壮麗な、より高貴な修養を積んでいるのに、そんなふうに荒々しく地面に押しつけられ、時々凡庸なものによって知性を揺れ動かされたから、今まったく下劣な、無価値な、最悪の存在としてちりぢりに引き裂かれ、風にまき散らされそうだった。雨に無慈悲に肩を打たれ、自己憐憫にふけりつつ、門の上に座っているとき、彼は自分の身をそんなふうに思った。

彼は病的な憐れみで己を哀れんだ。——なるほどこれには真実味が含まれている。彼は過剰な自意識に染まる欠点を持っていた。大きな仕事を一つ、二つすることができ、たいていの男の勇気を失わせてしまうような場面で勇気を保つことができた。たとえ真実によって破滅させられるとしても、真実を語ることができた。持てるものみなを義務に捧げることができ、たとえ天が落ちようとも、正義を追求することができた。一方で、彼は大きな仕事に対して自分にも捧げものをするのを忘れることができなかった。彼が大きな仕事に対して小さな支払いを柔和な態度で世間から受け取るとき、世間が小さな仕事に対して他人に払う大きな支払いのほうを忘れることができなかった。彼はヘブライ語を知っていることを思い出すだけでは充分ではなく、参事会長がヘブライ語に弱いことも思い出さなければならなかった。

彼は雨に打たれながら座って決心した。決心は明晰で、しばしば彼の欠点とされる精神のあのぬかるみ性を払拭していた。実際、彼は基本的に明晰な知性の持ち主だった。いたずらを働くのはただ記憶だけだった。——彼がその時重要ではないと思う事柄の記憶だ。参事会長から金をもらったという事実はとても重要だった。彼はそれをよく覚えていた。しかし、彼が金なんか遣わないとうぬぼれていられるあいだ、金額とか、小切手とか、紙幣とかを重要なことだとは思わなかった。それで、そういうことを記憶から失った。今、彼はテンペスト博士のところへ行くことに決め、これ以上審問の必要はないと博士に知らせることにした。主教の決定がどんなものであるにしろ、主教に屈服するつもりだった。サンブル氏が説教壇に登るのを拒否した日から、状況は変わっていた。あのころ、彼は人々から無実だと信じられており、自分でもそう信じていた。今、彼は人々から有罪だと信じられており、そんなふうにまわりの尊敬を失っているとき、自分についてどんな意見を持とうとも、教区牧師の職務を適切にはたすことはできなかった。屈服して、どこかよそへ——それが望まれるなら、ガレー船か、救貧院へでも——行こう。妻子については一緒にいるよりも、一緒にいないほうがいいと心に言い聞かせた。この世は彼に当たるほど妻子につらく当たりはしないだろう。

彼は雨に濡れ、思いにも濡れて座っていたので、まわりにまったく注意を向けていなかった。その時、ふいに彼がよく知っているホグルエンドの老人から話し掛けられた。「濡れているよ、クローリーさん」とその老人。

「濡れている！」とクローリーはふいに我に返って言った。「うん、——そう。濡れていますね。雨が降っているから」

「びしょ濡れじゃね。うちに帰ったほうがいいんじゃないかね？」

「あなたも濡れていませんか？」とクローリー氏は老人を見て言った。老人はレンガ工場でぬかるみに漬かって働いていたから、泥まみれで湯気を発しているように見えた。

「わしかい、牧師さん？　もちろんわしは濡れている。わしらのような人間はいつも濡れているんじゃ。——水分がわしらの内臓をふさいでいる。リウマチになるのは当然じゃね。どうしてリウマチ持ちにならずにいられるだろう？　だが、あんたのような人がリウマチになることはないよ」

「私の友」と今クローリーは言うとき、道に立って、腕を差し出し、レンガ造り職人の手を取った。「リウマチよりももっと悪い悩みがあるのです——本当にあるのです」

「コレラがあるね」と、ジャイルズ・ホガットはクローリー氏の顔を見あげて言った。「まさかコレラに罹っているんじゃなかろうね？」

「いや、コレラよりも悪いものです。人は誇りを打ちのめされるとき、完全に殺されてしまいます。——それなのに生きています」

「それもたぶんひどいね」とジャイルズは手をまだ相手に取られたまま言った。

「ひどい苦しみなのです」とクローリー氏は左手で胸を叩いて言った。「ひどい苦しみなのです」

「聞いてくれ、クローリーさん。わしが説教をしていると思ってはいけないよ。ただ根気強くしていさえすれば、堪えられないものは何もない。うちに帰りなさい、クローリーさん。それを考えなさい。たぶんその言葉があんたの役に立つじゃろう。不撓不屈が難事を克服する。思い悩んでも何の役にも立たない」それから、ジャイルズ・ホガットは牧師から手を引っ込めて、ホグルエンドの家へ歩いて行った。クローリー氏はもううちへ向かった。彼は小道を進むとき、ジャイルズ・ホガットの言葉を胸で繰り返した。「不撓不屈が難事を克服する。思い悩んでも何の役にも立たない」

彼はその日午後テンペスト博士の手紙について妻に何も言わなかった。妻は戻って来たときの夫の状態に気を取られて、手紙のことをほとんど忘れてしまった。彼は妻に体を拭かせたが、かろうじて拭かせただけで、その日の残りをホガットから教えられた教訓を学ぶことに費やした。しかし、簡単にそれを会得することができず、胸中でこの問題を解いたとき、よけいに簡単ではないとわかった。レンガ造り職人が言う不撓不屈とは、単純な自己否定を意味していること――外側に愚痴を漏らさないだけでなく、内側でも愚痴を言わないで何にでも堪えるように自己を強制すること――であることがわかったからだ。

彼は翌早朝シルバーブリッジへ行くことを妻に伝えた。「私にそうさせるのは、あの手紙――昨日受け取った手紙のせいだ」彼はそう言って、昨日触れることを拒んだ手紙を妻に手渡した。

「でも、手紙には次の月曜に来るように書いてありますね、ジョサイア」とクローリー夫人。

「今日行くほうがいいと思う」と彼は言った。「私はこの問題で主教とテンペスト博士の両方に多少とも義務を負っている。博士は私の件で曲がりなりにも主教の代理となっているからね。しかし、そのどちらに対しても命令に盲目的に従うことが私の義務だとは思わない。サンブルという男の尋問に身を屈するつもりもないよ。今決心がついたから、教区を放棄するつもりであることをはっきり相手に伝えたい」

「教区を完全に放棄するのですか?」

「うん、完全にね」彼はそう言うとき、両手の指を組み合わせ、一瞬高くそれを掲げたあと、そのまま体の前に降ろした。「部分的な放棄はできない。職務を放棄しながら、報酬をもらうことはできない。できるとしても、そんなことをするつもりはないよ」

「そんなことは言っていません、ジョサイア。でも、どうかそんな申し出をする前によく考えてください」

「よく考えたし、これからも考える。行ってくるよ、おまえ」それから、彼は妻に近づいて、口づけしたあと、シルバーブリッジへ向けて徒歩の旅を始めた。

彼は正午ごろシルバーブリッジに着いて、テンペスト博士の在宅を知らされた。使用人から名刺を求められた。「名刺は持っていません」とクローリー氏は言った。「しかし、もしあなたのご主人が喜んで紙とペンをお貸しくださるなら、名を書きます」彼は名を書いた。応接間で待っているあいだ、クローリーはテンペスト博士を憎みつつ時間をつぶした。なぜなら、ドアが黒服を着た男性の使用人によって開けられたからだ。男性がお仕着せを着ていても、彼は同じようにテンペスト博士を憎んだだろう。あか抜けしたメイドによってドアが開けられても、博士を少し憎んだだろう。

博士は握手したあと、椅子を指さした。が、クローリー氏は「昨日の朝あなたの手紙が届きました、テンペスト博士」と立ったまま言った。「手紙についてどう判断したらいいか昨日一日考えたあと、これ以上遅れることなくあなたを訪問するのが義務だと感じました。私はそうすることでおそらくあなたの意向に協力し、あなたが委員長となる委員会の紳士らの労力を省くことができると思います。次の月曜にここに来なければならないのは、おそらく一部の紳士らには面倒なことでしょうから」

テンペスト博士はこの話のあいだ相手を見て、靴とズボンの状態から相手がホグルストックからシルバーブリッジまで歩いて来たことを知った。「クローリーさん、どうか座ってください」博士はそう言ってベルを鳴らした。クローリー氏は座った。とはいえ、指示された椅子にではなく、テーブルの反対側の遠く離れた椅子に座った。使用人が入って来て、——そのいやな執事はクローリー氏の服よりもずっと立派な黒服を着ていた——、客に聞こえない言葉で主人の指示を受けた。執事はデカンターとワイングラスを持って戻って来た。

「歩いて来られたあとですからね、クローリーさん」テンペスト博士は椅子から立ちあがって、ワインを注いだ。

「ありがとうございます。しかし、いただきません」

「どうか召しあがってください。距離が何マイルあるか知っていますから」

「よろしかったら、何もいただきません」とクローリー氏。

「ねえ、クローリーさん」とテンペスト博士は言った。「友人としてあなたに話させてください。あなたは八マイル歩いて来て、これから非常に重要な問題を話そうとしているところです。あなたが一杯のワインとビスケットを口に入れるまで、私は議論するつもりはありません」

「テンペスト博士！」

「本気なんです。私は議論しません。私の言う通りにしてくれたら、よければディナーの時間まで議論してもいいんです。さあ。口に入れてください」

クローリー氏はビスケットを食べ、ワインを飲んだ。彼はそうしたとき、テンペスト博士が正しかったことを認めた。ワインを飲んで話す力が出たと感じた。「あなたが次の月曜よりも今日がいいと判断した理由がわかりません」とテンペスト博士は言った。「しかし、もし今日あなたがここにいることで何か役に立つことができるなら、あなたの時間を無駄にするつもりはありません」

「私は月曜よりも今日がいいと思ったのです」とクローリーは言った。「一つには五人に話すよりも一人に話すほうがいいからです」

「確かにそれには一理ありますね」とテンペスト博士。

「今月九日付けのお手紙であなたが触れた問題について私がどうすべきか行動方針を決めましたから、遅滞なくそれをお伝えしたいのです。テンペスト博士、私はホグルストックの牧師職を辞任することに決めました。今日パトロンであるバーチェスター聖堂参事会長に手紙を書いて、私の意向を知らせます」

「つまりあなたが有罪となった場合――その場合――」

「場合に関係なく私は辞任するつもりです。私が泥棒と証明された時点で、テンペスト博士、停職とか免職とかそんな措置を取らせて、主教をわずらわせたくありません。教区牧師の名と名声が汚されるようなことがあってはなりません。私の名は恥辱にまみれてしまいました。私は教会裁判所による、主教による、委員会による職の剥奪を待つつもりはありません。私に届いた世間の意見に頭をさげて、みずから職を剥奪します」

彼は椅子から立ちあがって、自分への最終判決を立ったまま述べた。テンペスト博士は椅子に座ったまま、彼を見詰めていた。しばらく沈黙があった。「そんなことをしてはいけませんね、クローリーさん」とテンペスト博士はついに言った。

「しかし、そうします」

「それに参事会長はあなたの辞表を受け取ってはいけません。率直に言って、陪審員が出す評決に有力な意見なんかないと言ってもいいんですから」

「私の決定は陪審員の評決とは無関係です。私の決定は――」

「ちょっと待ちなさい、クローリーさん。言ってはいけないことを言ってみることは可能なんですがね」

「言いたいことはもう何もありません。――言えることももう何もありません。たとえ言えても、町の交差点ではできればもう何も言いたくありません。この金を盗んだか、盗まなかったか、私にはわかりません」

「私が考えていたのはまさにそのことですよ」

「そうですか」

「つまりあなたは盗んでいないんです。それについては疑いの余地がありません」

「ありがとうございます、テンペスト博士。そう言っていただけて、心からあなたに感謝します。しかし、あなたは陪審員ではありません。たとえあなたが陪審員でも、私に浴びせられた恥辱を真っ白にすることはできません。これらの手続きの初期に主教区の主教によって表明された意見に対して、――むしろ主教の奥方によって表明された意見に対して――、私はあえて反抗しました。主教公邸の意見にも、それが表明された手段にも、敬意を感じませんでした。それ以後、私は服従しなければならないと感じる人たちから意見をいただきました。――その人たちのなかにあなたもおられます、テンペスト博士。私はその人たちの意見に服従します。私は私を指名したバーチェスター聖堂参事会長の手にホグルストックの永年副牧師職をただちに返還します。そのことを、バーチェスター主教にお伝えください」

「いいえ、クローリーさん。伝える気はありません。あなたの心を動かすことはできなくても、私はあなたが間違っていると思いますから、主教にそんな連絡をする気はありません」

「では、私から連絡します」

「クローリーさん、あなたの奥さんや子供はどうするんですか？」

その瞬間、クローリー氏は友人ジャイルズ・ホガットの助言を想起した。「不撓不屈が難事を克服する」彼は難局に当たって身を支えるとても強い助けを確かに望んだ。こんなふうに妻子に触れられたとき、際立った不撓不屈の精神が不可欠となることを知った。「妻子には冷たい風も和らいでくれることを信じるしかありません」と彼は言った。「妻子は実際毛を刈られた子羊なのです」

テンペスト博士は椅子から立ちあがると、再び話し始める前に部屋のなかを行ったり来たりした。「いいですか」と博士は全力でクローリー氏に訴え掛けた。「もしそんなことをしたら、あなたはとにかく非常に邪悪なことをすることになります。もし陪審員があなたに有利な評決を出したら、あなたは安全になります。

おそらく評決はあなたに有利なものでしょう」

「私は今評決のことなんかどうでもいいのです」とクローリー氏。

「あなたは思いつきで妻を救貧院に入れることになりますよ！」

「不撓不屈が難事を克服する」とクローリー氏は心に言い聞かせた。「そのことは考えました」と彼は大声で言った。「妻が私にとってだいじであり、子供もだいじであることは否定できません。妻はおっとりとした育ちの人なのです、テンペスト博士。欠乏なんか知らない家の出なのです。妻は私と食卓を共有するようになってから、ひどい欠乏を経験してきました。私が妻をこんな状態に追い込んでしまいました。非常に恐ろしい。あまりにも恐ろしいことなので、私はしばしば自分がどうして生きているのかわからないくらいです。しかし、牧師である私の義務がすべてに優先するという考えに、博士、あなたは同意してくださるでしょう。妻子のためとはいえ教区にとどまる勇気が私にはありません。さようなら、テンペスト博士」テンペスト博士は相手に議論で勝ちを占めることができないとわかって、別れの挨拶をした。クローリー一家に対して力の範囲内で何らかの奉仕をすることができるとすれば、それは主教と参事会長への取りなしによってしかないと感じた。

それから、クローリー氏は胸中でジャイルズ・ホガットの言葉を繰り返しながら、ホグルストックに歩いて戻った。「不撓不屈が難事を克服する」

第六十二章　聖堂参事会長へのクローリー氏の手紙

シルバーブリッジから歩いて帰宅したとき、クローリー氏は少しも疲れていないと言った。「私が会いに行ったシルバーブリッジの牧師は軽食を提供してくれた。――いや、かなり強引に食べさせられたが、おかげで元気になった」と彼は笑う振りさえして言った。「そのうえしつこくワインを勧めてくれた。そんな慈悲心のゆえに彼を称えずにはいられない。分別のある人だろうと期待していた。彼について知っているわずかなことがそう思うように教えてくれた。しかし、期待していなかった心の優しさも彼に発見したよ」

「禄を放棄するつもりはないんでしょう、ジョサイア?」

「もちろん放棄するつもりだ。義務がはっきり目の前に見えているとき、情によってそれが曇らされてはならない」彼はまだジャイルズ・ホガットの言葉を意識していた。「不撓不屈が難事を克服する」哀れな妻は夫に何も言うことができなかった。夫と議論しても無駄だとよくわかっていた。裁判で無罪放免になったら、参事会長が――その友情を妻は疑わなかった――唯一の生活の糧であるささやかな禄をまた授けてくれることを願うしかなかった。

翌朝、テンペスト博士から短い手紙が郵便で届いた。

親愛なるクローリー様（手紙はこう書いていた。）

もしまだ時間が残っているなら、性急なことをしないようにあなたにお願いしたいんです。たとえあなたが主教か参事会長かに手紙を書いても、その手紙を無効にしてよいと言われれば、私は無効にすることもできます。私はあなたよりもずっと年を取っているし、聖職者とも世間一般の人々とも、長くつき合ってきたことを自負していいでしょう。今の状況で禄を放棄することがあなたの義務とはならないことを、私は絶対の自信を持って言うことができます。もしこの問題で世間の人々から行動に疑問があると後ろ指を指されたら、あなたは私の忠告に従っていると大っぴらに答えればいいんです。裁判が終わるまであなたはどんな措置も取るべきではありません。裁判で不利な評決が出たら、主教の判断に従えばいいんです。もし有利な評決が出たら、主教の干渉は終わるでしょう。

禄を放棄することが牧師としてのあなたの義務とはならないうえ、あなたが妻子を抱えていることを考えるなら、自尊心にかまけてそんなことをする権利もないことを覚えておかなければいけません。どなたでも好きな友人に相談してみてください。――ロバーツ氏とか、聖堂参事会長本人とかね。私と同じくらい状況を知っているどんな友人も、少なくとも裁判が終わるまで禄を保ち続けるようにあなたに忠告することを確信しています。そんな友人にあなたは私に問い合わせるように言うこともできます。

私が心からあなたのものであることを信じてください

モーティマー・テンペスト

クローリー氏はこの手紙をポケットに入れて再び歩き出した。しかし、今度はホグルエンドの方向へは向かわなかった。ホグルエンドからこれ以上知恵を引き出せるとは思えなかった。ジャイルズ・ホガットはすでに言ったこと以上に何を言うことができよう？　たとえホガットに博士の手紙を読み聞かせ、その内容を理解させることができたとしても、ホガットはただ不屈の精神について警告できるだけだろう。ホガットとシルバーブリッジの新しい友人とは、考え方が一致しないように思えた。二人のどちらに妥当性があるか判断するほうがいいだろう。もしホガットが状況を把握することができたら、禄を捨てるという方針に執着するよう忠告してくれることを確信した。

彼は参事会長に手紙を書いていたが、まだ送っていなかった。主教への手紙は書いても短いものになるだろう。それで、参事会長への手紙を複写して完成させるまで、主教に手紙を書くことを先延ばしにした。

彼は旧友への手紙を書いたり、修正したりして夜遅くまで起きていた。今手紙ができあがったので、破り捨てるのがいやだった。今朝早くテンペスト博士の緊急の忠告が郵便で配達されて来る前に、彼は参事会長への手紙の草稿を妻に見せた。「嘘とは言えませんね」と妻はその時言った。

「まったく本当のことだよ」

「でも、あなた、私はこれを送ってほしくないのです。裁判が終わるまで待ってください。今なぜこんな措置を取る必要があるのです?」

「断じて送るよ」と彼は答えた。「もう一度熟読してくれれば、私が泥棒だと証明されるまで禄を持っていたら、何の意味もなさなくなることがわかるだろう」

「まあ、ジョサイア、そんな言葉を聞いたら死んでしまいます」

「不快だろうが、こんな言葉に慣れてもらうほうがいい。手紙については、心情をわかりやすく表現するのに苦労したのだ。ちゃんと表現することができたと思う」その時は、彼の心のなかでホガットが完全に勝ちを占めていた。しかし、今彼が歩き出したとき、結局ホガットと同じくらい賢い牧師から来た正反対の忠告にいくらか心を乱された。テンペスト博士が勧める行動に従ったら、不屈と言えるところはどこにもなかった。博士の忠告に従ったら、好意的な微風を捕らえるため帆の傾きを調節するだけでいい。そんな調節に気を奪われる性格に不屈の精神は不要だった。

郵便集配人は一日に一回しかホグルストックに来なかった。それで、彼は翌朝まで手紙を送ることができなかった。――四マイル離れたいちばん近い郵便局にそれを持って行く気にならなければだ。そんなことをする気にならなかったから、最終的に送るとしたら、手紙を複写する時間がもう一晩あった。彼は参事会長に手紙を出すことをテンペスト博士に明言し、妻にもそう誓った。この手紙にはずいぶん労力をつぎ込んだ。ホガットを信じてもいた。しかし、彼はこの世にこのホグルストックの禄しか持っていなかった。禄を持ち続けていれば、せめて妻が食べるパンくらいは稼げるだろう。テンペスト博士はおそらく無罪放免になると言った。博士は彼と同じくらい事情を知ったうえで、無罪と言っていた。結局、博士はホガットが知っているよりも事情をよく知っているはずだ。

禄を放棄したら、彼はどうなるだろうか？　――彼は――彼と妻は？　曲がりなりにも長年なかに避難所があったドアに背を向けたあと、彼らはまずどこへ行けばいいだろうか？　持ち物をみな計算すると、たとえ地代負担(1)を受け取ったとしても、四月の終わりには五ポンドしか手元に残っていないことがわかった。家具にはまだ借金が残っていたから、それから金をひねり出すことは不可能だった。こういう思いはみな無罪放免になった場合のことだ。もし有罪になったら、妻はどうなるだろうか？　獄から出て来たとき、彼はどこへ行けばいいだろうか？

彼はホガットの忠告がテンペスト博士のそれと対立することをはっきり心得ていた。しかし、それはホガットが事実関係をほとんど知らないという事情による。この世の悪が打ち勝ち難いとき、人は確かに不撓不屈でなければならない。しかし、悪が克服できるとき、不屈である必要はない。ホガット自身もリウマチの特効薬と信じる治療を受けているではないか？　そうだ。ホガットといえども義務とは対立しない治療は受けるだろう。リウマチのいちばんの治療は雨の日にレンガ工場に近づかないことだ。しかし、もし近づかなかったら、暮らしを立てる金はなくなるだろう。ホガットは手足がそこへ運んでくれる限り、リウマチやら、何やらがあろうともきっとレンガ工場へ行く。そうだ。やはり手紙を送ろう。それが彼の義務と思うから、義務をはたそう。彼は人々から猜疑の目で見られ、泥棒と名指しされた。テンペスト博士から忠告をもらったけれど、彼は手紙を送ろう。たとえ天が落ちて来ても、正義がなされなくてはならない。

彼はラフトン卿夫人が妻に申し出た話を聞いていた。この世のラフトン卿夫人の申し出には辛酸をなめさせられた。最初は貧困の結果としてそんな申し出がなされたからだ。しかし、今はラフトン卿夫人のような人々がどうにか妻子を餓死から救ってくれる――妻を救貧院から救ってくれ、子供を世に旅立たせてくれる――と思うと、どこかほっとするものを感じた。子供の一人には、もし彼が邪魔さえしなければ、すばらしい結婚が提供されそうだった。どうすれば妻子に厄介を掛けずにいられるだろうか？　彼は二か月――あるいは二年――投獄されると噂されていた。裁判官が終身刑を言い渡してくれたら、すばらしいのに。彼くらい目的のない、役に立たない、有害な存在がこれまでにいただろうか？　しかし、彼はヘブライ語を知っている。が、参事会長はほとんどそれを知らなかった。彼はギリシア語で弱強格の詩を作ることができる。が、主教が弱強格と強弱格の違いを解するとは思わなかった。彼は三角法の問題で気晴らしをすることができる。が、テンペスト博士はきっとロバの橋(2)の上で道に迷ったと信じて疑わなかった。彼は「リシダス」(3)を暗記している。が、サンブルがその神聖な詩の暗示一つも理解できないことを確信していた。とはいえ、こんなに豊かな教養を具えていたにもかかわらず、彼にとって、彼の家族にとって、世間全体にとって、彼は己に終止符を打つことが望ましいのだ。裁判などなしに終身刑の宣告を受けることが何よりも望ましいのだ。そうしたら、ホガットから教えられたあの美徳の実践の場が大きく開けるだろう。

うちに帰って来たとき、彼はホガット流の考え方に執着していたから、手紙の複写を用意した。しかし、この仕事を始める前に末娘と一緒に座って、ギリシア語の詩の一節を読んだ。——あるいは娘に読ませた。その一節には目をつぶされた巨人[4]の災難と苦悩が描かれていた。——我が身に害をなした者らに復讐するとき、もし目が見えない、目をつぶされているということさえなければ、その巨人ほど強力な怪物はいなかっただろう。「これと同じような話はよく出て来る」と、彼は娘が読むのを止めて言った。「様々な改作版がこれにはある。人生の真実を物語っているからだ。

今この偉大な解放者を捜してみれば、その者は[5]
ガザに盲いて、奴隷らとともに粉ひき場にいる

同じ物語だね。運命——必然ともギリシア人はその女神の名を呼ぶ——の手によって、偉大なる力が無力に貶められ、偉大なる栄光がみじめさに引き落とされる。運命とは逃れることができない女神なのだ！『奴隷らとともに粉ひき場にいる』なんて！　人々はこれを読むとき、描かれている場面の恐ろしさをとらえ損なう。続けなさい、おまえ。ポリュペーモスに苦しみ悩む精神があるかどうか疑問があるかもしれない。しかし、その力の描写から見ると、私はあると思う。『奴隷らとともに粉ひき場にいる』なんて！　これほど恐ろしい場面があるだろうか？　続けなさい、おまえ。もちろんおまえはミルトンの闘技者サムソンを覚えているだろ。闘うとは、本当に！」妻はその部屋の片側に座って編み物をしていた。それで、夫の言葉を

聞いて、――理解した。ジェーンがギリシア語の詩のリズムに再び深く入り込む前に、妻は夫のそばにやって来て、首に抱きつき、「あなた！」と言った。「あなた！」

彼は妻のほうを向いて、ほほ笑んで言った。「こういうのは私のこだわりだね。ポリュペーモスとベリサリオス[6]、サムソンとミルトンはいつも私のお気に入りなのだ。盲人の強い心は加えられた危害に敏感であるに違いない！　強い力と結びついたその後の無力、あるいはむしろかつての強い力と大望の記憶と結びついた無力はあまりにも本質的に悲劇的だ！」

妻は夫が話しているとき夫の目を覗き込んだ。そこには昔の名残があった。この世がまだ二人にとって新鮮で、クローリーが彼女に夢を語り、詩の長い数節を暗唱し、昔の作家の作品を批評したころの名残だ。「あなたが盲目でないことを」と妻は言った。「神に感謝します。目はまだ見えますから」

「そうだね、――まだよく見える」と彼。

「奴隷らとともに粉ひき場にもいません」

「まあ、神が私に優しくしてくれたら、少なくともガザで盲いることもないね。さあ、ジェーン、続けよう」それから、彼はその一節をみずから取りあげて、澄んだ朗々たる声で読んだ。その詩を心から楽しんでいるように時々ある箇所を説明したり、意見を述べたりした。

彼が少ししかないいちばんいい便箋を取り出して、座って手紙を書き始めたのは夕刻遅くになってからだった。まず主教に宛てて書いた。それは次のような文面だった。――

ホグルストック牧師館にて、一八六――年四月十一日

主教閣下

私はシルバーブリッジのテンペスト博士と話をしました。来たるバーチェスター巡回裁判の私の裁判のあと、閣下がこの主教区の主教として取らなければならない手続きについて、調査委員会――博士はその委員長です――を設置することにしたと私は伺いました。閣下、一つには調査委員会に指名された紳士らを安堵させるため、一つには主教区の聖職者の動向について主教が把握すべき情報をお伝えするため、私はここで次のことをあなたにお知らせするのが適切だと思います。私はこの手紙をもってホグルストックの副牧師職を辞任し、――その職を私に与えてくれたバーチェスター聖堂参事会長の手にお返しします。こういう状況ですので、閣下が有効にした委員会を存続させる必要はないと思います。しかし、それについてはもちろん閣下が唯一の審判者です。

あなたのじつに従順な、じつに謙虚な召使いであることを、
主教閣下、私は栄誉としています
ホグルストックの永年副牧師
ジョサイア・クローリー

バーチェスター市――の――
主教公邸
バーチェスター主教閣下

しかし、本当に重要な手紙――彼が大切なことを言いたかった手紙――は参事会長に宛てたもので、私はその手紙もこれから読者に提示するつもりだ。彼はこの手紙を書き始めるに当たって、旧友をどう呼んだらいいかしばらく迷った。手紙の一貫した調子がかなり冒頭の一語に依存することを知っていたからだ。彼

は自尊心のためできれば「拝啓」で始めたかった。「拝啓」と「親愛なるアラビン」のどちらにするかで悩んだ。かつて二人はいつも「親愛なるフランク」「親愛なるジョー」だった。しかし、「親愛なるフランク」「親愛なるジョー」と呼び合う関係はずっと昔に終わっていた。クローリーはもし今参事会長からジョーと呼び掛けられたら、ずいぶん怒っただろう。あるいは参事会長をフランクと呼ぶ前に、舌を噛み切っていただろう。それでも、今クローリーのいいほうの気質が勝ちを占めた。手紙を書き始めて、次のように完成させた。――

親愛なるアラビン

私が置かれた状況――おそらくあなたもそれについてはある程度聞き及んでいると思います――のせいで、恐縮ですが、かなり長い手紙を書かなければなりません。休暇中のあなたにこんな迷惑な手紙を送りつけて申し訳ないと思います。（クローリー氏はこれを書くとき、自分が休暇なんか取ったことがないことを思い起こさずにはいられなかった。）しかし、あなたが堪えて最後まで読んでくだされば、私にはほかの選択肢がなかったことを認めていただけると思います。

私は二十ポンドの小切手を盗んだ罪で告発されています。その小切手はラフトン卿がロンドンの銀行から振り出して、卿の代理人であるソームズ氏がなくしたもので、ソームズ氏が――宣誓証言ではありませんが――述べているところによると、ホグルストックのここの牧師館を訪問しているあいだになくしたものです。私がシルバーブリッジの商人にその小切手で支払いをしたことに、疑問の余地はありません。それについて尋問されたとき、私ははっきり間違いだとわかる回答をしてしまいました。見破るのがいとも易しいと思った人々の目から見ると、私に――あってもよかったのに――間違いの認識がなかったのが奇妙なくらいです。

この間違いは確かに愚かで、今私に重くのし掛かっています。それから、今わかるのですが、私はもう一つ別の間違いを犯しました。――その間違いはあなたにすでに伝えられていることを知っています。小切手はあなたから渡されたと言ったのです。私がそう言ったとき、小切手はあなたの気前のいい思いやりによってなされたあの施しの一部だと思ったのです。旅立つ直前に図書室でお会いしたとき、あなたからいただいた施しのことです。私は事実関係を思い出そうと苦心惨憺しました。過去の出来事を正確に覗き見ようとするそんな格闘であなたが悩まされたことはないと思います。――いや、おそらくそれは場合によりますね。きっとあなたの精神はより大きな、よりふさわしい仕事に見合うように調律されていて、私の精神よりも明晰で、強いのでしょう。私の場合、記憶力がほとんどなくなり、思考力も衰えています！　私は思い出そうともがきました。小切手はあなたが私に手渡した封筒のなかにあったのだと思いました。――それで、そう言いました。その後、あなたから直接受け取った――そう告げられました――便りから判断すると、私は二番目の証言でも最初の証言と同じように間違えたことを知りました。二度の間違いはもちろん私にとても重くのし掛かっています。

私はシルバーブリッジで治安判事らの前に引き出されて、彼らから今月二十八日にバーチェスターで開かれる巡回裁判に付すとの判決を受けました。判事らは確かに私を送致する以外に選択の余地がなかったのです。私が保釈されて、現在の自由をえられたのはこの判事らのおかげです。こういう状況に置かれて私がどれだけ悲惨な苦しみを味わっているか、あなたにはわかっていただけると思います。ただし、あなたから指名されたこのホグルストック教区の苦労は、私にとって少しもそんな悲惨な苦しみの一部とはなっていないことを説明しておかなければなりません。もしなっていたら、私はこのことに触れなかったでしょう。私のような人間が意図的に金を盗んだなどと、まわりの人々から疑われるはずがないと信じていましたから、教会における地位を維持するのが私の義務だと初め感じました。それで、私は主教からなされた攻撃に対しても私の地位を守りました。主教は私を説教壇から排除し、教区民への聖務から閉め出すため、サンブル氏という人物をホグルストックに送り込んで来ました。サンブル氏について私は何も知らないし、その教区の場所も知りませんが、確かに聖なる教団に属する紳士だと思います。私はサンブル氏の言うことに聞く耳を持ちませんでした。教会のポーチの内側で彼に口を開くことさえ許しませんでした。私は今日まで一人で礼拝を取り仕切り、教区民に説教し、できる限り病人を訪問し、学校で教えてきました。襲われた悲しみのため、私がこんな仕事にいかにふさわしくないか知っていたにもかかわらずです。――私ほどそれを知る人はいません。

その後、私は主教から出頭を命じられて、それに適切に応じるべきだと思いました。たとえ人物は認めなくても、その職は尊敬しなければならないと思い、公邸で主教の前に出て、主教の発言によって私の行動を律することに決めました。私は閣下の前で謙虚に構え、主教の裁量によって授けられる指示を辛抱強く待ちました。しかし、あの非常に有害な奥方が私たちのあいだに介入して、そと目から見ても主教を面食らわせ、私をとまどわせました。そして、奥方はその場所を奥方以外に誰にも話させない場所にしたんです。教会の問題で何かはっきりしたことがあるとすれば、それは教会を代表するいかなる権威も女性には委任しないということです。この国といくつかの他の国々の特別な法律では、女性が一時的に地上の玉座に座ることを許していますが、教会の玉座の場合、いちばん低い段にさえ女性が権威を持って座ることを許していません。女性法王(7)というロマンティックな話があるにしてもです。私が主教に質問するたび、奥方が主教の代わりに喋ったのです。奥方が指示を出そうとしていることに私は傷つき、また閣下から明確な指示をえることが絶望的だと知って、怒って公邸を飛び出しました。それで、その面会からは無駄に歩いた疲れと怒りしか残りませんでした。怒りについてはずっと恥じています。

その時から、じつを言えばほとんど希望はないながら、熱意がないわけでもない状態で私は仕事を続け、教区で頑張ってきました。私があの事件でやはり有罪だとまわりの人々が言い立てるのを日ごと聞いています。そして今、主教は調査委員会を設置し、聖職者処罰法にのっとって私への訴訟手続きを準備しました。主教がこうするとき、私はそれを無分別だと言うことができません。たとえ主教を動かした助言があの邪悪な舌を持つ奥方から来ているとしてもです。女性に助言を求めたら、非常に健全な効果がありますが、そんな時女性が少しでも権威を見せたら、それはやはり間違っており、有害だと思います。私の場合、女性に助言を求めることがよくあって、賢いと同時に忠実な助言者をそばに置いています。（クローリー氏が妻に読むように言った手紙の草稿には、この文章は挿入されていなかった、と読者には了解してもらわなければならない。彼は妻に手紙を読ませようと思って、清書するまでこれを省いておいた。）主教がシルバーブリッジのテンペスト博士を調査委員会の長として指名しましたので、私は博士と連絡を取りました。委員会を構成する紳士らがすみやかにこの仕事から解放されるほうがいいと私は信じます。こんな問題では残念ながら報酬なしに置かれる委員らの労力にも配慮して、私はホグルストックの永年副牧師職を辞任し、あなたの手にその職を返すという明確な目的と意図をこの手紙のなかで書くことをテンペスト博士に伝えました。

そういうことで、あなたは私が禄を放棄することを納得したうえ、どなたか牧師が教区に現れて、あなたか、主教かから派遣されたことを私に証明し、職を引き継ぐことを明らかにするまで、私がこの教会の礼拝を執り行うことを了承してくださるでしょう。もし万一サンブル氏が再びここに送られて来るようなことになっても、私は彼の説教を聞き、その教えから前進するよう努め、この前この教区に来たとき彼に感じた軽蔑を克服するよう励みます。この件について主教に書いた私の手紙の複写を署名の下に添付しておきます。

私は教区民の魂の守護者という役割をあなたから委託されたので、今職を放棄するに至った理由をできるだけ簡略にあなたに説明しなければなりません。私が判断を信頼する一、二の友人は、――シルバーブリッジのテンペスト博士をその一人としてあげられます――、裁判が終わるまで私のほうから措置を取るべきではないと提案してくれます。もし私が無罪放免になれば、職をそのまま保持できるから、そんな評決の可能性を考慮すべきだと彼らは考えます。もし私が無罪放免になれば、私に対する主教の訴訟は必然的に終わらざるをえないと言います。彼らが事実において正しいことを私は疑いません。しかし、彼らはこの助言をするとき、事実にしか目を向けておらず、良心にまったく配慮していません。私は彼らを責めません。友人らは外的な事実に従って助言してよいとされており、私でもそんな助言をするからです。人は何が正しく、何が悪いか認識することで内的良心を満足させなければなりません。そういう必要がない場合の助言です。

私はまわりの人々から厳しい目で見られ、悪意を持って噂され、教区の人々からあの金を盗んだと思われています。この教区の二人の農夫は――私は知っていますが――、誠実な陪審員なら私を無罪にはできないとの意見を表明しました。二人はどちらもそう言ったあと、私の教会に姿を現していません。二人は別の教会へも行っていないと思います。もし行っていないとすれば、二人は私のせいであらゆる公的な礼拝を止められたことになります。もしこんなことが起こるなら、どうして私がこれらの人々のあいだに澄んだ良心でとどまることができるでしょう? 二人が慎重に固めた意見のせいで聖体を私の手から受け取れないのに、私が二人の手から報酬を受け取ることができるでしょうか? （しかし、彼はこんなふうに彼の立場を主張する一方、話している二人の男がいつも土曜の夜は酔っ払っており、おそらく三週間に一度しか教会に来ないうすのろの馬鹿であることを知っていた。）

あなたは優しい心の持ち主なので、偶然出会う教区民の意見を上位に置いたら、どんな牧師も無事では済まないときっと私に言うでしょう。あなたは「イカナル罪モ気ニセズ、イカナル非難ニモ青ザメズ」(8)というあの重要な古い教えをおそらく手本にせよ、と主張するでしょう。あなたがそう主張すると思うから、その手本を立派なものだと認めます。もしこの問題で良心が澄んでいるなら、私はどんな農夫にも、――いえ、どんな主教にも、法によって強いられる以外に一インチも屈服するつもりはありません！　しかし、私の良心は澄んでいません。この金を盗んだかどうかわからない！　と心で自白するとき、私は青ざめ、髪の毛は恐怖で逆立ちます。それが事実です。私は自分が有罪か無罪かわからないことを率直にあなたに認めます。私の部屋の床から小切手を拾って、その後それをどこで手に入れたか知らないまま、持ち出して使ったのかもしれません。もしそうなら、私は小切手を盗んだことになります。国法に照らして罪があるのです。もしそうなら、主の秘蹟を教区の人々に施せる立場にはありません。この前聖杯を手に持って、人々を祝福しているとき、私はこういうことにふさわしい人ではないと感じて、危うく聖杯を取り落とすところでした。主が私の弱さを知り、私の心の混乱を許してくださるかどうかは――主と被造物のあいだの問題です。

　この手紙を読み返してみながら、私の正確な立場をあなたに説明するとき、いかに言葉が貧弱であるか、いかに言葉が役に立たないか痛感します。しかし、私がホグルストックのこの教区をきっぱり辞任するつもりであることと、それゆえ禄の提供者としてこの職の後任を指名する義務があなたにあることを納得していただくにはこれで充分でしょう。もはやただ長い手紙を差しあげることを許してもらい、これまで私に授けてくださった多くの友情の印にもう一度感謝するだけです。ああ悲し、あなたは尊敬していた友人の生涯がいかに不毛なものになるか当時予見することができたら、誰も今尊敬を込めて振り返らない人の友人だと、後ろ指を指される恥辱をおそらく逃れられたでしょう。

それでも、私は心から愛情を込めて

真にあなたのものであるとまだ言っていい
ジョサイア・クローリー

彼は手紙の最後の段落もまた妻が読んだあとでつけ加えた。最初にこの手紙を書いたとき、言いたいことをはっきり伝えたと思い、文言にいくぶん誇りを感じた。しかし、一人机に座って読み返すとき、言葉をたくさん使って自分を甘やかすことを恐れなかったら、喜んで旧友に語ったと思われる様々な考えが心にあふれてきたので、彼はこれを上手に書いていないと感じ始めた。ホガットの教えは文中にまったく見られなかった。こんな手紙に対する回答として、参事会長はたぶん言うだろう。「もう一度考え直してください。もっと我が身を大切にしてください。二人の農夫やサンブル氏や主教のことなんか気にしないでください。水の上に一枚でも厚板が残っているあいだは、船にしがみついていてください」と。しかし、彼はこれが既決事項であることを参事会長にはっきりわからせる言葉を遣いたいと思った。彼は――人生のすべてで失敗したように――この手紙でも失敗した。それでも、手紙を出さなければならない。たとえもう一度書き直しても、いいものにすることはできないだろう。それで、彼は書いたものに主教への短い手紙を添付して、封印し、送った。

クローリー夫人はこの手紙がすべてを決めるものではないと思わなかったら、おそらくもっと強引に投函を止めようとしただろう。第一に、手紙は帰国後まで参事会長に届かない可能性があった。――クローリー夫人は参事会長が帰国したら、できるだけ早い機会に彼に会うことにずっと前から決めていた。少なくとも裁判官が市に入る前に、参事会長が帰って来ることがバーチェスターでは確実視されていた。夫人はラフトン卿夫人からそれを聞いた。それから、第二に、参事会長がたとえ手紙を受け取っても、それに応じてすぐ空いた職を埋めるようなことをするだろうか？　夫人は参事会長が助けられるものなら一家を助けてくれることを知っており、彼を信頼していた。もし万一夫に不利な評決が出たら、その時は確かにどんな救いもえられなくなるかもしれない。その場合、調査委員会を後ろ盾として、主教が勝ちを占めることになる、と夫人は思った。それでも、確かな信念としてではないにしろ、信念の代わりとなる充分な希望を持って、まだ夫人は評決が夫に有利になると期待していた。夫が金を不正に手に入れようとしたなどと、一人の陪審員だって考えることはできない。まして十二人の陪審員なんてとんでもない。夫は自分のものではない金を誤って手に入れてしまったが、泥棒してそれを取ったわけではないから、泥棒の罰には値しないと夫人は信じていた。

二日後、クローリー氏は主教の付牧師から返事を受け取った。主教がクローリー氏の今回の行動を称賛していると付牧師は書いていた。「次の日曜にこちらからサンプル氏にホグルストックへ行ってもらって」と付牧師は続けた。「しばらくあなたの職務の負担を軽くさせます。教区の将来については参事会長が戻られるまで、あるいは巡回裁判が終わるまで、何もしないのがいちばんいいでしょう。これが主教の意見です」約束されたサンプル氏のホグルストック訪問が、クロスビー氏にとってニガヨモギと胆汁[9]だったことは説明しなくてもわかるだろう。もしサンプル氏が来たら、氏からも何かを学び取ろうと彼は参事会長に書いた。しかし、クローリー氏が今の気分でサンプル氏から何か有益なものを学ぶことができるかどうか疑わしい。ジャイルズ・ホガットのほうがはるかに立派な先生だった。

「私はこれにさえ堪える」と、主教の付牧師の手紙を返してもらうとき、彼は妻に言った。

註

（1）土地の所有者ではないクローリー氏に教会財産保有者であるラフトン卿が定期的に支払うように証文によって定められた地代。第一章註（1）と（5）参照。
（2）ユークリッド幾何学の「二等辺三角形の両低角は相等しい」という定理のこと。できない学生がつまずく問題の意。証明のため引く補助線と三角形の底辺が橋のかたちになるからと言われる。
（3）ミルトンの哀悼歌（1637）。
（4）ホメロスの『オデュッセイア』第九巻でオデュッセウスによって目をつぶされた単眼の巨人キュクロープス族の首魁ポリュペーモスのこと。
（5）ミルトンの『闘技者サムソン』（1671）第二巻第四十行から四十一行。
（6）東ローマ帝国の皇帝ユスティニアヌス一世（527-65）に仕えた武将で、皇帝への陰謀の容疑を受けて、目をつぶされ富を奪われたと言われる。
（7）女性法王の伝説は十七世紀まで広く信じられた。十九世紀後半に至ってもこの伝説は法王とローマ・カトリックを攻撃する目的で利用された。九一五年から一一〇〇年ごろまで設定はまちまちだが、よく知られた伝説は次の通りだ。マインツからアテネへ男装して出かけた若い娘ジョーンは模範的な神学生となり、ローマに定住して著名な講演者となり、のちに法王に選ばれる。が、彼女が子を産んだとき性の詐称がばれるという話だ。十九世紀にジョーンの名を持つ人気のトランプゲームがあった。第十六章の註（1）参照。
（8）ローマの詩人ホラティウス（65-8B.C.）の『書簡詩』第一歌第六十一行。
（9）「哀歌」第三章第十九節に「どうか我が悩みと苦しみ、にがよもぎと胆汁とを心に留めてください」とある。

第六十三章　ホグルストックへの二人の訪問者

状況が放って置いても自然に正しい方向へ向かいそうなときでも、人がひどく片意地であるため、しばしば誤った方向へねじ曲がることがある。大執事と息子はそんな状況にあった。今若い娘のよき感受性と、大執事の性質にある真の優しさが根本の困難を解決した。大執事とこの娘は相互に満足できる関係、父と息子のあいだに完全な和解の可能性を残す関係に至った。大執事はミス・クローリーの約束に完全に信頼を置きたかったので、少佐がこの娘と結婚しようとすまいと、手当を続けることにした。父は動産を売却する広告ビラを撤去すること、それだけを息子に要求した。これほど合理的な欲求はないのではないか？　売却は巡回裁判のちょうど一週間前に行われると広告されていた。その日取りは悪意ある意図に基づいて設定されていると、大執事は思った。若い娘の父が盗人かどうか判断される前に、なぜ家財は売却されなければならないのか？　そもそも家財はなぜ売りに出されなければならないのか？　大執事は息子への脅迫を黙って取りやめて、いつもの大執事らしい正確さで手当を年四回与えることや、プラムステッドの狐が時至れば少佐の資産となるとの取り決めに何の変更も加えないことを、すでに息子に了解させていた。大執事は状況をそんなふうに見ていた。そんなふうに見るとき、いろいろな男たちのなかで息子がいちばん片意地なやつだと思った。

しかし、少佐は状況を少佐なりの見方で見ていた。彼は父を公正に扱ってきたと自負していた。ミス・クローリーを妻にする決心を最初にしたとき、父にその意志を告げた。その時、もしそんな結婚をしたら、こういう結果――誰の目にも少佐がコスビー・ロッジを出ずにはいられない結果――になるとはっきり父から言われた。少佐は一度も不平を口にしなかった。口にすまいと胸に言い聞かせた。彼はただ父に言った。――「ぼくはぼくが言ったようにします。あなたはあなたが言ったようにすればいいんです。それで、ぼくはコスビー・ロッジを出る用意をします」彼はそれで出る用意をした。その用意の一環として、競売人のビラが柱や壁に貼られることになった。その後、父は息子の相手の娘とひそかに会う工作をした。――読者は少佐の心の動きを今たどっていることを了解していただけると思う。――父は約束を、その娘に求めること自体が間違いである約束を、取りつけることに成功した。それで、父は愛想よく脅迫を取りさげることにした。別の手段で目的を達したから、脅迫を取りさげた。少佐は父とグレースのあいだで交わされた口づけのことも、父の鼻に流れた二粒の涙のことも、父が彼女に言った寛大な形容辞のことも知らなかった。父がグレースの魅力に触れていかにほぼ完全に屈服したか、最初のきちんとした機会にいかに喜んで屈服する気になったか、少佐は推測できなかった。父はグレースから一定の状況では結婚しないとの約束を取りつけたあと、――少佐のほうはどんな状況でも結婚をあきらめるつもりがないことを固く決意していたが――、競売をやめるように強く要求してきた！　こんな侮辱に降伏できるわけがない。結婚と父の意向はどっちみち無関係だと少佐は判断した。父にそんな介入の権利が残る限り、父から何も受け取るつもりはなかった。父はそんな権利を脅迫とともに主張しており、彼、少佐はそんな脅迫に重要な意味を認めたので、コスビー・ロッジを出なければならないと決めた。脅迫の意図などないと、息子の結婚に干渉するどんな権利も放棄すると父に認めさせよう。そうしたら、息子は――父の寛大さを礼儀正しく受け入れよう！　父子ともに片意地だと、グラントリー夫人は言い切った。が、私は少佐のほうが父よりも片意地だと思う。

ヘンリー・グラントリーは祖父に会ったあと、バーチェスターから馬車で帰るとき、かすかに真実の光に触れた。父が正しいと考え始めたというのではない。しかし、父の欠点が許せたら、それが息子たる身にふさわしいとやっと悟った。彼は父に敬意を払うように祖父から懇願されて、そんな敬意がある程度従順を求めているのだと理解し、――あまり気分を害することなくそれができるのであれば――進んでそうしようと思った。競売が差し迫っていることが父をいら立たせる原因だった。競売を延期させることが可能かどうか当たってみるのもいいかもしれない。当然金銭的な損失が生じるだろう。損失は逼迫した状況のなかでは応えるかもしれない。――逼迫した状況のことがいまだに気になった。しかし、それくらいは父のため堪えなければならないと思った。とにかくシルバーブリッジの競売人と相談してみよう。

しかし、少佐は結婚に向けて役に立ちそうに思える措置を中止するつもりはなかった。グレースが立てた誓いなんか、若い娘のそんなものは何の役にも立たない。彼女の父がたとえ金を盗んでいようと、彼女が犠牲になるのは道理に合わなかった。それに、少佐は寛大さを表す肝心要の点が彼女の父の有罪無罪とは無関係に彼女と結婚する点にあることを見定めていた。彼はそれをよく理解しており、この点も含めて彼の意図をグレースの家族に知らせておくことが肝要だと気づいた。それゆえ、競売人に会う前にホグルストックへ行き、クローリー氏に会おうと決心した。

グラントリー少佐はこれまでクローリー氏と言葉を交わしたことがなかった。少佐は治安判事がシルバーブリッジの宿屋で審理をしたとき、その場に立ち会ったこと、またその際クローリー氏を裁判官の前に出頭させる保釈保証人の一人になったことを覚えておられるだろう。それゆえ、少佐はクローリー氏の顔を知ってはいたが、その一度の機会を除いて将来の義父に会ったことがなかった。彼はグレースを最初に意識するようになった瞬間から、この父と知り合いになることを望み、かつほとんど恐れた。とはいえ、クローリー氏が置かれた特異な状況のせいで、知り合いになることはかなわなかった。来るべき裁判に触れないで、娘に対する愛情を父に伝えることは不可能だと感じた。そして、どういうふうに裁判に触れたらいいかわからなかった。こう考えるとき、裁判が終わるまでホグルストックを訪問しないほうがいいと何度も思った。裁判が終わったら、その結果がどうあれ訪問するつもりでいた。しかし、今すぐ行くことがどうしても必要になった。大執事がグレースに訴え掛けて事態を急がせてしまった。少佐はグレースの父に訴え掛けて、その父の影響を通してグレースにたどり着くつもりでいた。

少佐はホグルストックへ馬車で向かい、家が近づくにつれて居心地の悪い思いをした。到着したとき、彼よりも前にもう一人別の訪問者がいることがわかって、少し心を乱された。そう思ったのは小さなポニー――馬に慣れた目にはとても褒められた代物ではない小馬――が手すりに手綱で結びつけられていたからだ。それは哀れな卑しい様子の獣で、新しく直された街道の堅い鋭い石が当たった生々しい跡が膝にあった。血が今も傷口で赤かった。

「こいつがよくなることはもうないな」と少佐は使用人に言った。

「そのようですね、旦那様」と使用人は言った。「しかし、こいつはしばらく前からあまり調子がよくなかったようです」

「シルバーブリッジへ行かなければならないとしたら、ぼくはこいつには乗りたくないね」少佐はそう言うとギグを降り、馬とギグをできるだけ遠くに移動させて待つように使用人に命じた。それから、彼は小さな庭を横切ってドアをノックした。ドアがすぐ開けられて、廊下にクローリー氏ともう一人の牧師を見つけた。読者にはそれがサンブル氏だとわかるだろう。サンブル氏は日曜の礼拝と教会の仕事を取り決めるためここに来ており、聖務がそっくり委ねられることになったことをしつこくクローリー氏に印象づけようとした。そのため、辛辣な言葉が飛び交うことになった。クローリー氏は確かに鋭い言葉を発したけれど、敵を以前打ち負かしたほど徹底的に打ち負かすことができなかった。

「干渉はまったく無用ですよ、あなた、――よければまったくね」とサンブル氏。

「主教から不平が出るようなことはしません」とクローリー氏。

「そんなことがあってはなりません、クローリーさん、よければね。教区を一時的に預かることに私が同意したのはそういう了解のもとでなんです。クローリー夫人、学校については手違いがないようにお願いします。私があたかもそこに住んでいるかのようにやってもらわなければいけません」

「あなた」クローリー氏は妻に対する男のこの訴えにとても怒って大声で言った。「あなたは私の言葉を疑っているのですか？　私が不誠実に対応するなら、妻の揺るぎない信念で私の不誠実を正さなければならないとでも思っているのですか？」

「不誠実のことなんか言っていませんよ、クローリーさん」

「私はあなたとは関係のないはっきりした理由でこの職を辞したとき、後任が着任するまで、主教にお願いして教区に礼拝を提供していただくことにしました。――主教に手紙を書いて署名のうえ認めたのです。どんな無念の思いをもって私がそうしたか言う必要はありませんが、ただ一時的な職務の執行をあなたに委ねただけです」

「それこそ私が求めていることなんですよ、クローリーさん」

「しかし、私の職務のことであなたから指示される必要などまったくありません」

「主教が特別望んでおられるのは」とサンブル氏が切り出した。しかし、クローリー氏はすぐその言葉をさえぎった。

「もし主教が私に職務を教えるようにあなたに指示したとするなら、主教はとんでもない過ちを犯しています。私はあなたを通して主教から教えを受けるつもりはありません。よろしかったら、あなた、この話は終わりにしましょう」クローリー氏はそう言って片手を振った。読者がこの言葉を言うときの彼の声の調子を想像し、彼の顔の表情を味わい、彼の片手の動きを見ることができたらいい、と私は思う。サンブル氏は相手の胆力を敏感に感じ取って、論戦を続けることができなかった。クローリー氏は今ただの折れた葦にすぎず、足元に倒れているのに、サンブル氏はこの折れた葦との論戦で立場を守り通すことができないのを知った。しかし、少佐が到着する前に、クローリー氏は発言を終え、声の調子を落とし、目のなかの炎を鎮めていた。サンブル氏は今小馬のところに戻ろうとしており、教区についてささやかな勝利を――味わったとすれば――味わったあと、これから旅の危険が待ち受けていることを悲しく思った。彼はバーチェスターからホグルストックへの移動を同じ小馬に乗って繰り返すように公邸当局から言い渡されて、いっそう悲しくなっていた。少佐が到着したとき、クローリー氏はかんぬきの上に手を置いて、サンブル氏の嘆きに答えているところだった。――「残念ながら、あなた、私は別の馬を提供してあなたを助けることはできません」その時、少佐がドアをノックして、クローリー氏はすぐドアを開けた。

「たぶんぼくを覚えておられないでしょうね、クローリーさん?」と少佐は言った。「グラントリー少佐です」クローリー夫人は部屋の奥でこの言葉を聞いて、椅子から飛びあがると、急いで廊下に出たい誘惑に負けそうになった。夫人もグラントリー少佐にほとんど会ったことがなかった。少佐が不実になってもおかしくない状況のなかで、夫人は今水平線上にかすかな光を見ようと思えば、彼の堅固な志操に頼るしかなかった。しかし、もし彼が不実だったら、ホグルストックに現れることはないだろう!

「あなたのことはよく覚えています、少佐」とクローリー氏は言った。「あなたには格別の恩義を感じています。今は私の保釈保証人の一人になっていただいていますから」

「それは何でもありません」と少佐。

サンブル氏はグラントリーの名を耳にすると、頭に載せていた帽子を脱いだ。彼はクローリー氏の前で帽子を取るほど几帳面ではなかったが、グラントリー大執事が主教区では大物であることをよく知っていた。グラントリー家とプラウディ家は反目しているとはいえ、主教区の大物にかかわる人の前では帽子を取るほうがいいだろう。「尊敬されているお父さんがお元気にされていればいいんですが、少佐?」とサンブル氏。

「とても元気です、ありがとう」少佐はサンブル氏が通って出られるように廊下の壁に張りついていた。少佐は来訪者がもう一人いては話すことができない用件を抱えていた。クローリー氏は片手でドアを大きく開いて立ち、同じようにサンブル氏を追い出したいと願っていた。サンブル氏はこれから年取った主教のコブ種の馬に乗らなければならなかった。クローリー氏は同僚牧師なら同情してもいいと思われるほど、サンブル氏の悲運に同情しなかった。

「どうすればまたあの馬に乗れるか本当にわかりません」とサンブル氏。

「あいつをゆっくり進ませたら」とクローリー氏は言った。「おそらくもっと安全に旅してくれるでしょう」

「ゆっくりというのがわかりませんね、クローリーさん。バーチェスターからここに来るのに二時間はゆうに超えました。あいつはほとんど一歩進むたびにつまずきましたから」

「乗っているときに倒れたんですか?」と少佐は聞いた。

「そうなんですよ、あなた。そんなことは考えられないでしょう、グラントリー少佐。これを見てください」サンブル氏はくるりと回れ右をすると、服の後ろの部分に損傷が避けられなかったことを見せた。

「あいつが早く走っていなかったのは幸いでしたね。走っていたら、頭から投げ出されていたでしょう」とグラントリー。

「神のお慈悲のおかげでした」とサンブル氏は言った。「でも、あなた、本当に激しく地面に叩きつけられました。道の石がゆるんでいるスピグルウィックの丘でした。あなたはここに馬とギグで来られて、使用人も連れておられるようですね。私が置かれている苦境ははなはだ特異なものなので、おそらくよかったら――」サンブル氏はそれから口をつぐみ、少佐の顔を懇願の眼差しで見あげた。しかし、少佐はそんな苦境に優しい顔を見せなかった。「残念ながらぼくは反対方向へ向かっています。シルバーブリッジへ帰るところです」

サンブル氏はためらったあと、改めて頼み込んだ。「シルバーブリッジまで連れて行ってくださったら、そこから鉄道でうちに帰ります。おそらくあなたなら使用人を使って小馬をバーチェスターまで送ってくださるでしょう」

グラントリー少佐は一瞬あきれてものが言えなかった。「その頼み事は常軌を逸していますよ、あなた」とクローリー氏。

「グラントリー少佐が進んでそう考えてくだされればということですが」とサンブル氏。

「残念ながらとてもぼくの力に余ることです」と少佐。

「もしあいつに乗るのが怖いんなら、手綱を引っ張って歩くんですね」とクローリー氏。

「あなたに言われなくても、私の好きなようにします」とサンブル氏は言った。「教区のものはそのままにしておいてくださったら、クローリーさん、――まったくそのままにしておいてくださったらありがたいです。あなたが手をお出しにならないことを主教は願っています」サンブル氏がこの時玄関の階段の上に出たので、クローリー氏は即座にバタンとドアを閉めた。「あの紳士はバーチェスターから来た牧師なのです」と、クローリー氏は遠慮がちに胸の上で両手を組み合わせて言った。「教会の礼拝と、教区の聖務——これも追加されたように見えます——を一時的に担わせるため、主教がここに送り込んだ人なのです。閣下の人選を非難することは控えますがね」

「あなたはホグルストックを出るつもりなんですか？」

「妻子に避難所が見つかったら、そうします。いや、たぶんそんな避難所が見つかる前にそうしなければならないでしょう。この問題では命じられた通りにします。もはや何事においても自由に行動する資格などないと見るしかないのです。しかし、あなたのお役に立つ部屋を私が持っている限り、そこを使ってくださるようにお願いします」それから、クローリー氏から手で入るように合図されて、少佐はクローリー夫人と末娘がいる前に出た。

少佐は母娘両方を一瞬見ると、こよなく愛する女性の顔の輪郭をそこにかなりたどることができた。しかし、年上の女性のほうは生活の苦労のせいで美しさをほとんど奪われていた。娘のほうは少女時代末期のぎこちない痩せ方のため、まだ成熟した女性らしい優雅さに至っていなかった。それでも、母娘ともグレースによく似ていたから、少佐はその部屋で充分くつろげると感じた。年上の女性を母として、少女を妹として愛することができそうだった。母娘の前で会話を始めるのはとても難しいと思ったが、先に口を切るのが義務のように思えた。クローリー氏は少佐を部屋に案内したあと、脇へ寄ってドアの近くに立った。クローリー夫人は丁重に少佐を迎え入れるとき、もてなしを恥じるように見えた。哀れなジェーンは遠い隅に縮こまって、ギリシア語をいつも父に読む据えつけの開いた机の近くにいたから、当然口を利きそうになかった。もしグラントリー少佐が三人のうち一人を相手にしていたのだったら、いや、三人うち二人を相手にしていたのだったら、すぐ言いたいことを切り出していただろう。しかし、一家全員の前では難しいと感じた。

「クローリー夫人」と彼は言った。「あなたとお近づきになれたらとずっと思っていました。訪ねて来たぼくの勝手を許していただけたら嬉しいです」

「あなたには感謝しています。きっと夫も同じだと思います」夫人はそれだけ言うと、そう言ったことで内心忸怩たるものを感じた。本当はその発言で、少佐に愛娘のそばにしっかり立っていてくれとの強い願いを表明していなかっただろうか？　クローリー家は得をする一方、グラントリー家は同じ割合で損をする願いをだ。

「少佐」とクローリー氏は言った。「お礼を申しあげ損ねていましたが、私が初冬に出頭するように求められた治安判事法廷ではお世話になりました。あなたはフラムリーのロバーツさんとともに進み出て、不当とは言えない治安判事の要請に応えてくださいました。私はこれに恩を感じています。私のためあえてそんな危険を冒す人がいるというのが信じられません」

「危険に曝されることなんかありませんよ、クローリーさん。この国の誰でもできればやったはずです」

「そんなことはありません。危険に曝されることも考えられます。しかし、あなたに危険は及ぼさないこと、――危険はまるきりないことを保証してもいいと思います。私と家族に及ぶ実際の危険は悲しいことにとても切迫しています。いろいろなことが私を取り巻いてぎゅうぎゅう締めつけています。私は思うに身に起こったどんなことによってよりも、たった今出て行った紳士の訪問によって苦しめられています。それでも、あの紳士は正しいのです――まったく正しいのです」

「いいえ、父さん。あの人は正しくありません」とジェーンは直立する机のそばに立って言った。

「おまえはね」と父は言った。「こんな問題に口を出してはいけない。とても熟練している人たちでさえ、あらゆる意味合いをとらえることが難しい問題なのだ。しかし、こんなことで私たちがグラントリー少佐をわずらわせる必要はないだろう」

そのあと、みなに沈黙があった。グラントリーは気持ちを表そうとしてここにやって来た本題にしばらくとても近づけそうにないように感じた。クローリー夫人は話題に窮して、天気について何か言った。少佐は本題に近づこうとして、大胆にも「フラムリーでミス・クローリーとお会いすることができました」と言った。「ロバーツ夫人はとても親切にしてくださいます」とクローリー夫人は答えた。「本当にとても親切にしてくださいます。おわかりでしょう、グラントリー少佐、この家は若い娘にとってとても悲しい家に違いありません」「私は少しも悲しい家だとは思っていません」とジェーンは直立する机のそばから言った。

その時、グラントリー少佐は椅子から立ちあがると、娘のところへ歩いて行き、その手を取った。「あなたは姉さんによく似ています」と彼は言った。「姉さんは私のだいじな友人です。しばしばあなたのことをぼくに話してくれました。いつか友人になれればいいと思います」しかし、ジェーンは隅に一人で立っているとき、家の体面を守ることができたのに、これには答えることができなかった。「ぼくがお父さんとお母さんのお二人と話をしたいと言ったら」と少佐は続けた。「あなたは気を悪くなさいますか?」ジェーンはこれに返答しないまま部屋から出て行った。父母の耳には少佐の言葉がほとんど届かなかった。ジェーンはまだ十六才で、ラテン語とギリシア語以外に——ユークリッドとウッド(1)の代数の十二冊と、様々な同種の小さな練習帳を除けば——まだ何も読んでいなかった。それでも、そこに居合わせた誰にも劣らず彼女が席をはずすように求められている理由を理解していた。

彼女がドアを閉めたあと、少佐はしばらく間を置いて、夫婦のどちらかから声を掛けられることを待ち望んだ。しかし、どちらも何も言い出さなかった。二人とも黙り込んだまま座って、まるで良心の呵責にさいなまれているような様子だった。娘との結婚をおそらく望んでいると噂に聞く金持ちの男性がここにいる。一家につきまとうこの非難と恥辱の重荷を分かち合わなければ、どの男性も結婚してこの家族の一員になることができないのは夫婦にとって明白なことだった。しかし、夫婦がこの金持ちの男性にかかわる幸福よりも、娘のこと――彼らの血と肉のこと――をどうして気遣わずにいられるだろう？　夫婦はこの男性についていい話しか耳にしていなかった。そんな結婚は娘には天国が開けるようなものだった。「イカナル罪モ気ニセズ」と、父は戦いのよろいを身につけるとき心でつぶやいた。

父がしばらく待っていると、少佐が口を開いた。「クローリー夫人」と少佐は母のほうに話し掛けた。「ぼくが――ぼくがご息女とこの間――おつき合いをしていることをあなたがどの程度までご存知か知りませんが――」

「あなたとお近づきになっていることは本人から聞きました」と、クローリー夫人は不安にあえぎながら言った。

「すぐ率直に胸のうちを明かすほうがいいでしょう」と少佐はほほ笑んで言った。「彼女を妻にする許可をあなたとお父さんからいただくためここに来ました」それから彼は口をつぐんだ。しばらくクローリー氏も夫人も口を開かなかった。夫人は夫を見、夫は火を見詰めた。少佐は夫婦の厳粛な様子を目の当たりにして、顔から笑みを失った。クローリー氏はどんな提案にも異議を唱えようと今のように思いを巡らしているとき、ほとんど近づき難い独自の真剣さを表情に宿した。「クローリー夫人、この話がどの程度まで真新しいものなのかわかりません」と、少佐は言って答えを待った。

「真新しい話ではありません」とクローリー夫人。

「それでは、結婚に反対されていないと望みを託してもよろしいでしょうか？」

「少佐」とクローリー氏は言った。「私はあまりにも不幸な状況に置かれているので、親の権威を娘に振
うことができないのです」

「あなた、そんなことは言わないでください」とクローリー夫人は抗議した。

「しかし、あえて言うんだよ。私は今から三週間もすれば囚われの身となり、国法の裁きを受けます。今私にはまさしく己のためにも、妻のためにも、子供のためにもパンを稼ぐ力がありません。教区における私の地位を奪うため、ここに送られて来た紳士の退去を、グラントリー少佐、あなたはたった今目撃したところです。私は言わばここでは無法者です。ほかの状況だったら、当然従い、尊敬してもらってもいい人々からその両方をえることができません」

「グラントリー少佐」と哀れな女性は言った。「私の夫であり、子の父くらいきちんと従われ、完全に尊敬され、愛されている夫も父も州にはいません」

「それは確かだと思います」と少佐。

「しかし、そんなことはみな重要ではないのです」とクローリー氏は続けた。「もしあなたがこの不幸な家族と将来自分を結びつける目的を表明していなければ、少佐、家族を思いやって言う家内の言葉はみなあなたには無礼な嘘になるでしょう」

「ぼくは率直に話してもらいたいんです、クローリーさん」

「あなたの言葉には、少佐、将来心変わりをした場合に身を守るため、曖昧な表現を工夫しているとか、何か含むところを宿しているとか、そんなことを私は言うつもりはありません。そんなことを言ったら、あなたを不当に扱うことになります。私は——いやむしろ私たちは」クローリー氏はそう言って妻を指差した。「あなたの率直な発言を、結婚を先に進めたいという考え以外に何も表していないと理解していることをお

伝えしたいと思います。結婚を進めるに当たっていくつか問い合わせをすることがあなたには好都合と思えたのでしょう」

「あなたのおっしゃることにはついて行けません」と少佐は言った。「が、ぼくがあなた方からいただきたいのは、ご息女を訪問してもいいという許可なんです。クローリー夫人にはグレースに手紙に書いて、すべてがうまくいっていると伝えてほしいんです」クローリー夫人はすべてうまくいっていると確信して、もし夫から許してもらえるなら、すぐにも座って喜んで手紙を書こうとした。

「わかりやすく話すことができなかったことを謝ります」とクローリー氏は言った。「しかし、わかりやすく話すように心掛けます。娘は、少佐、父のせいでこういう状況に置かれているので、私は父として、紳士として、どの男性に向かっても私の娘への結婚申し込みを勧めることができません」

「が、ぼくはもうそれについて心を決めました」

「私も、少佐、心を決めているのです。あなたに手を与えたらいいと娘に言う勇気が私にはありません。淑女なら、手を与えるとき、その手が汚れていないことを少なくとも知っていなければなりません」

「彼女の手はバーセットシャーでいちばん汚れのない、愛らしい、きれいな手です」と少佐。クローリー夫人は自制できなくて、少佐のところへ駆け寄ると、手を取り、そこに口づけした。

「不幸なことに娘の手には身代わりの汚れがついています、私のね」とクローリー氏は話し始めた。彼はローマ人に似た不屈の精神でその時までしっかり声を維持していた。――人間的な感情の圧力のもとでその瞬間にくずおれなければ、ローマ人とも言える不屈の精神だっただろう。しかし、彼は声をもはや維持することができなくなり、時々すすり泣きながら話を続けた。声はまったく調子を変えてしまった。――前はゆっくりだったのに、今は早口になり、前は作っていたのに、今は自然になり、前はローマ人ふうだったのに、今は人情味のあるものに変わった。「グラントリー少佐、私はひどく苦しんでいます。しかし、どうあなたを励ますことができるでしょう？　私の不純のせいで汚されさえしなければ、娘は陽の光と同じくらいに純粋です。私のことさえなければ、イギリス最良の紳士の家に栄誉を与えるにふさわしい娘です」

「彼女はぼくの家に栄誉を与えてくれます」と少佐は言った。「もし彼女がぼくを受け入れてくれたら、神掛けて明日にでも栄誉を与えてくれるんです――彼女がぼくを受け入れてくれたら」少佐のそばに立っていたクローリー夫人はもう一度彼の手を取りあげて口づけした。

「そうならないかもしれません。最初に言っていた――むしろ言おうとしていたように。というのは、私は無力感にとらわれて、今は心のうちをうまく言い表すことができません。私はほかの父のように子に権威を押しつけることができないのです。獄の鉄格子のあいだからいったいどうして権威を振るうことができるでしょう？」

「娘はあなたのちょっとした願いにも従います」とクローリー夫人。

「私はどんな願いも口に出すことができないのです」と父は言った。「しかし、私は娘を知っています。愛してくれる男性の家に恥辱を持ち込むようなことに娘は同意しないと確信します」

「恥辱なんか持ち込みません」と少佐は言った。「恥辱って！　はっきり言いますが、ぼくはこのつながりを誇りに思います」

「あなたは、少佐、順境にあるので寛大なのです。私たちは逆境にあって少なくとも正しくあろうとしています。私の妻子は哀れむべき状態です。――夫であり父である人のせいでね」

「いいえ！」とクローリー夫人は言った。「そんなことを聞いたら、否定せずにはいられません」

「しかし、私の妻子は与えられた運命を甘受しなければなりません」とクローリーは続けた。「あなたが娘に与えようと申し出られた社会的地位は、人事として見れば娘にとって大きな昇進です。私が耳にしたことから判断すると、――個人的な経験から学んだこともつけ加えることを許していただけるなら――、そんな結婚はかなり将来の幸福を約束させるものです。しかし、私の考えを言ってよければ、娘が自由にそれを選べるとは思いません。少佐、あなたの親戚のなかにも私の恥辱のしみを強く意識する方々がたくさんいるでしょう。そんな親戚はあなたが私の娘を愛するようには私の娘を愛せないのです。あなたには扶養しなければならない女の子がいますね。その女の子に尽くそうとしないどんな女性もあなたの後添えとして家に入るべきではありません。私の娘はその女の子に害悪を及ぼすと感じるはずです。私の娘にこういうことをするように私は命じることができません。――そのつもりもありません。たとえ私から命じられても、娘がそれをするとは思いません」それから、彼は椅子をくるりと回すと、顔を壁に向けて、ぼろぼろのハンカチで涙を拭った。

クローリー夫人は離れた窓に少佐を連れて行き、そこに立って彼の顔を見あげた。二人とも泣いていたのは言わなくてもわかるだろう。そんな場面のあと、――そんな言葉を聞いて、誰が涙にくれずにいられるだろう？「あなたはもう帰ったほうがいいと思います」とクローリー夫人は言った。「夫のことはよくわかっています。帰ったほうがいいのです」

「クローリー夫人」と少佐は夫人に囁きかけた。「もしぼくが彼女を見捨てたら、愛する人々みなからぼくが見捨てられますように！　が、あなたはぼくを助けていただけますか？」

「この難儀がなければ、あなたに助けは不要でしょう」

「が、ぼくを助けていただけますか？」

夫人はちょっと間を置いた。「夫から命じられること以外に」と夫人は言った。「私には何もできません」

「少なくともあなたはぼくを信頼していただけますか?」と少佐。

「信頼しています」と夫人は答えた。それから、彼はクローリー氏に言葉を掛けることもなく帰って行った。彼がいなくなると、妻は夫のところへ行って、座っている夫の首に優しく腕を回した。しばらく夫は妻の愛撫を無視し、顔をまだ壁に向けて動かずに座っていた。それから、妻は一言二言言葉を掛けて、客が帰ったことを夫に伝えた。「私の娘!」と彼は言った。「哀れな娘! かわいい子!」夫婦の娘は少佐とのかかわりに恵みを見出した。しかし、父は娘からその恵みさえ奪ってしまった! 神は父の罪を子に報いて、三代、四代にも及ぼすだろう。(2)

註

(1) ジェームズ・ウッド(1760-1839)数学者、イーリー聖堂参事会長。「代数の要素」(1795)「数学の原理」(1796)の著者。

(2)「出エジプト記」第二十章第五節の十戒の一つに「あなたの神、主である私はねたむ神であるから、私を憎むものには、父の罪を子に報いて三、四代に及ぼし」とある。

第六十四章　フック・コートの悲劇

コンウェイ・ダルリンプルはヤエルとシセラの絵を描いているブロートン夫人の部屋を急いで出た。彼はブロートン氏が妻の部屋に入って来るまで待ったり、不快な出会いを避けるためこの夫から逃れる工夫をしたりするよりも、おそらく酔っている怒った夫に階段で出くわすほうがまだましだと思った。彼は夫を恐れなかったし、暴力沙汰になることはないと思っていた。たとえ暴力沙汰になってもあまり気にしなかった。しかし、夫の癇癪や不機嫌の副作用から哀れな夫人をできる限り守る義務があると感じた。それで、彼は階段でブロートンを引き止め、本当に酔っているとわかったら、それ以上あがらせないように力を行使するつもりでいた。彼は階段を一、二段も降りないうちに、玄関広間で足音を響かせている男が酔っていないこと、またドブズ・ブロートンではないことに気づいた。それはマッセルボロ氏だった。

「あなたですか?」とコンウェイは言った。「ブロートンかと思いました」それから、彼はその男の顔を覗き込んで、それが灰のように蒼白になっているのを見た。この男がいつも見せる粗野な、気取った外見を今はすっかりなくしているようだった。髪をカールするのを忘れ、手袋を放り捨て、宝飾品さえ身につけていなかった。「どうしたんですか?」とコンウェイは聞いた。「何かあったんですか?　どこか具合でも悪いんですか?」それから、マッセルボロが夫の破産を妻に知らせるため、家に送られて来たのだろうとふと思い当たった。

「あなたが上の階にいると使用人から聞きました」とマッセルボロ。

「はい。ここで絵を描いていました。ミス・ヴァン・シーヴァーの絵をこの間ずっと描いていたんです。ヴァン・シーヴァー夫人も今日はここに来ました」コンウェイはこの情報がクレアラの許嫁にかなり強い効果を持つと思った。しかし、相手は絵にもミス・ヴァン・シーヴァーの名にも関心がないように見えた。

「夫人は何も知らないんですか?」とマッセルボロは聞いた。「まだ知らないんですか?」

「知らないって?」とコンウェイは言った。「夫が破産したことは知っています」

「ドブズは——自殺したんです」

「何ですって!」

「今朝フック・コートの入口で脳味噌を吹き飛ばしたんです。深酒の恐怖におびえながら通路に立って頭を撃ったんです。バングルズは地下貯蔵庫の天辺に立って、彼がそうするのを見たんです。バングルズはもう二度とまともな男に戻れないと思います。何とまあ! 私自身がこれを乗り越えられそうにもありません。私がコートに入ったとき、遺体はそこにありました」それから、マッセルボロは階段の途中の壁に寄り掛かって、たった今話した恐ろしい光景をまだ眼前に見ているかのようにダルリンプルを見詰めた。

ダルリンプルは階段に座って、今聞いた話に精神を集中しようとした。どうしたらいいだろうか? 上のあの哀れな女性にこれをどう伝えたらいいだろうか? 「奥さんに伝えるためここに来たんですね?」と彼は囁いた。ブロートン夫人が今にも階段の上に現れて、破局に備える心の準備もないまま、起こったことを一言二言で告げられるのではないかと彼は恐れた。

「あなたがここにいると思いました。ここで絵を描いていることを知っていました。彼も知っていました。彼はたれ込みの手紙を受け取ったんです。——例の匿名の手紙をね」

「しかし、それが原因ではないでしょう?」

「それが原因だとは思いません」とマッセルボロは言った。「彼はそれについて奥さんと片をつけるつもりでいましたから、それが今回の原因ではありません。彼が完全に破産していたのをおそらくあなたは知らなかったんじゃありませんか?」

「奥さんから聞いていました」

「ということは、奥さんは知っていたんですね?」

「はい、知っていました。ヴァン・シーヴァー夫人から教えてもらったんです。かわいそうな人! 奥さんにこれをどう伝えたらいいでしょう?」

「奥さんとはあなたのほうが親しいんですから」とマッセルボロは言った。「あなたが伝えるのがいちばんいいと思います」二人はこのころまでに下の応接間に入って、ドアを閉めていた。ダルリンプルは相手の腕を取って階段を降り、上の部屋に声が届かない階下に彼を導いていた。「あなたが奥さんに伝えてくれるでしょう?」とマッセルボロ。それで、ダルリンプルはこの不幸な女性にこの知らせを伝えてくれるどんな友人——情の深い女性の友人——がいるか考えた。ヴァン・シーヴァー母娘をまず思い浮かべ、デモリンズ母娘を思い浮かべたあと、ブロートン夫人と親しくしていると見られる女性は手の届く範囲にはほかにいないと思った。マッセルボロがたった今言った匿名の手紙の差出人がミス・デモリンズであることはわかっていた。共感と支援を求めてそこへ行くわけにはいかなかった。今朝起こった事件のあとでヴァン・シーヴァー夫人に頼み込むこともできなかった。この母を通してしか会えないという点さえなければ、クレアラ・ヴァン・シーヴァーに頼ることは可能だろう。「ぼくは奥さんのところへ行ったほうがよさそうです」と画家はしばらくして言うと、マッセルボロを応接間に残して出て行った。「あれを見て気分が悪くなってしまった」

とマッセルボロは言った。「どうやってまたあの袋小路に近づいたらいいかまるきりわからない」

コンウェイ・ダルリンプルはゆっくりした足取りで階段を登った。登って行くあいだ、彼はブロートン夫人と交わした友情の性質を考えて、己の行動の愚かさと不正を心から反省せずにはいられなかった。彼は本気で言ってはいないと胸に言い訳しながらも、何度となく不明瞭な言葉で夫人に愛を告白した。たとえその言葉が夫人の心には届かないとしても、夫人を夢中にさせるくらい充分なことを言った。今この人は未亡人になり、彼はそうなったことを伝える義務を負った。彼がしばしば告白してきた愛を今未亡人から求められたらどうしよう！　未亡人から何かを要求されることをこの瞬間――今でも、明日でも、あさってでも――彼は恐れていなかった。今の出会いの苦悩が別のいくつもの出会い、苦悩だけではない優しさも混じる出会いを生み出すだろう。そんなふうに一つの出会いから次の出会いへ事態が進行する。ダルリンプルはそういうことがいつまでも続くことを恐れた。しかし、この危機を前にして彼が考えていたのは、自分のことではなく夫人のことだった。こんな時にどうしたら――益を与えることはないとしても――害を与えることなく、夫人を助けることができるだろうか？　もし彼が夫人を助けなかったら、いったい誰が助けるというのか？　夫人が薄情であることは知っていた。それでも、薄情な人でさえ悲しみに触発されてほとんど心を引き裂かれることがある。夫人は夫の死によって心を引き裂かれることはなくても、完全に無視されればひどく心を痛めるだろう。彼は今ドアに着くと、留め具に手を置き、なぜ夫人は声を出すこともなくこんなに長く部屋にとどまっているのか不思議に思った。それから開けてなかに入ると、夫人がドアに背を向けて安楽椅子に座り、手に小説を持っているのが見えた。彼にはすべてがわかった。夫人は帰宅した夫に無関心な振りをしているのだ。彼は足音を聞かれていると知りながら、夫人に近づいて行った。しかし、夫人は振り返る様子を見せなかった。贅沢に心地よくしているとき、夫人の髪が椅子の背で動くのを見た。たとえ夫が嫉妬していようと、破産していようと、彼女は夫あるいは夫の状態あるいは夫の嫉妬に何も頓着していないことを見せつけようとしていた。彼は近づいて「ブロートン夫人」と言った。夫人はすばやく飛びあがって、彼のほうを振り向いた。「ドブズはどこ？」と彼女は言った。「ブロートンはどこです？」

「彼はここにいません」

「彼は事務所にいます。私はそう聞きました。あなたはどうして戻って来たんです？」

ダルリンプルはボロボロになった画布に目を留めて、この一か月の所業を思った。下の部屋に掛けられた美の三女神の絵を思い起こすとき、ブロートン家に最初から紹介されていなければよかったと心から願った。今の難局をどう切り抜けたらいいだろう？「いえ」と画家は言った。「ブロートンは来ませんでした。あなたが聞いた階下の足音はマッセルボロでした」

「何のためにマッセルボロがここに来たんです？　彼がここで何をしているんです？　ドブズはどこにいるんです？　何か厄介なことがあるんですね、コンウェイ。ドブズはいなくなったの？」

「はい、いなくなりました」

「卑怯者ね！」

「いえ、彼は卑怯者ではありませんでした。――そういうかたちではね」

この女性は何気なく使われた過去形のせいでことのなり行きをすぐ悟った。「彼は死んだのね」と夫人は言った。それで、コンウェイは夫人の両手を取って、何も言わずに顔を覗き込んだ。夫人は目を据え、口をこわばらせてじっと見返した。速くなった呼吸のせいで夫人の小鼻がひくひく動いた。その瞬間、彼は今まで作られていない夫人の表情をまったく見たことがなかったこと、また真の美の要素が夫人にはすっかり欠けていること、それを観察したことがなかったことに思い当たった。夫人のほうが先に口を開いた。「コンウェイ」と夫人は言った。「全部話してください。どうして話そうとしないんです?」

「これ以上話すことはありません」と彼。

すると夫人は彼の手を放して、そばを離れ、窓辺へ行った。そこから向かいにある大きな家の化粧漆喰の小塔を見ながら、熱心に窓の数を数えた。夫人はこの打撃で精神を麻痺させられ、何かの目的に向けてそれを動かす方法を知らなかった。すべてが一変してしまった。——将来の生活が想像もできない仕方で一変してしまった。夫人はこの世で本当に好きなただ一人の人がそばに立っているあいだに——突然未亡人になり、乞食になり、心底心細くなった。しかし、こういうことが起こっているさなか、夫人は向かいの家の窓を数えた。もしできたら、精神をまったく眠らせておいたことだろう。

ダルリンプルは夫人を数分一人で立たせておいたあと、窓のそばの夫人のところへ行った。「あなた」と彼は言った。「何かしてほしいことはありませんか?」

「何かしてほしいって?」と夫人は言った。「ほしいって、どういうことです?」

「こちらに来て、座って、私に話させてください」彼はそう言うと、夫人をソファーへ導いて座らせた。その時、夫人は夫の死をほとんど忘れていたのではないか、と私は思う。

「画布をずたずたにしてしまうなんて残念ね」と、夫人はヤエルとシセラの残骸を指差して言った。

「絵のことは気にしないでください。恐ろしいことですが、しばらくご主人のことを考えるようにしましょう」

「何を考えるって! まあ! そうね。コンウェイ、私がどうしたらいいか教えてくれなければいけません。何もかもなくなってしまったんですか? 私のことじゃありません。私のことはどうでもいいんです。

夫じゃなくて私だったらよかったのに。本当に、本当に、私だったら」

「そんなことを願っても何の役にも立ちません」

「でも、コンウェイ、どうしてそんなことが起こったんです？　そんなことが本当だと思います？　マッセルボロは目的をはたすためなら何だって言うんです。あの男は今ここにいますか？」

「彼はまだここにいると思います」

「彼には会いたくありません。覚えておいて。私はどうあっても彼には会いません。

「会う必要があるかもしれません。しかし、ないと思います。――とにかく今のところはね」

「彼には会いません。彼が夫を殺したと思います。そうよ。きっとそうだと思います。今思うと、それを確信します。あの男はあなたも殺します。――あの娘のことでね。殺します。あの男はそういう男なんです」ダルリンプルはただかぶりを振って、悲しそうに笑った。「いいんです！　いずれわかります。でも、コンウェイ、そんなことが本当だとどうしてわかるんです？　そんなことをあなたは信じます？」

「信じます」

「どうしてそんなことが起こったんです？」

「ご主人は自分とあなたにもたらした破滅に堪えられなかったんです」

「それじゃあ。――それじゃあ――」夫人はそれ以上言葉を発することができなかった。しかし、ダルリンプルは頭をかすかに動かしてそれを肯定すると、夫がみずからの手で死を選んだことをはっきり夫人に知らせた。「私はどうしたらいいんでしょう？」と夫人は言った。「ああ、コンウェイ、――教えてください。こんなにみじめな女がいるでしょうか！　毒ですか？」

彼は立ちあがって部屋をすばやく歩くと、夫人が座っているところにまた帰って来た。

「今はそんなことを気にしないでください。そのうちみな教えてあげます。何も聞かないでください。もしぼくがあなたなら、寝込むと思います。起きているよりもそうしたほうがいいんです。このショックのせいで眠れるでしょう」

「いえ」と夫人は言った。「私は寝ません。あの男が私を殺しに来ないとも限りません。あの男がドブズを殺したと思います。——そう思います。私を置き去りにするつもりじゃないでしょうね、コンウェイ?」

「ぼくはしばらくここを離れていたほうがいいんです。やらなければならないことがありますから。女性に一人来てもらいましょうか?」

「私を心配してくれる女性なんかいません。ねえ、コンウェイ、まだ行かないで。あの男と一つ家に取り残されるのはいやなんです。もし今私を置き去りにするなら、あなたはとても薄情です。あなたは——、あなたは私の友人だとあんなにしばしば言っていたのに」それから、夫人はついにすすり泣きを始めた。

「ぼくはヴァン・シーヴァー夫人のところへ行くのがいちばんいいと思います」と彼は言った。「うまくいけば、クレアラに頼んであなたのところに来てもらいます」

「彼女には来てもらいたくありません」とブロートン夫人は言った。「無慈悲な冷たい人です。彼女には私のそばに来てもらいたくありません。かわいそうな夫はあの人たちのせいで破滅したんです。——ええ、あの人たちのせいで破滅したんです。クレアラがあのぞっとする男と結婚してこの家に住むため、こんなことが起こったんです。あの人たちに囲まれていたら、夫が安全じゃないことを私はずっと知っていました」

「クレアラを怖がる必要はありません」とダルリンプルは怒りの混じった声で言った。

「もちろんあなたはそう言います。よくわかります。彼女と一緒にいたいと思うのも当然です。どうか行ってください」

それから、彼は夫人のそばに座り、手を取ると、じつに誠実に話し掛けて、夫人が真剣になれるように、できることならある程度考え込めるようにした。難儀にあっているとき、近くに女性がいることがいかに必要かを言って、知る限り、クレアラ・ヴァン・シーヴァーほど分別のある女性の友人はいないと夫人に伝えた。夫人はちょっとミス・デモリンズの名を出した。しかし、ダルリンプルはその女性を呼ぶという考えに頭から反対して、愛想のいいマダリーナがブロートン夫人と夫のあいだにも、ドブズ・ブロートンとヴァン・シーヴァー夫人のあいだにも亀裂を生じさせようと力を尽くしてきたことを説明した。それから、彼はミス・デモリンズに関する意見を余すところなく開陳した。「でも、あなたは昔彼女が好きだったんでしょう」とブロートン夫人。「ぼくは一度も彼女が好きになったことはありません」と力を込めてダルリンプル。「しかし、そんなことはもう今となってはどうでもいいことです。もちろんあなたがそうしたいんなら、クレアラを呼べばいいんです。でも、私はクレアラが信頼できる人だとは思いません。喜んで接触したい人だとも思いません」それから、ブロートン夫人はもちろん彼から言われる通りしなければならないが、そうするとき、女性の通常の運命である虐待を、女性たちのなかでも特に彼女の運命である虐待を受けていると感じざるをえないことを彼に訴えた。夫人は必ずしもそれを直接言葉にして言ったわけではない。言ったら、彼からすっかり見放されてしまうことを恐れた。しかし、夫人の嘆きと泣き叫びと最終的な黙認の要点はそこにあった。

「あなたは行ってしまうの？」と夫人は彼の腕をつかんで言った。

「ぼくはまたあなたに会う時まであなたのためにだけ仕事をするんです」

「でも、そばにいてほしいのよ」

「狂気の沙汰になりますよ。いいですか。――クレアラが来るか、ぼくが戻るまで、横になっていてください。この部屋と寝室のそとに出てはいけません。もし彼女が夕刻に来ることができなかったら、ぼくが戻って来ます。では、さようなら。出るとき、使用人に会って、彼らが知っておくべきことを伝えます」

「ねえ、コンウェイ」と夫人はもう一度彼の腕をつかんで言った。「私を軽蔑しているんでしょう」

「軽蔑なんかしていません。ぼくはこれからもできる限りあなたのいい友人でいます。あなたに神の恵みがありますように」それから、彼は出て行った。階段を降りるとき、事実夫人を軽蔑していることを内心認めずにはいられなかった。

彼はまずマッセルボロを見つけて、この家から退去させようとした。というのは、彼はあの恐ろしい惨劇か惨劇に至る原因をヴァン・シーヴァー夫人のお気に入りのせいにしようとは思わなかったが、——ドブズ・ブロートン夫人はこの男が元凶と見ていた——、それでも階上の哀れな女性がマッセルボロの姿や声に触れないようにするのが道理にかなっていると思った。しかし、マッセルボロは姿を消していた。この男が姿を消す前に家のなかの誰かにシティで起こった惨事のことを話したかどうか、ダルリンプルは出会った家政婦から聞き出そうとしたが、うまくいかなかった。使用人らはすばらしい役者で、すべてを知っていても知らない振りをし、すべてを理解していても理解していない表情を作る。ダルリンプルは必要なことをみな伝えた。分別ある家政婦は適量の畏怖と恐怖と憐憫を見せて話を聞いた。「シティで拳銃自殺をするなんて、——何とまあ！　お許しください、でも、ご主人の仕事がうまくいっていないことを私たちはみな知っていました」とはいえ、家政婦は女主人にできる限り尽くすことを約束し、——その約束を守った。使用人がこんな苦境で役に立たないことなどめったにない。

ダルリンプルはブロートン夫人の家から直接ヴァン・シーヴァー夫人の家へ向かった。マッセルボロ氏が三十分ほど前にそこにいて、それからヴァン・シーヴァー夫人と一緒に辻馬車でどこかへ出て行ったことを知った。今は午後四時。ヴァン・シーヴァー夫人がいつ帰ってくるかその家の誰も知らなかった。マッセルボロ氏が訪ねて来たとき、ミス・ヴァン・シーヴァーは出掛けており、うちにいなかった。しかし、クレアラはいつ帰って来てもおかしくなかった。それで、コンウェイはまた来ると言って立ち去り、再度訪ねたとき、一人でいるクレアラを見つけた。彼女はドブズ・ブロートンの運命についてその時何も聞いていなかった。彼女はもちろんすぐブロートン夫人のところへ行き、必要とあればその夜夫人と一緒にいるつもりでいた。すぐどこへ行くか母に書き置きして、ダルリンプルの腕に寄り掛かりながらブロートン夫人のところへ向かった。「夫人に優しくしておくれ」とコンウェイはドアの前の踏み段で彼女と別れるとき言った。「そうします」とクレアラは言った。「私の気質が許す限り優しくします」「そして、忘れないでください」とコンウェイは別れぎわに彼女の手を握って耳に囁いた。「あなたはぼくのすべてです」今は愛の告白をする適切な時ではないかもしれないが、クレアラ・ヴァン・シーヴァーはその不適切を許した。

第六十五章　ミス・ヴァン・シーヴァーは選択する

クレアラ・ヴァン・シーヴァーはその夜ずっとブロートン夫人と一緒にいた。彼女は夕方母から手紙を受け取り、朝食を食べに帰るように言われた。「朝食後また夫人のところに戻りゃあええ」とヴァン・シーヴァー夫人は書いていた。「もし夫人がそうさせてくれるなら、昼間はあたしが夫人の世話をするいね」手紙は紙の切れ端に書かれたもので、初めの言葉も終わりの言葉もなかった。しかし、これがヴァン・シーヴァー夫人のいつもの書き方だったので、クレアラはまったく傷つくことも驚くこともなかった。「朝食後は母があなたの世話をしに来ます」クレアラは暇を告げるときそう言った。

「何と、まあ！　あなたのお母さんに何て言ったらいいかしら？」

「あなたは何も言う必要はありません。母のほうから話し掛けます」

「今は何もかもお母さんのものなんですね」とブロートン夫人。

「私はそういうことを何も知りません。金のことを母から教えてもらったことはありません」

「お母さんは当然私を追い出すんでしょうね。私はそんなことは気にしません。——ただいくらか葬式代を出していただけたらいいんですが」それから、夫人はコンウェイ・ダルリンプルに話していたクレアラへの嫌悪を本人の前ではすっかり克服して、できるだけ早く帰って来るように彼女に約束させた。ブロートン夫人は概して身近にいる人に深い情愛を寄せた。もしマッセルボロからでも強引に会いに来られたら、夫人は彼が去るころまでには打ち解けて信頼を寄せていることだろう。

「マッセルボロさんがじきここに来るんよ」と、ヴァン・シーヴァー夫人はブロートン夫人の家へ出掛ける前に言った。「来たらあたしのところに来るように言うちょくれ。いや、やめた。——あたしが帰って来るまでここで待ってもらうほうがええ。あたしを待つように言うちょくれ」

「わかりました、母さん。下で待たせておけばいいんですね?」

「何で下で待たせとかにゃあいけんのかね?」と、ヴァン・シーヴァー夫人はとても怒って言った。

クレアラはこの男と何も話すことがないことを母にはっきり伝えるため無作法な主張をした。「もし彼がそうしたければ上へあがってもらってもいいんです」とクレアラは言った。「私は自室に戻りますから」

「あんたが彼を嫌うんなら、なあ、これを覚えちょき。——あんたは同時にあたしも嫌うっちゅうことなんよ」

「それについてはごめんなさい、母さん。というのは、私ははっきりマッセルボロさんが嫌いですから」

「あんたの好きなようにすりゃあええ。押しつけることはできんし、押しつけるつもりもない。じゃが、あたしはあんたの人生を重荷にすることができるし、そうするつもりじゃ。あんたが気に入らんからっちゅうて、彼のどこが悪いっちゅうんかね? 彼はあんたのお仲間の誰よりもええ人じゃ。あたしはあんたの新奇な態度が大嫌いじゃ——こそこそ絵を描いてもろうたり、そのほか隠し事をしたり。あたしはそんなやり方が大嫌いなんよ。そんなやり方がみじめなあの男に、哀れな馬鹿な妻に、何をもたらしたか見てみりゃあええ。もしあんたがあの画家と結婚したら、そのうちあんたも今のあの妻とよく似た姿になるじゃろ。ただあたしはあの画家が頭を吹き飛ばすほどの勇気を持っているとは思わんが」老婆はこういう心地よい言葉を残したあと、恋人をいいと思う最善の仕方でもてなすようにクレアラに委ねて出発した。

マッセルボロ氏はまもなく到着して、ヴァン・シーヴァー夫人が言った通り応接間に案内された。クレアラは母の伝言を言葉少なに伝えた。「母はあなたにとても会いたがっていました。もしご都合がよろしければ、待っていただくようにはっきり言われました」マッセルボロ氏はもちろん待つと明言した。彼はこんな嬉しい相手と一緒にいられるチャンスを与えられて、ただただ幸せだった。クレアラが何も言わなかったので、彼はヴァン・シーヴァー夫人がブロートン夫人を訪ねることになったこの憂鬱な状況から見て、夫人の留守が長くなるのは避けられないと言った。――実際、どれだけ長く待っても構わなかった。彼は前日シティで光景を目撃した直後に見せていたあの顔面蒼白と、手袋や宝飾類がどこへうせたかわからないあの自失状態から今は回復していた。クレアラはこの発言にも何も答えずに、手作業中の小物を籠に詰めて、部屋を出る用意をした。「私を一人にしないでくださるといいんですが?」と、彼はあふれんばかりの愛情と少し哀愁を交えた作り声で言った。

「私は事件にひどいショックを受けているので、マッセルボロさん、ぜんぜん話ができる状態ではありません。昨夜は哀れなブロートン夫人と一緒にいました。母が帰って来たら、夫人のところにまた戻ります」

「確かに悲しい事件です。しかし、こういう結果になることは目に見えていました。彼がどんなやり方を続けてきたかわかってくださるといいんですが?」クレアラはこれに何も答えなかった。「まだ行かないでください」と彼は言った。「あなたに言いたいことがあるんです。本当に」

クレアラ・ヴァン・シーヴァーはめったに冷静さを失わなかった。彼女はいつかこの男から直接求婚されるようないやな目にあうに違いないと予想していたから、今ほど自分流のやり方でこの男と対決するいいチャンスはないと思った。母はいなかった。地の利はあった。そのうえ、彼女がたった今触れた先日の悲劇のせいで、この男にいっそう厳しく当たっていい立派な言い分があるのも有利な点だった。こんな時にはどんな男も愛情を告白することなど許されないから、それだけこちらが自責の念を覚えることなくこの男を非難していい、と彼女は心でつぶやいた。彼女がこういうふうに考えるとき、コンウェイ・ダルリンプルから最後に言われた言葉によって彼女の良心が刺激を受けていなかったかどうか私は知りたい！　彼女は今ドアにたどり着いてその近くにいた。マッセルボロ氏からすぐその話が出て来そうにもなかったので、それを促した。「もし何か特別私に言いたいことがあるなら、もちろん聞きます」と彼女。

「ミス・クレアラ」と彼は言って、椅子から立ちあがり、部屋の中央に出て来た。「私の望みが何かあなたはご存知でしょう」彼は片手を胸に置いた。「あなたの尊敬すべきお母さんも私と同じ考えなんです。こんなに突然こんな話をするように私を大胆にしたのもそれがあるからです。もっともお母さんがそんなことを言い出す前から、私の心はずっとあなたのもの、あなただけのものでした」クレアラは発言を促したり、否定の言葉で相手を救ったりしないで、ドアに手を掛け、まったく受け身の姿勢で立っていた。「あなたに初めてお会いしたときから、私はいつも心に言い聞かせてきました。『オーガスタス・マッセルボロ、これがおまえの女性だ、彼女をえることさえできたらなあ』とね。しかし、私には様々な負い目がありました——そうでしょう?」クレアラはなるほど彼には常に多くの負い目があったと言って、話の助け船を出すこともなく、言いたいだけ言うまで喋らせ続けた。「というのは、もちろんお金の面においてです」と彼は続けた。「尊敬すべきお母さんがあなたとお近づきになることを当初許してくださったとき、私は自分のものと呼べるお金をあまり持っていませんでした。しかし、今は違います。お金の面でもきちんと備えがあると言ってもいいでしょう。哀れなブロートンという邪魔がいなくなったおかげで、ずいぶん前途が開けています。私とお母さんは今やお金に関しては互いにかけがえのないパートナーになったと言っても過言ではありません」それから、彼は話をやめた。

「あなたがおっしゃりたいことが、私にはぜんぜんわかりません」とクレアラ。

「簡単に言うと、ロンドンじゅうを探しても私ほどあなたを熱愛する男はいないということです」それから、彼は片膝をつこうとしたとき、こんなにドアの近く立っている女性にひざまずくのは具合が悪いと思った。「一人と一人をたせば、しばしば二人以上のものになります。私たちの場合もそうなります」マッセルボロは言葉に全力を投入したほうがいいと感じ始めた。

「あなたのお話が終わったら」とクレアラは言った。「私が言うことをしばらく聞いてください。私の言うことが本気なんだと理解できるくらいの分別があなたにあってほしいと思います」

「お母さんの願いがどこにあるか頭に入れておいてほしいです」

「私はこんな問題で母の願いによって行動を左右させることはありせん。母とあなたの取り決めは母の都合に合わせたもので、私はその当事者ではありません。私は母の金について何も知りませんし、知りたくもありません。そのうえ、私はどんな状況に置かれようとも、あなたの妻になることに同意する気はありません。母の言動に従って、この話を考えることもありません。あなたがこれを回答と受け取って、何も言わないでくださるくらい男らしい人であってほしいと思います」

「しかし、ミス・クレアラ――」

「私をいくらミス・クレアラと呼んでも何の役にも立ちません。私の言うことが本気なんだとあなたにはっきり納得してほしいんです。さようなら」クレアラはドアを開けると、彼を一人残して去った。

「何とまあ、とても手に負えない女性だな」とマッセルボロは一人になったときつぶやいた。「あの母娘はどちらも手に負えないが、若いほうがたちが悪いね」それから、彼は手に負えない娘に身を縛って一生堪えるような馬鹿な真似をしないで、手に負えない母の金を利用できるように運命が最善の按配を図ってくれないかどうか考え始めた。

クレアラは母が帰るまでうちで待って、それからまたブロートン夫人のところへ行く予定だった。十一時ごろヴァン・シーヴァー夫人が帰って来て、マッセルボロのところへあがって行く途中、娘は食堂のドアの前で母を捕まえた。「夫人はどんな具合でしたか、母さん？」と、クレアラはブロートン夫人に関心があるような振りをして偽善的に聞いた。

「ありゃあ馬鹿じゃね」とヴァン・シーヴァー夫人。

「夫人はひどい悲運に見舞われたんです！」

「それじゃからっちゅうて馬鹿になってええ理由はないじゃろ。それに薄情なんよ。これっぽっちも夫のことを気に掛けちょらん。――これっぽっちもね」

「あまり心配のしがいのない夫なんですよ。夫人のところへもう行きますね、母さん」

「マッセルボロはどこかね？」

「上です」

「それで？」

「母さん、まるきり論外の話なんです。本当にね。餓死から身を救うためでも、彼と結婚するつもりはありません」

「あんたは飢えるっちゅうことがどんなことか知らん、ええかね。すぐ本当のことを教えちょくれ。あんたはあの画家と婚約しちょるんかね？」クレアラは答える前にちょっと間を置いた。この件について本当のことを母に教える善し悪しをためらったからではなく、本当のことが実際何なのかわからなかったからだ。彼女はダルリンプル氏と婚約していると言えるだろうか、それとも言えないだろうか？「もし嘘をついたら、あたしはあんたを家から追い出すよ」

「母さんに嘘なんかつきません。ダルリンプルさんからは妻になるように求められました。まだ何も返事をしていません。もし彼からまた求められたら、受け入れるつもりです」

「それじゃ、この家から出んようにあんたに言いつけちょく」とヴァン・シーヴァー夫人。

「私はブロートン夫人の家へ行きます」

「この家から出んようにあんたに言いつけちょく」とヴァン・シーヴァー夫人はもう一度言った。――それから、老夫人は食堂を抜けて、階上へあがって行った。クレアラはすでにボンネットをかぶり、外出着を着てその場に立ち尽くした。母は上の部屋に戻るように娘を促さなかった。母が命令に従ってもらうことを娘に期待していなかったことは、老夫人がマッセルボロに話し掛けた最初の言葉で推測できる。「娘は今あの男に会いに行った。あんたはこんなことをしちょっても、マッセルボロ、何の役にも立たんよ」

「あの絵描きが、ヴァン夫人、ずいぶん私の先を走っているのがおわかりになるでしょう。そのうえ、ウエスト・エンドや上流社会とつき合っていることで、娘の受けがいいんです！」

「ちぇっ！」とヴァン・シーヴァー夫人は舌打ちした。鋭い耳で玄関ドアの閉まる音を捕らえたからだ。

クレアラは立ったまま一、二分考えたあと、母に従わないことに決めた。歩きながら、言い訳をして自分を納得させようとした。「たとえ娘でも、母の言うことを聞けないことがあるんです」と彼女は心で言った。「母が私を家から追い出したいんなら、そうしなければいけません」

彼女はブロートン夫人がまだベッドで寝ているのを見て、この女が馬鹿で薄情だと言った母に同意せずにはいられなかった。

「ヴァン夫人はすべてを売り払わなければいけないと言っています」とブロートン夫人。

「いずれにしてもあなたはここに残りたくないでしょう」とクレアラ。「でも、ヴァン夫人が私のものを返してくれたらいいんですが。多くのものが初めから私のものなんです。たとえ夫があんなことをしたとしても、哀れなドブズが仕出かしたようなことをしたとしても、妻は自分のものを持っていてもよいという法律があるのを知っています。ヴァン夫人は葬式について私に厳しいことを言いました。葬式のようなことには普通お金を貸してくれますよね。今モレル夫人に支払いをしなければならない請求書があるんですが、ヴァン夫人がドブズのお金を持っているんです」クレアラは葬式をちゃんと出させると夫人に約束した。「私がそれを見届けます」とクレアラ。

やがてドアにノックの音があって、分別ある女中頭が呼び出しの合図をクレアラにした。「帰ってしまうんじゃないでしょう」とブロートン夫人は聞いた。クレアラは帰る前にもう一度ここに戻って来ると約束した。「彼がすぐここに現れると思います。あなたはおそらく彼に会ったほうがいいでしょう。でも、やはりおそらく会わないほうがいいんです。なぜなら彼は哀れなドブズのことでかなり悲観していますから」と女中頭。女中頭は問題の「彼」がまさしくその時階段の下で待っていることをクレアラに言いに来たのだ。

ダルリンプルとクレアラは未亡人についてまず言葉を交わした。彼はシティで知ったこと、――すなわち、ブロートンの資産が大きくなかったこと、亡くなったとき彼の個人的負債は小さいと見られていること――をクレアラに話した。とはいえ、ブロートンは最近完全にマッセルボロに牛耳られていたらしい。マッセルボロ本人は資本の点では一文なしだったが、ヴァン・シーヴァー夫人の金によって支援を受けていた。ブロートンがマッセルボロの報告の通り自殺したことに疑いの余地がなかった。しかし、シティの意見によると、ブロートンは損失によるよりもむしろ深酒の影響によって自殺したという。未亡人に関しては、もし夫人が穏やかにすべてをあきらめるなら、年金を設定するようにヴァン・シーヴァー夫人か、あるいはおそらく名目上の代表者マッセルボロかを説得できるかもしれない。ダルリンプルはそう思った。「ブロートンが亡くなったとき、負っていたすべての借金——特に仕事上の借金——では、あなたのお母さんにも責任がないわけではないと思います。もしそんな責任があるとすれば、ブロートン夫人には確かに財産に対する請求権があるはずです」ダルリンプルはクレアラと話すとき、クレアラとヴァン・シーヴァー夫人よりもクレアラと彼のほうが親密に結びついているように話していることに一、二度気づいた。しかし、クレアラはこれを善意にとらえているようで、ブロートン夫人の利害の問題に彼と同じくらい気を遣った。

すると、分別ある女中頭がドアをノックした。ブロートン夫人がダルリンプル氏に会いたがっていること、しかしミス・ヴァン・シーヴァーにはどうしても帰らないでいてほしいこと、夫人は起きて、部屋着を着ており、居間に入っていることを女中頭は二人に伝えた。「すぐ行きます」とダルリンプル。分別ある召使いは退いた。

「クレアラ」とコンウェイは言った。「ぼくの質問に対する回答をあなたに聞く機会がこの先いつできるかわかりません。ぼくの質問を聞いたでしょう?」

「ええ、聞きました」

「答えてくれますか?」

「もしあなたが聞きたければ、答えます」

「もちろん聞きたいです。昨日ドアの前の踏み段でぼくが言ったことを了解していただけましたか?」

「私はそんな発言に重きを置きません。男性はよくそんなことを言いますからね。あなたがおっしゃったことは本気なんですか?」

「本気かって! 何ということを! ぼくが冗談を言っていると思ったんですか?」

「母はマッセルボロさんと結婚することを私に望んでいます」

「あいつは下品な獣です！　ありえないことです！」

「ええ、ありえません。でも、母はとても頑固なんです。私には財産がありません——一シリングもないんです。母は今日私を家から追い出すと言いました。私があなたに会うと知って、ここに来るのを禁じたんです。でも、私は来ました。ブロートン夫人と約束したからです。母が私に一シリングもくれないのは確かです」

ダルリンプルは少し間を置いた。彼はクレアラ・ヴァン・シーヴァーを女相続人だと思っており、女相続人と結婚するのは好都合だと思ったから、最初彼女に惹かれた。それは確かだった。しかし、それ以来そういうことを越えることが起こった。彼が金色の希望をあきらめたとき、おそらくたいていの男よりもあまり後悔を感じなかったはずだ。彼はクレアラを抱いて、口づけし、彼のものだと言った。「今ぼくらはお互いにわかり合えるね」と彼。

「あなたがそれを望むなら」

「望むとも」

「では、私は今日母にあなたと婚約したことを伝えます。——母が私に会うのを拒まなければです。もうブロートン夫人のところへ行ってください。こんな時にこの家で私たちのことばかり考えているのはほとんど薄情だと感じます」それを聞いてダルリンプルがその場を立ち去ると、クレアラ・ヴァン・シーヴァーは一人残ってもの思いにふけった。彼女はこれまで恋人を持ったことがなかった。愛し信頼する友人さえ持ったことがなかった。ほぼ二十になるまで学校で生活した。それからは己と己の感情を母に合わせようと虚しく努力してきた。彼女は今ほとんど見知らぬ人とも言っていい男性の絶対的な力に身を委ねようとしていた！　しかし、これまでほかの人に感じたことがない愛し方でこの男性を愛していた。それに、もう一方にはマッセルボロ氏がいた！

ダルリンプルは一時間上の階にいた。クレアラは彼がこの家を出る前にもう一度会いたかったが、はたせなかった。コンウェイが二人の婚約をブロートン夫人に話したことは、夫人の最初の言葉から明らかだった。

「もちろんあなた方どちらにももう会えないんですね？」とブロートン夫人。

「どちらにもおそらくたくさん会えますよ」

「友人のためにはうまくやれるんですが」とブロートン夫人は言った。「自分のためにはうまくやれない人がいます。私はそんな人です。あなた方二人を一緒にできたら、二人にとってどんなにすばらしいだろうと私はすぐ思いました。――特にあなたにとってすばらしいとね、クレアラ。それで、私はそうしました。そのことがこの何か月間か常に私の念頭から離れなかったと言っていいでしょう。哀れなドブズは私がしていることを誤解しました。それがどの程度まで夫の自殺にかかわっていたか誰にもわかりません」

「ああ、ブロートン夫人！」

「もちろん夫は一つのことに目をつぶっていられませんでした。――私もそうです。今私がこれを言うのは正しいことです。でも、二度と、二度とこれには触れません。コンウェイが――私に愛情を抱いていると、夫は思い、私もそう思いました。哀れなコンウェイに悪意はなかったんです。私はそれに気づいていました。でも、恐ろしいそんな事実があったんです。彼にとって唯一の解決策は、彼が尊敬できる娘との結婚だと私はすぐ悟りました。私は本当にあなたを賛美していましたから、すぐあなた方二人を一緒にしようと決意しました。あなた、私は成功したんです。あなたがマライア・ブロートンよりも幸せになれるのは間違いありません」

ミス・ヴァン・シーヴァーはこの女性を理解し、すべての事実を呑み込んで、このみじめな女性の状態を哀れみつつ、非難の言葉を一言も漏らさずに堪えた。弱い女性に力を振るうことを恥じたからだ。

第六十六章　安ラカニ眠レ①

主教公邸ではいろいろなことがじつに鬱々としていた。テンペスト博士がバーチェスターを訪問したあと、何日も主教とプラウディ夫人の関係にひびが入っていたことはすでに述べた。主教は主教なりのやり方で奥方さえもひるむほど黙り込み、不機嫌になり、孤立した。奥方は主教をいつもの活動的な隷属状態に引き戻したいと考えて、しばらく腰を低くし、いつもよりも優しい態度を取った。もし奥方を目一杯公正に見るなら、主教に適度な活発さで義務をはたさせるように良心的に努力したと言っていい。というのは、奥方は良心のない女性ではなかったし、奥方側の教会の様々なことで夫が主教としてははたさなければならない貢献について決して無関心ではいられなかったからだ。奥方は個人的な支配権を追求しようとする自己のあがきについては意識していなかった。もし奥方がそれに気づいて、理解したら、この世の誰一人として覗いたことがない内心にそのあがきによってきっと多くの刺し傷を受けていることがわかるだろう。主教の機嫌をよくすることにしばらく失敗したあと、奥方も今機嫌を悪くしていた。雰囲気はじつに鬱々として不快になっていた。

主教と奥方は今公邸内で孤立していた。既婚の娘と夫は夫婦のもとを離れ、独身の娘も出て行った。主教のふさぎ込みが広い公邸内でどれほど寂しさを深めたか、私は言うまい。出て行った人々の代わりにほかの客を受け入れなかったのは、おそらくプラウディ夫人の精神状態が原因だったろう。夫が長らく談話室から遠のいていることや、食事中に強情に口をつぐんでいることによって、奥方はまわりの人々からほとんど自分が辱めを受けているように感じた。夫婦二人だけで公邸にいるほうがまだましだと奥方は思った。

奥方は主教をよみがえらせるため、肉体面の活発さとまでいかなくても精神面の活発さを夫に取り戻させるため絶えず努力した。奥方はそれに失敗するとき——日々失敗を重ねるとき、ゆっくり自室に戻って、ドアに鍵を掛け、孤独のなかでよく過去の日々を振り返った。こういう時、身近にいる誰にも知られぬ激しい痛みを感じた。奥方はまるで倒れるのを恐れるかのように、近くのベッドの一部をよく腕で抱え、しっかりつかんで、体を支えたものだ。それで、最悪の状態になると、私室——奥方以外に解錠されたのを見たことがない私室——に飛び込んで、ある水薬をコップ一杯に注いで飲み干した。それから、聖書を前に置いて座り、せっせと読んだ。聖書を前に置いて毎日何時間もすごし、ほとんど暗記している全章を繰り返し心のなかでつぶやいた。

奥方は若いころおびただしい数の悪事を働いたけれど、悪女とまでは言えないだろう。一つには無知のせいで、一つには抑えの効かない野心的な気質のせいで失敗したが、いいことをしようと努力してきた。今、奥方はもっとも強烈な苦悩のただなかにいて、決して野心を失っていなかった。夫を利用して主教区を支配したいとなおも思っていた。しかし、夫に降り掛かった[2]常にない鬱状態のせいで思い惑い、立ち往生した。これまでも一度ならず、一度はとても記憶に残る場面で、夫から戦いを挑まれた。主教は戦って奥方をやり込めようとし、それに失敗したあと、この方面で突破口を見出す希望を捨てた。その間、奥方は一瞬たりとも勇気を失わなかった。主教があからさまに主人になろうと努めているあいだ、奥方もあからさまに女主人になろうと努め、——その努力を楽しむことができた。とはいえ、主教がこれほど鬱状態に落ち込んだことはなかった。

奥方は何日も夫のこの状態に忍従した。それで、恥ずかしいと思ったけれど、ちょっとした優しい言葉で夫をなだめすかそうとした。優しい言葉は何の役にも立たなかった。ついに奥方は何か違うことをしなければならないと決断した。主教のため、主教に生気を取り戻させるためだけでも、何か違うことをしなければならない。今のままの状態が続けば、主教区をあきらめなければならなくなる。少なくとも主教区の運営が続けられないほど夫の病が重いことを明らかにしなければならない。奥方は己と己が家にあらゆる悲しみをもたらしたクローリー氏をどれほど憎んだことか！

そして、奥方をさらに行動に駆り立てたのはやはりクローリー氏の件だった。主教はクローリー氏から手紙を受け取ったとき、それについて奥方に何も言わないまま、付牧師にそれを手渡した。付牧師はこの件で自主的に行動することを恐れて、手紙をサンブル氏に手渡した。主教の委任を受けた人と思っていたからだ。サンブル氏は公邸の現状を見るとやはり責任を取ることを恐れて、プラウディ夫人に相談する義務があると思った。プラウディ夫人は何をなすべきか迷わなかった。あの男クローリーは教区の禄を放棄した。当然教区民の礼拝のため準備をしなければならない。奥方は再度夫に働きかける必要があった。それで、手にクローリー氏の手紙を持って、主教の部屋に入って行った。

「あなた」と奥方は言った。「ここにクローリーさんの手紙があります。あなたはお読みになったと思いますが？」

「うん」と主教は言った。「読みました」

「あなたはこれをどうなさるおつもり？　何か対処しなければいけないでしょ」

「わかりません」と主教。彼は口を利くとき、奥方を見ようともしなかった。奥方が部屋に入って来たときから、目を向けなかった。

「しかし、主教、すぐ行動を起こす必要がある手紙でしょ。あの男はついに正しい行いをしました。あの男は当然服従すべきところで服従しています。しかし、あなたがこの手紙に対して何か行動を起こさなければ、せっかくの服従が無駄になります。サンブルさんを送ったほうがいいとは思われませんか？」

「いいえ、思いません。サンブルさんは今いるところにいるほうがいいと思います」といら立った主教。

「じゃあ、どうしたらいいと思っておられるんです？」

「おまえは気にしなくてもいいのです」と主教。

「しかし、主教。それでは筋が通りません」プラウディ夫人は声の調子に厳しさを加えた。

「いいえ、筋は通っています」主教はなおも奥方に目を向けなかった。奥方が部屋に入って来てから一度も目を向けなかった。プラウディ夫人はこれに堪えられなかった。怒りが胸のなかで強まるにつれて、我慢するのは間違いだと心でつぶやいた。優しくしたらどうなるか試してみたが、失敗した。より厳しい措置を取ることが今どうしても必要だった。サンブル氏をホグルストックへ差し向ける権限をもらう必要があることを主教に承諾させなければならない。

「どうしてちゃんとこちらを向いて話してくれないんです？」と奥方。

「おまえとは話したくありません」と主教。

これは最悪の事態で、――ほとんどどんなことでもこれよりもましだった。主教は今肘を膝の上に載せて顔を両手にうずめ、暖炉のそばに座っていた。奥方は夫と向き合うため部屋を回って、今ほとんどすぐ前に立ちはだかったが、それでも夫の顔を見ることができなかった。

「それでは何も進みません」と奥方は言った。「あなた、ご自分をまったく見失ってしまっているのがおわかりになりますか？」

「自分が忘れられたらいいのに」

「あなたがほかの人の奉仕を受ける立場にいないんなら、それでいいかもしれません。いえ、それでもよくはありません。しかし、そんな立場にいないんなら、悪がはっきり見えないから、まだいいんです。あなたの場合、手で顔を隠して、何もしないでそこに座り続けていても、主教区の職務をはたすことはできません。気力を奮い起こして、どうして男らしく仕事に取り掛からないんです？」

「おまえはどこかへ行って、私を放っておいてくれればいいのに」と主教。

「いいえ、主教。私はよそへ行って、あなたを放っておくようなことはできません。あなたがこんなになってしまったからには、あなたのそばにとどまっていることが、妻としての私の義務です。たとえあなたが職務を怠るとしても、私は義務を怠りません」

「私をこんなふうにしたのはおまえです」

「いいえ、あなた、それは違うでしょ。そんなふうになったのは私のせいではありません」

「いえ、それが本当のことです」「それが本当のことです」主教は今立ちあがって奥方を見た。一瞬立ちあがって、それから奥方に顔を向けて再び座り込んだ。「それが本当のことです。まともに顔をあげていられないような恥辱をおまえは私にもたらしました。破滅させたのです。死んだほうがましです。死にたいと思うように私を駆り立てたのはみなおまえです」

奥方がこれまでに出会ったなかでもこれは最悪の事態だった。奥方は片腹の前で両手を組んで夫の話を聞いており、一、二分返事をしなかった。主教は話し終えると、また両肘を両膝の上に載せ、顔を両手のなかにうずめた。どうしたらいいだろうか、どうすれば都合よく夫を扱えるだろうか？　この危機のなかで事態の全体があまりにも重要だったので、奥方はいくらかでも夫のためになると思ったら、野心を後回しにし、腹立ちを抑えただろう。しかし、妥協では夫を覚醒させることができないように思えた。このまま放置することもできなかった。何かがなされなければならない。「主教」と奥方は言った。「あなたの発言はとても背信的な、とても罪深いものです」

「それを罪深くしているのはおまえです」と主教。

「あなたからそう言われる筋合いはありません。まったくありません。私はあなたのそばで義務をはたそうと努めてきました。私はそんなことに値する人間じゃありませんが、今も義務をはたそうとしています。あなたがそんな状態でいるなかで、私が何もしなかったら、私に似つかわしいことではありません。それはわかってもらわなければいけません。まわりの世界はあなたを監視していて、あなたが仕事をしていないことを知っています。あなたに必要なことは、目を覚まして仕事に立ち向かうことです」

「おまえがここにいなければ」と主教は言った。「ちゃんと仕事ができます」

「つまり、私に死んでほしいんでしょ？」とプラウディ夫人。主教はこれに答えなかったし、体を動かすこともしなかった。血と肉が――女性の血と肉が――プラウディ夫人の血と肉がどうしてこれに堪えられようか？　今もう一度癇癪がついに冷静な判断に勝ちを占めた。奥方はおそらくそれで大いに満足した。奥方ははっきり言った。「いいですか、閣下、あなたが馬鹿な真似をしているなら、私は活動的でなければいけません。あなたの権威を横取りしなければならないのはとても悲しいことですが――」

「私の権威を横取りすることは許しません」

「そうしなければいけません。あるいは、あなたが不適格だという医学的な証明を手に入れて、隣の主教に主教区を管理するよう請わなければいけません。今のかたちで事態を進めるつもりはありません。とにかく私は義務をはたします。サンブルさんにホグルストックへ行って、教区の職務をはたすように伝えます」

「お願いだからそんなことはしないでくれ」と主教は言って、今また奥方のほうを見た。

「私がそれをすることははっきりご存知でしょ?」と、プラウディ夫人は言って部屋を出た。

主教は奥方がすぐこの仕事に取り掛かるとはまだ思っていなかった。主教は本当に鬱状態にあり、おそらく日々悪くなっていた。それでも、いろいろ熟慮したあげく、クローリー氏の手紙の処置は明日付牧師に話せば充分だと思っていた。テンペスト博士が目撃したひどい場面以来、主教はどんな大きな措置についても心を決めることができなかった。しかし、何か大きな措置が必要だとは思っていた。主教を辞任しようと考える瞬間があった。病気という一般に認められる不適格以外に、そんな辞任の例をほとんど知らなかった。しかし、たとえ前例がなくても、今の場所にいるよりも辞任するほうがましだろう。当然恥辱はある。それでも、隠れることができる恥辱だ。今は同じ恥辱を受けながら、それから隠れることができない。そのうえ、辞任というような措置が取れたら、当然罰が必要なところに罰をくだすことができる。奥方を――夫を一敗地にまみれさせた奥方を――敗北させることができる。苦しみがまんざらみな彼の苦しみというわけではなくなる。収入も公邸も地位もみななくなることがわかったら、その時奥方は夫にした邪悪を後悔するかもしれない。今、一人取り残されたとき、こういうことに思いを巡らした。それで、主教はすぐ処置を――その日サンブル氏の行動を止める処置を――取ることを考えなかった。

ところが、プラウディ夫人は迅速な処理を行った。サンブル氏はこの時公邸にいて指示を待っていた。クローリー氏の手紙をプラウディ夫人に手渡したのはサンブル氏だった。奥方はその手紙を手に持って彼のところに戻った。結果がどうなったか読者にはわかるだろう。サンブル氏はただちに老いた主教のコブ種の馬でホグルストックへ送り出された。――そして、覚えておられる通り、彼は途中で災難にあった。彼はホグルストックからずっと馬を手綱で引っ張って来て、午後遅く公邸の中庭に入った。

サンブル氏が帰って来る一、二時間前、プラウディ夫人は彼を送り出したことを知らせるほうがいいと思って、夫のところに戻った。夫には断固たる態度を取ろうと思いつつも、避けられるものなら、厳しい言い方はすまいと決めていた。「あなた」と奥方は言った。「サンブルさんと打ち合わせをしました」奥方はこの時主教が机に座り、一枚の紙を前に置き、ペンを手にしているのを見た。紙には何も書かれていないのを一目で見て取った。主教が紙を前に置いたとき、辞任の妥当性を大主教に相談するつもりでいたことを奥方が知ったら、どう思っただろう！　しかし、主教は手紙に日付を書くところまで進んでいなかった。

「おまえは何をしたって？」と主教はペンを放り出して言った。

「ホグルストックへ行く件について、サンブルさんと打ち合わせをしました」と奥方はしっかり言った。「じつはもう彼は向かっています」すると主教は席から飛びあがると、激しく呼び鈴を鳴らした。「何をなさるおつもりです？」とプラウディ夫人。

「ここを出て行きます」と主教は言った。「ここにとどまってみなから後ろ指を指され、侮蔑のまとになっていたくありません。主教を辞任します」

「そんなことはできないでしょ」と奥方。

「とにかくやってみます」と主教。その時使用人が入って来た。「ジョン」と主教は従僕に話し掛けた。「サンブルさんが公邸に帰ったらすぐ、私がここで会いたがっていると伝えなさい。おそらく彼は公邸に来ないかもしれない。その場合は、自宅にこの言葉を伝えなさい」

プラウディ夫人は従僕をさがらせたあと、再び夫に話し掛けた。「サンブルさんに会って何を言うおつもりです？」

「おまえには関係ないことです」

奥方は主教に近づくと、肩に手を載せ、じつに優しく話し掛けた。「トム、それが妻に言う口の利き方ですか?」

「うん、そうです。おまえがそうさせるのです。あの男をホグルストックへ差し向けるなどとどうして一人で決めたのです?」

「そうすることが正しかったからです。私は指示を求めてあなたのところに来ました。しかし、あなたからは何の指示も与えられませんでした」

「満足できる指示を適切な時に私が出すべきでした。次の日曜にサンブルさんをホグルストックへ行かせません」

「じゃあ誰に行かせるんです?」

「おまえは気にしなくていい。誰にも行かせません。おまえには関係ないことです。もう私を放っておいてくれたら、ありがたいです。こういうことはみなすぐ終わりにします。——すぐにね」

プラウディ夫人はこのあとしばらく何と言ったらいいか考えながら立っていた。しかし、何も言わないで部屋を出た。主教を見ていると、百もの様々な思いが胸に浮かんできた。奥方は心から夫を愛し、今も愛していた。しかし、今知った——この瞬間完全に確信した。——夫から心底嫌われていることを! プラウディ夫人は激しい気性と癇癪の持ち主だが、できれば喜んで愛されたいと思う点でほかの女性と同じだった。奥方は常に夫に仕えるつもりであり、そう心掛けてきた。勤勉で、忠実で、賢かったけれど、失敗したことも多少意識していた。心の底では悪い妻であることを知っていた。それでも、模範的な妻になるつもりであり、よきキリスト教徒になるつもりでいた! とはいえ、己のキリスト教信仰をあまりにもほかの人に押しつけたので、この世の誰からも愛されなかったし、一緒にいることさえ嫌われ、避けられてしまった。奥方はまわりの人々の思いや感情に気づく充分な洞察力を具えていたにもかかわらずだ。そして今、夫から妻の横暴があまりにもひどいので、高職を投げ出し、夫婦二人にとって特別不名誉な無名の薄闇に退かなければならない、と言われた。なぜなら、世間の前で妻がもたらした恥辱に高位にある夫がもはや堪えられないからだ！　奥方は胸が一杯でもう話をすることができなくなり、夫のもとを離れて、静かに後ろ手にドアを閉めた。

奥方は自室にあがる用意をして、手すりに手を掛け、階段に片足を乗せたとき、主教の呼び鈴に答えた従僕に会った。「ジョン」と奥方は言った。「サンブルさんが公邸に戻ったら、閣下のところへ行く前に私のところに来るように取り計らいなさい」

「はい、奥様」とジョン。従僕は主人と女主人の口論の性質をよく心得ていた。しかし、女主人の命令は使用人のあいだではまだ至上のものだった。ジョンはプラウディ夫人の命令を実現する使命に取り掛かった。それから、プラウディ夫人は階段を登って自室に向かい、ドアに鍵を掛けた。

サンブル氏は脚を痛めたコブ種の馬を手綱で引いて、その日バーチェスターに帰って来た。ひどい道のりだった。彼は歩くのがもともと得意ではなかった。バーチェスターに近づくころまでに、引っ張っていた馬に激しい憎しみを抱くようになっていた。疲れて、痛がって、脚にこわばりのある馬を引っ張るのは愉快な仕事ではない。馬は人に歩調を合わせてくれないし、頭を手綱に重くもたせ掛けてくる。馬は人が歩かせたいと思うところを歩こうとせず、人に寄り掛かり、とてもつき合いにくい振る舞いをする。それゆえ、サンブル氏が公邸の中庭に入って来たとき、じつに不機嫌だったことがわかるだろう。馬を怪我させたことについても、必ずしも心穏やかではなかった。「こいつが悪いんです」とサンブル氏。「一般的に見てこれは馬の乗り方を知らないせいです」と馬丁。というのは、サンブル氏は主教の馬屋から馬をしょっちゅう借り出していたのに、馬を世話する馬丁に一シリングも出していなかったからだ。

しかしながら、彼が馬の膝の傷について充分把握できないうちに、公邸の従僕から奥方が待っていると告げられた。サンブル氏が疲れて死にそうだと言い、ホグルストックからはるばる歩いて来たから、うちに帰って服を着替えなければならないと訴えても無駄だった。ジョンから最初にプラウディ夫人に会い、次に主教に会わなければならないと、否も応もなく言われた。サンブル氏はおそらく後者の命令には耳をふさいだかもしれない。しかし、前者の命令には従う必要があると感じた。それで、彼はずいぶん汚れた身なりをし、かなり不機嫌な顔つきで公邸に入った。そんな状態でなじみの小さな階段を登り、プラウディ夫人の部屋に隣接する小談話室に入って、そこで奥方の到来を待った。十五分くらい待たされても、驚かなかった。しかし、三十分待たされたあと、家で待っている妻やまだ食べていない夕食のことを思い出して、彼は思い切って呼び鈴を鳴らした。名をドレイパー夫人という――プラウディ夫人の世話をしている――侍女が現れて、奥方の部屋を二度ノックしてみたが応答がない。彼女はもう一度ノックしてみると言った。それから二分後、ドレイパー夫人は両腕を広げて叫びながら部屋に飛び込んで来た。「まあ、何ていうこと、あなた。奥様が亡くなっています!」サンブル氏は何をしているかわからないまま、侍女に続いて寝室に入った。そこで、その直前まで公邸を統括する守り神だった奥方の遺体を前に畏怖し、立ち尽くした。

遺体はまだひざまずいた姿勢で、ベッドの側面に寄り掛かり、片腕で寝台支柱をしっかり抱き締めていた。口は堅く閉じられ、目は彼を見詰めるように開いていた。それでも、その女性が死んでいるのは一見して疑いの余地がなかった。彼はそばに近づいたけれど、触れてみる勇気がなかった。彼とドレイパー夫人以外にまだ誰もそこにいなかった。――誰もまだ起こったことを知らなかった。

「心不全なんです」とドレイパー夫人。

「奥方は心臓を患っていたんですか？」と彼。

「誰も本当のことを知らなかったんですが、そうじゃないかと思っていました。ご自分のことを話すのをとても恥ずかしがっておられましたから」

「すぐ医者を呼ばなければ」とサンブル氏は言った。「医者がここに来るまで何も触れないほうがいいでしょう」それで、二人は退去して、ドアに鍵をかけた。

十分もすると、主教を除いて公邸内のみながこれを知った。二十分もすると、近所の薬剤師と助手が部屋に入った。遺体はベッドの上に適切に横たえられた。その時点になっても夫は——この死が救いをもたらすにしろ、喪失感をもたらすにしろ、どちらにしろ——まだ知らなかった。時刻は七時をすぎて、公邸のディナーの時間だった。主教はたとえ呼ばれなくても、自室から出て来て使用人らのところに現れるだろう。サンブル氏は主教のところへ行って事情を知らせたらどうかと進言され、きっぱり断った。先ほど見た光景と一日の骨折りであまりにも気力をなくしていたので、そんな任務には体が持たないと彼は言った。急いで来るように呼びつけられた薬剤師は逃げてしまった。おそらくそんな知らせを伝える役割が同じくいやだったのだろう。それで、ドレイパー夫人がその役を仰せつかった。ドレイパー夫人はほかの使用人らの圧力を受けて、主人の部屋へ降りて行った。ディナーの時間になっていなかったら、また主教をこれ以上一人にしておけないという事情がなかったら、こんな邪悪なことはもっと延期されていてもよかった。

ドレイパー夫人は廊下をとてもゆっくり進んだ。部屋に入る前に一呼吸置こうとしていたとき、ドアが開いて目の前に主教が立っていた。主教が不機嫌なのはたやすく見て取れた。手と顔は洗っておらず、顔はやつれていた。ここ数日、主教はディナーのため服を着替える儀式さえしようとしなかった。「ドレイパーさん」と主教は言った。「なぜディナーの準備ができたと知らせてくれないのです？　ディナーを出してくれる気はあるのですか?」一瞬夫人が答えないで立っているとき、涙がその顔を流れ落ちた。「どうしたのです?」と主教は言った。「奥方から言われてここに来たのですか?」

「たいへんなんです!」ドレイパー夫人は支えが必要なら、主教を支えようと両手を差し出した。

「どうしたのです?」と主教は怒って聞いた。

「ああ、閣下。――キリスト教徒らしく堪えてください。奥方がお亡くなりになりました」主教の背はドアの側柱にもたれ掛かった。夫人は主教の腕をつかんだ。「心不全でした、閣下。フィルグレイヴ先生はまだ到着していません。でも、死因はそれです」主教は一言も口を利かないで、暖炉の前の椅子に戻った。

註

（1）*Requiescat in Pace*

（2）『バーチェスターの塔』ではスロープ氏が主教に奥方への反逆を決意させた。

第六十七章　死ヲ悼ンデ

主教は奥方の訃報を聞いて、暖炉の前の椅子に戻った。侍女のドレイパー夫人はそばに来て何も言わずに主教を注視した。夫人はこんなふうに十分間主教を見おろし、耳を澄ませて立っていた。しかし、何も聞こえてこなかった。言葉も、嘆きも、すすり泣きもなかった。主教も死んでしまったようだった。しかし、はげ頭に置いた指を不規則にかすかに動かして、身も心もまだ動いていることを伝えた。「閣下」と夫人はとうとう言った。「先生が来られたら、お会いになりたいでしょう?」侍女はとても小さな声で言ったから、答えてもらえなかった。それで、しばらく黙っていたあと、もう一度同じ質問をした。

「何の先生かね?」と主教。

「フィルグレイブ先生です。先生をお呼びしました。おそらくそろそろいらっしゃるころです。見てきましょうか、閣下?」その場の空気が気詰まりで、ドレイパー夫人は逃げ出したかった。夫人は苦労でも仕事でも主教に求められればどんなことでも喜んでするつもりだった。しかし、指の動きをいつまでも見詰めてそこに立っているのには堪えられなかった。

「先生に会わなければならないと思います」と主教。ドレイパー夫人はこれを退去してもよいという指示と受け取って、静かに部屋を出た。こんな場面で音を立てまいとするとき、いつもするように長く引き延ばした入念なカチャッという音とともに後ろ手にドアを閉めた。主教は音を立てても、立てなくても気にしなかった。侍女がバタンと大きな音を立ててドアを閉めても、咎められはしなかっただろう。主教は不思議な沈黙に襲われて、しばらく圧倒されていた。あの聞き慣れた声を二度と聞くことはできない！

主教は今自由だった。みじめさのなかにあっても――というのは、とてもみじめだったから――、自由だと心に言い聞かせずにはいられなかった。呼んでもいないのに執務室に押し入って来る者はもういない。権威を見せなければならない人々の前で盾突いて、彼の威厳を損なう者はもういない。恐れる者はもう誰もいなくなった。彼はこれまで奥方によって少なくともほかの暴君の手から守られてきた。が、今は己の主人だった。ある感覚があった。どれだけ払ったかまだ計算することができない恐ろしい代償を払って古い問題から逃れたような感覚だった。――私はそれを安堵とは呼ばない。というのは、まだ満足よりも苦痛のほうが大きかったから。大主教に手紙を書くという考えはもう完全に捨てていいとわかった。

奥方は人生のいくつかの期間ある意味彼に非常に親切だった。夫婦が貧しかったころ、奥方は夫のため金を管理して苦境を切り抜けた。夫の利害は常に奥方の利害でもあった。奥方なしには決して彼は主教になれなかっただろう。少なくとも今そう認め、おそらく心からそう思った。奥方は子供に非常に注意を払い、それを怠けることは一度もなかった。娯楽を嫌った。求められる義務に手抜きをすることはなかった。彼は今奥方が天国へ向かう途上にあることを疑わなかった。頭から両手を降ろして、胸の前で組み合わせ、ささやかな祈りを唱えた。祈っていることを充分意識していたかどうか疑わしい。今亡くなった奥方の魂のため祈るという考え(1)にもし気づいたら、彼はあきれてしまっただろう。確かに彼は己の魂のため神に祈ってはいなかったから、奥方の死を喜ぶことがないように祈っていたのだ、と私は思う。

とはいえ、奥方は亡くなった。――しかもあっという間に！　彼は奥方と最後に一緒にいた時から部屋を動いていなかった。その時、奥方とのあいだで怒りの言葉を交わした。おそらくこれまでよりも明確に敵意を意識し、最後には激しい憎しみを抱いて奥方と別れた。しかし、彼はその時はっきり正しいことを言ったと心に言い聞かせた。正しかったと思った。それで、彼はクローリーとサンブルの問題に心を移した。少なくとも自分が正しかったと確信することによって、妻とのあの最後の会見が作り出したみじめさを和らげようとした。

しかし、彼はじつに優しい思いを奥方に向けた。死ほど、あるいはきっと終わりなく続く完全な不在ほど、愛の泉を再び充分に湧かせるものはない。私たちは持っていないもの、特に二度と持てないものをほしがる。彼は一緒にいた最後の時に奥方から死んでほしいんでしょと面と向かって言われて、それに何も答えなかった。その時は残忍な怒りに駆られて奥方の死を心から願っていると感じた。今その時の奥方の言葉通りになり、彼は男やもめになった。奥方を取り戻せるものなら、この世に持っているものすべてを投げ捨ててもいいとはっきり思った。

そうだ、彼は男やもめになった。もう好きなようにしていい。暴君は去り、自由になった。去った暴君は確かに苛酷だった。彼ほど苦しんだ者がいるだろうか？　とはいえ、こんなふうに暴君を失って取り残されてみると、みじめなほどわびしかった。重圧がむしろ彼にはよかったのではないか？　――神はどんな妻が彼にいちばんふさわしいか知っておられたのではないか？　それから、彼は昔読んだことのある――読みながら注目して印をつけた――一つの話、妻からひどく虐待された男の話を思い出した。その男は妻から食べ物をもらえなかったり、打たれたり、ののしられたりしたのに、肉体的にそんなふうに苦しめられることによって神に感謝することができた。肉体的な苦行は男の幸せをおもんぱかる神の配剤であり、男にとってはむしろよかったのかもしれない。しかし、もしそうなら、神はそのしもべが充分苦しめられたのを知って、苦行を今取り除いたのかもしれない。彼は食べ物をもらえなかったり、打たれたりしたことはなかったが、確かに厳しい苦行を強いられてきた。そして、次の言葉が口から出るのではなく自然に心に浮かんできた。「主はいばらを送り、いばらを取り除いた。主のみ名[2]は褒むべきかな」そのあと、彼は強い怒りを自分に感じ、許しを請うて祈ろうとした。祈っているとき、ドアをノックする低い音がして、ドレイパー夫人がまた部屋に入って来た。

「フィルグレイブ先生はご不在でした、閣下」とドレイパー夫人は言った。「でも、帰られたらすぐこちらに来られます」

「わかりました、ドレイパー夫人」

「でも、閣下、ディナーに来られませんか? スープを少しとか、何か一口食べ物とか、それにワインを一杯いただいたら、悲しみが堪えやすくなります」主教はドレイパー夫人の説得を受け入れて、夫人のあとについて食堂に入った。「行かないでください、ドレイパー夫人」と彼は言った。「あなたが一緒にいるほうがいいのです」それで、ドレイパー夫人はそばにいて、あれこれ世話を焼いた。主教は自由になった最初のとき、できるだけ人目に曝されたくなかった。

主教はフィルグレイブ先生が上にあがる前と降りて来たあと二度先生に会った。先生はドレイパー夫人の推測通りだと言った。哀れな奥方は心臓を病んでおり、何年も苦しんできた。これついて今まで夫には一言も漏らしていなかった。恐ろしい瞬間が訪れたとき、苦痛の鋭い発作が危険を知らせたとき、ドレイパー夫人には時々それをつい口に出していた。しかし、ドレイパー夫人が女主人を守ったから、家族の誰も恐ろしい秘密が隠されていることを知らなかった。フィルグレイブ先生はこうなることをずっと恐れていたと主教に言った。いくらか警戒が必要だった孫の出産のとき、二人の医師が公邸で奥方から心臓の相談を受けた。フィルグレイブ先生はその時外科医のリアチャイルド先生にすでに同じことを指摘していた。しかし、先生はラテン語の医学用語をたくさん交えて言ったうえ、じつに尊大な態度を取った。それで、主教から強く退去を望まれて、効果的に真意を伝えることができなかった。主教はもうそんなことを気にしなかった。妻は死に、とげは抜けた。男やもめは得失の均衡をいちばんいいかたちで取らなければならない。

主教はよく眠ったが、翌朝目を覚ましたとき、孤独のわびしさをしみじみ味わった。何かしなければならない。誰かに会わなければならない。しかし、この新しい立場からどう振る舞ったらいいかよくわからなかった。もちろん付牧師を呼んで、手紙を全部開封し、一週間はそれに返事を書くように命じなければならない。それから、以前はいかに多くの主教宛の手紙が奥方によって開封され、回答されていたか思い出した。主教はテンペスト博士の訪問以後、公邸の郵便袋を常にまず彼のところに届けるように主張していた。これがなされたため奥方を大いに当惑させた。これをするため主教は毎朝通常の起床時間よりも一時間前に起きていた。公邸の者はみなこうなった経緯を知っていた。自由になった最初の朝に郵便袋が届けられたとき、彼はこのことを考えた。今は好きな場所で郵便袋を広げることができる。——寝室でもよければ、彼が取りあげるまで朝食のテーブルの上で触れられぬまま置かれていてもいい。主教はこんなことを考えながら「主のみ名が褒めたたえられますように」と言った。しかし、自分が言っていることを立ち止まって分析してみようとはしなかった。主教はこの朝自由を楽しもうとは思わないで、郵便袋を付牧師のスナッパー氏に持って行くように言った。

プラウディ夫人の訃報はその日の夕刻バーチェスターじゅうに伝わり、いくぶんか喜びの混じる冷ややかな畏怖の感情で受け止められた。母または姉または真に愛した友人の死を嘆くように嘆く者は、バーチェスターに一人もいなかった。奥方の死を悼む人々は確かにいた。個人的な利害とは無関係に死を悼む人々さえいた。プラウディ夫人のまわりには教会の問題を同じように考える一派が集結するようになっていた。そんな人々は領袖を失い、力を失った。奥方は味方の一派には忠実だった。儀式を重んじる教会に属する雑貨商のいいお茶よりも、あるいはまったく教会を持たない雑貨商のいいお茶よりも、低教会派の雑貨商のまずいお茶のほうを好んだ。奥方は忠実な仲間を忘れなかった。世話をすれば利益になる場面で注意深く仲間の世話をし、戦うほうが役に立つ場面で仲間のために戦った。そう言わなければ不公平になるだろう。プラウディ夫人の訃報がバーチェスターに住む人々の朝の食欲を妨げることはなかった、と私は思うが、災難が降り掛かってきたと感じる人々はいた。

訃報はその日の夕刻ハイラム慈善院と、クイヴァーフル夫妻が子供と一緒に住む院長邸に届いた。さて、クイヴァーフル夫人はプラウディ夫人の後ろ盾によって今の心地よい院長邸に入れてもらったから、奥方に恩義を感じていた。クイヴァーフル夫人は亡くなった奥方の性格を熟知しており、バーチェスターに居住する誰よりも生き生きとその性格を描いて見せた。訃報が最初に届いたとき、院長邸には当然驚きがあった。クイヴァーフル家は初め当惑とお悔やみと推測にあまりにも心を奪われていたので、公平に批判に耳を貸すことができなかった。しかし、翌朝朝食の食卓で主教に降り掛かった大きな損失が話題になったとき、クイヴァーフル夫人は友人である奥方の性格について次のように言った。「主教はこのあと痛みを感じることがわかりますよ、Q」と、夫人はとげが抜けたという夫の皮肉な発言に答えた。「奥方は生きているあいだほとんど堪えられない存在でしたけれど、主教は痛みを感じるはずです」

「主教はたぶん初めは痛みを感じるね」とクイヴァーフルは言った。「しかし、主教は前よりも居心地がよくなったと思うだろう」

「もし主教が私の思っている人なら、もちろん痛みを感じて、死ぬまでそれを感じ続けると思います。いさかいがあったからといって、夫婦に愛がなかったとか、前よりも好きなことができるからといって、主教がそれだけ幸せを感じるとか、そんなふうに考えてはいけません。奥方は主教の大きな助けになりました。口は悪かったけれど、奥方が大きな助けになっていたことを主教は知っているはずです。なるほど奥方は毒舌でした。なるほど騒ぎを起こす人でした。すべてを奥方のやり方でやろうともがいて、馬鹿な真似をすることもありました。でも、Q、プラウディ夫人よりも悪い女性はいましたよ。奥方は決して怠惰な人ではありませんでした。奥方が夫の陰口を叩くのを誰も聞いたことがないのも確かです」

「それでも、私たちが聞いたことがみな本当なら、奥方はひどい人生を主教に強いたんです」

「人生とどんな仕方で折り合いをつけようと、いわゆるひどい人生を送らなければならない男性がいます。主教は弱いから、近くに誰か強い人にいてほしかったんです。奥方は強かった――おそらく強すぎたんです。でも、主教はそれで利益もえたんです。結局、主教の人生はそれほどひどくなかったことを私は知っています。ほとんどの男性は感謝しませんが、感謝すべきです」

クイヴァーフル氏の前任院長は老ハーディング氏だ。ハーディング氏にとって、古きよき時代はプラウディ夫妻がバーチェスターに登場してくる前に終わっていた。プラウディ夫人の訃報がバクスター夫人によってもたらされたとき、ハーディング氏はベッドに寝て、掛け布団の上に座るポウジーと綾取りをしていた。「たいへんなんですよ」と、バクスター夫人はベッドのそばの椅子に座って言った。ハーディング氏はバクスター夫人が座ってくれるのが好きだった。なぜなら、そんな時には長い会話ができることを知っていたからだ。

「どうしたんですか、バクスターさん」

「ええ、たいへんなんです」

「何か起こったんですか?」老人は寝床から身を起こそうとした。

「お祖父さんを怖がらせないで」とポウジー。

「いえ、あなた。怖がらせるような話ではないんです。本当にそうではないんです、ハーディングさん。プラムステッドの方々はみな元気です。ヴェニスの奥様も便りではすべてが順調のようです」

「ところで、何なんですか、バクスターさん？」

「神が奥方の罪をみな許しますように。――プラウディ夫人が亡くなったんです」さてさて、主教公邸と参事会長邸には長年ひどい確執が続いていた。対立する両家の人々は常に敵意をむき出しにした。バクスター夫人とドレイパー夫人は口を利いたこともなかった。両家の御者は互いに相手方を道路交通法違反で治安判事の前に引き出す機会を窺っていた。従僕は互いにののしり合い、馬丁は時折喧嘩をした。双方の主人と女主人はただ憎悪を抱くだけで満足した。それゆえ、バクスター夫人がプラウディ夫人の訃報を伝えたとき、まず奥方の罪を意識したのは驚くに当たらない。

「プラウディ夫人が亡くなった！」と老人。

「本当なんです、ハーディングさん」とバクスター夫人は言って、信心深く両手の指を組み合わせた。「私たちはただの草です、あなた！　野のちりと粘土と花でしょう？」プラウディ夫人が粘土の性質のものか、花の性質のものか、バクスター夫人は考えてみなかった。

「プラウディ夫人が亡くなった！」とポウジーは真面目な性格を表して言った。「じゃあ、奥方はもうかわいそうな主教を叱りつけないんですね」

「そうです、あなた。奥方はもう誰も叱りません。一部の人々には恵みになると言わなければなりません。この家ではみなさんがいつもじつに思いやりがあるので、ミス・ポウジー、死というものがどういうことか知らないんです」

「亡くなった！」とハーディング氏はまた言った。「よかったら、バクスターさん、私をしばらく一人にしておいてくれませんか。ポウジーも一緒に連れて行ってくれたらいいと思います」彼はほぼ五十年バーチェスター市にいるけれど、奥方はここに来てまだ十年もたっていない。彼の娘といってもいい年齢なのに、今彼よりも前に先立ってしまった！　彼はプラウディ夫人を愛したことはなかった。人を嫌うことはなかったが、誰か一人と言えばおそらくプラウディ夫人を嫌っていた。プラウディ夫人は彼のいちばん傷つきやすいところを突いた。奥方がいつも軽蔑をはっきり表して、どんなふうに彼の聖堂の仕事を嘲笑したか、彼を無視したか、ぞんざいに扱ったか、話せば長いし、今話す必要もないだろう。彼は奥方を非難せずにはいられなかった。それは彼がバーチェスターでこれまでに口にしたおそらく唯一の個人攻撃だった。が、今奥方は亡くなった。彼は奥方を活発な、信心深い女性として、時満ちる前に不本意にも天職から引き離された女性としてのみとらえた。主教にとってとげが抜けたようなものだといった発想はハーディング氏にはなかった。主教は連れをいちばん必要とする人生の局面で、そんな連れを失った。ハーディング氏は心から主教のため深く悲しんだ。

訃報は郵便集配人によってプラムステッド・エピスコパイに運ばれて、たまたま教会境内へ向かう小さな門で寺男と話していた大執事に伝えられた。「プラウディ夫人が亡くなった！」郵便集配人から事実を知らされたとき、大執事はほとんど叫び声をあげた。「ありえないことだ！」

「確かですよ、牧師さん」郵便集配人はそう言うとき、誇らしげな顔つきをした。

「何たること！」と大執事は叫んで、それから妻のもとへ急いだ。「おまえ」と彼は言った。――口を開くとき、気だけが先走って、ほとんど言葉を発することができなかった。――「誰が亡くなったと思う？　何たることだ！　プラウディ夫人が亡くなった！」グラントリー夫人はポットに入れようとしていた紅茶の茶さじを手から取り落とし、夫の言葉を繰り返した。「プラウディ夫人が亡くなった?」間があって、夫婦はそのあいだ相手の顔を覗いた。「あなた、そんなことは信じられません」とグラントリー夫人。

しかし、夫人はまもなくそれを信じた。その朝プラムステッド禄付牧師館ではお祈りがなかった。大執事はすぐ村に出掛けて、郵便集配人からえた情報が真実だとの充分な証拠をじき手に入れた。それから、妻のところに大急ぎで帰って来た。「本当だ」と彼は言った。「正真正銘本当だ。奥方は亡くなった。疑いの余地がない。奥方は死んだ。昨夜七時ごろだそうだ。少なくとも奥方が発見された時間がそれだね。それよりもおよそ一時間前には亡くなっていたかもしれない。フィルグレイブは一時間もたっていないと言う」

「何で亡くなったのですか?」

「心臓発作だね。奥方は立ちあがろうとして、寝台の支柱をつかんでいるところを発見された」それから、間があった。そのあいだに大執事は朝食の席に着いた。「主教は知らせを受け取ったとき、どう感じたか知りたいもんだね?」

「もちろんひどい衝撃を受けたでしょう」

「衝撃を受けたのは間違いない。誰だって衝撃を受けるよ。しかし、考えてみると、主教には何という安堵だろう!」

「どうしたらそんなふうに言えるのです?」とグラントリー夫人。

「どうしたら別の言い方ができるんだね?」と大執事は言った。「もちろん通りへ出て言うべきことじゃないがね」

「どこであろうと口にすべきことじゃないと思います」とグラントリー夫人は言った。「あのかわいそうな方は間違いなくほかの人と同じように妻のことを思っています」

「もし誰かかわいそうな男が奥方のような妻を持っていて、その妻を取り除けたら、嬉しいに決まっている。主教が奥方の死を望んだとか、奥方の死をもたらすためなら何でもしたとか、そんなことは言っていない――」

「まあ、大執事、お願いですから口を慎んでください」

「しかし、奥方は亡くなることで主教に大きな安堵を与えたのは確かだろう。奥方は主教に何をしてきたかというと、彼に干渉して主教区のみなの目に彼を軽蔑すべき人間に見せたんだ。奥方は威圧によって主教の人生を耐え難い重荷にしたんだ」

「『死者ヲムチ打ツナ』[3]ということわざをあなたが実践するやり方がそれですか？」とグラントリー夫人。

「『死者ヲムチ打ツナ』ということわざはペテンの上になり立っているんだよ。家のそとではペテンが必要だろ。今大通りに出て、プラウディ夫人について思っていることを言うのはまと外れだね。しかし、私はその種のことがここでも、おまえと私のあいだでも、守られなければならないとは思わない。奥方は不快な女だった。――あまりにも不快だったので、奥方の死を悼む人がいること自体が信じられない。何とまあ！　結局、奥方が亡くなったと思うと！　お茶をくれないかね」

　グラントリー夫人は夫が発言したこととあまり違わない意見を持っていた。あるいは大執事の率直な意見にじつはすこしも腹を立てていなかった、と私は思う。しかし、プラムステッド禄付牧師館におけるほどプラウディ夫人が徹底的に憎まれている家は、主教区内にはなかったことを覚えておかなければならない。参事会長邸にも憎しみがあったとしても、参事会長邸の憎しみはプラムステッドの憎しみに比べれば穏やかなものだった。大執事は堅実な友人である一方、堅実な敵でもあった。バーチェスターにプラウディ夫妻が最初に現れた時から、プラウディ夫人は大執事に真っ向から挑戦した。彼はすぐ受けて立った。戦いは刺し違えになり、双方とも相手にひどい傷を与えた。助命などあってはならないと心得て、そんなものはなかった。今敵が亡くなった。大執事は何の悲しみも感じられないときにお悔やみを言ったり、悪感情しか持ったことがない人に空世辞を言ったりする、めめしい日常的なお上品を妻の前で見せる気になれなかった。「奥方のすべての罪が許されますように」とグラントリー夫人。「アーメン」と大執事。大執事のアーメンには、奥方の現世からの旅立ちが文字通り善と見なされること、とにかく奥方にはもう二度とバーチェスターに帰って来てほしくないこと、これらの了解を表す口調があった。

老ラフトン卿夫人が訃報を聞いたとき、友人の大執事ほど大胆に奥方の死のことを話題にしなかった。「プラウディ夫人が亡くなりました!」と老卿夫人は嫁に言った。訃報が屋敷に届いて、哀れな奥方の死の事実がはっきり確認された数時間後のことだった。「奥方を亡くしたら、主教はどうするのでしょう?」「ほかの男性と同じでしょう」と若いラフトン卿夫人。

「けれど、あなた、主教はほかの男性と同じじゃありません。まったくほかの男性とは違います。あまりにも弱々しいので、すがるステッキなしで歩くことができません。確かに奥方は口やかましい女、一瞬も癇癪を抑えることができない女でした! 確かに奥方は主教にひどい人生を送らせました! 私はしばしば心から主教を気の毒に思いました。それでも、奥方は主教の助けとなっていました。主教にとって有用な人だったと思います。プラウディ夫人が亡くなったなんてほとんど信じられません。主教が亡くなるのなら、そっちのほうが自然でした。かわいそうな女。おそらく奥方にもいいところがあったでしょうに」ラフトン家がこれまでグラントリー側の強い味方だったことを読者は覚えておいてくださるだろう。

訃報は同日ホグルストックにも伝わった。クローリー夫人はそれを聞いて、学校にいる夫のもとに駆けつけた。「亡くなった!」と彼は妻の囁きに答えて言った。「奥方が亡くなったと言うのかね?」それから、クローリー夫人は便りが信頼できることを説明した。「神が奥方のすべての罪を許しますように」とクローリー夫人は言った。「奥方は確かに気性の激しい人でした。奥方はお勤めを誤解していたと思います。でも、私は奥方が悪い女性だったとは思いません。役に立とうと努力する点では真剣だったと思いたいです」夫と夫の事件が奥方の死の原因になったとは、クローリー夫人には思いも寄らなかった。

奥方のことは数日間こんな調子で話された。それから、男女とも奥方について多く話すのをやめ、代わりに主教について話し始めた。結婚生活の安楽にあれほど長く慣れ切っていた主教は、ひと月もたたないうちに再婚するだろうと推測された。市の低教会派の牧師らとかかわりの深かったある女性が、亡くなった偉大な奥方の後継候補として名指しされた。私としては、主教は将来付牧師に頼ることで満足すると思いたい。

聖堂の聖歌隊席の側廊の一つに私たちの古い友人を思い出す記念碑が趣味のいい意匠で建てられることになった。崩れた円柱が一本あり、その円柱にはただ「最愛の妻！」とだけ書かれていた。その円柱のそばにプラウディ夫人の名と誕生と死の日付を記載する石板があった、そこにはごく普通の銘があった――

「安ラカニ眠レ」

註

（1）プラウディ主教の福音主義的な考え方によれば、奥方の魂のため祈ることはローマ・カトリックか、オックスフォード運動の実践に近づく危険がある。信仰のみが奥方を救うという考え、死後の祈りによる取りなしは見当違いだとする考えが主教の立場だ。

（2）「ヨブ記」第一章第二十一節に「私は裸で母の胎を出た。また裸でかしこに帰ろう。主が与え、主が取られたのだ。主のみ名は褒むべきかな」とある。主教はこれを改作した。

（3）「死者ニツイテハヨイコトノミ言エ」というのは紀元前六世紀のラテン語のことわざ。

第六十八章　クローリー氏の頑固さ

テンペスト博士はプラウディ夫人の死の知らせを聞いて、すぐロバーツ氏に手紙を送り、シルバーブリッジに来るように請うた。とはいえ、この手紙は奥方の死だけをきっかけにして出されたものではない。テンペスト博士はいろいろなことを耳にしていた。クローリー氏が主教に屈服したこと、公邸がクローリー氏の屈服に即座につけ込んだこと――テンペスト博士の考えによると、不当につけ込んだこと、有害なサンブル氏がすぐホグルストックに送り込まれたことなどをだ。もしクローリー氏についてのこれらの公邸の振る舞いが奥方の不慮の死を伴っていなかったら、博士はその振る舞いを遺憾に思ったとしても、おそらく手が出せないと感じただろう。その場合、博士はサンブル氏が次の日曜にホグルストックへ行くのを止められないだけでなく、ましてや公邸を差配する守護神の心を軟化させることなどまったくできなかっただろう。しかし、今事態は急変した。守護神は亡くなった。公邸の人々はみなしばらく力を失い、動揺するだろう。サンブル氏はすっかりおびえてしまうだろう。何かクローリー氏に有利となる行動を起こすことができるかもしれない。それで、テンペスト博士はロバーツ氏を呼んだ。

「あなたにはずいぶん迷惑をかけることになるね、ロバーツ」と博士は言った。「しかし、あなたは私よりもはるかに若いから、主教区の誰よりもこの哀れな男のために多くのことができると思う」ロバーツ氏は苦労をいとわないと言い、哀れな男のためできることは何でもするともちろん明言した。「彼にもう一度会ってくれたらいい、それからサンブルにも会ってくれたらいいと思う。あなたがサンブルに腰を低くして丁寧に振る舞えるかどうかはわからないがね。私ならできない」

「無礼のほうが効果的なのは確かですね」とロバーツ。

「そうだね。礼儀正しくすればまむしのように耳をふさいで[1]のさばるが、荒く扱えばすぐ服従する連中がいる。サンブルもおそらくそんな連中の一人だ。——しかし、そんな連中の見分け方については、あなたがいちばんいい判事だろう。私ならまずクローリーに会って、同意をえるよ」

「それが難しいんです」

「じゃ、私なら同意をえないまま進んで、サンブルと主教の付牧師スナッパーに会おう。ちょうど公邸の連中がみな奥方の死で少し動揺し、途方に暮れている時だから、あなたは何とか彼らを操ってクローリーに手を出させないようにすることができるだろう。だいじなことは、クローリーが巡回裁判まで職務を続けられるようにすることだ。もし彼がバーチェスターへ行って、無罪になり、また戻って来ることにでもなれば、厄介事はみな終わり、もう公邸による彼の教区への介入はなくなるだろう。私があなたなら、やってみると思う」ロバーツ氏はやってみると言った。「おそらくクローリーさんはあなたに少し抵抗するだろうね」

「ぼくに対してはとても頑固ですから」とロバーツ氏。

「しかし、妻子を養う唯一の生活手段を放り出すなんて無茶な人だよ。そんなことをする場合じゃないことくらいわかるだろう。哀れな女が亡くなった今、彼の辞職を望む者なんかいないと私は思う」

　クローリー氏はサンブル氏がこの前来訪して以来、ずっと上機嫌だった。この世に持つすべてのものを失ったことで、かえって気が楽になったように見えた。彼は今みずから禄を放棄したことで、この行為に伴う罪の意識も曲がりなりに感じていた。神聖な職務に就くには彼がもはや不適格だと思っていることをまわりの人々に明言した。裁判については有罪の評決が確実であるかのように話した。監獄に入るとき、妻子を友人の慈悲に委ねる必要があること、——彼自身は身を屈して友人の慈悲を請うことができないけれど、妻子はそれを受け入れなければならないことを認めた。しかし、彼は今不屈の精神で行動することができた。彼がどんな目にあうかその程度がはっきりしないころに持っていたものよりも、もっと大きな不屈の精神だった。彼が快活になったと読者に思ってもらっては困る。こんな状況で快活になれたら、異様だろう。しかし、彼は頭を昂然と高く掲げ、足を踏み締めて歩き、家では明瞭な声で指示を出した。妻は当然これまで以上に落胆していたけれど、夫を驚きの目で見た。——黙って驚きの目で見た。確かに悲運の極限状態が夫の精神には役に立つように見えた。彼は学校の仕事をとても勤勉にこなし、朝の大部分を生徒とすごした。日曜に来て教区を引き継ぐ、とサンブル氏から言われた。サンブル氏が来るまで、彼は明瞭な精神と自由な心を持つ牧師に可能なあらゆることを教区でしておくつもりだった。悲運にあったからといって、精神的な雑草がはびこる教区をサンブル氏に見せてはならない。

プラウディ夫人は火曜に亡くなった。——サンブル氏がホグルストックを訪れた日だ。ロバーツ氏は木曜にテンペスト博士の招きに応えてシルバーブリッジへ行った。次の日曜にサンブル氏をホグルストックへ行かせないようにすることが明白な目的だったから、時間的な余裕はあまりなかった。ロバーツ氏はシルバーブリッジへ汽車で行ったので、クローリー宅の訪問を翌日まで延期しなければならなかった。しかし、金曜の早朝馬に乗ってホグルストックへ向かった。膝の折れた馬でそこへ行くことができないことは読者にもおわかりだろう。ロバーツはこういう点では非の打ち所がなかった。彼はいい馬に乗り、こぎれいなギグを御し、常にいい身なりをした。クローリー氏は本当にロバーツが好きで、彼の親切にたくさん感謝しながらも、こういう時の彼の姿をぜんぜん冷静な目で見ることができなかった。ロバーツは学者でもなく、立派な説教者でもなく、教会人としての名声もえていなかった。——実際、受け取る大きな収入に値することを何もしていなかった。それでも、幸運のあり余る豊かな手によっていろいろなものを与えられていた。この十二か月以内に彼の妻が何千ポンド相続したか、クローリー氏は知りたくもなかった。しかし、ロバーツは聖職者であることによってそういうものをみな手に入れていた。クローリー氏がどうしてそんな男を冷静な目で見ることができるだろう？　ロバーツは馬丁を後ろに乗せて現れた。——馬丁を同行して来たのは、クローリー氏のうちに馬の手綱を取っていてくれる人がいないことを知っていたからだ。馬丁を同行していることはクローリー氏にとって大きなしゃくの種だった。ロバーツはクローリー氏が立っている学校のドアの前に来ると、すぐ馬車を止め、馬から飛び降りた。ロバーツが鞍から飛び降りて手綱を馬丁に投げ渡すやり方には、どこか聖職者らしくないところがあると、クローリー氏の目に映った。貧者や子供と多くの時間をすごす教区牧師に馬をあんなにすばやく扱えるわけがなかった。ロバーツが二十ポンドを盗むこと——あんな不名誉な犯罪で告発されること——なんか考えられない。クローリー氏には当人なりの考えがあり、当人なりの比較があった。

「クローリー」とロバーツは言った。「あなたが自宅にいる時に会えて嬉しいです」

「私はいつも教区内で見つかります」とホグルストックの永年副牧師は言った。

「知っています」ロバーツは友人をよく知っていたから、自分の鬐甲《きこう》(2)が痛まなければ、相手の異様な態度を気にしなかった。「しかし、あなたはホグルエンドのレンガ職人らのところへ行っていたかもしれません。そうなると、ぼくは捜しに行かなくてはいけませんでした」

「あなたにそんなことをさせたら、悲しくなります——」と、クローリー氏が話し始めたとき、ロバーツはすぐそれを遮った。

「ちょっと散歩に出ましょう。馬丁は馬と一緒に残しておきます。あなたに特別な話があるので、家のなかよりもそとのほうが話しやすいんです。グレースはとても元気で、あなたによろしくと言っていました。彼女はどんどん美しくなっていますね！」

「娘が神の恵みを受けて育っていくことを願っています」とクローリー氏。

「ぼくが知っているいちばんいい娘さんです。ところで、先日ヘンリー・グラントリーがこちらに来ましたか？」

「グラントリー少佐は尊敬なしに名をあげることのできない方ですが、つい最近私たちを訪問してくれました。あなたがここに来られた用向きが少佐にかかわることでしたら、――」

「いえ、いえ、違います。少佐と女性たちには最後まで戦いを続けさせておきましょう。どういう結果になるかぼくにははっきりわかっています。グレースが大執事の心を完全に征服したと聞いたとき、結果については疑いの挟みようがありません」

「大執事の心を完全に征服したですって！」

しかし、ロバーツ氏はこれ以上大執事のことを説明したくなかった。

「プラウディ夫人が亡くなった知らせをお聞きになって、クローリーさん」と彼は聞いた。「ひどい衝撃をお受けになったのではありませんか？」

「突然のことで、とても恐ろしいことです」とクローリー氏は言った。「こんな死はいつも衝撃を与えます。ほかの女性の死と同じように主教の奥方の死も衝撃です」

「奥方のことをたまたま知っているということがなければそれほどでもないんですがね」

「感情には有限な、貧弱な性質があるため、直接会ったことのない人に共感を広げることは私たちには難しいのです。適切な配慮によって心を涵養してきた人には、そんな共感の欠如があってはなりませんし、ないのです。私たちは共感の欠如よりもたちの悪い悪に関心を毒させ、思いやりを損なわせ、悪を重ねさせるようなことをしてしまいがちです。高い地位にいる人々は彼らの喜びや悲しみを通して、貧しい低い地位の人々よりも私たちに強い影響を与えます。先日結婚したばかりの公爵の若い妻が亡くなったら、イギリスじゅうの人々が喪に服します。――いや、哀れみの真の煌めきを感じます。しかし、母を亡くして腹をすかせた幼児と一緒に、冷たい炉辺に座るレンガ職人を気に掛ける者は一人もいないのです」

「もちろんぼくらは大物のほうに目を向けます」とロバーツ。

「そうです。そちらへ目を向けます。しかし、私の理性がこうでなければならないと告げる正しい進路から、男性あるいは女性の共感がそれるからといって、あなた、私がその男性、あるいは女性に不平を抱いていると思わないでください。共感が正しい進路からそれない人は、人々のなかであっさり神になります。私たちがキリストに神性を認めるのは、人としての完全性のせいです。私たちがキリストの必要を認めるのは、人の不完全性のせいです。そうです、あなた、バーチェスターの哀れな女の死はとても突然のことでした。主教は地位にふさわしい不屈の精神で厳しい悲運に堪えてほしいと思います。主教は奥方にずいぶんおんぶに抱っこだったと、――つまり行動の隅々まで奥方に頼っていたという噂です。そんな人にとってこんな喪失はおそらくほかの人にとってよりも痛ましいことでしょう」

「奥方のせいで主教の人生は悲惨なものになったという噂です」

「私は他人の家庭について聞いたことを、あなた、あまり信じる気になれません。なぜなら、私の家庭のことを他人がどれほど知らないか知っているからです。思うに、もし夫が妻を愛するだけでなく信じることができるなら、あらゆる夫が心の妻にするあの依存というものを、世間ではあざ笑う傾向があるのを見ています。例えば、この家では灰色の雌馬のほうが強いとか、あの家では妻が男らしい支配を意味するあの長い上着を身につけているとか言う。そんな夫についての滑稽な俗言を聞くとき、これについては冗談がたやすいことがわかります。ふだん夫が柔和であることは、厳しい威圧よりも真に気高いことを私は知っているので、そんな俗言によって判断に影響を及ぼされないようにしたいです」

クローリー氏はそう言った。彼は家のなかでは彼の発言に少しでも口答えされることを嫌った。また、彼は哀れな主教が奥方からむごい扱いを受けている場面の証人だった。しかし、クローリー氏は目撃した場面を守秘義務のある告白のように神聖に扱った。彼は主教とプラウディ夫人のことを話すとき、——そう、二人のことを考えるときも、できる限り——、まるで公邸の執務室であの場面を目撃しなかったかのように話し、考えた。

「奥方の実際の性格についてはあまり疑問の余地がないと思います」とロバーツは言った。「あなたとぼくが議論する必要はありません」

「その通り。そんな議論をしても、無駄でかつみっともないことです」

「ぼくには今特にあなたに伝えたいほかの用向きがあります。じつは、昨日同じ件でシルバーブリッジへ行きました。それで、あなたと少し話そうと思ってわざわざここに来たんです」

「もしそれが私にかかわることでしたら、ロバーツさん、大きな骨折りをさせて、本当に心が痛みます」

「ぼくの働きなんか気にしないでください。実際、あなたからそんなことを言われると煙たいんです。なぜなら、ぼくがあなたを友人と見なしていることと、友人のためにする努力を苦とは思っていないことを、今ごろまでにはあなたにもわかってほしいと思うからです。今のあなたの立場は並外れたものなので、大きな配慮を払う必要があるんです」

「どんな配慮をいただいても私の役には立ちません」

「あなたと意見が違うのはそこなんです。ぼくの反論を許してください。しかし、見方が違うんです。――テンペスト博士もぼくと同じ見方です。ぼくらの最初の話し合いの結果を博士があなたに伝えてから、あなたがあまりにも性急な動きをしたとぼくらは思っています」

「どんなふうに性急でしたか、あなた?」

「問題の全体を詳しく調べてみてもおそらく役には立ちません。――しかし、あの男サンブルを次の日曜にここに来させてはいけません」

「サンブル師には、ロバーツさん、外的な男らしさの点でも、また私がうまく獲得したような内的、精神的な資質の点でも、好ましいと思わせるところはあまりないと言えます。しかし、私は彼のことを少ししか知りませんし、偏見を抱くようにしか知識をえていませんので、私の意見なんか何の役にも立たないと思いたいです。しかし、彼が主教からこの職務に指名されていることは事実です。そのうえ、私のほうから教区の世話にふさわしくないので外れたいと通知した手前、私の仮の後任の選択について主教に口出しすることはできません」

「あれは奥方の選択であり、主教の選択ではありません」

「失礼ですが、ロバーツさん、私はその言い分を聞き流すわけにはいきません。サンブル師が閣下の権威を受けてここに来たと信じる充分な根拠があると私は言わなければなりません」

「確かにそうでした。ちょっとぼくの話を聞いていただけませんか? 小切手のこの不幸な事件が知れ渡って以来、プラウディ夫人はずっとあなたをこの教区から追い出そうとしてきました。奥方は激しい気性の女性であり、この問題を乱暴に取りあげたんです。邪魔しないでぼくの話を最後まで聞いてください。もし奥方がいなければ、主教の命令はまったく存在しなかったでしょう」

「命令は正しく、適切で、公正です」クローリー氏は黙っていられなかった。

「よろしい。そういうことにしておきましょう。しかし、サンブル氏がここに来ることは不適切であり、不当でもあります。主教がそれを望んでいないことは、きっとおわかりになると思います」

「主教はふさわしいと思うどんな牧師も送って来ることができます」とクローリー氏。

「しかし、ぼくらは主教に誰も送って来てほしくないんです」

「誰かに来てもらわなければいけませんよ、ロバーツさん」

「いえ、そんなことはありません。ぼくにサンブルとスナッパー――スナッパーはご存知のように主教の家庭付牧師です――に会いに行かせてください。あなたがなすべきことは、日曜に礼拝を続けることです。必要なら、ぼくは主教に会います。ぼくにだって何とかやれることがおわかりになると思います。やれなければ、あなたのところに帰って来ます」ロバーツ氏は回答を待って間を置いた。ところが、クローリー氏は反論したいというせっかちな思いをしばらく失ってしまったように見えた。彼は黙ったまま客と一緒に小道を歩き続けた。ロバーツが五、六分後小道で立ち止まったとき、クローリー氏はそれでも何も言わなかった。

「とは言っても、やはり妻子のため教区の収入を守っていたいと思うでしょう」とマーク・ロバーツ。

「もちろん妻子のことは心配です」とクローリーは答えた。

「それなら、ぼくの言う通りにしてください。たとえ乏しいチャンスだとしても、そのチャンスを捨てる必要はないでしょう？　しかし、これは完全にあなたのためになるチャンスなんです。あなたのためバーチェスターでぼくに仕事をさせてください」

「もちろん妻子のことは心配です」と、クローリーは言葉を繰り返した。「完全な欠乏に近づいたことがない人にはそれがどんなに恐ろしいものかわかりません。いとしい弱い人々が完全な欠乏で脅かされるとき、それがどんなに心配させるものか、体験した人でなければわからないと思います！　しかし、ロバーツさん、あなたはたった今チャンスについて話しました。――私がもう少し長く教区の自由保有権を持っていられるようにやり繰りするチャンスのことです。そんなチャンスはないように私には思えます。そんな重大な問題をやり繰りするとき、正しいか間違っているか考察することが必要であり、それ以外の考察は不要であるように私には思えます。不幸な状況のせいで、――それが私自身の過ちによるか、よらないかはささいな問題です。それについて私が意見を述べてあなたにこれ以上迷惑を掛けたくありません――、不幸な状況のせいで、私はこの教区の人々の魂の保護者としてここにとどまることは不適切だと、この何週間かのあいだに考えるようになりました。そんな時、私はテンペスト博士から手紙をいただいて――それについて私は博士に大きな恩義を感じています――、この考えを強めたのです。では、私はどうしたらいいでしょうか、ロバーツさん？　こういう問題が私の問題として目の前にあるとき、どうして妻子のことを考慮することができるでしょうか？」

「ぼくなら考慮します。――きっと」とロバーツ。

「いえ、あなた！　そんなことはありません！　ぶっきらぼうな反論をお許しください。しかし、こんな危急の際、あなたなら義務を第一に心掛けると私は確信しています。――神の助けを借りて私がそうするようにです。ロバーツさん、私たちのなかには多くの問題で当人が思っているよりもはるかに悪い人たちがたくさんいます。ところが、ほかの問題で、おそらくもっと重要な問題で、義務の観念が必要とされるとき、私たちはその観念に呼応して奮い立ちます。自慢してこれを言うのではまったくありません。義務感があると信じる人たちのことを私は言っているのです。――きれいな手と澄んだ良心で生きようと努めるあなたや、私や、ほかの人たちのことを話しているのです。あなたがしっかり考えた結果、他人の魂にひどい傷を与え、己が魂に重い罪を着せることになると確信できたら、あなたがフラムリーの聖職禄に固執するとは、私は一瞬たりとも思いません。妻子はだいじなもの――あなたにとってと同様私にとってもだいじなもの――ですが、そんな義務の問題について判断する時が来たとき、視野から消えてしまうのです!」二人は今互い向き合ってまだ動かずに立っていた。クローリーは低い声で話すとき、友人の目をまっすぐ覗き込み、友人の腕を片手でしっかり握っていた。

「ぼくはこれ以上介入することができません」とロバーツ。

「そう、――これ以上介入することはできません」ロバーツは夕刻妻にこの対話の話をしたとき、この最後の言葉を発したクローリー氏の声くらい、悲しげで心に触れる声を聞いたことがないと断言した。

二人はほとんど言葉を発することもなく馬丁と家のほうへ引き返した。ロバーツはクローリー夫人に会いたいと言い出すこともなく馬に乗った。クローリー氏も妻に会うように勧めなかった。ロバーツは帰ったほうが今はよかった。「神があなたの災難を切り抜けさせますように」とロバーツ氏。

「ロバーツさん、あなたの友情に深く感謝します」とクローリー氏。それから、二人は別れた。およそ三十分後クローリー氏は家に戻った。「さあ、ピンダロスだよ、ジェーン」(3)と彼は古い机に着いて言った。

註

(1)「詩編」第五十八章第四節から第五節に「彼らはへびの毒のような毒をもち、魔法使または巧みに呪文を唱える者の声を聞かない耳をふさぐ耳しいのまむしのようである」とある。

(2)「ハムレット」第三幕第二場に「すねに傷もつ馬こそ跳ねよ、おいらの鬐甲(withers)は痛くないぞ」とある。

鬐甲とは馬の肩胛骨間の隆起のこと。

（3）ギリシアの叙情詩人（518?-?438B.C.）。「祝勝歌」（*Epinicia*）がある。

第六十九章　クローリー氏が説教壇に最後に登壇する

クローリー氏はその週何の知らせも伝言もバーチェスターに届けなかった。サンブル氏は日曜の朝ホグルストックに来て、教会の礼拝を執り行うことを明確に約束していた。とはいえ、テンペスト博士はじつに正しくも、サンブル氏が女後見人の死におびえていると言った。事情はまったくその通りだった。サンブル氏は奥方から指示されて引き受けたこの仕事から、できれば逃げ出したかった。第一に、彼は主教のお気に入りではなかったから、もうこの主教区では何も期待できなかった。サンブル氏がいただくパンの皮や割いた魚の一口(1)は、みなプラウディ夫人の気前のよさから来るものだった。それに、彼はホグルストックですることの特別な仕事に対してどんなかたちで支払いを受け取ることができるだろうか？　実際、ホグルストックへ行って帰って来たとき、ポケットから出す実費についてどこに払い戻しを求めたらいいだろうか？　そんな状態なのに、サンブル氏は主教と話をすることも、主教に近い人を通してこの件を訴え出ることもできなかった。スナッパー氏は避けられる限り彼を避けた。スナッパー氏は彼から捕まって問いただされたとき、この件は決着したと思っているとはっきり答えた。スナッパー氏は哀れな奥方が亡くなったばかりなのに、奥方によって取り決められ、なされようとした主教区の仕事をほごにすることくらい悪趣味なことはないと思っていた。サンブル氏にはホグルストックへ行く義務があるとスナッパー氏は言った。サンブル氏がバーチェスターから一歩も出ないと主張してすねたとき、スナッパー氏はその日曜にホグルストックで礼拝がなければ、この世とあの世の両方でサンブル氏がその責任を負わなければならないと抗議した。サンブル氏は土曜の夕刻主教に会おうと懸命に努力したけれど、主教が会うのをはっきり断わったとドレイパー夫人から言われた。主教は奥方の行動に死後すぐ干渉したくないとおそらく感じたのだろう。それで、サンブル氏は重い心で「ウォントリーのドラゴン」へ行き、請求書を公邸に送ることにして、ギグを注文した。主教のコブ種の馬に身を委ねる気にはなれなかった！

クローリー氏は土曜の夕方まで教区の仕事をして、その夜説教壇で教区民に挨拶した。教室で一言二言話をしたいと、レンガ職人と農場労働者に通知した。ところが、農夫らもこれを聞きつけて、妻や娘らを連れて来た。レンガ職人らもみな来たし、農場労働者の大部分もそこに来た。それで、校舎には人がそんなに入る余地がなかった。教会に入れるのさえ会衆は普段よりもずっと多かった。「彼らは神の言葉を聞くためには来ないで」と彼は妻に言った。「破滅した男が破滅を告白するのを聞きに来るのだね」参集した人々が教室に入り切れないことがわかったので、会場は教会に移され、クローリー氏は説教壇に登らなければならなかった。彼は短い祈りを唱えたあと、話を始めた。

その時彼が話したことを今私は繰り返すつもりはない。しばしば本書のなかですでに同じ話をしてきたからだ。とはいえ、教区牧師がじつに厳かな態度で自分に言い聞かせる姿は確かに奇妙だった。彼の目的のために小切手を使ったことと、小切手を持っていたことを説明できないことは変わらなかった。いつ、どうやってそれを手に入れたかわからなかった。彼はその時神の家で会衆に向かってそう言った。彼は陪審員によって裁かれることになっており、陪審員にも同じことしか言えなかった。彼の言葉が陪審員から信じてもらえるとは予期しなかった。もちろん陪審員は証明されることしか信じないだろう。しかし、彼は長い知り合いであるホグルストックの古い友人らには彼の言葉を信じてもらいたいと言った。彼の目から見ても行動に対する充分な言い訳がないため、教区の自発的な放棄が言い訳がないことの証拠になるだろうと彼は言った。それから、主教がしたこと、主教代行がしたこと、彼がしたことをできる限りはっきり会衆に説明した。会衆の前でプラウディ夫人に一言も触れなかったことはここで言う必要がないだろう。「さて、最愛の友人らよ、私はあなた方のもとを去ります」彼は独自のあの重みのある厳粛な口調で語り掛けたから、ホグルストックの人々のような会衆にさえも奇妙に印象を残すことができた。「私があなた方のため担っていた重い、しかし楽しい責任の重荷が、私よりもこんな仕事に向いた人の手に移ることになることを信じています。私は抱えていた世俗的な心配事のため、この任に合わないことをいつも意識していました。貧乏は精神を貧しくし、手から力を奪い、心を痛め、――しばしば良心を鈍くします。最後にあげた状態が決してあなた方の身に降り掛からないように祈ります」彼はそれからもう一度短い祈りを唱え、説教壇から降り、教会のそとへ出た。すすり泣く妻は夫の腕にすがりつき、両親のあとを追う娘はほとんど涙に暮れていた。彼はその会衆の牧師として二度とその教会に入ることはなかった。

クローリー氏がそとに出たとき、ホグルエンドの足の不自由な老人が杖に寄り掛かってドアのそばにいた。足の不自由な妻も老人と一緒にいた。「あの人はそれでも切り抜けるだろう」と老人は妻に言った。「おまえは信じなくても、いずれわかる。あの人はすこぶる頑固なので、切り抜けるだろう。不撓不屈は難事を克服する」

その夜、クローリー家では夫婦の立場が入れ替わったように見えた。夫はほとんど高揚した話し方で愛情に満ちた優しい言葉を口にして、妻を慰めようとした。逆に、妻は夫を慰めるようなことを何も言うことができなかった。妻は夫が取る今回の措置を疎ましく思いながらも、義務について言う夫の大上段の主張に反論することができなかった。夫はロバーツ氏に使ったあの張り詰めたやり方で妻に話し掛けたので、妻も沈黙を守る必要があると感じた。しかし、妻は義務をはたすからといってそこに自尊心を感じるような振りなんかできなかった。「彼は出て来たとき、どうするんでしょう?」とクローリー夫人は娘に聞いた。夫人が聞いたのは夫が監獄から出て来たときのことだ。夫人が何ら高揚感を感じていなかったのは当然と言っていい。

日曜の朝食はクローリー夫人の人生でおそらくもっとも悲しい場面だった。家族三人はいつもの時間——九時——に席に着いた。とはいえ、その朝はいつもの日曜の朝のようにすぎていかなかった。八時から九時のあいだに学校に入るのがクローリー氏の習慣だった。しかし、妻に言ったように、この日曜にそこに入るのは押し入ることに等しいと彼は感じた。それで、ジェーンにそこへ行っていつもの仕事をするように頼んだ。「もしサンブルさんが来たら」と彼はジェーンに言った。「彼の言うことに従いなさい」それから、彼はドアのそばに立って、サンブル氏がいつ学校に到着するか見守った。ところが、サンブル氏はその朝学校に現れなかった。「しかし、彼は私に職務に干渉しないでほしいとはっきり言っていたのだが」と、クローリー氏はドアのところに立って妻に言った。「彼が不必要にしつこくそう主張しているとその時思ったのを覚えている」もしクローリー夫人がその時サンブル氏について考えていることを口に出したら、私が思うに、夫人の言葉は夫を驚かせただろう。

朝食のとき、言葉はほとんど交わされなかった。クローリー氏はパンの皮を手に取って、悲しげに——ほとんどこれ見よがしに食べた。ジェーンは食べようとしたが、失敗し、失敗を隠そうとして、それにも失敗した。クローリー夫人は食べようともしなかった。夫人は両手を組み合わせ、目を据え、古いティーポットの後ろに座っていた。この日、つまり夫が職を降りた最初の日曜に、まるで最後の日を迎えたかのようだった。「メアリー」と夫が妻に言った。「どうして食べないのだね?」

「食べられないのです」妻は囁き声にもならないほとんど言葉にならない声で答えた。「食べられないのです。もう食べるように言わないでください」

「食べなければ、神の栄誉を讃える時にパンだけが与えられる力がえられないよ」と、夫は暗に礼拝に出てほしいことを妻にほのめかした。

「礼拝に出るように言わないでください、ジョサイア。出られないのです。とても堪えられないのです」

「うん、強要はしない」と彼は言った。「私は一人で行けるから」彼は礼拝に出てほしいと口に出して娘に求めなかった。しかし、その時になるとジェーンは父に同行した。「もし礼拝に堪えられないとわかったら、母さん」と娘は言った。「どうしたらいいのでしょう?」「頑張って堪えなさい」と母は言った。「父さんのため、頑張りなさい。あなたは私よりも強いのです」

教会の鐘の音がいつも通り聞こえた。クローリー氏は手に帽子を取り、出掛ける準備をして立った。彼はサンブル氏から何の連絡も受け取っていなかった。それでも、サンブル氏から迷惑を掛けられることはないだろう。サンブル氏をまごつかせないように、教会委員には用心して教会に早く来るように言っておいた。教会は牧師館からごく近かったので、クローリー氏が注意して見ていたら、到着するどんな乗り物にも気がついただろう。とはいえ、教会に到着するサンブル氏の姿を見たいと思う人なんかいない。サンブル氏が教会に現れることを彼は疑わなかったが、学校に来ることはないと思っていた。

しかし、彼が出掛けようとしていたとき、ギグのガタガタという音が聞こえた。サンブル氏は牧師館のドアまでやって来ると、ギグから降り、まるでそこが彼のうちででもあるかのように入ろうとした。クローリー氏は頭から帽子を取って、通路で彼に挨拶し、旅の疲れを感じていなければいいがと言った。「私の貧しいうちへあなたを入れたくありません」クローリー氏は通路のまんなかに立っていた。「妻が病気だからです」

「伝染性のものでなければいいと思いますね?」とサンプル氏。

「妻の病気は身体的なものというよりも精神的なものです」とクローリー氏は言った。「教会へ行きましょうか?」

「もちろん、──ぜひ。サープリスはどうなっています?」

「教会委員がみな用意していると思います。あなたが来られるので用意しておくように、伝えておきました」

「あなたは礼拝に参加するんでしょうね?」とサンプル氏。

「いえ、しません。──参加しません」クローリー氏はそう言ってしばらく立ち尽くした。彼はこんな不当な提案を聞いて、どれほど当惑したか、どれほど憤慨したか声の調子ではっきり表した。長年彼のものだったあの教会で沈黙するように絶対的に命じる理由よりも、もっと緩やかな理由で彼が他人に説教壇を譲ったとでもいうのだろうか?

「お好きになさってください」とサンプル氏は言った。「ただ、今朝バーチェスターからずっとやって来たあと、一人であれをやらなければいけないなんてついていませんね」クローリー氏はこれには特に答えなかった。

教会の屋根付玄関──ただ一つの入口──で、クローリー氏は片手を動がして教会委員にサンプル氏を紹介した。それから、娘とともに通路に面する席へ進んだ。ジェーンはいつも母と一緒に座っている小さな内陣の席へ行くつもりでいた。しかし、クローリー氏はこれを許そうとしなかった。彼にも家族の誰にももはやホグルストック教会の内陣を使う特権はなかった。

サンブル氏は予定の十分遅れで聖書台へ登り、容易ならぬ窮地のなかで——それは認められなければならない——朝の礼拝を執り行った。勧めのあいだじっと見詰めるクローリー氏の目があり、列席者みなから侵入者と見なされているという思いが司式者の心に広がっていたからだ。彼が初めこの圧力に圧倒されていたので、クローリー氏は彼を哀れんで、できれば励ましてやりたかった。しかし、司式者は勤めが進むにつれて、慣れと彼の声の響きによって大胆になり、臆病者につきものの傲慢なところを表してきた。クローリー氏は鋭い耳でそうなる瞬間を突き止めた。クローリー氏が祈ろうと両手をあげるとき、その手の動きが変わったのを鋭い観察者なら見たかもしれない。彼は祈っていたが、祈るときも彼の机を奪っているこの男のことを忘れることができなかった。

それから、前にしばしば使い回しされた説教があって、それが三十分続いた。それで、サンブル氏の勤めは終わった。今日はここ、明日はあそこと説教する放浪の牧師には——それがサンブル氏の運命だった——、少なくとも頻繁に説教しているという信念がある。サンブル氏はこの教区の現在の奇妙な状況を見ると、当面ホグルストックで次の礼拝はないだろうと聖餐台から言った。今回の司式で彼が言い、行った特別なことはこれだけだった。礼拝が終わるとすぐ、彼はギグに乗り、バーチェスターへ帰って行った。

「母さん」とジェーンが夕食に座ったとき言った。「ホグルストックではこれまでにあんな説教がなされたことはありません。本当にあれは説教とは呼べませんね。完全なたわごとです」

「おまえ」とクローリー氏は力を込めて言った。「批判は冒涜的なものだけに限定するようにしなさい。しかし、その批判は子供じみて愚かしいが、少なくとも悪気のあるものではないね。批判しなければならないときは、エウリピデスを批判しなさい」しかし、ジェーンは夕食後父に口づけするとき、父のユーモアをよく理解していたから、彼女の発言が少しも悪意に受け取られていないことを確信した。

サンブル氏はその週のあいだ教区に姿を現すことも、伝言を届けて来ることもなかった。

註

（1）「マタイによる福音書」第十五章第三十六節参照。

第七十章　アラビン夫人が見つかる

四月半ばのある朝、トゥーグッド氏はヴェニスから電報を受け取った。それで、彼はすぐベッドフォード・ロウ(1)の仕事場を離れて、シルバーブリッジへ向かう最初の汽車に乗った。トゥーグッドがはやる思いに駆られて急な出発と、いつ帰るかわからぬ状況を共同経営者に伝えたとき、「その仕事はずいぶん時間を食い、まったく金にならないように見えますね」と言われた。「そうなんです」とトゥーグッドは答えた。「たくさん時間を食ううえ、かなり金を遣って、見返りがないんです。こんなことを続けていれば生きていくことができなくなりますね?」共同経営者がうなり声をあげ、トゥーグッド氏は出掛けた。私たちはトゥーグッド氏と一緒にシルバーブリッジへくだって行かなければならない。が、この章ではその旅をすることができない。ただ弁護士の出発だけを伝えて、ジョン・イームズに話を戻そう。イームズがどうしているか覚えておられるだろう。私たちが彼を最後に見たとき、フィレンツェへ向けて旅立つところだった。

私たちの愛する旧友ジョニーはかなり誇らかな気持ちでロンドンを発った。彼はサー・ラフル・バフルに決定的な勝利を収めたから、それだけでも満足できた。旅、特にイタリアへ旅立つことに興奮しており、旅の理由が重要であることにも満足できた。とりわけリリー・デールが彼の旅立ちを喜んでいるのを知って嬉しかった。彼がいとこの大義のため敏速に行動しているので、リリーから英雄視され、喜ばれていることをはっきり意識していた。リリーからこれまで好意的に受け入れられない理由が、ヒロイズムの欠如にあることを部分的に、またおぼろげに自覚していた。リリーは彼を英雄と見ていなかった。リリーは少年のころの彼、男の子らしい属性に包まれた彼を知っていた。リリーはしばしばあまりにも親しい目で大人の男になっていく彼を見てきたので、あの恋愛感情——彼がリリーの心をそれで満たしたいと願っている恋愛感情——をはぐくむことができなかった。彼の競争相手がペルメル[2]的英雄の栄光を身につけて眼前に初めて現れたとき、リリーは抵抗力を欠いていたのですぐそれに参ってしまった。彼女はひ弱だったことに気づいたあと、過去の細部を記憶のなかで検証して、——自分がどれほど愚かで、どれほど子供っぽかったか逐一心で確認した。しかし、そういう経験があったからこそ、彼女は何か英雄的なものがイームズには欠けていると感じて、特別彼に敬意を払う価値を見出すことができなかった。リリーは無意識的にまだクロスビーに期待を抱いていたけれど、ちょっとクロスビーに再会したあと、今やその期待も同じく無意識的に喪失していた。こんな時、ジョン・イームズが頃合いの高い山の頂上にほとんど足場を築く——ほとんど合格地点に到達する——瞬間があった。しかし、彼自身に必ずしも責任があるわけではない一連のささやかなつまずき——不幸な失敗が同時にあった。彼は頂上に本当にソビエ立ツ[3]姿でリリーの目に映ったことがなかった。ジョン・イームズはこういうことに薄々気づいており、じつに居心地の悪い思いをしていた。リリーから望まれているものは何だろう？　彼はどうしたらいいだろう？　危険というイラクサ[4]から栄光を摘み取る日々はとうの昔に終わっていた。彼は今いい身なりをし、多くの立派な人々を知り、ふところも暖かかった。昔老いた貴族の命を助けて、それで大いに称賛された。リリーを虐待した男を打擲しさえした。彼の変わらぬ志操の堅さはヤコブのそれだった！　リリーから望まれているものは何だろう？

しかし、彼は自分に何が欠けているか確かなかたちで把握していた。今フィレンツェに到着するまでどこにも止まらないつもりで出発するとき、この義侠心に満ちた旅によって彼に欠けているものをいつか獲得することを願っていた。

彼はパリに着いてすぐアラビン夫人の動向を聞き、計画を変更して、フィレンツェではなくヴェニスへ行くことにした。紹介状を持って訪ねたパリの銀行家から、アラビン夫人が今はヴェニスにいると告げられた。これを聞いても少しもうろたえなかった。フィレンツェを見ることができたら嬉しかった。――しかし、ヴェニスを見るのはもっと嬉しかった。旅はトリノまで同じだ。トリノからボローニャ経由でフィレンツェへ向かう代わりに、ミラノ経由でヴェニスへ進んだ。彼は幸運なことにオーストリアのパスポートを所持していた。――ヴェネツィアが占領されていた当時(5)それが必要だった。彼はロンドンを発って一度もベッドに寝ないままヴェニスの宿屋に転がり込んで、何か大きなことを達成したかのように誇らかな気持ちになった。

しかし、何とかゴンドラに乗って船遊びをすることができた。というのは、ヴェニスに到着するとすぐ、アラビン夫人がフィレンツェに帰ったことがわかったからだ。彼はアラビン夫人が滞在するホテルへ直行し、前日夫人が発ったばかりだと告げられた。夫人は夫から手紙を受け取ってそうしたと、宿の主人は思っていた。主人が知っているのはそれだけだった。ジョニーは当惑したが、ベッドに寝ることなくフィレンツェへ行くことを義務と感じて、前よりも気負った。汽車の客車でもう一泊することになるけれど、これも克服(6)するつもりでいた。もう一度出発する前に、風呂に入り、朝食を取り、ゴンドラで遊覧し、ドゥカーレ宮殿の外観を見、サンマルコ広場を行ったり来たりする時間があった。つらい旅だった。が、たとえアラビン夫人がフィレンツェからローマへさらに移動したと聞いても、彼は喜んだだろう、と私は思う。たとえそんな状況になっても、彼は外套を身にまとい、――山賊をものともせず――、リリーのことを思い、ベッドに寝ることなく、これだけのことを前にした人がいるかどうか知りたいと思いつつ、旅を続けたことだろう。実際には、彼はアラビン夫人がフィレンツェのホテルにいるのを見つけた。――早朝に到着したので、夫人はまだ寝床にいた。それで、彼はまた風呂に入り、また朝食を取り、名刺を送った。「ジョン・イームズ氏」彼は名の上に次の文言を書き足した。「クローリー氏のことでイギリスから来ました」それから、ホテルの閲覧室のソファーに身を投じてぐっすり眠り込んだ。

　朝食室でジョンはある若い女性と話をする機会をえて、彼がやり遂げたことを話した。「ぼくは火曜の夜にロンドンを発って、ヴェニスを経由してここに来たんです」

「じゃあ、大急ぎで旅したんですね」と若い女性。

「もちろんベッドさえ見ていません」とジョニー。

　若い女性はすぐ父にそれを話した。「彼はきっと外務省の使者なんです」

「そうじゃないよ」とその紳士は言った。「人は仕事のことなんか話さない。彼はおそらく二週間の休暇を取った事務員で、その期間にどれくらいたくさん町を見ることができるか試しているんだ。最近は普通そんな仕方で旅をするんだよ。私が若いころは鉄道がなかったから、パリからウィーンまで眠らずに馬車で行ったのを覚えている」ジョンは今幸せな気分にひたっており、幸運なことにこれを聞くことはなかった。

　彼がまだぐっすり眠り込んでいるとき、アラビン夫人の使用人がやって来て、夫人がすぐ会いたがっていると言った。「うん、うん。旅を続ける用意はできている」と言って、ジョニーは飛び起きた。ローマへ向かう旅のことを夢見ていたが、ローマへの旅はしなくてよかった。アラビン夫人がほとんど隣の部屋にいることがわかったからだ。

　二人は一度も会ったことがなかったから、お互いに相手のことを何も知らないという状況を読者に理解してもらいたい。アラビン夫人は手元に名刺が置かれるまで、ジョン・イームズの名を耳にしたことがなかった。もし彼が名刺に一言書いていなかったら、彼が自分とどんなかかわりを持っているか思い当たらなかっただろう。

「クローリーさんのことで来られたのでしょう？」と、夫人は彼に熱心に訊ねた。「誰か来られることは、父から聞いておりました」

「そうです、アラビン夫人。懸命に旅して来ました。あなたをヴェニスで見つけられると期待していました」

「ヴェニスへ行かれたのですか？」

「たった今ヴェニスから到着しました。あなたがそこで見つけられるとパリで教えられました。けれど、あなたをここで見つけましたから、それはたいしたことではありません。あなたがぼくらを助けてくださるか知りたいんです」

「クローリーさんをご存じなのですか？　彼の友人なのですか？」

「ぼくは一度も彼に会ったことがありません。けれど、彼はぼくのいとこと結婚しているんです」

「私が彼にあの小切手を渡したのです」とアラビン夫人。

「何ですって！」とイームズは仰天した。あれほどの難問に対する解答の言葉をじつに簡単に言われて、文字通りのけぞった。クローリー事件がとても大きな問題になり、クローリー家の難儀がとてもひどかったので、こんなに簡単に出てきた言葉がすべてを解決してくれるのは、ほとんど冒涜のように思えた。アラビン夫人が真実の発見に至る軌道に関係者みなを導く手掛かりをほのめかせるなんて、彼はほとんど予期していなかった――かろうじてやっと望みをつなぐ程度に感じていた。しかし、夫人が手掛かりを握っていることと、その手掛かりがもはや繊細な探索を不必要とすることをイームズは発見した。これ以上解くべきものはもうないだろう。エルサレムへの旅はもはや不要だろう！

「そうなのです」とアラビン夫人は言った。「私が小切手を彼に渡したのです。この件について夫には問い合わせの手紙があったんですが、私にはありませんでした。父からこの件に触れた手紙を受け取り、おととい ヴェニスで姉からもう一通受け取るまで、私はクローリーさんの難儀について細かいことを知りませんでした」

「クローリーさんが治安判事の前に引き出されたのをご存知なかったんですか?」

「はい、それさえ聞いていませんでした。ある牧師の記事を『ガリニャーニ』で読んだことがありますが、その牧師が誰だか知りませんでした。クローリーさんには金のことで何か具合の悪いことがあると聞いていました。でも、哀れなクローリーさんにはいつも金のことで何かと問題がありました。夫も手紙を受け取ったのを知っていましたけれど、かいつまんで聞く以上に立ち入ったことはしませんでした。手紙が私を追って来ました。ここに来る直前のヴェニスで事件の性質がどんなものかやっと知りました」

「それからどうなさいました?」

「トゥーグッドさんにすぐ電報を打ちました。クローリーさんの弁護士として働いていることがわかっていましたからね。姉が私に住所を教えてくれました」

「彼はぼくの伯父です」

「彼に電報を打って、私がクローリーさんに小切手を渡したことを告げ、それからグラントリー大執事に手紙を書いて、経緯を伝えました。私は帰国する前にここに戻る必要がありました。でも、今晩発つつもりです」

「で、経緯とはどういうことでしょうか?」とジョン・イームズは聞いた。

小切手を渡した経緯はじつに単純だった。悲惨な境遇にあるクローリー氏が金銭的支援を求めて、参事会長邸に旧友をどう訪ねて来たかすでに述べた。彼は渋々この訪問をしていたので、参事会長の図書室で待っているあいだに借金をする気力をなくして、参事会長が喜んで渡したいと思っているものを受け取ることなく立ち去ろうとした。このため、参事会長と妻のあいだでは言葉を交わす余裕がなかった。クローリー氏に与えられた金は実際には妻の個人資産から出ていた。というのは、この家族の個人資産は参事会長のものではなく、アラビン夫人のもので、夫人に好きなように処理できるように遺されたものだった。クローリー氏が参事会長邸に到着する前に、参事会長と妻はこの件を話し合って、合計五十ポンドをあげようと決めていた。アラビン夫人が金を出すとしても、夫人の手からよりも旧友の手からのほうが、もらう者には気安く受け取れるだろうと思われた。夫妻は相手の感情を傷つけないようにこれをするやり方についてもずいぶん議論した。というのは、クローリー氏の変人振りを夫妻はよく知っていたからだ。最後に紙幣を封筒に入れること、その封筒を参事会長が用意することを決めていた。ところが、その時が来たとき、参事会長は封筒を用意していなかった。それで、図書室を離れて妻を捜さなければならなかった。夫人も封筒を持っていなかったので、それを取りに自室の机に戻る必要があった。アラビン夫人はジョン・イームズにそう説明した。それからぎりぎり間際になって、夫人はひどい欠乏状態にある人に善行を積みたいとの思いに駆られて、手元にあった二十ポンドの小切手を紙幣の入った封筒に入れた。このようにして、小切手は参事会長によってクローリー氏に渡された。「参事会長に小切手のことを伝えなかった点では自分が許せません」と夫人は言った。「私が伝えていたら、こんなもめ事にはなりませんでした」

「けれど、その小切手はどうやって手に入れたんです?」と、イームズは当然の好奇心を表して聞いた。

「そこですね」とアラビン夫人は言った。「私が小切手を盗んでいないことを証明しなければいけませんね。――そうでしょう? ソームズさんは今度は私を告発しますからね。実際、私は細部について記憶を新たにするためかなり苦労しました。一年以上も前のことなので、おわかりでしょう」しかし、アラビン夫人はクローリー氏よりも澄んだ記憶力を持っていた。小切手は「ウォントリーのドラゴン」の主人から家賃の一部として受け取ったものだ、と夫人は説明することができた。「ウォントリーのドラゴン」は夫人が所有する宿屋で、最初の夫から遺されたものだった。「ウォントリーのドラゴン」は昔のようにうまくいっておらず、ここ数年家賃の支払いに四苦八苦していた。家賃は一時期宿屋の主人がバーチェスター銀行から振り出す小切手で半期ごとに支払われていた。この一年半はこれが滞って、家賃は不規則な額で不規則にアラビン夫人に支払われていた。現在十二か月分の家賃が溜まっていた。バーチェスターにこれから帰ってそれが手に入るかどうかわからない、とアラビン夫人は言った。夫人が今話している場面では、金は参事会長邸の朝食用談話室でよく知っている男から夫人に直接支払われた。――宿屋の主人本人ではなくて、主人と同じ名の男、主人の弟か、少なくとも親戚と夫人が信じる男だった。問題の男はダニエル・ストリンガーという名で、夫人が知る限り「ウォントリーのドラゴン」で事務員か、支配人として雇われていた。家賃はダニエルの兄か、親戚である実際の主人ジョン・ストリンガーによって支払われていたが、同じくらい頻繁にダニエル・ストリンガーによっても支払われていた。宿屋で雇われている人物らについてイームズから質問されたとき、夫人は何かよくない噂があったと思うと述べた。前夫の父によってその宿屋が購入される以前、それは長年に渡ってストリンガー家のものだった。それで、彼らを追い出すことにはためらいがあった。しかし、徐々に、と夫人は言った。宿屋の経営をほかの人の手に移さなければならないという思いが、夫人にも夫にも生じていた。「けれど、小切手についてあなたはその男に何も聞かなかったんですか?」とイームズ。「いえ、詳しくお聞きしましたよ。ソームズさんの小切手が換金のため銀行に持ち込まれないで、なぜ私のところに持ち込まれたか聞きました。ストリンガーは銀行に借金があるので、そこへ行くのは気まずいと、私なら私の口座にそれを入れることができるからと説明しました。ただし、私は別の銀行に口座を持っているのです」

「では、小切手はそちらの口座に入れていたかもしれないんですね？」とジョニー。

「そうしていたかもしれませんが、しませんでした。代りにかわいそうなクローリーさんにそれをあげたのです。――無分別にも。無分別だったことが今はわかっています。その結果、この迷惑を彼と奥さんに掛けてしまいました。今、私は参事会長が帰って来るのを待たないで、汽車が運んでくれる限り早く、急いで帰国するつもりです」

イームズは夫人に同行を申し出て、それを受け入れてもらった。「でも、あなたにはたいへんですよ」と夫人は言った。「フィレンツェを少しも見られません。ヴェニスに三時間、フィレンツェに六時間、ほかのところにはまったく時間を割けないというのは、イタリアへの最初の旅としては厳しい定めですね」しかし、ジョニーは「ソビエ立ツ」と再度心に言い聞かせて、まだロンドンにいるリリー・デールのことを思い、彼の努力にリリーが目を留めてくれたらと願った。参事会長の奥さんと一緒に帰るのも楽しいだろうと感じたので、同行をためらわなかった。クローリー氏の無実と迫害の事実の知らせで沸き返るなか、現場にいないのはつまらないとも思った。「観光ができないことは少しも気になりせん」と彼は言った。「もちろんフィレンツェを見たいです。当然ベッドで寝たいです。けれど、いつか両方ともできると思って頑張ります」それで、出発する前から彼とアラビン夫人のあいだに友情が芽生えた。

彼は一度馬車でフィレンツェを走って、「メディチのヴィーナス」[7]を見、「小椅子の聖母」[8]を見た。ドゥオーモ[9]の側面からカンパニーレ[10]を見あげ、大聖堂の裏手へ歩いて回った。聖ヨハネの洗礼堂[11]のドアを調べてみたあと、「ダビデ像[12]」はとてもすばらしいと断言した。それから、彼はホテルに戻り、アラビン夫人とディナーを取り、イギリスへと出発した。

参事会長はヴェニスで妻と合流して、フィレンツェ経由で一緒に帰る予定だった。それで、アラビン夫人はフィレンツェを離れるとき、そこから荷物を動かさなかった。帰国の途中荷物を回収するためそこへ戻らなければならなかったからだ。彼――参事会長――は東方への旅に手間取っていた。シリアもコンスタンティノープルも期待していたほど早く切りあげられなかった。その結果、彼は妻に二度手紙を書いて、さらに数日到着が遅れることを詫びた。「こういう具合にすべてが共謀して」とアラビン夫人は言った。「この謎を維持しようとしてきたのです。私の一言で解決できたというのにね。私はクローリーさんに償うことができないほどたくさん負債を負ってしまいました」

「彼は真実を聞いたら」とジョンは言った。「ちゃんと報われますよ。そう思います。この瞬間彼の心のなかを覗くことができたら、彼はきっと自分が小切手を盗んだと考えていることがわかります」

「そんなはずはありません、イームズさん。それに、今ごろはもう真実が耳に届いてくれているといいと思います」

「そうかもしれません。が、彼はそう考えているんです。彼はどこで小切手を手に入れたかまったく思い至らなかったと思います。そのうえ国のなかにもそれがわかる人は誰もいなかったと思います。彼は小切手を拾って、絶望のうちにそれを使ったと、世間の人々は思っているんです。主教が彼に厳しく当たってきましたからね」

「まあ、イームズさん、それは最悪ですね」

「そう言われています。主教には奥方がいると思いますが」

「はい、もちろんいます」とアラビン夫人。

「奥方はとても意地が悪いという噂です」

「私たちバーチェスターの人々のなかには奥方をあまり愛していない人々がいます。私にとっても奥方が特別親しい友人とは言えません」

「奥方がクローリーさんに厳しく当たったと思います」とジョン・イームズ。

「少しも驚くには当たりません」とアラビン夫人。

それから、二人はトリノに着いた。ジョン・イームズはそこのトロンペッタ・ホテルの閲覧室で「ガリニャーニ通信」を取りあげて、プラウディ夫人が他界したとの見出しを見た。「見てください」と、彼はその記事にアラビン夫人の注意を向けて言った。「プラウディ夫人が亡くなったんです！」「プラウディ夫人が亡くなったって！」とアラビン夫人は叫んだ。「哀れな奥方！　これでバーチェスターは平穏になります！」「奥方とは親しい間柄ではありませんでした」とアラビン夫人はあとで連れに言った。「奥方が私に危害を加えたことがあると、正当に言うことはできないと思います。でも、奥方が初めてバーチェスターに来たときのことをよく覚えています。姉の義父、亡き主教が亡くなったばかりでした。亡き主教は私の父が子を抜きにすれば誰よりも愛した温和な、優しい、愛らしい老人でした。私たちがみな悲しんだことがおわかりになるでしょう。そのころ、私は父を介して以外に聖堂とは特別つながりを持っていませんでした」――アラビン夫人はこの話をするとき、話の当時自分が若い喪中の未亡人だったことを思い出した――「でも、あの哀れな奥方が市に入って来たとき、奏でた低教会派のトランペットの耳障りな戦勝歌を私は忘れることができません。私たちがそれほど高い高教会主義の罪を犯していなかったので、奥方はもっと寛容であってもよかったのです。私たちに初めもっと優しくしてくれていてもよかったのです。私たちは礼儀正しさと、善意と、快適さを逸脱したことはなかったのです。奥方は私たちの快適さを完全に破壊しました。私たちの善意は奥方の趣味に合いませんでした。快適さと善意があるところに礼儀正しさも一緒にあると言わなければなりません。その奥方が亡くなったのです！　奥方なしに主教がどういうふうにやっていけるか知りたいです」

「たぶんすこぶるうまく行くと思います」とジョニー。

「まあ、イームズさん。こんな話題ではそんなふうに話してはいけません」

アラビン夫人とジョニーは帰国の旅のあいだに親友になった。彼はある一人の女性をしがみつかせるには、私たちが見てきたように、何かを欠いていたけれど、たやすく女性を惹きつける優しい性質を具えていた。彼は柔和で、心地よい態度を取れたし、人の役に立つのが好きだった。たいていの女性が評価し、癒やされるじつに微妙な愛情の表し方、あの愛撫するような態度の完璧な達人だった。二人がパリに到着するころまでに、ジョンはリリー・デールとクロスビーの話を全部打ち明けた。アラビン夫人は力になれることがあったら、手助けすると彼に約束した。

「ミス・デールのことは聞いています」と夫人は言った。「ド・コーシー家を私たちは知っていますから」

それから、夫人はほとんど赤面して、顔をそむけた。クロスビー氏が結婚したあのレディー・アリグザンドリーナ・ド・コーシーに会ったことがあるのを思い出したからだ。ウラソーンのソーン氏の屋敷でのことだった。あの日、夫人はそれ以後赤面せずには思い出せないことをしてしまった。しかし、今となっては昔の、旅の連れがまったく知りえない話だった。アラビン夫人――主教区ではこの夫人ほど分別のある既婚牧師夫人はいないと言われているバーチェスター聖堂参事会長の妻――は、ある牧師の耳をその日ウラソーンで殴った[13]のだ！

「そうなんです」とジョンはクロスビーの話を続けた。「彼は賢い男でした。自分がどんな人間か知っていました。伯爵の娘と結婚したんです」

「そういえば彼が誰かからひどく打擲されたという話を今思い出します。ひょっとしてあれはあなたなのでしょう?」

「少しもひどく打っていません」とジョニー。

「やはりあなたでしたか?」

「ええ、ぼくでした」

「じゃあ、哀れな老ド・ゲスト卿を牛から救ったのもあなたですね?」

「続けてください、アラビン夫人。ぼくの華々しい行状にはてしがありませんからね」

「あなたは本当にロマンスの英雄なのです」

彼はまだ充分英雄になり切れていないとつぶやいて、唇を噛んだ。「ロマンスの英雄についてはよく知りませんが」とジョニーは言った。「最近男性がしなければならないのは、飲食するものを減らしても、シャツを飾り立てることだと思います。そうしたら、英雄になれるんです」しかし、これはリリーには酷な発言だった。

「それはミス・デールが求めていることなのですか?」とアラビン夫人。

「特に彼女のことは念頭に置いていません」と、ジョニーは嘘をついた。

二人はトリノで一泊したように、パリでも一泊した。——アラビン夫人には連れがなし遂げたような驚くべき旅の仕方はできそうもないことがわかったからだ。そして、夕刻ロンドンに到着した。アラビン夫人はサフォーク・ストリート[14]の袋小路にある閑静な聖職者用ホテルに入った。そこは品のいい主教らや参事会長らからかなりひいきにされているホテルで、夫人は夫の知らせがそこに届くことを期待していた。知らせはちょうど到着したところだった。夫人が発って三日後、参事会長はフィレンツェに到着した。参事会長は夫人が要したよりも二十四時間少ない時間で帰国の旅をする予定で、あさってこのホテルに到着する。「夫を待ってもいいと思いますね、イームズさん」とアラビン夫人。

「ぼくは今夜トゥーグッドさんに会います。彼に会える、会えないにかかわらず、明日またこのホテルに来ます。何時にはいらっしゃいますか？」

「そんなことに気を遣わないでください。サー・ラフル・バフルを大切にしなければいけないのでしょう」

「ぼくは明日もあさってもサー・ラフル・バフルのところへは行きません。ぼくがサー・ラフルを恐れていると思ってはいけません」

「あなたはリリー・デールだけが怖いのです」こういう会話から、アラビン夫人とジョン・イームズは帰国の途中でとても親しくなっていることが見て取れる。

それから、彼はその夜か、翌早朝トゥーグッド氏を訪問すること、そのあと十二時にホテルに来ることを取り決めた。彼が通りを歩いていると、ショベル帽に新品の真っ黒の上着、半ズボン姿の二人の紳士を追い越した。ジョニーは一人の牧師がもう一人に話し掛ける数語を耳にせずにはいられなかった。「彼女は非常に精力的な、すばらしい心意気の女性ですが、扇動者です、閣下。――完全な扇動者です！」その時、ジョニーはX聖堂参事会長がY主教に亡きプラウディ夫人のことを話しているのだと知った。

註

（1）グレイズ・インの西側二つ目の南北に走る通り。

（2）トラファルガー・スクエアからセント・ジェームズ宮殿に至る高級社交クラブ街。

（3）ヘンリー・ワトソン・ロングフェローの詩 *Excelsior* が一八四一年に発表されたあと人気になった語。

（4）『ヘンリー四世』第一部第二幕第三場に「危険というイラクサを怖れないでこそ、初めて安泰という花も摘めるのだ」とある。
（5）オーストリアはヴェニスを一八一五年から一八六六年まで支配した。『バーセット最後の年代記』執筆当時ヴェニスは新しいイタリア王国の一部となっていた。
（6）ヴェニスのサンマルコ広場にあり、共和国の総督邸兼政庁だった建物。八世紀に創建され、十四世紀から十六世紀にかけて現在のかたちに改修された。
（7）ウフィッツィ美術館第十八室「トリブーナ」にある紀元前三世紀の古代ギリシア彫刻。
（8）盛期ルネサンスの画家ラファエロ・サンティが一五一三年から一四年ごろ描いた絵 *Madonna della Seggiola* のこと。ピッティ宮殿の二階に展示されている。
（9）サンタ・マリア・デル・フィオーレ大聖堂。
（10）ジョットが設計し、十四世紀末に完成したドゥオーモの脇に立つ高さ八十二メートルの鐘楼。
（11）ドゥオーモ広場にある八角形のロマネスク様式の建物で、青銅の門扉、南の門扉、北の門扉、ミケランジェロが「天国の扉」と称えた東の門扉が有名だ。
（12）ミケランジェロ作で、フィレンツェのアカデミア美術館に収蔵されている。シニョーリア広場のヴェッキオ宮殿前にこの像のレプリカがある。
（13）『バーチェスターの塔』第四十章で、エレナーはスロープ氏を殴った。
（14）ヘイマーケットの東側を走り、ペルメル街に至る通り。

第七十一章　トゥーグッド氏がシルバーブリッジで

さて、私たちはトゥーグッド氏に戻ることにしよう。彼はヴェニスから届いたアラビン夫人の電報を受け取ると、シルバーブリッジへ向けて出発した。「私がクローリー氏に小切手を渡しました。小切手はあげた総額の一部でした。今日グラントリー大執事に手紙を書いて、すぐ帰国します」これがトゥーグッド氏が法律事務所で受け取った電報だった。彼はこれを受け取ると、ただちにバーチェスターへ向かわなければならないと思った。「なるほど採算が取れる仕事とは言えないが」と、彼は不平を言う共同経営者に言った。「それでもやらなければならない。たとえこちらの台帳には載らなくても、天の別の台帳には載るだろう」それで、トゥーグッド氏はタビストック・スクエアの自宅から小さなカバンと清潔なシャツと歯ブラシを届けてもらって、シルバーブリッジへ向けて出発した。くだりの客車で眠りに就く前に問題を考え巡らした。「かわいそうな人だ！　これまでにあの人くらい苦しめられた人がいたかどうか知りたいものだ。プラウディ夫人については、――奥方がこの知らせを聞かないで亡くなってしまったのは遺憾千万。心臓が悪かったたって。奥方がこれを知ったら、ちっとは心臓に痛みを感じただろう。それから、彼はアラビン夫人がどうやって小切手を手に入れることができたか、考えているうちに眠り込んでしまった。

彼はウォーカー氏に最初に会わなければならないと、そのあとできればグラントリー大執事のところへ行きたいと思った。初めはすぐホグルストックへ駆けつけるつもりでいた。が、クローリー氏があらゆる点でいかに変わった人であるか思い出すとき、電報は細部を説明するには拠って立つ証拠として弱いと職業柄考えた。まずウォーカー氏に会うほうが無難だと思った。そうしてもたいして遅れることはないだろう。一、二日もすれば、大執事が手紙を受け取り、さらにその一、二日後にはアラビン夫人がおそらく帰って来るだろう。

トゥーグッド氏は注意深く畳んだ電報をポケットに入れて、夜遅くシルバーブリッジの弁護士の家に到着した。メイドがウォーカー氏のところへ名刺を運んでいるあいだ、彼は食堂に案内された。事務員らはすでに帰っており、事務所は閉まっていた。そんな時間に仕事で来る人は――その家にはしばしばそんな人がいたが――決まって談話室に案内された。「主人が今夜あなたにお会いできるかどうかわかりません」とメイドは言った。「ですが、お会いできるなら、こちらに降りて来られます」

名刺が届けられたとき、ウォーカー氏は妻と二人で座っていた。「トゥーグッドじゃないか」と彼は言った。「哀れなクローリーのいとこだよ」

「彼が何を発見したか知りたいです」とウォーカー夫人は言った。「こちらにあがっていただいてもいいんじゃありません?」それで、メイドを驚かせたことに、トゥーグッド氏は応接間へ通された。というのは、トゥーグッド氏は地方の町の夜の社交界を司る女神、あるいは優雅の神にまったく身ごしらえの犠牲を払っていなかったからだ。――彼は手に電報を持って現れた。「かわいそうなクローリーの小切手のことが全部わかりました」と、彼はメイドがドアを閉める前に言った。「見てください」と、ウォーカー氏に電報を手渡した。哀れなメイドはその紙片の正確な中味を知るため、できれば片方の耳をドアに当てたかった。が、立ち去らなければならなかった。

「ウォーカー、どういうことです?」と妻は聞いた。ウォーカー氏には電報の内容を理解する時間さえなかった。

「彼は小切手をアラビン夫人から受け取ったんです」とトゥーグッド。

「そうでしょう！」とウォーカー夫人は言った。「ずっとそうだと思っていました」

「もっと前にそう言わなかったのが残念だね」とウォーカー氏。

「そう言ったんです。でも、弁護士って自分以外には誰も何も知らないと思っているでしょう。――ごめんなさい、トゥーグッドさん、あなたもお仲間の一人だということを忘れていました。でも、ウォーカー、それを読んでください」それで、電報が読まれた。「私がクローリー氏に小切手を渡しました。小切手はあげた総額の一部でした」――残りの部分も読まれた。「真実はわかると思っていました」とウォーカー夫人は言った。「そう確信していました」

「けれど、どうしてクローリーはこれを言い出さなかったんだろう?」とウォーカー。

「参事会長からもらったと言っていました」とトゥーグッド。

「けれど、参事会長からはもらっていませんでした。参事会長はこれについてまったく知らなかったんです」

「どういうことか教えてあげます」とウォーカー夫人は言った。「クローリーさんは参事会長が知りえない私的な取引をアラビン夫人としたんです。それで、彼は口をつぐんでいたんです。その点、私は彼に敬意を表したいです」

「そうじゃなかったと思うよ」とウォーカーは言った。「もし彼が小切手をアラビン夫人からもらったと知っていたら、ソームズ氏からもらったとか、参事会長からもらったとか、そんなことは決して言い出さなかっただろう」

「じつは、クローリーさんはまだこの電報のことを知りません」とトゥーグッドは言った。「彼に知らせなければいけません」

その時、メアリー・ウォーカーが部屋に入って来た。ウォーカー夫人は自分を抑えることができなかった。「クローリーさんは正しかったんです、メアリー。彼は小切手を盗んでいませんでした。アラビン夫人からもらったんです」

「誰がそう言うんです？　どうしてわかったんです？　まあ、もしそれが本当なら、とても嬉しいわ」それから、彼女はトゥーグッド氏を見て、膝を曲げて会釈した。

「本当なんだよ、おまえ」とウォーカー氏は言った。「トゥーグッドさんがヴェニスのアラビン夫人から電報を受け取ったんだ。夫人は急いで帰国するよ。きっとすべてが正される。その間、大っぴらに話していいかどうか問題になるだろうね。クローリーさん本人がまだこのことを、思うに、何も知らないんだろ？」

「まったく何も」とトゥーグッド氏。

「父さん、私はミス・プリティマンに知らせてあげなければ」とメアリー。

「今ごろはもう、おそらくシルバーブリッジじゅうの人々がこの話を知っていると思います」とウォーカー夫人は言った。「なぜなら、この話がもたらされたとき、ジェーンが部屋にいましたからね。家のなかの使用人がもうみな知っているのは確かです」メアリー・ウォーカーは父の指示をそれ以上待つこともなく、特別な友人らの輪に秘密を伝えるため部屋から急いで出た。

この話はその夜のうちにシルバーブリッジじゅうに知れ渡って、実際あまりにも大きな動揺をもたらしたので、多くの人々を一時間は寝床に就かせなかった。夜遅く外出する習慣のない女性たちは、――そんな時に利用する「ジョージとハゲワシ」の一頭立て貸馬車を使わないで――ハンカチで頭を包んで、通りをあちこち足早に歩き回り、大きな謎が明らかになったこと、クローリー氏が小切手を実際に盗んでいなかったことを話し合った。どうして謎が解けたかは必ずしもみなに知らされなかった。――その夜は、メアリー・ウォーカーかミス・アン・プリティマンかによってシルバーブリッジのごく限られた貴族的な部分にだけそれは伝えられた。というのは、メアリー・ウォーカーは部屋付メイドのジェーンからその大ニュースについてさらに詳しく教えてくれと懇願されたとき、アラビン夫人については一言も触れないようにという父の警告をかろうじて守ることができたからだ。「クローリーさんが小切手を盗んでいなかったというのは、ミス・メアリー、本当ですか？」とジェーンは懇願するように聞いた。「本当よ。彼は盗みませんでした」「では、誰が盗んだんです、ミス・メアリー？　誰にも口外しませんから」「誰も盗んでいません。でも、これ以上質問しないで。それには答えられませんから。すぐ帽子を持って来てちょうだい。ミス・プリティマンのところへ行きたいんです」それから、ジェーンはミス・ウォーカーの帽子を取って来ると、ただちに知らせを持って台所に駆けて行った。「まあ、たいへん、料理番さん、全部わかったんです！　クローリーさんはまだ生まれていない赤児のように無実でした。着いたばかりの上の階の紳士は、前に一度ここに来たことがある人です。――というのは、その人がすぐわかりましたから――その人がそう言うのを聞きました。家の主人もそう言っていました」

「ご主人自身がそう言ったのかい？」と料理番は聞いた。

「本当にそう言いました。ミス・メアリーも今同じことを言いました」

「もしご主人がそう言ったんなら、クローリーさんが無実とわかったのは疑いのないところじゃろう。じゃあ小切手は誰が盗んだんじゃろ、ジェーン？」

「ミス・メアリーは誰も盗んでいないと言っていました」

「それは馬鹿げた話じゃろ、ジェーン。小切手を持っているはずがない人が持っていたのは、誰かが盗んだからというのが筋じゃないかね。それでも、あの哀れな牧師さんが助かって、おれは何よりも嬉しい――嬉しいね。肉屋のわずかな肉があの人の家に入るのに、時には数週間もかかることがあると聞いていたからね」それから、馬丁と家政婦と料理番は次々に機を伺って裏口から抜け出した。実際にその知らせをもたらした哀れなジェーンは呼び鈴に答えるため一人その場に取り残された。

ミス・ウォーカーはミス・プリティマン姉妹が姉のほうの私室で会計の仕事をしているところに入って行った。おなじみの前触れからミス・アン・プリティマンが姉から叱責を受けているのにすぐ気づいた。テーブルの上に特に会計簿が取り出されるとき、ミス・アン・プリティマンが咎められることがよくあった。メアリー・ウォーカーは使用人からドアを開けてもらったとき、「あなた、これでは判読できません」という声を聞いた。

「そんなにひどくないと思いますが」と、ミス・アンは弁解せずにはいられなかった。メアリーが部屋に入ったとき、姉のミス・プリティマンは帳簿と書類の上に両手を不敬な目から隠すように置いた。

「会えて嬉しいです、メアリー」と、ミス・プリティマンは厳めしく言った。

「ちょっとした知らせを持って来ました」とメアリーは言った。「あなた方が聞いたら喜ぶと思いましたから、あえてお邪魔しました」

「いい知らせですか?」とアン・プリティマン。

「非常にいい知らせです。クローリーさんは無実でした」

姉妹は二人とも飛びあがった。ミス・プリティマンははねるように立ちあがった。「まさか!」とアンは言った。「あなたのお父さんが発見したのですか?」とミス・プリティマン。

「正確には違います。トゥーグッドさんが私の父に伝えるためロンドンから来られたんです。トゥーグッドさんはご存知でしょう、クローリーさんのいとこで、父と同じ法律家《ローイヤー》です」事務弁護士《ソリシター》のうちでは女性はいつも家業を法律家《ローイヤー》と言うが、弁護士《アターニー》や法廷弁護士《バリスター》とは決して言わない。

「トゥーグッドさんはクローリーさんが無実だと言っているのですか？」とミス・プリティマンは聞いた。

「彼はアラビン夫人の電報でそれを知ったんです。でも、あなた方はこのことを口外しないでくださいね。どうかしないでください。なぜなら、私は父から口止めされているからです。あなた方には伝えると私は父に言って来ました」それで、初めてミス・プリティマンは愁眉を開くと、帳簿と書類をもうつまらないものとして脇へ押しやり、この知らせを充分満足できる重要なものとしてとらえた。メアリーはほとんど囁くように話を続けた。「小切手をクローリーさんに与えたのはアラビン夫人なんです。夫人は自分でそう書いていました。それで、クローリーさんはまったく無実だということになります。とても嬉しいです」

「でも、彼がそれを言い出さなかったのは不自然じゃないかしら？」とミス・プリティマン。

「それでも、それが真実なんです」とメアリー。

「たぶん彼は忘れてしまったんです」とアン・プリティマン。

「男の方はそんなことを忘れないものです」と姉。

「クローリーさんなら何でも忘れられると思います」と妹。

「真実と思っていいんです」とメアリー・ウォーカーは言った。「なぜなら、父がそう言ったからです」

「ウォーカーさんがそうおっしゃったのなら、事実に違いありません」とミス・プリティマンは言った。

「私は嬉しい。非常に嬉しいです。哀れな人！　虐待された哀れな人！　たとえ彼が不正に手に入れた金を使ったと言われても、彼が本当に罪人だなんて誰も信じませんでした。彼は今罰を免れました。でも、メアリー、彼がすでに禄を放棄したので、聖堂準参事会員のスプーナーさんが参事会長からその禄をえようと画策している様子です。昨日スミスさんからその話を聞きました。しかし、それはスプーナーさんとプラウディ夫人がいがみ合っていたからで、プラウディ夫人が亡くなられた今、スプーナーさんはもうホグルストックに移りたがらないと思います」

「公邸はクローリーさんの頭越しに、アナベラ、もう人をホグルストックに入れることはないでしょう」とアン。

「それを言ったのは私でしょう。私もほかの人と同じように聞いたことを繰り返して、人の話の腰を折ってもいいんです」

「あなたの話の腰を折るつもりは、アナベラ、ありません」

「あなたっていつも私の話の腰を折るんです。でも、もしこれが本当なら、どれだけ嬉しいか言葉に表せません。かわいそうな私のグレース！　もう困難はなくなると思います。グレースは立派な淑女になります」それから、三人はグレース・クローリーが功成り名を遂げるチャンスをこと細かに話し合った。

ジョン・ウォーカーとウィンスロップ氏とシルバーブリッジの数人の選ばれた男たちが、町では名のあるクラブでホイストの勝負をしていた。その時、その知らせがもたらされた。ウィンスロップ氏は偉大なるウォーカー氏の相棒だし、ジョン・ウォーカーは偉大なる弁護士の息子だから、その知らせがこそこそ秘密めいた仕方で彼らの耳に届いたのは残念だ、と私は思う。大人物のウォーカー氏本人はクラブに近づいたことが一度もなく、お茶とスリッパですごす自宅のほうを好んだ。ウォーカー家の馬丁は「ジョージとハゲワシ」まで通りを急ぎ、少し立ち止まって、そのクラブの門番に知らせを伝えた。クラブの門番がシルバーブリッジの薬剤師――特別な思し召しで会員になっていた――にうやうやしくその知らせを囁き、次に薬剤師が用心深く厳かにトランプ台でそれを繰り返した。「誰からそれを聞いたんだい、バルサム？」と、ジョン・ウォーカーはトランプの札を投げ出して言った。

「たった今聞いたんです」とバルサム。

「そんなことは信じないね」とジョン。

「本当であっても、おかしくないね」とウィンスロップは言った。「何か出て来ると私はいつも言っていたろ」

「三倍のオッズで彼が無罪になるほうに賭けるかい？」とジョン・ウォーカー。

「受けた」とウィンスロップは言った。「ポンド単位で賭けよう」その朝、無罪になるオッズはほんの二倍だった。とはいえ、この件が議論されたあと、クラブにいた男たちは新しい知らせを信じ始めた。ジョン・ウォーカーはうちへ帰る前にどんな条件でも両賭けをして負けを防ぐことができたら、嬉しかっただろう。彼は父に話し掛けたあと、負けを認めて金をあきらめた。

しかし、ウォーカー氏――偉大なるウォーカー――は、息子がクラブから帰宅する前にその夜やらなければならないことを抱えていた。彼とトゥーグッド氏はすぐテンペスト博士に会うほうがいいとの意見で一致して、一緒に禄付牧師館へ向かった。時間は十時をすぎており、二人が到着したとき、博士は就寝のためろうそくを消そうとしているところだった。「友人からもたらされた知らせがあって、博士」とウォーカー氏は言った。「あなたを訪ねずにはいられませんでした。アラビン夫人がクローリーに小切手を与えたんです。ここにそう言っている夫人の電報があります」それから、電報が博士に手渡された。

博士は立ったまま数分間完全に黙り込んで、何度もそれを読み返した。「すべて承知した」と博士はとうとう口を開いた。「今すべて承知した。生涯こんなに当惑したことはなかったことを認めなければならない」

「アラビン夫人がどうしてソームズ氏の小切手を彼に与えることになったのか、まだわからないことがあるのを認めます」とウォーカー氏。

「夫人がどこでそれを手に入れたかもわからないね。が、それはあまり気にしない」とテンペスト博士は言った。「しかし、夫人は参事会長に何も言わないでクローリーに小切手を与えたことと、クローリーがそれを参事会長からもらったと思い込んだことは確かだね。私はとても嬉しい。本当にとても嬉しい。私の人生でクローリーを哀れんだほど人を哀れんだことはないと思う」

「博士の心をあれほど揺り動かすとは、難しい一件だったに違いありません」と、ウォーカー氏は牧師の家を出るとき、トゥーグッド氏に言った。そのあと、シルバーブリッジの弁護士はロンドンの弁護士を宿屋へ送って行った。

グラントリー少佐がヴェニスからの知らせをクローリー家に伝えるべきだ、というのがシルバーブリッジの一般的な意見だった。メアリー・ウォーカーがこの意見を非常に強く主張し、その母もそれに賛同した。ミス・プリティマンも詩的正義あるいは少なくとも正義のロマンスがそれを要求していると感じた。彼女はメアリー・ウォーカーが帰ったあと妹のアンに話すとき、そんなやり方がいろいろなことを円滑にするという意見を述べた。「少佐は誠実な男性であり、立派な人だと思います」とミス・プリティマンは言った。「でも、あなた、『コップと唇のあいだにはたくさん行き違いがある』という格言を知っているでしょう」ミス・プリティマンは行き違いを防ぐため、できることは何でもしなければならないと思った。知らせをホグルストックへ伝える心地よい仕事は、グラントリー少佐に委ねられるべきだ、との考えはとても一般的な意見だった。それでも、ウォーカー氏は電報よりももっと確かなものが届くまで、知らせはホグルストックへ伝えられるべきではないという意見を持っていた。二人の弁護士は翌朝早くまた会って、ロンドンの弁護士はすぐバーチェスターへ行き、シルバーブリッジの弁護士はグラントリー少佐に会うという段取りを決めた。トゥーグッド氏は「ウォントリーのドラゴン」の住人を問い詰めていけば、小切手について何かわかるかもしれないとの意見をまだ持っていた。アラビン夫人が「ウォントリーのドラゴン」の所有者だとウォーカー氏から聞いて、彼はこの考えをいっそう強めた。

ウォーカー氏は朝食後幌なしの馬車でコスビー・ロッジへ向かった。彼は門に入るとき、競売のビラがみな外されているのに気がついた。この世のウォーカー氏はすべてを知っている。私たちのウォーカー氏は少佐が父との確執のせいで、コスビー・ロッジを出ようとしていることをよく知っていた。いくらウォーカー氏でも、意見の相異が正確にどこにあるかは知らなかったが、グレース・クローリーに何か関係していることは疑わなかった。もし大執事がグレースに異議を唱えており、それが彼女の父の告発に由来しているとするなら、今その異議は取りさげられるだろう。しかし、張り紙の撤去はまだそれが原因であるはずがなかった。ウォーカー氏はコスビー・ロッジに付属する農家の門で少佐を見つけた。少佐は様々な柱から様々な競売のビラを撤去する作業をその時監督しているところだった。「いったいこれはどういうことですか？」と、ウォーカー氏は会釈して少佐に聞いた。「競売はなくなったんですか？」

「延期されました」と少佐。

「永久に延期されるんならいいですがね？　それとも六か月後の今日にはまた出るビラですか！」とウォーカー氏。

「それはないと思います。が、事情があって延期することにしたんです」

ウォーカー氏は馬車を降りると、話をするためグラントリー少佐をちょっと脇へ連れて行った。「もう少しこちらに寄ってください」と彼は言った。「あなたに特別話したいことがあるんです。クローリーさんの罪を完全に晴らす知らせが昨夜私のところに届きました。彼がどこで小切手を手に入れたかわかったんです」

「本当ですか！」

「はい、本当です。その知らせが確認されるまで、それに基づいて行動することができないという縛りがあるんですが、真実であることを私は疑っていません」

「彼は小切手をどうやって手に入れたんです？」

「わかりませんか？」

「ぜんぜん見当がつきません」と少佐は言った。「結局ソームズからもらったということでもなければね」

「ソームズからではなくアラビン夫人からもらったんです」

「アラビン夫人からですか？」

「はい、アラビン夫人からです」

「参事会長からではなくて？」

「はい、参事会長からではありません。私たちが知っているのは、あなたの叔母さんがクローリーさんのいとこのトゥーグッドに電報を打って、彼女がクローリーに小切手を与えたと認めたことと、あなたのお父さんにそれについて長い手紙を書いたと言っていることです。電報を誤解するのはたやすいことがおわかりでしょう。一語の写し間違いがひどい過ちを引き起こすことがあります」

「いつ届いたんですか？」

「トゥーグッドがロンドンで昨日の朝受け取りました。私の計算によると、お父さんはあさってまで手紙を受け取ることはありません。しかし、おそらくあなたは帰って、お父さんに会い、手紙に備えさせるのがいいと思います。トゥーグッドは今朝バーチェスターへ向かいました」グラントリー少佐はこの提案にすぐ回答しなかった。少佐は父と別れたときの経緯を思い出さずにはいられなかった。彼は別れぎわの母の願いに従って渋々競売のビラを撤去したとはいえ――競売人からこのやり方に反対されたとき、請求書を送るように実際競売人を叱ったのだ――、クローリー氏の問題を父と朗らかな――喜びに満ちた――言葉で議論する気になれなかった。クローリー氏が無実であるというのは彼、ヘンリー・グラントリーにとって大きな得点だった。彼は喜んだ。しかし、クローリー氏が有罪であれ、無罪であれ、彼は屈することなく頑張るつもりであることを父に理解させたかった。それゆえ、頑固なところを見せる機会、彼にとって魅力がないわけでもない機会を今失ってしまった。成功の確かな見込みがよみがえってきたことと、プラムステッドの狐について新たな希望が生まれたことで、できるだけ心を慰めなければならなかった。「機が熟したら、少佐、この知らせをホグルストックに伝えるのはあなただと私たちは考えています」とウォーカー氏。それで、少佐は知らせをホグルストックに伝える役を引き受ける一方、プラムステッドへ行くことについては確約しなかった。

第七十二章 「ウォントリーのドラゴン」に現れたトゥーグッド氏

トゥーグッド氏はウォーカー氏との取り決めに従って朝早くバーチェスターへ向かい、「ウォントリーのドラゴン」に入った。次の事実がわかっていた。ソームズ氏が小切手を紛失したとき、この宿屋の使用人の一人がソームズ氏と一緒にいたこと――ソームズ氏と一緒にいたその男はニュージーランドへ行ってしまったこと――、小切手はアラビン夫人の手に渡ったこと、アラビン夫人は問題の宿屋の所有者だということだ。弁護士はこれくらいは知識としてえていると思った。もしこの知識が正しいとすれば、クローリー氏に関する限り仕事はすでに終わっていた。クローリー氏が小切手を盗んでないことが証明できれば、トゥーグッドにとって誰が小切手を盗んだかは枝葉の問題だ。しかし、彼は性分としてねらった狐は仕留める猟師だった。バーチェスターに来るとき、小切手がどのようにアラビン夫人の手に渡ったか調べてもいいと思った。アラビン夫人が帰って来たらすぐ、それが夫人の所有になった仕方を説明してもらえることは確実だ。おそらくそれは送られて来る最初の手紙で説明されるだろう。とはいえ、この宿屋で拾い集められる小さな状況証拠を揃えておくに越したことはなかった。

彼は朝食前にバーチェスターに到着した。トーストと紅茶を注文するとき、汚れたタオルを持つ老給仕に以前から面識があることを思い出させた。「覚えていますよ、あなた」と老給仕は言った。「とてもよく覚えています。ソームズ氏がクリスマス前になくした小切手について質問なさった方でしょう」トゥーグッドは確かにその件で質問したことがあった。小切手がなくなったとき、ニュージーランドへ行った男がソームズ氏に同行した御者だったかどうか聞いた。その時、老給仕はソームズ氏についても小切手についても何も知らないとはっきり答えた。その時の質問の要点が老人の記憶にまだ残っていること、質問者となくなった小切手が何らかのかたちで連想されて老人に認識されていることを今弁護士はすぐ見て取った。

「そうかね？　ああ、そう。確かに質問したような気がするね。あなたはその男がそうだと教えてくれたように思うが？」と弁護士。

「いいえ、あなた。そんなことは言っていません」

「じゃあ、あなたはその男がそうじゃないと言ったんだね」

「それも言っていません」と老給仕は怒って言った。

「じゃあ、いったいあなたは私に何と言ったんだったかな？」老給仕は畳み掛けて聞かれたこの質問にむっとして、答えないまますぐ部屋を出て行った。トゥーグッドは朝食を済ませるやいなや鈴を鳴らした。するとさっきの老給仕が現れた。「ストリンガー氏にお暇なら会っていただけたら嬉しいと、伝えてくれないかね？」とトゥーグッドは言った。「彼が痛風で苦しんでいるのは知っている。だから、もしよければ、彼に来てもらわなくても私が行くから」ストリンガー氏はこの宿屋の経営者だった。老給仕は一瞬ためらって、それからおそらく主人は下にいないと思うと言い、様子を見て来ようと言った。しかし、トゥーグッドはそれを待たないで、すぐ立ちあがると、老給仕を追い越し、コーヒー店を出て大広間を横切り、バーと呼ばれる部屋に入った。バーは開いた大フランス窓で大広間とつながる小さな部屋で、そこで宿の部屋を取ったり、現金を受け取ったり、グラスでビールを飲んだりできた。――ここではたくさん雑多な会話が交わされていた。窓のところにはバーの女給がいて、部屋の隅の机には赤鼻の男もいた。トゥーグッドは机の赤鼻の男がストリンガー氏の事務員であることを知っていた。宿屋についての前回のかき回し調査でそれくらいのことは把握していた。彼が以前ハーディング氏を訪問して参事会長邸から出て来たとき、構内の狭いアーチの下に赤鼻の男が立っているのを目撃したこともこの時思い出した。赤鼻の男に見張られているとその時は思わなかったが、アーチの下の赤鼻の男がその時見張るという明確な目的を持ってそこにいたことを今は疑わなかった。トゥーグッドはすばやくバーを通りすぎると、私的談話室に入った。そこにこの宿屋の経営者ストリンガー氏が座って座布団に寄り掛かっていた。トゥーグッドはホテルに入ったとき、たまたまその時両方とも開いていた二つのドア越しに、ストリンガー氏がそんなふうに座っているのを見ていた。友人の老給仕が主人は今下にいないと言ったとき、弁護士に対して嘘をついていることをそれゆえ知っていた。トゥーグッドは赤鼻の男に視線を向けたとき、アーチの下の幽霊の古い話を思い出した。

「ストリンガーさん」とトゥーグッドは宿屋の経営者に話し掛けた。「あなたのお邪魔にならなければいいんですが」

「ああ、あなた、邪魔じゃありません」と孤独な男は言った。「ここに来る人で、邪魔な人はいません。紳士に会えたらいつでも歓迎です。――ただし、私は痛風でたいてい体調がひどく悪いんです」

「今もひどい痛みがあるんですか、ストリンガーさん?」

「今日はそれほどでもありませんね、あなた。土曜からちょっと楽になりました。今回の痛みの最悪の時は終わりました。でも、いやになりますよ、あなた、痛みは消えません。――今は一回に二週間続きます。消えません。飲みもののせいでも、食べもののせいでもないんですが」

「体質的なものなんですね?」とトゥーグッド。

「これを見てください、あなた」ストリンガー氏はすべての指関節の痛風結石を客に見せた。「みんな私がチョークの塊になると言います。私をぽきんぽきんと折って得点をドアに記録するんじゃないかと時折思います」ストリンガー氏は機知を自分で笑った。

トゥーグッドも笑った。大きな声で快活に笑った。それから、突然質問を投げ掛けた。彼はその時経営者の私的談話室とバーのあいだにある開いた小四角窓に目を向けた。この小さな開口部を通して、赤鼻の男がかぶる帽子の一部を今彼が立っている地点から見ることができた。彼が経営者の部屋に入ってから、赤鼻の男は二度頭を動かして、そのたびに隅へ隅へと入り込んでいた。しかし、トゥーグッドもまた体を動かして、ずっと帽子の一部が見えるように工夫した。彼は主人の冗談を聞いて快活に笑い、それから――帽子の一部をちゃんと見ながら――突然質問を投げ掛けた。「ストリンガーさん」と弁護士は聞いた。「あなたは家賃をどんなふうに払い、誰に払っていますか?」帽子がすぐ急にぐいと動き、それから消えた。トゥーグッドは開いたドアに近づいて、赤鼻の事務員が帽子を脱いで、会計簿を相手に忙しくしているのを見た。

「家賃をどう払っているか、ですか?」と経営者のストリンガー氏は言った。「ええと、あなた、この忌々しい痛風がひどくなってから、時々全部を返済することが難しいんです。あなたはそれを探るためここに送り込まれているんじゃありませんか?」

「いいえ、違います」とトゥーグッドは答えた。「ただの気まぐれな質問です」彼は経営者のストリンガー氏にこれ以上聞き込む必要はないと感じた。経営者のストリンガー氏はソームズ氏の小切手のことを何も知らなかった。「あなたの事務員の名は何と言うんです?」と彼は尋ねた。

「事務員の名ですか?」とストリンガー氏は言った。「なぜそれを知りたがるんです?」

「彼があなたに代わって家賃を払うことがありますね?」

「ええと、はい。時々彼が払います。この家を所有する女性への家賃を銀行に払い込みます。こういう質問には何かわけがあるんでしょうね、あなた？　見ず知らずの人が聞くような質問じゃありませんよ、あなた」

トゥーグッドはこの間ずっと赤鼻の男に視線を向けて立っていたので、赤鼻の男は動くことができなかった。赤鼻の男は質問とそれに対する経営者の回答をみな聞いており、聞いていない振りをすることができなかった。赤鼻の男は帽子を被ったまま威張った態度でトゥーグッドに近づいて来ると、「おれがこの人のいとこの事務員だ」と言った。「名はダン・ストリンガーと言うんだ。ジョン・ストリンガーさんのいとこだよ。ジョン・ストリンガーさんと十二年以上一緒に暮らしてきて、バーチェスターではほとんどこのいとこと同じくらいによく知られている。おれに何か言いたいことがあるのかね、あんた？」

「ええと、そう。あります」とトゥーグッド。

「あんたはロンドンから来た弁護士だと思うが？」とダン・ストリンガー氏。

「その通りです。ロンドンから来た弁護士です」

「何かよくないことでもなければいいんですが？」と痛風の主人は言った。椅子から立ちあがろうとしたけれど、うまくいかなかった。「もし何か平常よりもよくないことがあるんなら、ダン、私に言っておくれ。何かよくないことでもあるんでしょうか、あなた？」主人は哀れっぽくトゥーグッドに訴えた。

「何も気にしなくていいんだよ、ジョン」とダンが言った。「あんたは黙っていろ。質問には何も答えなくていい。こいつは低級な連中の一人なんだ。おれはこいつを知っている。こいつを見たときすぐ何者かわかったよ。こそこそ嗅ぎ回り、――何か手に入るものがないか探る、それがこいつのねらいなんだ」

「しかし、この人はここで何を探っているんです？」とジョン・ストリンガー氏。

「私はソームズ氏の二十ポンドの小切手の件を調べています」とトゥーグッド氏。

「あの牧師が盗んだ小切手のことだろ」とダン・ストリンガーは言った。「牧師はそのため巡回裁判で裁かれるんだ」

「ソームズ氏と小切手とクローリー氏のことはおそらくお聞きになったことがあるでしょう?」とトゥーグッド。

「ずいぶん耳にしている」と主人。

「そう、たぶんあなたもお聞きになったことがあるでしょう?」と、トゥーグッドはダン・ストリンガーのほうへ向き直って聞いた。しかし、ダン・ストリンガーにはこれ以上会話を続ける気がないように見えた。彼はたいして聞かれてもいないのに、金のことでいざこざに巻き込まれた牧師がいることは小耳に挟んだことがあるが、それ以上のことは知らないとはっきり言った。牧師が盗んだのが小切手なのか現金なのかも知らないし、特に確かめるほどこの件に関心を抱いたこともないと言った。

「しかし、ソームズ氏の小切手が牧師によって盗まれた小切手だと今あなたが言ったばかりじゃないですか」と、驚いた主人は言って、見開いた目をいとこに向けた。

「忌ま忌ましいやつだな」と、事務員のダン・ストリンガーは主人のジョン・ストリンガー氏に言うと、私室を出てバーに戻った。

「私にはわかりません――まったく何もわかりません」と痛風の男。

「私にはほぼみなわかりました」と、トゥーグッド氏は言うと、赤鼻の事務員のあとを追った。これ以上主人をわずらわせる必要はまったくなかった。彼は私室を出て、バーを通りすぎ、大広間を抜けると、帽子をかぶったダン・ストリンガーがあの老給仕に話し掛けているのを見た。老給仕はすぐ直立不動の姿勢を取り、脇の下の汚れたタオルを給仕流に整え、宿の客に礼儀正しくしようとした。しかし、赤鼻の男はかぶっていた帽子を傾け、トゥーグッドに横柄な目を向けて、食って掛かった。「オールド・ベイリー(1)の低級な弁護士くらいむかつくものはないな」と、ダン・ストリンガーはトゥーグッドの耳に届くようにわざと大声で老給仕に言った。その時、トゥーグッドはダン・ストリンガー自身が盗人ではないと、ダンが盗品の受取人であることさえ証明するのはとても難しいと、心でつぶやいた。しかしながら、状況はそういうことだと確信した。

トゥーグッド氏はまず警察署へ行き、そこで彼の職業を説明した。警察署では誰もソームズ氏の小切手やクローリー氏の立場を忘れた振りなどしなかった。警察官はまさしくこの時バーチェスターで男も女も子供もクローリー氏について話していない者はいないと断言した。そのあと、トゥーグッドは警察官とともに市長の私邸を訪ねて少し話をした。市長はクローリーに関する新しい知らせを初めて聞いて、「有罪じゃないって！」と信じられない様子で言った。しかし、市長はトゥーグッドの話を聞いて、あるいは聞く必要のある部分を耳にして、やっとそれを認めた。「何とまあ！」と市長は言った。「賭けるとするなら、私は盗んだほうに賭けていただろうね」その後、市長はすっかり悲しくなった。もし大主教が押印証書を偽造したと疑われたら、それがイギリス全体にどんなに心地よい興奮を生み出すか、大主教が無実だとわかったとき、イギリス全体でどんなに失望が大きいか、ちょっと考えてみればわかるだろう！　大主教と偽造がイギリスに持つ関係は、クローリー氏と二十ポンドの小切手がバーチェスターと市長に持つ関係と同じだ。それでも、市長はトゥーグッドに協力することを約束した。

トゥーグッド氏は赤鼻の友人をなおも無視して、もう一度ハーディング氏に会いたいと思い、次に参事会長邸へ向かった。病状がとても重いためハーディング氏には会うことができないと告げられた。ハーディング氏は今他人だけでなく、友人でさえも――古くからの親しい友ならいざ知らず――会えない状態になっています、とバクスター夫人は言った。「あなたがこの前ここに来られてから、ずいぶん状態が悪化しました。あなたが来られたのを覚えています。裁判にかけられようとしている哀れな牧師のことをハーディングさんに話し掛けておられましたね」弁護士はそこでぐずぐずして、クローリー氏の無実の話をバクスター夫人に打ち明けたりしないで、アラビン夫人が次の火曜には帰って来る――その日は金曜だった――という情報を聞き込んだあと、バクスター夫人に別れを告げた。彼は次に三マイル離れた田舎に住むソームズ氏を訪問するつもりだった。

ソームズ氏を説得するのはとても手に負えない仕事だと彼は知った。ソームズ氏はトゥーグッドがこれまでに会った誰よりもクローリー氏の有罪を確信していた。「私は彼の家から小切手を持ち出していません」とソームズ氏。「とはいえ、あなたはそれを宣誓証言していませんね」とトゥーグッド。「はい」と相手は答えた。「それはしていません。誓うことはできませんが、それを確信しています」ソームズはスカトルという御者のギグに乗っていたこと、もしギグのなかで小切手を落としたら、スカトルがそれを拾った可能性があることを認めた。しかし、ギグのなかでは小切手を落としていない。クローリー氏の家のなかで落とした。トゥーグッドが自信を持ってクローリー氏の無実を申し立てたとき、ソームズ氏は「じゃあなぜ彼は私から小切手を受け取ったと言ったんです?」と聞いた。「まあ、確かにそうですね?」とトゥーグッドは答えた。「もし彼がそんなことを言う馬鹿じゃなかったら、私たちはこんな苦労をしなくても済んだでしょう。それでも、やはり彼はあなたの小切手を盗んではいないんです、ソームズさん。ジェム・スカトルが小切手を盗みました。ジェム・スカトルは残念ながら今ごろニュージーランドにいます」「もちろんそういうことはあるかもしれません」ソームズ氏はそう言ってトゥーグッドを送り出すとき会釈した。ソームズ氏はトゥーグッドが好きになれなかった。

その夜、赤鼻の紳士がバーチェスター駅でロンドン行きののぼり夜行郵便列車の二等切符をくれと言った。彼はその駅ではよく知られており、駅長からちょっと質問を受けた。「今夜はるばるロンドンまでですね、ストリンガーさん？」と駅長は言った。

「うん――はるばるね」と、赤鼻の男はむすっとして答えた。

「今夜はロンドンへ行かないほうがいいと思いますよ、ストリンガーさん」と、背の高い男が切符売り場のドアから出て来て言った。「私と一緒にバーチェスターに帰ったほうがいいと思います。ええ、本当に」その時少し言い争いになったけれど、刑事である見知らぬ男が主張を通して、ダン・ストリンガーはバーチェスターに戻った。

註

（1）ロンドンの中央刑事裁判所。もともとはこの裁判所が面している通りの名。

第七十三章　プラムステッドに安堵が訪れる

ヘンリー・グラントリーは競売ビラを撤去する決心をしたとき、グラントリー夫人に次のような短い手紙を書いた。

愛する母さんへ
ぼくは母さんの願いを拒みたくないので、売却を延期することにしました。グレース・クローリーを妻にするためできることは何でもするつもりですから、ぼくが判断する限り、コスビー・ロッジを離れることは避けられないようです。父さんから誤解されないようにこれを言っておきます。競売人はビラを撤去することを約束してくれました。

あなたを愛する息子
ヘンリー・グラントリー

ウォーカー氏はアラビン夫人とトゥーグッド氏を通してえた知らせ、クローリーが窮地を脱した知らせを少佐に伝えた。ところが、少佐はその前の金曜にこの手紙を書いていた。この手紙は翌朝までプラムステッドに届かなかった。グラントリー夫人はこの競売中止の嬉しい通知をすぐ夫に伝えた。――もちろん手紙は夫に見せなかった。夫人はそんなことをしないくらい賢かったし、夫から——夫も賢いので——手紙を見せろと要求されることはないと承知していた。「ヘンリーが競売人と話をつけたのです」と夫人は嬉しそうに言った。「競売のビラはみな撤去されました」

「おまえはどうやってそれを知ったんだね?」

「あの子から便りがあったのです。あの子が私にそう言ってきました。いいですか、あなた、ヘンリーとの関係がこれからまた心地よいものになると、あなたから言ってもらえたら嬉しいです。あの子は折れたのです」

「たいして折れたようには見えないがね」

「あの子はあなたが望んだことをしたじゃありませんか。これ以上あの子に何ができるというのです?」

「私はあいつにここに来て、いろいろなことに興味を持ってもらいたい。まるで私が何者でもないかのように扱うのはやめてほしいんだ」少佐はこの会話から一時間足らずのうちにプラムステッドに到着した。少佐はアラビン夫人と小切手の話、クローリー氏が無実とわかった話、——ウォーカー氏から聞いた知らせだけではなく、トゥーグッド氏からえたさらに詳細な知らせも携えていた。それは土曜の朝のことで、少佐は「ウォントターを通りすぎる途中、トゥーグッド氏に会っていたからだ。というのは、少佐はバーチェスターのドラゴン」でトゥーグッド氏と朝食をともにした。トゥーグッド氏は逃亡しようとした関係者を禁足したことについて、——赤鼻の男がどう駅で足止めされ、クローリー氏の裁判の証人として召喚されたか、赤鼻の男が今どう警察の監視下に置かれているか——少佐に話した。グラントリー少佐は赤鼻の男にはあまり関心を示さずに、グレース・クローリーの父に浴びせられた盗みの罪が確実に晴らされたかどうか、その点に現在の関心を限定していた。「それについては疑う余地がありません、少佐」とトゥーグッド氏は言った。「まったく疑う余地なしです。とはいえ、あなたの叔母さんが帰って来られるまで、少し穏やかにしていたほうがいいと思います。——ほんの少し静かにです。アラビン夫人は一、二日もしたら、ここに帰って来ます。夫人が帰るまで私は動きません」トゥーグッド氏は穏やかにしていてほしいという願いとは裏腹に、大執事とグラントリー夫人にはすぐ事実を明かすことに同意した。「いいですか、少佐。アラビン夫人が帰って来て、私たちがそれに基づいて行動してよい証言をしてくれたら、あなたと私はすぐホグルストックへ行って、そこの人々をあっと驚かせましょう。私たちはこの件でちょっと苦労しましたから」少佐はこれに同意した。クローリー夫人は私のいとこですからね。それに私は自分で行ってみたいんです。なぜなら、クローリー夫人は私のいとこですからね。」

しかし、少佐は不幸なダン・ストリンガーに関するトゥーグッド氏の推測を支持することは断った。明日日曜のホグルストックのお勤めについては、サンブル氏にはたしてもらうほうがいいと思われた。それで、当面主教公邸への訪問は控えておこうということで二人の意見は一致した。しかし、公邸の状況がどうかというと、サンブル氏は日曜のお勤めをする気なんかぜんぜんなかった。彼はホグルストックを二度と訪問しようとしなかった。

ここで、不幸なスナッパー氏が次の日曜にホグルストックへ出掛けざるをえなくなっていることを説明しておくほうがいいだろう。——それは次のようにして起こった。トゥーグッド氏がロンドンから持参した知らせをこの人には伝えない、あの人には伝えるというように按配したのは何も問題がない。しかし、彼はシルバーブリッジのいろいろな人にこの話をしてしまい、ソームズ氏にも、バーチェスターの警察官にも話してしまったので、当然のことながら巡り巡ってこの話を公邸にも伝えてしまった。サンブル氏はこれを聞いたあと、このころまでにホグルストックとそこにかかわるすべてのものを完全に嫌うようになっていた。それで、この知らせこそあの大嫌いな教区への訪問を不必要とするに充分な根拠だとスナッパー氏に訴えた。そスナッパー氏は彼と同じようには考えなかった。「辞任したあとでクローリーさんが説教壇に登らないことははっきりしていますよ、サンブルさん」とスナッパー。

「彼の辞任には何の意味もありません」とサンブル。

「大きな意味があります」とスナッパーは言った。「お勤めは提供されなければなりません」

「私はあそこでお勤めをするつもりはありません」とサンブルは言った。「主教にそう言ってくださって構いません」サンブル氏は最近主教にずいぶん腹を立てていた。というのは、プラウディ夫人が亡くなってから、主教に会ってももらえなかったからだ。

スナッパー氏は主教のところへ行く以外にどうしていいかわからなかった。主教は会う人たちに近ごろたいへん柔和になり、言葉少なくなり、少し迷っていた。――まるで手足のうちの一本を切り落とされたかのようだ――スナッパー氏はそうスナッパー夫人に言い表した。「手足を全部切り落とされたように感じていても不思議じゃありません」とスナッパー夫人は言った。「主教は時間を必要としており、やがて元気を回復するでしょう」主教の気持ちと状態に関するスナッパー夫人の意見は正しい、と私は思いたい。スナッパー氏はホグルストックとサンブル氏のことで悩まされていたから、主教のところへ行って、サンブル氏をおそらく少し厳しく咎めた。

「全体のことを考えると、スナッパー、あなたが自分で行ったほうがいいと思います」と主教。

「そう思われますか、閣下?」とスナッパーは言った。「それはありがたくありません」

「すべてがありがたくないのです。とはいえ、あなたが行ったほうがいいです。いいですか、スナッパー、もし私があなたなら、ホグルストックでは小切手について何も言いません。まだこの件はどうなるかわかりませんよ」スナッパー氏は押しつけられた仕事が好きになれず、重い気持ちでパトロンと別れた。けれども、妻から従順になるように励まされた。彼は一頭立て馬車を持っていたので、哀れなサンブル氏の場合ほど仕事はつらくない。実際つらくなかった。そのうえ、妻も同行することを約束してくれた。スナッパー夫妻はホグルストックへ行って、職務をはたした。スナッパー夫人はクローリー夫人に、またスナッパー氏はクローリー氏に一言二言言葉を掛けた。しかし、バーチェスターが今ソームズ氏の小切手に関する新しい知らせでほとんど持ち切りになっていたのに、スナッパー氏はそれについて一言も触れなかった。実際、この件についての噂はまだホグルストックに届いていなかった。

「一言お聞きしてよろしいでしょうか、牧師さん」と、クローリー氏は付牧師が教会から出て来たとき話し掛けた。「平日の教区の仕事のことなんですが、牧師さん。――あなたのご意見を聞かせていただけたら嬉しいです」

「何のことですか、クローリーさん?」

「私が病人を訪問したり、――学校で教えたりしても許されると、世間で騒がれることはないと、あなたが思われるかどうかです」

「許されますとも。――もちろん、クローリーさん。結構ですとも」

「私は教区の職務に口を出してはならないと、主教からそれを徹底するようしつこく迫られていると、サンブルさんから聞かされています。私は干渉してはならないとサンブルさんから二度命じられました。――不必要にもと、私には思えるんですがね」

「まったく不必要です」とスナッパー氏は言った。「いろいろなことが整然と進むように、もしあなたが気をつけてくださったら、クローリーさん、主教はあなたに感謝すると思います」

「彼が考える『整然と』という言葉が正確にどういうことなのか知りたいものだ」とクローリー氏は妻に

言った。「いろいろなものが埋め込まれて見えなくなり、片づけられて面倒がなくなったら、主教には整然としているということなのかもしれない。主教がそんなふうに考えなければいいと思うがね」彼は教区の聖務に割り当てられたわずかな俸給の一部さえ受け取ることができない。学校のなかでそれを思い浮かべるとき、——生徒に教えているあいだも絶えずそれを思い浮かべた——、ホグルストックでいろいろなことが整然となされる仕方にはひどい不正があると心でつぶやいた。

ところで、私たちはプラムステッドの少佐と大執事のところに帰らなければならない。——この心地よい教区では、ホグルストックよりももっと楽々といろいろなことがいつも整然と行われていた。ヘンリー・グラントリーは「ドラゴン」で借りたギグに乗って、バーチェスターからプラムステッドへ向かい、すぐ父の書斎へ進んだ。大執事は様々な原稿——一つは書きかけ——を前に置いてそこに座っていた。——毎週土曜の朝はこれが習慣になっていた。「やあ、ヘンリー」と大執事は言った。「おまえが帰って来るとは思ってもいなかった」息子が禄付牧師館に帰って来て、くつろいでくれないのが不満だと、大執事がグラントリー夫人に言ってから一時間もたっていなかった。

「父さん」と息子は大執事に片手を差し出して言った。「クローリーさんの話はまだ聞いていませんか?」

「いや」と大執事は椅子から飛びあがって言った。「新しいことは何も聞いていない。何だね?」大執事はクローリー氏について様々な思いをこの瞬間脳裏によぎらせた。不幸な男は難儀に負けて、自殺でもしてしまったのではないか?

「すべてが明らかになりました。彼は叔母から小切手を受け取ったんです」

「おまえの叔母、エレナーからかい?」

「そうです。叔母のアラビン夫人からです。叔母は小切手をクローリーに与えたという電報をヴェニスから打って来たんです。――叔母が父さん宛てに説明の手紙を書いたことと、本人ができるだけ早くこちらに帰って来るつもりでいることを除けば、これが今ぼくらが知っているすべてです」

「誰が電報を受け取ったのかね、ヘンリー?」

「クローリーの弁護士です。――トゥーグッドというクローリーの奥さんのいとこで、――かなり立派な人です」少佐はクローリー一家にかかわる人々と父を和解させることがいかに必要か思い出してそうつけ加えた。「弁護士は月曜にこちらにやって来て、やらなければならないことについて手はずを整えます」

「どんなふうにかね、ヘンリー?」

「まだやらなければならないことがたくさんあるんです。クローリー自身がこの時点でまだ自分がどうやって小切手を手に入れたか知りません。彼にそれを伝えなければなりません。彼の禄についても何か取り決めをする必要があります。主教から禄を取りあげられていますからね。それから、起訴の破棄か、その種のことがなされなければいけません。小切手をソームズから実際に盗んだバーチェスターの悪党をトゥーグッドは捕まえて――あるいは捕まえたと思って――います。ダン・ストリンガーというやつです」

「じゃあ正真正銘のヤクザをその人は捕まえたんだ。ダン・ストリンガーについてはいい噂を聞いたことがない」と大執事。

それから、少佐はクローリー一家に対する同情をたっぷり込めて、グラントリー夫人にその話をもう一度繰り返した。大執事はこの問題についてかなり決まりの悪い思いをしたから、最初は話に加わらなかった。大執事はクローリー一家のことをまるですべての点で評価できる、品行方正な、満足できる人々のように息子に話さなければならないのをつらいと感じた。グラントリー夫人は夫が置かれた状態をよく理解できたから、クローリー氏の風変わりな点について時々半分嘲笑するような言葉を口にした。そうすれば夫が直面する苦境が和らげられると感じたからだ。「彼はこの世でいちばん奇妙な人に相異ありません」とグラントリー夫人は言った。「自分がどこで小切手を手に入れたかわからないなんてね」大執事は首を横に振り、両手を擦り合わせながら、部屋を歩き回った。「彼は学問をしすぎて頭を混乱させたんだと思う」と大執事は言った。「英語があまり得意じゃないという噂だね。しかし、ギリシア語を話させると、止まらなくなるそうだ」

大執事はクローリー氏を快く受け入れなければならないことをよく理解していた。グレース・クローリーを――心の中心部に受け入れることがどうしても必要だった。彼はそれを約束した。グラントリー大執事が常に約束を――特にこんな約束を――守ることは知っておいてもらわなければならない。大執事は愛する人に腹を立てるとき、その怒りから抜け出す方法がわかるまで悲しんでいるというタイプの人だった。彼は自分が間違っていたことを認めなければならないのには堪えられなかったが、部分的にでも正しかったことが認められればそれで満足することができた。競売人はビラをみな取り除いたし、クローリー氏は今告げられたように小切手を盗んでいなかった。それで充分だった。もし息子が一緒に一、二杯のワインを心地よく飲んで、プラムステッドの狐について礼儀正しく話してくれたら、すべてがうまくいっていると思えた。グレース・クローリーを心からの抱擁で受け入れることができるだろう。大執事はグレースに一度口づけしたことがあり、心に不快なわだかまりなしにまた口づけすることができると感じた。

「ディナーのあと土地について何か父さんに話しなさい」と、グラントリー夫人は息子と二人だけになったとき言った。

「どの土地のことです?」

「ここの土地でも、どの土地でもいいのです。私の言うことはわかるでしょう。――父さんのことにあなたが関心を持っていることを示す話です。父さんはこれまでのなり行きを修正しようとできる限りのことをしているのです」それゆえ、ディナーのあと父子はクラレットを飲みながら、狐を罠に掛けたソーン氏の恐ろしい罪を再び話題として取りあげた。大執事はすばらしい怒りを見せて、旧友への敵意――そんなものをじつは少しも感じていなかったが――を力強く表明した。もし妻がそれを聞いたら、ずいぶん喜んだことだろう。「もちろん私はソーンに考えを伝えるつもりだよ。彼と私はとても古いつき合いでね、生まれてからずっと互いに相手をよく知っている。しかし、私はこの種のことには我慢できないし、我慢するつもりもない。これはみな彼が猟場番人を恐れているからなんだ」しかし、大執事は生涯に渡って狐を馬で追ったことがなかった。追う気もなかった。また大執事は狐が隠れ場で見つかるように必ずしも強く望んでいるわけでもなかった。プラムステッドの土地のすぐそとで幸運にも罠に掛けられたあの狐は、大執事の怒りの蒸気を非常に心地よく発散する役をはたした。この日の夕刻、大執事がソーン氏の邪悪な猟場番人について妻に話し始めたとき、妻はすべてが順調だと確信したので、グレース・クローリーにとても会いたいと言った。

「もしあの子が彼女と結婚するつもりなら、彼女をここに呼んだほうがいいだろう」と大執事。

「私が考えていたこともそれなのです」とグラントリー夫人。こんなふうに禄付牧師館ではとんとん拍子に話が整っていった。

日曜の朝、待ち望まれた手紙がヴェニスから届いた。安息日という神聖な日にもかかわらず、グラントリー夫人と少佐だけでなく大執事もとてもやきもきしながらそれを読んだ。大執事は安息日厳守主義(1)に対してはじつに強固に反対した。プラムステッドに入る日曜の郵便を止める問題が村で議論されたとき、郵便屋にその時特別味方した福音主義者らを馬鹿者で、阿呆同然と見なしていることを大執事は明らかにした。郵便屋は牧師から反対されていることに気づくと、勝ち目がないことを知って、この件を撤回した。アラビン夫人の手紙はとても長くて、熱意のこもった、繰り返しの多い文章だったが、クローリー氏の手に小切手を渡した正確な経緯をはっきり説明していた。「フランシスが私のところに来て」と夫人は手紙に書いていた。――フランシスとは夫人の夫で、参事会長のことだ。「約束していた金の入った封筒を出すように言ったのです。封筒はまだ用意できていませんでした。フランシスはクローリーさんがひどくそわそわして帰りたがっているので、すぐ引き返さなければならない、一人にしておけないと言ったのです。それで、私は封筒をドアまで持って行くことにしました。私は机に戻ったとき、五十ポンドのほかにさらに二十ポンドあげられると思って、紙幣と一緒に小切手も封筒に入れ、ドアのところでフランシスにそれを手渡しました。封筒には五十ポンドではなく七十ポンド入れたことをそのあとフランシスに言ったと思うのですが、それについてははっきりしません。とにかくクローリーさんはソームズ氏の小切手を私から手に入れたのです」彼女は最後の文に傍線を引いて強調し、そのあとその小切手をダン・ストリンガーから直前にどう受け取ったか説明していた。

「じゃあ、トゥーグッドはあのワルについても正しかったんだね」と大執事。

「その男は吊されればいいと思います」とグラントリー夫人は言った。「この不幸な家族にどんなにみじめな思いをさせたかずっと知っていたに違いありません」

「ダン・ストリンガーはそんなことを気にしなかったと思います」と少佐。

「少しも気にしなかっただろう」と大執事。それから、みなは慌てて教会へ向かった。大執事は息子のせいで執筆を邪魔されたので、聖書の文章の解釈で説教をかろうじて十五分の長さにすることができた。本来ならたっぷり二十分説教するのが大執事のいつもの習慣だった。

バーチェスターはプラムステッドからホグルストックへ向かう道中にあったので、わざわざトゥーグッド氏に月曜の朝プラムステッドに来てもらう必要はないと伝えるほうがいいと思われた。グラントリー少佐は「ドラゴン」で弁護士を拾い、そこからホグルストックへと向かうことを提案した。「おまえは母さんの馬を二頭連れて行ったほうがいい」と大執事。距離はほぼ二十マイル近くあった。そんな提案をするとは、彼が上機嫌である証拠に違いないと母と息子は両方とも感じた。禄付牧師館では、馬車が長旅を許されることはあまりなかった。バーチェスターへ行って戻って来るのが通常の馬車の仕事だから、道のりはせいぜい十マイルだった。「バーチェスターからは早馬で行くつもりです」と少佐。「換えの馬も用意して行ったほうがいいよ」と大執事は言った。「母さんに馬はいらない。おまえの友人のトゥーグッドさんをディナーに連れて来たほうがいいと思うからね。その人に寝床も提供する」

「彼はとても立派な方に違いありません」とグラントリー夫人は言った。「というのは、彼はこういうことをみな慈悲からやっていると思いますよ？」

「そうです。そのうえ多くの費用が自前なんです！」と少佐は熱心に言った。「傑作なのは、彼はクローリーの意向に逆らってずっとクローリーを擁護しているんです。クローリーが弁護士を雇うことを拒否したからです。が、トゥーグッドは法廷弁護士を雇うことを決心していました。それによって法廷で騒動が起こってもです。そのほうが陪審員にはクローリーに有利に働くと考えたんです」

「彼をここに連れて来ておくれ。そうすれば、彼の口からそういうことがみな聞けるから」と大執事。少佐は帰る途中でフラムリー牧師館に立ち寄ることを、出発する前母に伝えた。が、父にはこのことは何も言わなかった。

「一、二日したら彼女に手紙を書きます」とグラントリー夫人は言った。「心地よいかたちで話を決着させましょう」

註

（1）プラウディ夫人は第四戒である安息日を厳格に遵守した。安息日の遵守は福音主義運動と結びついて、ヴィクトリア時代の重要な社会的、政治的問題となった。

第七十四章　クローリー一家に知らせが伝えられる

グラントリー少佐は一日がかりの仕事が前途に待ち受けているのを知っているので、朝早く出発した。トゥーグッド氏に前夜手紙を送って、「ドラゴン」に到着する時間を指定し、時間通りに到着した。弁護士は出て来て、馬丁に踏み台を押さえていてもらい無蓋の馬車に乗り込んだ。その時、弁護士が「ドラゴン」で以前にも増して大きな尊敬をえていることがはっきり見て取れた。彼がその夜プラムステッドに招待されていることがすでに知られていた。プラウディ一派に対抗して牧師のクローリー氏を擁護するため、グラントリーとアラビン派にかかわっていることも一部で知られていた。ダン・ストリンガーはまだ宿屋にいて、敵がプラムステッドの馬車に乗り込むのを見たとき、自分が公邸一派の一人になったように感じた。もしプラウディ夫人が生きていて、巡回裁判まで健在だったら、こんな厄介な目にはあっていなかっただろうとも感じた。汚いタオルの老給仕はドアのところに立って、お辞儀をしつつ、プラウディ一派がバーチェスターで落ち目になるなら、トゥーグッド氏に親切にしておいたほうがよさそうだとおそらく考えていた。「ウォントリーのドラゴン」で、ストリンガー家の日々は確実に終わりに近づいており、誰が次の主人になるか誰にもわからなかった。

ヘンリー・グラントリーと弁護士はホグルストックへ向かう長い道中、ほとんど言葉を交わさなかった。二人はおそらく待ち受ける面会のことを考えて、胸のうちを相手に言い表す仕方を知らなかった。「馬車は家の近くに止めません」と少佐はホグルストック教区に入ったとき言った。「特に使用人が馬に餌をやらなければいけないからです」それで、二人は教会から半マイル離れた農家で馬車を降りた。そこなら、馬車とお仕着せを着た使用人というしゃくに障る対象がクローリー氏の目に入ることはないからだ。そこから二人は牧師館へ向かって歩いた。教会とそれに隣接する学校が途中にあった。学校のドアを通りすぎるとき、なかから人声が聞こえた。「彼がなかにいることに二ペンス賭けるよ」とトゥーグッド氏は言った。「いつも工作室かどこかにいると聞いたんだ。こっそりなかに入って、彼を連れて来る」トゥーグッドはまるでその日の仕事がいい気晴らしででもあるかのように快活な態度を見せ、時にはおどけた振る舞いさえした。彼はダン・ストリンガーについて冗談を言ったり、ベッドフォード・ロウを訪問して来たときクローリー氏がした馬鹿げた振る舞いを再現してみせたりした。トゥーグッドが少し恥じ入っていること——恥じる理由なんか少しもないと少佐は思っていた——を隠すため、そんな態度を取っていることを知らなかったら、これらはみな少佐を怒らせていただろう。それゆえ、トゥーグッドが学校に入って牧師を連れて来ると言い、まるでこの知らせを伝えることなんか何でもないことのように言うとき、少佐は止めなかった。少佐は本当のところ何の計画も持っていなかった。少佐は今収束しようとしている悲劇にあまりにも心を奪われていたので、最後の場面を用意するいちばんいい方法について何の計画も立てることができなかった。それで、トゥーグッドは少佐を道路に立たせたまま、すばやい軽快な足取りで学校に入って行った。クローリー氏は学校にいた。——ジェーン・クローリーもそこにいた。「ここにいたんですね」とトゥーグッド氏は言った。「運がいいです。あなたをうまく見つけられたらいいと願っていましたからね？」

「もし人違いでなければ、妻の親戚のトゥーグッドさんではありませんか？」とクローリー氏は言って、質素な机から降りて来た。

「その通りです、ご友人」とトゥーグッドは言って、手を差し出した。「その通りです。あなたと話をしたがっている紳士がそとにもう一人います。ちょっとそとに出ていただいてもよろしいでしょうか。こちらはホグルストックの若い方々ですね？」

ホグルストックの子供らは彼を見詰め、ジェーンも見詰めた。ジェーンは以前に彼の名を聞いたことがあったけれど、一目で彼を嫌ってしまった。父が客の挨拶の口調を聞いて明らかに機嫌を損ねたように思えたからだ。父は機嫌を損ねてしまった。トゥーグッド氏にはなれなれしいところがあり、それが生徒の前でも表されて、クローリー氏の感情を害してしまった。「もしあなたがそとに出てくださるなら、あなた、私もついて行きますよ」と、クローリーは言ってドアのほうを手で示した。「ジェーン、おまえは生徒と一緒にここに残っておくれ。私はすぐ戻って来る。ボビー・スタッジが使徒信条を言えなかったね。最初からもう一度言わせたほうがいい。さて、トゥーグッドさん」彼はそう言って再びドアのほうを手で示した。

「では、そちらは私の若い親戚ですね？」とトゥーグッドは言い、手を伸ばしてどうにかジェーンの指に触れた。――ジェーンは触れられるのをひどく警戒した。それから、彼は出て行き、クローリー氏も続いた。道路に少佐が立っていた。トゥーグッドはよい知らせを伝える最初の人になりたかった。費やした金、失った時間、払った苦労の代償として自分に差し出せる唯一の報いがそれだった。「ねえあなた、もう大丈夫ですよ」と彼はクローリー氏の肩を片手でぽんと叩いて言った。「ついに本当の雌豚の耳を捕まえました[1]。全部わかったんです」クローリーは「ねえあなた」とこれ以前に呼ばれたのがいつかほとんど思い出すことができなかった。今その呼ばれ方が好きになれなかった。「本当の雌豚」と言われても、混乱した頭では何を言われているのかわからなかった。彼はトゥーグッド氏が裁判の件で来ているとは思ったが、裁判をまったく不要にする知らせをもたらしているとは思いもしなかった。「私の目が間違っていなければ、あれは友人のグラントリー少佐でしょう」とクローリー氏。

「そうです。本人です」とトゥーグッドは言った。「とはいえ、彼のところへ行く前にちょっと立ち止まって、手を握らせてください。私が最初に握手しなければなりません」それで、クローリーはすぐ片手を差し出した。「よろしいです。さて、小切手――ソームズの小切手――についてわかったことを私に話させてください。あなたがどこでそれを手に入れたかわかりました。誰がそれを盗んだかもわかりました。あなたに小切手を渡した人にどうやってそれが渡ったかもわかりました。弁護士について何を言われても結構です。とはいえ、困ったことになったら、いつも弁護士のところに来てください」

クローリー氏はこのころまでにトゥーグッド氏の顔をまじまじと覗き込んで、いとこの目に涙が流れているのに気づくと、やっとこの相手の素顔を知って、おぼろげながら相手が伝えようとしている事実を理解し始めた。「私にはまだ言われていることがよくわかりません、あなた」とクローリーは言った。「こういう問題で私はおそらくちょっと冴えない知性しか持ち合わせていないのです。しかし、私にはあなたが山の上にあって麗しい足[2]を持つ喜ばしい知らせの使者のように思えます」

「麗しいって！」とトゥーグッドは言った。「いやはや、おそらく私の足は麗しいんでしょう！　私たちは小切手のことをすべて究明したと、あなたが完全に潔白であることがわかったと、そう言っているのを聞いていなかったんですか？」二人は学校から道路へ続く短い土手道にまだいて、ヘンリー・グラントリーは小さなくぐり門で二人を待っていた。「クローリーさん」と少佐は言った。「心からあなたを祝福します。あなたにこのいい知らせをもたらすとき、私は友人のトゥーグッドさんに付き添わずにはいられませんでした」

「私は何を言われているかまだよく理解できません」とクローリーは言った。彼は今道路で二人のあいだに立っていた。「私の頭の働きは確かに鈍い――とても鈍いのです。妻のところへ一緒に行ってくださるようにお願いする前に、もっとはっきり説明してくれませんか?」

「小切手は私の叔母のエレナーがあなたに渡したんです」

「あなたの叔母のエレナー!」とクローリー。まだまったく雲をつかむような話だった。少佐の叔母のエレナーとはいったい誰だろう? 彼は様々な時に確かに親戚関係のことを聞いていたけれど、娘の恋人が旧友アラビンの甥だという事実に思い至らなかった。

「そうです。私の叔母のアラビン夫人です」

「アラビン夫人は小切手を紙幣と一緒に封筒に入れたんです」とトゥーグッドは言った。――「誰にも何も言わずに小切手を封筒に忍び込ませたんです。私はこれまでの人生で女性がそんな突飛なことをする話を聞いたことがありません。もし夫人が亡くなっていたら、あるいはもし夫人を捕まえることができなかったら、私たちはみなどうなっていたでしょう? それでもやはり私はダン・ストリンガーを隠れ家まで追いつめて、彼から謎を聞き出していたと思います」

「ということは、結局参事会長が私に小切手をくれたということですか?」と、クローリーはまっすぐ立って言った。

「小切手は封筒のなかにあったんです。が、参事会長はそれを知りませんでした」と少佐。

「紳士方」とクローリー氏は言った。「そうだと思っていました。知っていました。私の精神の働きは弱かったが――時々とても弱かったのです――、私がこんな問題で過ちを犯しているはずはないと確信していました。記憶を働かせてじたばたすればするほど、小切手は参事会長から手渡されたあの小さな封筒のなかにあったということが――ほんの少しのあいだ忘れていましたが――ますます私のなかで確固としたものになっていたのです。しかし、いいですか、紳士方――もう少し我慢して私の言うことを聞いてください。私はそう言ったのですが、参事会長はそれを否定したのです」

「参事会長はそのことを知らなかったんですよ、あなた」とトゥーグッドは癇癪を起こして言った。「もう少し我慢して聞いてください。私は参事会長の発言を少しも疑いませんでした。——彼をあらゆる点で誠実な、真の紳士だと長いあいだ信じていましたから、苦心してえた記憶の結果よりも参事会長の発言のほうが正しいと思ったのです。私は物忘れの瞬間、いたずらな無分別を伴う性急な気まぐれの瞬間、考えなしに嘘の陳述をしてしまいました。それで、いっそう参事会長の発言を正しいと見なさずにはいられないと感じたのです。——不本意な嘘、とはいえ本当にひどい嘘、許し難い嘘の陳述でした。私は考えなしに小切手がソームズ氏の手から渡されたと言ってしまいました。それで、その紳士を非難しているように見えたのです。私が大きな失策の罪を意識し、あの普通の注意義務——特に金の問題が疑われているとき、人が交わす言葉に払われなければならない注意義務——を怠ったと意識しているとき、参事会長の陳述と食い違う私の陳述を誰に受け入れてもらえると望めるでしょうか？　そんな混乱のなかでどうして私の記憶を信じることができるでしょうか？　紳士方、私は私の記憶を信じようとしなかったのです。あの封筒にまつわるあらゆる小さな状況が豊かな、危険な意味を持ってほとんど脅威とも思える正確さで時々心によみがえってきましたが、私はそうじゃないと心に言い聞かせてきました！　紳士方、よろしかったら、うちに入りましょう。妻がおります。これ以上妻に不安な思いをさせておきたくないのです」三人が黙って数歩歩いたところで、クローリー氏が再び話し始めた。「おそらく一分ほど妻と二人だけになる特権を許していただけるでしょうね——ほんの一分です。あなた方にたっぷり感謝しなければなりません。妻からも遅れないように感謝させたいのです」

「もちろんです」とトゥーグッドは赤い大型ハンカチで涙を拭きながら答えた。「ぜひどうぞ。私たちはちょっと散歩してきます。行こう、少佐」少佐は顔を背けた。彼もまたすすり泣いていた。「何とまあ！　生まれてこの方こんな話は聞いたことがない」とトゥーグッドは言った。「自分の耳で聞かなかったら、こんな話は信じられなかっただろう。実際信じられなかったね。ロンドンでこれを話しても、誰も私の話を信じてくれないだろう」

「ぼくはあの人が英雄だと思います」とグラントリー。

「英雄かどうかはわからない。三、四人の娘が一度に恋焦がれて死ぬというようなことでもなければ、どうしてその人が英雄になれるかわからない。しかし、自分よりもほかの人の言うことを信じるため、この世のすべてを自分に背かせようとした人をこんなところで見つけるとはね！　ほかの人が空想にふけっていると思う人はたくさんいるだろう。しかし、この人は自分のほうが空想にふけっていると思い込んでいたんだ！　これは普通じゃないね。こんな人がたくさんいたら、この世は回らない。彼が手招きしている。なかに入ったほうがいいだろう」

トゥーグッド氏が最初に入り、少佐があとに続いた。二人が玄関のドアに入ったとき、女性のスカートが廊下の突き当たりのドアへ消えるのを見た。そして、左手の部屋に入るとすぐクローリー氏が一人でいるのを見つけた。「妻はまるで敵から逃げるように逃げてしまいました」と、彼はちょっと笑おうとしながら言った。「しかし、追い掛けて連れて来ます」

「いえ、クローリー、いいんです」と弁護士は言った。「奥さんはちょっと気が動転したか、そんな状態なんです。女性がどういうものか知っていますから。奥さんを一人にしてあげましょう」

「いえ、トゥーグッドさん。もしそうしたら、妻は自身が許せなくなります。感謝の言葉を伝える機会を失って不満を残すでしょう。ちょっと失礼します、グラントリー少佐。妻に会ってもらうまで、あなた方を帰らせるつもりはありません。いとこが言う通りです。妻はちょっと感極まってしまったのです。それでも、妻はあなた方に会うのがいちばんいいのです。紳士方、ちょっとお待ちください」

それから、彼は妻を連れて来るため出て行った。彼がいないあいだ、二人は言葉を交わさなかった。少佐は窓からそとを眺め、トゥーグッド氏も別の窓からそとを眺めた。二人は夫妻がやって来る足音が聞こえるまで気長に待った。ドアが開けられて、クローリー氏が妻の手を引いて現れた。「おまえ」と彼は言った。「グラントリー少佐を知っているね。こちらはいとこのトゥーグッドさんだ。彼のこともよく知っているだろ。彼が私たちに尽くしてくれた大きな親切を覚えておいておくれ」しかし、クローリー夫人は口を利くことができなかった。夫人はただソファーに沈み込み、顔を隠して、すすり泣きを抑えようと無駄な努力をするだけだった。夫人は夫の難儀のあいだずっととても逞しかった。——夫が担えない重荷を夫に代わって担うとき、夫が槍を水平に構えることができない戦いを夫のため戦うとき、逞しかった。しかし、夫人は非常に多くの困難と、最後に来た圧倒的な悲しみに押しつぶされて、運命のこの大転換の衝撃に堪えることができなかった。「悪い知らせが来たとき、妻がこんな状態になることはなかったのですよ、紳士方」とクローリー氏は夫人から少し離れたところに立って言った。

少佐は夫人のそばに座って、夫人の手に手を重ね、娘についてある言葉を囁いた。夫人はこれを聞いて、少佐に両腕を投げ掛け、顔に口づけし、手にも同じように口づけし、涙を通して顔を見あげた。夫人は数語を囁いたか、囁こうとした。少佐がその意味を理解したかどうかわからなかったが、夫人の胸中にあるものを彼ははっきりとらえた。

「さて、私たちは動き回るほうがいいと思います」とトゥーグッド氏は言った。「私は起訴を撤回させるように何とか手段を講じます。ウォーカーと一緒にその手続きを取り決めます。あなたは裁判の初日にバーチェスターへ行く必要があるかもしれません。その時は私が来てあなたを連れて行きます。けりがつくまで私がここを離れるつもりがないことは、きっとわかっていただけるでしょう」

帰る段になったとき、グラントリーは――トゥーグッドがいることにはまったくお構いなしに――この知らせをグレースに伝える役割を託してくれるようにクローリー氏に求めた。

「娘はこの知らせを聞いたら、これ以上ないほど感謝することでしょう」とクローリー氏。

「今回はぼくのためには彼女に何も求めません」とグラントリーは言った。「もし求めたら、公正ではありませんから。が、このあと――数日して――彼女がもっと落ち着いたら、その時あなたの許可をえて――？」

「グラントリー少佐」とクローリー氏は厳かに言った。「私はとてもあなたを尊敬し、高く評価しています。ですから、あなたの求めるものを喜んで差しあげます。女が崇拝と、恋着と、変わらぬ愛を捧げて夫を慕うように、もし娘があなたをそんなふうに慕う気になれたら、娘はこの世の幸せをつかめると思います。あなたに娘を与えるとき――もし与えるとするなら――、私は大きな宝を与えるのです」たとえグレースが女王の持参金つきの王の娘でも、求婚の許可がこれほど完璧な特権的価値を持って恋人に与えられはしなかっただろう。

「彼はおかしな人ですね」とトゥーグッド氏は二人で馬車に乗り込むとき言った。「とはいえ、噂では彼は権威のあるとてもいい人だと言われています」

客が去ったあと、ジェーンが呼ばれて、知らせを聞かされた。娘がトゥーグッド氏を必ずしも好きになれないと言ったとき、クローリー氏は次のように娘の考えを正そうとした。「彼は温かい心と活動的な精神と健全な共感を内部に隠している人なのだよ、おまえ。作ったひょうきんな態度とほとんど俗悪なところもある外見の下にね。しかし、宝石そのものがいいとき、小箱の傷は無視してもいいだろう」

「じゃあ、父さん、次に会うときは、彼が好きになります。——もしなれたらですが」とジェーン。

フラムリー村はホグルストックからバーチェスターへ向かう道から少しはずれたところにあった。——もし旅人が牧師館の門に立ち寄るなら、おそらく行程に約一マイルをつけ加える距離だった。二人の旅人はホグルストックへ向かう往路にはフラムリーを通りすぎた。しかし、少佐は復路では寄り道をする許可をトゥーグッド氏に求めた。「私は急いでいません」とトゥーグッド氏は言った。「これまでの人生で今ほど心地よい時はありません。あなたがなかに入って友人に会っているあいだ、葉巻に火を点けています」トゥーグッドは葉巻に火を点けた。少佐は馬車を降りて牧師館へ入って行き、幸運にもグレースが一人でいるところを見つけた。ロバーツはバーチェスターへ行っており、ロバーツ夫人は道路の向かいのフラムリー・コートにいた。「ミス・クローリーはなかにおられます」と使用人は言った。まもなく少佐はミス・クローリーの前にいた。

「お父さんの消息をあなたに知らせるため、ちょっと訪ねて来ました」と少佐。

「どんな知らせですか?」

「ホグルストックからやって来たところです。——あなたの親戚のトゥーグッドさんとぼくの二人でね。小切手の謎がみな解けたんです。私の叔母のアラビン夫人——聖堂参事会長夫人——が小切手をお父さんに与えたんです」

「まあ、グラントリー少佐!」

「とてもあっさり解決したように見えますね?」

「解決したのですか?」

「はい。すべてが、この件についてすべてが解決しました」今少佐は立ち去ろうとするように彼女の手を取った。「では、さようなら。ぼくはあなたを訪ねてこれを伝えるとお父さんに言って来ました」

「とても信じられないように思えます」

「信じていいんです。本当に信じていいんです」少佐はまだ彼女の手を握っていた。「あなたはたぶん今夜お母さんに手紙を書くことと思います。ぼくがここに来たとお伝えください。じゃあ、さようなら」

「さようなら」とグレース。彼女が少佐の顔を見あげたとき、手はまだ少佐の手のなかにあった。

「いとしい、いとしい、最愛のグレース！　かわいいグレース！」それから、少佐は彼女を抱きしめて、口づけし、紳士として彼女の父と交わした約束を守ったと感じながら、それ以上何も言わずに帰って行った。

グレースは一人残されたとき、全キリスト教国のなかで自分がいちばん幸せな娘だと感じた。ただ母に連絡して、すべてを話し、すべてを話してもらえたらいいと願った！　彼女は恋人が父と交わしたかもしれない約束にはまったく思い至らなかった。恋人が短い時間しかとどまってくれなかった理由を心で問いただすこともしなかった。しかし、すべてを振り返ってみるとき、彼の行動は完璧だとグレースは思った。

その間、少佐はバーチェスターでディナーを取るためトゥーグッド氏と家路をたどった。

註

（1）「本当の雌豚の耳をつかまえる」（to get the right sow by the ear）とは「真犯人を見つける」の意。

（2）「イザヤ書」第五十二章第七節に「よきおとずれを伝え、平和を告げ」る「者の足は山の上にあって、なんと麗しいことだろう」とある。

第七十五章　マダリーナが心に血を流す

ジョン・イームズはホテルでアラビン夫人と別れたあと、旅行かばんを下宿に持って帰るとすぐ、伯父のトゥーグッドの家へ向かった。彼はそこに夫が不在のため虫の居所が悪いトゥーグッド夫人を見つけた。トゥーグッド氏は今ロンドンでばりばり仕事をしていなければならない平日にバーチェスターにいて、──宿屋で大金を使っている。トゥーグッド夫人は夫がそうしているに違いないと確信していた。実際、どうして夫にそれが自制できるでしょう？　状況が状況ですから、伯父がどうして興奮を抑えられないかよくわかります、とジョニーは言った。トゥーグッド氏はすでに短い殴り書きを送って来ていた。──勝ち誇って書かれたほんの数語の手紙だ。「クローリーは難儀を免れた。本物のサイモン・ピュア(1)に足枷を掛けたと思う」「よかったわね、ジョン」とトゥーグッド夫人は言った。「もし親類が泥棒だとわかったら、家族にはもちろん恐ろしいことになりますから」「じつにいやな思いをすることになりますね」とジョニー。「と言っても私はクローリー一家を親戚と思ったことはないんです。それはいいとして、あなたの伯父さんが一家の助けになれたのはとても嬉しいです。でも、やかましいことを言うのには理由があるんです。いいですか。この家には伯父さんがバーチェスターのどぶに投げ捨てられるほどたくさん金はないんです。十二人の子供がどうなっているか考えてみてくださいな、ジョン。トゥーグッドが独身で、どこかの貴族から資産を遺されているとでもいうんなら、それでもいいんですがね」ジョン・イームズはタヴィストック・スクエアに長くとどまっていなかった。いとこのポーリーとルーシーはサマーキン氏と観劇に出掛けていた。伯母はとても上機嫌とは言えなかった。彼はできるだけ上手に伯父の肩を持ったあと、トゥーグッド夫人のもとを去った。ド・ゲスト卿の寛大な計らいに触れられたことを不快に思った。そう触れられたことで手柄を奪われたように感じた。彼は十日で約四十ポンドを費やしたイタリア旅行をかなり誇りに思っていた。ナポレオン金貨一枚一枚がクローリー氏のため費やされると思って、いちばん金のかかる仕方で旅をした。とはいえ、トゥーグッド夫人がたった今話したところによると、そんなことはトゥーグッドがしていることに比べたら、取るに足りないことだった。十二人の子持ちのトゥーグッドは自腹を切ってバーチェスターに宿を取り、しかも仕事をほったらかしにしている。「クランプさんがいるんです」とトゥーグッド夫人は言った。「もちろんクランプさんはそれが気に入らないんです。彼が私のところに来たら、何と言えばいいんでしょう?」クランプ氏はトゥーグッド氏が出発してからまだ一度も夫人を悩ませていなかったから、夫人はこの点で公正とは言えなかった。

ジョニーはタヴィストック・スクエアを出たあと、どこへ行こうかと考えた。まだ社交クラブへ行くことができた。クラブへ行って、ビリヤードをして、夜食を取るのはどうだろう? そう胸に問い掛けてみて、そうしたくないことがわかった。トテナム・コート・ロード(2)にある馬車置き場へ向かいながら、クラブへ行くことには難点があるような振りをした。あそこへ行ってもおもしろくない、と彼は独り言を言った。できればリリー・デールに会いに行きたかった。ただ夜の九時と十時のあいだに訪問が許されるほどソーン夫人とは親しくなかった。しかし、どこかへ行かなければならない。デモリンズ令夫人とは何でも許されるほど親しい関係だ、と彼は思った。ベイズウォーターへ行こうと決めた。彼はマダリーナ・デモリンズに謎めいた手紙を書いて、パリからまさしく今夜ロンドンに到着することを伝えていた。手紙には就寝前にポーチェスター・テラスへ寄るかもしれないと書いておいた。そういうことを私がここで言わなければならないのは残念だ。その手紙には始めも終わりもなかったから、謎めいていた。頭文字さえ使わず電文のように書かれ、それくらいの長さしかなかった。ミス・デモリンズが気に入りそうな手紙だ、とジョニーは思った。彼女を満足させないはずがない手紙であり、お気に入りの恋愛ゲームの一つだ。ある人々はホイストが好き、ある人々はクロッケーが好き、ある人々は陰謀が好きなのだ。マダリーナはおそらくロマンスが好きと言うだろう。なぜなら、生まれつき彼女はロマンチックだったから。ジョンはもっと堅実な資質を具えていたから、それを笑い、そんなことにロマンスなどないと思っていた。こちらは楽しみながら、ちょっとした無邪気な見せかけで彼女を満足させられることを知っていた。彼は男性とつき合うよりも、女性とつき合うほうが気質に合う、と心でつぶやいた。ミス・デモリンズとつき合うよりもリリー・デールとつき合うほうがはるかによかった。しかし、今この時リリー・デールとつき合うことはできないから、ミス・デモリンズとのつき合いを手頃な代用とした。それで、辻馬車に乗り、ポーチェスター・テラスへ向かった。「デモリンズ令夫人はご在宅ですか?」と彼は使用人に聞いた。いつもの習慣でデモリンズ令夫人が在宅かどうか聞いた。とはいえ、応じた小姓は彼にドアを開くことに慣れていたうえ、若くて嘘を嫌ったから、虚礼なんか省いてミス・マダリーナは応接間にいるとよく答えたものだ。彼はこの夜も小姓からそんな答えをもらった。こんな時、マダリーナが母と何をしていたか彼には知るよしもなかった。マダリーナはデモリンズ令夫人の健康状態についてちょっとした言い訳をよくしたが、最近は母の頭痛には触れなくなっていた。ジョンが応接間に入ったとき、彼女は両手を宙にあげ、謎めいた恐ろしい表情を浮かべて、部屋の中央に立っていた。しかし、髪が両肩に無造作に豊かに流れ落ちるように注意深く整えていた。全体として彼女はいちばんいい姿を見せていた。「ねえ、ジョン」彼女は恐怖に陥っており、その時はたまたまジョンを洗礼名で呼んだ。「何が起こったかお聞きになりました？　でも、もちろんご存知ですね」

「何のことです？　何も聞いていません」とジョニー。彼は一部にはその聞き方が異常だったのと——一部にはそう聞いた女性の動揺によって、戸口でほとんど立ち止まってしまった。実際に待ち受ける悲劇がどれほどひどいものかわからなかったが、ひどい混乱があること、それに応じて振る舞わなければならないことを予期した。

「お入りになって、ドアを閉めてください」と彼女。ジョンは入ってドアを閉めた。「フック・コートで何があったかご存知ないとおっしゃるんですか？」

「ええ。——フック・コートで何があったんです？」ミス・デモリンズは肘掛け椅子に後ろ向きに倒れ込んで、目を閉じ、額の上で両手をしっかり組み合わせた。「フック・コートで何があったんです？」とジョニーは彼女に近づいて聞いた。

「あなたに伝える気力が残っているかどうかわかりません？」と彼女は答えた。

それで、ジョンは彼女の額から片手を取ると、彼の手のなかにしっかり握った。——彼女はされるままになって、きっとそんなこととはまったく違うことを考えていた。

「今くらい元気そうなあなたにこれまで会ったことがありません」とジョニー。

「そんな」と彼女は言った。「私が心で血を流して——血を流して——いるとき、いったいどうしてそんなことが言えるのかしら？」彼女はそれから手を引っ込めて、額の上でまた両手をしっかり組み合わせた。

「けれど、どうしてあなたは心に血を流しているんです？　フック・コートで何があったんです？」彼女はなおも何も答えないで、激しくすすり泣いた。胸の起伏はうちなる動揺がいかに激しいものかを示していた。「ドブズ・ブロートンが悲しい目にあったと、財産を競売に掛けられることになったと、そんなことじゃないんですか?」

「何とまあ」とマダリーナは言うと、椅子から飛びあがり、まっすぐ立って両腕を差し出した。「彼が自殺したんです!」彼女はとても悲劇的な仕方で、じつにすばらしい口調で、平凡な夾雑物を排除して、事実をついに明らかにした。彼女はこの場面を母か小姓かと下稽古していたに違いない、と私は思う。それから、しばらく沈黙があった。その間、彼女はまぶたさえ動かさず、半インチさえ指を落とさず差し出した両手を支えていた。悲劇的な恐怖の表情を浮かべて顔を前に出し、顎を突き出して、そのあごを微動だにさせなかった。まばたきすることもなく、唇の隙間を髪一筋広げることもなかった。もし下稽古なしにこれをみなしたとしたら、きっと大天才だっただろう。それから、ジョンがそれに答える言葉を見つけ出せないうちに、彼女は両手を体の側面に降ろし、両目を閉じ、頭を横に振り、椅子に再び後ろざまに倒れた。「あまりにも恐ろしくて話せません。——考えることもできません」と彼女は言った。「この話をする気力はなかったでしょう。——あなた以外の人なら」

ジョニーは今聞いた話に本当に心を奪われていなかったら、この言葉を聞いて喜んだだろう。

「ブロートンが——」と彼は言った。「自殺したというんですか?」彼女はもう一度それを口に出して言うことができなかったが、目をなおも閉じて三度うなずいた。「どうやって自殺したんです?」と彼は小さな声で聞いた。彼はまだそれを信じる気になれなかった。マダリーナはいたずらっぽい小陰謀をとても好むので、この話にさえ作り事を忍び込ませているのかもしれない。事実関係はまだはっきりしなかったけれど、彼は聞いたことにショックを受けた。

「恐ろしいあの場面を私に細かく繰り返させるんですか?」と彼女は言った。「私にはできません。お友だちのダルリンプルさんのところへ行ってください。彼が教えてくれます。全部知っていますから。彼はずっとマライアに付き添っていました。あんなこと、起こらなければよかったのに、――よかったのに」それでも、彼女はイームズが望んだよりも詳細に話す気になった。そして、フック・コートの悲劇が事実であること、哀れなドブズ・ブロートンが早すぎる死に至ったことをすぐイームズに納得させた。彼女はシティのマッセルボロのところに実際に出掛けて、バングルズ氏の聖域にも入り込んで、全部聞き出していた。彼女は不幸な未亡人の親友だと告げて、状況をすべて把握するのはみじめだけれど彼女の義務だと、バングルズ氏に説明した。読者はバングルズ氏を覚えておられるだろう。フック・コートでヒマラヤ・ワインを一ダース二十二シリング六ペンスで売る店を経営している、バートンとバングルズのあのバングルズだ。バングルズ氏は独身だったから、その訪問をかなり喜んで、目撃したことを余すところなくミス・デモリンズに語った。彼女がさらに情報をえるためバングルズ氏を再訪することができれば、遺族にとって都合がいいと言ったとき、彼は好きなときにいつでもフック・コートを訪問してもらえれば「誇りに思う」と丁寧に請け合った。それから、バングルズ氏は彼女をロンバード・ストリートまで送って、乗合馬車に乗せた。それゆえ、彼女は悲劇の詳細をジョニーに語る資格を充分具えていた。――それに、このころまでにはそれを語ることができるくらい恐怖を克服していた。彼女はいくぶん『アエネーイス』ふうに「自分ガ大キイ役割ヲ演ジテ[3]」いたことを忘れないで語った。語り終わったとき、「このせいで私は老婆になったような気がします」と彼女。

「いいえ」とジョニーは異議を唱えて言った。「老婆になんかなっていません」

「でも、そうなんです。こんな恐ろしい悲劇にかかわることは何年もの平穏な生活よりも人から生命力を奪うんです」彼女がバングルズ――文字通り哀れな男を抱きあげたバングルズ――とのやり取りを詳しく話そうとしなかったので、イームズは彼女がどの程度までこの件にかかわっていたか把握できなかった。が、マダリーナの性格を知っていたので、それについては何も聞かなかった。「私が生きているあいだ、あの——遺体が——目に浮かんで来るんでしょうね」と彼女は言った。「血だらけの傷が——それに——それに」「やめてください」とジョニー。彼は不快なイメージが本当にいやだった。「二度と」と彼女は言った。「二度ともとの私には！　でも、あなたが私に言えと言ったんです。一週間は目を閉じることができません」

彼女はそれから心地よく打ち解けて、哀れなドブズ・ブロートン夫人のことを議論して大いに満足した。「もちろん私は夫人に会いに行ったんです。でも、夫人はショックが大きすぎてとても会えないと、伝言を下に届けて来ました。私に会えないのもわかります。かわいそうなマライア！　彼女はドブズ・ブロートンから最初に求婚されたとき、私に助言を求めて来たんです。私は本当に心にあったことを言わなければなりませんでした。彼女の性格をとてもよく知っていましたから！　『愛するマライア』と私は言いました。『彼を愛せると思ったら、結婚しなさい』『愛せると思います』と彼女は答えました。『でも』と私は言ったんです。『事業についてはちゃんと念を押しておいてくださいね』結局どうなったでしょう？　彼女は彼を愛していなかったんです。持っていた心をじつにいやなダルリンプルに与えてしまいました」

「彼が特別いやなやつだとは思いませんが」とジョニーは友人を擁護して言った。

「彼はいやなやつです。いずれわかります。彼女は哀れなドブズに手を差し出したあと、ダルリンプルに心を与えたんです。夫の事業からは葬式代を払うほどの金もえられませんでした。私に会う気になれないのもわかります」

「事業はどうなったんです？」

「それはヴァン・シーヴァー夫人のものになりました。——夫人とマッセルボロのね。哀れなブロートンは金を少し残しました。二人がその金を手に入れたんです。一銭も持っていなかったマッセルボロは金持ちになります。彼がクレアラと結婚するつもりであることは当然ご存知でしょう?」

「そんな馬鹿な!」

「私はいつもあなたにそうなると言ってきました。コンウェイ・ダルリンプルの見通しがあまり明るくないことを今あなたはおそらく認めていいと思います。クレアラに求婚しようとするマッセルボロさんの試みをコンウェイが受け入れてくれればいいんですが! もちろんコンウェイはマライアと結婚しなければなりません。彼がどうやってそれを逃げられるかわかりません。マライアは本当に彼にはよすぎる女性なんです。──ただし、あんな結婚のあとですから、画家としての見込みには終止符が打たれるでしょう。二人にとっていちばんいいのはニュージーランドへ行くことです」

ジョン・イームズはミス・デモリンズとすごすこんな夜がもちろん好きだった。彼は心地いい椅子にくつろいで座り、彼女が駆使する様々な小陰謀を観察して楽しんだ。それに、彼女は輝く瞳を持っており、彼にお世辞を言ってくれ、時々叱らせてもくれた。手を握らせてくれるとか、──それに類することをさせてくれるとき、強い魅力を発散した。それは社交クラブで男たちと葉巻を吸って座っているよりもましだった。しかし、たとえマダリーナ・デモリンズとでも一晩じゅうそうしているわけにはいかない。彼は十一時になると立ちあがって暇乞いをした。「いつあなたはミス・デールにお会いになるんです?」と彼女は突然聞いた。

「わかりません」と彼はしかめ面をして答えた。彼女からミス・デールのことに触れられるとき、彼はいつもしかめ面をした。

「あなたのしかめ面は好きじゃありません」と彼女はふざけて言うと、両手をあげてジョンの額のしわを伸ばした。「あなたの女神を名指ししてもいいくらい、あなたとは親しくなっていると思います」

「彼女はぼくの女神じゃありません」

「聞いた噂から判断すると、たぶんとても冷たい女神なんでしょうね。彼女についてあなたに約束してほしいんです」

「どんな約束です?」

「してくれます?」

「内容を聞くまでできませんよ」

「彼女と会ったとき私のことを話さないと約束してください」

「けれど、なぜ約束しなければいけないんです?」

「約束して」

「理由を言ってくれなければできません」ジョニーはミス・デモリンズの名をリリー・デールに言うことなんかありえないとすでに確信していた。

「よろしいわ。じゃ、帰ってもいいです。もしあなたがこんなささやかな頼みにさえ応じてくれないんなら、ここではもう会いたくないと言わなければなりません。イームズさん、なぜ私の悪口をミス・デールの前で言おうとなさるんですか?」

「あなたの悪口なんか言っていません」

「あなたが私のことを彼女に話すとき、とにかく私をけなすことを知っています。いいですか、約束して。木曜の夜にここに来てください。そうしたらなぜ私が約束をお願いしたか教えます」

「今教えてください」

彼女は一瞬ためらって、それからかぶりを振った。「いえ、今は言えません。あの哀れな男の運命を思い出して心にまだ血を流しています。今は言えません。でも、あなたが約束しなければならないのは今です。それくらいは信頼してくれませんか？」

「ミス・デールにあなたのことは話しません」

「それでこそ私の友人です！　さて、ジョン、あなたは木曜八時半にここに来てください。八時半きっかりにね。言わなければいけないことがあるんです。来たらその時言います。今日言っておこうと思っていたことなんです」

「どうして今じゃ駄目なんです？」

「言えないんです。哀れなブロートンのことでいろいろなことがありましたから、感情が高ぶって、きっと最後までちゃんと言えません。たぶん取り乱してしまいます。たぶんね。さあ、帰って。私は疲れました」彼は私たちが前に触れたあの強い魅力を一時的に楽しんだあと、じつに唐突に部屋を出た。

彼はマダリーナの出し抜けな振る舞いと奔放な言葉のせいで唐突に部屋を出ることになった。ポーチェスター・テラスで演じたこのささやかな恋愛ゲームには、すべてに何か異様な、特殊な歪曲があることに気づいていた。彼は一瞬マダリーナを両腕に抱いたあと、その部屋のドアへ急ぎ、あっという間に踊り場に出た。彼があまりにもすばやく動いたので、老デモリンズ令夫人は対応しきれなかったのだろう。令夫人の寝巻きのスカートが別のドアのなかにさっと入っていくのを――ジョニーは見たような気がした。老デモリンズ令夫人が――姿を見ることができないほどいつも病気がちな令夫人が――寝巻きでうちのなかを歩き回りたがるとしても、彼は別段気にしなかった。

彼は通りに出て一人になったとき、ドブズ・ブロートンとその哀れな運命に再び思いを馳せた。自殺した男とディナーを一緒に取った家を見るため、ゆっくりパレス・ガーデンズへ歩いて行った。彼は今光のない窓を見あげつつしばらく立ち尽くして、かつて贅沢のまっただなかにいるのを見たことがある女、こんな状況で今未亡人になった哀れな女のことを考えた。友人のコンウェイがこの未亡人と結婚するなどという話を一瞬たりとも信じなかった。マダリーナの話がどんな価値を持つものか、その話が出て来た動機がどこにあるかよく心得ていた。しかし、ヴァン・シーヴァー夫人が資産をみな呑み込んでしまったとか、おそらくマッセルボロが夫人の娘と結婚する予定だとか、そんな話は正しいのかもしれないと思った。とにかくダルリンプルのアパートへ行こう。もし彼を見つけることができたら、真相がわかるだろう。時間が遅いことを気にしなくてもいいほどダルリンプルの生活習慣とアパートとアトリエの状況を熟知していた。彼はほんの数分もすると、ダルリンプルの肘掛け椅子に座っていた。サイ・ダンが平然とした様子でそこで煙草を吸っているのを見つけた。そんな状態が続いているあいだは、ブロートン夫人のことを聞くことができなかった。それで、彼は海外の冒険の話とクローリーの無罪放免の話を二人にした。しかし、ついに三回目のパイプが終わって、サイ・ダンが帰って行った。

「教えてくれ」とジョンはサイ・ダンがドアを閉めるとすぐ聞いた。「ドブズ・ブロートンについてぼくが聞いたあの話は何だい？」

「彼は頭を銃で吹き飛ばしたんだ。それだけさ」

「何とショッキングな！」

「そう、初めはぼくらみんなに衝撃を与えた。今は慣れたけれどね」

「それで、事業はどうなるんだい？」

「それは駄目になったよ。少なくともドブズの持ち分は駄目になったと言われている」

「破産したのかい？」

「そういう噂だね。つまり、マッセルボロとヴァン・シーヴァー夫人はそう言っている」

「君はどう思うんだい？」

「口をつぐめばつぐむほどいいと思う。ぼくにはぼくの希望があるから。――ただし君はずいぶんお喋りだから、信用できないね」

「君の秘密を喋ったことは一度もないよ、君」

「ええとね、――本当のところはあの哀れな未亡人にいくらか金が残されているというのがぼくの考えなんだ。連中は未亡人をないがしろにしていると思う。もちろんぼくができることは問題を弁護士の手に委ねて、その費用を払うことくらいだね。それで、ぼくは君の伯父さんのところへ行った。彼はその訴訟を取りあげてくれたよ。彼がぼくを破産させないように願うね」

「じゃあ君はヴァン夫人と訴訟することになるね？」

「それはたいしたことじゃない。ヴァン夫人がぼくに仕掛けてきたんだから」

「ヤエルはどうなるんだい、コンウェイ？　ヤエルはマッセルボロ夫人になりそうだという噂だよ」

「誰がそんなことを言ったんだね？」

「ある女性さ」

「うん、それが誰か知っている。ヤエルはマッセルボロ夫人にはならないと思う。たとえヤエルがロンドンにたった一人の女性で、マッセルボロがたった一人の男性でも、彼女はマッセルボロ夫人にはならないと思う。秘密の一端を漏らすとね、ジョニー、ヤエルはコンウェイ・ダルリンプルの妻になると思う。それがぼくの意見さ。ぼくの判断によると、それはヤエルの意見でもあるんだ」

「しかし、ヴァン夫人の意見じゃないね。ある女性は別のことも教えてくれたよ、コンウェイ」

「別のことって何だね?」

「この件は自殺したあの哀れな男の未亡人と君が結婚して終わるとその女性はほのめかしていた」

「ジョニー、いいかい君」と画家は気持ちだけ間を置いたあと言った。「ちょっと君に助言するとね、そんなことに首を突っ込んで君は何か得するものでもあるのかね?」

「ぼく自身が不快な目にあわなければ、何か得するようにやってみるよ」

「君が得をしようが、損をしようが、これは胸にしまっておいてくれ。ぼくは君よりもその『ある女性』をよく知っている。その女性に注意するよう君には強く警告しておくよ。その女性は猛禽で、まったく不潔な鳥なんだ。その鳥は伴侶を求めており、どう見つけるかはあまり気にしていない。その鳥は金を求めていて、どう金を手に入れるかはあまり気にしていない。その鳥は疑いなく悪い鳥で、上品な農家の庭で家庭的な雌鶏の地位に着くにはまったくふさわしくない。わかりやすい英語で言うと、ジョニー、もし君が頻繁にポーチェスター・テラスへ出掛けるなら、君はその鳥と結婚することになるか、あの立派な老鳥、あの母鳥が訴え出る婚約破棄訴訟で伯父さんのトゥーグッドを弁護士として雇うか、どちらかになることがわかるだろう」

「もしどちらかということなら、後者でしょう」と、ジョニーは出て行くため帽子を取りあげて言った。

註

(1)イギリスの劇作家スザンナ・セントリヴァー(1667?-1723)作の喜劇『妻への見事な一撃』(*A Bold Stroke for a Wife*, 1718)に由来する。フェインウエル大佐は恋人アンの後見人にいい印象を与えるためクエイカーの説教師サイモン・ピュアになりすます。結婚の許可がえられていざ結婚というときになって、本物のサイモン・ピュアが現れる。本物のサイモン・ピュアは当の本人、真犯人の意。

（2）ロンドン中央部を南北に走り、セント・ジャイルズ・サーカスに至る通り。

（3）ウェルギリウス『アエネーイス』第二巻五から六行。

第七十六章　彼は気が多いんだと思います

アラビン夫人はロンドンに一日滞在した。トゥーグッド氏は難局を乗り切るまでクローリー氏を助けてバーチェスターから動くつもりはないと断言していたが、ジョン・イームズが帰国したとの知らせを聞くとすぐロンドンに上京した。トゥーグッドはアラビン夫人に会って宣誓証言をもらい、それをウォーカー氏に送った。アラビン夫人はなおもまだ出廷して、そこでやはりクローリー氏に小切手を渡したと宣誓して証言する必要があるかもしれないと告げられた。しかし、ウォーカー氏の意見によると、裁判官がクローリー氏に対する起訴を撤回するように大陪審に求められる状況があり、クローリー氏に関する限り、事件はそんなふうに終結するだろうとのことだった。トゥーグッドはダン・ストリンガーをなおも被告人席に立たせたかった。しかし、そうしようとしたら、失敗するだろうとウォーカー氏は断言した。ダンはバーチェスターの治安判事の前で尋問されて、クローリー氏と小切手については何も知らないとあくまでも白を切り通した。ダンはトゥーグッドがいるところで思わず漏らした発言とは食い違う主張をした。とはいえ、嘘で――そんな嘘でも――ダンを罰することはできない！　クローリー氏の訴追が続いているあいだダンが事情をすべて知っていたのは明らかだが、彼は宣誓していたわけではない。口をつぐんでいたからと言って法的責任を問えなかった。彼は小切手を持っていたことを説明するように求められて、ジェム・スカトルから受け取ったと答えた。スカトルはホテルの馬屋にかかわる金をみな受け取って、週に一度決算していた。小切手はソームズ氏から受け取ったとだけジェム・スカトルから聞いた、とダンは答えた。ジェムはその後ニュージーランドへ行ってしまった。疑わしいことに、ジェムがアラビン夫人の家賃支払いの直後に旅立ったこと、また旅立ちの時までジェムがダン・ストリンガーと懇意だったことははっきりしていた。ダン・ストリンガーが不正に小切手を手に入れたことはみんなが知っていた。それでも、治安判事らは――ウォーカー氏も含めて――彼の有罪を確定する証拠はないとの意見で一致した。とはいえ、クローリー氏が傷つけられた話はバーチェスターではよく知られていた。それで、クローリー氏がこんなふうに傷つけられたのに、見て見ぬ振りをした男に対する反感は非常に強かった。それで、ダン・ストリンガーが罰を免れたわけではなかった。荒々しい気性のバーチェスターの人々がある夜「ウォントリーのドラゴン」を訪れて、ダン・ストリンガー氏に出て来て一緒に夜の散歩をしてくれるように請うた。ダン・ストリンガーがその時そんな散歩をする気分ではないとほのめかしたとき、彼らは奥の談話室に入って、その奥まったところでダン・ストリンガーと夜をすごすことを許してほしいと請うた。その夜「ウォントリーのドラゴン」ではひどい騒動があった。ダンはやっとのことで警察によって救出された。翌朝彼は早い汽車でひそかにバーチェスターを出て、二度とこの市で姿を目撃されることはなかった。しかし、彼の噂がまもなく届いた。それによると、彼はロンドンで複数の救貧院の浮浪者用収容室に入り込んだように見える。いとこのジョンはそのすぐあと宿屋を去った。じつのところソームズ氏の小切手の問題がなくても、ジョンはそうしていたに違いない。――その後、バーチェスターでストリンガーの名を聞くことはなかった。

アラビン夫人は一日ロンドンに滞在した。できるだけ早く父のところに戻るほうがいいと、姉の手紙で促されなかったら、夫人は夫を待ってさらに長くそこにとどまっていただろう。「危険が差し迫っているとほのめかすつもりはありません」とグラントリー夫人は書いた。「実際のところ、父が病気だということもできません。老衰の危機に急に襲われて、子供のように弱々しくなっているように見えます。子供、特にポウジーと一緒にいることを唯一の楽しみにしています。父を扱うあの子の真剣な様子は見物に値します。父は今一週間以上自室から出ていません。それにほとんど食べていないのです。まだ何年も生き延びることはあるかもしれませんが、大執事も私も父が私たちから去って行くときは間近だと思っています。これをあなたに知らせなかったら、おそらくあなたをだますことになります」アラビン夫人は二日も待てば夫が到着する予定だとしても、またクローリー氏のためならただちにバーチェスターに戻る必要はないと言われても、この手紙を読んだあと、ロンドンで夫を待っていることができなかった。

しかし、アラビン夫人はその一日にジョン・イームズとの約束を守って、リリー・デールに会いに出掛けた。夫人はジョニーがとても気に入って、彼が長いあいだ勝ち取ろうとしてきた女性を褒美としてえるに値すると感じた。読者はおそらくアラビン夫人とは違った意見をお持ちかもしれない。読者はジョニーの性格についてアラビン夫人よりも深い洞察をえているだろうから、ミス・デモリンズといちゃついて楽しむような若者は、リリー・デールには値しないとおそらく考えるかもしれない。もしそうなら、私はジョン・イームズについて読者とは異なる意見を持っていることをはっきり認めていい。彼がリリーに値するかしないかという問題は、測る基準がないので判断するのが難しい。私の旧友ジョンは確かに英雄ではない。——人生の多くの局面でじつに非英雄的だった。それゆえ、もしあらゆる娘が英雄を待望しているとしたら、彼にとって結婚に至る困難は今でも大きいのに、残念ながらさらに大きくなると言っていい。ジョニーは熱狂的になることも、英雄的になることも、理想主義的になることも、華々しい男らしさを誇ることもなかった。彼は愛のため心を引き裂かれることも、叙事詩に書かれることもなかった。むしろ、彼は情の深い、優しい、正直な若者だった。たいていの娘は彼を受け入れれば得をする、と私は思う。彼のようにしばしば求婚に他人の援助を求めるのが賢いことだったかどうかは別問題だろう。

アラビン夫人はソーン夫人と親しかった。それで、彼女がソーン夫人の家へ行くことに何の意外性もなかった。ソーン夫人は彼女に会えてとても喜び、バーチェスターの便りをみな伝えた。アラビン夫人が聖堂参事会長邸に一週間いてえられるよりも多くの便りだ。というのは、ソーン夫人は情報を拾い集める特別な才能を持っていたからだ。ソーン夫人はソームズ氏の小切手の話をみなすでに聞いており、クローリー氏への償いとして最低でも彼を主教にしなければならないとの所信を述べた。「公邸が空っぽになっている状況はわかるでしょう」とソーン夫人。

「公邸が空っぽですって！」とアラビン夫人。

「空っぽも同然なのです。プラウディ夫人が亡くなって、哀れな主教は今重みをなくしたと私は思います。本当なのです、アラビン夫人。あの哀れな奥方の死を非常に重く感じます！　奥方は私を信頼に足るプラウディ派と見なしていました！　奥方は聖堂参事会長と大執事についてとても楽しい邪悪な話を一度私に囁いたことがあります。その二人が私の特別な友人だと言ったとき、奥方はぞっとしたような表情を浮かべました。けれど、奥方は私の言ったことを信じなかったと思います」それから、エミリー・ダンスタブルが部屋に入って来た。リリー・デールも一緒だった。アラビン夫人はこれ以前にリリーに会ったことがなかったから、もちろん紹介の労を取ってもらった。「ミス・デールは残念ながら明日アリントンに帰ることになっています」とエミリー。「けれど、彼女は五月にはチャルディコウツに来る予定です」とソーン夫人は言った。

「もちろん、アラビン夫人、私たちがどんなお祭り騒ぎを五月にするかご存知でしょう？」それで、双方の側から丁寧な様々な会話がなされた。アラビン夫人はミス・デールにバーチェスターでまたお会いしたいと言った。とはいえ、夫人はこんなことを話していても、イームズの仲介役になる目的に一歩も近づいていなかった。

「ミス・デールに特に一言お話したいことがあるのです。――もし彼女が許していただけるなら、今日ここで」とアラビン夫人。

「きっと許してくれますよ。――話すのは二十語だけですよ。いいでしょう、リリー？」ソーン夫人はそう言って、部屋を出ようとした。それで、アラビン夫人はお詫びを言った。ソーン夫人はたいしたことじゃありませんと言い、そそくさと出て行った。リリーはソファーの上で動かないまま、どんなことになるか不思議そうな表情をしていた。リリーとアラビン夫人はやがて二人だけになった。リリーは考える時間を少しえて、その間にアラビン夫人の訪問がクロスビーに関連することに違いないと推測した。――クロスビーがバーチェスター出身の妻と結婚したことを思い出したからだ。アラビン夫人がジョン・イームズによってたった今イタリアから連れ戻されたことを完全に忘れていた。

「あなたからぶしつけな人と思われたくないのですが、ミス・デール」とアラビン夫人。

「そんなふうには思いません」とリリー。

「イームズさんが私と夫を見つけ出すためイタリアへ向かったことを、あなたは出発前にご存知だったと思います」とアラビン夫人。それで、リリーはクロスビーがこれからの会話の主題ではないと知り、彼のことを胸中から完全に払拭しつつもそれを残念に思った。クロスビーの言い分を取りあげる人に対して何を言うか、それに迷いはなかった。今数語でじつに的確に回答することができる。けれども、もう一つの問題については、かなり迷いがあった。彼女はM・Dから送られて来た手紙の一語一語を思い出した。その若い女性に宛てたジョンの手紙の文言も思い出した。彼に対するわだかまりはまだ深かった。「はい」と彼女は言った。「イームズさんはある夜ここに来られて、旅立つ理由を教えてくれました。私はそれが正しいと思ったから、行ってくれてとても嬉しかったです」

「彼がどんな成功を収めたかもちろんご存知でしょう？　クローリーさんに小切手を渡したのは私なのです」

「ソーン夫人から聞きました。ソーン先生から手紙で経緯をすべて教えてもらったのです」

「私は今イームズさんの成功報酬を求めに来ています」

「成功報酬ですか、アラビン夫人？」

「ええ、あるいは彼の味方をするために来ています。帰国の旅を一緒にしている道中、彼からたくさん話を聞かせてもらったからといって、彼を怒らないでくださいね」

「いえ、怒りません」とリリーは笑って言った。「あなたよりも信頼できる友人は選べなかったでしょう」

「私くらい誠実に彼に味方する人は確かに選べないでしょう。彼はじつに善良で、とても人当たりのいい人です！　彼なりの仕方でとても愉快な人、女性を幸せにする人です！　それに、ミス・デール、彼は献身的です！」

「私たちの古い友人の一人なんです、アラビン夫人」

「そう彼から聞きました」

「私たちはみな彼を愛しています。母さんは彼にずいぶんご執心なんです」

「彼がうぬぼれているのでなければ、彼といっそう親しく、いっそうねんごろになることを願わないあなたの身内の人はいないということです」

「そうかもしれません。否定はできません。母さんや伯父さんは二人とも彼が好きです」

「そういうことは大きな支えになりませんか？」とアラビン夫人。

「そんなことは支えにはなりません」とリリーは言った。「そんなことは何の役にも立たないんです」

「そうなのですか？　身内の者が嫌う人と結婚する気にはなれないように思えますが」

「いえ！　それは話が違うんです」

「でも、彼が安心して信頼できる交際相手だと友人らみなに感じさせるのに成功したのは、彼の高い評価につながりませんか？」リリーはこれに何も答えなかった。アラビン夫人は身につけた雄弁の限りを尽くして友人の味方を続けた。彼の美点としてよい気質と親切と志操の堅さをあげ、世間も彼を高い地位に就けようとしているという事実も忘れなかった。それでもリリーは答えなかった。アラビン夫人の介入を出しゃばりとは見ないと約束したから、不快感を表すような言葉は控えた。実際不快とは思っていなかった。ジョン・イームズは彼の幸福に関心を寄せてくれるアラビン夫人のような人をえることによって、リリーの評価のなかで得点をえた。しかし、リリー・デールは片意地というか、頑固というか、そんな甲殻を身につけて、外部からの圧力によってあれこれ動かされまいと決めていた。なぜジョン・イームズはリリーの心から過去のみじめな記憶を払拭しようと最善を尽くしているこのとき、――もし彼が求婚に本気なら、払拭しようと努めていたはずだ――、なぜこんなだいじなとき、M・Dのような女性と情愛あふれる文通をする気になったのだろうか？　アラビン夫人がジョン・イームズのため説得を続けているあいだ、リリーはジョンがM・Dに書いた文言――「いつもずっと変わらずにあなたのもの」――を心のなかで繰り返した。それは正確な文言ではなく、リリーがごまかして胸中選んで繰り返した文言だった。どうしてリリーはそんなふうだったのだろう？　昔のクロスビーなら、女性に対して――M・Dのような非常にいとわしい女性に対して――彼がどんな言葉を遣い、どんな表情をし、どんな手紙を書いてもリリーは許しただろう。いや、クロスビーなら、彼女を完全に捨てて別の女性に乗り替えても許しただろう。その別の女性はジョニーが選ぶどんなM・Dよりもいとわしい女性で、——唯一評価できるとしたら、爵位しかない女性だった。それなのにジョン・イームズをリリーは許そうとしなかった。ジョンに不利な証拠はごく薄弱だったにもかかわらず、彼女はむしろ薄弱なものを強い証拠にしようとした！　どうしてそんなふうだったのだろう？　ジョン・イームズは英雄ではなかったけれど、アドルファス・クロスビーよりも確かに立派な大物だった。つまり、たんにこういうこと——リリーは一方の男性とは恋に落ちたが、もう一方の男性とは恋に落ちなかったということだ！　彼女はクロスビーと恋に落ちて、当人なりの素朴な仕方でその恋に打ち勝とうと努力した。もう一方の男性をできれば愛せたらいいと心に言い聞かしたものの愛せなかった。何度ももう一方の男性を夫として受け入れ、その後の展開に愛を委ねようと半分心に決めたのに、そうする時が来たとき、そうすることができなかった。

「彼に慰めの一言を与えてはいけませんか？」とアラビン夫人。

「そんな一言がなくても、彼は快適にやっていけます」とリリーは笑って言った。

「でも、彼は快適ではないのです。それはあなたにもおわかりでしょう？」「ずっと変わらずにあなたのものであるJ・E」とリリーは一人つぶやいた。「彼の愛情を疑いはしないでしょう？」とアラビン夫人は続けた。

「疑うことも信じることもしません」

「じゃあ、あなたは彼を不当に扱っていると思います。私が思い切ってあなたのところに来たのは、彼がほんの先日まで他人だった私に与えた印象をあなたに理解してもらうためです。彼があなたを愛しているのは間違いありません」

「彼は気が多いんだと思います」

「そんなことはありません、ミス・デール」

「もし私が彼を充分愛せなかったら、どうして彼の妻になれるでしょう？　アラビン夫人、これについてはもう心を固めているんです。私は人妻にはなりません。私は母と完全に一心同体です。一緒にいます」彼女はこれらの言葉を発するやいなや、そう言ったことで自分を憎んだ。これらの言葉には彼女がいやになる涙っぽい、気取った、弱々しい感傷性があった。彼女は率直な、目的に沿う、気取ったところのない正直な話し方を特別好んだ。しかし、病気の女子生徒のような言い方でジョン・イームズとの結婚を辞退してしまった。「もうこれについては話しても無駄です」と彼女は言うと、すばやく椅子から立ちあがった。

「私に腹を立ててはいませんね？　――とにかく私を許してくださいね？」

「あなたがとても親切にしようとしてくださったことはわかっています。少しも怒っていません」

「お帰りになる前に彼に会ってくれますか？」

「ええ、もちろんです。つまり、彼が今日か、明日早くかに来てくださったらね。明日田舎に帰るんです。彼はとても古い友人で――ほとんど兄ですから、その訪問を断ることはできません。でも、アラビン夫人、それが役に立つとは思いません」それから、アラビン夫人はリリーに口づけして、その日の午後五時半にイームズ氏は来ると告げて立ち去った。リリーはうちにいて彼を待ち受けると約束した。

「最後に私たちと馬車で出掛けませんか？」とエミリー・ダンスタブルが聞いた。リリーがその日の午後馬はいりませんと伝えたときのことだ。

「いいえ、今日は駄目なんです」

「エミリー・ダンスタブルと一緒に馬で出掛けるチャンスは二度とないよ」と選ばれた花婿のバーナードが言った。「少なくともそうなるように願っている」

「それでも、お断りしなければなりません。一緒にいられるなら、一ギニーあげてもいいんですが。ジョン・イームズがお別れを言うためここに来る予定なんです」

「ああ、それなら私たちと一緒に行ってはいけません。リリー、彼に何と言うつもりですか?」

「何も」

「でも、リリー、考えてみてください」

「考えてきました。ほかには考えていません。考えるのに疲れてしまいました。そんなにたくさん考えても無駄です。どうでもよくなりました」

「この世の誰よりも愛してくれる人をそばに持つことはとてもいいことです」

「そんな人はいます」とリリーは言った。彼女は母のことを考えていたが、母のことを口に出して涙もろい弱さに再び落ち込みたくなかった。

「ええ、でも、いつもあなたと一緒にいて、あなたのためにみなしてくれ、まさしくあなた自身であるような人です」

「それってあなたにはいかにもふさわしいことですね」とリリーは言った。「バーナードはこの世でいちばん幸運な男性だと思います。でも、私の場合、うまくいきません。どの大学で学位を取ったらいいかわかります。取ったあと男性がするように名のあとに肩書きを入れさせてくれたらいいんです」

「どんな肩書きのこと、リリー?」

「オールド・メイドの頭文字のO・Mよ。学士のB・Aと同じくらい立派な根拠があります。学士よりもずっとたくさん意味があると思います」

第七十七章　粉々になった木

アラビン夫人はその日の正午ジョニーに会ったとき、彼にあまり励ましを与えることができなかった。それでも、夫人はまだ彼に成功の見込みがないわけではないと感じた。リリーの回答はじつにはっきりしていた。とはいえ、言葉あるいは声の調子にリリー本人にも気持ちがまだ確定していないことをアラビン夫人に感じさせるものがあった。リリーが心を和らげる余地はまだあった。しかし、夫人はジョン・イームズにただ「入って勝ち取れ」と指示していいとは思わなかった。「彼は気が多いんだと思います」とリリーは言った。リリーの言葉でアラビン夫人の記憶にいちばん強く残っているのがそれだった。夫人はそれを友人に繰り返そうとは思わなかったが、与えるべき忠告をそれに接ぎ木して言葉にすることにした。

夫人はこれを伝えるとき、リリーはおそらく友人イームズの本気度を疑っているのだと思うと言った。「ぼくはこの瞬間にも彼女と結婚するつもりなんです」とジョニー。しかし、彼がそう言っても、アラビン夫人はそれが本気度を充分証明するものではないことを知っていた。多くの男が風見鶏のように気まぐれで、いつでも結婚する用意があると言う。しかし、気まぐれで結婚について何も考えていないから、そんな用意があると言うのだ。「でも、あなたがほかの女性たちを愛していることが、おそらく彼女の耳に入っているのです」とアラビン夫人。「リリー以外の人をぼくは真剣に考えたことがありません」とジョニーは答えた。「もしぼくが六か月鳥籠のなかに閉じこもっていられたら、それが役に立つものかどうか知りたいです」「その鳥籠を彼女が預かることができたら、おそらく役に立つかもしれません」とアラビン夫人。夫人はこの件についてそれ以上何も話さなかった。ただその日の午後五時半にミス・デールが彼を待っているとだけ知らせた。「あなたが訪問してお別れを言いたがっていると告げたら、彼女はあなたに会う約束をしてくれました」

「ぼくには二度と会いたくないと言ってくれればいいのに。そうしたら、ぼくにも見込みがあると思えるでしょう」とジョニー。

彼とアラビン夫人の別れはとても愛情に満ちたものだった。夫人はフィレンツェに迎えに来てくれた彼の親切にどれほど感謝したか、彼の心遣いを彼女も――参事会長も――どれほどありがたいと思っているか伝えた。「バーチェスターの参事会長邸はいつもあなたを大歓迎することを、イームズさん、覚えておいてください。まもなくあなたが奥さんと一緒にそこに来られたらいいと思っています」そんなかたちで二人は別れた。

彼は二時ごろアラビン夫人と別れて、ベッドフォード・ロウにあるトゥーグッド氏の事務所へ行った。彼は伯父を見つけて、二人でホルボーンに昼食に出掛けた。二人のあいだにリリー・デールの話は出なかった。ジョンは三十分心のなかからリリーの話題を除去できて嬉しかった。トゥーグッドはクローリー氏の件で収めた勝利のこと、バーチェスターでの成功のことしか考えていなかった。彼はジョンにプラムステッドを訪問した際の長い話をして、もしすべての聖職者が大執事のようだったら、非国教徒が入り込む余地はあまりないだろうとの意見を述べた。「これまで非常にたくさんの牧師に会ってきたけれど」とトゥーグッドは言った。「思うに大執事のような人には会ったことがないね。彼がとにかく牧師であることは知っているだろ。彼は常に君に牧師であることを忘れさせないんだ。とはいえ、まあそんなところさ。あの連中はたいてい一緒にいるあいだに必ず白いネクタイで君の首を絞めて満足する。クローリーは」とトゥーグッドは続けた。「聖人であれ、罪人であれ、牧師であれ、俗人であれ、ほかのどんな人とも違っているね。あんな人のことはこれまで耳にしたことがないよ。彼は今の私と同じくらいはっきり自分が小切手をどこで手に入れたか知っていたのに、それを言おうとしなかった。参事会長が違うと言ったからというんだ。これについては誰か本を書くべきだね。――本当に書くべきだよ」それから、彼はダン・ストリンガーのことを話した。ダンをどう見つけ出して、宿屋の談話室の壁にある小さな隙間からダンの帽子の天辺をどう見たか話した。「彼の帽子がぴくりと動くのを見たとき、ジョン、私はやつが小切手を操作したことを直感したんだ。私がほかの人よりも賢いと言うつもりはないよ。そうは思わないが、君がこの種の災難に突き当たったら、弁護士のところに来るべきだと私は言いたいね。それが弁護士の仕事だし、弁護士はそれを忍耐と根気強さでやり遂げるんだ。とはいえ、あの悪党が野放しになってしまうのは残念だな」そのあと、イームズはあちこち動き回ったイタリア旅行の話を伯父にして、その成功にもお祝いの言葉をもらった。夜は二晩しか寝床に就いて寝なかった点と、旅の連れが女性だという弱味がなければ、寝床のことであそこまで譲ることはなかった点に、ジョンは大きな誇りを感じた。「私たちはこういうことをみなすぐ忘れないようにしよう――そうだろ、ジョン?」とトゥーグッドは快活な声で言った。それから、二人はホルボーンの昼食堂のドアで別れた。トゥーグッドは事務所に戻り、そしてジョン・イームズは求婚の最後の試みをする準備をした。

彼は下宿に帰って来ると、まず着替えを――求婚のため見栄えをよく――しようとした。が、寝室の整理だんすにしばらく寄り掛かって立っているうちに着替えをやめた。「結局ぼくは行ったり来たりで定まらないな」と、彼は独り言を言った。「彼女を勝ち取ることが今のようにできなければ、まったく勝ち取る見込みなんかない」それから、彼はリリーにもう一度求婚しようと決意したあと、これを最後の試みにしようと厳かに心に誓った。「こんなことが何になるんだろう？　ぼくはみんなの笑い物になっている。ぼくは滑稽な馬鹿者なんだ。首相になりたがるのはとても立派なことだ。しかし、首相になれないんなら、首相になれない仕方でやっていかなければならない」それから、彼は古い歌を歌った。――「一人の女性が美しいからといって、ぼくは絶望し、溜息をついて死ぬことになるんだろうか？　彼女が美しい顔を向けてくれないのなら、いくら美しくても何を気をもむ必要があろうか？」[1]とはいえ、彼は気をもんだ。歌は何の役にも立たないと心でつぶやいた。まだリリーのところへ行く時間には早すぎたので、彼はソファーに身を投げて、本を読もうとした。それから、夜の旅の疲れがどっと出て、寝込んでしまった。

目が覚めたとき、六時十五分前だった。彼は飛び起きると、そとに駆け出して、辻馬車に飛び乗った。「バークリー・スクエア[2]へ――大急ぎで頼む」と彼は言った。「――番地だ」時間を守れというロザリンドの恋人への忠告[3]を思い出した。こんな非常事態なのにあの不幸な爆睡のせいで本当に身を破滅させてしまったかもしれないと恐れた。ソーン夫人の家のドアに着くと、急いでノックして、一分一秒の節約にすべてが懸かっているように応接間にせかせかとあがって行った。「ずいぶん遅刻したんじゃないかと心配です」と彼。

「ご心配無用です」とリリーは言った。「アラビン夫人からあなたがたぶん訪ねて来られると聞きましたから、待つつもりでした。あなたはサー・ラフルから引き留められて、来られないんだろうと思いました」

「サー・ラフルから引き留められていたわけではありません。眠り込んでしまったんです。それが本当です」

「私の用事であなたを起こせなかったかと思うと残念です」

「ぼくを笑わないでください、リリー。――今日はずいぶん旅してきたんです。疲れたんだと思います」

「笑いはしません」と彼女。突然彼女は目を涙で一杯にした。――理由はわからなかった。しかし、涙がそこにあった。彼女はハンカチを目に当てるのを恥じたし、顔を背ける気にもなれなかった。それで、彼から涙を見られるしか仕方がなかった。

「リリー」と彼。

「何という義侠の人(4)だったんでしょう、ジョン、友人のためヨーロッパじゅうを駆け回って！」

「それを言わないでください」

「しかもすばらしい成功を収めた勇士です！　どうして私が言ってはいけないんです？　明日帰郷するつもりです。一週間この話以外に何もするつもりはありません。あなたがいとこを救ったので私はとても、とても、とても嬉しいんです」それから、彼女はハンカチを顔に当てて、涙がクローリー氏のせいである振りをした。しかし、ジョン・イームズはそんなことではだまされなかった。

「リリー」と彼は言った。「これが最後と思ってやって来ました。あなたを脅そうとしているように聞こえますが、そんなふうには受け取らないでください。ぼくが言いたいことはおわかりになると思います。あなたに妻になってくれと言うため――これが最後と思ってやって来ました」リリーは彼が入って来たとき、迎えるため立ちあがっていた。二人ともまだ立っていた。リリーはすぐ彼に答えないで、彼から離れて窓のほうへ歩いた。「なぜぼくが今日ここに来たかおわかりでしょう、リリー？」

「アラビン夫人が教えてくれました。あなたが来られる予定でしたので、外出できませんでした。でも、おそらく外出していたほうがよかったんです」

「そう？　そうなんですか？　それをどうしてもぼくに言わなければいけないんですか、リリー？　ちょっと考えてみてください、ねえ」

「考えました」

「あなたの一言、今話されるはい《イエス》か、いいえ《ノー》がぼくにとって永久にすべてなんです。リリー、はい《イエス》と言うことはできませんか?」リリーは彼に答えないで、さらに彼から離れて別の窓まで歩いた。「何とかはい《イエス》と言ってください。ぼくのほうを向いて、半分しかはい《イエス》を意味しない一目でもいい——永久にいいえ《ノー》にはしないとぼくに伝える一目でもいい、それを向けてください」リリーはほとんど彼のほうを向こうとした、と私は思う。ともあれ、彼女は窓ガラスにしっかり目を向けて動かなかった。「リリー」と彼は言った。「あなたは薄情な人ではありません。——おそらくまったくぼくが嫌いなわけでもありません。ぼくに不利な嘘偽りをあなたは信じ込んでいるんだと思います」リリーはこれを聞いて、絨毯の上で怒って片足を動かした。彼女はM・Dのことをほとんど忘れていたが、今彼から言われて手紙のことを思い出した。明白な証拠もなしに彼に不利なことは信じないようにしようと心で確認していた。しかし、そんなことを彼に口に出して言うつもりはなかった! 彼を非難したら、似つかわしくないだろう。「あなたがぼくの真剣さを疑っていると、アラビン夫人から聞きました」と彼は言った。

リリーはこれを聞くとすぐほとんど怒って、さっと彼のほうに振り返った。「私はそんなことを問題にしていません」

「ぼくが真剣である証拠を出せと言われれば、出すことができます」

「証拠なんかいりません」

「男がこんな問題で普通出せるいちばんいい真剣さの証拠は、いかに進んで結婚する用意があるか示すことです」

「真剣さを問題にしたことはありません」

「あなたを怒らせる危険を冒しても、ぼくは今のぼくのやり方を改められません、リリー。あきれたとあなたから言われてももちろん、ぼくは楽しくやっていくつもりです」――「そう、M・Dに手紙を書いてね」とリリーは独り言で言った。――「哀れな男はそれ以外にどうしたらいいんです？　あなたのもとを離れたら、言うことを聞いてくれる最初の娘に言い寄ろうと、――もし二十人が許してくれれば、二十人に言い寄ろうと、――ぼくは心に誓っていることをあなたにはっきり言っておきます。ぼくは失敗したと感じていますから、失敗した自分を罰するのはそういうふうにしてなんです」彼女は愁眉を開くつもりはなかったが、この発言を聞いてしかめていた眉を和らげた。彼女は眉を和らげたのが見られないようにまた顔を背けた。「でも、リリー、それでも希望が甦ってくるんです。そうしたら、最初の一人も二十人も役に立たないんです。――ぼくを罰するためとしてもね。もしあなたがぼくと一緒になってくれたら、どうなるか、すべてが何と新鮮で、何とすばらしく見えるか思い描くようになると、あなたには近づくまいと誓っているにもかかわらず、ぼくはまた近づかずにはいられないんです」彼女はまだ窓の近くにいた。ジョンは彼女のあとを追わなかった。リリーが彼のほうを振り返って見ることも、答えることもしなかったので、彼は近くにいたテーブルを離れると、火の前の敷物の上に立ち、炉棚に両肘を置いて寄り掛かった。炉棚の上の鏡で彼女の姿と、彼女がまだ通りを眺める振りをしているのを見ることができた。やはり心を動かすことはできなかったのか？　リリーは手紙を書いたあの女のことを考えることはやめた。そんな気まぐれを理由に彼を拒否することはやめた！　そこまでもう彼女の心を動かすことはできた、と私は思う。航路に潜む暗礁のようにM・Dがいるとすれば、それはリリーのせいでなくて誰のせいだろうか？　リリーの助けさえあれば、彼は進んで穏やかな青い海に舵を取っていることだろう。真剣さについての彼の罪はみなこの瞬間許された、と私は思う。実現されれば新鮮な、すばらしいもののイメージに今ジョンが触れたので、それを信じないではいられない、とリリーは思った。彼女はM・Dを胸中から追放し、そうするとき、他の記憶をそこに入り込ませた。それでも、——彼女は何年にも渡って固めてきた決意をこんなふうに説得されてあっという間に投げ捨てることができるだろうか？　その男性を愛したからではなく、話す男性が報いを受けるに値するほど上手に話したからといって、自己を放棄することができるだろうか？　知恵を学ぶ前の昔の日々と同じように、彼女は安気に、愚かに、のんきになれるだろうか？　新鮮なすばらしいもののイメージは、ジョンの目にと同じように彼女の目にもすばらしいものに映るだろうか？　しかし、そんなイメージと引き替えにするとしても、代償は高すぎるのかもしれない！　彼女はあらゆる男性のなかで、——今生をえている男性のなかで——問いに対して回答を待っているこの男性をいちばん愛していた。彼を心から愛していた。彼が病気になったら、看護しよう。彼に欠けるものがあったら、与えよう。亡くなったら、真の愛に満ちた苦い悲しみで嘆こう。——それでも、彼を夫に、主人に、家長に、我が身の所有者に、人生の支配者にすると彼女は自分に言い聞かせることができなかった。一度出会った難破と、そこから生じたすさまじい悔恨のせいで、こういうことを過大に考えずにはいられなかった。「リリー」と彼はまだ鏡に向いたまま言った。「ぼくのところへ来て、話してくれませんか？」リリーは振り返り、一瞬その場で彼を見て、それから彼が望むようにはなりえないと再び決意して、歩き出した。「もちろん話しますよ、ジョン。はい来ました」リリーは彼の近くに来た。

ジョンは彼女の両手を取って、目を覗き込んだ。「リリー、ぼくのものになってくれませんか？」

「いえ、そうはなりません」

「どうしてですか、リリー？」

「もう一人のあの男性のせいです」

「あれは永久に障害になるんですか？」

「はい、永久にね」

「まだあの男を愛しているんですか?」

「いえ、いえ、いえ!」

「それなら、いったいどうしてこうなるんですか?」

「わかりません。でも、そうなんです。若い木を選んで、割いても、まだおそらく生きています。でも、もう木じゃありません。ただの断片です」

「それなら、ぼくの断片になってください」

「そんな断片を庭の隅の場所に置くことがあなたの役に立つならそうします。でも、人々に見てもらうため庭の真ん中に植えてもらうつもりはありません。残っているものもまもなく死にます」彼女はジョンにまだ手を取られたままで、それを引っ込めようとはしなかった。「ジョン」と彼女は言った。「私は母さんの次に誰よりもあなたを愛しています。本当に愛しています。妻にはなれませんが、私がほかの人に対してあなたに対する以上の存在になるんじゃないかと心配する必要はありません」

「それではぼくの役に立ちません」彼はほとんど痛くなるほどリリーの両手をつかんでいたが、それに気づかなかった。「それでは駄目です」

「私があなたにできるのはせいぜいそれくらいです。本当にそれくらいです。——誰の役にも立ちません。嵐が割いた木は役に立ちません」

「これが本当の終わりなんですか、リリー?」

「私たちの篤い友情は終わりません」

「友情ですって! そんな言葉は嫌いです。誰かの足音が聞こえます。お別れしたほうがいいでしょう。

さようなら」

「さようなら、ジョン。あなたは去って行くんですから、私にもっと優しくしてくれなければ」彼は一瞬振り返ると、リリーの手を取って、しっかり胸に押し当ててから、去って行った。玄関広間でソーン夫人に会った。しかし、夫人がのちに語ったように、彼はあまりにもこづき回されたので、犬に言葉を掛けることさえできない状態だった。

リリーはジョン・イームズについてほとんど何もソーン夫人に言わなかった。従兄のバーナードからジョンについて聞かれても、黙りこくっていた。彼女はこのころあるやり方を習得していて、声と同じくらいに目で胸中を表現することができた。たとえ従兄のバーナードのように親しい相手であっても、そのやり方でどうにかいやな質問を封じることができた。彼女はほかの誰にするよりも――母にするよりも――恋人にはっきり胸のうちを言い表した。そうしていたから、この件についてはずっと黙っているつもりだった。しかし、彼女は固めた決心についてその夜二言三言エミリー・ダンスタブルに話した。「とうとうこの件を」と彼女は言った。「決着させたと私は感じています」

「友人らみなの願いに背くかたちであなたの言う決着をつけたのですか?」

「その通りです。でも、正しい決着です。どうあっても二度と未決状態に戻すつもりはありません。友人らが願いを抱いてはならない問題、あるいは少なくとも口を出してはならない問題があるんです」

「私に言っているのですか?」

「いいえ、あなたに言っているんじゃありません。母やベルや伯父やバーナードのことを念頭に置いて言っているんです。私が夫を持ちそうにないからといって、みんな私を正真正銘の落伍者と見なしているようです。もちろんあなたは立場上結婚しようとしない娘を落伍者だと思うに違いありません」

「結婚しようとする娘が立派だと私は思います」

「結婚しようとしない娘が立派だと私は思います。――それだけです。でも、私は今この件に決着をつけることができたと感じて、満足しています。この六か月か、八か月、理由はわかりませんが、疑念が浮かびあがってきて、それでひどくみじめになって、文字通り何もすることができませんでした。老ハード夫人の肩掛けを完成させることができません。愛すべき人物のなかでもあのもっとも愛すべきジョン・イームズについて、人々が文字通り私に話し掛けてくるからです。でも、ずっとどうなるかわかっていました。――今と同じ結果です」

「私にはあなたがわかりません、リリー。本当にわかりません」

「私にはわかっています。私は彼を――あの親密な、性に合う、打ち解けた愛情で――とても愛しているので、明日にでも個人的な、純粋な好意から彼の服を洗濯しても、まったく恥ずかしいとは思いません。一つのことを除いて彼の要求には何でも応えることができます。それ以上です。これまでに会った、あるいは信じているんですが、これから会うどんな男性とよりも彼と結婚したほうがいいんです。でも、決着がつけられて非常に嬉しいです」

翌日リリー・デールはアリントンの「小さな家」へ帰って行き、私たちの視野から消えた。彼女が真剣に考えたことを信じるように私は読者に求めたい。彼女がリリー・デールとして生き、死ぬことをいつか書くことになると、ここで最後に言えるだけだ。

（1）「恋人の決意」からの引用。第四十六章の註（1）参照。
（2）ハイド・パークの東、メイフェアーにある広場。
（3）『お気に召すまま』第三幕第二場に「時というやつ、相手次第で誰には並足、誰にはだく足、誰には早足、そして誰には完全停止と、よろしく使い分けするということを」というロザリンドの台詞がある。第四幕第一場にも「恋の道では一分間の千分の一のまたその何分の一でも」というロザリンドの台詞がある。
（4）原文は **a paladin**。第五十九章の註（8）参照。

第七十八章　アラビン夫妻がバーチェスターに帰る

このころハーディング氏は参事会長邸で寝床を離れられなくなっていた。会った人たちはほとんどみな彼が二度と寝床を離れられないだろうと断言した。大執事はこれを信じようとしなかった。なぜなら、義父にはまだ話し掛ける力があることを知っていたからだ。なるほど力強く話し掛けることはできなかった。ハーディング氏は普段力強く話すことはない。それでも、老人は物事に対する穏やかな、誠実な関心を常に見せてまだ話し掛けることができた。彼はクローリー氏の問題に大いに関心を寄せており、この件について耳にしたことや、考えたことをみな大執事とグラントリー夫人に話させた。これはもちろん決定的に重要なアラビン夫人の知らせが届く前の話だ。ハーディング氏はずいぶん心配した。「まず」と老人は言った。「悪い人とは思えない哀れなあの人の幸せが心配だし、バーチェスターの聖職者の名誉が心配です」「よそと同じようにここでも厄介者が出ることはありますよ」と大執事。「でもね、あなた、あの羊は黒くないと思います。バーチェスターに黒い羊がいたことはありません」「そうですか?」と大執事。大執事は今哀れなクローリー氏のものとされている黒さとは違った種類の黒さ――ハーディング氏の温厚な目には真っ黒とは見えない黒さ――を持つ羊のことを考えた。大執事は義父がこんなふうに話すのを聞くとき、彼がこれから何年も生き延びるだろうと予測した。義父は病気にならずに半生ずっとぐずぐず生きてきたように、まさしく寝床のなかでぐずぐず生き続ける人なのだ。しかし、ハーディング氏を診察した医者は違ったふうに見た。グラントリー夫人も、バクスター夫人も、ポウジーも大執事とは違ったふうに見た。「お祖父ちゃんはもう起きあがれないんじゃありませんか?」と、ポウジーはバクスター夫人に言った。「起きあがってくれるといいんですがね、あなた。しかもすぐに」「起きあがれそうもないと思います」とポウジーは言った。「なぜなら、チェロをもう見たくないと言いましたから」「それは彼が少し憂鬱になっていたからでしょう、あなた」とバクスター夫人。

グラントリー夫人はこのころほぼ毎日バーチェスターにやって来た。大執事は構内にしばしば来て、来ると必ず老人と三十分すごした。この二人の聖職者は性格も、行動の細かな部分も本質的に違っていたのに、あまりにも長く同一の状況に投げ込まれてきたため、それぞれの人生がほとんど他方の人生の一部となってしまった。ハーディング氏は住まいが今参事会長邸にあるという事情のせいで、この長女の婿とよりも参事会長と頻繁につき合うようになっていた。とはいえ、老人は長いあいだ大執事と懇意にしており、その記憶を鮮明に保っているので、毎日日常的に会う参事会長によりも、一緒に住んでいないプラムステッドの禄付牧師に頼っていた。娘たちについては事情が違っていた。彼は下の娘ネリー——いつもそう呼んでいた——をずっとお気に入りにしてきた。父はこれまでこの娘とともにじつに親密に暮らしてきた。バーチェスターの通り一つも隔てられることなくこの娘と生活し、アラビン夫人が最初の夫とすごした短い結婚生活のあいだしか離れたことがなかった。それゆえ、ハーディング氏は心地よい、優しいもの——彼にとってそれがこの世の魅力のすべてだった——については下の娘に頼った。しかし、権威と導きと知恵とこの世の情報に関しては、ほぼ四十年近くそうしてきたようにまだ大執事に頼った。というのは、大執事は主教区の聖職者として非常に長いあいだ有力者だったからだ。ハーディング氏は大執事がそんなふうに有力者だった全期間に渡って、つまり人生のたいていの出来事で大執事の言葉を法——通常従う法、時々破るにしても従う法――としてきた。彼はほとんどすべてが終わってしまった今、大執事の訪問が遠のくと悲しくなった。グラントリー博士はこれを知っており、訪問の間隔をあけないようにした。

「義父さんはずいぶん父のことを思い出させるよ」と、大執事はある日妻に言った。

「父はあなたのお父さんが亡くなった年よりもずいぶん年下です」とグラントリー夫人は言った。「違いは歴然としていますね」

「そうだね。――しかし、義父さんはこれから何年も長生きすると言っている。私の父が最後に床に着いたとき、もうはっきり死に瀕していた。父が不思議だったのはそれから長く生き続けたことだ。ロンドンの医者が予想をはずしたといって、いかに慌てたか覚えているかね?」

「よく覚えています。――まるで昨日のようです」

「その点では大きな違いがあるね。父は体が頑健だったから、そんなに簡単に死に屈しなかった。しかし、似ているのは二人の性格だよ。同じ温厚な優しさがあって、年齢を重ねるに連れてますます温厚に、ますます優しくなる。――優しいから、あまり悪を信じることができない。年を取って、体が弱くなるに連れて、ますます悪を信じなくなるんだ。証拠がいくらあっても、義父さんにクローリーさんがあの金を盗んだと信じさせることはできない」この会話はもちろん電報がヴェニスから来る前のことだ。

「ある程度私は父と同感です」とグラントリー夫人は言った。夫人にはクローリー氏が無実だと信じたいそれなりの理由があった。「もし息子がね、あなた、ある人の娘と結婚しようとしているとき、少なくともその人が泥棒じゃないと信じていると言えるほうがいいでしょう」

「それは私たちの問題ではないな」と大執事は言った。「陪審員が決めることだ」

「私はバーセットシャーの陪審員なんかに決めさせません」

「クローリーさんのことはうんざりだね。彼のことを持ち出してすまなかった」と大執事は言った。「しかし、プラウディ夫人を見ろ。奥方がこの世でいちばん魅力を欠く女性であるという主張にはおまえも同意するだろ」

「確かにそうですね」とグラントリー夫人。夫人はできれば夫を元気づけたかったが、あとで身に跳ね返ってくるようなことは認めたくなかった。

「プラウディ夫人は一時義父さんにひどく横柄に当たっていたね。主教さえ義父さんを踏みつけにしようとした。義父さんの詠唱を非難した主教の説教[1]を覚えているかい？　忘れることなんかできるものか！」大執事は開いた手のひらに拳を打ち当てた。

「やめてください、あなた、やめて。今怒り狂って何の役に立つんです？」

「つまらぬけちな馬鹿者め！　あんな立派な詠唱は二度とイギリスの聖堂で耳にすることはできないよ」

それで、グラントリー夫人は立ちあがって、夫に口づけした。大執事はややそれを無視して、話を続けた。

「それでも、義父さんはそれを少しも根に持っていない。バーチェスターで奥方のため涙を流す人が一人いるとすれば、それは義父さんだと信じるよ。私の父も同じだった。とうとう父は抱える聖職者の欠点を私が指摘するのに堪えられなくなった。指摘するのはナイフで父を刺すのに等しかった。それなのに、人は年を取るに連れて、無慈悲に、冷酷になると言う！」

「ある人たちはそうなります」

「そうだね。無慈悲な、冷酷な人間がそうなるんだ。体力が落ちて、自制心が失われてくるにつれて、その人の性向がはっきり現れてくる。そういうことだと思う。たとえプラウディ夫人が百五十まで生きても、死の床で悪意に満ちた嘘をつくだろう」その時、グラントリー夫人は夫がもし百五十まで生きたら、死の床でもプラウディ夫人の恐ろしさを喋っていることだろうと心でつぶやいた。

アラビン夫人の手紙がプラムステッドに届くとすぐ、大執事夫妻は参事会長邸へ向かう手はずを整えた。クローリー氏の無実の確定と、アラビン夫人の即刻の帰国という二重の知らせを携えていた。夫婦が一緒に参事会長邸へ向かうとき、息子とグレース・クローリーの結婚について様々な思いが二人の胸中をよぎった。二人とも今はそれを受け入れていた。グラントリー夫人はグレースに会ってはいなかったが、反対する考えをかなり前になくしていた。大執事は進んで譲歩する気でいた。ある場合には譲歩すると、彼は約束しなかっただろうか？　その場合が整ってきたのではないか？　一度言ったことを取りさげる気はなかった。しかし、これには難しいところがあった。彼は人生のあらゆる出来事を喜びの材料に、ほとんど勝利の材料にしたかった。とはいえ、あれほど激しく反対したあとで、いったいどうすればこの結婚から勝利感をえることができるだろうか？　それを喜ぶことができるだろうか？　あの広告ビラは今は降ろされていても、あらゆる納屋の側面や壁に掲げられてバーセットシャーの人々みなの目にはっきり――あまりにもはっきり留まっていた！　「クローリーさんはこれからどうなさるのでしょう？」とグラントリー夫人が聞いた。

「彼がどうするかって？」

「ええ、ホグルストックでやっていかなければなりませんか？」

「ほかにどこでやるんだね？」と大執事。

「あんな目にあったあとですから、彼に何かしてあげられないのは残念です。奥さんと子供を抱えて資産もなくて、いったいどうして彼にあそこで生活するように求めることができるでしょう？」大執事はこれに何も答えなかった。グラントリー夫人はプラムステッドを出るとすぐこの話を始めていた。馬車が市の郊外に入るまで沈黙が続いた。グラントリー夫人は胸中おののきながら、それでも何とか夫からそれを隠して、声に出して質問した。「哀れな父さんが亡くなったとき、聖イーウォルドはどうなさいます?」ところで、聖イーウォルドというのはバーチェスターから二マイルほど離れた田舎の教区で、大執事がそこの禄を差配する権利を有していた。大執事はある経緯があって義父にその禄を与えていた。それについてはこのバーセットシャー最後の年代記で繰り返す必要はないだろう。私はほかの年代記[2]でそれを書かなかっただろうか? 「哀れな父さんが亡くなったとき、聖イーウォルドはどうなさいます?」と、グラントリー夫人は胸中震えながら聞いた。一言でも言葉が多すぎたら、夫人はよくわきまえていたが、永久にクローリー氏にとって逆効果となる質問だった。しかし、この質問を手遅れになるまで延期したら、致命的なものになりかねなかった。

「そんなことは考えたことがないな」と大執事は鋭く言った。「現職がまだ生きているあいだは、そんなことは考えたくない」おや、おや、大執事! もし別の年代記が嘘の年代記でなければ、あなたとあなたの過去[3]をどうして忘れることができるのだろう? 「その現職が義父である場合、特に考えたくないな」と大執事。グラントリー夫人は聖イーウォルドについてそれ以上何も言わなかった。ホグルストックで堪えたあらゆるみじめさのあとなら、聖イーウォルドがクローリー氏にとってとてもいい避難所になることを、もし大執事に理解させることができたら、夫人は言いたいだけのことを言っただろう。しかし、それはかなわなかった。

グラントリー夫妻が参事会長邸に入ると、バクスター夫人にもすでにアラビン夫人の帰国の報が届いていた。「ええ、はい、奥様。ハーディングさんは手紙をお受け取りになりました。私も一通――別便で。両方ともヴェニスからです、奥様。でも、ご主人のほうはいつお帰りになるか誰にもわからないようです」バクスター夫人は参事会長がエルサレムへ行ったことを知っており、そんなに遠いところから旅人がすぐ帰って来ることはないと思っているように見えた。バクスター夫人のような人々は東洋がいつも西洋よりもはるかに遠いと思っている。参事会長がカナダへ行ったとするなら、夫人は会長が明日帰って来てもおかしくないと思っただろう。それはさておき、彼らはクローリー氏について話さなければならない知らせを抱えていたし、帰りが待ちわびられている参事会長邸女主人の突然の帰郷ついても喜びを表明しなければならなかった。(4)

「二人が一緒に来てくれてとてもありがたいです」とハーディング氏。

「夫婦ではあなたの手に余るんじゃないかと思いました」と大執事。

「手に余るって！　あなた、そんなことはありません。そばに人がたくさんいるのが好きです。声や、騒音や、そんなものについては多ければ多いほどいいんです。でもね、私は弱い。足が弱いんです。もう立てないと思います」

「いえ、立てますよ」と大執事。

「父さんにいい知らせを持って来ました」とグラントリー夫人。

「ネリーが今週帰って来るというのがいい知らせではないんですか？　それが私にとってどんなに嬉しいかわかってもらえないでしょう。あの子に二度と会えないんじゃないかと夜時々思ったものです。私が望んでいるのはあの子が間に合って帰って来てくれることです」彼は仰向けに横たわって、話しながら、布団の上でしなびた両手をぴったり合わせた。夫妻はクローリー氏の話をすぐ切り出すことができなかった。老人が不在の娘のことから思いを移すとすぐ、グラントリー夫人はもう一度知らせの件に戻った。

「私たちはクローリーさんのことを知らせに来たのですよ、父さん」

「彼がどうしたんです？」

「彼はまったく無実でした」

「それはわかっていましたよ、あなた。私はいつもそう言っていました。いつもそう言っていませんでしたか、大執事？」

「本当にそう言っていましたね。　あなたの手柄だと認めます」

「すべてわかったんですか？」とハーディング氏は聞いた。

「彼に関する部分は全部わかりました」とグラントリー夫人は言った。「エレナー本人が彼に小切手を渡したのです」

「ネリーが渡したって？」

「はい、父さん。参事会長は彼に五十ポンドを与えるように妹に言ったのです。でも、妹は優しい気持ちに駆られて、それを七十ポンドにしたようです。手元に持っていた小切手を紙幣の入っている封筒に入れたのです」

「小切手はストリンガーの仲間がソームズ氏から盗んだようです」と大執事。

「おやまあ、そんなことがないように祈っていました」

「誰かが盗んだに違いありませんからね、父さん」

「そんなことがないように祈っていましたよ、スーザン」とハーディング氏。大執事もグラントリー夫人もこの点で父と議論しても無駄だと知っていたから、聞きっ放しにした。

それから、彼らはクローリー氏の現在の立場について議論を始めた。ハーディング氏は思い切ってグレースの結婚の見込みについて一、二質問した。彼は大執事の家の結婚の取り決めについてめったに――その取り決めが特に上流階級にかかわるときは一度も――干渉しなかった。現在ハートルトップ侯爵夫人であるあの威厳のある娘の結婚に際して、祖父はほとんど口を閉ざしていた。チャールズ・グラントリー師はいつも非常に礼儀正しく祖父に接して、まるで祖父が年を取っているから、耳が遠いかのようにとても大きな声で話し掛けた。グラントリー師はロンドンから安物の贈り物を持って来たけれど、祖父からはあまり注意を向けてもらえなかった。そのグラントリー師の妻レディー・アンと子供のことを、ハーディング氏がグラントリー夫人か、アラビン夫人かどちらかの娘に話すことはめったになかった。しかし、今孫のヘンリー・グラントリーがある娘と結婚しようとしているとき、祖父はその娘について当然話してよいと感じた。「好一対になると思いますね、あなた方」

「それに疑問の余地はありません」とグラントリー夫人。ハーディング氏は大執事をちらと見た。が、娘婿は何も言わなかった。大執事はしかめ面さえしないで、椅子のなかで居心地悪そうに少し動いただけだった。

「ええ、ええ！　さぞ楽しみなことでしょう」と老人。

「私はまだ彼女に会ったことがありません」とグラントリー夫人は言った。「でも、大執事はあらゆる美質が彼女に詰め込まれていると明言しています」

「そんな馬鹿げたことなんかその半分も言ったことがありません」と大執事は答えた。

「でも、大執事は彼女に本当に恋しているのです、父さん」とグラントリー夫人は言った。「彼女に口づけしたと私に告白しました。一度五分間会っただけなのにです」

「私も彼女に口づけしたい」とハーディング氏。

「させてあげますよ、父さん。彼女をここに連れて来ます。事態が落ち着いたらすぐ、彼女をプラムステッドに招待するつもりです」

「そうですか？　何とすばらしい！　ヘンリーがどれほど喜ぶことでしょう！」

「もし彼女が来たら、――もちろん来ますが――、時を移さず彼女をあなたのところに連れて来ます。ネリーももちろん彼女に会わなければいけません」

グラントリー夫妻が部屋を出ようとすると、ハーディング氏は大執事を呼び戻して、手を取ると、囁くように話し掛けた。「干渉はしたくありませんが」と彼は言った。「クローリーさんが聖イーウォルドを手に入れるわけにはいきませんか?」大執事は老人の手を取って、それに口づけした。それから、ハーディング氏の問いには答えないで妻に続いて部屋から出た。

それから三日後アラビン夫人は参事会長邸に到着した。帰宅の喜びはとても大きかった。「あなた、あなたを待ち焦がれていました」とハーディング氏。

「ああ、父さん、私は行くべきじゃなかったのです」

「いえ、あなた、それを言ってはいけません。あなたが永久にここで囚人になっていたら、私は幸せになれませんでした。私がそんなふうに考えたのは、体がひどく弱くなったように思えてきたときです。聖堂にもう行かないように命じられるときが近いと感じたんです」

「私がここにいたら、一緒に行けたのにね、父さん」

「現状がいいんです。聖堂に行けるような体調ではなかったと今は思います。あなたの姉が私のところに来たとき、諫められるとは思ってもいませんでした。聖堂は見納めにしたとその時割り切りました」

「まだそんなことを言う必要はありませんよ、父さん」

「あなたが帰って来たら、ある暖かい朝に一緒にはい出せるかもしれないとも思いました。しばらくそういうことを考えていました。でもね、そうはなりません、あなた。ここから見えないものをもう見ることはありません。それももう長くありません。泣かないでください、ネリー。私には後悔することも、悲しむこともありません。私はこの世の生がいかに貧しく弱かったか、あの世の生がいかに豊かで力強いか知っています。泣かないでください、ネリー、――私が亡くなるまでね。亡くなったときも法外に泣かないでください。天寿をまっとうし――希望に満ちて去る人に泣く必要があるでしょうか?」

翌々日参事会長も帰宅した。彼は旅の最終的な日程を妻の場合と同じくクローリー氏の裁判に合わせていた。というのは、彼もジョン・イームズのフィレンツェ訪問にせき立てられて帰って来たからだ。「私から小切手を受け取ったかどうかクローリーから問い合わせの手紙が来たとき」と彼は妻に言った。「すぐ帰って来るべきでした。彼が実際に難儀に巻き込まれていることを誰かから教えてもらえたらよかったのですがね。彼が泥棒の容疑を受けているとは、その時思ってもいませんでした」

「私が聞いたところ、あなたの回答が届くまで、彼は実際には疑われていませんでした。みんなあなたの回答が肯定的なものだろうと確信していたからです」

「彼がどれだけのことに堪えたか想像することもできません。明日彼のところへ駆けつけます」

「私たちのところへ彼を招待できないものでしょうか?」とアラビン夫人。

「彼は来ないと思いますね。もちろん聞いてみます。ここにみんなを招待してみます。ヘンリーと娘の件で事情が変わるかもしれません。彼は禄を放棄したのですね。それで、主教公邸のある者は彼らの義務をはたそうとしています」

「でも、禄は取り戻せるのじゃありません?」

「うん、もちろん取り戻せます。その点についてはただ彼に手紙を返すだけでいいのです。ただし、彼はとても変わった人ですから。――ほかの人とはぜんぜん違いますからね! あそこで生活しようとして失敗しました。今は借金まみれです。グラントリーが聖イーウォルドを彼に与える気になってくれればいいのですが？」

「与えてくれればいいのに。でも、あなたが頼み込まなければいけません。私には言う勇気がありませんから」

そのうち参事会長は封筒のなかの総額が七十ポンドに引きあげられたと、妻から伝えられていたのをとうとう思い出した。「はっきりしませんが、あなたはそう言ったかもしれません」「あなたに言わないまま、私がそんなことをするはずがないのは確かです」と妻は答えた。「が、とにかく小切手のことは私に言ってくれませんでした」と参事会長は申し開きをした。「言わなかったと思います」とアラビン夫人は言った。「小切手はほかの金と同じと思っていました。でも、これからは賢くなります」

翌朝、参事会長は馬でホグルストックへ向かった。旧友の家に近づくにつれて、気持ちは萎えた。――というのは、本当のことを言うと、彼は会うのを恐れていたからだ。クローリー氏をコーンウォールの副牧師職からバーチェスター主教区へ連れて来たその日から、友人は彼にとって喜びというよりも悩みの種だった。金の悩みというのではなくて、まったく精神的な悩みだ。クローリー一家がいつも落ち込んでいる借金の泥沼から一家を救い出させてくれるなら、彼は喜んで救い出しただろう。というのは、彼の測り縄は金持ちの境遇とは呼べないながらも、快適な場所、安楽な環境に落ちていたからだ。つまり、クローリー氏の財政困難は当人には圧倒的だったが、参事会長には重いものではなかった。ところが、友人の窮状を救おうとする段になると、参事会長はいつも失敗し、普通傷つき、たいていないじられた。クローリーは教会財産の不適切な配分についてよく彼に議論を吹っ掛けてきた。――クローリーは自分が置かれた状況を議論しようというのではなく、たんに聖職者には当然興味のある話題だからと前置きしてそれを議論した。クローリーは議論しながらも、片手を振ってすぐ必要とされる援助の申し出を拒否した。続いて、参事会長とクローリー夫人のあいだで――ひどく痛ましい――場面が繰り広げられた。それは明確な夫の指示に真っ向から背くものだった。「いいですか」とクローリーは一度参事会長に言った。「あなたの手から妻の手へ何も渡さないようにしてください」「ちっ、ちっ」と参事会長は舌打ちした。「こんな問題ではちっも、ふんも聞きたくないのです」とクローリーは言った。「妻はまさしく夫のもの、夫の鼻の息、夫の心臓の血、夫の肉から出たあばら骨です。妻を支配するのは私であり、私がそんなものを受け取れないと言っているのです」そのあと、贈り物はアラビン夫人の手から渡された。その後、きわめて逼迫したとき、クローリー本人がやって来て、参事会長の手から金を受け取った！　その時の対面があまりにも痛々しかったので、たとえ封筒から妻が入れた紙幣と小切手を取り出していたとしても、アラビンは金を数えたり、どんなものがなかに入っているか確認したりすることはできなかっただろう。その日以来二人は会っていなかった。その日以来この新しい難儀が降り掛かっていた。アラビンはクローリーがホグルストックの禄の放棄を強いられたと感じていたが、クローリーが災難をどのように堪えてきたかこれまでほとんど知らなかった。アラビンは連絡を受けた公邸の命令から推測したことを除いて、プラウディ夫人の迫害については何も聞いていなかった。それでも、クローリーは参事会長によって禄につけられていたうえ、泥棒の嫌疑を掛けられたという二重の罪を犯していた。そんな牧師がほとんど鼻先で職務を続けているあいだ、プラウディ夫人がおちおち寝床に横たわってはいられなかっただろうと、アラビンは想像することができた。それゆえ、参事会長は馬を進めながら、旧友がひどい状態になっていることを想像した。今でもその状態が改善されていないことが考えられる。もう泥棒の容疑は消えたとしても、クローリーに金があるはずがない。苦悩のせいで正気を失っていてもおかしくなかった。

グラントリー少佐が馬車でそうしたように、参事会長も農家の中庭で馬を降りて、そこに残し、歩いてまず学校へ行った。なかから声が聞こえたけれど、声からそこにクローリーがいるかいないか判断することはできなかった。彼はゆっくりドアを開けて見回すと、ジェーン・クローリーが日の出の勢いで話しているのを目にした。ジェーンは相手が誰かすぐわからなかったが、自己紹介すると、父はホグルエンドへ行ったと教えてくれた。クローリーは二時間前に出発しており、いつ戻るかはっきりしなかった。「父は時々一日じゅうレンガ造り職人らのところにいます」とジェーン。彼女は母が家にいるので、参事会長を家へ連れて行くと言う。父は時々よくて、時々悪いのですと彼女は言った。「でも、ヘンリー・グラントリーと母のいとこが来て、小切手について教えてくれてから、父はそんなにめちゃくちゃに悪くはないのです」ヘンリー・グラントリーの名を聞いて、クローリー一家にも陽の輝きがこれから差すことになると、参事会長は推察した。

「父さんがいる」と二人が門に着いたとき、ジェーンは言った。それから、二人がそこでしばらく待っていると、クローリー氏は暑くて額から汗を拭いながら近づいて来た。

「クローリー」と参事会長は言った。「あなたに会えてどれほど嬉しいか、この告発が取りさげられてどれほど喜んでいるかわかりません」

「確かに救いの知らせはやっと間に合ったよ、アラビン」と相手は言った。「しかしね、危機一髪――危機一髪だった。入って家内に会ってくれないか?」

註

(1) ハーディング氏が歌うような連祷を聖堂で行ったとき、その詠唱を批判する説教を実際にしたのは福音主義者の付牧師スロープ氏だった。『バーチェスターの塔』第六章参照。

（2）『バーチェスターの塔』第五十二章参照。

（3）『バーチェスターの塔』の冒頭部分で大執事は父グラントリー主教がぐずぐず死の床にあるあいだに政権交代の時期を迎えた。大執事は父のあとを継いで次の主教に指名されるかどうか岐路に立たされて、主教になるチャンスを手に入れるため愛する父の死を願うという板挟みを味わった。

（4）『ハムレット』第三幕第一場に「それでも、このつらい人生の坂道を不平たらたら、汗水たらして登って行くのも、何のことはない、ただ死後に一抹の不安が残ればこそ。死は旅立ちし者の一人として戻って来たためしのない未知の世界」というハムレットの台詞がある。

第七十九章　クローリー氏は上着のことを話す

グレースはこのころフラムリーから自宅に帰っていた。来たる裁判の恐ろしい悲劇がぐずぐず続いているあいだ、彼女は母の指示に従い納得してうちから離れていた。大きな困難に直面したクローリー家の女性たちに与えられた助言の全部、申し出られた支援の全部を伝えるにはこのページでは不充分だ。老ラフトン卿夫人と若いラフトン卿夫人とロバーツ夫人は絶えずこの件を相談した。グラントリー夫人が意見を求められて述べた。二人のミス・プリティマンとウォーカー夫人にも意見を表明する場が与えられた。クローリー夫人との情報のやり取りはじつに頻繁だった。――もちろんそれがクローリー氏の耳に入ることはなかった。禄が取りあげられ、クローリー氏が監獄に入れられたら、どうすればいいだろう？　彼は六週間監獄に入るとも、二年間入るとも言われた。老ラフトン卿夫人は裁判の担当者になるという噂のメディコート判事のことをしきりに問い合わせた。メディコート判事が非国教徒だったので、老ラフトン卿夫人は絶望してしまった。たとえ判事が非国教徒であってもきっと間違いはないと、広い心の友人から保証されたとき、老卿夫人は悲しげに頭を横に振った。「国教会に属する人々を裁くのに」と彼女は言った。「非国教徒が裁判官として置かれる理由が私にはわかりません」メディコート判事が確かに裁判を担当すると聞いたとき、老卿夫人は最低でも二年だろうと覚悟した。それなら判事がローマ・カトリックでも構わないと言った。罰が六週間だろうと、二年間だろうと、家族をどうすればいいだろう？　どこに住まわせ、どう食べさせればいいだろう？　獄から出て来たとき、哀れな男をどうすればいいだろう？　寛大で心優しい老ラフトン卿夫人がほとんど有頂天になる状況だった。「グレースについては」と若いラフトン卿夫人は言った。「私たちのところに置いておくのがいいでしょう。もちろんグレースはグラントリー夫人になります。そうなるのが彼女にとって何よりもいいのです」当時、動産の売却ポスターが貼られ、ポーへの夜逃げが噂されていた。グレースはポーへ連れて行かれるまでフラムリーにとどまっているのがいい、というのがこの教区の意見だった。ジェーンについての計画もあった。しかし、クローリー夫人はどうすればいいだろう？　クローリー氏はどうすればいいだろう？　それから、アラビン夫人から知らせが届いて、メディコート判事への関心がうせた。

しかし、窮地をやっと脱却した今でも、どうすればいいかという問題は残っていた。グレースは家族が大きな苦難に曝されているあいだ、——もちろん母の同意をえて——、友人らに無条件に従順に従う必要を感じた。状況があまりにもひどかったので、グレースは自分のことで不必要な心配を掛けて事態をいっそう悪化させる気にはなれなかった。一点に関しては分別に従って自分を導こうと決め——母にもそう理解させて——、彼女は言われる通りあちこちに行き、命じられる通り動いて満足した。グレースはミス・プリティマンから教師の職に戻してもらうことを希望していたが、裁判が終わるまでこの件には触れないことでみなから了解されていた。その時まで受け身でいるつもりだった。ところが、すでに述べたようにアラビン夫人から知らせが届いた。グレースはほかの人々とともにもはや裁判がなくなることを知った。これを知り、納得したとき、ホグルストックに帰る方針をはっきり打ち出した。すぐ帰るつもりだった。老ラフトン卿夫人とロバーツ夫人からそんなに大急ぎで帰る理由を聞かれたとき、彼女はただそうしなければならないと答えただけだった。家族の難儀が減ったので、フラムリーの権威ある人々に受け身に従っていることから言わばもう解放されたのだ。

ロバーツ夫人は急いで帰りたがるグレースの思いを読み取った。「彼女がなぜあんなに意固地なのかわかりますか?」と老ラフトン卿夫人が聞いた。

「わかります」とロバーツ夫人。

「どうしてです?」

「グラントリー少佐がもしまた結婚を申し込んで来たら、彼女は約束に従って今度は受け入れなければならないからです」

「もちろん少佐はまた求婚し、もちろん彼女は受け入れます」

「その通りですね。でも、少佐には自宅に来て求婚してほしいんです。——貧乏ですから。もし少佐が自宅で求婚してくれたら、彼女に異存はないと思いますよ」老ラフトン卿夫人は怒らなかったが、これに異議を唱えて、軽い不快感を露わにした。上品なディナーが用意され、椅子やテーブルやソファーや絨毯がある心地よいところにグラントリー少佐が来て、快適に求愛することがどうして許されないのか理解できなかった。だいじなのはやはりグラントリー少佐だと思うと老卿夫人は言った。彼女は思う通りにして、彼女の監督のもとフラムリーで結婚させることができないのでじつは失望していた。それでも、彼女は初めから終わりまでグレースを高く評価していた。老卿夫人をよく知り、その場で彼女が言うことを聞いていた人々は、グレースに対する彼女の好意が減ることはないことを感じ取った。老ラフトン卿夫人は若い女性たちを羊とヤギ——非常に白い羊と非常に黒いヤギ——に分類していた。グレースは羊だった。そういうわけで、参事会長がホグルストックを訪問したとき、グレース・クローリーは自宅にいた。「母さん」とグレースは言った。「門に父さんと参事会長がいます」

裁判を免れたことで友人の参事会長からお祝いを言われたとき、「間一髪でしたよ。——まさしく間一髪でした」とクローリー氏は言った。ホグルストックの現職が当人かほかの人かについてこれほどはっきりひょうきんな話し方をすることは何年もなかったと、参事会長はその時感じた。アラビンは友人が悲しみの重みで打ちひしがれているところを想像した。しかし、見よ！　最初に会った瞬間からこの友人は自分の悲しみを茶化し始めた！　クローリーは間一髪だったとこんなふうに言ったあと、客に家に入って妻に会うように求めた。

「もちろん会います」とアラビン氏は言った。「しかし、まずあなたと一言話したいです」学校から参事会長に付き添って来たジェーンは、今二人を残して母のいる家のなかへ入った。「妻は小切手のことで自分が許せないのです」と参事会長は続けた。

「私が許さなければいけないようなことはありません」とクローリー氏は言った。「何もね」

「妻は自分のしたことが不器用で、愚かだったと感じています。あんなかたちで小切手を支払うべきじゃなかったのです。今それを反省しています」

「もらったもので――支払われたものじゃありません」とクローリー氏。話すとき、黒雲のようなものが顔に戻って来た。「アラビン夫人が施し物から刺すような慈善の苦味を取り除こうといかに骨折ったか私はよく知っています。できれば、アラビン、もうこのことを話すのをやめましょう。乞食だったことを忘れることができないからといって、私が乞食だったことを話題にする必要はないでしょう。聖地があなたの期待を満たすものであればよかったと思います」

「期待以上でした」と、参事会長は突然話題を変えられて当惑しながら言った。

「私の場合、直接仕事で呼ばれる場所以外に、訪れるところなどありません――決してね。新しいエルサレムはまだ私の手の届くところにあります。――誇りと意固地のせいで取りあげられない限りはね。しかし、古いエルサレムを私は見ることができません。そういうことですから、旅行者が行くどの場所へ行くよりも、できれば私はオリブ山に自分の足で立ったり、ベタニヤの村(1)で水を一杯飲んだりしたいです。ナイル川の水源のことが、今大いに話題になって(2)いますが、――フラムリーの女性たちが親切にも妻に送ってくれる新聞や評論雑誌で見るのです――、私にはあまり関心がありません。モンブランかマッターホルンに登る野心もありません。ローマには少ししか、アテネにさえもあまり行きたいとは思いません。私は実際に見なくても、アテネが見せてくれるものをみな理解することができます。本物を見ればそれが築きあげる(3)よりも私の意識のなかで破壊するほうが多いだろうと想像することができます。しかし、カルバリの丘に立つことができたら！」

「カルバリの丘はどこにあったかわからないのです」と参事会長。

「たぶんわかると思います。――ちゃんとわかるとね」と、非論理的、非理性的なクローリー氏は言った。「イエスがその丘の突き出たところに行き合わせたとき、立った地点から見渡して、ソロモンの時代に置かれた神殿の大きな石を――イエスが見た通りに――見ることができるのは本当でしょうか？　――ケデロン(4)の小川の真向かいにです」

「みんなそこにありますよ、クローリー。――あなたの知識が教える通りです」

「そんな場所を見る特権が与えられている点で、あなたがうらやましいと思います――金があることでね」彼は間を置いてからその最後の言葉を言った。そんなことができるなら、あなたの昇進をうらやましいと思う、と言いそうになった。しかし、今の場合参事会長の感情を害さないほうがいいと思い直してやめた。

「さて、よければ、うちに入りましょう。妻が窓のところにいるのが想像できます。私たちを待っているのです」彼はそう言うと小道を大股に歩いた。参事会長は言おうとしたことをほとんど言っていなかったが、喜んであとを追った。

彼はクローリー夫人に会うとすぐ、小切手についてまた謝罪して、夫と二人で話していたときよりも楽に説明することができた。「もちろんあれは私たちの過ちでした」と参事会長。

「あら、いえ」とクローリー夫人は言った。「あなたの唯一の目的が私たちの役に立つことであるとき、あなたが過ちを犯しているはずがありません」それでも、参事会長は肩に罪を引き受けて、小切手にかかわる騒動の責任が全部彼にあると断言した。

「それ以上はやめておこう」とクローリーはしばらく黙って座っていたあとで言った。「もういいとしよう」

「私がきちんと話さなければならないと感じているのは、クローリー」と参事会長は言った。「当然のことです」

「将来的には、この件は忘れられるか」とクローリーは言った。「忘れられないとしても、忘れたものとして扱うほうがいいのです。さて、参事会長、私は禄をどうしたらいいでしょう?」

「何事もなかったかのようにただ再開すればいいのじゃないですか」

「しかし、主教の許可なしにそれはできそうもありません。私がこんな問題であなたの高い、優れた知見に敬意を払わなければならないのは当然ですがね。私は禄を放棄しており、放棄しなかったことにはなっていません。あなたの聖職授与権が限定されておらず、交代制で回っているのではないとするなら、あなたは再度この教区の永年副牧師として私を指名する権限を確かに持っておられます。それでも、主教は私の辞任の手紙を取り消し、無効にする気にならなければ、再度別の牧師の任命を要求するかもしれないし、要求しなければならないように私には思えます」

「主教はもちろんそんなことはしません。私やあなた同様事情をよく知ってますからね」

「今のところ主教は奥方の死をずいぶん悲しんでいるという噂です。ですから、すぐ措置を講じてくるとは思いません。この前の日曜にスナッパーさんという主教の付牧師がここに来ました」

「私たちはみなスナッパーを知っています」と参事会長は言った。「スナッパーはまんざら悪党ではありません」

「悪党かどうかを問題にしてはいないのです、友よ。この前の日曜の朝、彼が私たちの教会の礼拝を執り行ったという事実をたんに述べているだけです。その前の日曜はサンブルさんという人がここに来ました」

「サンブルも知っています」と参事会長は言った。「彼についてはかなり知っています」

「彼は私たちの腹に刺さったとげでした」とクローリー夫人。サンブル氏の名があがったとき、夫人は嫌悪の情を抑えることができなかった。

「駄目だよ、おまえ、駄目だ。そんな強い言葉を牧師に使ってはいけない。当時私たちの肉はいくぶん膿んでずきずきしていたから、小さなとげでもとても痛かったのだ」

「彼は恐ろしい男です」とジェーンはほとんど囁き声で言った。が、参事会長はその言葉をはっきり聞き取った。

「連中はもう来ることはありません」とアラビン。

「そこが残念ながら私たちと考えが違うところです。彼らは――あるいは彼らに代わる誰か代理は――主教が介入をやめる意志を表明するまで来ると思います。私は閣下に服従しましたから、閣下から許されるまで二度と説教壇に登ることができないと感じます。しばらくのあいだ、アラビン、私は法が不当と認める仕方で主教から力を振るわれたと――その時も今も――信じて、主教と戦いました。私は主教の前に大胆に立って、法にのっとったものでない限り、従うつもりはないと主張しました。しかし、主教があとで調査委員会を立ちあげて正式に手続きを取ったとき、私は屈服しました。まだ屈服の状態にあると思っています」

クローリーを心変わりさせることはできなかった。アラビンは一時間以上そこにとどまって、次の話題に進もうとしたけれど、クローリーは主教に屈服しているという話を絶えず蒸し返した。クローリーは腰を低くして主教に嘆願してみることも考えなかった。泥棒の容疑の問題を主教に報告するのは、テンペスト博士と他の四人の牧師の義務だと彼は考えていた。報告が出されれば、主教はきっとそれを適切に考慮し、奥方の死の悲しみから充分回復したとき――回復がぜひとも必要だとクローリーは考えていた――、余裕のあるときに決定をクローリーに伝えてくるだろう。主教に対するクローリーの卑下くらい徹底的なものはなかったと言っていい。彼は主教に屈服していることを倦むことなく主張し続けるように見えた！

それから、参事会長はクローリー夫人と二人だけにしてもらうことを望んでも無駄だと知って、――また言わなければならないことを適切に切り出す機会を待っても無駄だと知って――、乱暴に別の話題に移った。

「ところで、クローリー夫人」と彼は言った。「アラビン夫人はあなた方みなが参事会長邸に来られて、しばらくとどまってくれるといいと願っています」

「アラビン夫人は何てご親切なのでしょう」と、クローリー夫人は夫のほうを見やって言った。

「私たちは何よりもあなた方にそうしていただきたいのです」と、参事会長はおそらく誠実さからというよりも人のよさから言った。「あなた方はずいぶんひどい目にあわされましたから」

「本当にひどい目にあいました」とクローリー夫人。

「あなた方がいくらか落ち着くまで、転地するのがいいと思います。いいでしょう、クローリー、エルサレムのことを毎夜あなたに好きなだけ話します。そうしたら、おそらく昔の心地よい関係にいくぶんか戻れるでしょう」クローリー夫人はこれを聞くと、目に涙を一杯溜めて、それを隠すことができなかった。この四か月間堪えてきたあと、夫人は気力をなくしていた。重荷が最後には背負いきれないほど重すぎたのだ。「どれほど私がしばしば昔のことを思い出しているか、どれほど昔が戻ってくれたらいいと願っているか、クローリー、あなたにはわからないでしょう。これだけのことを言うチャンスさえ見つけるのがじつに難しかったのです。ですが、今は言います」

「残念ながらあなたが言うようにはなりそうもありません」と、クローリーはいかめしく言った。

「二度と昔は戻って来ないと言うのですか？」

「戻るはずがないのです。しかし、私が言いたいのはそういうことではありません。私と私の家族があなたの家の屋根の下に滞在する、そんなことは実現しそうにありません」

「どうして実現しないのです？」

「理由は一見してたくさんあります。ざっと見ておそらくいちばん目立つ理由は、家内のドレスと私の上着ですね」クローリー氏は右も左も、まわりの誰の顔も、彼の服も、妻の服も見ないで、まっすぐ前を向いてじつに重々しく言った。彼はそう言ったあと、それ以上何も言わなかった。参事会長の予想に反して、彼は貧乏について続けて詳しく述べることもしなかった。

「こんな時にそういうことは何の理由にもなりません」と参事会長。

「仕立屋が力を失うときまで、イヴの娘らが働くことも、紡ぐこともしなくなるときまで、(5)衣服のことは常にちゃんとした理由になるし、理由になって当然なのに、なぜ今理由になってはいけないのです？　どんな社会でもどんな契約でも互いの生活と協力にとって相互対等ということが正しいし、正しいと考えられなければなりません。あえて言ってよければ、あなたと私が相互に対等であるこの家でなら、――というのは、私の擦り切れた服があなたの家で目立つほど、あなたの上着の新しい光沢が今は私の家で目立っていないからですが――」――参事会長はたまたまこの時この特別な訪問を念頭に置いて、非常に古い上着を選んで身につけていた。――「この家でなら、私はくつろいであなたと口を利き、会話を交わすことができます。あなたは今しばしば私を慰め、しばしば私をやり込めたあのフランク・アラビンに戻っています。私がおそらくある時はやり込め、――おそらく慰めたあの友人です。しかし、バーチェスターの図書室であなたと一緒に座っていたら、私は擦り切れた上着のせいでそれに堪えられなくなります。すねてはいないのですが、黙り込んでしまいます。たぶん私は私の貧乏の重みを感じ、あなたの富のもっと大きな重みを感じるからです。子供はあなたのところへ行かせます。子供は私から離れているほうがいいと考えるようになりました」

「父さん！」とジェーン。

「父さんは本気で言ってはいません」グレースはそう言って父のそばに近づいて立った。

しばらくみなのなかに沈黙があった。それから、家の主人は身を震わせた。――文字通り黒雲を払いのけるように身を震わせた。彼はグレースの手を取ると、もう一方の腕を突き出して、ジェーンの腰に回した。「男に娘がいるとね、アラビン」と彼は言った。「あなたにもいますが、まだこのグレースのように大きな娘はいませんね。もちろん男は娘たちが飛び去って行くことを承知しています」

「私は飛び去って行きません」とジェーン。

「父さんの言いたいことがわかりません」とグレース。

参事会長は全体として今回の訪問がこれまでホグルストックへ行ったなかでいちばん快いものだと思った。それで、うちに帰ったとき、告発はクローリー氏にいい効果を与えたと思うと妻に言った。「二人だけで奥さんと話すことはできなかったが」と彼は言った。「あなたが行って会うことについては約束したよ」翌日、アラビン夫人は出掛けた。その訪問がクローリー夫人の慰めになった、と私は思う。

註

（1）ベタニヤはエルサレムに近いところで、オリブ山のふもとにある。「マタイによる福音書」第二十一章第一節や第十七節に出て来る。

（2）一八五〇年代と一八六〇年代には多くのイギリス人探検隊がアフリカ大陸に入った。多くがナイル川の源流を発見しようと競った。いちばん有名な人が、医者で宣教師であるディヴィッド・リビングストンで、彼は一八六五年八月に最後の探検に向けてロンドンを出発した。『バーセット最後の年代記』執筆中リヴィングストンがズールー族に殺されたという噂がイギリスの新聞に載った。

（3）エルサレム近くにあるキリストが磔になった丘。されこうべの意。「ルカによる福音書」第二十三章第三十三節参照。

（4）エルサレム東部の峡谷。「ヨハネによる福音書」第十八章第一節。

（5）「マタイによる福音書」第六章第二十八、第二十九節に「なぜ衣服のことで思い悩むのか。野の花がどのように育つのか、注意して見なさい。働きもせず、紡ぎもしない。しかし、言っておく。栄華をきわめたソロモンでさえ、この花の一つほどにも着飾ってはいなかった」とある。

第八十章　ミス・デモリンズは指導標になりたいと思う

ジョン・イームズはリリー・デールのもとを退去するとき、玄関広間でソーン夫人とすれ違ったが、ほとんど夫人に注意を払わなかった。妻になる気はないと言葉ではっきり言われたから、――リリーが言うことを信じた。今回成功しなければ、二度と彼女に求婚すまいと誓っていた。「また求婚なんかしたら愚かで、男らしくない」と、彼は通りを社交クラブへ向かって急ぎながら一人つぶやいた。そうだ！　このロマンスは終わった。とうとう終わってしまった！　「ひどい打撃を受けてしまった」彼はそうつぶやくと、突然歩くのをやめ、立ち止まって考えた。「畜生、そうだ！　男はこの種のことを経験するとき、かなり熱素[1]を奪われてしまう。たとえ天使が行く手に現れても、もう二度と求婚することなんかできなくなる」彼は社交クラブへ行き、陽気に振る舞おうとした。おいしいディナーを注文し、人を誘って一緒に食事をした。一時間くらい気力を振り絞り、うわべを陽気に繕った。しかし、夜うちへ歩いて帰る途中、起こったことをじっくり考える時間ができると、人気のない通りの暗闇に立ち止まって、手すりに寄り掛かり、わっと泣き出した。心底リリーを愛しているのに、彼女は妻になってくれそうもない。彼女を妻にと望んだのに、――望みのものをえようと最善を尽くしてきたのに、それをとらえ損なうのはじつにつらかった！　努力のかいがなければ、いつも自尊心に傷がつく。しかし、女性をえようと奮闘してできた傷はどんな傷よりも痛んだ。彼は歯ぎしりして、鉄の手すりをステッキで打った。――それから、リリー・デールのことは二度と考えまいと誓って、家へと急いだ。深夜、そのことをなおも考えるとき、さらに十年待って、それからまたリリーのところへ行くというのはどうかと自問した。そんなふうにしたら、彼はヤコブかレアンドロス(2)を越える不死の恋人になれるのではないか?

翌日、彼は役所へ行って、とてもまじめに働いた。サー・ラフルから予定の日よりも前に帰って来たことを褒められたとき、ただ出掛けた目的をはたしたから、当然帰って来ただけと答えた。クローリー氏についての情報なんかサー・ラフルに一言も漏らすつもりはなかった。彼は非常にまじめに仕事に専念したので、実際サー・ラフルを当惑させた。上司は働く振りしかしていなかったから、個人秘書官が見せる仕事への熱意にまごついた。その日一日じゅうジョニーはこの病にはしっかり働く以外に薬はないと決めていた。役所にとどまっているあいだはそこでしっかり働くだけでなく、多読を習慣にするようにした。ギリシア語を深く勉強して翻訳するか、精密科学を取りあげてその方面で名をあげるかしようと思った。しかし、彼は文学者として引きこもりの生活を送るなら、給料はなくても充分資金を持っていたので、役所を完全にやめてしまってもいいと思った。その夜、家で羊肉片を食べ、『イーリアス』の数節を音読して時間をすごした。――役所から帰る途中でホメロスを買っておいたのだ。九時に半額でストランド劇場(3)へ行った。彼がそこでどういうふうに旧友のボールジャーに会い、そのあと「雄鶏」へ行き、夜食を取ったか、正確にここで述べる必要はないだろう。

翌日の夜、彼はポーチェスター・テラスへ行く約束をしていた。ホメロスに熱中している時には、二度とミス・デモリンズには近づくまいと決めていた。どうして近づく必要があろうか? その種のことはもうどうでもよかった。ただミス・デモリンズに挨拶を送って、仕事で約束を守れないと言うだけでいい。もちろんしばらくは手紙が送られて来るだろう。が、ただそれに返信しなければいい。いずれそんなことは終わりになる。彼はミス・デモリンズとのことをボールジャーに話した。――それは陽気に夜食を食べているあいだのことだった。彼はその時ささやかな恋愛ゲームを最後までやり通す意志をはっきり表した。「男が楽しんでいけない理由がわからないな、え、ボールジャー、そうだろ?」ボールジャーはウインクして、にたりと笑い、ある種の遊びは危険だねと言った。「危険はないと思うよ」とジョニーは言った。「彼女自身そんなことは考えていないと思う――少なくともぼくとはね。彼女が好きなのは謎めいた見せかけなんだ。そんなものをおもしろがっているんなら、男が彼女を満足させてやっていけないわけはないだろ」彼は「雄鶏」で羊肉片を二切れ食べたあと、午前一時と二時のあいだにこの決意を述べた。翌日、彼はもっと冷静になり、賢くなっていた。ギリシア語は初歩のアルファベットから始めなければならないから、退屈かもしれないと思った。それで、ギリシア語を勉強する考えをあきらめた。彼に向いていないギリシア語ではなく、ロンドンの貧者の衛生状態の問題を取りあげよう。そうすれば、何か役に立つだろう。そうしているあいだに、ただ約束しているというだけの理由で、ミス・デモリンズとのそれを守る気になった。紳士は常に女性との約束を守るべきだ!

彼はミス・デモリンズとの約束を守った。指示された時間にほぼ正確に彼女のところへ行った。彼女が謎めいた落ち着きを見せて迎え入れてくれたので、彼は当惑してしまった。しかし、ミス・デモリンズとのつき合いを楽しむ方法は、気分にむらのある彼女を正面から真剣にとらえることだということを思い出した。彼は非常に落ち着いていた。彼が部屋に入ったとき、ミス・デモリンズは席から立ちあがらなかった。指先に触らせるため手を差し出しただけで、ほとんど喋らなかった。彼女がほとんど口を利かなかったので、イームズも何も言わないで、椅子に身を沈め、くつろいで脚を前に伸ばした。彼女が会話の重荷を担うことが二人のあいだではいつも了解されていた。

「お茶はいかが?」と彼女。

「はい。——あなたがいただくなら」給仕がそれからお茶を運んで来た。ジョン・イームズはとても薄いバター付パンを三枚呑み込んで、楽しく時間をすごした。

「私は食べません。——ありがとう」とマダリーナは言った。「ディナーのあとはめったに食べません。しばしばディナーの時もあまり食べません。できれば食事のない世界がいちばんいいと思います」

「たっぷり食べるディナーくらいいいものはありませんよ」とジョン。それから、また沈黙があった。彼は今夜何か大きな秘密が語られることになると待ち構えながらも、そんな好奇心をそとに表さないくらいじつに慎重だった。彼はお茶を最後まですすると、立ちあがってコップを置き、敷物の上で暖炉に背を向けた。

「今日は外出されましたか?」と彼は聞いた。

「ええ、もちろん」

「お疲れになりました?」

「とても疲れました!」

「では、おそらく遅くまであなたを起こしておかないほうがいいでしょうね」

「あなたがいてくださっても、その点では何も問題はありません。これから四時間は寝床に就くことはないと思います。でも、お帰りになりたければ、お好きになさってください」

「急いではおりません」とジョニー。それから、彼はまた座ると脚を伸ばし、くつろいだ姿勢を取った。

「私はあの女性に会いに行きました」と、マダリーナはしばらくしてから言った。

「どの女性です?」

「マライア・クラターバックです。——私はいつも彼女をそう呼んでいます。というのは、あの哀れな男の名は聞き飽きて、言う気になれないからです」

「彼は振顫譫妄《しんせん》に陥ってピストルで頭を吹き飛ばしたんです」とジョニー。

「なぜ深酒をするようになったんでしょう?」とマダリーナは力を込めて言った。「でも、どうでもいいことです。この話はまったく嫌いです。私が見たあの場面といったら! とうとう面と向かってマライアについて思っていることを言わずにはいられませんでした。これほど無感覚な、これほど無慈悲な、これほど利己的な、これほど冷え切った、これほど子供っぽい人はこれまでに見たことがないとね! マライアが子供っぽくて利己的なのはすでに知っていました。――でも、心はあると、心の痕跡はあると思っていました。彼女には心がない――まったく何もないことが今日わかりました。よければもう彼女のことを話したくありません」

「そうでしょうね」とジョニー。

「疲れて、熱が出ても当然です」

「その種のことはおそらく疲れるんです。そんな強い感情にとらわれると、えるものよりも失うもののほうが多いんです」

「強い感情もなしに生きるよりも、死んで土の下に埋められるほうがましです」とマダリーナ。

「好みの問題ですね」とジョニー。

「哀れなマライアがひどく不完全なのはその感情面なんです。彼女は今この瞬間も肉体的な安楽以外に何も考えていません。あの悲劇にあってさえ心に鼓動を起こすことはなかったんです」

「たとえどんなに鼓動が起きても、彼女が幸せになることはないでしょう」

「幸せにって! 誰が幸せになるっていうんです? あなたは幸せ?」

ジョニーはリリー・デールのことを思って、答える前に間を置いた。そう、確かに彼は幸せではなかった。しかし、身の不幸についてミス・デモリンズに話す気はなかった！「もちろんぼくは幸せで、――すこぶる陽気です」と彼。

「イームズさん」とマダリーナはソファーから身を起こして言った。「あなたがこの時この場にふさわしい言葉でそれよりもまともに自分を表現することができないんなら、むしろ――」

「口をつぐんでいたほうがいいですね」

「その通りです。――でも、私はそんな失礼な言葉を遣ってはいけませんね」

「ぼくは何と言いましたか？――すこぶる陽気だと言いましたかね。その言葉に嘘はありません。ぼくが言いたかったのは、この世はとてもすばらしい世界で、言行を慎みさえすれば、男性はこの世でとてもうまくやっていけると思うということです」

「でも、もし女性なら？」

「もっとたやすくやっていけます」

「もし女性が言行を慎めなかったら？」

「女性は常にそれを身につけています」

「そう？　女性についてのあなたの知識はその程度のものなんですか？　はっきり言ってください。――あなたは女性について何がわかっていると思っているんです？」マダリーナはそう聞くとき、彼の顔をまともに覗き込んで、巻き毛を揺すり、ほほ笑んだ。彼女は巻き毛を揺すり、ほほ笑むとき、ジョン・イームズにも感知できるほど魅力的だった。彼女は目から特別な輝きを発することができた。それはおそらく意地の悪いいたずら以上のものではなかったにせよ、機知と知性を暗示しようとするように見えた。

「女性について知識をひけらかすつもりはありません」とジョニー。

「あなたがそれについて何か知っているとは思えませんね。すばらしいリリー・デールのかわいい素朴さで充分なんです」

「彼女のことは気にしないでください」とジョニーはいら立って言った。

「彼女のことはぜんぜん気にしていません。でも、あなたにはその種の女性の素朴さは見抜けても、本当の女性の器量は見抜けません。水割りのシェリー酒をすすっても、ワインの香りはわかりません。私は自分が素朴な女だとは思いません。はっきりそれを認めます。素朴さを求めておられるなら、私はあなたの好みには合いません」

「みんながみんなヤマウズラが好きだとは限りませんよ」とジョニーは笑って言った。

「わかります。あなたがおっしゃることは侮辱的ですが、本当のことをおっしゃっているから、その過ちを許します。私は確かにヤマウズラじゃないと思います。私って月のように変わりやすいんです」

「気まぐれで？」

「そんなことは言っていません。そういうことを発見するのがあなたの仕事です。自分で発見するのが男性の仕事でしょう。もしあなたに女性の何たるかが本当にわかったら、――」

「わかるなんて言っていません」

「でも、もしわかったら、女性は月のように変わりやすいけれど、太陽のように正しいことが、――情熱が存在しないあいだは、無関心に花から花へ飛び回っているけれど、すぐ情熱によって一つの場所に誠実にとどまることがおそらく理解できるでしょう。私の言うことが信じられます？」彼女は今またジョニーの目を覗き込んだが、ほほ笑むことも、巻き毛を揺することもしなかった。

「ええ、そう。――それは本当ですね。女性はたくさん子供を持つとき、里程標のように安定した存在になります」

「たくさん子供を持つって！」マダリーナはそう言うと、立ちあがり、部屋を歩き回った。

「女性は子供を持ちます」とジョニー。

「あなた、私に里程標になれと言うんですか？」

「男性に行くべき道を指し示す」とジョニーは言った。「指道標にね」

彼女は何も言わずに部屋を二度行ったり来たりした。それから、なおも何も言わないでまたやって来て、彼の向かいに立った。――それから、また歩き回った。「女性はあなたが言うそんな指道標以上にすばらしい存在になれるでしょうか？」

「もちろんそれが何よりもいいんです。――男性に距離を教える里程標はとても立派ですけれどね」

「ふん、そんなもの！」

「里程標になるという考えは嫌いなんですか？」

「そうよ！」

「じゃあ、あなたは指道標になる決心をすればいいんです」

「ジョン、私はあなたの指道標になれます？」彼女は立ち止まると、まるで彼の腕のなかに飛び込むつもりでいるかのように、愛情にあふれる目でしばらく彼を見詰めた。もし彼が立ちあがったら、彼女は疑いなくすぐ腕のなかに飛び込んで来ただろう。実際には、愛情のこもった目でしばらく彼を見詰めたあと、彼女はソファーに身を投じて、顔を座布団に隠した。

彼はこの十五分こういうことになるのではないかと、――しかもこういうことから逃れられないのではないかと感じていた。ミス・デモリンズと結婚する羽目になるとは思っていなかったが、面倒に巻き込まれるのをはっきり自覚していた。しかし、どうしても逃げ出すことができなかった。光のまわりをひらひら飛ぶ蛾は焼かれることを知っていても、どうしても光から離れることができない。マダリーナが女性一般のことを、続いて彼女個人のことを話し始めて、彼女のような女性は――たとえ激しい感情の騒乱状態に陥りやすいとしても――太陽のように正しく、誠実だと言い出したとき、彼は立ちあがって逃げ出さなければならないと感じた。破局がどんなふうに訪れるか正確にはわからない。それでも、彼がここにとどまっていれば、胸の思いをはっきり言うように求められるのは確実だった。――どんなに知恵を絞ってみても、楽に答えることができないようなことを聞かれるのは明らかだった。里程標について冗談を言うのは結構だが、彼は冗談の一つ一つで断崖に追い詰められた。彼の言葉が生み出した里程標のイメージがどんなに馬鹿馬鹿しいものであっても、マダリーナがそのイメージを何とか自分の目的に合わせてしまうほど賢いことを思い知った。彼はこの女性を指道標と呼んだ。すると彼女はただちに彼のところに来て、生涯彼の指道標になろうと申し出た！　彼女に何と言えばよかっただろうか？　何か言わなければならないのは確かだった。この瞬間、彼女は激しくすすり泣いていたので、ジョニーは申し出を冗談としてやりすごすことができなかった。答えはごく簡単で、逃げ出すのもごくたやすいはずです、と女性たちは言うだろう。しかし、女性が結婚に身を捧げているとき、ミス・デモリンズのような女性にさえそれを拒絶するのは容易ではない、と男性たちは知っている。そのうえ、ジョニーはこの危機の瞬間にふと思い当たったが、――もし逃げ出そうとしたら、デモリンズ令夫人がきっとそれを止めるため準備万端、応接間のドアの向こうに待機していることだろう。その間にソファーからのすすり泣きがひどくなり、一段と激しくなった。彼がどうしていいかまだ決断することができないうち、マダリーナは巻き毛を荒々しく揺すり、腕を広げ、躍りあがって彼の前に立った。「今の発言はなかったものと思ってください」と彼女は叫んだ。ジョン・イームズはこれには少しも異論を持ち合わせなかったけれど、これにさえも難しいところがあると感じた。もし彼がこの新しい提案に簡単に同意したら、じつに失礼なその同意によってやはりミス・デモリンズの女性らしさを踏みにじってしまうだろう。彼は少なくとも少しはためらってみせて、——なされた貴重な結婚の申し出をしっかり受け取める振りをすべきだと思った。しかし、そんな振りをするとき、貴重な結婚の申し出がまたも繰り返されるということがなければの話だ。マダリーナはこの対話の始めのほうでジョニーのことを女性の性質を何も知らないといって責めた。彼は間違った一歩を今踏み出せば、非常に重大な難儀に陥ることになると理解できるくらい女性のことを知っていた。「今の発言はなかったものと思ってくださいって！　あら、まあ、まあ、私はうっかり本性を表してしまいましたね？」とマダリーナは叫んだ。

ジョンは今椅子から立ちあがり、彼女に近づくと、腕を取って一言言った。「落ち着いてください」彼はじつに愛情のこもった声でそう言い、彼女のすぐそばに立った。

「私にそう命じるのは何と易しいことでしょう」とマダリーナは言った。「海が荒れ狂っているとき、静まるように言うようなものです！」

「マダリーナ」と彼。

「ええ、——マダリーナに何かご用かしら？　マダリーナは誇りを失ってしまいました。——永久にね」

「そんなことを言わないでください」

「ねえ、ジョン、どうしてあなたはここに来たんです？　なぜ？　どうして私たちはあの悲運の女の家で会ったのかしら？　あるいは、そんなふうに会ったとしても、どうして見知らぬ人として別れなかったのかしら？　ねえ、どうしてあなたは毎日毎夜この母の家に来たんです、もしあなたが——？　あら、あきれた、私って何を言っているのかしら？　いつまでもあなたから軽蔑されるんじゃないかしら？」

「ぼくは軽蔑しません」

「私を許してくださる？」

「マダリーナ、もともと許すことなんかありません」

「そして、――愛してくださる？」それから、ミス・デモリンズは相手の好意的な答えを待つこともなく、――おそらくこれ以上待つことができなくて、彼の胸に身を沈めた。ジョニーはもちろん彼女を抱いた。

――その瞬間、応接間のドアが開いて、デモリンズ令夫人が部屋に入って来た。ジョン・イームズはそれが令夫人のスカートだと一目で見て取った。この前ポーチェスター・テラスを訪問したとき、すばやく逃げて行くのを目撃したあの古い白い部屋着のスカートだった。しかし、デモリンズ令夫人は今の場合その上に夜会用の赤い短上着を着ていた。頭の帽子は色リボンで飾られていた。「これはどういうことなんです」と令夫人は聞いた。「どうして私がこんな狼藉を受けるんです？」老夫人が色リボンの下からジョニーをにらみつけているあいだ、マダリーナは動かずに彼の腕に抱かれていた。「イームズさん、私が見ているのは何なんです？」と令夫人。

「娘さんは、奥さん、少し気分がお悪いようです」とジョニー。マダリーナはしっかり足で床を踏み締めて、ジョニーのベストにすがりついた場所を一瞬も譲ろうとしなかった。彼女は激しい息遣いについて気分が悪いのだと彼から指摘されて、いっそう激しい息遣いをした。

「気分が悪いって！」とデモリンズ令夫人は言った。ジョニーは令夫人が若いころは舞台で仕事をしていたに違いないと一瞬確信した。「私をいいかげんにあしらうのは結構ですがね、あなた。娘――マダリーナ――をいいかげんにあしらわないように気をつけてくださいよ」

「母さん」マダリーナは声を出してもジョンの胸から離れようとしなかった。声は半分彼女から、半分ジョニーから聞こえて来るように思えた。「私のところに来て、母さん」それで、デモリンズ令夫人は娘のところに急いだ。マダリーナは二人によってゆっくりソファーの上に横たえられた。しかし、ジョン・イームズ氏がほとんどその強い腕で彼女を横たえる仕事をした。「ありがとう、母さん」とマダリーナ。とはいえ、彼女はまだ一瞬も目を開かなかった。「たぶんぼくはもう帰ったほうがいいんでしょうね」とジョニー。「あなたはこれがほしいと思わないんですか」と、老婦人は声に出して言っているかのように目で彼を見た。「もちろんぼくでお役に立つことがあればここに残ります」とジョニー。

「あなたが家を出る前にこの件についてもっと聞いておかなければいけません」とデモリンズ令夫人。彼はこれから十五分間母娘に挟まれて、おそらく最悪の時間をすごさなければならないのだと思った。しかし、竜と雌虎の連合軍を相手にしようと、結婚の約束と受けとられかねない言質は一言も与えるつもりがないことを心に誓った。

老婦人はソファーの頭側で今ひざまずいた。ジョニーは老婦人のすぐそばに立った。突然マダリーナは目を開いた。――目を大きく見開いて、まわりを見た。それから、ゆっくりソファーの上で上体を起こして、顔をまず母に、それからジョニーに向けた。「ここにいるの、母さん！」と彼女。

「愛するあなた、そばにいますよ。心配しないで」と令夫人。

「心配するって！　どうして私が心配するんです？　ジョン！　私のジョン！　母さん、彼は私のものよ」彼女はあたかもジョンを求めて呼び掛けるように両腕を突き出した。今、ジョン・イームズは非常に悪い状況に陥っていた。――あまりにも悪かったので、すぐそとの歩道に逃げ出すことができたら、ド・ゲスト卿の遺産の相当部分を差し出してもよかった。女性は力を向こう見ずに使いたがるとき、一瞬ほとんど際限を知らない。

「気分が少しよくなればいいんですが」とジョン。彼は今この場面に完全に押しつぶされていた。しかし、押しつぶされていないかのように話そうともがいた。

デモリンズ令夫人はひざまずいた姿勢から、ソファーの背に両手をついて体を支え、ゆっくり立ちあがると、――というのは、頭はまだよく働いていたが、体は年を取って硬かったから――、両手をジョニーに差し出した。ジョニーはその両手を断ることができないと思い、用心深く片手を取った。「私の息子！」と老婦人は叫んだ。彼には何が起こっているかわからないうち、老婦人は彼の鼻と顎ひげに口づけすることに成功した。「私の息子！」と老婦人はもう一度言った。

さて、怒り狂う竜と雌虎に彼が対峙するときがやって来た。対峙しなければならないとするなら、対峙するときが確かに訪れた。その瞬間ジョンは意気消沈していた、と私は思う。「ぼくにはよくわかりません」と彼。ほとんど囁き声になっていた。マダリーナは片腕を彼のほうへ突き出し、指先を震わせ、唇を開き、内側の白い象牙の列をきれいに見せていた。しかし、マダリーナは今この瀬戸際にあっても黙りこくっていた。一言も口を利かないまま、片腕を彼のほうに伸ばして、指先を震わせ続けた。

「わからないって！」とデモリンズ令夫人は身を後ろに引いて言った。令夫人は前が開いた短上着のせいで、まるで胴よろいをつけたのに、すね当てを忘れた騎士のように見えた。怒った騎士が兜の飾りを揺するように、令夫人は帽子の輝くリボンを揺らした。「わからないって、イームズさん！　わからないって、あなた、どういうことですか？」

「何か誤解があるようです」とジョニー。

「母さん！」マダリーナは臆病な恋人から優しい母へ視線を移して、体じゅうを震わせていたが、それでも片手はまだ差し出したままだった。「母さん！」

「かわいい私の子！　でも、彼のことは私に任せなさい、あなた。あなたは心を落ち着かせてね」

「彼が言ったのも同じ落ち着いてという言葉でした——ついさっき。彼が私を胸に抱き寄せる前にね」

「あなたが気を失うんじゃないかと思ったんです」とジョニー。

「あなた！」デモリンズ令夫人はそう言うと、兜飾りを揺らし、にらみつけ、よろいのままほとんど彼に飛び掛かりそうになった。

「私のまわりの世界が崩れて、夢のなかにいるようです」とマダリーナ。

「私の目が見たものは夢なんかじゃありません」とデモリンズ令夫人は言った。「イームズさん、私は老女の唇から出るいちばん甘い呼び名であなたを呼びました。私の息子と呼んだんです」

「ええ、あなたがそう呼んだのはわかっています。けれど、前にも言いましたように、何か誤解があるんです。そう呼ばれて、ぼくがどんなに誇りに、どんなに幸せに、どんなにそんなふうに思わなければいけないかわかっています。けれど——」その時、マダリーナが叫び声をあげた。その叫び声は家のなかに死者がいたら、死者をも呼び覚ましたことだろう。しかし、給仕と料理番は呼び覚まされようと、覚まされまいと、その叫びをまったく無視した。マダリーナは叫んだあと、床にまっすぐ立って、臆病な恋人を母と同じようににらみつけた。今竜と雌虎が目の前にいた。自力を頼りにしなければならないのはわかっている。戦わなければならないので、大胆な顔つきをするのがいいのではないか？　「本当のことを言うと」と彼は言った。

「こんなことはぜんぜん理解できません」

「理解できないって、あなた？」と竜。

「彼のことは任せておいてよ、母さん」と雌虎。彼女は前にしたやり方とは違う揺すり方で頭を揺すった。

「私の問題です。自分で片をつけます。私がこんな馬鹿げた言い分に我慢ができると思うなら、彼は間違っています。私は率直に、公明正大にあなたに対応してきました、イームズさん。お返しに同じように私に対応してもらいたいと思います。私たちが婚約したことを否定なさると、あなたは母さんに言うつもりですか?」

「はい、そう。そうします。ぼくが非礼に見えるとすれば、いいですか、とても残念です」

「私には兄がいないからですね」と雌虎は言った。「私を守る男性が近くにいないと彼は思っているんです。でも、私が身を守れることを彼にわからせてやります。ジョン・イームズ、どうしてあなたは私をこんなふうに扱うんです?」

「いとこの軍曹に明日相談します」と竜は言った。「それまで彼をこの家に引き留めておかなければいけません。玄関ドアを解錠できないようにします」

ジョニーがいちばん苦境に立った瞬間がこの時だった、と私は思う。デモリンズ令夫人の応接間に一晩じゅう閉じ込められたら、それ自体が堪えられなかっただろう。そのうえ、いろいろ馬鹿げたことも起こり、変な噂も広まるだろう! ここから逃げ出す前に軍曹がこの戦場に現れたら、竜のいとこの軍曹に彼は何と言ったらいいだろう? こんな状況で軍曹から何をされないとも限らなかった。軍曹からも、竜からもされてはならないことが一つあった! 雌虎との結婚を強制されてはならない。この瞬間、ジョニーは靴音を歩道に聞いて、窓に走った。竜からも雌虎からも止められる前に、彼は窓枠を跳ねあげ、窮状を夜警に訴えた。「おい、君」とジョニーは言った。「ぼくがいいと言うまでその場を動かないでくれ」警官は丸提灯を窓に向けて、ぴたっと立ち止まった。「さて、よろしければ、さよならを言わせてください」とジョニー。しかし、彼はそう言いつつも、まだ開けた窓枠を手に持っていた。

「私の家でこの狼藉はどういうことです?」と竜。

「母さん、彼を放したほうがよさそうよ」と雌虎は言った。「彼をどこで見つけたらいいか知っていますから」

「確かにあなた方はぼくを見つけ出すことができます」

「行きなさい」と竜は兜の飾りを揺らして、――彼に向けてよろい兜をみな揺らして言った。「行きなさい、卑怯者!」

「お巡りさん」とジョニーは開けた窓枠をなおも手に持って叫んだ。「ぼくが出て行くまでそこを動かないでください」警官は丸提灯を少し動かしたが、一言も口を利かなかった。

「さよならを言います、デモリンズ令夫人」とジョニーは言った。「さよなら、ミス・デモリンズ」それから、彼は窓を離れて、ドアのほうへ走った。しかし、竜は彼よりも先にドアに着いていた。

「行かせてよ、母さん」と雌虎は窓を閉めて言った。「騒動になるだけです」

「それが関の山です」とジョニーは言った。「ぼくをここに引き留めようとしても無駄ですよ」

「二度とあなたに会えないのかしら?」雌虎は片目でもう一度心残りの様子を見せた。

「うん、会えませんね。会って何の役に立つんです? 監禁されて嬉しい人はいません、わかるでしょう」

「じゃあ、行きなさい」と雌虎は言った。「でも、もしあなたがこれで終わりになると思うのなら、てんで間違っていることがわかるでしょう。哀れな、嘘つきの、はなっ垂れ! リリー・デールだってあんたをぞっとするほど毛嫌いしている。リリーのところへ行っても無駄よ」

「今すぐ出て行って、あなた。一瞬たりとも長くここにいて私の部屋を汚さないでちょうだい」と竜。竜は提灯がまだ家の前で威力を見せているのを窓から見ていた。それで、ジョン・イームズは部屋を出ると、玄関広間へ降り、闇のなかをドアへ進んだ。よくわからないが、錠が思う通りにならないかもしれない。しかし、ドアの前の踏み段に警官の足音が聞こえたので、安堵した。ずいぶん手間取ったあと、やっと鍵を回し、かんぬきをはずして、ついにそとに出て自由になった。警官に言葉を掛ける前に、通りに出て、窓を見あげた。鎧戸を閉める竜の兜のかたちを見ることができた。それがデモリンズ令夫人とその娘を彼が見た最後だった。

「どういうご事情ですか?」と警官。

「じつに話しづらいことなんです」とジョニーは言って、半ポンド金貨を財布のなかから捜し、それを警官に差し出した。「ちょっと困ったことがありましたから、あなたに待っていていただいてとても感謝しています」

「問題はないんですか?」と警官は疑るように言い、硬貨を受け取る前に一瞬ためらった。

「問題はありません。もしあなたがお望みなら、家を開けさせて職質するあいだ私も立ち会います。本当のことを言うと、ぼくは一晩じゅうあそこに閉じ込められるところでした。逃げ出したかったんですが、なかの人がドアを開けてくれなかったんです」

「伺ったことが本当なら、なかにいるのはおかしな連中ですな」

「おかしな連中なんです」とジョニー。

「じゃあ、たいしたことはないと思いますね」と警官は言って、金貨を受け取った。それから、ジョニーは一人うちへ向かって歩き出した。ミス・デモリンズにかかわるあらゆる状況を心のなかで思い巡らした。彼の行動の全体を考えるとき、かなりそれを誇りに感じたものの、将来マダリーナのような女性には近づかないようにするほうがいいと得心した。

註

(1) 熱素理論は十九世紀なかごろまで影響力のある理論だった。万物に偏在する熱素と呼ばれる重さもなく目にも見えない流体によって熱や火は起こると考えられた。

(2) レアンドロスはヘレースポントス海峡(ダーダネルス海峡のギリシア語名)を泳ぎ渡ってアプロディーテーの女神官ヘーローと逢い引きをしていた。彼は嵐で目印の火が消えたときに溺死。ヘーローも悲しみのあまり海に身を投げた。

(3) 一八三二年ウエストミンスター区ストランドに建てられたThe Royal Strand Theatreのこと。一九〇五年オールドウィッチ地下鉄駅建設のため取り壊された。

第八十一章　バーチェスター回廊

参事会長が帰って来た次の日曜の朝、ハーディング氏は寝床に横たわっていた。ポウジーがベッドの上に座って祖父の隣にいた。老人が日一日と弱ってきており、二度と寝床を離れられなくなっているのは今みなの目に明らかだった。大執事でさえ頭を横に振って、義父の最後の日が間近だと妻に認めた。まもなく聖イーウォルドに別の俸給牧師を選ぶ必要があるだろう。

アラビン夫人が部屋に入ったとき、「お祖父さんが綾取りをしてくれません」とポウジーは言った。

「いえ、かわいい子、――今朝はね」と老人。綾取りが二度とできないのは本人がよくわかっていた。今はそれさえもできなかった。

「この子は父さんをからかっているのです」とアラビン夫人。

「いえ、違います」と老人は言った。「ポウジーは人をからかったりしません」老人はゆっくりしなびた手をベッドのそとで動かして、孫娘のフロックをつかんだ。「この子と一緒にいさせてください、あなた」

「フィルグレイブ先生が下に来られています、父さん。先生があがって来られたら、お会いになります?」

さて、フィルグレイブ先生はバーチェスターの筆頭内科医だった。死の時が近づいたとき、市あるいはこの問題では州の東部の著名人は誰も、先生の助けなしに最後の大きな旅に発つことは許されなかった。命を延ばすことでは先生があまり有名ではないことを私は知っている。が、旅立ちの時には先生が優雅さを添えると見なされていた。ハーディング氏はこの先生に会いたくないと言い、――フィルグレイブ先生など役に立たないとはっきり口に出した。しかし、老人はまわりの友人らの願いに反して持説を強く主張する人ではなかった。大執事がこの件について一言言うと、彼はすぐ同意した。

「もちろん、あなた、先生に会います」

「先生が帰ったら、ポウジーに来てもらいますから」とアラビン夫人。

「ポウジーのほうがきっとフィルグレイブ先生よりも私にはいい薬です。――でもね、今はポウジーとお別れします」それで、ポウジーはベッドから降りて出て行き、先生が部屋に案内された。

「一日、二日というところでしょう、大執事さん。――おそらく一日、二日です」と先生は玄関広間でグラントリー博士に会って言った。「おそらく一日、二日でお別れになります。二十四時間もすると、彼がこの世の心配事から解放されるのは間違いないところです。彼には苦しみも、痛みも、心を掻き乱す材料もありません。ただ生命力の自然な休息があるだけです」フィルグレイブ先生はこう言いながら、両手でなだらかに落ちて行く動作をした。それだけが彼の往診に支払われる全金額に値すると様々な場面で考えられていた。「夕方にも私がちょっと立ち寄ってみることをおそらくお望みでしょう、参事会長さん。たまたま用事がありませんから」参事会長はもちろんそうしてもらえたらありがたいと言った。参事会長も大執事もフィルグレイブ先生の言うことを少しも信じていなかった。しかし、先生に看取られることもなく義父とお別れしたら二人とも満足できなかっただろう。

「ねえ、生命力の自然な休息だなんて」と大執事は先生が帰ったあと言った。「口先だけ達者に喋るあの先生をご覧なさい。私は生まれてこの方あの先生を知っている。先生は二階にいる私たちの親しい友人よりも数か月年上なんだ。バーチェスターの死の床にまるで永久につき添うつもりでいるような顔つきをしているよ」

「先生が今私たちに言っていることは正しいと思いますが?」と参事会長。

「確かに正しい。しかし、私がそう信じるのは先生の言うことに由来するんじゃないんだ」それから、間があった。教会の二人の高位聖職者は一緒に座ったまま、この時間があまりにも厳かなので、本を読むことさえはばかられると感じて何もしなかった。「彼が逝ってしまったら、私は老人になってしまう」と大執事は言った。「あなたとは事情が違うから」

「エレナーが老女になってしまうんじゃないかと心配です」

「私は生涯彼とつき合ってきたように思える」と大執事は言った。「大学を出て以来ずっと彼を知っている。人が他人をこれ以上知ることができないほど彼を知っている。彼がしたことで――彼が考えたことでも、と信じたいがね――私が理解できないことは何もない。彼の精神に不純な思いはなかったと、心に罪ある願望はなかったと私は確信する。彼の優しさは女性の優しさを凌駕していた。しかし、その優しさを示すときが来たとき、英雄の精神を持っていた。彼の慈善院長の辞任と、彼に辞任しないように私が言ったこと、したことは忘れられないな」

「が、彼は正しかったですね?」

「セプティマス・ハーディングとしては正しかったと思う。しかし、別の人だったら正しくなかっただろう。彼が参事会長職についてした判断も正しかった」というのは、ハーディング氏は参事会長職への昇進を一度は提示されていたから、彼がバーチェスター聖堂参事会長になっていた[1]かもしれない。「彼は本当に間違えたことがなかった。間違えるはずがなかった。ずるくなく、神を恐れていたからね。――この二つの性質を持つ人は大きく迷うことはない。思うにヴィオロンチェロの新しい木箱と、チェロの演奏を聴いてくれる人以外に、彼は生涯何もほしがらなかった」それから、大執事は立ちあがり、深く物思いにふけりながら部屋を歩き回った。歩き回るとき、彼の生涯に起こったもう少し容赦ない野心にかかわる思い出をおそらく胸によみがえらせていた。大執事は何をほしがったか？ ずるく立ち回らなかったか？ 神を恐れていた、と彼は独り言を言った。――しかし、この点で正しいことを言っているか確信が持てなかった。

朝のあいだアラビン夫人とグラントリー夫人がずっと父と一緒にいた。昼間の大部分は部屋に完全な沈黙があった。老人は眠っているように見えた。姉妹は父が本当は眠っていないのを知っていたけれど、口を利いて邪魔することを恐れた。二時にバクスター夫人が夕食を運んで来た。彼は目を覚まして、スプーン一杯のスープとグラスに半分のワインを飲んだ。この時、ポウジーが来て、ベッドのそばに立ち、見開いた大きな目で祖父を見た。孫娘は愛する親友から生命力があまりにも失われてしまったので、ベッドに座ることはもう許されないことに気づいているように見えた。それで、孫娘は彼から差し出された片手を手に取ったまま、じっと動かずに立っていた。バクスター夫人がお盆をさげに現れたとき、ポウジーの母は立ちあがって、その子に一言囁いた。それから、ポウジーは出て行って、二度と老人を目にすることはなかった。それはポウジーには忘れられない一日だった。彼女はこんなかたちで別れた祖父の年よりもずっと長生きすることになったが、忘れなかった。

老人は孫娘が出て行って、ほぼ一時間黙って横たわっていたあと、「あなた方二人にここに来てもらって、とても嬉しいです」と言った。それで、娘たちは立ちあがり、彼のそばに来て立った。「願うことはもう私には何もありません、あなた方――何もね」それから、彼はしばらくして二人の夫――娘婿――に来てもらいたいと言った。アラビン夫人は行って、二人を部屋に連れて来た。彼は二人の手を取ると、ただ同じ言葉を繰り返した。「願うことはもう私には何もありません、あなた方――何もね」彼は二度と声を出さなかった。見守っていた娘たちは彼が祈っているのを見ることができた。二人の娘婿は長く彼のもとにとどまっていないで、図書室の薄暗がりに戻った。薄暗がりがほとんど夜の闇に変わっても、二人はなおも明かりを置かずにそこに座っていた。その時、バクスター夫人がその部屋に入って来た。「愛すべき紳士がお亡くなりになりました」とバクスター夫人。大執事はまさしく彼の父の死の瞬間が繰り返されたかのように思った。フィルグレイブ先生は現れたとき、もはやその奉仕が必要ではないことを伝えられた。「おやおや」と先生は言った。「私たちはみな塵ですからね、バクスター夫人、そうでしょう?」先生が過去三十年間いかにしばしばこのけちな公式を繰り返してきたか、知っていると言う人々がバーチェスターにはたくさんいた。

その夜邸内に激しい悲しみはなかったが、ずきずき痛む心はいくつかあった。一つの心はあまりに痛んで、癒しに至ることはなさそうに見えた。「父さんはいつも私と一緒でした」と、アラビン夫人は夫から慰められて言った。「私が父さんをスーザンよりも深く愛していたなんて言いません。でも、父さんの愛情に満ちた優しさをたくさん感じていました。私が生まれてからほぼ毎日父さんの甘い声が耳に聞こえていました」

彼はほとんど生涯そこで働いて、とても愛した聖堂に埋葬された。彼が回廊の墓に横たえられるのを見るためバーチェスターじゅうの人々が来た。大型四輪馬車の列も、霊柩車も、葬式を華やかにする試みもなかった。棺は男たちの肩に乗せられて、参事会長邸の横手の通用口からアーチ形天井造りの通路を通り、――彼が最後に会長邸から出たとき、転びそうになった小さな踏み段を越えて――、翼廊のなかに運び込まれた。寝室から墓まではほんの短い旅だった。しかし、弔いの鐘は朝のあいだずっと悲しげに鳴り渡った。身廊にも側廊にも翼廊にも、翼廊から回廊に続くドアにもぎっしり、ハーディング氏の名と姿と声を少しでも知っている人々が込み合った。今日までハーディング氏が町の人気者だと特別言った人は誰もいなかった。彼が何事でも積極的に振る舞い、みなの人気者になろうとしたことはなかった。しかし、今彼が亡くなってみると、男女ともに彼がいかにいい人だったか語り合い、彼の甘いほほ笑みを思い出し、彼から――何年も昔にしろ、先日にしろ――話し掛けられた愛情のこもった言葉を再現した。というのは、彼の言葉はいつも愛すべきものだったから。参事会長と大執事が肩と肩を寄せ合ってまず現れた。彼らの妻がそれに続いた。それが葬列の正しい順序かどうか私は知らない。しかし、それは感動的な光景で、バーチェスターでは長く記憶された。姉妹にとってそこにいることは苦痛だったが、堪えて一緒に歩き、夫らよりも前を歩くことはなかった。それから、大執事の二人の息子がいた。というのは、チャールズ・グラントリー師はこの時プラムステッドに来ていたからだ。参事会長邸と翼廊の端のあいだのアーチ形天井造りの通路には、聖歌隊を伴った参事会員と、太った老尚書役を含む名誉参事会員と、音楽監督と、準参事会員と、小さな合唱隊員まで――みながそこにおり、二人ずつ翼廊のドアから続いた。翼廊では誰もその日に会うことを予期していなかったもう一人の聖職者が加わった。主教は老いてやつれた表情――ほとんど自分が何をしているかわからないような様子――でそこにいた。奥方が亡くなって以来、その日まで主教が公邸の敷地外に出たのを誰も見た者はいなかった。しかし、主教はそこにいた。――人々は主教のため行列の二人の女性の後ろに場所を作った。大執事はそれを見て、和解が可能なら、心を穏やかにしようと心に決めた。

人々は一か所に墓が掘られた回廊に進んだ。――ついて行くことが許されるだけたくさんの人々が進んだ。その場所に来たいと思う者みなが入れたとはいえ、死者を少ししか知らない人々は棺のまわりに立つ権利のある人々の邪魔をすることを控えた。そこに、バーチェスターの忠実な年代記作者が言及しなければならないもう一人の人がいた。寺男と堂守はほかの人々がその場所に到着する前に、回廊のなかの墓まで一人の盲人をあいだに挟んで案内していた。その盲人はとても老いており、驚くほど腰が曲がっていたが、年のせいで曲がってしまう前は堂々たる身長だったに違いない。寺男と堂守はアーチ形通路の曲がり角にある石の上に彼を座らせた。しかし、盲人は会葬者の足音が耳に届くとすぐ、杖の助けを借りて立ちあがり、礼拝のあいだ柱に寄り掛かって立っていた。盲人はハーディング氏の父と言ってもいいほどの年で、ハイラム慈善院の収容者ジョン・バンスだった。そこにいる誰も彼ほどおそらくハーディング氏をよく知る人はいなかった。棺の上に土が投げ込まれ、礼拝が終わり、会葬者がちりぢりになったとき、アラビン夫人は老人に近づいて、手を両手に取って耳に一言囁いた。「ああ、ミス・エレナー」と老人は言った。「ああ、ミス・エレナー」この老人もまた二週間もしないうちに聖堂構内に横たわることになった。

このようにしてバーチェスター市の前ハイラム慈善院長セプティマス・ハーディング氏は埋葬された。彼ほど優しい紳士、立派なキリスト教徒はその市にいなかった、と年代記作者は言っていい。

註

（1）『バーチェスターの塔』第四十七章参照。

第八十二章　ホグルストックの最後の場面

ホグルストックではハーディング氏が亡くなったあと、じつに穏やかに二週間がすぎて行った。というのは、日曜に来るスナッパー氏以外に、この間どんな訪問者も教区に現れなかったからだ。スナッパー氏は最初の日曜に礼拝を終えたあと、次の安息日にはクローリー氏自身が職務を再開したいだろうとの意見をほのめかした。しかし、クローリーはその種のことをすることを丁寧に断った。主教から彼に直接通知があるか命令があるかしない限り、そんなことはまったく論外だと彼は言った。巡回裁判の時はもちろんすぎ去り、裁判の件はすでに終わっていた。それにもかかわらず、――スナッパー氏が言ったように――主教はまだ命令を出していなかった。主教はこのごろまったく主教らしくない、とスナッパーは思っていた。彼がこの件を聞いたとき、主教は今は何もするつもりがないと不機嫌に答えた。――「じつに不機嫌にね」とスナッパー。それでも、クローリー氏が職務を再開すべきだという意見をスナッパーはやはりはっきり持っていた。しかし、クローリーはこれに同意しようとしなかった。

しかし、その二週間にクローリー氏がまったく無視されていたわけではない。ハーディング氏が亡くなって二日後、彼はもうしばらくホグルストックの職務を再開しないように忠告する参事会長の手紙を受け取った。「こちらが当面喪中であることはもちろん理解していただけるでしょう」と参事会長は書いた。「が、私たちがこの件で動けるようになったらすぐ、できるだけあなたが快適になれるように万事取り決めます。私自身が主教に会います」クローリーは「快適」について身のほど知らずの期待を抱かなかった。ホグルストックに元々持っていた慎ましい権利に恥ずかしくなく復帰できればそれでよかった。それでも、今回の場合参事会長の忠告通りにしようと思った。彼は主教に屈服しており、主教によって復職を許されるまで待つつもりだった。

主教は葬式の翌日参事会長に挨拶を送って、ホグルストックのクローリー氏の地位の件で、できるだけ早く好都合な日に訪問してほしいと伝えてきた。手紙は主教本人の筆跡で書かれており、主教の手紙としては可能な限り優しく丁寧だった。参事会長はもちろん会見できるいちばん早い日をあげた。しかし、主教のもとへ行く前にこの件を大執事と議論する必要があった。もし聖イーウォルド教区がクローリー氏に与えられるとするなら、ホグルストックの難問はみな解消するだろう。大執事は葬式後プラムステッドに帰っていた。参事会長は主教に会う前にここに出向いた。参事会長は――グラントリー夫人の協力をえて――それもやっとのことで、条件つきの約束を大執事からえることができた。大執事はグレースを嫁に迎えることをしっかり頭に置いていたら、そんな姻戚関係を結ぶ牧師を貧困から救出する機会があれば、ただちに喜ぶだろうと二人は思っていた。しかし、大執事は様々な点で問題を争った。彼は聖イーウォルドの住民に最善の牧師を選び、提供することを第一の義務としているので、その職をクローリー氏に与えることはできないと当初主張した。なぜなら、クローリー氏は宗教的熱意と敬神の点では優れていても、振る舞いがとても奇妙きてれつで、話しぶりがじつに常軌を逸しているので、とても選べる最善の牧師とは言い難いからだ。「私の古い友人のソーンは一緒にワインを飲もうとしない相手と教区のなかでどんな関係を築けるというのかね?」というのは、狐の件でじつに犯罪的だったウィルフレッド・ソーン氏の在所、ウラソーンは聖イーウォルド教区に属していたからだ。グラントリー夫人がソーン氏の同意をいただきますからと提案したとき、大執事は非常に怒った。大執事はこれほど教会の流儀に反する提案は聞いたことがないと言った。ソーン氏と相談することなく、しかもソーン氏のため最善を尽くして、後任を提供することが大執事の特別な義務だった。大執事の反対がただワインを一緒に飲むか飲まないかの点に懸かっていたので、すこぶる理不尽だと参事会長もグラントリー夫人も思った。とはいえ、二人は強味を握っていたから、ただ大執事にお世辞を言った。ソーン氏なら、大執事と姻戚関係のある牧師をできれば教区に迎え入れたいと思うと、二人は確信していた。次に、グラントリー博士は自分が狐罠に引っ掛かるかもしれないと主張した。もし彼が聖イーウォルドの禄をクローリー氏に与えたあげく、結局息子とグレースの結婚がお釈迦になったら、どうなるだろうか？「もちろん二人は結婚しますよ」とグラントリー夫人。「おまえがそういうのは結構だがね、おまえ。しかし、あの家族はみなじつに奇妙な連中だから、娘が何をしでかすかわかったものではないな。もう気まぐれに別の男をつまみあげて、あの子を露骨に拒絶するかもしれない」「彼女は気まぐれに別の男をつまみあげたりしません」とグラントリー夫人。夫人は未来の嫁をかばって今ほとんど腹を立てた。「彼女についてそんなことを言うなんてあなたは間違っています。彼女の振る舞いは立派です。――あなたがいちばんよくご存知でしょう」それで、グレース・クローリーが実際にハリー・グラントリーと婚約したら、聖イーウォルドをクローリー氏に提供しようと、そう約束するところまで大執事は譲歩した。

そのあと、参事会長は主教公邸へ出掛けた。主教と参事会長は直接的にせよ、間接的にせよこれまで喧嘩をしたことがなかった。――事実、参事会長はプラウディ夫人とさえ喧嘩をしたことがなかった。しかし、彼は反プラウディ派に属していた。グラントリー側から主教区に連れて来られたからだ。それゆえ、プラウディ夫人の生前彼は常に敵の一人に数えられていた。二つの家に真の親密さはなかった。それぞれの家がいつも年に一度相手の家のディナーに招待された。が、こういうディナーは教会の公的なもので、親しさからのものではないことが了解されていた。主教公邸とプラムステッドのあいだにも、主教区の険悪な事情とは無関係に同じような礼儀上のつき合いがあった。しかし、今公邸の大首魁が亡くなり、公邸側の力が削がれたので、主教は和平か、和平以上の何か――おそらく友好関係――を、大執事とよりもまず参事会長と築こうとした。そのような方向への準備として主教はハーディング氏の葬儀に出席したのだ。

参事会長は今主教の要請に従って公邸へ出向き、閣下が一人でいるのを見つけた。彼は主教からほとんどうやうやしい礼儀正しさで迎え入れられた。彼は主教がこの前会ったときよりも驚くほど年取って見えると思った。しかし、主教に牧師らしいしゃれた身なりが欠落しているところには目をつぶった。それは主教の私的な部屋の私的な生活、おそらくある程度最近負った大きな苦悩にかかわる欠落だろう。参事会長はプラウディ博士を年齢の割に若い人だと常に思っていた。――博士がいちばんいい衣服を着、権威に身を包み、玉座の臭いをぷんぷんさせ、前垂れと主教の外的印で際立っているのを見るのが慣れっこになっていた。ところが、こういうものの多くが今姿を消していた。主教は立ちあがって参事会長に挨拶するとき、古いスリッパを履いてよろよろ歩いた。髪はプラウディ夫人がそばにいたころいつもそうしていたように見栄えよく櫛を当てられていなかった。

それぞれが相手の負った不幸について言葉を掛ける必要があった。「参事会長さん」と閣下は言った。「あの非常に優れた牧師にして非常に尊敬すべき紳士、あなたのお義父さんがお亡くなりになったことについて、私に哀悼の言葉を捧げさせてください」

「ありがとうございます、閣下。義父は優れた、尊敬すべき人でした。義父ほど優れた人に生きてまたまみえることはないと思います。あなたにもまた大きな――恐ろしい別れがありましたね」

「うん、参事会長さん、そう。そうです、本当に参事会長さん。死に別れでした」

「人生の盛りをすぎていませんでしたね！」

「ええ、そう。――たった五十六でした――あんなに頑丈だったのに！　そうじゃありませんか？　少なくともみんなからそう思われていました。それなのにあっという間に亡くなりました。――あっという間に。あれから私は頭を持ちあげられないのです、参事会長さん」

「大きな損失でしたね、閣下。が、もがいても堪えなければいけません」

「もがいている。もがいています。とはいえ、この大きな公邸にいるとひどく寂しいのです。ああ！　参事会長さん、職務がここよりも楽な、どこか粗末な牧師館に私を置いていただくことが神の意にかなえばなあと、私はしばしば願っています。とはいえ、こういうことであなたを悩ませるつもりはありません。この哀れなクローリーさんについて、参事会長さん、私たちはどうすればいいでしょうか？」

「クローリーさんは私のとても古い、非常に親しい友です」

「そうなのですか？　ああ！　きっと尊敬すべき人なのですね。彼は身に受けるに値しない苦難の試練にあってしまいました」

「彼は非常に厳しい試練にあいました、閣下」

「ヨブのように陶器の破片のなかに座って[1]いたのですね、参事会長さん？　さて、そういうことはもう終わったと思いたいです。彼が泥棒という告発を受けたとき、干渉が避けられないと私は思いました」

「その点について彼は不平を言っていません」

「そうならいいのですが。手荒に扱うつもりはありませんでした。とはいえ、私にどうすることができたでしょう、参事会長さん？　彼には支えられないほど不利な、強い証拠があると民間の権威者から聞きました」

「とても不利な、強い証拠があったのです」

「私たちは少なくとも彼を安心させられると思って、地方参事のテンペスト博士を呼びました」それから、主教はテンペスト博士との会見の様子をみな思い出して、――その結果の一つが妻の死であり、それによって確かにバーチェスター公邸に「私たち」はもはや失われてしまったと感じて――、悲しげに溜息をつき、絶望的な表情で参事会長を見あげた。

「あなたが最善を求めて行動したことを、閣下、誰も疑いません」

「それならいいのですが。そう行動したと思います。さて、私たちはどうしたらいいでしょう？　聞くところによると、彼は私とあなた――あなたはパトロンです――の両方に対して禄の辞表を提出しました。私は辞表を撤回するだけでいいと思います。そうしたら、思うに復職する必要なんかありません。私がどれだけこれについて考えたか、参事会長さん、あなたにはわからないでしょう」

そこで、参事会長は手持ちの計画を明らかにした。教会の取り決めによってプラムステッドの禄付牧師が授与権を握っている聖イーウォルドの禄が、ハーディング氏の逝去によって今は空席になっている。その禄をクローリー氏に与えたいと大執事がいかに望んでいるか参事会長は主教に伝えた。これはすぐには実現しないし、その方向で動いたとき、ちょっとした困難に出会ったことも、参事会長は説明しなければならなかった。これについて考えるため大執事が一週間の猶予を望んでいる、と参事会長は言った。それゆえ、おそらく日曜数回についてはホグルストックの職務への対策がなされなければならない。あんなことが起こったあとでは、どうしても永年的な職務を再開する必要があると説得しなければ、クローリー氏を再び説教壇に登らせることができないことは、主教には容易にわかっていただけるだろう、と参事会長は述べた。主教はこれにみな同意した。しかし、主教は大執事の選択に明らかにかなり驚いた様子だった。「クローリーさんは大執事の好みに合わない人だとね、参事会長さん」と主教は言った。「私は思っていました」

「大執事と私は姉妹と結婚しました、閣下」

「おや、まあ、そうでしたね。あなたの意向に沿って大執事は聖イーウォルドに牧師を指名するのですね。クローリーさんのような尊敬すべき紳士をそこに入れることができたら確かに嬉しいです」それから、参事会長は主教に暇乞いした。――私たちもそうすることにしよう。哀れな愛すべき主教！　小さな牧師館にいられたらよかったとの主教の悔恨は心からのものだった、と私は思いたい。バーチェスターにおける失敗と寂しい今の不適格者意識が、おもに主教の無能の産物だったというのではない。もしプラウディ夫人が立派な妻を凌駕する妻でなかったら、彼は立派な主教になっていたかもしれない。切られた木がたとえ美しい先端部と波打つ葉の豊かさを失うとしても、再び緑になり、ある程度実をつけることもあると希望しながら、私たちは今この主教にお別れを言おう。


これから一週間後、ヘンリー・グラントリーはコスビー・ロッジからホグルストックへ馬で出掛けた。巡回裁判が終わり、クローリー氏の罪の問題が今は決着したため、最近はもうどんな客もホグルストックにやって来ることはないように見えた。グレース・クローリーはほかのことについてはちゃんと記憶力を具えていたのに、亡くなったハーディング氏が恋人の祖父であること、それゆえおそらく喪中のため恋人の来訪に遅れが生じることを忘れていた、と私は思う。娘は恋人について母と充分話を交わしていたら、きっとこういうことはみな説明してもらえただろう。しかし、グレースは非常に寡黙だった。このころホグルストックの家でクローリー夫人はほかの問題に心を奪われていた。一家はどうやってもう一度生活を始めたらいいのだろうか？　というのは、これまで一家にあった生活はじつのところ終わってしまっていたから。しかし、グレースは恋人と交わした約束、恋人の父と交わした約束をよく覚えていた。ヘンリー・グラントリーが申し出て切り開いた天国が彼女の評価によると完璧だったので、彼女はそれを拒絶した。――恋人を恥辱から守るためだった。しかし、恥辱は根拠のないものだった。もし父が恥辱から解き放たれたら、その時は――その時は――その時はヘンリー・グラントリーが来てくれる、しかもできるだけ時を移さず来てくれる。彼女は約束をそう解釈していた。彼女と家族につきまとう恥辱について話すとき、貧乏は「たいして重要なことではない」と一度はっきり言ったことがある。父を恥ずかしいとは思わなかった。――父に対する告発のほうを恥ずかしいと思った。それゆえ、告発が取りさげられたとき、彼女は急いでうちに帰った。もし恋人が求婚を繰り返したければ――フラムリーの椅子やテーブルや立派なディナーという贅沢な環境のなかではなく、貧しさ満杯のホグルストックでそれを繰り返してくれることを望んだからだ。ロバーツ夫人はグレースが大急ぎでうちに帰った理由についてラフトン卿夫人に正しい解釈をしていた。しかし、グレースはそんなに急いで帰る必要はなかった。すでに二週間以上うちにいたのに、まだ少佐は現れなかった。ついに彼女は母に言った。「ミス・プリティマンの学校にそろそろ帰りたいと言ってはいけないかしら、母さん?」「事態がもう少し落ち着くまで待っていたほうがいいと思いますよ、あなた。父さんはもうすぐまた参事会長と話すことになっています。ハーディングさんが亡くなったあと、バーチェスターが大きな悲しみに包まれていることはわかるでしょう」ジェーンがその時息を切らせて家に飛び込んで来て、「グレース!」と言った。「彼が来たわ! ――馬に乗って」ジェーンがグラントリー少佐をなぜただ「彼」としか言わなかったか、私にはわからない。ジェーンにそんな呼び方をさせるような会話はこれまで姉妹にはなかった。グレースは母が言った言葉の意味を把握するため、二と二を足して推量する充分なゆとりを持てなかった。それでも、今やって来たこの人は称賛に値する早さでやって来たと、その時感じた。いやにせっかちにしていた彼女は何と愚かだったんだろう！

彼は確かにそこにいて、手すりに馬を結わえていた。「母さん、彼に何て言ったらいいかしら？」

「駄目ですよ、あなた。彼はあなたがえた――あなたの友人ですから、あなたがふさわしいと思うことを言わなければね」

「一緒にいてくれます？」

「私たちは出て行ったほうがいいと思いますよ」それから、母は出て行った。ジェーンも母と一緒に出たけれど、グラントリー少佐のためドアを開けた。クローリー氏はホグルエンドに出掛けており、グラントリー少佐が牧師館を去ったあとになっても帰宅しなかった。ジェーンは今会ったばかりの立派な紳士に挨拶するとき、何と言ったらいいかわからなかった。彼女はちょっと躊躇したあと、グレースはあそこにいますと、居間のドアを指差して言うとき、自分がじつにぎこちないと感じた。しかし、ヘンリー・グラントリーは抱えている困難のほうを強く意識していたから、相手のぎこちなさに気づく余裕など持てなかった、と私は思う。とはいえ、彼はグレースが一人でいるところを見つけたので、困難な仕事の半分をすぐ終えた。

「グレース」と彼は言った。「今あなたのところに来てよかったでしょうか？」

「わかりません」と彼女は言った。「よくわかりません」

「最愛のグレース、ぼくの妻になってはいけない理由が今はまったくありません」

「ありませんか？」

「何もないと思います。――ぼくを愛することができるならね。父に会ったでしょう？」

「はい、お会いしました」

「父が言ったことを聞きましたか？」

「何とおっしゃったか覚えていません。——でも、私に口づけしました。とても親切な方だと思います」

ヘンリー・グラントリーが優れた父の例をきちんとなぞる以上に立派なことはできないと思って、それからどんなささやかな試みをしたか詳細に説明する必要はないだろう。しかし、彼の最初の努力は実らなかった、と私は思う。グレースが当惑して、後ずさりしたからだ。彼女は少佐の直接の問いに直接答えを出すことを求められて、初めて腰に彼の腕を回させた。とはいえ、彼女はその問いに答えるとき、たった今求愛され、勝ち取られた乙女には似つかわしくない謙虚さを見せた。乙女は求愛され、勝ち取られるとき、普通征服したのは自分のほうだと思うから、それで勝ち誇りたがるものだ。しかし、グレースは恋人に謙虚に感謝した。「私にこんなに親切にしてくださる理由がわかりません」と彼女。

「世界じゅうの誰よりもぼくがあなたを愛しているからです」と彼。

「でも、なぜこんなに私に親切にしてくださるのです？　なぜ私を愛してくださるのです？　私はあなたのような男性が愛するに値しないつまらない者です」

「あなたがつまらない人ではないとわかる分別をぼくは具えています、グレース。こんなふうにぼくは宝物を手に入れました。ある娘たちはつまらない人たちですが、ある娘たちは豊かな宝です」

「愛が私を宝にしてくれるなら、私はあなたの宝になります。愛が私を豊かにしてくれるなら、私はあなたのため豊かになります」そのあとは彼が父の手本に倣うことに何の苦労もなかった、と私は思う。

しばらくしてクローリー夫人が部屋に入って来た。ヘンリー・グラントリーがあたかもクローリー氏の帰りを待つかのように、幸せそうに恋人と座っているとき、ずいぶん楽しい会話が彼らのあいだで進行した。彼は午前中ほとんどそこにいたのに、クローリー氏は帰らなかった。「父さんは私たちを除けば、この世の誰よりもレンガ造り職人が好きなのだと思います」とグレースは言った。「こんな友人らがいなかったら、父さんがどうやってこられたかわかりません」グレースがこの話を始める前に、グラントリー少佐は経緯をみな話して、クローリー氏に宛てた父の手紙を取り出していた。その時点で、手紙は開封されていなかったが、読者には内容をお知らせしよう。それは次のように書かれていた。——

プラムステッド禄付牧師館にて、一八六——年五月——日

拝啓

ハーディング氏、聖イーウォルドの俸給牧師、私の妻とアラビン夫人の父を私たちが亡くしたことはきっとお聞きのことと思います。愛すべき非常に優れた人をなくしたことは、私たちにとって大きな損失でした。私は友人のバーチェスター聖堂参事会長とこの教区の牧師の新たな指名について相談しました。もしあなたがホグルストックから聖イーウォルドへの移動をよしとしてくれるなら、私はあなたがこの栄誉ある地位を受け入れてくれるようにあえて要請いたします。個人的に知らない紳士に私がこの申し出をする理由をはっきり申しあげておくほうがいいでしょう。ハーディング氏は死の床で本人のほうからこの考えを提案いたしました。義父はあなたが最近曝された残酷な、不当な迫害のことを耳にしていたことと、また主教区において宗教的熱意と敬虔を擁護するあなたの性格に心を動かされていたこと——この点を強く主張していました——でそんな気になったのです。あなたの家族と私の家族のあいだで、私の理解によると、これから起こる親密な関係も私がこの措置を取る理由であることをつけ加えておきます。義弟のバーチェスター聖堂参事会長とあなたのあいだにある長い友情も第三の理由です。

聖イーウォルド教区は年三百五十ポンドの俸給です。ほかに家がついており、普通の家族なら充分ゆったり入れて便利です。教区の人口は千二百人で、その半分以上が市の郊外に居住する人たちからなっています。

——というのは、この教区はほとんどバーチェスターに入り込んでいるからです。

あなたのご都合に合うかたちで遅延なくご回答がいただけたら嬉しいです。申し出を受け入れていただけたあかつきには——受け入れていただけると心から信じています——、教区に入ることについてできるだけ早くあなたに会う機会を作りたいと思います。

今触れたあのもう一つの出来事について私が正しい情報を把握しているとするなら、これからとても親しくなる若い女性のご両親とも個人的に親しくなる機会を早くえたいと、私たち夫婦が二人とも希望していることをあなたとクローリー夫人に言うことも許してください。私はあなたの娘さんに会ったことがあるので、いちばん親しい愛情を彼女に送っても、おそらく許されるでしょう。私たちが最初に会ったときの第一印象に、もし彼女が嫁として達するなら、とにかく私は満足です。

あなたのいちばん忠実な召使いとなることを、

栄誉と感じている

セオフィラス・グラントリー

大執事はこの手紙を妻に見せた。妻は手紙をあまり好意的には受け取らなかった。大執事がグレースについて言った言葉ほどすてきなものはないと、グラントリー夫人は言った。クローリー夫人はこの手紙を受け取ったらきっと満足してくれるだろう。しかし、クローリー氏ははなはだ偏屈な人だった！「もし聖イーウォルドを断ったら、彼は私が思っている以上の変わり者だろう」と大執事。「でも、この禄を提供するに当たって」とグラントリー夫人は言った。「彼の長所についてあなた自身の高い評価を一言も述べていませんね」「私は彼の長所をあまり評価していないからね」と大執事は言った。「あなたのお父さんは彼を高く評価していた。私はそれを伝えた。私はこんな問題でお父さんの意見に非常に深い敬意を払っているから、私の低い評価よりもその敬意のほうが勝るようにしたんだ」これは今亡くなった父に敬意を表す言葉なので、夫から妻への言葉としてはすばらしかった。それで、グラントリー夫人はそれ以上議論しないでそれを受け入れた。大執事はハーディング氏とともに活躍していたころ、教会の問題で義父の助言に従って行動したことなんかなかったことを、読者はおそらくはっきり感じているかもしれない。大執事はこの件でもハーディング氏から何も言われなかったら、禄をすんなりクローリー氏に与えていただろう。それがおそらく今回の場合だった。しかし、グラントリー夫人はそんなことを考える気になれなかった。大執事は妻の父についてこの思いやりのある発言をしたあと、妻から手紙を書き替えるようには求められなかった。「彼は申し出を受け入れると思います」とグラントリー夫人。「たぶん受け入れると思うよ」と大執事。

それで、グレースは手紙の内容がどういうものか教えてもらうと、指のあいだにそれを挟んで座り、その間恋人のほうは様々な未来の計画を話してそばに座っていた。これが彼女に与えた恋人の最初の贈り物だった。――何という贈り物だろう！　彼女の家族に贈る慰めと幸せと快適な家だった。「聖イーウォルド牧師館はこの世でいちばん立派な家というわけじゃありません」と少佐は言った。「古いし、部分と部分がいわゆるちぐはぐなんです。が、とてもきれいで、感じのいい家です」「それは私が夢見ていたような牧師館です」とジェーン。「そのうえ庭には古い木々があって心地いいんです」と少佐。「私はいつも古い木々にあこがれていました」とジェーンは言った。「ただし、もう歳を取りすぎているから、木登りをさせてもらえませんね」クローリー夫人はほとんど口を利かないまま、目に涙を一杯溜めて座っていた。この世が閉ざされてしまう前に、夫人が人生の初めに知っていた安楽のいくぶんかをとうとう再び享受できるなんて本当だろうか！　最近は貧乏のせいで家からほとんどなくなっていた上品な生活に再び取り巻かれるなんて、本当だろうか！

未来の——近い未来の——様々な計画は驚くべきものだった。グレースはすぐプラムステッドへ向かうことになった。そこにはすでにイーディスがコスビー・ロッジから移動していた。それは結構なことだった。驚くべきことでも、ありえないことでもなかった。フラムリーの女性たちはグレースをしばらく当惑させていた彼女の将来について何の懸念も抱いていなかったので、衣装ダンスに勝手なことをして、これからあまり困難なく彼女が外出できるようにしていた。とはいえ、少佐は同じように熱心に——少なくとも同じように性急に——クローリー夫妻にもプラムステッド禄付牧師館に来てくれるように求めた。クローリー夫人はそれに反対する本当の、率直な理由をあえて言い出さなかった。参事会長邸訪問の問題を議論するとき、クローリー氏は常にその理由を持ち出していたからだ。夫人は大執事と夫がうまくつき合っていけない事情を説明することもできなかった。苛酷な試練を受けた長い隔離生活のあとで、夫は本当に大執事とうまくつき合っていけるだろうか？　夫もそうだが、夫人もあまりにも外出に不慣れなので、得体の知れないものを恐れ——怖がり——遠慮せずにはいられない状態だった。「そういうことは乗り越えられますよ」と少佐は軽蔑するように言った。「不快なのは最初に飛び込むときだけです」おそらく少佐は最初に飛び込むときがいかに不快か知らなかったのだ！

ヘンリー・グラントリーは二時に立ちあがって、暇乞いをした。「お父さんにお会いしたかったんですが、もうこれ以上待てません。馬もこれ以上辛抱できません」その時、グレースは門まで一緒に歩いて行って、彼が馬にまたがるとき、くつわに手を掛けて、運命の女神の力は何て大きいんだろうと、女神がこんなにすてきな紳士を主人あるいは恋人にするため彼女に送って来てくれたと思った。「今でもまだ信じられないとはっきり言えます」と、彼女はその夜リリー・デールへの手紙に書いた。

クローリー氏が帰宅したのは四時前だった。彼はとても疲れていた。当時、ホグルエンドには多くの病人がいた。彼は一日じゅう田舎家を回って来た。ジャイルズ・ホガットはリウマチでほとんど仕事をすることができなかった。それでも、不撓不屈にしていれば仕事を続けられるという意見の持ち主だった。「あれはずいぶんあんたには応えただろ、クローリーさん」と彼は言った。「あの話はみな聞いたよ。もしあんたが強情でなかったら、今ごろはどうなっていたかわからないね?」彼は一日じゅうジャイルズ・ホガットやその他の連中のところにいたから、今は疲れ切り、打ち負かされてうちに帰って来た。「母さんが先に話してね」とグレースは言った。「それから、私が手紙を渡します」妻が訪れつつある幸運のことを夫に打ち明けた最初の人だった。

彼は入って来ると、古い椅子に座り込んで、パンと紅茶を求めた。「ジェーンがもう用意に向かっています、あなた」と妻は言った。「ここにお客さんがいたのです、ジョサイア」

「客、――どんなお客だね?」

「グレースの友人、――ヘンリー・グラントリーです」

「グレース、ここに来なさい。おまえに口づけして祝福をしたいから」と彼はとても厳粛に言った。「この世はおまえにとてもよくしてくれそうに見えるね」

「父さん、まずこの手紙を読んでくれなければ」

「私のかわいい子に口づけする前にかね?」娘は父の足元にひざまずいた。「わかったよ」と彼は言って、手紙を手に取った。「おまえの恋人のお父さんからだ。おそらく相手は結婚に同意しようというのだろう。結婚がちゃんと整うには確かにそういうことが必要だろう」

「私に関する手紙じゃないのです、父さん」

「おまえのことじゃないって？　もしそうなら、あまり期待できそうもない手紙だね。しかし、いずれにせよおまえは私のいちばんかわいい娘だよ」それから、父は娘に口づけし、祝福を与え、おもむろに手紙を開いた。妻は今夫のすぐ後ろに来て、体に触れつつ見おろして立っていた。それで、妻もまた大執事の手紙を読むことができた。グレースはまだ父の前にいて、読むときの父の表情を見ることができた。しかし、彼女でも父が満足したか、怒ったか、当惑したかわからなかった。緑の最初の申し出のところまで読んできたとき、父はちょっと読むのをやめて、思いにふけるかのように部屋のなかを見回した。「ええと、彼が私に次に何を書いているか見てみよう」父はそう言うと、あとは最後までゆっくり手紙を読み進んだ。「違っているね、おまえ、大執事がおまえについて書いていないというのは大間違いだ。彼が誠意を表しているのはおまえについて書いている部分だけだよ。彼の家をおまえの自由に使わせるように書いている」

「彼は聖イーウォルド牧師館をあなたの自由に使わせると言っていませんか、父さん」

「彼は受け取りたければ勝手にそれを受け取れと言っている。――いくぶん欠陥のある通常の言い方で言葉を遣うならだよ」

「受け取りますね、――もちろん？」

「わからないね、おまえ。魂の救済を引き受けるというような問題は、あっという間には決められないものだ。――服の色とか、玩具のかたちとかみたいにね。嫁の父がもはや貧乏人と見られないようにしたいという、たんにそれだけの理由で大執事から教区を受け取ると思ったら、それを謙虚に受け取ることもできないだろう」

「彼はそう言っていますか、父さん？」

「彼は二次的な理由でそれを私にくれるんだ。この申し出の根拠を第一に亡くなった人の親切な判断に置いている。それから、参事会長の友情に触れている。もし大執事がこんな重大な問題であらゆる判断のなかで亡き義父の判断にもっとも頼れると信じたんなら、それだけに任せたほうがよかったね。しかし、その場合そう信じるちゃんとした理由を補筆すべきだった。弱い――弱いというよりももっと悪い――二次的な根拠なんか置かないでね。とはいえ、私はしっかりこれに検討を加えよう。英知が私に与えられ、英知だけが与えられればいいと思う」

「ジョサイア」と妻が二人だけになったとき夫に言った。「あの話は断らないでしょう？」

「喜んで断りはしないよ、おまえ。――受け入れられるものなら、受け入れたい。ああ悲し！　誘惑がこんなに強いとき、おまえが私をせき立てる必要はないんだ！」

註

（1）「ヨブ記」第二章第七、第八節に「サタンは主の前から出て行って、ヨブを撃ち、その足の裏から頭の頂まで、いやな腫物をもって彼を悩ました。ヨブは陶器の破片を取り、それで自分の身を掻き、灰のなかに座った」とある。

第八十三章　クローリー氏が打ち負かされる

大執事がクローリー氏から回答を受け取ったのは一週間以上たってからだった。その間に、参事会長はホグルストックに一度ならず足を運んだ。アラビン夫人と若いほうのラフトン卿夫人も出掛けた。——おびただしい数の手紙が書かれた。大執事はほとんど逆上してしまった。「良心の呵責についてこんなにつべこべ言う人間が教区を受け持つのは不適切だな」と彼は妻に言った。妻は夫が言いたいことを理解した。読者も理解していただけると私は信じている。角材を切るとき、切れる剃刀は通常適切な道具とは言えない。それに、大執事は教会が所有するものを世俗的所有として愛した。彼は教会をすてきだと思った。なぜなら、ある人は派閥によって年千ポンドをえることができるのに、ある人は派閥に属さなければ同じように優秀でも年百ポンドしか手に入らないからだ。彼は派閥に属する人を属さない人よりもはるかに愛した。彼は長く冷たい場所にのけ者にされてきたこの哀れな永年副牧師を、教会のよきもので満ちた暖かい、心地よい輪のなかに喜んで受け入れるつもりだった。しかし、この男は——良心の呵責のせいで——躊躇した。参事会長からそう知らされた！「私は良心の呵責のことを聞くと、いつもポケットにボタンを掛ける」と大執事。

しかし、ついにクローリー氏は聖イーウォルド教区を謙虚に受け入れた。

拝啓、親愛なる尊師（と彼は手紙に書いた。）

今月――日付の手紙で提供していただいたあなたの私的な善意に、私は大きな感謝を捧げます。また亡くなられた紳士から私に示された称賛を伝えてくださったあなたの寛大な優しさに、大きな感謝を捧げます。私は亡くなられたその方の性格を尊敬し、その方の立派な意見を高く評価しています。亡くなられた方から伝えられた称賛を言葉で言い表せないほどだいじなものに思います。バーチェスター聖堂参事会長との友情について触れられたことについても、ありがたいと思います。

あなたの手紙を受け取ってから、私を信頼してあなたが提案してくださった仕事に私がふさわしい人間かどうかずいぶん考えました。――聖イーウォルド教区が私の知的能力では手に負えないと思うからではありません。最近私に起こった状況があまりにも当惑させる奇異な性質のものだったので、邪魔者になることなく、また感情を害することなく人々のあいだを歩き回れる適性を私が具えているかどうかいくぶん疑わしいと思ったからです。

とはいえ、親愛なる尊師、私につきまとう――私にもよくわかっている――うさん臭い品行についてこう告白したあとでも、もしあなたがまだその教区を私に委ねる気がおありなら、私はその職を引き受けます。――この件について私が相談したみなさんの忠告に従って引き受ける気になりました。このようにその仕事を引き受けるに当たって、私はこれから二年以内にいつでも一か月前の通知で教区を空けるようあなたから求められたら、空けることをここで誓います。もしその二十四か月間あなたも私も満足できるくらいその教区でうまくやれたら、私はおそらくその職をあえて私の終身の仕事と見なしていいと思います。

親愛なる尊師、あなたのもっとも慎ましい忠実な召使いであるという、栄誉を持つ

ジョサイア・クローリー

「馬鹿な！」この手紙は気に入らないと大執事ははっきり言った。「次のミカエル祭[1]に一か月前の通知を送ったら、彼はどうするつもりだろう？」

「きっと出て行くと思いますよ」とグラントリー夫人。

「もっと馬鹿だな」と大執事。

このころグレースは牧師館で第七天の幸せを味わっていた。大執事はグレースの前では決して無作法な振る舞いをすることなく、クローリー氏についての厳しい発言を控えた。彼女の前では聖イーウォルドを次の二十年間クローリー一家の家として話した。グラントリー夫人は彼女にたくさん愛情を注いで、すてきな贈り物と、贈り物よりももっとすてきな言葉を惜しまずに与えた。グレースはこれまであまりにもかわいいものや心地よいもの――金だけでは買えないけれど、金がなければ手に入らないもの――を欠く生活を送ってきたので、今は優雅さを天から雨のように注がれているように思った。大執事の懐中時計とか、恋人の金鎖とか、グラントリー夫人のロケットとか、アラビン夫人が参事会長邸の貴重品から持ち出してきたイタリア製の小物とか、彼女はそんなもので強い歓喜に満たされたわけではない。金や銀や輝く宝石がもたらす新しい喜びで我を忘れたわけではない。そんな金や銀や輝く宝石が彼女にとってだけでなく、父母弟妹にとっても状況が変わったことを絶えず示してくれるから嬉しかった。もし彼女が父に対する告発の恥辱が続いているあいだに恋人を受け入れていたら、この恋をこんなに喜べるはずがなかったとこれまで以上に確信した。しかし、今――告発の恥辱が去るまで待ったあと、すべてを新しい幸せと感じた。

クローリー夫妻がプラムステッドを訪問することがついに決まった。――そして訪問した。そんなことを可能にする状況の変化がいかに徐々に生じたか、今話せば長くなる。そんな訪問はまったく論外だとクローリー氏は初め断言していた。聖イーウォルドがその訪問に懸かっているなら、聖イーウォルドをあきらめなければならない。彼がホグルストックからプラムステッドへ直接出向かなければならなかったら、そんな訪問は実現不可能だっただろう、と私は思う。しかし、それはこんなふうに起こった。

聖イーウォルドでハーディング氏の副牧師だった人がホグルストックの教区牧師に指名された。それで、参事会長はできるだけ早く牧師館を明け渡すように友人のクローリーに迫った。クローリーはこのころ徐々に周囲の人々と親しくつき合うようにある程度強いられた。彼はバーチェスターへ二度、三度と行って、参事会長と昼食をともにした。彼はフラムリーへ二、三時間行って、新しい教区の郷士老ソーン氏と親しくつき合うことを迫られた。こういうことが続いたあと、ついに彼は二週間参事会長邸に本人と妻と娘の身柄を預けることに同意した。彼はホグルストックですでにさよなら説教をしていた。その時聴衆に告げたように、二、三か月前にやめた彼らの牧師としてではなく、彼らのなかで最後に所信を表明するため、前の説教壇を貸してもらった愛すべき昔の友人として説教した。説教はとても短くて、聖書も覚え書きもなしになされた。——しかし、一度も言葉に詰まったり、話の筋あるいはリズムに途切れたりしなかった。参事会長はその場にいて、クローリーにこんなに発話の力があるとは思わなかった、とのちに明言した。「心があふれれば誰でも話せる」とクローリーは答えた。「私に起こったつまらないこの事件で私のこころはあふれている！もし私たちがほかの問題でも心をあふれさせることができるなら、それについての発話はもっと人の注意を引くことになるだろう！」参事会長はこの発言に何も答えなかった。

この翌日クローリー夫妻はホグルストックにお別れした。ホグルエンドのレンガ造り職人らはこの時みな集まって、十七ポンド七シリング六ペンスが入った財布をクローリーに贈ると主張し、それでちょっとした押し問答があった。クローリー一家は参事会長邸に二週間とどまった。クローリー夫人はプラムステッドの世俗的な輝きにふさわしい衣服を本人と夫に提供するため、アラビン夫人の指導のもと聖イーウォルドの収入をどのように使ったか、ここで詳細に述べる必要はないだろう。衣服はやがて届くことになっている、とだけ言っておこう。クローリー氏は普段着として提供された足首まで届く長いフロック・コートに加えて、黒い燕尾服の所有者になっていることがわかったら、面食らうだろう。このフロック・コートについては、参事会長と新しい俸給牧師のあいだでちょっとした議論があった。参事会長はコートの裾を切り詰めて(2)ほしいと願った。俸給牧師は異議を唱えた。——それでも、俸給牧師の目には従順でいたいとの弱さが窺えた。それで、参事会長は持説に固執した。「コートを見苦しくなくするために必要な服地の値段はそんなに高くないはずです」と、俸給牧師はほとんど悲しそうに言った。それで、参事会長は折れた。コートは見苦しくないように裾を長く作られた。美しい、長い、黒いフロック・コートをクローリー氏は好んでいる、と私は思う。しかし、彼は完全な揃いの燕尾服にひどく当惑した。

　彼は新しい服を着て、どこか新しい態度も身につけると、ジェーンをアラビン夫人と参事会長邸に残し、妻とともにプラムステッドへ出向いた。参事会長もプラムステッドに来た。彼らはディナーぎりぎりの時間にそこに到着した。グレースが彼らよりも前からそこにいたから、夫婦はそれほど気まずくなく受け入れられた。クローリー氏は応接間で当惑する間もなくディナーの支度をするように求められた。——ディナーと上着の支度だ。上着について参事会長邸では着用しないことが許されていた。「さがって休みたいと心から願うよ」と、彼は着替えの儀式が執り行われているとき、妻に言った。

「そんなことを言わないで。下へ降りて、席に着いて、あなたが考えていることをみなさんにお話ししてください。——やり方はよくご存知でしょう。あなたくらいそれが上手にできる人はいません」

「こんな話を聞いたことがある」とクローリー氏は言った。「農家の庭にいる親分の雄鶏——その農場でいちばん強い雄鶏——を捕まえて、その羽に泥を塗りつけたら、そいつは身分の低い臆病な鶏みなから打ち据えられるという話だ。私が農場でいちばん強い雄鶏だったとは言わないが、私の羽に泥が塗られたことは否めない事実だ」それから、彼は農場の庭のほかの鶏のなかに降りて行った。

彼はディナーのあいだ終始黙っていたが、グラントリー夫人から話し掛けられた言葉には、品位のある堂々とした態度で答えた。ウラソーンのソーン氏も新しい俸給牧師に会うためそこにいた。とても年取ったソーン氏の姉ミス・モニカ・ソーンもそこにいた。レディー・アン・グラントリーもそこにいた。――彼女は兄弟の妻同士で知り合う必要があるとの明確な意図を持ってそこにいた。しかし、本当はクローリー氏に会いたいという強い気持ちに動かされていた、と私は思う。告発の通知が広く知れ渡って以来、彼のことは宗教界で大いに取りあげられていたからだ。とにかく、ディナー・テーブルには十人から十二人の人がいた。クローリーは結婚式以来こんな席に着いたことがなかった。女性たちが食堂を出るまですべてが順調だった。というのは、彼は左手に座っていたレディー・アンから教会関係の質問でいくらか悩まされたけれど、単音節のぶっきらぼうな回答で充分と承知していたからだ。しかし、彼は胸中大執事を怖れていた。女性たちがいなくなったら、大執事が沈黙のなかに彼を一人残しておいてくれることはないと感じていた。

ドアが閉じられるとすぐ最初に取りあげられた話題は、ソーン氏の地所でじつに卑劣に殺されたプラムステッドの狐の話だった。ソーン氏が不正を認め、不快な猟場番人を首にしていたから、すべてが落着していた。しかし、そのせいでこの問題が議論される可能性はいっそう大きかった。大執事はこれについて大いに言いたいことがあった。その時、ソーン氏は新しい俸給牧師のほうを振り向いて、ホグルストックには狐が一杯いるかと聞いた。クローリー氏は野ネズミかモグラについて聞かれていたら、狐のことよりもよく知っていただろう。

「本当のところはね、あなた、私はホグルストック教区に狐がいるかどうか知りません。一匹の狐も見たことがないのです。私は狐の習性を観察したことがありません」

「ホグルブッシーズには狐穴があります」と少佐は言った。「穴には必ず子ギツネが一杯います」

「私はプラムステッドに住むどの狐の動向も知っていますよ」と大執事。彼はクローリー氏をびっくりさせようという意地悪な意図を持っていた。

「友人が話しているのはきっと二本足の雌狐のことでしょう」と、聖イーウォルドの俸給牧師はいかめしい冗談を言った。

「プラムステッドにそんな狐は一匹もいません。そうじゃなくて――私が話しているのはふさふさした尻尾のついた愛らしい年取ったやつのことです。ボトルを回してください、クローリーさん。グラスを一杯にしないんですか？」クローリー氏はボトルを回したものの、グラスに注ごうとはしなかった。その時、参事会長はこっそり顔をあげて、大執事の顔にいら立ちが浮かんでいるのを見た。大執事があらゆる牧師のなかでいちばん危ぶむ牧師はグラスを一杯にしない牧師だった。

それから、話題が変わった。「主教がついに主教座にまた現れたと聞きました」と大執事。

「この前の日曜には聖堂に来ていましたね」と参事会長。

「また説教をするつもりだろうか？」

「主教はあまり説教をしたことがありませんね」と参事会長。

「人々の意見によると、説教が多すぎるという話です」と大執事は言った。「しかし、私は一度も主教の説教を聞いたことがありません。おそらくこれからもないでしょう。お聞きになったことはありますか、クローリーさん？」

「そんな幸運にあずかったことはありません、大執事。しかし、これから市にこんなに近く住むことになるので、私の教区で祈祷式を必要としない教会の聖日に、聖堂の礼拝に出ることができるでしょう。主教区の聖職者は主教の意見や声、主教の態度や言葉に直接触れる必要があると私は思います。今の状態ではこれは不可能です。主教はできれば彼の聖職者を集め、彼らにふさわしい説教をする機会があればいいと願っています」

「じゃあ、主教の命令をあなたはどう考えるんです?」

「私がそれを受け取るのは普通印字されたかたちです」

「その種のものはたっぷり受け取っていると思いますがね」

「私には不快な話をする人だな」とクローリー氏はその夜妻に言った。

「大執事を早計に判断してはいけません、ジョサイア」と妻は言った。「彼にはいいところがたくさんあるのです! 親切で、寛大で、情愛深いと思います」

「しかし、彼は世の習わしに染まった世俗的な人だね。あなたやほかの女性たちが出て行ったあと、彼はまず――狐の習性と価値について話を始めた。猟犬の前を走る狐がいなければ、騎手は田舎を駆け回る喜びを味わえないから、この地域では狐が大いに珍重されていることを教えられた。それは狩りと呼ばれて、スピードとおそらく運動の危険を楽しむのだ。そこで示される知恵とか趣味とかもまた今の狩人によって嘆賞されている。しかし、狐について話すとき、グラントリー博士はこの話題の専門家のように私には思えたね。それから、話題は主教の義務や、説教の話に移った。それについても、グラントリー博士はさっそく意見を述べたね。しかし、それを聞くくらいなら、一週間ぶっ続けで狐の話でも聞いているほうがまだましだと思ったよ」妻はそれを聞いても何も言わなかった。議論で夫の意見を覆そうとしてもいかに無駄かよく知っていたからだ。妻の考えによると、大執事から親切にしてもらっているので、彼の牧師としての特異性について意見を持ったり、述べたりするとき、いくらか大目に見ることが必要だった。

しかし、翌日クローリー氏は大執事から図書室に呼び出され、私的な会話に誘われて、大執事とはもっと気が合うことがわかった。大執事がどういうふうにクローリーの心を征服したか、それはおそらくクローリーが妻に話した報告を取りあげることでいちばん上手に表現できるだろう。「私は大執事が言ういわゆる金の問題では、何の口出しもすることができないと彼に言った。私の娘には金がないし、これからも入る見込みがないことを、彼の息子が納得していると信じるほかないとね。『クローリーさん』と大執事はなれなれしく言った。――というのは、私がこれまで人々のあいだに想定していたよりも、最近人々は私になれなれしい態度を取るようになっていると思うからだ。『クローリーさん、私は若い二人が必要とする充分なものを持っています』『私はそんなあなたともっと平等な立場に立てたらいいと願っています』と私は言った。すると、彼は椅子から立ちあがって私に答えた。『私たちは男同士が会うことができる唯一完全な共通の立場に立って会っています。私たちは双方とも紳士です』と。『あなた』と私も立ちあがって言った。『私は心の底からあなたの意見に同意します。私なら、そんな言葉を発することはできなかったでしょう。しかし、金持ちのあなたから貧乏な私に投げ掛けられた言葉として、それは一方には栄誉となり、一方には慰めとなります』」

「そのあとどうなりました?」

「大執事は書棚から彼の父が何年も前に出版した説教集を一冊降ろして、それを私にくれたんだ。今それを脇の下に抱えている。それには老主教の手書きの註があり、私は注意深くそれを研究しようと思う」大執事はこういうふうに獲物の鳥の両翼を撃ち抜いた。

註

(1) 大天使ミカエルの祝日。九月二十九日。四季支払日の一つ。

(2) 「足元まで届く長いフロック・コート」は高教会派やオックスフォード運動の支持者らから愛用された。しかし、ある人々にはこれがローマ・カトリックの神父の服装にあまりにもよく似ているように見えた。アラビン参事会長は裾を短くするように忠告することで、若いころに傾倒したローマ・カトリックから距離を置く態度を示している。

第八十四章　結末

さて、私はいくつかゆるんでいる話の筋を一つにまとめ、ほどけないようにしっかり結び合わせる仕事をはたさなければならない。七月初め、ヘンリー・グラントリーとグレース・クローリーはプラムステッドの教区教会で結婚した。──ずいぶん例外的なことだ。これについてはグラントリー大執事もクローリー氏も長いあいだ合意に至らなかった。しかし、グラントリー夫人とクローリー夫人の連合軍によってだけでなく、アラビン夫人の支援も、老ラフトン卿夫人の強い介入もあってついに実現した。「ミス・クローリーは当然聖イーウォルド俸給牧師館から結婚すべきです。でも、家具が半分しか運び込まれていないとき、どうしてそれができるでしょう?」老ラフトン卿夫人がこんなふうに話したとき、大執事はすぐ受け入れ、クローリー氏は持論を支える根拠を失った。ヘンリー・グラントリーはこの件に何の意見も持ち合わせなかった。彼は二人の父が協力して結婚させてくれることを期待しており、それで充分だと父に言った。グレースは誰からもこの件で意見を聞かれなかった。恋人から教えられなかったら、この張り合いについて彼女が何か耳にしたかどうかさえ疑わしい、と私は思う。二人はプラムステッドで結婚した。式の日の朝食にはたくさん豪華な酒食が出された。それが大執事にとって掛け替えのないことだった。クローリー氏が司式を務めた。クローリーはプラムステッドを式場とすることに──願いに反して──決着したとき、体の前に両手を落とし、謙虚に組んで、最愛の娘が結婚の義務に縛られる儀式のほうは彼が喜んで執り行いたいと大執事に言った。「あなた以外に誰がそれをするんです?」と大執事。クローリーは大執事がどの程度まで進んで権利を放棄してくれるかわからなかったとつぶやいた。ところが、大執事は新しい義理の娘に小さなポニーの馬車を与えたばかりで、大いに上機嫌だったから、ただ笑うだけだった。家族内に流布した噂が本当だとしたら、大執事はその対話が終わる前にクローリーの胸をつついた。クローリー氏が結婚の司式を務めた。大執事が介添えをした。――参事会長が花嫁を引き渡す役を務めた。チャールズ・グラントリー師もそこにいた。当然のことながら、遠景には副牧師が群がっていた。二人が解放されて教会から出て来たとき、結婚が最初に教会の儀式になってから、こんなにしっかり固められた夫婦はいないと、ヘンリー・グラントリーが妻に断言したのもうなずける。

クローリー夫妻はそれからまもなく聖イーウォルドに落ち着いて満足した、と私は思う。妻はすぐ幸せを感じた。妻は苦難によってひどく傷つけられていたけれど、夫が新しい、長いフロック・コートを着ているのを最初に見て、大いに気力を回復した。夫は泥を塗りつけられた雄鶏で時を作ることさえできないと言った。しかし、妻は夫がもう一度地位にふさわしい身なりをしているのを見て喜んだ。夫婦にとってその郷士の家の状況も幸運だった。というのは、ソーン氏は年を取り、おとなしくて、古いタイプの人だった。ミス・ソーンはもっと年を取って、必ずしもおとなしくはなかったが、実際とても古いタイプの人だった。それで、ミス・ソーンとクローリー夫人のあいだに快い友情が育った。

ジョニー・イームズは私が最近耳にした話ではまだ独身で、思うに独身のままとどまりそうだった。彼はとうとうサー・ラフル・バフルを完全に見捨てて、個人秘書官の特殊な職務が彼の気質に合わないと友人らにはっきり言った。「十三通目の私信を書く段になったら、あまりにもうんざりしてしまって」と彼は言った。「それ以上ペテンを続けることができなくなるんだ」それでも、彼は役所を離れなかった。「ぼくは部屋の主任になりました」と彼はレディー・ジュリア・ド・ゲストに言った。「ぼくを悩ますものはもう何もありません。——男はおわかりでしょうが、何かしなければいけませんからね」レディー・ジュリアは役所をやめたら許しませんと力を込めて言った。デモリンズ令夫人の家から警官の提灯に守られて不名誉に脱出したあの決定的な夜以後、彼はポーチェスター・テラスと、そこに住む敵に雇われた支援者から一度ならず通知を受け取った。「親類の軍曹」は架空の人物であることがわかった。ジョニーはそのランター軍曹について調べた。軍曹はデモリンズ令夫人の亡き夫の遠縁に当たる人だったが、令夫人とかかわりを持つことを一貫して拒否していた。というのは、軍曹は新進気鋭の人であり、デモリンズ令夫人は世間的に見て新しさとも、盛んな勢いとも無縁な人だったから。ジョニーは軍曹から何の便りももらわなかった。それでも、マダリーナからは次々に手紙を受け取った。彼女は第一の手紙ではたまたま起こった小さな冗談をあまり重大なものに考えないように求めてきた。第二の手紙では彼女の激しい愛情を、第三では彼女の激しい怒りを訴えた。第四ではただポーチェスター・テラスに来てディナーをともにするように招待した。第五では無垢を傷つけられたことを切々と吐露した。それから、弁護士の手紙が数通来た。ジョニーはいずれにもいっさい答えなかった。徐々に手紙は来なくなった。最後の手紙を受け取ってから六か月もしないうちに、彼は新聞の結婚欄を読んで喜んだ。フック・コートでワイン商を営むバートンとバングルズ商会のピーター・バングルズ殿が、殉教者ピーター教会で故サー・コンフューシャス・デモリンズの娘マダリーナと結婚したという記事だった。「ぴったり符合している」とジョニーは言った。彼は新婚旅行から帰って来たコンウェイ・ダルリンプルにその記事を読んだ。「今もう一人殉教者ピーターができあがるのは確実だね」

「夫のほうがやられるとは限らないよ」とコンウェイは言った。彼はピーター・バングルズ氏に関する噂を聞いていた。「強い意志を持ち、強いこぶしを持つ男がいるからね」

「かわいそうなマダリーナ！」とジョニーは言った。「彼女を殴るんなら、優しく殴ってほしいね。優しくなら、彼女の熱っぽい気質に合うかもしれない」

コンウェイ・ダルリンプルは夏が終わる前にクレアラ・ヴァン・シーヴァーと結婚した。奇妙な状況の巡り合わせによって老ヴァン夫人の全面的な承諾をえて結婚した。ダルリンプルはブロートンの遺産から未亡人の分をいくぶんかでも取り戻そうと努力したので、マッセルボロ氏と対立した。――マッセルボロは物語のなかで二次的な役割しか演じなかったが、その名が完全に忘れられないように私は期待している。ダルリンプルは弁護士の助けをえて知った細かな状況から判断して、マッセルボロが事実を意図的に隠蔽していると思った。画家はヴァン・シーヴァー夫人に告訴状を持って行き、もし会社の実体をつまびらかにしなければ、この件をみな法廷に持ち出すとはっきり言った。ヴァン夫人はじつに横柄に画家に対応して、彼を家から追い出すことまでした。しかし、ヴァン夫人はマッセルボロを見逃さなかった。誰か事情を知らされない人がいるとしても、ヴァン夫人が知らされないままでいることはありえなかった。――それから、ヴァン夫人は愛するマッセルボロにだまされていたことに徐々に気づき始めた。そこで、ヴァン夫人はダルリンプルを呼んで、先の振る舞いを謝罪することもなく、探求の手掛かりを与えた。画家は遺産処理の究明を続け、未亡人のためあらゆる手段を講じた。――その一方、未亡人が偽の愛情と作ったヒステリーと嘘の道徳を振りかざすのにもう堪えられなくなり、この問題が決着したら二度と未亡人には会うまいと日々心に誓った。そんなある日、未亡人がマッセルボロ氏と駆け落ちしたことが知らされた！　マッセルボロは先の共同経営者の未亡人と結婚することが、フック・コートのささやかな事業を手に入れる確実な計画だと考えた。マッセルボロはおそらくこの瞬間もヴァン夫人と訴訟を続けている。コンウェイ・ダルリンプルは訴訟なんかどうでもよかった。ヴァン夫人と以前の手先とのあいだで係争が熱くなるなか、クレアラは抵抗なくコンウェイの手に落ちた。訴訟がどう運ぶにせよ、コンウェイ・ダルリンプル夫妻の家を快適にするくらいはヴァン夫人の金が残るだろう。ヤエルとシセラの絵は問題なく描きあげられた。おそらく多くの読者が展覧会の壁にそれが掛けられていたのを覚えておられるだろう。

私がバーチェスター主教区に決別する前に、——次の一節でそうするつもりでいる——、いつも私を優しく——辛辣にではなく——批判してくれる人々に対して弁解の機会を与えていただきたい。おおかたの批判は、私が牧師を描くとき、イギリスの普通の牧師の生活のなかでもっとも際立った特徴を看過してきたというものだ。批判者によると、私は多くの牧師を描いたけれど、あたかも牧師の職業的義務や高い召命やまわりの人々に対する日々の活動が私にとって、あるいは私が考える牧師にとって、重要なものではないように描いたという。私はこれに答えて牧師の職業的な生活ではなく、牧師の社会的な生活を描くことを主眼にしてきたと言いたい。第一に、田舎牧師くらい個々の性格によってまわりの人々に強い影響を及ぼす人はいないので、彼らの社会的習慣を描くことは努力に値すると信じたので、そうする気になったと言いたい。第二に、私は小説家として弁護士や医者を描くように説教壇のそとにいる牧師を描く資格は持つけれど、説教壇のなかにいる牧師を描く権利は持たないと感じたので、そうする気になったと言いたい。もし私が説教壇のなかにいる牧師を描いたら、描くとき、ある程度らちを越えていたと言っていい。私が牧師をみな悪く描いたと、一人もよく描かなかったと批判する人たちがいる。そのような指摘に対しては、批判者がありのままの姿よりも強い色づけのほうを愛するように目を慣らしてしまっていると、私はあえて主張しなければならない。私たちには概してレンブラントの既婚夫人よりもラファエルの聖母を愛する傾向がある。私たちは聖母を愛する。しかし、レンブラントの既婚夫人は実在するが、ラファエルのそんな女性は実在しないのを確信している。ラファエロは敬虔な目的のため——少なくとも教会の目的のため——描いたと推測され、その点でラファエロは正当と言えるだろう。しかし、もしラファエルが家族の肖像画にそういう描き方をしたら、それは間違いだろう。もし私が牧師について叙事詩を書くとしたら、モデルとして聖パウロを選ぶと思う。しかし、まわりに見る牧師を描くときは、そんな現実離れのした姿を描くことができず、ありのままの姿を描こうと努力した。許されるなら、大執事グラントリーのテーブルに一緒に座っていられたら、フラムリーのロバーツ氏と腕を組んでバーチェスターの大通りを歩いていられたら、セプティマス・ハーディングの名が彫り込まれた聖堂の北側翼廊の目立たない黒石のもとに一人たたずんで涙を流していられたら、私としてはいつも幸せと言えるだろう。

さて、愛情を込めて読者の腕を取ることを許してくれるなら、私たちはともにバーセットとバーチェスターの塔に最後のお別れをしよう。読者と私はこの地方でともに田舎の小道をしばしばさまよったと、あえて主張することはすまい。よく樹木の茂った野原をともに馬で駆けたと、オルガンの響く音を聞きつつ聖堂の身廊でともに立ったと、あるいは善良な人々のテーブルにともに座ったと、善良でない人々の高慢な怒りにともに立ち向かったと、あえて主張することはすまい。私が完全な連帯を訴えてともに回想ができるほど、隣にいる読者がこの地方の場所と人物と事実を知っていると自慢することもすまい。しかし、私にとってバーセットは現実の州だ。バーチェスター市は現実の市だ。尖塔と塔は私の目の前にある。人々の声は私の耳に聞こえる。市の歩道は私の足の運びになじんでいる。それらすべてに私は今さようならを言おう。古い友情がいとおしく、懐かしい顔が魅力的なため、あまりにも長くここでさまよう気になったのは、おそらく許されてよい私の過ちだ。私は題名でした約束を厳かに保証して繰り返そう。これがバーセット最後の年代記になると。

終わり

訳者あとがき

トロロープは『バーセット最後の年代記』を一八六六年から六七年にかけて執筆し、スミス・アンド・エルダーのジョージ・スミスに三千ポンドで売却した。スミスはこれを週刊分冊にして一八六六年十二月一日から一八六七年七月六日まで三十二回に渡って一部六ペンスで販売した。一八六七年には二巻本として出版した。

本書は「バーセットシャー年代記」と総称される六連作の最後の作となる。サッカレーも小説と小説のあいだにつながりを持たせる工夫をしたが、トロロープはバーセットシャー小説群とパリサー小説群の二つの小説群で本格的にこの方法を実践した。フランスではバルザックがほぼ同時期に『人間喜劇』でこれをしている。

「バーセットシャー年代記」は人物再登場法によって相互に関係づけられている。たとえば、本書の主人公ジョサイア・クローリーは『バーチェスターの塔』ではフランシス・アラビンの精神的危機を救う友人として名なしで登場し、『フラムリー牧師館』ではラフトン卿夫人から依頼されてマーク・ロバーツを説諭する役割をはたしている。リリー・デールやジョン・イームズは本書でも活躍するけれど、『アリントンの「小さな家」』の主役たちだ。読者は年代記の先行五作を読んでいれば、本書を単独で読むよりももっと豊かな喜びを味わうことができる。

トロロープは本書について次のように言っている。「私が書いたもののなかでこれがいちばんいい小説と思っている。プロットは小切手がなくなったこと、それを盗んだ容疑が牧師にかかること、小切手が手に入った仕方について牧師自身がまったく不確かなことからなる。しかし、プロットの発展にはあまり満足していない。クローリー氏のような人でも小切手をどうやって手に入れたか忘れてしまうようなことがあるかとか、また、ほしいものを提供してやりたいと思う寛大な友人が第三者の小切手を手渡すようなことがあるかとか、私自身そんなことが起こるとは信じることができなかった。そんな欠点があることは認める。解かなければならない込み入ったプロットをうまく作り出すことができなかったことも認める。しかし、そういうことは認めながらも、私はその不幸な男の内心をじつに正確に、非常に繊細に描くことができたと主張したい。クローリー氏の自尊心や謙虚さ、男らしさ、弱さ、正直、ひどい偏見を真に迫ってうまく表現している」(『自伝』第十五章)

トロロープはクローリーのプロットについて不満を述べているが、ただ謙遜しているだけだ。本書でトロロープの語り手は年代記の他の小説とは違って、貧乏のこと、告発のこと、辞職のことで思い悩むクローリーを外側からではなく、できるだけ彼の内的発話をとらえることによって表現しようと腐心している。内的焦点化の器としてクローリーのメイン・プロットはとてもうまく機能している。

トロロープは本書でじつに巧みにマルチ・プロットの手法を用いている。クローリーのメイン・プロットのほかにヘンリー・グラントリー少佐とグレース・クローリーの結婚を巡る(大執事との対立を含む)プロット、イームズとリリーを巡る(アドルファス・クロスビーやマダリーナ・デモリンズも含む)プロット。画家コンウェイ・ダルリンプルとロンドンの成金の世界を巡る(ドブズ・ブロートン夫妻を含む)プロットを扱っている。これら四つのプロットを複雑に絡み合わせながら、それぞれのプロットを適切にたどる。そして、本書の終わり（第八十四章）で語り手は「さて、私はいくつかゆるんでいる話の筋を一つにまとめ、ほどけないようにしっかり結び合わせる仕事をはたさなければならない」と述べる。こうして物語の最後ですべてのプロットを秩序正しく決着させることを読者に伝える。絶望や狂気、自殺や死や暗部が作中にあっても、それらが最終的にあるべき姿に落ち着くとの印象を読者に与える。先行五作の背景とこのマルチ・プロットのため、本書は多様性と深い奥行きを獲得している。

クローリーのプロットを見てみよう。彼は永年副牧師という身分のせいでひどい貧乏であるうえに、盗みの容疑を受け、国法の告発を受ける。主教と奥方からはホグルストックの禄を奪われそうになる。迫害を受けて、監獄か、精神病院かしか、逃げ道がないところまで追い詰められる。それでも、彼は主教と奥方の干渉に造反して説教壇を守る。調査委員会の設置を告げる手紙を受け取るとき、ホガットの「不撓不屈が難事を克服する」という助言を受け入れて、家族の願いも、テンペスト博士の説得も無視して、ホグルストックの永年牧師職を辞任する。彼は一時完全に社会のはみ出し者になる。

グラントリー少佐のプロットを見てみよう。少佐はグレースとの結婚に固執して、父——社会の代表——の干渉に造反し、周囲の説得も聞かず、フランスのポーに脱出しようとする。少佐もほとんど社会のはみ出し者になりそうになる。グレースも父の汚名がすすがれない限り少佐を受け入れないことを誓う。少佐を受け入れることで他家に汚名をもたらすことを恥じ、家族のなかで一人だけ社会の迫害から逃れることに反発する。

ジョン・イームズのプロットでは、この若者は身内に掛けられた容疑を晴らすため、うるさい長官のサー・ラフル・バフルに造反して、大陸旅行の許可を勝ち取る。リリーはイームズとの結婚を望む家族や縁者みなの説得と願い――社会の圧力――に背いて、執拗にオールド・メイドの二語にこだわる。
コンウェイ・ダルリンプルのプロットでは、画家はコマーシャリズムの世界で成功し、成金らの世界で砂糖菓子を集めているが、結婚を決意するとすぐ、ヤエルとシセラの絵を切り裂き、成金の世界に背を向けて、廃嫡されそうなクレアラを選ぶ。クレアラも母ヴァン・シーヴァー夫人の反対に背いて画家を選ぶ。

このようにマルチ・プロットはその主役たちが権威や金や圧力に造反する点で並行関係を保っており、様々な変奏を具えながら、社会の広いパノラマを創り出している。主役たちが造反するのは干渉する権威の側が不法だったり、無責任だったり、腐敗していたりするからだ。たとえば、クローリーのプロットでは教会の長である主教は奥方から権威を簒奪されて、弱々しく、無能だ。クローリーは元々保守的で、律儀な人であり、主教の合法的な措置に対しては恭順の意を見せていた。それでも、腐敗した権威に対しては造反を気高いものと見なしている。グラントリー少佐の父――大執事――は貧しい犯罪者の娘との縁組がグリゼルダやチャールズ（二人とも貴族と結婚している）の恥辱となることを恐れる。少佐はそんな父に背いて、クローリーの評決が出る前に求婚してグレースに気高さを示したいと思う。グレースのほうは恥辱を他家に持ち込まないことで、逆に少佐に気高さを示したいと思う。ジョン・イームズはサー・ラフルを上にへつらい、下にいばる俗物と見ている。それで、サー・ラフルへの反抗をむしろ手柄と思う。リリーはO・Mの二語にこだわるから、結婚を勧める周囲の圧力を無責任だと感じて反発する。ダルリンプルはクレアラ・ヴァン・シーヴァーに素朴さと率直さを発見して、ブロートンの世界と手を切る。

トロロープは政治的には保守主義の立場から、宗教的には時勢に取り残された（high and dry な）高教会主義の立場から、地方に残る伝統的な価値を重視する。これを描くため四つのプロットを扱う際、バーセットとロンドンとの対照関係を背景として利用している。作中でグラントリー少佐とイームズが汽車で一緒にロンドンからバーセットへ向かったり、リリーがロンドンを、トゥーグッド弁護士がバーセットを訪問したりする。もちろんバーセットにも破壊的な力を振るう奥方がおり、クローリーを罠に掛ける悪が存在する。ロンドンにも再生をめざすダルリンプルとクレアラがいる。しかし、全体的にはバーセットとロンドンは対照的に描かれている。一方にはハーディングやクローリーがおり、一方には自殺した投機家がいる。一方には罠に掛けられた狐（クローリーのことか？）の話があり、一方には罠に掛かってカナダに逃げた男の話がある。一方には真のグレース（恩寵）がおり、一方にはとらえどころのないブロートン夫人の三人のグレースの絵がある。

ロンドンには商業主義とマモンの崇拝がはびこり、投機的な金の運用があり、人間的な尺度の喪失がある。それは田舎にも浸透してきている。作中人物たちは人間関係を腐敗させる金の影響を強く受けている。小切手はこの力を代表するものとして現れる。連作との関係で見ると、小切手は『フラムリー牧師館』でサワビー氏を破滅させ、マーク・ロバーツをあわや破産に追い込んでいる。本書のマルチ・プロットとの関係で見ると、小切手はクローリーのプロットでは苦悩と謎解きの焦点となり、ダルリンプルのプロットではドブズ・ブロートンを成功させ、破滅させ、ついには自殺に追い込む原因となる。イームズのプロットでも小切手はクロスビーを破産の瀬戸際にまで追い詰めている。

一方、バーセットには聖職者の市バーチェスターがあり、農本社会の伝統的な共同体が残り、健全な道徳的背景がある。健全な道徳的背景を支えるのはおもに女性たちだ。彼女らは告発があったときすぐクローリー擁護に回る。老ラフトン卿夫人は高教会主義の立場から当然彼の支援に着手する。ソーン夫人も、プリティマン姉妹とメアリー・ウォーカーとシルバーブリッジの女性たちも、アリントンのデール夫人とリリーも、クローリーの無実を信じて疑わない。女性的なハーディングもだ。ミス・プリティマンは敬虔で勤勉な田舎牧師が突然泥棒になり、数ポンドをくすねることなんかありえないと言い、「人が突然そんなふうに浅ましくなれるなんて聞いたことがない」（第七章）とハーディングとまったく同じこと（第四十二章）を言う。

トロロープはプロットの並行関係や場所の対照関係を駆使しながら、作中人物を厳しく吟味する。その吟味を見るうえで助けとなるのが金に対する作中人物の態度だ。クローリーが金の力と戦っていることは言うまでもない。大執事は土地を買い集め、資産を蓄積し、子供を貴族と結婚させた。しかし、グラントリー少佐はこの父の金の力に造反することで、父のマモン崇拝の面を批判する。しかし、ジョン・イームズはサー・ラフルに造反するけれど、それは彼がド・ゲスト伯爵の遺産をえて、経済的に安泰だからだ。イームズは金を持っているから、大陸旅行も可能で、英雄的に見えるが、同時にマダリーナ・デモリンズにねらわれる。彼は金の面で持つそんな脇の甘さのせいで、最後にはロンドンの路上で手すりにもたれて号泣しなければならない。トロロープは厳しい倫理的な判断の目を光らせている。

厳しい倫理的な判断の目はクローリーにも向けられる。クローリーの意識を占めているのはギリシア古典学者としての学識と自尊心だ。彼は副牧師職の辞任に固執するとき、自己憐憫にふけり、強い自尊心を見せる。それが端的に表れるのがポリュフェーモスから『ガザに盲いて』を連想して、自身を悲劇の殉教者と見る場面（第六十二章）だ。しかし、彼は自己憐憫と自尊心のせいでこの時殉教者たりえない。のちに彼は記憶をたどって小切手をどう手に入れたか確信する。これまでのように学者としての虚栄と自尊心にとらわれるなら、小切手を渡していないとのアラビンの証言を否定しなければならない。アラビンに対しては元々知的優越感を抱いていたからだ。傲慢ではあるがそれが確信と正気の道だ。しかし、彼はアラビンの証言を正しいものとして受け入れ、己の確信を否定し、己の狂気を認める。彼は己の狂気を認めることで、真の

「謙虚さ」を達成し、殉教者となる。この時、グラントリー少佐は「ぼくはあの人が英雄だと思います」（第七十四章）と称えている。クローリーは容疑が晴れたとき、再び社会から受け入れられて、金をえ、新しい服を手に入れる。この時、彼は喜劇の主人公となる。

セプティマス・ハーディングは本書ではほとんど等閑視される無力な老人だ。しかし、篤い信仰心と他人を思いやる共感、「女性的な優しさ」、「謙虚さ」の点で抜きん出ており、連作のなかで進行中の悪を測る試金石となってきた。老人は本書で衰弱のためついに亡くなっている。連作との関係で見ると、クローリーが奥方の迫害を受けて職を辞任したように、ハーディングは『慈善院長』で日刊紙「ジュピター」の弾劾を受けて、院長職の辞任を余儀なくされている。ハーディングもクローリーも苦難のときに弁護士の助けを求めてロンドンにのぼっている。クローリーがテンペスト博士から家族のことを考えて職にとどまるように説得されたように、ハーディングも大執事から同じ説得を受けている。ハーディングは院長職を辞任するとき、あるいは『バーチェスターの塔』で聖堂参事会長職をアラビンに譲るとき、普段と違ってクローリーと同じようにあくまでも意地を通す造反者となっている。つまり、ハーディングとクローリーは並行関係をなして描かれている。ハーディングが聖イーウォルドの後継をクローリーに譲るのは当然と言えるだろう。クローリーのプロットとの関係で見ると、ハーディングはこのように後継を譲って新しい道を開くだけでなく、エレナーに手紙を書いて、クローリーの苦境を救うきっかけともなっている。ハーディングはグラントリー少佐のプロットでは持ち前の優しさから少佐に大執事との和解を勧めている。彼は主教対反主教の対立にかかわって、死後葬儀に主教を呼び寄せ、大執事に主教との和解の糸口を与えている。このように見ると、ハーディングは和解と癒しの力を持ってトロロープが描こうとしたモラルの真の体現者となっているのがわかる。ハーディングは聖堂の礼拝に行くことを止められ、ヴィオロンチェロとサープリスとポウジーとの綾取りに慰めを見出す彼の最後の姿には深い哀感が込められている。

バーセットでは『バーチェスターの塔』以来高教会派対低教会派の戦いが描かれてきた。奥方は安息日遵守を主張する福音主義者で、主教を尻に敷き、聖職者の世界に破壊的な力を振るってきた。本書では、その奥方が唐突に死を迎える。唐突に見えるけれど、年代記全体からみると、この死は必然と言っていい。トロロープは時勢に取り残された高教会主義の立場を取るから、プラウディ夫人の死なしにこの対立に和解をもたらすことができないようだ。奥方の死（やハーディングの死）なしに年代記は終わらないと言っていい。マルチ・プロットとの関係で見ると、テーマの点から腐敗した組織の長は排除されなければならない。語り手は奥方の内心に「刺し傷」があることを指摘して、それが「支配権を追求しようとするあがき」（第六十六章）によるものだと言い、死因が心因性の（謙虚さとは正反対の）エゴイズムの暴走であることを明らかにしている。

訳者紹介

木下善貞（きのした・よしさだ）

1949年生まれ。1973年、九州大学文学部修士課程修了。1999年、博士（文学）（九州大学）。著書に『英国小説の「語り」の構造』（開文社出版）。訳書にアンソニー・トロロープ作『慈善院長』『バーチェスターの塔』『ソーン医師』『フラムリー牧師館』『アリントンの「小さな家」』『バーセット最後の年代記（上）』（開文社出版）。現在、福岡女学院大学教授。

バーセット最後の年代記（下）　（検印廃止）

2016年5月26日　初版発行

訳　　者　木 下 善 貞
発 行 者　安 居 洋 一
印刷・製本　モリモト印刷

〒162-0065　東京都新宿区住吉町8-9
発行所　開文社出版株式会社
電話 03-3358-6288　FAX 03-3358-6287
www.kaibunsha.co.jp

ISBN 978-4-87571-083-7　C0097